2015年国家社科基金重点项目
"当代文学研究的'历史化'及其主要路径与方法"
（批准号：15AZW009）

当代文学
"历史化"问题研究

吴秀明 ◎ 主编

中国社会科学出版社

图书在版编目(CIP)数据

当代文学"历史化"问题研究/吴秀明主编. —北京：中国社会科学出版社，2021.10
ISBN 978-7-5203-8965-5

Ⅰ.①当⋯ Ⅱ.①吴⋯ Ⅲ.①中国文学—当代文学—文学研究 Ⅳ.①I206.7

中国版本图书馆 CIP 数据核字(2021)第 169744 号

出 版 人	赵剑英
责任编辑	郭晓鸿
特约编辑	杜若佳
责任校对	刘 娟
责任印制	戴 宽

出　　版	中国社会科学出版社
社　　址	北京鼓楼西大街甲 158 号
邮　　编	100720
网　　址	http://www.csspw.cn
发 行 部	010-84083685
门 市 部	010-84029450
经　　销	新华书店及其他书店
印　　刷	北京明恒达印务有限公司
装　　订	廊坊市广阳区广增装订厂
版　　次	2021 年 10 月第 1 版
印　　次	2021 年 10 月第 1 次印刷
开　　本	710×1000　1/16
印　　张	34.75
插　　页	2
字　　数	571 千字
定　　价	188.00 元

凡购买中国社会科学出版社图书，如有质量问题请与本社营销中心联系调换
电话：010-84083683
版权所有　侵权必究

当代文学"历史化"问题研究
编审委员会

主　编
　　　　吴秀明
副主编　（以姓氏笔画为序）
　　　　王　姝　史婷婷　吴秀明
　　　　南志刚　黄亚清　魏庆培

目　录

绪论　历史化：需要正视的一个重要命题 …………………………（1）
　一　历史化的概念内涵 ……………………………………………（2）
　二　历史化的学科意义 ……………………………………………（13）
　三　历史化的"内源性"资源与"文学中国"问题 ………………（19）
　四　叙述框架与研究思路 …………………………………………（24）

上编　历史化的本体构成与知识谱系

第一章　历史语境与结构关系 ……………………………………（33）
　第一节　文学历史化与社会历史化的"结构关系" ………………（33）
　第二节　现代学者后期介入及其对当代文学历史化的影响 ………（44）

第二章　总体图景与时代特质 ……………………………………（56）
　第一节　整体性：时代征候与独立追求 …………………………（56）
　第二节　复杂性：原始景观与澄明判断 …………………………（66）
　第三节　及物性：文献征信与文本细读 …………………………（75）

第三章　主体构架与知识谱系 ……………………………………（86）
　第一节　主流文学发展轨迹与知识谱系 …………………………（88）
　第二节　精英文学逻辑运演与知识谱系 …………………………（105）
　第三节　大众文学呈现方式与知识谱系 …………………………（124）

第四章　时空拓展与思考向度 (140)
第一节　时间拓展：与现代文学历史的纵向承接 (141)
第二节　空间拓展：与域外文学历史的横向关联 (146)
第三节　关于档案制度及"在地性"问题 (156)

第五章　评价机制与评判标准 (164)
第一节　个案分析之一：怎样看待朦胧诗"崛起"的讨论 (167)
第二节　个案分析之二：如何评价"整体观"的主张与实践 (174)
第三节　大众文学三次"革命"及其评价 (183)
第四节　"国奖"的评价机制与评判标准 (191)

中编　历史化的主要路径与研究方法

第六章　述学体：形象自塑与历史回溯 (207)
第一节　作为个人的历史叙述 (207)
第二节　自传与回忆录：革命言说与历史剪辑 (210)
第三节　文案与文案体：创伤记忆与深度描述 (215)
第四节　作家年谱：复杂人生的祛蔽与遮蔽 (223)

第七章　经典化：体制运作与典范生成 (231)
第一节　体制形成与共和国经典生产 (231)
第二节　文学选本：创作传统延续与当下思潮浸溉 (236)
第三节　文学教育：知识生产与组织规划 (251)

第八章　文学史：主流规约与历史重建 (258)
第一节　当代新传统与历史沉积 (258)
第二节　编辑介入与创作史 (262)
第三节　文化研究的辐射与镜鉴 (270)
第四节　作为"后史"的修订与再版 (281)

第九章　史料收集与整理 …… (290)
　　第一节　史料基本形态及收集与整理 …… (290)
　　第二节　需要处理的几个关系问题 …… (306)
　　第三节　探寻突破与超越之路 …… (314)

第十章　史料甄别与辨析 …… (323)
　　第一节　"语境还原"下的具体实践 …… (325)
　　第二节　私人性史料的甄别与辨识 …… (337)
　　第三节　无法回避的孤证 …… (344)

下编　历史化相关专题探讨

第十一章　历史化的历史观问题 …… (359)
　　第一节　历史观之对历史化的特殊功能价值 …… (360)
　　第二节　文学怎样表达政治 …… (366)
　　第三节　文学如何书写革命 …… (372)

第十二章　历史化的文学性问题 …… (380)
　　第一节　文学定位：从"理论本体"凸显说起 …… (380)
　　第二节　纯文学研究与文化研究 …… (389)
　　第三节　史诗文体与网络文学的文学性问题 …… (399)

第十三章　历史化与文学批评 …… (409)
　　第一节　批评为何及如何参与历史化 …… (412)
　　第二节　实践反证与当下新面向 …… (417)
　　第三节　由非虚构写作引发的思考 …… (425)

第十四章　历史化与旧体诗词 …… (429)
　　第一节　旧体诗词入史的依据 …… (431)
　　第二节　身份群体与多学科研究 …… (437)
　　第三节　"惯性滑行"之后的追问 …… (446)

第十五章　历史化与知识学养 ································· (455)
第一节　代际状况及基本判断 ································· (456)
第二节　学者知识学养与大学文学教育 ······················· (463)
第三节　学者知识学养与批评家的关系 ······················· (471)

结语　历史盘点与八个问题的综合考察 ························· (478)
一　八个问题的综合考察 ································· (479)
二　历史盘点及对局限性的超越之思 ······················· (497)

附录一　"50后"学人与当代文学历史化研究 ····················· (501)

附录二　历史化内在路径与父母形象重塑
——以茅盾、柳青、杨沫子女追述为例 ····················· (517)

主要参考文献 ··· (532)

后记 ··· (543)

绪论　历史化：需要正视的一个重要命题

中国当代文学研究在1949年以迄于今的七十年时间里，经过几代学者和批评家的共同努力，整体水平和成就与日俱增，它已成为中国学术重要而又极具活力的组成部分。尤其是改革开放以来这四十年，更是取得了前所未有的发展。然而，也许与"贵古贱今"观念的潜在影响和当代文学学科的属性特点以及自身存在的问题有关，当代文学研究在相当程度上处于被忽视的状态，其学术价值没有得到应有的评价和尊重，甚至有意无意地被视为"次级"的或没有"学问"的一种研究。实际上，这不仅仅是当代文学，其他有关的新兴学科（在中国语言文学一级学科范畴下，还有文艺学、比较文学与世界文学等），也都有类似的情况。就拿与"当代文学"具有血脉关联的"现代文学"来说，它在学科创建伊始，也是备受贬抑，以致从事这方面创作、研究和教学的胡适、朱自清、闻一多等著名学者教授，当年在大学里同样承受了很大的"压力"。

按照流行的观念来讲，"当代"与"历史"是矛盾的，当代人不修当代史也是一个约定俗成的习惯。这里有文化制度方面的障碍，也有当代人自身的限制。但从1840年后，由魏源等首开先河，这个传统被打破了。正如有的智者所说，当代人修当代史固然有其局限，但却也有后人无法享有的便利条件，在凯旋门拍一百张照片，不如到实地站5分钟更能使人了解它。也许与此有关吧，所以，当唐弢、施蛰存等在20世纪80年代提出"当代文学不宜写史"[①] 时，就遭到了当代文学领域不少学者和批评家的

[①] 唐弢：《当代文学不宜写史》，《文汇报》1985年10月29日；施蛰存：《当代事，不成"史"》，《文汇报》1985年12月2日。

激烈的批评。富有意味的是，延至今天，先后竟有80多部当代文学史出版，这大概是唐、施两位学术前辈没有想到的。这也说明，随着时间的推进和学者的共同努力，当代文学研究是可以提高并大有作为的。学科建设是实践与想象的一个互动过程，当代文学也循此逻辑推演。在这里，我们无意全面系统地盘点和梳理当代文学学科及其研究的成败得失，而只想从"历史化"角度契入展开探讨，表达我们对当代文学研究如何学术化，进一步提升和发展的一些想法。

一　历史化的概念内涵

泛泛地讲，所有的文学研究尤其是文学史研究都可被称为"历史化"，因为不管研究者有无意识到，他在事实上是按照一定的思维观念，对研究对象展开较为客观和具有历史感的研究。本书所谓的"历史化"（为叙述方便，以下简称历史化），当然并不排拒这样一种思维理路，但为了给全书论述找到一个较为切实的契入点，也为了避免行文的泛化和歧义，倾向于将历史化看成在多元复杂语境下，有别于文学批评的一种学术化、学科化、规范化，并且处于需要不断阐释的自我救赎活动，从这样一个相对狭义的角度探讨当代文学。显然，这也是近年来当代文学领域一个引人关注的话题，一个需要正视的重要命题。像洪子诚、程光炜、李杨、李洁非、陈晓明、王尧、张清华等当代文学学者乃至王岳川、陶东风、南帆等从事文学理论研究的学者，都曾旁涉于此，留下深浅有别、详略不同的一些研究成果。孟繁华、程光炜在其合著的《中国当代文学发展史》绪论第一节，还以"当代文学的'历史化'"这样的标题命名，该文学史开篇第一句就是："中国当代文学作为一个学科，它的建立有一个历史化的过程"。[①] 这里需要特别提及一下的是洪子诚，迄今为止，虽然没有正式发表有关历史化的主张或宣言，甚至连历史化这个概念平时也不大使用，但由于事实和影响等，他在《中国当代文学史》前言中提出的"将问题'放回'到'历史情境'中去审察"[②]的思维理念，以及有关的研究实践——从1999年的《中国当代文学史》，到2002年的《问题与方法——

[①] 孟繁华、程光炜：《中国当代文学发展史》（修订本），北京大学出版社2011年版，第1页。

[②] 洪子诚：《中国当代文学史》前言，北京大学出版社1999年版。

中国当代文学史研究讲稿》，再到2016年的《材料与注释》，却可以视作历史化的基本指导思想和最具影响力的标志性成果。2009年10月中国人民大学文学院和2019年3月杭州师范大学人文学院先后召开有关"当代文学研究的'历史化'""中国当代文学的历史化问题"的专门研讨会，围绕"重返80年代"的问题与方法、左翼化与"十七年"文学研究、文学史写作及其概念内涵等问题，从理论、现象与实践等层面展开探讨。创刊时间不长的《中国当代文学研究》，在2019年第5期还以"当代文学历史化"研究专辑为题，刊发了一组三篇文章，从不同维度对该问题的理论资源、研究态势等进行了探讨

不过，同样是历史化，稍加辨析，我们可以发现，它们彼此的概念内涵是不同的，一种叫"当代文学的历史化"，还有一种叫"当代文学研究的历史化"，它们彼此有联系，但又不尽相同，需要在不同层面上加以区分。前者，主要以文学创作为评判对象，后者，主要以文学批评或研究为评判对象。"许多年来，关于当代文学与历史化的话题一直含混不清，这与没有区分出当代文学的'历史化'和当代文学研究的'历史化'有很大的关系。中国当代文学研究的'历史化'本身不是一个伪命题，但如何来讨论和落实确实是个大问题。"[1] 而就概念内涵背后的观念考察，历史化起码存在着如有研究者所说的"偏重于客体""偏重于主体"和"重视主客体结合"三条路线。[2] 当然，这里所讲的三条路线是相对的。尽管在具体研究中，人们对主客体路线各有侧重，但是无论在认识或实践上，人们往往都能看到单纯的主体或客体路线并不能如愿地实现历史化，因此都十分重视主客体结合的路线，主客体结合可以说是当代文学历史化的一条主要路线。这种状况在陶东风和李杨身上就有体现，如陶东风在客体路线上强调了福柯的理论，主体路线则重视布尔迪厄的观点；李杨刚开始十分重视福柯的"知识考古学与谱系学"，不久又特别强调詹姆逊的"永远历史化"的观点。[3] 这就更招致了历史化问题的多义和复杂。甚至对"历史化是什么"，它到底是一个负面的还是正面的概念，迄今还有不同的解

---

[1] 王尧：《作为文学史研究过程的"历史化"》，《中国当代文学研究》2019年第5期。
[2] 参见颜水生《论当代"历史化"思潮及其反思》，《南方文坛》2011年第2期。
[3] 参见颜水生《论当代"历史化"思潮及其反思》，《南方文坛》2011年第2期。

释。如有人就"把历史化理解为一个具有总体性的观念,为它设定一个既定的本质、目的、规律,并试图把那些具有偶然性的日常生活事件,以及复杂的人性,都纳入到以社会进步、民族解放、阶级斗争、现代化建设为依托的'大叙事'之中"①——实际上是将历史化视作一个"封闭僵化"的代名词。也因此故,所以在研究中,往往就嵌入"去历史化""非历史化"等表示"拨乱反正"意思的特有概念术语。当然,这是少数的,绝大多数的学者,还是将历史化当作当代文学进行知识重构,一种实现学科自足性和自主性的学术现象。它的意义,主要表现在对当代作家位置的重排、对经典谱系的调整,特别是对"文学经典"与"文学史经典"作了区别。因此,往往与知识化或谱系化联系在一起,带有历史反思、调整和"再解读"的意味。

人们之所以对历史化产生歧义,自然与他们所持的立场观点和观照角度不同有关,但同时也与来自西方的历史化理论本身的含混性,以及我们在讨论时将上述所说的把"当代文学的历史化"与"当代文学研究的历史化"不加区分地混为一谈有一定的联系。关于当代文学的历史化问题,目前学界都倾向于认为,它最早的"外源性"源头可追溯到黑格尔的历史哲学,但将其理论化并使之成为一种社会文化分析的一个核心范畴,主要是由卢卡奇、阿尔都塞、詹姆逊等西方马克思主义学者完成的。作为现代的一种精神文化思想,历史化在实践中的价值和存在的问题,都与卢卡奇、阿尔都塞"历史总体性",尤其是与詹姆逊的"永远历史化"的理论密切相关。

所谓的"永远历史化",简单地说,就是用"辩证的或总体化的"②思维方法将历史化与政治无意识及文本阐释联系在一起,以此来还原意识形态话语及其运作过程的原貌。为之,詹姆逊提出了意识形态素的概念,即要求确定"对象"在被命名前的"自主"状态,以及剥离意识形态话

---

① 参见泓峻《"去历史化"写作的负面影响》,《文艺报》2015年2月4日;李德南《从去历史化、非历史化到重新历史化——新世纪小说叙事的实践与想象》,《新文学评论》2012年第4期。
② [美]弗雷德里克·詹姆逊:《政治无意识》,王逢振等译,中国社会科学出版社1999年版,第1—3页。

语的外在影响和可能造成的扭曲。而为了正确指认这种意识形态素,出于马克思主义基本原理的要求,则有必要回到文本和文本创作者的历史环境,寻找其"生产形式"。值得注意的是,詹姆逊部分超越了马克思主义的理论视域,将生产从经济行为扩展到文化行为,并提出生产模式的动态性和历史性特征。具体来说,每一种生产形式决定了文本所呈现的意识形态性,而每一种生产形式本身又是不同意识形态话语矛盾、斗争和妥协的产物。因此,每一种生产形式既包含着历史的因素,也暗示了未来的可能性。可以说,生产形式是詹姆逊的历史化理论所关注的核心,而通过这种话语体系的建构,詹姆逊的历史化理论以及还原意识形态运作过程的努力也就获得了双向的超越性——不但关注于历史的确然,也关注于未来的或然;不但研究客观的静态存在,同时也面向主体的动态变化开放。这是其一。其二,更进一步来说,詹姆逊的历史化策略反对的正是将历史本身"绝对化",最终的落脚点仍在"现实"。因此,不是"我们"注视并审判"历史",而是"历史"反过来言说"我们"是如何被"叙述"出来的,历史化是"历史"与"我们"对话的产物。其三,在历史叙述问题上,詹姆逊强调历史化虽有自己的运行路线和阐释方式,尤其是在"建构研究客体和'遏制策略'的'局部'办法"方面有自己独到的追求,但从根本上讲,它是"历史文本化"与"文本历史化"的统一。因此,他一方面主张"从政治社会、历史的角度阅读艺术作品",另一方面又倡导"从审美开始,关注纯粹的美学的、形式的问题,然后在这些分析的终点与政治相遇"。[①] 这种既关注文本的历史性,又重视文本的审美性,对于纠正纯粹的"知识考古学""知识社会学"的偏差,无疑是有意义的,这也是詹姆逊不同于福柯、布尔迪厄的独特之处,是他历史化的终极目标。

当然,詹氏的"永远历史化"也是有限的,在强调辩证的、整体性的同时,如何关注"断裂""碎片""另类"等其他异质文学现象和历史参与,以构成既相互抵牾又相辅相成的多维立体的阐释和评判机制;如何防止对其作亘古不变的本质化、教条化的理解,以避免滑向"为学术而学术"

---

① [美]弗雷德里克·詹明信:《晚期资本主义的文化逻辑》,陈清侨等译,生活·读书·新知三联书店1997年版,第7页。

"为真实而真实"的偏至,他的理论不仅显得苍白无绌,而且存在着伊格尔顿所说的"述行矛盾"——"'永远历史化'是一个拒绝相对化的绝对命令,一个拒绝语境化的无语境要求,一个拒绝变化的永恒真实。"①

由上可知,詹姆逊的历史化是与政治、经济、社会、历史、叙事诸多内容交融的一个相当复杂的概念。它不同于我们习见的各种"主义",具有反抗本质主义、形式主义和非历史化研究,要求回归整体综合和跨学科研究的趋向,只有通过相互定义或纳入一定的体系之中,才能充分显示其反思功能和积极价值。黑格尔说:"概念无疑地是形式,但必须认为是无限的有创造性的形式,它包含一切充实的内容在自身内,并同时又不为内容所限制或束缚。"② 也正因此故,我们没有必要对上述历史化概念及其阐释进行简单的评判。关键还是要从整体性和关联性上去把握,尽量避免误读和不应有的简化,以辩证唯物主义态度正视 20 世纪 90 年代当代文学研究"转向"以后出现的新情况和新问题。在研究中,不是对研究对象作非此即彼的单维单向的评价,而是将包括卢卡奇、阿尔都塞、詹姆逊、福柯、布尔迪厄、海登·怀特、科林伍德、韦勒克、沃伦、卡勒以及对之持批评态度的伊格尔顿等各种理论主张融通。如此,才能丰富和充实历史化理论的内涵,促使其在主客体路线结合上向新的高度跨越。

在历史化问题上,陈晓明是当代文学研究领域讲得较多也是最具理论性的一位学者。在《表意的焦虑——历史祛魅与当代文学变革》和《现代性与中国当代文学转型》(主编),特别是在《中国当代文学主潮》等著作中,他将历史化作为文学史的一个核心概念,认为历史化与现代性就像一枚硬币的两面,共同实践着文学史的建构,它不仅"给人类已经完成的和正在进行的实践活动建立总体性的认识,是在明确的现实意图和未来期待的指导下,对人类生活状况进行合目的性的总体评价",而且"在不同的阶段总是以特定的结构和形式来展开和完成的,并且有着内在的分裂、自相矛盾和重复变异",包括在"十七年"写的今天看来有很多夸张和不真实的作品,都自有其合法性和合理性。沿着这一思路脉络,他强调

---

① [英]特里·伊格尔顿:《我们必须永远历史化吗?》,许娇娜译,《外国文学研究》2008年第6期。

② [德]黑格尔:《小逻辑》,贺麟译,商务印书馆1980年版,第328页。

对当代文学要有一份"更客观的同情式理解和反思性评价",并对历史化做出了这样的判断:"'历史化'的文学史表明:现代性在中国始终按照中国的方式来展开历史实践——现代性既已走到了尽头,又是一项未竟的事业。这使当代中国的文化建构呈现为极为复杂的形势。在文学的'历史化'与'去历史化'的纠缠结构中,写作主体也不断表现出解脱与反思的双重姿态,并努力在现代性/后现代性的二难语境中寻找出路。"尽管陈晓明所说的历史化,更多借用的是詹姆逊的"理论结构",不免显得有些空疏,而且主要还是从创作实践的角度提出问题,但通过他的充满激情和富有思辨的阐释,在分析和把握当代文学繁杂关系的同时,提出了历史化的"根本方法还是回到对文学作品文本的解释,'历史化'还是要还原到文学文本可理解的具体的美学层面";[①]"在历史的客观化过程中,作家的立场观点和方法都受制于历史化,但文学术作品,文学写作总有一种内在特质无法被完全历史化。……即使处于那种特别的历史时期,依然有某种属于文学性的东西。"[②] 这是比较难能可贵的。这也许是陈晓明作为理论家与批评家双重身份在历史化问题上的一个富有意味的投影。

与陈晓明不同,程光炜有关历史化的研究是非常务实的,当然也是致力最多、收获最丰硕的当代学者之一。这与他来自现当代文学专业的学术背景有关(陈晓明则来自文艺学的学术背景),与导师陆耀东先生对他的影响有关,但更主要的恐怕还是来自他自己对历史化的理解及其治学观念和致思路径:这就是反对过于感性化和宏观化,强调历史意识和学科意识,主张将当代文学返回到它所在的"历史语境"中,用学术研究的方式对它做出较为客观和历史感的处理,并努力构建一套相对稳定和带有普适性的知识谱系,包括文学史、现象流派、作家作品等,使当代文学研究从"批评化"状态逐步转移到"历史研究"的平台上,逐步实践与现代文学、古代文学研究对接。程光炜在接受采访时曾说过:"'历史化'观点的提出,针对的是始终把'当代文学'当作'当下文学'这种比较简单化的历史理解。具体地说,我试图用知识观念和知识范畴把总在变动无常的'当代文学史'暂时固定住,就在暂时固定的当代文学史范围内开

[①] 陈晓明:《中国当代文学主潮》,北京大学出版社2009年版,第19—22页。
[②] 陈晓明:《个人记忆与历史的客观化》,《当代作家评论》2002年第3期。

展对它较为客观和具有历史感的研究。"他还形象地将自己这种研究,称为"历史分析加后现代",或叫"中国传统的史学研究加福柯、埃斯卡皮、佛克马和韦勒克的方法"。① 正因此,程光炜总是赋予历史化以强烈的"历史现场感",并从切实的史料出发,将其与具体的对象、问题结合起来,从不流于空谈,或拿某种既定的理论去套。他说:"我也读理论,但我不会把它当作我讨论问题的唯一方式,而是在我困惑的地方去回味它,在二者之间找一个平衡点,再从我困惑的地方找问题。"② 有时候,甚至有意对理论采取规避的姿态。他提出的"先划出一定历史研究范围"(如"十七年"文学、"80年代"文学),进行"分层、凝聚和逐步的展开"③的倡议,尤其是提出并实践的"重返八十年代"的倡议及其在当代文学目录和选编方面取得的成绩,表明他的踏实践行。在历史化问题上,如果说陈晓明表现了强烈的理论化倾向,那么程光炜就体现了鲜明的实践色彩。

本书是专门探讨"当代文学研究的'历史化'及其主要路径与方法",所以,在总体上比较接近程光炜的研究思路,主要是针对"研究"(而不是"创作")而言,某种意义上,它是"对研究的研究",或者说,倾向于把当代文学"当作一门学问来研究",属于上述所说的"当代文学研究的历史化"范畴。当然,研究思路的"接近",并不表明我们在对历史化认识、判断和方法运用上没有差异和侧重。比如,在如何打破具体的"时段"界限,将70年时长的当代文学视作历史化的一个整体;如何在"外源性"上厘清历史化与西方理论之间的授受关系,同时也在"内源性"上揭示它与中国传统学术之间的血脉关联;如何关注历史化中历史观的统摄作用、文献史料的支撑作用和充满张力的不断阐释,以及研究主体自身的知识谱系、精神建构等诸多问题,由于选题、出发点和角度不同,都有自己的思考和探索。落实到具体的框架内容,主要包括"史观历史化"与"史料历史化"两种形态和以下三个方面。

---

① 程光炜、杨庆祥:《文学、历史和方法——程光炜访谈录》,载程光炜《当代文学的"历史化"》,北京大学出版社2011年版,第231、226页。
② 引自杨晓帆、虞金星《当代文学研究的"历史化"研讨会纪要》,《文艺争鸣》2010年第1期。
③ 程光炜:《当代文学的"历史化"》总序,北京大学出版社2011年版。

一是宏观层面的历史观念问题,包括对当代文学研究意义价值的衡估、学术经验的总结、内在规律的梳理、未来前景的判断等,希望站在长时段和今天时代的高度给予历史的评价;二是中观层面的有关问题,如文学史、文学思潮、文学现象的书写,文学评判制度的梳理,文学经典的筛选,历史化与当代性、批评及学人关系的辨析等,拟就这些重要的难点和节点问题做出有针对性而又富有学理深度的阐释;三是致力于文学史料的收集整理、甄别辨析与分类编纂,包括传统形态的文献史料,也包括新型的文学史料,涉及的内容繁杂,且长期以来被我们忽略了,所以带有明显的"补缺"性质,它虽然属于基础的层面,但却成为历史化中的不可或缺的重要组成部分。从时间上讲,涵盖了1949年以迄于今的各个阶段,尤其是"十七年"和八九十年代,它是对当代文学整体生成发展及其知识立场,在全面反思清理基础上的历史重构和学术重建。自然,从研究的实际情况来看,讨论最多也是最为集中的则是八九十年代尤其是"十七年"。这也表明历史化与时间是有关系的,它其实已涉及了历史化的内在矛盾:当代文学研究对象,到底在什么情况下和程度上可以或容易被历史化,而在什么情况下和程度上则不易甚至很难被历史化?所有这些,都需要根据历史化的原则做出解释,它无疑是有难度的。有学者多次谈到,中国当代文学研究会与中国现代文学研究会都成立于1979年,它们起步时间和历史差不多,"但现代文学研究取得了辉煌的成就,而当代文学除了'十七年'研究,一直在那里原地踏步,起点和水平都不算高"。[1] 这样的忧思,在当代文学研究领域是很有代表性的,它从一个侧面反映了业内同人对历史化的诉求。

当代文学如今走过了七十多年历史,已经是现代文学存在时间的两倍还多,不能永远停留在"我批评的就是我"的"批评"状态,是可以而且应该历史化了,而历史化,正如米兰·昆德拉所说:"只有在历史之内,一部作品才可以作为价值而存在,而被发现,而被评价","伟大的作品只能诞生于它们的艺术历史之中,并通过参与这一历史而实现",[2]

---

[1] 程光炜、魏华莹:《在"当代"与"历史"之间——程光炜教授访谈》,《学术月刊》2013年第7期。

[2] [捷] 米兰·昆德拉:《被背叛的遗嘱》,孟湄译,上海人民出版社1995年版,第16页。

因而它是当代文学走向学科化的必由之路。另外，经过这么些年的运演，当代文学中有不少东西已"沉淀"为"历史"，成为一种相对稳定态的知识谱系，尤其是"十七年"。而这些东西往往是批评难以面对和解决的，需要好好地坐下来做一番扎扎实实的研究。当代文学面临的情况很复杂，需要研究和拓展的东西也很多，每年海量般的新人新作就足以让我们应接不暇（光长篇小说，现在每年的"年产量"据说就有5000多部①），但实际上，更关键的可能是这些重新解释的最基本亦是最基础的东西。此外，它还与我们曾经经历的新时期特定历史语境有关，"由于刚打倒'四人帮'，为文学正名的批评任务非常繁重，所以需要大批批评家承担这一历史任务，所以不光第一代，连第二代'当家人'，都卷入了当时无休止的论争、批评之中，这就奠定了当代文学研究过于'当下化'的传统和历史积习"。② 正是基于这样的事实和道理，我们认为在当下日趋多元的情况下，有必要提倡和鼓励部分学者从充满争讦的"前沿"状态分层出来，着重于做历史化方面工作，这至少是构成文学研究的一个方面和维度。本书之所以以专题形式进行研究，目的就是希望在这方面尽一点绵薄之力。显然，在这里，历史化问题的提出，它包括了我们对以往过于主观的"批评化"的反思，以及要求摆脱"现代文学"附庸角色的强烈冲动，它反映了当代文学日益明显的学术自觉意识。当然，我们也不赞同将历史化狭隘为一种平面化和闭合式的"史料"研究，一种过于依赖"文学史共识"的经验式和重复性的知识生产，而是将其视为在历史与现实、思想与事实之间，充满张力的一种自主性的学术活动。这一点，必须非常明确，并贯穿于研究始终。

解志熙在20世纪90年代末写的一篇带有随感性质的《"古典化"与

---

① 参考白烨《现实人生的多点透视——盘点2015年的长篇小说》，《中国图书评论》2016年第4期。需要说明：近些年来长篇小说的"年产量"到底是多少，并无十分准确的说法。白烨在此文中说，他所说的2015年5000多部长篇小说的数据，是"从国家新闻出版有关部门得到的"，他认为"长篇小说的年产量在5000部以上，当是现在创作与生产的一个基本规模"。白烨作为长期主持《中国文情报告》的中国社会科学院文学研究所的资深研究员，这样的数据及判断，应该说是可信的。

② 程光炜、杨庆祥：《文学、历史和方法——程光炜访谈录》，载程光炜《当代文学的"历史化"》，北京大学出版社2011年版，第230页。

"平常心"——关于中国现代文学研究的若干断想》文章中,提出了一个很有意思的命题,叫现代文学研究的"古典化"与"平常心"。他说:"现代文学研究的古典化,不但不会降低现代文学研究的水平,反而意味着更高、更严格的学术要求……既然现代文学研究越来越具有历史研究的特点,那么遵循比现在性及当下性远为严格的古典化学术标准和规范,也就是势所必至,理有固然的事。不难想象,按照这样的标准,现代文学研究还有多么艰巨、细致和大量的工作要做(而且操作起来也要比古典文学更难,因为现代文学的文化—知识背景要比古典文学复杂得多)——还有多少问题我们根本没有触及,还有多少问题我们根本没有说清楚,还有多少我们以为说清楚的问题还要有待于澄清……要之,真正古典化的,也即真正具有历史感和学术性的现代文学研究,才刚刚开始。然而只有当我们有了一种平常心,我们才可望把这一刚刚起步的学术进程推动起来,并持续下去。"① 他所说的,应该也适合当代文学,也是需要引起我们注意的。如果我们过分强调当代文学研究的"主体性"和"特殊性",而忽视了历史感和学术性这一作为研究应该具有的共同的也是最基本的品格,那么,反而可能会给整体研究带来意想不到的后果。像所有的其他新兴学科一样,当代文学也存在着相对"稳定态"和"漂浮态"两种知识谱系,历史化工作,就是将其放在历史脉络和整体性结构中给予富有张力的定位和阐释。而要实现这一点,的确是需要那么一点"古典化"与"平常心"。看来,要真正进行研究的历史化,我们不仅要在观念和方法上,而且还要在心态上有所调整。如果过于执守一种批评的心态,以此为绳,规范和要求历史化,其所得出结论与实际情况可能大相径庭,它也很难做到解志熙所说的"平常心"了。

当然,在谈历史化重要性和必要性的同时,我们也清醒地认识到它在具体实践过程中面临的困难和问题。毕竟,当代文学历史化是在当代中国的语境下进行的。且不说当代文学离我们太近而给我们思维视野带来的拘囿和影响(所谓的"不识庐山真面目,只缘身在此山中"),它的不少文献史料因带有较强的政治性还封存在档案里,至今没有公布;也不说当代

---

① 解志熙:《"古典化"与"平常心"——关于中国现代文学研究的若干断想》,《中国现代文学研究丛刊》1997 年第 1 期。

文学领域原本就缺少"经典"作品——人们通常所说的当代文学只有"文学史经典"而没有"文学经典",这些重要的文献史料和文学经典的缺乏,当然不可能不给历史化带来影响,因为没有文献史料和文学作品的经典化,当代文学的自足性就不可能真正地建立起来。而且,当代70年本身也并非"铁板一块",其中有的已成为"历史"("历史的形态"),与我们渐行渐远,如"十七年"文学和"文化大革命"文学;有的仍是"现实"("当下的形态"),与我们完全处于同构状态。但"无论对'历史'还是'现实',我们都有许多困惑,而关于文学的困惑常常不是来自文学本身,而是源于文学的处境。即便讨论文学的话题,我们也是在与时代的关系之中展开的"[1]。就拿周扬与丁玲来说吧,不少人之所以对这两位现当代文坛"班主"的晚年做出褒贬分明的不同评价,除了他们自身的表现,与新时期以来"去政治化"思潮密切有关,用青年学者李美皆的话来说,就是受其"晚年共时的'青年'即今天的话语主导者的左右"。她认为,对于丁玲来说,毕竟"晚年离当下人最近,见证过她晚年的人还在世,而被叙述的近期历史总不免带有叙述者的主观性和功利性,近因效应难以逾越。也许,只有当历史拉开了足够的距离,后世人才能客观全面地审视丁玲"[2]。应该说,这样的分析和评价是比较客观的。其他如"三重"事件(重评文学史、重写文学史、重排文学大师)、"断裂"事件、小说"沙家浜"事件、顾彬的"垃圾论"事件,以及因诸多因素引发的对"十七年"和"文化大革命"文学的"再解读"(如唐小兵主编的《再解读——大众文艺与意识形态》)等,也都有类似的情况,并且由于文化传统和外来资本的参与,加之学术制度和李美皆所说的研究者主观性、功利性和"近因效应"驱使,似乎显得更加突出,也更为复杂。

从这个意义上,笔者很赞赏张清华对历史化做的如下判断:"当代文学的历史化并非'现实',而是一个长久以来一直持续不断地发生着运动",当它开启了当代文学研究科学化进程,将众多历史现象再度陌生化的时候,实际上是很容易在"科学"的名义下,给它带来"非人文化"

---

[1] 王尧:《"关联研究"与当代文学史论述》,《当代作家评论》2009年第5期。
[2] 李美皆:《"晚年丁玲"与青年作家》,《文学报》2015年9月10日。

的倾向,① 这是需要警惕的。也正是在这个意义上,笔者认为唐弢、施蛰存提出的"当代文学不宜写史"虽不免有些绝对,但却自有一定的道理。它告知我们在重视历史化的同时,不要忽略这一学术活动本身在"本体"和"价值"两方面存在的局限:"也许是历史本身无法复原的本质所决定的,因此,历史化的应有之义,也许还应该包括对当代文学'历史叙述史'与当代知识分子的精神史、心灵史、知识谱系的建立史的考察,唯有如此,才能对其人文属性的获得有一个比较客观的认识,而这正是重返历史的必要前提之一。"② 明白这一点很重要,它使我们对历史化的意义及其限度有一个清醒的认识,避免将其功能价值进行过分夸大。它也说明历史化是非常"残酷"的,它需要经过不断的筛选和反复的过滤。我们这里所说的历史化,仅仅是其第一个当然也是很重要的环节,它还要反复不断地经受类似的筛选和过滤——所以难怪詹姆逊会说"永远的历史化",并将其当作"一句绝对的口号",当作他的那部论著《政治无意识》的"真谛"。正因为如此,我们认为对当代文学历史化研究应该在总体上采取一种建构主义而非本质主义视角。

二 历史化的学科意义

当代文学研究领域自觉意义上的历史化,是在 20 世纪 90 年代尤其是进入 21 世纪以后,伴随着学科建设大潮而出现的一项学术活动。在横向上,它与詹姆逊等西方马克思主义及后现代推崇的历史化有关,而在纵向上,则与中国传统的汉学有一定的关联(这一点详见下文),自有其外源性、内源性的根由。它的提出及其实践,对当代文学研究和学科建设的意义,主要是对原有过于主观化的叙述,重新进行排列、辨析和调整,使之呈现出作为学科应有的客观属性。这也表明,当代文学经过大半世纪的自我型构后,不再满足于现有的状态,开始向知识化、专业化、学术化新阶段推进,有了较为自觉的跻身于中文核心学科行列的思维理念和学术追求。

---

① 张清华:《在历史化与当代性之间——关于当代文学研究与批评状况的思考》,《文艺研究》2009 年第 12 期。
② 张清华:《在历史化与当代性之间——关于当代文学研究与批评状况的思考》,《文艺研究》2009 年第 12 期。

当然，如果跳出较为狭隘的专业论域，从社会主义文化建设与发展的战略目标来看，它的提出和实践，可能还与21世纪以后国家主流意识形态要求加快中国特色学科体系、学术体系和话语体系三个体系建设的思想有关。[①] 这里所说的"三个体系"，当然不是单纯针对当代文学甚至不是针对文学，而具有更为宏大的追求和深刻的现实指向，但它所蕴含的思想对当代文学历史化同样也是适应的。为什么这样说呢？因为学科体系之所以被称为"体系"，除了有主观性在里面，还必然有建立在高度专业化基础之上的客观知识的支撑。这也可以说是构成当代文学历史化的一个新的、更大的学科背景。其实，如果站在新时代中国特色学科体系建设的高度，借此反思和盘点中华人民共和国成立以来的文学历史，这对当代文学学科来说，也是一次难得的契机。学科是知识与权力的结合，它有自己的功能价值与评价标准，也有自己内部的学术逻辑与外部的社会响应。当代文学也不例外，所不同的，是因为所述内容与当下社会历史密切相关，且处于变动之中，不易把握，具有多种重构的可能性。这也正是它的一个独特之处。陈平原在谈及学术史上的现代文学时指出："对于具体的学者，选择什么样的研究策略，除了审时度势，还须考虑自家的兴趣和能力；可对于学科来讲，则有可能借助于经常的自我反省，调整方向与步伐。每一次理论反省，每一次方向调整，每一次队伍集结，都是为了重新出发。"[②] 反思是学科保持青春常在的奥秘，也是观照把握历史化的重要契入点，只有具有自觉的学科意识和学科眼光，才能充分认识历史化。现在有的学者尤其是有的批评家往往只从审美角度来看历史化，这虽不失为一种研究且自有其价值，有必要引起我们的重视，但因较为单一狭窄，也使其自觉不自觉地陷于另一种"迷津"，而失却其历史化之对学科意义的周彻理解。一个学科推进到一定阶段，总要反思与盘点，而反思与盘点，恰恰是历史化的本义。可见研究角度的选择，它并不单纯是视点问题，还与深层的思想观念密切有关。

不过，这并不意味以往的当代文学就没有历史化研究。一般地讲，作

[①] 要求加快中国特色学科体系、学术体系和话语体系三个体系建设，参见习近平《在哲学社会科学工作座谈会上的讲话》，《人民日报》2016年5月19日。

[②] 陈平原：《文学史的形成与建构》，广西教育出版社1999年版，第71—72页。

为一种历史叙述的方式,历史化在当代"前三十年"也存在。如文学史、文学选本和文学史料汇编等。但它的话语权主要掌握在当时文坛和学界领导那里,带有较为明显的意识形态色彩,学者参与度有限;即使参与,通常也是被动的,更多是基于革命历史的建构,而不是出于学术研究的写作,更不要说出于学科建设的考虑。这种情况,直到20世纪90年代文化学术转型后才改变。所以导致此前有关成果和积累比较孱弱,很难对当代文学学科产生多大的影响。要知道,历史化是建立在切实的专业和学术基础之上,缺少专业和学术的基础,其所谓的历史化也是有限的。反过来,学科意识的缺乏,它也不能不对历史化带来规限,这是相互牵制、相互影响的一种关系。

众所周知,在目前中国语言文学一级学科所辖的七个二级学科中,"当代文学的学科可靠性一直让人疑惑和担心",在教育部和国家质量监督检验检疫总局、国家标准化管委会颁布的"学科或专业名目"上,现代文学被称作"现代文学史",而当代文学不叫"当代文学史",而叫"当代文学批评"。这一二字之易,差别甚大,它反映和说明了当代文学作为一个独立学科的不确定性。这种情况的出现,除了中国语言文学学科内部的偏见和对学科标准的不同看法,也暴露了学科自身存在的问题。其中一个比较突出也是令人"困扰"的主要问题,就是把当代文学的批评和研究的功能价值简单地理解为"不停地跟踪现象",而不是在跟踪的同时"还停下来做一些情理和切实的研究,以及设定边界、积累资料而形成话语共识"。[①] 由于缺少学科自觉和自律,所以,尽管当代文学领域人数众多,在思想的敏感活跃和对当下现实的深切关注方面具有明显的优势,也尽管在"十七年""80年代"等时段或领域取得了一批不俗的研究成果,也开始形成一些相对比较固定的研究范畴,但与学科发展的需要及人们的诉求相比尚有较大的距离,只能说刚刚起步,还处于"初级阶段"。

当代文学不同于成熟的传统"三古"(古代文学、古代汉语、古典文献),甚至不同于与之具有血脉关联的现代文学,它应充分发挥自身"当

---

① 程光炜:《当代文学学科的认同与分歧反思》,《文艺研究》2007年第5期。

代"的优势和特点,不必也无须简单因袭传统学科的方法。但既然是学科,那么它也自然且必然地与其他学科有共通或一致之处,不能以"特殊性"为由反对向传统"三古"及现代文学寻求借鉴。遥想20世纪80年代,当时的现代文学就如今天的当代文学一样,在中文系中的声誉并不高,处境也多少有些尴尬,但经过近四十年持之以恒的努力及历史化,这种状况有了很大的改观,如今在学科建设方面明显走在了几乎与之同时起步的当代文学前面。有的研究者在谈及洪子诚和南帆治学方法时指出:"他们对于观点的限定范围和预设的前提有很清醒的自我意识",认为这对提升当代文学研究的专业水准是有贡献的。"因为我们知道中国当代文学研究一方面是一个学科,可是另一方面,这个学科经常不被认为是一个学科,很多时候它就变成了一个所谓的借文学为名的公共发言。"这种"学者"与"公共知识分子"身份的混淆有利有弊,它的"最终的结果是会阻碍学科成果的累积或者说长时段的思考"。[①] 这是有道理的。

研究的学科化与学科化的研究,是现代学术与传统学术的一个重要区别。21世纪学科建设根据时代社会需求和遵循自身发展逻辑,借助教育和科研制度突飞猛进。资料显示,近年来西方发达国家在推进学科专业动态发展方面,呈现出了新的学科与学科群不断涌现、鼓励发展新兴交叉学科、重视基础学科和应用学科的融合发展的三个重要趋势。据美国教育部国家统计中心(NCES)公布的"学科专业分类目录2020版"统计,目前共有学科群50个,一级学科469个,二级学科2179个,相比2010年新增学科群3个、一级学科81个、二级学科459个。当然,这主要是指自然科学、人文社会科学占比较少,其中一级学科43个,二级学科182个,且因关注普遍共性的东西,相对较稳定些,但受总体背景和趋势的影响也出现幅度不小的变化。[②] 中国大体亦是如此。2018年教育部等有关部门颁布的"专业或学科目录"显示,现在中国共有一级学科111个,二

[①] 转引自南帆等《文学的意义与能量》,载周云龙主编《圆桌》2015年春夏卷,人民出版社2015年版,第134页。

[②] 参考王红梅《国外学科发展动态及机制保障》(《光明日报》2020年8月11日),并根据王文提供的线索,对NCES公布的"学科专业分类目录2020版"中的"人文社会科学"学科数据做了检索和统计。

级学科412个，而在这其中，属于人文社会科学的一级学科13个，二三级学科50个。这样的数据虽然在整体学科中占比不大，但较之1997年的一级学科6个，二、三级学科45个，也有明显的增加。① 更为主要的是，随着时间的推演和学科成果的累积，它们开始形成了许多共识性的东西，需要进行知识的归整和处理，尤其是一些新兴学科。历史化就是为了适应时代发展和学术转型的需要，对之所做的一种调整。

不少学者在论及历史化或史料搜研时指出，将这项不无滞后的工作提上重要的议事日程，"有利于学科的稳定性和确定性，也可以使当代文学史更贴近历史真实和更具学术深度"，② 且有利于建立"与古代文学、现代文学史的历史联系"。③ 为什么呢？这是因为学科建设建立在一定"历史稳定"的基础之上。上述这些基于史料的整体系统研究，它不仅开阔大气，而且的确也在相当程度上发挥了这样的"历史稳定"的效果。从一定意义上，历史化所做的就是"历史稳定"的工作，至少带有"历史稳定"的功能作用。而"历史稳定"，对于一个学科来说是蛮重要的，它是学科建设的重要前提和基础。越是成熟的学科，其"历史稳定"性往往就越高，形成的共识性的东西也越多。在中国语言文学一级学科中，当代文学学科自然是属于稳定系数不高的一个学科，至今尚处在"很大的不稳定性之中"。④ 某种意义上，"不稳定"正是它的属性特点之所在。所以，尽管我们勉力从事着"历史稳定"工作，但却完全没有必要为其"不稳定"感到汗颜，也不能操之过急。因为常识告诉我们，所谓的"历史稳定"总是相对的、动态的。但不能操之过急，这并不等于放弃努力，

---

① 参考2018年教育部颁发的《普通高等学校本科专业目录》、国家质量监督检验检疫总局和国家标准化管委会2009年发布的《中华人民共和国学科分类与代码标准学科目录》；1997年国务院公布的《授予博士、硕士学位和培养研究生的学科、专业目录》。有必要说明：美国的学科命名和范围与中国不能完全一一对应，这里所说的"中国人文社会科学"有关数据，暂按照国内现行的"专业或学科目录"中的文史哲三大类所包含的学科进行统计，其中包含了宗教学和传播学，不包含性别、地域研究等。

② 陈剑晖：《当代文学学科建构与文学史写作》，《文学评论》2018年第4期。

③ 程光炜、夏天：《当代作家的史料与年谱问题——程光炜先生访谈录》，《新文学评论》2018年第1期。

④ 参见洪子诚《近年来的当代文学史研究》，《郑州大学学报》（哲学社会科学版）2001年第2期。

或以"相对"性为由,轻视或排斥这些"历史稳定"工作,更不能由之得出虚无主义的结论。对于当代文学历史化研究来说,我们现在需要做的,最重要的也许不是作主观随意或绝对主义的理解,而是在"历史稳定"与"非稳定"之间寻找动态的平衡。落在具体实践的层面,就是根据自己的理解,将其变居无常而又繁杂无比的文学历史暂时固定住,在此基础上开展对它较为客观和具有历史感的研究。这也是我们作为"历史中间物"的一种责任。王尧指出:"在历史化的过程中,形成了文学史某个方面的共识,但同时也不断产生分歧甚至会扩大分歧。历史化的过程,是文学研究者和更广泛意义上的文学接受者累积共识的过程。中国当代文学研究的历史化,是在史学的层面上对当代文学与历史、当代文学思想思潮现象、当代文学经典作家作品作出确定性的论述。"① 用"史学的层面"和"确定性的论述"来概括当代文学历史化,是否十分妥帖,也许可以讨论,但他在讲动态即"不稳定"过程同时又强调"稳定",这个意思应该是清晰的,也是没错的。

说到"历史稳定"之对学科的意义,这里拟有必要对历史化的压抑性机制稍述一二。这种压抑性机制尽管不无残酷性,它"压抑"了不该"压抑"的东西,加之认知的局限,有时甚至会产生误评误判,就像陶渊明、杜甫的诗在当时受冷落,直到中唐及宋代才被人认识"入史"一样,但在历史化中却是不可避免的,并且也是有意义的——因为历史化的表述总是"以简单来征服丰富从而成功地宣告了前一段历史的终结",没有压抑性机制就无法达到文学历史化的目的,它也"不能圆满地说明自己的正当性"。② 当代文学历史化亦然。所不同的是,"只有起点而没有终点"的学科属性所致,加之其间跌宕起伏,变化频仍,且作家作品数量令人咋舌,所以"压抑"的问题显得更突出,被"压抑"了的对象可能也更多,只是我们现在还没看出来,或其所存在的问题在短时间内还没有充分暴露出来。无论怎么说,当代文学历史化也是属于"唐人选唐诗"的学术评判活动。它的所谓的"重返历史"是有效的,同时也是有限的。其对知识化与学术化的追求,不仅带有很强的主观性和随机性,而且有时甚至会

---

① 王尧:《作为文学史研究过程的"历史化"》,《中国当代文学研究》2019 年第 5 期。
② 程光炜:《"四次文代会"与1979 年的多重接受》,《花城》2008 年第 1 期。

出现误评误判,这种被遗落而又被发现的例子在文学史上并不少见。可以预料,随着史料的发掘和史观的变化,此种情况将日益凸显出来,被历史化了的对象可能还要"再历史化"甚至"再再历史化",包括将其降格或剔出文学史(所谓的对文学史的"减法"),也包括对被忽略或湮没了的重新发现和打捞(所谓的对文学史的"加法")。

需要补充说明,这种"减法"或"加法"本身也是历史的,不能作绝对化和本质主义的理解。因为按照后现代观点来看,"一切历史皆文本""文本之外无历史"。对于这种将"历史本体"悬置或取消的观点,我们虽难以在整体上给予认同,但它对如何"历史地"认识、理解和评价当代文学历史化,无疑是有启迪的。这里关键是,面对无可回避的"减法"或"加法",作为"研究主体"的我们具有怎样的立场、态度、学养、胸襟、眼光,这是最根本的。由之,它也向我们提出了一个"自我历史化"问题。应该说,相对于"研究对象历史化",迄为止在这方面明显偏弱,包括研究主体的自觉意识,也包括综合素养等。这自然与长期形成的"重论轻史"和"分科教育"有关,是很值得反思的。

三 历史化的"内源性"资源与"文学中国"问题

为什么讲"内源性"资源与"文学中国"问题呢?道理很简单,作为发生在华夏大地上的一场历史重构活动,当代文学的历史化与如何历史化,它的存在及种种表现,固然与西方理论引进密切有关,但同时也必有其自身的深刻内因,尤其是与"内源性"的中国传统学术和"文学中国"的现实具有难以切割的血脉关联。只有将这一切纳入"中国化"的语境中作历史的、现实的考察,才能对其历史化做出真实准确的评价,我们的研究也更有新意和富有现实价值。

首先,是关于历史化的"内源性"资源问题。

当代文学历史化尽管受到西方理论的深刻影响,但从"内源性"角度考察,仍可从本土传统那里找到自身的发展线索和学术传承,它是中西两大源流在当代相互碰撞、对话与融会的产物。熟悉历史的也许都知道,从孔子著《春秋》开始,到司马迁的《史记》、班超的《汉书》、司马光的《资治通鉴》,再到刘知几的《史通》、章学诚的《文史通义》、清代乾嘉之学,直到梁启超、章炳麟的新史学,顾颉刚写古史辨,经过几千年的不断层积，中国文学已逐渐形成贯通古今的两大历史化诠释系统：一个是重疏证的汉学，又称朴学，它强调用训诂方法治学，注意发掘历史对象的本义；一个是重达意的宋学，则更倾力于发明本心，讲求于引申义的阐释。它们彼此尽管有古文与今文之别，也有程朱与陆王之分，但都自觉以"义理、考据、辞章"为鹄的，打破狭隘的文史哲的界限，将载籍和考据之法作为历史化的基本的研究方法。这与建立在形而上学、知识论、纯文学基础上的西方的历史化是很不一样的。西方 20 世纪开始探讨的很多问题，包括历史化问题，中国很早以前就在探讨——某种意义上，他们探讨的其实就是中国传统汉、宋两学的"本义"与"引申义"及其选择，或者说是"本义"与"引申义"之间平衡点的协调与把握问题，只不过探讨的方式有所不同。中国作为世界的文明古国，也是作为史籍收藏最为丰富的国度，在历史化问题上自有其广博而又独特的资源、思路和方法。它不仅具有纪传、编年、纪事本末、政书、史评、史论等诸种体例，而且在整理和研究方面形成了目录、版本、辨伪、考据、辑佚等一套异常丰富自洽的体系。尤其是在审源流、阐幽微、辨真伪即"辨章学术，考镜源流"方面，更是达到了至今无法企及的精深境地。这对我们置身十分浮躁而又崇尚"文本之外无历史"后现代语境的当下，如何正本清源，建立具有学术自信的中国学术话语，无疑是有启迪的。回到上述历史化的话题上，多少可以弥补詹姆逊等西方学者理论的凌空蹈虚，至少为其历史阐释提供一种新的参照，一种融本体论、价值论、方法论于一体的新的参照。

　　当然，不必讳言，中国传统历史化存在着局限，像清代乾嘉学派在将朴学研究推进很高水平的同时，延至末流，把学问引向偏离人文和整体的烦琐考证，所有这些都有必要清理。而且随着研究对象和环境、观念的变化，要充进新的内涵（比如仅仅讲"二重证据法"已不够了，还要引进历史化研究的新的路径与方法）。但无论如何，不能轻率地排贬中国本土传统的思想和学术，不能认为只有像西方那样的理论才叫理论。相反，应该像任何理论一样，将其摆在与西方平等的地位给予重视。大量的事实表明，真正的学问是不分中西古今的。作为历史对象化的一种产物，中国文学的历史化，由于历史文化和现实国情等多方面原因，它的确形成了一套有别于西方而又带有通古鉴今价值的完整自洽的体系。20 世纪初，在中国刚刚打开国门开始引进西方学科建制时，王国维、梁启超、陈寅恪、胡适等就郑重地提出横移不忘直承的主张,认为有些西方的学科其实中国也有相应的学问,这体现了先辈学者开阔的学术胸襟。因此,他们古今中外兼收并蓄,在历史化方面取得了突出的成就。但由于当代文学研究从20世纪80年代起步开始赶上改革开放的大环境,学者们的眼睛都是盯着西方的,某种意义上,盛行的是"以西律中"的"强制阐释";加之知识结构方面的局限,所以在用西方理论来研究当代文学历史化的时候,往往自觉不自觉地"贵古贱今""贵远贱近",疏忘或忽略了本土传统的固有价值。为什么迄今为止的历史化研究,大多只讲西方"外源性"理论的影响,而不讲中国"内源性"思想的作用,在对历史化源流的认识和评价上存在着明显的偏执,笔者以为都可以从中找到原因。有人说,"学术发展中,既有大突破时期,也有集大成时期,往往交替着出现"。① 当代文学历史化亦然,它既有大突破时期,也有集大成时期。而现在,可以说是历史化的集大成时期,尤其是中西两大源流的集大成时期。这时候,在经过"重西轻中"的大突破之后,我们应该沉下心来,很好地总结经验。如此,方能有效地整合中西历史化所固有的丰富而深厚的资源,创建集大成的新成果,在研究上充分显现作为中国文学历史化应有的深度、厚度和质感。

其次,是关于历史化的"文学中国"问题。

如果说"内源性"思想属于当代文学历史化的时间问题,那么"文学中国"问题则属于历史化的空间问题。从研究实践着眼,众所周知,落实到历史化的具体运作,这里就有一个如何处理大陆与台湾、香港、澳门地区文学关系的问题。它不仅在研究的范围,而且在研究的内容和方法上,应该具有的特殊的当然也是更大的延展性和包容度。在过去,可能与大陆中心的思维观念有关,我们往往对台港澳地区文学抱持较多的批评态度,将其视为大陆文学的边缘。其实,从海洋中心的角度来看,台港澳地区文学可能是另一种状态,甚至是文化前沿状态,它们与大陆文学都属于"同根同源"的命运共同体,在血脉的深层是可以打通的。从更大的范围考察,"20世纪中国文学史的建构,既要打通近、现、当代中国文学,又

---

① 黄修己:《中国新文学史编纂史》,北京大学出版社1995年版,第462页。

必不可少地要联通台湾文学和香港澳门文学。唯其如此，才能以文化地缘性，透视本是同根生的文学同源性，透视它们在不同的政治社会环境中从不同的方向生成各自的文学果实和文学生态，在某种时期互相对峙、封锁，在变化了的另外时期又相互接纳、启发，存在着一定程度上的共同性，既自足，又相互影响"。① 所以，不仅可以纳入，而且还为大陆文学历史化提供相互建构的可能和可行性。而香港文学呢，由于1949年前后大批学者旅居于此，然后北返大陆文坛的左翼文化人士，曾在这里提倡革命现实主义和批判各种异己思潮，更是为大陆文学体制作了预演，甚至可以视为与延安文学相提并论的两个"源头"之一。② 前些年，刘登翰从"华人性"立场出发，曾提出"华人文化诗学"的概念，认为随着时间推演，包括台港澳文学在内的华文文学批评的重心将出现两个转移："一是从重视中华文化和中国文学对海外华文文学的影响研究向突出华文文学中的华人主体性的转移，二是从以中国视域为主导的批评范式向以华人为中心的'共同诗学'与'地方知识'双重视域整合的转移。"③ 这值得我们审思。

当然，话又说回来，如果真的想要将大陆文学与台港澳地区文学作异同并置的融通与勾连，就要探寻一种与之相适的新的历史化的"分流与整合"方式，对大陆固有的当代文学学科体制、秩序与理念进行调整，而不像我们现在见到的大多数文学史那样，在大陆文学之后，再"附录"一个台港澳地区文学。尽管在目前条件还不具备的情况下，采用"大陆本位文学" + "附录"（台港澳地区文学）的形式，也不失为一种选择（当然这种选择，带有很大的无奈和不得已的成分）。并且在笔者看来，这种形式有其合理性，如果将其做好，这也是对历史化的贡献，至少为大陆文学历史化打开了一个新的阐释空间和结构性的框架，为将来大陆文学与台港澳地区文学的"分流与整合"提供了重要的参照。因此，在对此

---

① 杨义：《20世纪文学全史论纲》（中），《海南师范大学学报》（社会科学版）2015年第7期。

② 杨义：《20世纪文学全史论纲》（中），《海南师范大学学报》（社会科学版）2015年第7期。

③ 刘登翰：《华文文学理论建设的几个问题》，《文艺报》2019年7月26日。

进行历史评价的同时，有必要站在更高的角度给予历史的审视。在当下，重点需要思考的问题如下。

其一，如何进一步做好文本和文献收集、汇编和整理等工作。这也是整合大陆文学与台港澳地区文学这"四度空间"，对之进行历史化的前提和基础。而在这方面，由于长期隔绝，成为我们最大的一个"软肋"，一个想摆脱而一时又无从摆脱的"苦恼之源"。所以，这有必要通过跨区域跨文化协作、现代传媒等多种方式和途径，逐步予以缓冲和解决。其二，与之相应，是如何对中国大陆文学与台港澳地区文学历史化及"分流与整合"等重要问题，根据异同并存文化共同体实际，在理论上做出合历史合逻辑的阐释。如近年来，美国学者史书美提出的带有排贬大陆华文文学（当代文学）意味的"华语语系文学"概念，[①] 就很值得追问。

当代文学是"当代史"，也是文学的"国史"，它的历史化不仅有一个"断限"的问题——因为文学不像政治，改旗易帜便会迅速出现变化，文学风气的转移与改变是很慢的。对"当代"中国来说，特殊的历史和国情及当下所处的全球化的语境，所有这一切，它都驱使和决定了当代文学历史化是需要而且应该超逸狭隘的大陆本土地域的界限，将思维视野投向台港澳地区乃至与大陆本土地域具有血脉关联的域外。这当然很难，并且在笔者看来，在短期内恐怕难以实践，至少直到今天还没有看到这样理想的"分流与整合"之作的出现，包括台港澳及海外学界，因为它涉及史料与史观等一系列问题。但唯其如此，更有必要引起我们重视，并将其提到"战略"高度加以对待，这也是我们这代人的一种历史责任。陈寅恪当年在解读王国维"二重证据法"时，曾提出这样三个二重"互证"的观点："取地下之遗物与纸上之遗文互相释证"，"取异族之故书与吾国之旧籍互相补正"，"取外来之观念与固有之材料互相参证"。[②] 在这里，他补充的"异族之故书"和"外来之观念"两个层面的证据，就包含了跨地域跨文化的观念，很值得我们历史

[①] 参见史书美、赵娟《反离散：华语语系作为文化生产的场域》，《华文文学》2011年第6期。

[②] 陈寅恪：《金明馆丛稿二编》，上海古籍出版社1980年版，第219页。

化借鉴和思考。

四 叙述框架与研究思路

基于上述理解和认识，本书将历史化放置20世纪中后期以迄于今风云跌宕的历史语境中，采取古今对话的双向能动解读。"这种对话，包括了对当时文学、批评和我们作为阅读者研究者的知识立场的清理，包括了对这些文学期'形成史'的反思，同时也包括了对1949至1989年'当代史'整体性的重新认识。"[①] 它不仅是历史性的，同时也是个人化的，与研究者个体的历史认知、文化素养、生活经验甚至创伤性生活经验有关。准确地说，它是宏观宽泛意义上的历史谱系与非常具体个人化阐释的一种结合。因此，它自然也融入了我们对当代文学的一些想法，反映了我们的文学观、历史观和价值取向。

进而论之，本书将70年的当代文学视作一个整体，秉持人文的、历史的、审美的标准，对当代文学研究历史化问题进行专门探讨，以求在"本体"方面有所突破与拓展。具体内容，除"绪论"对当代文学历史化概念内涵、选题意义以及带有全局性意义的历史观问题进行必要梳理外，正文部分拟分如下三大板块，即上中下三编。

上编：历史化的本体构成与知识谱系。首先，论述当代文学研究历史化与"当代历史"之间关系及其嬗变的历程，揭示外部历史不仅成为其背景，而且内化为带有本体特征的血肉肌理，提出关注文学的社会价值建构与社会职责问题。其次，进而厘析历史化过程及其蕴含的整体性、复杂性和及物性的历史品性与时代特质。在此基础上，运用这三分法的分析范式，借鉴谱系学的理论，再对其"三元一体"文学即主流意识形态文学、精英文学、大众文学相关知识谱系进行全面系统的描述。同时还在时空上向现代文学与域外文学纵横两个向度拓展，有一个彼此相互补充、参照和建构的问题，并揭示它与档案制度之间的关系。最后，将目光投向朦胧诗"崛起"讨论、"整体观"主张与实践、大众通俗文学"革命"，以及全

---

① 杨晓帆、虞金星：《当代文学研究的"历史化"研讨会纪要》，《文艺争鸣》2010年第1期。站在今天的角度来看，该"纪要"所说的"当代史"整体性，就时间而论，当然就不只是1949—1989年的这40年，而是1949年至现在的70年，它是70年为一体的整体性。

国优秀短篇小说奖和茅盾文学奖这二个"国奖"的具体个案，着重探讨历史化的评价机制与评判标准。

中编：历史化的主要路径与研究方法。这是发生学、方法论的一种考察，带有实践操作的色彩，它将历史化要求的历史意识具体细化为以下两个部分：一是分别探讨它在体制规约下如何进行述学体范式、经典化筛选、文学史编纂的三种历史化的路径，涉及自传与回忆录、文案与文案体、作家年谱、文学选本、文学教育、文学编辑、文学史与"前史"、文学史与"后史"等诸多方面和环节，涵盖了文学与史学两个学科，带有较强的史学性质。这也是近些年来当代文学研究在扬弃"以论代（带）史"范式之后呈现的新的特点。二是为了更好地还原历史和体现客观求实的特点，突出强调收集与整理之在历史化中的基础与支撑作用，并对手稿、皮书、内刊、影像、网络以及"抢救"性史料形态及其收集与整理做了全面爬梳和分析。然后，再联系具体实践及相关个案，就如何进行史料甄别与辨析，包括私人性史料和孤证等做了分析。

下编：历史化相关专题探讨。主要针对研究中出现的热点、难点、关节点问题，进行抽样分析。而是不求全，也忌空，通过有关专题问题的考察，在对上述两编进行补充和延展的同时，将其进一步深入。主体内容，由"四个问题"和"一个基础"五方面组成。其中"四个问题"，主要是从历史化与政治及革命、历史化与文学、历史化与批评、历史化与旧体诗词等关系角度展开阐述，涉及历史观、文学性、理论本体、文学批评、文化研究、史诗文体、非虚构文学、网络文学、旧体诗文等问题，从这里契入，探讨历史化的得失及提升发展之道。而"一个基础"，则围绕学者的知识学养，通过学者代际、文学与教育、学者与批评家的比较分析，将历史化由外在的"客体对象"推向内在的"主体自我"，并作深刻的反思。

以上三编，如果说上编主要探讨当代文学历史化"是什么"，对其本体构成与知识谱系进行爬梳和盘整，中编进而分析"怎样历史化"，它在这方面有什么具体的路径与方法，即历史化的实践方式，那么下编则就历史化有关重要问题作专题探讨，寻找提升和突破之道。每编之间，既有相对的独立性，合在一起又是一个有机的整体，彼此之间具有内在的逻辑关联：这就是紧扣历史化的"本体"和"实践"展开，将注意力集中在"何为历史化"和"如何历史化"这样两个维度和方向上，其他所有的考察和分析，包括专题探讨，都围绕着此展开。

本书的难点，在于当代文学历史化是"尚未完成"的一种工作，不同的立场和角度，对历史对象往往有着不同甚至截然相反的解读。这一点，在"十七年"红色经典历史化中表现得尤为突出。它不仅涉及研究者的判断力，而且也涉及研究者的历史观与价值观。从这个意义上，我们所讲的历史化是动态的，应自觉循守辩证唯物主义和历史唯物主义的立场、观点与方法。如此，它才有力量，也有高度、深度、厚度和宽度。而且，历史化也并不意味着、事实上也不可能真的将文学放置到历史那里去，把它与今天正在行进中的社会现实隔开，相反，它恰恰是为更好地理解和反思当下提供一个平台，使其在历史与现实的双重视角下，实现对研究对象的合历史合目的的评价和把握。也正因此，历史化不仅需要有深邃的历史意识，而且也要有敏锐的当代性，其实对我们研究者提出了很高的要求。它较之一般的批评或研究，可能更难。这是一项值得我们花费时间和精力去做得很有意义的工作。

历史化虽然尚未在当代文学研究领域成为确定性的学术圭臬，但随着近些年学科的推进，加之史料意识的自觉趋向，还是得到了颇多学者的认同与积极响应，也获得了学术主流甚至国家层面的重视和支持。就拿2020年国家社科基金《课题指南》来说，其中就有"新中国文学史料学研究""中国当代文学史料整理与研究""当代故世作家传记和年谱研究"三个与历史化紧密相关的选题。而新近公布的2021年国家社科基金《课题指南》上，则直接出现"中国当代文学的历史化和经典化研究"选题。类似这样的情况，在近些年国家社科基金和教育部研究项目也存在，并呈逐年递增的态势。这也在一定程度上反映和体现了当前研究的新态势。历史化的研究不仅包括对批评史在内的学术史进行梳理，还涉及对于当代作家与作品相关史料的收集、整理与研究。它的展开，对深化当代文学研究及其学科建设都具有重要意义。

大量事实表明，如今的当代文学正处在新一轮的转型的一个节点上。我们只有顺应社会文化和学术发展的需要，放长眼光，充分借鉴和吸纳理论、批评等思维，方能在整体互动中有效地推进和提升其层次、境界与水平。显然，这里所说的"整体互动"，是指历史化（包含史料研治）与理论、批评之间的互融互证、互读互释、相互促进、相互激发。"文学理论如果不植根于具体文学作品的研究是不可能的。文学的准则、范畴和技巧都不能'凭空'产生。可是,反过来说,没有一套课题、一系列概念、一些可资参考的论点和一些抽象的概括,文学批评和文学史编写也是无法进行的。"① 笔者赞同上述有关文学史、文学批评、文学理论互为关联、互动对话的观点,并将其作为自己研究的平台和基础。总之,本书所说的历史化,是开放性和包容性的一个概念,它包含了对传统文献学局限性与当下浮化虚化批评局限性的双重反思的内涵。

---

① [美]雷·韦勒克、奥·沃伦:《文学理论》,刘象愚等译,生活·读书·新知三联书店1984年版,第40页。

上 编

历史化的本体构成与知识谱系

当代文学至今虽然时间不长（只有70年历史），但就其实际内涵和复杂程度而言，可以说是超过了以往任何时代的文学。因此，简单照搬中国传统或现代西方某一种思想理论或阐释体系来对之进行历史化处理，往往捉襟见肘，只能得出一个与历史真实相去甚远乃至相反的结论。越是井然有序的论述，往往越是如此，套用胡适当年提醒罗尔纲的话来说，就是"凡治史学，一切太整齐的系统，都是形迹可疑的，因为人事从来不会如此容易被装进一个太整齐的系统去"。①

　　那么，到底怎样叙述才能接近一个比较真实的"当代文学"呢？近些年来，不少学者和文学史家都做过不乏艰苦而又颇有成果的探索，为我们如何进行当代文学历史化，还原和勘探纷纭复杂的历史存在，提供了有益的启迪。也有的像洪子诚等学者，随着研究的深入，不再像过去那样自信满满，而是显现出前所未有的"犹豫不决"，对原先执着坚守的研究理路产生了疑虑。在笔者看来，这不应看作什么"思想倒退"或"性格缺憾"，相反，而应视为理性、成熟与睿智，表明对过往历史的体察和认知进入更为沉潜的层次。

　　我们主张借鉴古代文学和现代文学历史化的思维理念，改变当代文学惯有的评论化、主观化的路径和方法。在某种程度上，也不妨把当代文学当作一门"学问"去做，但却不同意简单机械地照搬和不加选择和转换，而是在充分凸显自己属性特点和优势基础上积极稳步地推进。因为当代文学尽管是三千年中国文学的"当代"形态，与古代文学、现代文学具有难以切割的血脉关联，但它毕竟生存和发展于1949年以来中华大地上，它的历史化以及如何历史化，都无不受其规约和影响。这里所谓的"本体构成与知识谱系"即源于此。由于诸多因素，现当代文学学科下的"现代文学"部分研究及其历史化比较充分，形成的学术共识也比较多。而"当代文学"部分却处于漂泊不稳定状态，有的则可谓是聚讼纷纭，甚至连基本的价值衡估都存在着很大的分歧。这自然给我们的研究增加了

---

① 罗尔纲：《师门五年记·胡适琐记》（增补本），生活·读书·新知三联书店1998年版，第50页。

难度。

  本编安排大致如下：先是对当代历史化的宏观背景与主要特征展开描述。接着，再进而对当代文学历史化的历史品性与时代特质、主要构架与知识谱系、时空拓展与思考向度进行归纳和梳理。最后，将探讨的目光引向并聚焦于历史化的评价机制与评判标准上来。当代文学是一个具有多层历史话语积累的文学，也是一个具有多种思想艺术面向的文学。我们只有突破简单"化约主义"的思维理路，才有可能对它做出较为客观的评价和把握。

第一章 历史语境与结构关系

在讲当代文学历史化之前,首先有必要宕开一笔,对其"历史语境与结构关系"做一个简要的分析,以便在更大的时空范畴内了解它、认识它。须知,"文学的历史化"虽不同于"史学的历史化",有自己的属性与特点,但它毕竟不是一个封闭自足的系统,也不是一个纯粹的文学现象,而是与中国当代社会政治具有密切的关系,成为"中国问题""中国经验"的重要组成部分。包括任何思想理论、艺术观念、趣味格调、文体叙述等,都应当放在这样的背景下加以理解才有效。如果不顾及具体的历史语境、对象乃至特定的时空,许多问题都无法解释,更不要说给予准确到位的解释。实践表明,我们对文学的困惑,常常不是来自文学本身,而是源于文学的处境以及我们与文学处境的关系,它是对我们所在的社会历史处境困惑的一种反映和折射。

第一节 文学历史化与社会历史化的"结构关系"

程光炜曾说过,前几年在澳门大学中文系上课与日本学者接触,当谈及刘震云、铁凝小说有关那个年代农村年轻人如何艰苦奋斗,讲到伤痕文学有那么多的眼泪时,就碰到与他们无法对话的"尴尬":自己讲得手舞足蹈,那么兴奋和激动,可听者却没有感觉,甚至认为那是一种"历史和文学的矫情"。这里的原因就在于,他们对这些作品发生的历史语境作品"缺乏了解"。① 他还以自己亲身经历为例,谈了对王蒙发表于1979年的短篇小说《夜的眼》"有一种同病相怜的感受",认为"如果我们不能理解当时很多人这种地狱重生的历史感受,就无法懂得这种年代性",如果"抽去1979这个年代,《夜的眼》的意义是无法存在的;相反,1979的年代意义,也只有通过这种记录特殊年代的小说,才可能被人们认识到"。② 又如,年长一点人们都熟悉的"中年问题"吧,谌容当年发表在《收获》上的中篇小说《人到中年》在社会上曾引起强烈反响,并已作为新时期"文学史经典"进入了教科书。然而40年过去了,当我们再去读这篇小说时,就会感到有些"隔膜"。为什么呢?原因就在于今天面临的社会大背景已发生了很大乃至根本性的变化,诚如作家黄咏梅所说:"谌容们的中年已经不能代表我们现在的中年了。也许,我们还会面临陆文婷那种家庭事业的沉重和艰辛,面临时代赋予的重任与个人生活之间的矛盾,但是,这些巨大的问题已经不会成为我们小说里主要处理的事务,我们更多的责任是处理身处这个时代中人的精神事务。中年,在我们这代人的写作中,不是简单的上有老下有小,不是生存与责任的拉扯,而是更为复杂的况味,更多地指向一种生存样态、心态、姿态,是一些难以说清道明的生命感。"③

即使是有些看似与外在世界好像两两相忘的所谓的"纯文学"探索,如刘索拉的《你别无选择》、阿城的《棋王》、余华的《一个地主的死》等一批在20世纪80年代中期崛起、有的延至90年代遂成潮流的小说,他们意欲切断与现实"关联"的先锋、寻根、新历史等有关叙事,也都与时代社会有着撕扯不开的关系,其生成、嬗变与发展的背后也总张开着一只"历史之手"。就拿《棋王》来说吧,这之中当然有作者的文化寄托和精神蕴含,但如果剥离后来附加的"寻根"标签,返回特定的历史语境,我们会发现:《棋王》中以"吃"为代表的物质却高于以"棋"为

---

① 颜水生:《文学史研究中的"年代学"问题——程光炜教授访谈》,《中国现代文学研究丛刊》2011年第6期。
② 颜水生:《文学史研究中的"年代学"问题——程光炜教授访谈》,《中国现代文学研究丛刊》2011年第6期。
③ 黄咏梅:《这一声"啊"要不要写?》,《文学报》2019年8月1日。

代表的精神文化,各式人物的精神活动及其所谓的"道家文化""传统美学",都起源且受制于物质现实。小说的本义不是回归传统文化、宣扬老庄哲学,而是表达一种将"吃"上升为本体论、强调物质第一性的唯物主义观。① 也正因此,尽管新时期以来,对文学的"外部研究"一直嚷嚷不息,更多持反思和批评的态度,包括像郜元宝这样更强调内在"文心"或作品"文本",而对当代文学研究历史化(他将其称为"史学化"或"考据式的文学研究")提出批评,对这种"由文而学""由文而史"研究旨趣和研究理路给予更多批评的学者,② 一俟置身具体的批评或研究实践,他也颇具兴味地撰写有关鲁迅、汪曾祺"内篇与外篇""文里与文外"互证等有关文章。这种"自我矛盾",亦从一个侧面说明"外部研究"虽有局限,但它无疑是构成评价、把握当代文学及其历史化的重要方面和维度,将其简单地视为"因果式的研究",即"只是从作品产生的原因去评价和诠释作品,终至于把它完全归结于它的起因(此即'起因谬必')"③,进而否贬其意义和价值,显然有失公允,也不符合事实。同时,也印证了美国学者乔纳森·卡勒揭示结构主义宗旨的如下一段话:"为了理解一种现象,人们不仅要描述其内在结构——其各部分之间的关系,还要描述该现象同与其构成更大结构的其他现象之间的关系。"④ 这里所谓的"更大结构",就是外部的社会历史与现实政治。

当然,今天之所以这样提出问题,还隐含着我们对当代文学学科认知和建设的另一番用意。当代文学领域的批评和研究大致可分为两路:一路是跟踪当代文学进程,在海量般的作家作品中,及时发现和评判处于萌芽状态的新的现象、新的元素,来催促新一代文学的产生,不断为文学史增

---

① 俞欣恬:《道家文化表象下的"唯物主义"内核——阿城〈棋王〉的另一种解读》,《中文学术前沿》第十七辑(浙江大学中文系主办),浙江大学出版社2019年版。

② 郜元宝:《"中国现当代文学研究"的"史学化"趋势》,《中国现代文学研究丛刊》2017年第2期;《"德、赛两先生"所遮盖的鲁迅的"问题"与"主义"》,《探索与争鸣》2015年第8期。

③ [美]雷·韦勒克、奥·沃伦:《文学理论》,刘象愚译,生活·读书·新知三联书店1984年版,第65页。

④ [美]乔纳森·卡勒:《文学中的结构主义》,载伍蠡甫、胡经之主编《西方文艺理论名著选编》下卷,北京大学出版社1987年版,第533页。

彩添色；还有一路是在评判和阐释的同时，对之作知识谱系的梳理，进行必要的历史化，使之由庞杂逐步趋向整合。前项工作，主要由文学批评来承担，它可充分发挥当代文学"当代性"尤其是与批评对象处于近距离观察的独特优势，用自己鲜活的感受参与同时代对话活动之中，形成能动有效的文学授受"共同体"。但是，因为近距离观察，也往往限制了批评的视野，使其极易产生"身在此山中，不识庐山真面目"之感，即带有同代人共通的局限和偏见，而影响了评判活动的客观性和科学性。面对这种情况，后者，也就是历史化的另一路，才彰显出其特有的意义，它也正好对"当代性"偏至形成了一种纠偏和反驳，为这个新兴学科建设及其良性的、可持续的发展打下了扎实的基础。这对以跟踪作家作品为己任，容易受到时代潮流裹挟和主观因素干扰的文学评论，以及"不算太年轻"的当代文学学科来说，似乎也很有必要。

众所周知，20世纪80年代以来，也许受韦勒克、沃伦《文学理论》的影响，在文学主体性不断强化的情况下，关注文学本体的"内部研究"为批评家所推崇，批评和研究所谓的"向内转"已成为文坛学界的主旨。尤其是"85新潮"前后，伴随着文学创作的热潮，当代文学更是加快了"向内转"变革的进度和力度，而迎来了文本批评前所未有的兴盛和活跃，不期然而然地成为"显学"。但是，这种"重内轻外"的批评，也"暗伏下了内在的矛盾：一方面，作为上层建筑的一部分，文学本身就是社会思想、政治、文化复杂建构的一部分；另一方面，通过文学研究来探索人的现代性、文化启蒙、知识分子身份和使命一直是学人治学的起点和抱负所在"。[①] 故而，当代文学批评虽驰骋文坛，具有良好的声誉，但这一学科的话语规范和叙事规范始终没有随物赋形得以建构。相反，其合法性一直受到质疑。所以，经过"重写文学史"等带有学科自觉性的探索，到了90年代，随着激情喷涌的新时期的结束，文学研究范式也悄然发生了由文本批评向超文本的"外部研究"（主要是"文化研究"）转换。美国著名文学批评家希利斯·米勒曾对于晚近以来文学理论批评的宏观走向做过这样一番描述："事实上，自1979年以来，文学研究的中心有了一个

---

① 姜涛：《"新诗集"与中国新诗的发生》，北京大学出版社2005年版，第3页。

重大转移,由文学'内在的'修辞学研究转向了文学'外在的'关系研究,并且开始研究文学在心理学、历史或社会学语境中的位置……因此,文学的心理学理论与社会学理论,如拉康式的女权主义、马克思主义、福柯主义等,就具有了一种空前的号召力。与此同时,一些早于新批评、已经过时了的注重传记、主题、文学史的研究方式,开始大规模的回潮。基于此类研究方法的论著横空出世,仿佛新批评方法——更不要提更新的理论方法了——从来就没有存在过。"①

希利斯·米勒对西方晚近理论批评"从形式主义到历史主义"范式转换所做的这番概括,一定程度上,也适用于 20 世纪 90 年代以后的中国当代文学"由内向外"转换的客观现状。中国自先秦以来,就有"言志""载道"的传统,我们今天以其文学成就优异而将他们当成文学家,但在他们自身,却未必甘于以此自居。于是在客观上,研究这些作家,就必须把很大一部分精力花在诗文作品的审美论析之外。现当代文学研究虽不能简单照搬传统文学研究之法,但也应该顾及此点。比如研究鲁迅与"左联"的文学活动,就有必要考察国共两党的意识形态之争的具体情况,研读毛泽东的《讲话》,应该了解那时一大批作品及延安根据地的历史和现实状况。至于"十七年"的百花文学、新时期的伤痕文学,直至当下的反腐小说、官场小说等,又有"哪一种是仅仅在文学内部就可以搞得透彻?所以,在一部分人喊着'把文学还给文学',企图打破政治分界而以纯粹时间段落划分文学史的同时,也有一部分人仍然坚持以政治起落、王朝变迁来划分文学史各个阶段,原因即在于此"。②

当代文学不同于古代文学,甚至还不同于与之相邻并与之具有血缘关联的现代文学。文艺政策、文学运动、文化体制不仅仅是分析和把握文学的背景史料,同时也作为主体性的研究对象进入我们的视域。因此,如果不顾及"当代"这一实际,一味强调文本,切断它与"外部"之间的勾连,不对美学以外的东西进行定义,就会对当代文学研究及其历史化带来掣肘。有人正是基此,认为"沈从文、钱锺书、张爱玲等人的创作,在

---

① [美] J. 希利斯·米勒:《重申解构主义》,郭英剑等译,中国社会科学出版社 1998 年版,第 216—217 页。

② 参见董乃斌主编《文学史学原理研究》,河北人民出版社 2008 年版,第 357 页。

20世纪50年代不被王瑶先生看重,王瑶先生是正确的。'百年忧患',是知识分子的思想传统,也深刻地影响了百年中国文学,知识分子对中国社会生活的介入和拥抱,是一种合乎历史要求的选择。沈从文、钱锺书、张爱玲等没有选择这样的道路,他们被王瑶的文学史所忽略,其命运是符合历史逻辑的。而介入生活写作的传统前赴后继'络绎不绝',同样是我们考量文学史写作的重要参照"。[1] 如今,在教育部和国家社科基金的学科"类别"中,当代文学是被称为"批评",而不像古代文学、现代文学那样被称为"文学史"。这里有学科的因素,也有当代文学"近距离"或"零距离"观察带来的自身局限。我们提出和强调历史化,目的就是超越这样的局限,带有学科建设的用意。

当代文学学科建设不仅涉及现代文学(含近代文学)等相邻学科,而且还与外部社会历史有关联,它不是由单一的文本"自说自话"就能完全解决得了的。这里所说的社会历史,包括历史大环境、氛围、事件、政策等,它是立体多维、多层多向的。当代文学为了追踪千变万化而又超巨量生产、层出不穷的文学作品,对之进行筛选,几乎动用了全部力量,它似乎无暇顾及历史化工作。而且,长期的批评也养成了其带有惯性的批评心态,有意无意地对包括历史化在内的学术研究保持一种警惕或排拒,生怕被"古典化"了,而丧失了自身学科的"当代"活力。这些,都不难理解,恐怕在短期内也无法改观。当代文学作为中文学科中组成人员较多、影响较大而又重要的一个新兴学科,随着时代发展,它使人们越来越认识到,在继续推进批评的同时,如何在整体构成及其研究路径、方法上进行带有"分流""分层"性质的调整,这个问题开始凸显出来,无可避免地摆到了我们的面前。

如果说学科建设是推动当代文学研究及其历史化的外在动因,那么,文学向史学寻求借鉴,强调把"历史联系"和"历史过程"的观念引入灵动的文学研究,实现对研究对象的精准把握与富有意味的对话,则可以说是历史化的一个重要驱力。中国是四大文明古国,有举世罕见的丰富史籍和悠久的史学传统。"清代以来,中国学术由经入子入史,史学不仅成

---

[1] 孟繁华:《建构当代中国的文学经验和学术话语——中国当代文学史研究70年》,《文学评论》2019年第5期。

为学术发展的重心,而且起着中心的作用,所谓的'史学者,合一切科学而自为一科者也'……说史学革命带动了近代中国学术的整体变动,并不为过。"① 从五四至今,几代现当代文学学者,就是在这样的背景下对研究对象进行历史化的。如鲁迅,他在为《中国新文学大系·小说二集》所撰写的"导言",及其与之差不多同一时间写成的《我怎样做起小说来》《答〈北斗〉杂志社问》等文,尽管都是描述刚刚发生不久的作家作品及文学现象,但稍加比较,我们就会发现,前者是"以史家的笔法客观叙述",而后者则以作家的口吻的主观说明。② 最有意思的是胡适,他屡称自己有"历史癖",告诫人们,研究一件事物,首先要从研究它的历史开始,了解其脉络系统,并建立在真实可信的史料基础之上,"史料若不可靠,所作的历史便无信史的价值"。③ 当他对上古史料抱有疑问的时候,就宁可从汉代写起,连《诗经》也暂付阙如。这与洪子诚因"潜在写作"时间做了"提前"修改,而拒绝将它入史、作评价,具有惊人的一致。④ 这样一种向史学取法客观求实的写作态度,打开了文学研究的广阔空间,当然也给我们留下了至今尚未根除的"重史轻文"的弊病。更为主要的,是对历史"真相"及其"本质""规律"的盲目自信,"在既定意识形态的规限内讲述既定的历史题材,以达成既定的意识形态目的",使之难以有效地"回到历史深处去揭示它们的生产机制和意义架构,去暴露现存文本被遗忘、被遮掩、被涂饰的历史多元复杂性"。⑤ 当代文学是与当代中国密切相连,并成为当代中国的一种文学表达。更何况70年来的当代中国,曾经在相当长的时间里处于不那么稳定的状态。发展到最近几十年,随着苏联、东欧的解体,西方遭遇的动荡,以及当代中国社会内部各式各样的变化,就显得更为复杂。所有这一切,都不可能不对当代文学历史化产生辐射和影响。

---

① 桑兵:《晚清民国的国学研究》,上海古籍出版社2001年版,第260页。
② 王瑶:《茅盾对中国现代文学的历史贡献》,《王瑶文集》第5卷,北岳文艺出版社1995年版,第397页。
③ 胡适:《中国哲学史大纲》导言,商务印书馆2011年版。
④ 参见洪子诚《问题与方法——中国当代文学史研究讲稿》,生活·读书·新知三联书店2002年版,第75—78页。
⑤ 黄子平:《"灰阑"中的叙述》前言,上海文艺出版社2001年版。

张光芒有感于20世纪80年代"向内转"造成对实践性和时代精神忽视的偏颇，在十年前曾提出了文学"向外转"的主张："我们倡导文学的'向外转'，着意在重新调整文学之'内'与'外'关系、个体与人类的关系、审美与思想的关系、现实与历史的关系、叙事与道德的关系，等等。而其中最重要也最根本的就是重新建立文学与社会的血肉联系与紧密的契合度，锐意突进外部世界与国人文化心理，创造直逼当下和人心的自由叙事伦理，从而建构起属于新世纪的审美空间与精神生活。"① 张光芒此说，如果不拘泥于具体的概念与字眼，而就其内在本质来看，是有道理的，它反映了学界对曾经倡导并已成气候的"题材的心灵化、语言的情绪化、主题的繁复化、情节的淡化、描述的意象化、结构的音乐化"②的研究的焦虑和不满，希望文学在自身"内部"进行"纯文学"推进之后，应根据时势变化与专业化、历史化的要求，进行结构性的调整，以应对和破解文学面临的新境况、新问题。

其实，文学所谓的主体性、独立性是相对的，而不是恒定的、绝对的。即使是讲求文本细读，推崇和标举"内部研究"的新批评，它也无法摆脱包括历史在内的外部世界的参照。就说韦勒克吧，他也并非完全否定"外部研究"，主张文学与历史绝缘，而是从新批评角度，以一种内部反思方式将文学应当如何历史化问题提出来，"事实上，一反传统理论的反映论，新批评暗含了一套文学的社会学，企图自文本内的小宇宙与文本外的大世界间，建立一种既相似又相异的吊诡秩序"。③ 以柳青《创业史》"反差极大"的评价为例，严家炎之所以在1963年撰文对梁生宝形象过于"理念化"提出质疑，"这倒不是严家炎有先知先觉，而是60年代初的纠左思潮给了他批评柳青的视野"。后来，陈忠实、路遥、贾平凹、何西来、李建军等作家批评家之所以超越严家炎们的"错位理论"，提出继承"柳青传统"，同样，也是基于发生历史巨变的今天"现实"，其所继承的"柳青传统"，"实际上只是柳青的写实传统、文学为人生的传统，

---

① 张光芒：《论中国当代文学应该"向外转"》，《文艺争鸣》2012年第2期。
② 鲁枢元：《论新时期文学的"向内转"》，《文艺报》1986年10月18日。
③ ［美］王德威：《重读夏志清教授〈中国现代小说史〉英文本》第三版导言，复旦大学出版社2005年版，第34页。

却不包括柳青作品所反映的社会内容"。因为他们清楚地看到,《创业史》令人激动地描绘农民被组织起来的"未来"图景,却没有被今天的农村和农民的现状证实。"'现实'在那里倒逼着'错位理论',作家批评家不可能脱离现实而思考。'错位'不光是在历史整合过程中出现的问题,其实也是对未来判断与后来历史的发展不匹配的结果。被裹挟在未能达成和解的两种历史叙述中间,这正是作家批评家思考柳青现象时所面临的社会语境。"①

经验告诉我们,批评行为如果不适当地过分夸饰放大,将其等同或变成纯粹的个人的主观化行为,那么,它不仅无助于学科话语规范和叙事规范的建立,而且也不利于文学研究的历史化和"再历史化",即将其纳入"永远历史化"的体系中,给予大体则有、定体则无的阐释。就像钱理群自述,他前期的鲁迅研究,强调的是"个体的鲁迅""人类的鲁迅",主要强调和突出"作为独立知识分子的鲁迅",以及他对"帮闲、帮忙、帮凶的知识分子"的批判,以与20世纪80年代个性解放和走向世界的时代思潮相呼应。而后期的鲁迅研究,有感于社会贫富不均和社会的两极分化,转而关注"民族的、社会的、阶级的鲁迅","作为左翼知识分子的鲁迅",当然在讲鲁迅左翼立场时不忘其独立性与批判立场。② 也正因此,我们对目前学界存在的只关注"1960年的《创业史》"、不关注"1960年以后的作者柳青"③ 的研究状况抱有想法,而对邢小利等提出的"不能只在已完成的《创业史》的小说文本上作文章,还应该结合作者的'后期思想'来分析他"④ 的主张表示认同。这也就是说,对柳青《创业史》的评价,不能将眼光拘囿于1960年出版的第一卷文本,对之作单纯的语言与形式的解读,而应把第二卷文本的创作状况以及"后期思想"(这一"后期思想"在其女儿刘可风所写的《柳青传》中有不少披露,当然由于作者身份比较特殊,而容易引起人们歧义),也纳入视域,对之作整体综

---

① 程光炜:《柳青、皇甫村与20世纪80年代》,《文学评论》2018年第2期。
② 钱理群:《在世界文明大检讨视野下重新认识鲁迅的超越性力量》,《探索与争鸣》2016年第6期。
③ 程光炜:《柳青、皇甫村与20世纪80年代》,《文学评论》2018年第2期。
④ 邢小利、邢之美:《柳青年谱·附录一:柳青晚年的读书和反思》,人民文学出版社2016年版。

合的考察。或许与这种历史化的审思有关吧，已故诗评家和学者陈超后来在论及朦胧诗时强调指出："用'表现自我'来总结朦胧诗的主要意蕴并不恰当，因为朦胧诗人比之同时代活跃于诗坛的大部分诗人，更具有深入地揭示生存、洞透历史、介入时代的'代言人'的品质。"否则，"在特定阶段的抗辩结构中产生的尖锐思考，变成教科书'结论化'的学问和知识，流动的历史语境中的言述，变为不再随时间和历史的变化而变化的'本质'"。① 李洁非说得好："当代文学史不是一部缘创作而延续的历史，而是一部随时被它外部的强大社会现实因素所牵制、影响和操纵的历史。"因此，要真正搞懂这段历史，拥有关于它的正确知识，就要"在背景和总体关系方面下功夫"，"重心要放在'关系'的发微、辨析和阐释上"。② 这也是研究与批评的一个重要区别吧。在这里，当代文学研究及其历史化，它的变化与否以及变什么、如何变，都与具体的历史语境息息相关。

由此及彼，笔者想到了上海大学蔡翔在反思"纯文学"的文章中有一个颇具力度的诘问："在国家、政治、社会、群体、意识形态等都被从文学这驾马车上卸下来之后，文学这驾马车上还剩下些什么呢？"③ 蔡翔此话是针对"80年代"文学而言的，某种意义上的确也击中了"纯文学"的要害，为我们如何认识和理解包括红色经典在内的"十七年"文学提供了一个思考角度，它也提醒我们在研究时要注意现实环境与历史事实之间平衡，不能太任性。在这一点上，白烨、程光炜、王尧等有过"80年代"文学经历的"50后"学者比较突出，他们不止一次地提出，在文学史编写和文献史料整理时，不能抽离当时的历史语境，将"先锋文学的文学史篇幅明显扩容，伤痕文学被严重压缩，新时期文学三十年被理解成以先锋文学为主流的文学期"，或者大幅度地压缩曾经有过并对当代文学产生深刻影响的文艺论争等有关材料，将其留给所谓的非主流文

---

① 参见陈超《汲取与掣肘——当代诗歌批评与文学（诗歌）史写作》，《燕赵学术》（河北师范大学文学院主办）2011年（秋之卷），社会科学文献出版社2011年版，第265页。
② 李洁非：《典型文案》，人民文学出版社2010年版，第4页。
③ 蔡翔：《何谓文学本身》，《当代作家评论》2002年第6期。

学。① 其实，这种增删隐显有时恰恰是非历史的，至少是大可质疑的。正如有人所尖锐批评的："如果我们想站在忠实、公正的立场把这一文学期的历史面貌留给后人，那么，有什么理由把革命文学、社会主义经验、历史的浪漫和痛苦这些东西在资料丛书中淡化？"② 这也说明当代文学历史化的艰难和复杂，它并不像我们想象的那样简单和绝对。"它既不能是非历史或反历史的，也不能只是加上时效的本质论——仅仅说一代有一代之文学观，尚未使历史真正进入文学性的内部。在文学与历史的辩证关系之外，文学性的重构还有其他维度，各有纵深展开的可能。"③ 我们需要做的不是非此即彼，或非彼即此，而是通过还原历史现场对之综合的、辩证的把握，使"历史真正进入文学性内部"。

最近读到青年学者曾攀写的一篇谈当代文学"向外转"的文章，该文从带有时代性表征的物、知识、非虚构入手，揭示当下文学向外求索时呈现出来的动向和能势，对张光芒上述提出的问题作了呼应并有相当周彻的思考。文章最后指出"文学的向外探询是融汇了20世纪文学'向内转'过程中所习得并保存的语言转圜与形式革新之后的再出发，因而此中体现的，便不是简单的内/外二元式的单一与偏倚。……其真正意义并不仅仅指示内存之间参照、对比与映证，而是内置于文学本身，让文学增加逻辑，启发新的图景"。④ 对此，笔者深表赞同，认为他的态度是相当辩证和到位的。稍感犹疑和不满足的是，他还没有对文学"向外转"后深受商业资本这只"看不见手"掌控，而陷于另一种"不自由"的状态有充分的认识。特别是今天这个时代所面临的问题，不仅比鲁郭茅巴老曹，就是比拨乱反正的新时期也不知大出多少倍的情况下，更是如此。另外，还有一个问题也需要引起注意，这就是在强调语境意义的同时，也不能忘记，"如实描述语境却是一个可疑的想象"，它"还有'时过境迁'的问题。'境迁'不在于质疑是否真的能够如实回到当时的语境去，也不

---

① 参见程光炜《文学史二十讲》，东方出版中心2016年版，第137—144页。
② 程光炜：《文学史二十讲》，东方出版中心2016年版，第144页。
③ 汤拥华：《重构文学性：中国现当代文学史写作的一个理论问题》，《扬子江评论》2015年第6期。
④ 曾攀：《物·知识·非虚构——当代中国文学的"向外转"》，《南方文坛》2019年第3期。

是质疑语境的重要性，而是提醒，每个语境都有着不确定性和非封闭性，或者说，语境总是不稳定或未定型的，总是处于连续变化的状态，因此难以确定一个独立有效的语境"。① 这也是 20 世纪 80 年代"纯文学"研究及其与之有关的"重评文学史""重写文学史""重排文学大师"所没有也不可能有的，是文学"向外转"的真正的难题所在。

如果说以上说法尚有道理的话，那么，这也就提醒我们对文学与历史"结构关系"的探讨，有必要突破恒定锁闭或一般逻辑推演的思路，将其纳入具体切实的历史脉络和文本肌理深处进行考察。如是，当代文学研究及其历史化方有可能求取生命灌注而又富有质感的"真历史"，在文史互动对话中，开拓出自身更大的发展空间。

第二节　现代学者后期介入及其对当代文学历史化的影响

这里想从"当代"与"现代"关联的角度，探讨王瑶、唐弢、李何林、任访秋、田仲济、陈瘦竹、贾植芳、钱谷融等现代文学学者的文学史观、写作立场、研究方法等，正是参照了现代文学历史化的实践方式，当代文学历史化才有了"源头活水"，同时也获得了自己的合法性表达。尤其是王瑶、唐弢二位学者的后期介入，为当代文学历史化提供了奠基性的话语经验。它也让我们看到了，当代文学不仅在空间上与社会历史具有同构关系，而且在时间上与早于它并与之密切相关的现代文学具有赓续关系。它们彼此相互矛盾、碰撞、驳难而又相互统一、融通、建构，构成了当代文学历史化的极富意味的组成部分。

比如，关于当代文学能否"写史"的问题，20 世纪 80 年代唐弢在《文汇报》上专门发表文章来表明自己的文学观。他说："我以为当代文学是不宜写史的。现在出版了许多《当代文学史》，实在是对概念的一种嘲弄。不错，从时间上说，昨天对今天来说已是历史，上一个时辰里发生的事情也可说是这一个时辰里同类事情的历史；但严格地说，历史是事物

---

① 孟繁华：《建构当代中国的文学经验和学术话语——中国当代文学史研究 70 年》，《文学评论》2019 年第 5 期。

的发展过程,现状只有经过时间的推移才能转化为稳定的历史。"① 他认为,作为时间概念上的"当代",其"瞬间的流动性"所造成的不稳定状态无法支撑起文学成史的物质基础,历史意识、历史规律的生成与显影也只有在时间具备一定阶段的沉淀和积累后才成为可能。正是基于这一点,施蛰存在其《当代事,不成"史"》和《"当代"已经过去?》两篇文章中进一步阐述"不宜写史"的时间因素和客观条件,他说:"我同意唐弢同志的建议,当代文学不宜写史,因为一切还在发展的政治、社会及个人的行为都没有成为'史'。"②

王瑶虽然没有直接介入本话题的争论,但他在其他文章中也明确表达过自己的态度,并进行了精要的阐释。他说:"历史是过去的经过一定时间后稳定和凝结了的现实,现实是正在流动变化的属于将来的历史,历史科学只能研究已经相当稳定了的现实,不能在事物尚在变动状态、它的性质尚未充分显露、它与其他事物的联系或反响尚未发生或尚未引人注意时,就匆忙地作出历史性的阐述和评价。文学史也是如此,对文学现象或作品的考察必须从它的历史地位和贡献着眼,必须照顾到历史进程和上下左右的关系,因此就必须有一定时间的沉淀和凝结,使文学现象的意义显露得更充分,文学作品有时间得到读者的反应和考验,这样才有可能作出符合实际的准确的描述和论断。"③

这些观点,也许我们未必会完全认同,且后来批量出版的"当代"文学史,事实上也对此做出了回答。但它的提出,并非没有道理。孟繁华对之做了比较辩证的评价和分析,他认为"当代文学不宜写史"的观点不是一种虚妄的理论判断,而是来自唐弢先生自己对文学史写作实践的深刻体会和反思,事实上,唐弢的《中国现代文学史》在当时也是一部"当代文学史"。现在看来,"现代文学史的写作,可能从一个方面质疑了唐弢先生'当代文学不宜写史'的观点,因为毕竟有这么多的'现代文学史'著作的出版;但也从一个方面证实了唐弢先生

---

① 唐弢:《当代文学不宜写史》,《文汇报》1985年10月29日。
② 施蛰存:《关于"当代文学史"》,付祥喜编《中国当代文学史料丛书·文学史与学科史料卷》,浙江大学出版社2017年版,第37页。
③ 王瑶:《中国现代文学史的起讫时间问题》,《中国社会科学》1986年第5期。

'当代文学不宜写史'观点的正确。现、当代文学史的写作受到各方面条件的限制，切近的历史很难把握在著史者的手中。每个人对切近历史的不同理解，使任何一部中国'当代文学史'都不免议论纷纷难成共识"。① 须知，相对于古代文学史写作，当代文学历史化实践因没有建构一个具有完全统摄能力的话语框架而一直处于"不稳定"与"不确定"的状态中。从几部代表性的当代文学史来看，研究模式与写作路径的多种选择为当代文学历史化提供了多样化的实践文本，其中包括对时间和距离的理解与把握方式；另外，写作主体在面对时间和距离的压力时不再保持自如与从容不迫，而是表现出判断与选择的迟疑或"犹豫不决"。相比于古代、现代文学史，其"历史叙述的有效性"大打折扣。即使如洪子诚的《中国当代文学史》，被公认为"标志着当代文学终于'有史了'"，② 其上下两编有关20世纪50年代与80年代确立的是两种不同的文学史叙事模式和评价系统，很难把他们整合进一个统一主题的叙事框架中。

如果说孟繁华和贺桂梅主要是从当代文学认识论角度来认同唐弢、施蛰存的观点，那么黄发有则从方法论立场肯定了他们对当代文学历史化的推动意义。他认为唐弢和施蛰存的质疑引发出了当代文学史的许多新的理念、模式和方法。比如黄子平、陈平原、钱理群的"20世纪中国文学"，陈思和的"新文学整体观"以及"重写文学史"的讨论与写作实践等，这些都在客观上为当代文学研究及其历史化注入了活力，突出强调了其整体性和综合性，重点是上对"十七年"文学的重解，下延到新时期，重绘了文学地形图。当然，不必讳言，他们也存在着某种以新的偏执取代旧的偏执的趋向。不同于古代文学和现代文学，一方面，当代人写史的确在占有原始材料、深入历史现场、见证历史事件等具有某些先天独到的优势；另一方面，他也无法并且不可能真正摆脱历史现场的情绪感染而保持所谓的"价值中立"，偏见往往来自个人的喜好以及现实诸多因素的制约。更为重要的是，纷乱芜杂的"现实"如何进入研究者的视野，

---

① 孟繁华：《不确定性与当代文学史的建构——1985—1988年中国当代文学史的讨论》，《南方文坛》2014年第4期。

② 贺桂梅：《文学性与当代性——洪子诚的当代文学史研究》，《文艺争鸣》2010年第5期。

面对偶发的、异质性因素带来的纠葛缠绕甚至冲突局面，研究者是否能够暂时搁置"本质主义"的话语预设，通过对"事实"的除弊来实现历史意识、历史话语逻辑的显影呢？显然，以上这些问题，对于置身于流动状态中的研究者来说，无疑构成了考验和挑战。有研究者居此认为，洪子诚的《中国当代文学史》是把两个不同性质的文学史进行的硬性拼接，"上篇"为"50—70 年代的文学史"，"下篇"为"80 年代以来的文学史"，"洪先生虽然清楚地界定了'当代文学'的性质，却并没有依据这个界定给出'当代文学'的下限"。[①] 这里，判断的标准依然包含着时间和距离因素。

为避免出现这样的难题，也有的研究者另辟蹊径，不再按照时间的先后顺序来编码处理发生学的历史，舍弃了以历史时序作为组织文学事实的坐标，代之以凝聚丰富历史内涵的、具有价值范畴整合力的原创性话语概念为贯穿主轴编织而成的共时性结构。如陈思和主编的《中国当代文学史教程》，它希望"打破以往文学史一元化的整合视角，以共时性的文学创作为轴心，构筑新的文学创作整体观。它不是一般地突出创作思潮和文学体裁，而是依据了文学作品创作的共时性来整合文学，改变原有的文学史风貌"。[②] 与传统以社会政治文化为中心的历史化叙述模式不同，《教程》体现出了编者主体个人的文学史观和价值观，尤其是对几个有关当代文学概念的命名，颇富元话语的创设能力。正是由于借助"潜在写作""民间隐形结构""共名与无名"等关键词为线索构架，《教程》才较好地摆脱了社会政治、文化思潮、经济形式等外部因素的过多纠缠。唐弢曾说过当代文学述评比写史更重要，《教程》恰恰是"以作品为主型"，引入文学批评的话语范型，并在作品内部融入编者主体的历史观念和自我意识。所以，有学者说："唐弢先生在 80 年代初提出'当代文学不宜写史'，并不是否认正在进行中的当代文学终将进入历史的必然性，而是说当代的学者无法以总结历史的从容心态来整理同时代的文学，或者说，难以用权威性的'史笔'来叙述终将进入历史的同时代文学。不以'史笔'讲述同时代文学，是否还有别的方式？《教程》可算是对唐弢先生的一个

---

① 郜元宝：《作家缺席的文学史——对近期三本"中国当代文学史"教材的检讨》，《当代作家评论》2006 年第 5 期。

② 陈思和主编：《中国当代文学史教程》前言，复旦大学出版社 1999 年版。

回应，即抛开'史笔'，努力通过对代表性作品的审慎选择和深入解读，系统而又深入地整理同时代文学，为将来的'史笔'书写完成不可或缺的基本工序。"①

说到王瑶先生的《中国现代文学史稿》，还不能不提及其初版后面所附录的《新中国成立以来的文艺运动》（1949年10月—1952年5月）。对这只有短短三年的文学实践，王瑶敏锐地觉察到了一种"年代学"意义上的新动向，并把它归于"下一阶段"的工作任务。但到了20世纪80年代中后期，在重新论证现代文学史的起止点时，他特意撰写学术文章《中国现代文学史的起讫时间问题》加以分析讨论："就现代文学史说，我认为可以把1976年'十年浩劫'的结束作为它的讫止点，即以1919年到1976年间的文学历史作为它考察和研究的对象，不包括这以后十年间的新时期的文学。当然，讫止点与开端不同，随着时间的推移和历史稳定沉淀的情况，以后还有可能向前延伸；但就目前而论，经过拨乱反正和否定'文化大革命'的讨论，我们现在有可能从历史的角度来研究1976年前的文学了，而且它的许多重要现象都是要从'五四'以来的历史进程来加以阐述的，因此它可以而且应该纳入现代文学史的范围。"② 显然，王瑶的这段话隐含着对许多问题的辨别和理解。首先，《史稿》认定1949年以来的文学为异质性的"他者"，这里却把它纳入现代文学史整体叙述中，以突出其同质性；既然当代文学"不宜成史"，那属于当代文学范畴的"十七年"文学是如何进入文学历史化视野中等一系列问题，结合整篇文章看就会获得一个较深入的认识。王瑶认为，中华人民共和国成立以来的文学与从五四开始的现代文学具有内在的连续性和一致性，作为新民主主义性质的现代文学自觉承接了五四新文学"人民性"和"现实性"的历史传统，又合乎规律地延伸到属于"当代"范畴的"社会主义"性质的文学中。由此，两种不同时期的文学在"文学现代化"的总体性话语统领之下完成了对接与整合。在他看来，"文学现代化"包含文学观念、文本内容、叙述

---

① 郜元宝：《作家缺席的文学史——对近期三本"中国当代文学史"教材的检讨》，《当代作家评论》2006年第5期。

② 王瑶：《中国现代文学史的起讫时间问题》，《中国社会科学》1986年第5期。

结构、话语形态、表达方式的现代化，相比较现代文学的"他者化"意识形态追求，"文学现代化"是一个"具有更大的包容性，揭示中国现代文学本质的概念"。①"文学现代化"既然体现出如此强大的话语统摄能力，那以其为价值尺度来衡量文学的范畴和属性应具有"文学本体论"意义。当然，对文学历史时期的划分不排除考虑政治历史事件的影响，但更要尊重文学内部的运行规律，因为文学史"既属于文艺科学，又属于历史科学，它兼有文艺学和历史学两个方面的性质"。② 唐弢认同王瑶的观点，所以，在对当代文学时间归属问题上，唐弢和王瑶的意见基本保持一致。"从'五四'开始的现代文学，完全可以延伸下来，延伸到50年代，到60年代的中期。也就是说，人民共和国成立以后的'十七年'，已经可以放到现代文学史中去写了。"③ 这由此为我们提供了"文学现代化"另一路径，一种也许更通达大气并带有文化研究思路的另一种范式。遗憾的是，这种"文学现代化"的历史化研究范式后来被中断了，为文化体制研究所取代。这是什么原因呢？它给我们带来什么呢？现如今几无人提及，窃以为是可以反思的。

当代文学历史化自然也包含文学史分期问题。在这方面，王瑶、唐弢等现代文学学者也为我们留下了宝贵的实践。关于现当代文学的起止时间，学界虽已取得了比较一致的意见，但仍不乏质疑之声。早在20世纪80年代，以王瑶、唐弢为代表的现代文学学者就对文学史分期的依据进行了论争和辨析。季镇淮主张文学史分期应建立在历史学研究基础之上，历史学时间划分的标准就是文学史时间划分的标准；李何林进一步认为文学史时间与社会史和革命史时间能形成同步关系，具有一致性。针对文学史分期社会政治属性的过分强调，王瑶提出了质疑，他说："文学史的分期不能不考虑与之相应的历史分期的。但文学也有它自身的特点，经济和政治对文学的影响究竟何时以及如何在文学上反映出来，还要受到文学内部以及其他意识形态因素的制约，因此，它的发

---

① 王瑶：《中国现代文学史的起讫时间问题》，《中国社会科学》1986年第5期。
② 王瑶：《关于现代文学研究工作的回顾和现状》，《王瑶全集》卷5，河北教育出版社2000年版。
③ 唐弢：《一个想法》，《中国社会科学院研究生院报》1989年第1期。

展进程并不永远是与历史环境同步的。"至于遵循怎样的划分原则,他认为:"文学史分期应当充分重视文学本身的历史特点和实际情况,而不能生硬地套用通史的框架。"①

唐弢支持王瑶的观点,他也主张文学史分期及其历史化应充分尊重自身的规律和特性:"文学史分期应根据文学本身的发展规律来分,至少应当根据文化发展或思想发展的规律来分。可以参考历史分期和政治分期,但不一定去生搬硬凑,一定要跟政治分期一样。"② 贾植芳则从文学史观念问题入手,分析了政治立场上的文学史分期给文学史研究带来的损害,常常将社会史和文学史混为一谈,因此造成了文学史研究中的许多空白或遗漏,"这样一种偏狭的文学史观致使我们以往的文学史研究有两点明显缺陷,即在整个文学活动中以政治立场划线,非左翼不要;而在左翼文艺内部,又以宗派划线,排斥和贬低不同意见"。③ 客观地讲,文学史分期及其历史化既关乎主体性、文学研究及文学史观念,又包含着历史认识、方法论等理论问题,是相当复杂的。首先,文学史分期及其历史化的方法论原则应该充分考虑。克罗齐提出"一切真历史都是当代史",强调历史阶段性与连续性的统一,是一种从现实问题出发的历史观。柯林武德也同样基于问题史学而坚持历史的主体性,他认为一切历史都是思想史,不存在脱离思想的自在历史。"科学历史学根本就不包括任何现成的陈述。把一种现成的陈述纳入自己的历史知识的整体之内的行动,对一个科学的历史学家来说乃是一种不可能的行动。"④ 重视历史的主体性自然会涉及对历史事实和现象的选择标准与价值判断,新康德主义学派认为历史是一门与价值相联系的科学。以此来理解,在价值意义的话语框架内,所谓的历史事实和历史现象是含有目的论的一个概念。可以说,克罗齐、柯林武德及新康德主义学派对历史本质的认定,为年代学和编年体意义上的文学史分期及其历史化,提供了可资参照的理论和方法。

---

① 李葆炎、王保生:《认真求实,共同探索——中国近、现、当代文学史分期问题讨论会纪实》,《中国现代文学研究丛刊》1987年第1期。
② 唐弢:《一个想法》,《中国社会科学院研究生院报》1989年第1期。
③ 贾植芳:《老教授三人谈》,《文艺报》1989年5月27日。
④ [英]柯林武德:《历史的观念》,何兆武等译,北京大学出版社2010年版,第271页。

当然，文学史及其历史化有属于自己的特性和规律，"文学史就是对时间之流意义的文学文本及其相关的文学生态状况进行拦截编排的一种努力"。① 因此，文学史分期应该最大限度地突出"文学的历史"，在有效借鉴历史分期经验的同时，更加重视研究文学文本、文学生态状况与社会历史、文化思想的联系，使其充分历史化。在这个意义上，王瑶、唐弢等文学史家确认的现代文学的起止时间问题就获得了合理性解释。他们在20世纪80年代主张现代文学史的时间设定在1919—1976年，既基于一种"文学现代化"的总体性话语逻辑，又是来自对年代学与断代史意义上进行历史判断的结果。这与他们提出的"当代文学不宜写史"的主张并不违背——恰恰是因为1976年前的文学已经不再隶属"当代"的时间范畴，反而与现代文学形成无缝隙对接和同质性显现，1976年以后至80年代属于"当代文学"的领地。在他们看来，这里的"当代"含有"当前"或"当下"的意思。事实上，正如上文所说，王瑶、唐弢的文学史分期及其历史化主张是可以讨论的，它在后来的文学史编纂中也并没有付诸实践。当然，由此及彼，其所激发和引申的当代文学历史化思考却是一直存在的，在此有必要略述一二。

比如，许志英就曾沿着王瑶、唐弢的思路把现代文学看作一个可以延伸的概念："不仅现在的文学可叫作现代文学，就是几十年甚至几百年之后的文学也可以叫作现代文学。只要在未来的文学发展过程中从文学观念到文学形态没有出现像1917那样与前代文学全面的深刻的'断裂'，也就是说没有出现大的文学史分期的'界碑'，现代文学就可以一直延伸下去。"② 然而，现代文学的时间范围并不是无限地向下扩张，一旦文学的性质发生了改变，也就是说文学内在的规定性被打破，下一个文学形态的命名事件才有可能发生。有关"当代文学"的说法，他认为："'当代文学'是一个流动的概念，始终指近十年的文学。如再过十年，我们又可以将90年代的文学划入现代文学时期，当代文学则指21世纪最初的十年的文学。"③ 可见，在许志英那里，"当代文学"的提法只是个权宜之计，

---

① 吴秀明：《中国现当代文学史与生态场》，中国社会科学出版社2009年版，第139页。
② 许志英：《给"当代文学"一个说法》，《文学评论》2002年第3期。
③ 许志英：《给"当代文学"一个说法》，《文学评论》2002年第3期。

一方面为处于变动中的现代与当下文学的切分提供事实参照依据，另一方面为将来的文学历史化预留空间。陈思和也深受王瑶、唐弢、贾植芳的影响。他曾撰文专门探讨"当代"一词所涉及的文学史问题："'当代'不应该是一个文学史的概念，而是一个指与生活同步的文学批评概念。每一个时代都有它对当代文学的定义，也就是指反映了与之同步发展的生活信息的文学创作。它是处于不断变化不断流动中的文学现象，过去许多前辈学者强调'当代文学不宜写史'，正是从这个意义上出发的。……'现代'一词具有世界性的文学史意义的，而'当代'一词属于对当下文学现象的概括，要区分现当代文学的分期其实无甚意义。"①

显然，陈思和所指的"当代"，从王瑶、唐弢的立场上去理解，只是个与当下生活同步的时间概念，还没涉及文学史意义上的价值判断与区分。文章虽然针对20世纪90年代文学的特征和"当代性"论述，但"当代性"一词特定的含义并没有展开讨论。实际上，"当代"与"当代性"不是同一个概念，"当代"在中国现代文学语境中应该是一个比较自明的时间性称谓，而"当代性"则比较复杂，由于文学观念和价值立场的差异，在不同的文学史家那里会有不同的答案。

在西方哲学史或思想史领域，"当代""当代性"可与"现代""现代性"联系起来理解，有时候甚至是同义的。哈贝马斯对"当代性"哲学含义的揭示是从黑格尔的"现代"这一概念分析开始的，他说："在黑格尔看来，'新的时代'（Zeit）就是现代（moderne Zeit）。"② 针对当时存在现代、中世纪和古代的历史分期，哈贝马斯指出："只有当'新的时代'或'现代'（'新的世界'）或（'现代世界'）这样的说法失去其单纯的编年意义，而具有一种突出时代之'新'的反面意思时，上述划分才能成立。"③ 哈贝马斯认为"当代"是从"现代"中独立出来的，是属于一种现代的历史意识。"当下从新的时代的视界把自己看作现实之中的

---

① 陈思和：《试论90年代文学的无名特征及其当代性》，《复旦学报》（社会科学版）2001年第1期。

② ［德］于尔根·哈贝马斯：《现代性的哲学话语》，曹卫东译，凤凰出版传媒集团、译林出版社2011年版，第5页。

③ ［德］于尔根·哈贝马斯：《现代性的哲学话语》，曹卫东译，凤凰出版传媒集团、译林出版社2011年版，第6页。

当代，但它必须把与过去的分裂视为不断地更新。"① 这里，哈贝马斯给予"当代"以新的特质，并使其获得了区分过去、面向未来的可靠性功能。在《时间的政治：现代性与先锋》这本"现代性"研究名著中，彼得·奥斯本首先阐述了利科对"现代"一词的哲学认识和把握。按照利科的理解，"现代"呈现的是"历史的时间化的总体化"，②因历史哲学中的"现代"包含着"当代"，所以"当代"的历史总体化也不可避免。但如果要特别强调"现时代"特定的历史内涵，则必须把"当代"与"现代"剥离开来，并进行合理化的历史命名。因此，奥斯本指出："'现代性'扮演了历史分期范畴所具有的独特的双重角色：它把一个时代的当代性（contemporaneity）指派给了作出分类行为的那个时刻；但是，它借助于一个在性质上新异的、自我超越的时间性来表明这种当代性，这种时间性在把现在与它所认同的最切近的过去拉开距离方面，产生了立竿见影的效果。"③ 从"现代性"角度出发，奥斯本梳理了伯曼、詹姆逊、福柯、阿尔都塞等关于现代性与历史分期的关系论述，透射出"当代性"的话语逻辑。

"当代性"的主体来自历史的自我定义，以及自我定义对主体实施的认同和筹划行为，它建立在"现时代"与过去时间区分的前提下，反过来又超越了年代学的时间秩序从而使现时代获得了"当代性"意义。"当代性"作为对于"当代"的诊断性话语，被认为是社会历史学中的一个经验范畴，用来揭橥一个时期的奠基性、统一性的内部多种可能性趋向，它经常与自我指涉之间形成张力，"因为无论何时，只要现在之中的变化这个问题还处于争论之中，它就必然要标示出它所表达的时间"。④ 而"当代性"观念正是在这个张力点上构成的。套用阿多诺对现代性的定

---

① ［德］于尔根·哈贝马斯：《现代性的哲学话语》，曹卫东译，凤凰出版传媒集团、译林出版社2011年版，第8页。

② ［英］彼得·奥斯本：《时间的政治：现代性与先锋》，王志宏译，商务印书馆2004年版，第5页。

③ ［英］彼得·奥斯本：《时间的政治：现代性与先锋》，王志宏译，商务印书馆2004年版，第30页。

④ ［英］彼得·奥斯本：《时间的政治：现代性与先锋》，王志宏译，商务印书馆2004年版，第30页。

义,"当代性"是质的范畴,"当代"只是个年代学上的时间称谓。至于此,可以出示"当代性"的概念了,这里借助陈晓明描述来归纳"当代性"的内涵。"何谓'当代性'呢?这需要放在历史的、哲学的审美的语境中去考察,尤其需要放在20世纪中国的现代性激进实践中去把握。'当代性'说到底是主体意识到的历史实践,是主体向着历史生成建构起来的一种叙事关系,在建构起'当代'的意义时,现时超越了年代学的规划,给予'当代'特殊的含义。"①

返回中国现当代文学历史化的语境来看,王瑶、唐弢在20世纪80年代提出的将"十七年"文学归于现代文学史范畴的建议,是基于一种对这段时间内的文学已形成了稳定的"当代性"的判断之上。当然,在王瑶、唐弢的视野里,此"当代性"肯定不是对近十年间的"当代"的本质体现,而是对来自五四的"文学现代化"传统并与现代文学构成同质化话语形态的自我指认,或者说,"十七年"文学所显现出的"当代性"因不具备断裂性的"新质",最终回归到现代文学历史化统一的话语框架之中。由于文学史观和价值立场的区别,文学的"当代性"在不同的文学史家那里会得到不同的表达。与王瑶、唐弢不同,洪子诚那里的"当代性",体现在一体化和规范化形成建立的过程中,并以此为"新的规范"支撑起"当代文学"的概念:"'当代文学'的概念的提出,不仅仅是单纯的时间划分,同时有着有关现阶段和未来文学的性质的指认和预设的内涵。当代文学是'社会主义文学'的这一理解,一直延续到80年代以后的若干当代文学史的写作中。"② 陈思和的"当代性",集中蕴含在他所提出的"潜在写作""民间文化形态""民间隐形结构"等几个重要的文学元话语里面。他认为"潜在写作"在文学相当贫乏的年代,"实际上标志了一个时代的真正的文学水平",③而"民间话语"在一体化语境中可能包含了更多的历史真实,更能触及当代史的内在层面。董健、丁帆、王彬彬在其主编的《中国当代文学史新稿》中,将当代文学划分为五个阶段,在总体性话语尺度的参照

---

① 陈晓明:《论文学的"当代性"》,《中国现代文学研究丛刊》2017年第6期。
② 洪子诚:《中国当代文学史》前言,北京大学出版社1999年版。
③ 陈思和主编:《中国当代文学史教程》前言,复旦大学出版社1999年版。

下，对每个时期的阶段特征进行了提炼。"我们在把握中国当代文学的根本特征与历史定位时，为了真实地描绘出历史演变过程中的'先'与'后'，使历史'链条'中的各个环节合乎逻辑地衔接起来，就必须有一个基本的价值判断。这个价值判断的标准，就是人、社会、文学的现代化。"① 这样，在以"人、社会、文学现代化"为价值坐标的衡量下，文学的"当代性"表现为"文学现代化"从消解到复归、从搁置到承续的曲折发展之路。在这里，与王瑶、唐弢相比较，"文学现代化"诉求是相同的，不同的是对五四新文学传统以及五四启蒙精神理解和实践方式的差异。

　　总起来说，王瑶、唐弢等现代学者在 20 世纪 80 年代以不同方式、从不同侧面参与当代文学历史化的进程中，他们提出的问题，如"当代文学史可否成史""五四新文学传统""文学现代化""文学分期""文学史观念"和"当代性"等，相当程度地影响了当代文学历史化研究与叙述的整体面貌。后继的研究者都无法也不可能绕过或从这些问题中抽身而退。21 世纪以来，洪子诚的《问题与方法——中国当代文学史研究讲稿》、程光炜的《当代文学的"历史化"》及由程主持的"重返八十年代"中国人民大学讨论课程、李杨的《文学史写作中的现代性问题》、贺桂梅的《历史与现实之间》、旷新年的《文学史视阈的转换》、杨庆祥的《"重写"的限度："重写文学史"的想象和实践》等，从不同的立场和角度对之做了隐显有别、深浅不一的呼应，为在历史化问题上的"当代"之对"现代"的赓续，做出了自己的表达。

---

　　① 董健:《关于中国当代文学史的几个问题》,《南京大学学报》（哲学·人文科学·社会科学）2002 年第 3 期。

第二章　总体图景与时代特质

如果说"结构关系"主要是向外，面对社会历史他者参照的一种客观比较，说明历史化虽然是一项文学评判的活动，但却受到文学之外的社会历史的制约，那么本章有关"总体图景与时代特质"的分析，就可视作当代文学向内，面对与自身历史及与之相关的问题进行的一种理性审思。具体拟选择整体性、复杂性和及物性三个关键词，对之作以点带面的概括。历史化是建立在对文学总体历史和现状的判断的基础之上，只有如此，我们才能立足高远，达到对研究对象更确当也更为宏通的把握，并给予化繁为简的清晰解读。

第一节　整体性：时代征候与独立追求

整体性无疑是响彻当代学界最为重要的一个关键词，从20世纪80年代的"20世纪中国文学""中国新文学整体观"，到90年代后的洪子诚的"一体化"、王德威的"没有晚清，何来五四"、李杨的"没有十七年及文革，何来新时期"，它与我们的研究如影相随，一直不绝如缕地出现。这也可以说是构成当代文学历史化的一个重要前提。如果对当代文学的"整体"与"整体"的当代文学缺乏判断和把握，那么不仅无法历史化，而且极易使之滑向偏至，当然也就谈不上有效的历史化了。樊骏在谈及"史识"应成为衡量史家学术水平和成就的一个"重要依据"时指出："所谓'史识'，自然不局限于史家对一些问题逐个地提出怎样的具体见解，更重要的还在于他如何从整体性上认识把握所研究的那段文学的全局,如何梳理历史进程的主要轨迹和线索,如何概括其中的客观规律和如何总结历史的经验教训等关系全局的重大问题上所提出、所形成的自己的观点;它不仅用来指导并贯穿于研究的全过程,也体现在所得出的各个结论之中。所以,也可以说更重要的是指隐蔽于具体论点后面的、对有关的历史具有一贯性和普遍意义的基本观念和态度。"① 这种从"史识"高度来观照和把握整体性,并对其内涵进行全面深刻分析,不仅需要引起重视,而且应成为历史化的一个重要原则,在实践中加以贯彻和实施。

何为整体性?整体性是指对对象进行研究及其历史化所秉持的一种基于整体全局的思维观念和艺术把握的方式,它带有总体性、宏观性、统摄性的特点,并有本雅明所说的凡历史唯物主义都应具有的延续到"当下"的含义。② 韦勒克、沃伦认为这是"想象世界"高于"经验世界"的伟大之处,因为后者与前者相比,"通常缺少整体性"。③ 是故,所以我们说"整体性"中包含着"当下性","整体性"是"当下性"的"整体性",而"当下性"则是"整体性"的"当下性"。它直接切入,而不是外在于社会现实,与我们当下毫不相干。问题是:今天中国现实的"整体性",已不是卢卡奇在《小说理论》中所讲的相对简单狭隘、作家们也相当自信能够进行把握的古希腊生活。20 世纪 90 年代尤其是进入 21 世纪以后,面对互联网、高铁时代万花筒般的现代生活,人们在瞠目结舌的同时,日益明显地感到已完全无法理解自己身处的环境。任何的历史化都不能"脱离总体来作片面肯定或否定。无论是肯定或否定,脱离总体历史即成为片面的抽象的论证"。④ 这样情形,导致了整体性书写的艰难,它使今天学者置于比当年狄更斯在《双城记》中所说的旷古以来最纷繁复

---

① 樊骏:《唐弢的现代文学研究》,见陈平原主编《中国文学研究现代化进程二编》,北京大学出版社 2002 年版,第 384 页。
② 本雅明认为:"历史唯物主义者不能没有'当下'的概念。这个当下不是一个过渡阶段……这个当下界定了他书写历史的现实语境。历史主义给予过去一个'永恒'的意象;而历史唯有则为这个过去提供了独特的体验。"本雅明:《历史哲学论纲》,汉娜·阿伦特编《启迪:本雅明文选》,张旭东等译,生活·读书·新知三联书店 2008 年版,第 274 页。
③ [美]雷·韦勒克、奥·沃伦:《文学理论》,刘象愚译,生活·读书·新知三联书店 1984 年版,第 239—240 页。
④ 李泽厚:《启蒙与救亡的双重变奏》,《走向未来》1986 年创刊号。

杂还要更纷繁复杂的时代环境,[①] 用什么方法超越自身局限,给予高屋建瓴的把握,的确需要一副如拉什迪所说的"上帝的视觉"。

有论者在谈及整体性时,认为它"不能回避以下的诸种难题:其一是现代人生活世界与意义世界的分裂,古希腊式的自我与世界的同一性分崩离析;其二是世界哲学史上尤其是20世纪后半叶以来对于总体性的批判,也即认为差异高于总体的后现代思想的挑战;最后不可回避的是20世纪中国文学曾经拥有的经验教训,宏大叙事如果过于一统,就难免流于僵硬,好在近年来中国当代文学已经显现出宏大叙事文学建构与重构的新的可能性,这与20世纪80年代以来的文学经验的积累是分不开的"。[②] 这样的分析是很精到的,不过还不完全。返回到现当代文学领域被称为"打通"了的"历史现场",我们就会发现:现有不少的历史化及其整体性研究,往往是通过一个被预设的以五四为基点的"现代文学"来实现的。当代文学所谓的整体性,其实也就是"现代文学"的整体性,严格地说是五四启蒙式的整体性,被纳入这样整体性中的当代文学只是其中的一部分,还有相当一部分已被当作"异质"或"出轨"的东西排斥在视域之外,它自己是不具备主体独立性,只是被看成不重要或价值不高的一种"次级"文学的存在。也就是说,"当代文学"被"现代文学"的整体性取代和覆盖,在相当程度上,充当了"现代文学"整体性的附庸。这样,被整体性了的"现当代文学"(或曰"20世纪中国文学"),就不期然地抹去了当代文学的许多独特的东西,一种无法用启蒙衍生出来的所谓的统一标准的许多独特的东西。

上述种种,就构成了本书所说的整体性研究的前提和背景。显然,这个话题提出的本身,它包含了我们对当代文学学科独立性认同和尊重之意,同时也在客观上向我们提出了一个如何营构既涵盖"现代文学"与"当代文学",同时又超越"现代文学"与"当代文学",而与传统的近

[①] 狄更斯在《双城记》中写过一句名言:"这是最好的时代,这是最坏的时代;这是智慧的时代,这是愚蠢的时代;这是信仰的时期,这是怀疑的时期;这是光明的季节,这是黑暗的季节;这是希望之春,这是失望之冬;人们面前有着各样事物,人们面前一无所有;人们正在直登天堂,人们正在直下地狱。"某种意义上,我们现在面临的,也是类似于狄更斯所描述的纷繁复杂的时代环境,当然,这仅仅是一种比喻。

[②] 黄平:《"总体性"难题——以李敬泽〈会饮记〉为中心》,《文学评论》2019年第2期。

代（古代）文学接轨的更大的整体性的要求。这无疑是一个不小的难题，它使当代文学在获得独立和解放的同时，也对研究者形成了"挑战"。有人在谈及"现代文学"进入 20 世纪 90 年代以后，就曾尖锐地指出，在这一研究领域中，长期以来被奉为圭臬的启蒙"自主的、自足而完整的主体"，"已经变成一种神话，一种幻觉"，[①] 它所刻意追求的整体性似乎走到了尽头，那套概念体系已无法描述当下中国社会文化和文学问题了，在相当程度上耗尽了自己的历史能量，失去了历史化解读的能力。如果说这样的反思性的概括不无道理的话，那么面对现代文学研究出现的这种状况，当代文学不仅需要认真反思原先所服膺的概念及其恪守的规则，而且更有必要根据学科实际情况做出合历史合逻辑的调整。某种意义上，这也为被捆绑在现代文学门下，当作附庸的当代文学历史化及其整体性的建构提供了一种契机和新的可能性。

对于这样的难题，有的研究者早在一二十年前就意识到了，并提出了批评。如贺桂梅在反思"20 世纪中国文学"为代表的现代性文学史写作范式、充分肯定其意义和价值时，就曾指出它所存在的"以偏概全"的问题。而之所以如此，其中一个重要原因就是，论者"忽略了'当代文学'形成的特定历史语境和文化逻辑，而以'现代文学'衍生出来的统一'美学'标准衡量'当代文学'，因而抹去了'当代文学'的独特性"。[②] 如将"悲剧"作为 20 世纪文学的美感特征，就难以概括解放区及当代文学"前三十年"呈现出来的"力度""乐观主义"的文学精神。更不要说王瑶先生对之提出的质疑："你们讲 20 世纪为什么不讲殖民帝国的瓦解，第三世界的兴起，不讲（或少讲，或至少从消极方面讲）马克思主义，共产主义运动，俄国与俄国的影响。"[③] 这一质疑，蕴含了构成"当代文学"特质的那些基本因素，它只有从文里与文外的"逻辑关联"的角度契入，才有可能给予道出。贺桂梅此文，初刊于《现代中国》第一辑（湖北教育出版社 2001 年版），后连同《挪用与重构——80 年代

[①] 洪子诚：《问题与方法——中国当代文学史研究讲稿》，北京大学出版社 2002 年版，第 35 页。

[②] 贺桂梅：《历史与现实之间》，山东文艺出版社 2008 年版，第 149 页。

[③] 钱理群：《矛盾与困惑中的写作》，《文艺理论研究》1999 年第 3 期。

文学与五四传统》《"现代"·"当代"与"五四"——新文学史写作范式的变迁》《"当代文学"的构造及其合法性依据》等几篇与此有关的文章，收入自己结集的论文集《历史与现实之间》，它超越了单一的现代启蒙立场，写得颇为潇洒大气，显示一位年轻学者的敏锐，曾产生了广泛的影响。在这前后，还有王富仁、孔范今、余飘、吴炫、谭桂林以及中国台湾地区的龚鹏程、韩国的全炯俊等不少学者，也都撰文对"20世纪中国文学"发表了商榷意见。他们彼此的观点和角度虽有差异，但也都不约而同地将批评的目光，调适到了与文学具有异质同构关系的20世纪中国社会历史尤其是20世纪后半叶中国社会历史的关注上，从这样的立场出发"知人论世"，对当代文学进行历史化。洪子诚虽未撰文参与讨论，只是在二次座谈时极为简约地指出，他们"对20世纪中国文学整体特征的根据基本上是准确的。当然，舍弃了一些不该舍弃的东西。比如，30年代左翼文学就没很好概括进去"。① 从他后来出版的《中国当代文学史》《问题与方法——中国当代文学史研究讲稿》《材料与注释》来看，无论是观念还是思维、方法等各个方面，的确与之有其较大的区别。这突出表现在1999年推出那部文学史著作，花费很大心力、作为学术亮点的20世纪40年代文学的"转折"（从延安时期到中华人民共和国成立），而且其所提出并被广泛引用的"将问题'放回'到'历史情境'中去审察"②，即上面所说的"结构关系"中去审察的学术追求。21世纪在相隔15年左右出版的《问题与方法》《材料与注释》一书，因为摆脱了教科书模式，更是紧贴当代，用类似互文、中性和密密匝匝的史料，从制度、经典、资源、方法及其深层精神思想、心态、人格做细致入微分析的治学风格，这与习见的现代文学研究及其历史化是不一样的。如在谈及周扬"反右"批判冯雪峰、丁玲等人时，通过检查交代等大量原始材料与注释"互证"所构成的特殊文本，事实上将左翼文学阵营从30年代到五六十年代的语境并置起来，在一个更大也更有历史纵深感的整体性视域中对之进行解读。这也说明在经过一段时间实践之后，当代文学历史化开始摆脱了对现

---

① 陈平原、黄子平：《关于"二十世纪中国文学"的两次座谈》，《当代作家评论》1989年第5期。

② 洪子诚：《中国当代文学史》前言，北京大学出版社1999年版。

代文学的模仿和依赖，有了属于自主独立的学科追求。

请不要误解，我们这样说绝不是宣扬当代文学与现代文学之间的"断裂"，而是说不能简单用现代文学来代替当代文学，而应该有自己属性及特点，就像现代文学不能简单照搬古代文学那样。现代文学与当代文学都是五四以来的"新文学"（相对于五四以前的传统文学而言），它们彼此关系与古代文学关系是不同的，更何况现代文学有关"民主""科学""人的文学"等思想观念，至今仍在当代文学领域占据主导地位，发挥着重大的作用和影响。这是人人都知道的道理。而且我们也主张，当代文学研究及其历史化唯其时长有限（毕竟只有70年历史）而又与我们处于同构，这在时间上，就更应有布鲁代尔所说的"长时段"至少是"中时段"的整体性意识。这样，它可使我们超越"短时段"带来狭隘的局限，而显得更为宏阔。作为百年文学的两个历史时段，现代文学与当代文学之间，既有前后相续的连贯性、一致性，又有异态特质清晰的阶段性的呈现。因此，不分时间、场合和前提，将现代文学整体性及其标准无限延伸，是不合适的，也嫌粗疏。何以然呢？又何以所以然呢？因为彼时文学所处的整体大环境变了：在20世纪80年代，当文学还处在浓重的政治氛围中，批评和研究都渴望并参与"拨乱反正"，这时以"启蒙"为旨归的现代文学研究范式对之还相当有效；90年代以后情况则发生了变化，它要求对以往被我们忽略的左翼革命文学及其内含的社会主义经验进行检视，作为重要的"遗产"重新纳入视域，但这恰恰又是现代文学这种范式所无力完成的，是它无力承受之重。因此，这就导致了整体性解读模式的失效。这种失效，在市场化和网络化背景下，其不适和错位就显得更突出了，以至出现如张英进所说的"消失的整体性"的现象。[①] 当然，这里所谓的"消失的整体性"，只是一种比喻，它指的是在后现代语境下整体性研究尤其是"重构"整体性之难。但是祸兮福所依，没有"消失"，那有"重构"？即是说，问题的关键，不是现代文学整体性有没有"消失"，而是怎样"重构"与当代中国历史及现实尤其是与新的历史语境相契合？这个整体性，如同艾略特在谈当代性时所说的那样，"不只是一个共时体

[①] 张英进：《历史整体性的消失与重构——中西方文学史的编撰与现当代中国文学》，《文艺争鸣》2010年第1期。

系代替另一个共时体系,而且也是旧的共时体系在新的共时体系中的积淀",①它应该是动态、与时俱进、具有开阔的视野及将文学与社会历史互文解读的能力。只有这样,当代文学才能构建与现代文学有关但又不尽相同的新的整体性范式,在研究及其历史化过程中获取新的历史动力。

实践表明,20世纪90年代以后,随着思想文化和学术研究的整体路向的变化,尤其是社会生活新的焦点、征候的进一步凸显,文学研究中的这种强调对外部社会关怀和介入,走出纯文学路子,在中国学界不仅丝毫没有减弱,相反呈现出不断强化的趋势,可以说当代文学研究领域在某种程度上已经出现了社会学/历史学的转向。如2015年第6期《文学评论》刊出的程凯等人的《"社会史视野下的中国现当代文学"笔谈》,它"强调当代文学研究中的历史化和社会史的视野,是对'内部研究'和形式批评的一种回应",它"对于理解20世纪中国文学所包含的社会/政治内容,进而对理解20世纪历史本身,不无裨益"。②有的学者还引用社会学有关城市贫困群体,包括下岗职工、登记失业人员、被拖欠退休金的退休人员等数量庞大乃至触目惊心的统计数据,从文学社会学角度,批评中国文学界没有把这一"严重的历史"装进自己的历史视野,反而以"脱历史"的方式,在自己设定的现代主义道路上越走越远,并由此及彼对周扬当年在第一次文代会上的报告《新的人民的文艺》的意义,作了不同于80年代的"再次历史化"的思考。③与之相似而又不尽相同,是在堪称数量庞大的当代文学批评和研究队伍中,尽管不少学者,基于认知、兴趣和学术耐心及其当下整体现实的迷茫,转而舍大求小,关注局部和个我,或满足于表面上的类型化。但这并非批评和研究的全部,我们也不能由之否定和排斥人们对整体书写的渴望和诉求。必须看到,还有一些人尤其是"50后""60后"一代学人,在默默地坚守,并获取了不俗的成果。如张清华的论著《中国当代先锋文学思潮论》,就突破了早期更多以形式技术层面讨论先锋文学的思维理路,着重从先锋文学与启蒙主义/存在主义的内在关系,显示了"宽阔的文化研究视野",和"作为学院知识分子

---

① [英]托·斯·艾略特:《传统与个人才能》,曹庸译,《外国文艺》1980年第3期。
② 《"社会史视野下的中国现当代文学"笔谈》编者按,《文学评论》2015年第6期。
③ 参见程光炜《当代文学的"历史化"》,北京大学出版社2011年版,第59—64页。

对 20 世纪以来中国思想文化史的准确把握"。后来撰写的有关莫言及余华、贾平凹、王安忆、张炜、苏童、格非、食指、海子等作家作品论,也富有意味地将其看成"汉语新文学的一个整体"或"从鲁迅到莫言这样一个谱系",这样,就"使他的评论能够穿越历史雾霭,发现一个作家和百年中国文学的血肉和情感联系"。①

值得一提的是王晓明,他比张清华出道更早,曾在 20 世纪 90 年代初与研究生一起,在一篇对谈式的《旷野上的废墟——文学和人文精神的危机》文章中提出了"人文精神的失落"问题,② 已显露超越学科专业界限的开阔视野和深广关怀的人文知识分子的特质。90 年代以后,随着"市场资本"的介入,"后现代"文化的浸渗和人文精神的重建,王晓明更坚定了"不为时尚所蔽、更不自隔于现实,坚持批判性思考的品格"③,把注意力和研究兴趣进而转向"文化批评"的探讨上,如音乐、绘画、雕塑、广告、报纸、杂志、肥皂剧及媒体的娱乐节目等。这使其研究较之早期的比较纯粹而又专精的艺术审美和精神心理,虽不无泛化,但却更为本真地反映和概括了处于转型之际中国社会文化的整体性貌态,为我们提供了被纯文学研究遮蔽或忽略了的另一个空间,包括当代中国都市文化、消费文化和近现代思想史、文化史及知识分子精神史等。后来提出的新意识形态理念及其有关《中国现代思想文选》等编著,已远远超出了纯文学的界限,在事实上可从"革命中国"乃至"社会主义"那里找到思想资源和脉络。自然,对它的评判,也只有放在更大的整体性及其时空范畴才有可能做出。这亦说明,整体性书写在当下虽然很难,但并非无前例可参酌。这关键在于,能否重新焕发思想活力和激发对公共想象。社会文化日趋多元,必将导致当代文学整体性书写越来越多样,它原先隐匿的内部歧见也越来越突出。因而能否及如何处理"文化与文学""思想与文学"等问题,将再次摆到了我们的面前。对此,我们要有足够清醒的认识。

笔者在十几年前曾经说过,中国的历史像是一条超巨型的浩浩荡荡的长江或黄河,它具有海纳百川的容量和气度。因此,对于当代文学历

---

① 孟繁华:《他还是一个有趣的浪漫文人》,《当代作家评论》2017 年第 6 期。
② 王晓明等:《旷野上的废墟——文学和人文精神的危机》,《上海文学》1993 年第 6 期。
③ 王晓明主编:《人文精神寻思录》,文汇出版社 1996 年版。

史叙事，更倾向于整合，而不大赞同非此即彼的"翻案"。① 当代文学历史化是中国历史化的组成部分，就是在这样的大背景下进行，所以不能因为沾染了浓重的社会政治而将其从这样大格局中剥离出来，做所谓的纯学术研究，这不可能也没有必要。不能为了体现自己所谓的精英意识和纯文学观念，将当代曾经经历并且在今天还具有浓重社会政治内涵的文学史简单书写成所谓的"自由"或"民间"文学史。如那样，不仅是对历史的遮蔽，同时也是对历史的轻慢，其学术性恐怕就要大打折扣。特别是作为教材传递给学生的知识谱系，可能会产生历史性的偏差。从这个意义上，我们认为中国当代文学研究应该同时也是"中国研究"，至少与之具有密切的关联。如果过于将思维视野拘囿于作家作品，对之作所谓的"纯文学"观照，就会招致研究的封闭与狭隘。刘再复在一次对话中坚持认为："文学是一种无统治区域，它虽然也积淀着理性，但却没有外在理念、理性的统治，它拒绝任何外在的原则的支配，拒绝'知识—权力'结构的统治。"据此，他批评福柯懂历史，却不太懂文学。② 这话似乎说得有点绝对。其实，"历史研究越是深入一个个文学事件的内部，在权力关系与文学形象之间就越是有一种幽暗难以消除。此幽暗不是来自抽象的超越性，而是在历史研究的现场具体地发生。当此之时，最重要的选择是，我们不应只是重申有关文学超越性的教条，而应努力将这种幽暗转化为历史叙述的积极因素"。③

当然，这种将"幽暗"转化为"积极因素"的整体性书写，须是以一定的史学素养为根基。而这对拘囿于中文专业学术背景而没有受过史学训练的大多数当代文学学者来说，也许勉为其难。所以我们有必要进行知识结构的扩容和调整。在历史化问题上，那种把所有的问题都归之文学，仅仅从单一的文学视角研究思路，也是需要反思的。而且，我们还要看到，作为历史化的一个重要环节和实践活动，整体

---

① 吴秀明：《论文化转型语境中的"历史翻案"现象——兼谈当前历史文学的历史观和艺术创造力问题》，《文艺理论研究》2005年第5期。

② 王晓明主编：《人文精神寻思录》，文汇出版社1996年版。

③ 汤拥华：《重构文学性：中国现当代文学史写作的一个理论问题》，《扬子江评论》2015年第6期。

性也有一个如何与研究者个体和微观历史相契合的问题。因为，无论是从理论还是就实践角度考量，文学研究的整体性是建立在研究个体基础之上，并不惮于向历史的局部、细节乃至差异性开放，它绝不是也不应该将自我封闭起来。这种自我封闭，在过去的"宏大叙事"中也曾有过，它毫无疑问亦是需要反思的。但"反思总体性，（但）并不否定真实与意义的存在；而且，真实与意义并不是以否定总体性的方式居于总体的外部，而是通过对于总体性的否定之否定来把握。这个逻辑超越了多年来制约当代文学发展的二元对立，开辟出一条新的道路"。总之，它"不是走向以'自我'为中心，而是走向重建自我与他人的关系"，或者说，"重建一种新的总体性叙述，一种既是'普遍'的又是'具体'的总体性"。①

需要补充的是，这里所说的整体性（也就是上面引文所说的总体性），应建立在对当代文学学科属性基础之上。这一点，我们在前面讲"当代"与"现代"关系时曾有论述，它涉及整体性研究在"打通"或曰"会通"各学科界限同时带来的"取消属性差异"的局限性问题。众所周知，"断裂性"与"会通性"是迄今为止文学研究及其历史化的两条主要路径：前者，倾向于在时间之流中标记出某个界碑，以确认其文学新质；后者，则体现消解在时间之流中的鲜明转折性，使历史成为一个连续性的整体。以往文学历史化基本遵循"断裂性"思路，以凸显自己更具优先性的新质。而"20世纪中国文学""中国新文学整体观"和"没有晚清，何来五四""没有十七年及文革，何来新时期"以及我们这里所说的整体性，则都属于"弥补断裂"的"会通性"概念。它有自己的优势，在现在的提出，也具有重要的历史和现实意义，但这种会通的暧昧性同样如影随形。像王德威主编的哈佛版的《新编中国现代文学史》，将"现代"会通到1635年晚明，从那里起始，一直延续到当代作家韩松所幻想的2066年"火星照耀美国"，在这样自古至今，并通向未来的长度中讲整体性即"会通性"，当然是有"争议"的，它的实践，也"必面临着不

---

① 黄平：《"总体性"难题——以李敬泽〈会饮记〉为中心》，《文学评论》2019年第2期。

断重写的暧昧性"。① 青年学者陈培浩如上的分析和质疑，是很有道理的。这也昭示我们，整体性固然重要，但它与历史化的任何路径和方法一样，同样也是需要不断反思和调整的。

第二节　复杂性：原始景观与澄明判断

这里所说的复杂性，当然包含了对原始复杂情景反映的意思，它是原始复杂情景在历史化研究中的投影。同时，也是研究主体观念开放与开放的观念的必然结果。因为按照福柯的知识考古学和话语理论，对当代文学进行"历史化的语言分析"，即便在一体化时，它也不可能是某种本质必然的真理性终极话语，而是一个充满矛盾、斗争、悖论、断裂的历史生成和构造的产物。而依据詹姆逊的元共时性和形式意识形态，来审视处于"过渡时期"的当代文学，就会看到这种新的意识形态背后同时伴随着"系统的或结构上的对抗"。② 也就是说，不管当代文学如何一体化，它都不可能如我们所想象那样单一纯粹，而是包含与之相悖的许多"异质"的成分，是"一体"与"异质"的复杂构成。从纵向历时性角度来看，历史既有连续性、同一性的一面，也有顿挫、断裂、犹豫的另一面。这种情况，不仅存在于"十七年""文化大革命"十年，就是在"80年代"亦有类似情况。如果处理不当，它极易出现被"后见之明"观念抹掉，即"因果率"颠倒的舛错。倘若把一定时期的文学看作"史事"，那么"凡是一件史事"，就"应看他最先是怎样，以后（在政治、社会、文化等诸种因素的作用下）逐步的变迁是怎样"。胡适当年将顾颉刚的这种治史方法进一步概括为，"其实对于纸上的古史迹追求其演变的步骤"，这就是对历史的整理和解释。③ 这些有关历史叙述的观念，如今已成为共

---

① 陈培浩：《"历史化"与文学史学科命名论争——以"二十世纪中国文学""民国文学"为中心》，载《"中国当代文学的历史化问题"学术研讨会论文集》，杭州师范大学人文学院主办，2019年3月。

② ［美］弗雷德里克·詹姆逊：《政治无意识》，王逢振等译，中国社会科学出版社1999年版，第87页。

③ 胡适：《介绍我自己的思想》，《胡适文选》，亚东图书馆1930年版。

识。如果违背了,就会致使"很多有价值的信息,都被受某种利益原则控制的书写者给过滤掉了"。李建军最近在一篇论述俄罗斯文学传统的文章中提到:在希特勒侵略苏联之后,当然主要是作恶和犯罪,但为了维护他们自己的生存和对苏联农村的控制,也做出了符合人类经验模式的明智选择,以致有回忆文章说,在德国人占领下老百姓的生活过得比苏联好。① 这也提醒我们,历史是复杂的,我们不仅要关注"可见"的文本,同时还要关注"未见"的文本,尤其是带有异质特点的"未见"的文本。

也因此故,所以我们看到,20世纪90年代以后的当代文学研究,不再像80年代那样习惯于从"拨乱反正"和"实事求是"角度进行考察,而是从自我反思及从历史和人的复杂性、实践的多样性的角度展开再叙述,因此研究对象身上复杂暧昧的内涵普遍得到关注和发掘:一方面,为以前忽略的"十七年"所隐含的审美和人的元素被发掘,文学与政治冲突的裂缝被揭示,由此引发了"十七年"文学行情看涨乃至出现"再重评"思潮。另一方面,是从新时期出道并取得较大成就和影响的一些作家作品或现象思潮的发生学的追问中,探寻他们与"十七年"及"文化大革命"的关系。前者,如在业内产生广泛影响的黄子平《"灰阑"中的叙述》的革命历史小说研究,张均由"制度与人"向"本事"转换,将勘探目光投向社会历史纵深和隐秘深处的研究;后者,就更多了,从李杨的"没有十七年及文革,何来新时期"开始,李陀、於可训、董之林、程光炜、李杨、陶东风、王晓明、蔡翔、王尧、何平等有为数不少的一批学者,它几乎构成了近一二十年以来当代文学研究及其历史化的一种新走向。不同于以往好作政治或道德式的简约主义、断裂式的评判,他们基于对历史与生活复杂性的认知,通过史料的发掘与发掘的史料,不仅如实还原和呈现了"五七"和"知青"(含回乡"知青")两大创作群体,如王蒙、高晓声、陆文夫、韩少功、王安忆、路遥、贾平凹、莫言、北岛、食指,包括茅盾、老舍、曹禺、沈从文、张爱玲、穆旦等"跨时代"作家,被人为回避或剪裁了的历史细节,而且还揭示了为他们从前所回避的"十七年"和"文化大革命"文学那里寻找源流脉络,指出其"潜在写

---

① 参见李建军《对俄罗斯文学传统的完美接续——阿克谢耶维奇的巨型人道主义叙事》,《当代文坛》2019年第3期。

作"与当时公开发表的"主流文学"并不截然对立。王尧甚至在一篇文章中讲,他是喜欢用"复杂性'这一概念'的,在考察中国当代文学史时也常常探讨'复杂性'因素存在的状态",甚至认为在历史化问题上,存在着一个需要引起关注的"偏差、修正与调整的'循环往复'"的规律性现象。①

当然,在中国当代语境下讲复杂性,是不可能也不应该离开文学与政治关系这个历史化主脉进行。文学与政治关系是一个老话题,迄今有关这方面文章多矣,本书不想对此过多饶舌。这里,只是根据论旨需要,仅就以下一个问题略述一二:在经过一段不无冲动而又偏激的"非政治""去政治"之后,近些年来当代学界逐步认识到文学与政治关系远比人们想象的要复杂得多。文学的独立性是相对的,并非政治的对立物,它不可能也没有必要真正割断与政治的关联。文学所谓的"非政治""去政治",其实是一种"神话",它只是表明你所"非"的或"去"的是你不喜欢的这一种政治,而想要的是你所喜欢的另一种政治。并且一味地"非"之或"去"之,弄得不好,可能会带来你意想不到的狭窄,反而给你的历史叙述因人为"洁化"造成的不应有的简单、平面和逼仄,将与政治相关联的文学以及启蒙文学和通俗文学、旧体诗文等遮蔽了,排斥于现代性之外。不少学者正是从这个思路出发,在充分肯定20世纪80年代启蒙主义为研究供新内涵的同时,对被遮蔽了的新文学激进主义即与中国政治革命相联系的一面提出了批评,认为"从这个角度反观毛泽东对'新文化'的阐释和构想,不得不承认新民主主义论虽然是一种外部理论,但却敏锐地抓住了'五四'新文化运动与中国革命的内在联系",② 并由此及彼,对20世纪80年代李泽厚在《中国现代思想史论》中提出的影响很大的"启蒙与救亡的双重变奏"说进行了反思。

如程光炜在《当代文学学科的历史化》一文中,针对已经被固化了的"双重变奏"理论和标准,指出这种"要么用'左翼'压抑'自由',

---

① 王尧:《偏差、修正与调整的"循环往复"——关于20世纪50、60年代文学制度的一种考察》,《文艺研究》2014年第2期。
② 季剑青:《什么是"现代文学"的"现代"?——中国现代文学起点问题的历史考察和再思考》,《文学评论》2015年第4期。

或再用'自由'来简化'左翼',即把历史的复杂性就那么'格式化'"的处理方式,不仅"窄化"了当代文学历史,显得"十分可疑",而且也无法来统摄、规训并顺利地到五四和鲁迅的历史轨道上运行,更无法面对和理解漫长历史中的"社会主义经验"问题。① 另一位"50后"学者董之林,则通过对"十七年"小说类型的分析,从观念与实践之间的错位契入,告知我们,尽管激进的政治化、革命化内容是当代文学创作的主旨,"小说家一旦进入写作,就像一种知识的生产,小说随即变成对某种先在理念的增殖、变异或改写。这时的小说家,不论他自觉还是不自觉,都无法从某种单一的政治意识形态角度讲述历史……面对叙事多元构成所形成的张力,采取非此即彼的阐释方法肯定是行不通的"。她还以《三里湾》《山乡巨变》《创业史》《艳阳天》等作品为例,指出"虽然农业合作化运动绝不像小说写的那样理想,但小说艺术成功的经验表明,即使在现代激进观念盛行的年代,中国的现代化道路也必然包含仁义礼智信等传统因素,而是传统因素对实现本土现代化也应起到至关重要的推进作用"。就是像《李自成》这样深受阶级斗争理论和农民革命动力说影响的作品,它也有大量出色的明清易代各种矛盾、各派政治势力、各种民情风俗等大容量的"综合"历史与生活的描写,而不仅仅将笔墨拘囿于农民起义军与明王朝之间的阶级矛盾和阶级斗争。②

颇有意思的是,钱理群、王富仁、温儒敏等比较推崇现实主义、历史理性,强调学术独立性的年长一辈学者,以及张均、杨庆祥、黄平等受到后现代主义、福柯式的知识考古学、谱系学影响的年轻一代学者,他们彼此思想主张和理论资源虽有较大差异,但在近些年来,随着文学生态环境的转换更迭,也都不期然而然地对文学与政治复杂关系有了更为客观和理性的认知。前者,到了20世纪90年代之后,又对中国革命和社会主义的历史做了不同于80年代的评价。如"20世纪中国文学"概念提出者之一的钱理群曾说,他的思想立场就从原来单一的启蒙说,转向对自由主义与"新左派"的"双重反思",即"既对五十至七十年代的激进思潮持一种批判性的态度,同时也意识到了八十年代对五十至七十年代的批评遮蔽了

---

① 程光炜:《当代文学学科的历史化》,《文艺研究》2008年第4期。
② 董之林、叶立文:《视角改变世界——董之林先生访谈录》,《新文学评论》2014年第4期。

一些有价值的东西"。① 因为在他看来,"我们今天与今后面对的,是前所未有的新的现实,新的社会问题、危机与变革,我们就不能简单地固守于原有的价值立场、知识观念,以不变应万变,将变化了的现实强行纳入我们已有和固有的理论框架(无论是今天盛行的自由主义,还是'新左派')内,而需要从新的现实出发,进行新的理论创造"。② 另一位提出者黄子平也有类似情况,他在对带有浓厚政治色彩的革命历史叙事进行研究时发现,"'革命历史小说'绝非党史教科书的形象翻版,关注的毋宁是人们在彼时彼地的生死命运以及能够彪炳后世的道德风貌——我们谈论的这些作品,或许正应如此而保存了若干自身的价值"。而在讨论怎么写时,还进而发现这些"叙事形式本身却可能蕴含更多的文化传承和解释功能,使我们甚至在文本内部也能看出'革命历史小说'所置身的历史语境的复杂性"。③

张均、杨庆祥、黄平等"70后""80后"的年轻学者,他们虽然没有"文化大革命"甚至没有新时期的亲身经历,但相同的学术背景,也使他们对原来心向往之的启蒙的"再思考",对一大批政治色彩历史人事的"再解读",包括对20世纪80年代曾"平反"人事的"再解读",从而使历史观和思维方式方法更健全客观,更具包容性。有人说,50年代后期形成的历史化叙述,过于强调当代文学作为"唯一历史方向"的特征,而80年代历史化叙述则过于强调当代文学生成的"强制性"和"被迫"成分,这种状况到了90年代以后,由于意识形态的松动和整体环境的变化,"使得一种相对复杂化的分析和阐释成为可能",它可使人们"在更为开阔、复杂的历史视野中来重新面对此前已成定论的问题"。④ 我们以为,这样的概括是合乎事实的。

值得指出的是,随着认识的深化和学术转型,上述出现的这种现象并非少数,在21世纪之后,它已逐渐演化为相当普泛的一种学术思潮,在

---

① 李云雷:《钱理群的"双重反思"》,《读书》2008年第12期。
② 钱理群:《二十六篇:和青年朋友谈心·我与青年》(代序),东方出版中心2018年版,第21—22页。
③ 李春:《从"前缘"到"边缘"——黄子平的批评踪迹》,转引自陈平原主编《学术史:课程与作业——以"中国现代文学学科史"为例》,安徽教育出版社2007年版,第193页。
④ 贺桂梅:《历史与现实之间》,山东文艺出版社2008年版,第289页。

当代文学研究及其历史化中发挥着越来越重要的作用。有的学者甚至还将其当作一种学术旨趣的追求,如刘福春就明确将"还原历史的丰富与复杂"作为撰写《中国新诗编年史》的目的与动因,认为"再现'复杂'可能要比追求'真实'更重要也更有意义"。[1] 孟繁华的有关当下文学批评和研究,则"始终着眼于一种复杂性的辩证展开,在这种辩证的展开中,既呈现问题及问题域的复杂性,同时也呈露自身复杂的主体性"。[2] 而洪子诚的研究呢,他有感于一体化概念被滥用,在后来的有关著述中对此作了调整和修正,强调指出一体化这个概念,"在某些地方很适用,但不是万能的,不能代替对一个时期的文学状况的具体研究",更不可将它凝固化、纯粹化,事实上在一体化的总体格局下面,"文化'分层'的现象,不同力量的矛盾冲突并没有消失"。[3] 曹文轩则从更内在也更隐秘的角度指出,洪子诚高频地使用"复杂性"这个词,让我们看到了其"学术思考的另一种理路",并认为他的学问正是"诞生在那些复杂之处。在本学科内,他比我们更多地看到了缝隙、层面、转折、拐点,表象之下的杂多、矛盾、背景、后置和幽深处。他尽可能地对所有现象表示理解,不喜欢用泾渭分明的是非观加以性质上的判定,尽量保持叙述上的弹性。他的学术贡献,正在于他看到了简单之下的复杂,并在细致解析这些复杂之后,得出了更为辩证、更为妥当,也更为可靠的看法"。[4] 这表明他们对长期以来盛行的简约化主流历史叙述模式的不满。

也许更值得关注,并有必要特别提及的,是上述有关复杂化的思维理路已开始逐渐由方法进而引向内容层面,对原有不无简单平面的阐释框架及其结论起到丰富补充作用。以周扬研究为例,迄今为止,对这位身上凝聚了中华人民共和国成立以来文坛明浪暗涌而又执牛耳的历史人物,从1993 年李辉在《读书》杂志上发表《摇荡的秋千——关于周扬的随想》开始,不少文章指出周扬在"十七年"时期的带有"周期性"规律的摇

---

[1] 刘福春:《还原历史的丰富与复杂》,《文学评论》2014 年第 3 期。

[2] 唐伟:《只有理解现在,才能解释过去——关于〈文学革命终结之后——新世纪文学论稿〉》,《南方文坛》2014 年第 3 期。

[3] 洪子诚:《问题与方法——中国当代文学史研究讲稿》,生活·读书·新知三联书店 2002 年版,第 88 页。

[4] 曹文轩:《一个人与一个学科》,《中华读书报》2010 年 2 月 24 日。

摆性，即运动中坚定不移地迎合政治，运动结束后又向艺术偏斜——就像"秋千"一样，不断在"仕途的雄心与文化的使命"这两者之间来回摇荡，"在他内心，两者或许有过短暂的统一，更多的时期则是矛盾的。内心的矛盾，就决定了行为的矛盾、人格的矛盾"。① 反映在作为文坛班主的"报告"和"讲话"两种文论话语方式上，"'报告'传达的是意识形态的规训要求，而'讲话'则是在反思中流露出自己的真实个性与想法。这两种话语方式都是他一手建构起来的，其背后有着复杂的深层原因，这是政治官员与理论学者的身份冲突使之然，也是现实权力与理想追求之间的目标冲突使之然"。② 这样的解读，较之20世纪80年代对其所作诸如"毛泽东文艺思想权威捍卫者、阐释者"，或"历次文艺批判运动的组织者、批判者和施害者"之类的定位，似乎更符合事实，也更富意味。与之相似而又不尽相同，是年轻一代学者对20世纪90年代后期出版的"反右"书籍的文化分析，因为将其纳入更为开放开阔也更为复杂化的国家、民间、市场、知识分子解释框架中，揭示他们不无反讽的生存遭际，而提出一些发人深思的问题。③ 这显示了"语言学转向"后，年轻一代学者批判性地重返历史现场的努力，从而多侧面、多方位、多层次地展现当代文学历史的"原始景观"。

当然，对复杂性的强调，固然为历史本真的还原准备了条件，但正如真理多走一步就成谬误一样，如果不加限制地扩张，那也极易使研究迷失于某种神秘和复杂中不能自拔，走向相对主义。因此，我们有必要对复杂性保持一种澄明的判断与认识。无论如何，这一切毕竟都发生在社会主义中国，是社会主义的一种文化想象，是对社会主义经验和社会主义想象的一种叙述。事实上，复杂性只是我们认识和解读历史的一种路径，而不是我们追求的目的。当我们说它复杂性的时候，不仅意味着我们对它的评判，而且蕴含着我们对之解决或解释的承纳。即是说，历史叙述作为一种"事后"研究，它"既要保留作为现象特征的丰富性、具体性、个别性，

---

① 李辉：《摇荡的秋千——关于周扬的随想》，《读书》1993年第10期。

② 许丽、刘锋杰：《"报告"与"讲话"：周扬"十七年"文论话语的建构与冲突》，《文艺争鸣》2014年第3期。

③ 刘复生：《穿越语言，图绘历史——解读贺桂梅》，《南方文坛》2005年第4期。

从而使文学史图景呈现某种模糊状态,又要进行或一定程度的选择、概括,使文学史图景具有一定的清晰度"。① 这也可以说是文学研究及其历史化无法规避的一个悖论,这是其一。其二,复杂性虽然重要,但从实践角度讲,它到底能在多大程度上恢复和还原历史的真实性呢?这也是需要考虑的一个问题。不管我们今天具有多大的在场优势,作怎样的努力,"但既是'事后',也就不可能完全回到历史现场……这就不可避免地带来历史叙述的简约化。更为重要的是,如洪子诚先生所说,简约并'不是只有负面的意义',尤其是在革命年代简化的观念、思想、情感,会发生巨大的动员作用;就我们所讨论的文学史研究而言,也是以一定程度上简化历史'为其价值实现的前提与代价的'"。② 所以,不应对复杂性不加限制地夸大和滥用。其三,当代文学复杂性叙述,还与近年来兴起和发掘的鱼龙混杂、纷纭繁复的史料有关。这些史料不仅需要甄别、辨析,有一个去伪存真的问题,即使证实了是真实的,也没必要全部纳入,它还有一个如何选择及其与整体性关系协调的问题。在对过去僵硬的"本质论""必然说"进行反思同时,也要防止另一种"碎片化""表象化"的偏至。这也是詹姆逊整体性意义之所在,是历史唯物主义和辩证法需要正视的。

而恰恰在这一点上,当代文学研究及其历史化是程度不同地存在"澄明判断"不足的问题:首先,在讲复杂性时,对"十七年"和"文化大革命"文学中异质性因素有缩小或夸大之嫌。比如说邓拓、廖沫沙、吴晗20世纪60年代的"三家村"杂文,洪子诚认为它"是政权内部一种比较'开明'的观点,是另一种思想和政策的反映",而"不能说成是对当时统治的抗议,尽管姚文元在文革开始时,批判它们是'反党的'",主张对"十七年"这类文学的"偏离程度和性质,应该给予限定,而且要给予分析、说明"。③ 当然,在这方面最具代表性的要数80年代胡风问题"平反"时,将其夸饰为反体制的"英雄",而忽略了胡风在整体上努

---

① 钱理群:《我的文学史研究》,引自钱理群《历史书写的化约问题与恢复复杂性、丰富性的可能性——读洪子诚先生〈材料与注释〉》,《文艺争鸣》2017年第3期。

② 钱理群:《历史书写的化约问题与恢复复杂性、丰富性的可能性——读洪子诚先生〈材料与注释〉》,《文艺争鸣》2017年第3期。

③ 洪子诚:《问题与方法——中国当代文学史研究讲稿》,生活·读书·新知三联书店2002年版,第87页。

力维护毛泽东文艺思想，只是在个别地方微调，并且按照自己的理解对之作了重塑的客观事实。说实在的，在当代中国一体化体制之下，并不存在一种所谓的文学文化的"对抗体制"，相反，如美国学者彼得·伯格所说，对于后者的有效清除，正是社会主义国家文化体制的基本功能。① 其次，有些学者基于某种所谓的"中性立场"，也囿于理性知解力的薄弱，在对研究对象还原和转换时，往往为自己收集占有的丰富复杂的材料所惑。这时候，他对历史的复杂言说反而给历史化带来了不应有的戕害。如刚才提及的有关周扬的"周期性"摇摆的解读，它的确给人带来一些新鲜的洞见，并且是有一定的史实依据的，但随意挪用或奢谈，这就不仅以偏概全，而且也存在着将历史人物的连续性与整体性人为切断的危险。实际上，正如后来有研究者所说，真实的周扬及这一代人始终是"一元"的（"一元的周扬"），即坚定的布尔什维克，也就是葛兰西所说的"有机知识分子"。所谓的"摇荡的秋千"，或"在政治与艺术之间的痛苦抉择与摇摆"等有关描述，更像是一种形象性的比喻，并不真正地、完全地适用于他们，从一定意义上，它只是 90 年代知识分子日益远离政治与意识形态中心，并向职业化与学院化方向发展背景下的一种"自我想象"。②

这也告诉我们，在对历史人、事进行复杂叙述时，不能将眼光仅仅停留在外在表象上，而应努力确立一种整体深邃的分析框架，保持学术研究应有的价值指向、思考向度和化约能力，使之具有研究应有的澄明和清晰度。也是曹文轩，他在高度赞肯洪子诚对当代文学复杂叙述的最后，不忘提醒我们：不要"将他的这一路神圣化、格式化"，文学史也可像夏志清那样，"可以写成一部明确强调文学价值的文学史"。他还特别指出，洪子诚成就的取得与陈晓明、张颐武、戴锦华这些同事兼同行学者有关，"如果没有他们这些学者为你创造了一个丰富而深邃的理论语境，你的学问大概也难做到这个制高点上"。③ 他的意思是说，我们应当站在更加开阔，包括从与理论联系的高度来看待当代文学的复杂性问题。随着新史料的陆续发现，

---

① 参见［美］彼得·伯格、周宪《文学体制与现代化》，《国外社会科学》1998 年第 4 期。
② 参见李倩《周扬复出后文艺思想论》，《海南师范大学学报》（社会科学版）2014 年第 12 期。
③ 曹文轩：《一个人与一个学科》，《中华读书报》2010 年 2 月 24 日。

随着观念进一步开放，可以预料，当代文学历史化中的复杂性叙述的澄明判断问题将愈加突出。因此，如何处理一元论历史框架与多元史料之间的关系，清理文学内部的杂质与污浊，给研究以清明的秩序，这将成为当下及今后历史化的一个毋庸回避的问题。它需要人们既有洞幽烛微的眼光，又有化繁为简的能力，还有一以贯之的价值观。总之，对研究者的理论思维和综合学养提出了不同于以往的更高的要求。从这个意义上说，复杂性只是历史的一个面向，一种呈现的方式而非全部，并且是有"陷阱"的，我们不能将其无限夸大，否则很有可能在还原过程中迷失了方向。

第三节 及物性：文献征信与文本细读

"及物"原本借用自英语语法概念（如"及物动词"），故而以语言学、语用学研究为主。但"及物"（或"不及物"）作为一个特定的学术概念，最早源于罗兰·巴特在1966年的一篇演讲词《写作：一个不及物的动词?》，该文认为，现代语言学背景下的动词"写作"在语态上是中性的，即不全是"及物"的，其"不及物"的表现在于写作不只是写故事、写人和物，写作也是作者参与其中的一个行为，因为他放置和安排词语，达到一定的效果，而且故事中的人和物离开了写作并不能够单独存在。不过，就目前当代文学和文艺学研究来讲，我们更多使用的是它的引申义而不是其本义。这里使用的"及物"，属于引申义的，带有一定的喻指性，具体包含"文献的及物"与"文本的及物"两层含义。所谓的"及物"，其意是指文学研究不能简单套用西方某个理论或概念，对它进行按图索骥的观念性评判，而是应该建立在"文献"（史料）和"文本"基础之上做合乎文学本义的解析。这与罗兰·巴特有关"及物"的解读有着不同的认知和角度。当然，罗氏强调"写作"在语态上是中性乃至倾向排贬的观点，也从现代语言学角度为我们评价和审思"词"与"物"关系提供了方法论的启迪，昭示我们在讲"及物"时不能重返旧现实主义反映论和本质论的老路。

史料是文学研究及其历史化的基础性工作。傅斯年曾经讲过"史学便是史料学"，他说："史学的对象是史料，不是文词，不是伦理，不是神学，并且不是社会学。史学的工作是整理史料，不是做艺术的建设，不是做疏通的事业，不是去扶持或推倒这个运动，或那个主义。""假如有人问我们整理史料的方法，我们要回答说：第一是比较不同的史料，第二是比较不同的史料，第三还是比较不同的史料。"① 黄修己在《中国新文学史编纂史》导言中，则从整体结构的角度将文学史分为理论、主体、基础三个层次，所谓的基础层次就是史料研究。② 他们的话道出了史料的精髓及其意义和价值之所在。

可能是与学科的比较"年轻"有关，也与学界流行的"以论代（带）史"的思维理念影响有关，尽管当代文学史料发掘、整理与研究也取得了一些成绩，尤其是在编年、年谱、日记、书信、口述史编纂与研究方面颇成蔚然之势态。但就整体而言，应当坦率地承认，对史料"及物"的认识，尚缺乏像古代文学及其现代文学那样被大家共同意识到的学术传统和自觉遵奉的工作路径。在文学"圈子"里，盛行并得到认同的是古代文学及现代文学史料，当代文学史料在相当长的一个时期里被排斥于视域之外，做史料是不受人欢迎的，似乎也没有这个习惯，更没有形成一种赓续的传统。在有些人看来，当代文学是新兴学科，没有多长的历史，离今天也太近，有的还与我们处于完全同构的状态，未经历史化，因此对其史料以及固有价值往往持怀疑态度，以致直到今天，认为"当代文学无史料""史料无用论"仍有一定的市场。至少在一部分人的思维理念中，对之不以为然，没有将它真正当作一回事。其实，当代文学史料虽不同于古代文学、现代文学而具有自己的特点，但它作为当代生命轨迹的印记，对穿越历史、还原当代文学丰富复杂的存在具有重要意义。无论如何，强调对史料的尊重、基于史料的研究，这是古今中外学术研究的基本规律，也是当代文学进行学科自强、自我提升的必由之道。

那么，当代文学研究及其历史化到底如何进行"史料的及物"？在这方面，他们是怎么做的，给我们留下了哪些可资借鉴的经验做法，及某种规律性的东西呢？

首先，是当代文学史料类型。这个乍一看本不应成为问题的问题，在

---

① 傅斯年：《史学方法导论》，江苏文艺出版社2008年版，第1—2页。
② 黄修己：《中国新文学史编纂史》导言，北京大学出版社1995年版。

进入研究实践时却并不如我们想象的这么简单,它直接关系到史料的定位,也是我们探讨史料"及物"的前提和基础。关于现代文学史料类型,马良春在《关于建立中国现代文学"史料学"的建议》一文中曾有专题性研究史料、工具性史料、叙事性史料等"七类分法"。① 相比于现有为数不少的古代文学、古典文献学的分类(他们大多将其分为文字学、训诂学、目录学、版本学、考据学、校勘学、辑佚学等几个部分),应该说,马良春上述分类是相当准确到位的,也很契合现代文学史料存在的实际,他已将其在20世纪出现的类型做了相当全面系统的概括。如叙事性史料中的调查报告、访问记、回忆录,作品史料中的书刊影印和复制,传记性史料中的传记、日记、书信,史料中的录音、录像等,这些为传统文献学所没有或忽略的形态,在这里均被纳入史料学视域中并给予重视。不过,赞同肯定马良春的类型划分,并不意味着可以不加区别地照搬。事实上,如同宏观整体的当代文学创作和研究一样,由于意识形态、文化制度、传播方式、语言规范、文学成规等原因,当代文学史料在赓续"现代文学"传统的同时,其内涵和外延也都发生了较大变化,出现了为"现代文学"所没有的新的形态。有些已不适合或不大适合于当代文学研究,有些则可以转换性地挪用(如文字学、训诂学、校勘学等)。与之相应,其史料形态及其存在方式自然也有不尽相同的呈现,有的则出现了意想不到的惊人嬗变。像公共性、重要会议、民间与地下、戏改与样板戏、评论与评奖等很"当代"的,显然是无法安置的。适合"现代"的并不一定适合"当代",毕竟它们生活在两个不同的时代。如果将其纳入"七类分法",它也必然与之形成"胀脱"之态。这也表明当代文学作为一个自律自洽的研究领域,应该要从古代文学或现代文学的知识框架和谱系下解脱出来,"自立门户"了。

当然,随着时势转换,这样一种为古代、现代文学"无法安置"的史料类型,在吴俊、黄发有、斯炎伟、王秀涛等中青年学者那里很快有了刷新性改变,他们的建立在丰富翔实文献史料基础上的《中国当代文学批评史料编年》(吴俊)、《中国当代文学传媒研究》(黄发有)、《全国第

---

① 马良春:《关于建立中国现代文学"史料学"的建议》,《中国现代文学研究丛刊》1985年第1期。

一次文代会与新中国文学体制的建构》（斯炎伟）、《中国当代文学生产与传播制度研究》（王秀涛），打开了习以为常但又长期被遮蔽的当代文学研究空间。虽然是很初步的，但对改变单一作家作品论研究思路及其整体格局，意义不可低估。另外，还要值得一提的，还有少数民族文学、域外文学等为古代文学、现代文学所"无法安置"的史料类型，在很长时期几近空白的情况下，也开始启动，进入视野进行收集、整理与研究。至于电子化史料，在现代传播途径与方式方法发生巨大变化以及网络数据资源凸显的情势下，它的重要性就不言而喻，其在网站、博客、视频、电子论坛、电子书等发布的丰富驳杂而又飘忽不定的史料（如十五年前引起文坛和学界轰动的"韩白事件"，即韩寒与白烨围绕"80后"创作评价在网上展开的激烈争论），一方面提供了为传统纸质史料所没有的包容性、开放性、自由化，另一方面"也对史料研究者的学养和知识结构提出了挑战，要求我们不仅要很好地继承传统研究方法，而且还要将现代科技的开放性与优越性集合其间，达到传统与现代结合的有机化、最大化"。[①]凡此这些，经过有关学者的努力，也有明显的改观。少数民族史料研治，有夏冠洲等的《新疆当代多民族文学史》、玉泉的《中国当代文学的西藏书写》，其中"西藏当代文学编年史（1980—2010）"（东主才让）、"《格萨尔》各类版本综合研究"（仁青道吉）、"新疆当代江格尔奇的田野调查及其档案库建设研究"（吴铁木尔巴图）等不少，被国家社科基金和教育部社会科学研究项目立项，出版后，不仅对少数民族文学研究历史化，而且对整体当代文学研究历史化会产生不可小觑的影响。域外文学、电子化两种文献史料类型，情况比较特殊，收集起来也有一定的难度，但近些年也有创获。如杨匡汉和庄伟杰的《海外华文学知识谱系的诗学考辩》、古继堂的《台湾小说发展史写作》、刘登翰的《台港澳文学与文学史写作——再谈20世纪中国文学的整体视野》、古远清的《王洞的"曝料"所涉及的夏志清评价问题》、吴秀明的《"文化中国"视域下的世界华文文学史料》、吴秀明和李一帅的《电子化文学史料的内在形态与知识谱系》、黄育聪的《试析"历史化"视野中的电子史料问题》等。此外，还有像2004

[①] 吴秀明、李一帅：《电子化文学史料的内在形态与知识谱系》，《福建论坛》（人文社会科学版）2016年第1期。

年，赵稀方的《视线之外的余光中》一文及其由此引发的余光中"告密事件"再度进入海峡两岸公众视野的争论，也有必要值得一提，它为我们认识和评价余光中及台港澳文学复杂的历史，提供了重要的参照。

与类型有关而又不同的是研究主体，这是当代文学"史料的及物"需要正视的另一个问题，也是影响和制约其提升发展的枢机所在和核心的关键。尤其是"十七年"，由于众所周知原因，它几乎将当时所有的作家都吸附进去，使其在一体化中沉浮的同时也对自己及他人带来了伤害，其中有的还身不由己地扮演了受害者与施害者的双重角色。这就使原本复杂的文学史料显得更加复杂，甚至平添了不少扑朔迷离的成分。此种情形在当代文学中相当普遍，可以说已发展成为一种带有吊诡特点和悖论性质的时代征候。它涉及一大批作家和学者，包括20世纪80年代初被平反、受到人们广泛同情的冯雪峰、胡风事件，也都可纳入此范围（如冯雪峰、胡风在罹难之前或同时，曾对萧也牧和《文艺报》进行"致命一击"）。其所以如此，除了彼此的文学观念、存在的圈子与个人恩怨，主要还是为大环境所决定，而非简单的个体伦理道德使然（当然这并非说个人没有伦理道德的责任）。所以，仅从伦理道德角度说事，将其指认为坏人或小人予以谴责，笔者以为就有失简单。

当代文学史料研究还有一种情况比较特殊，它不同于古代文学、现代文学等其他学科，即不少的研究对象还健在，他们作为当事人和经历者的叙述，包括这些叙述中所流露的思想情绪对我们今天的研究无疑会产生影响，有时甚至会产生导向性与权威性的影响。这种情况，在"十七年"，主要是一批从"现代"过来执掌权柄的当时文坛领导如周扬、夏衍、冯雪峰、丁玲等身上是存在的。而在20世纪90年代以来的这二三十年，随着社会文化转型，它更多表现在作家尤其是著名作家利用现代大众传媒形式，积极主动地进行自我形塑，在对文学研究提供重要参照的同时，也有意无意地为之构设了如梁启超所说的"盖局中人为剧烈之情感所蔽，极易失其真相，即不尔者，或缠绵于枝叶事项而对于史迹全体反不能得要领"[1]的陷阱。这一点，只要翻看一下近些年报纸杂志上量大面广而又颇为时人所诟

---

[1] 梁启超：《中国历史研究法》，上海古籍出版社2006年版，第74页。

的访谈、创作谈等，就不难可以体味。

"史料的及物"是一种实证性研究而不是阐释性研究，它强调任何立论和观点都是建立在丰富的、可征信的史料即事实的基础之上，而不是专靠对研究对象作逻辑推理运行和先验主义的分析判断。就当代文学研究来讲，强调史料"及物"，并不是要我们只去简单借鉴实证的具体方法（如归纳法、演绎法），它首先推崇的是其科学精神和实事求是的学风。因为按照罗兰·巴特的理论，作为动词的"写作"，即使实证，它已不是也不可能真正变成"物"意义上的还原和实指。从这个意义上说，本书所谓的"史料的及物"，最重要的，也许不在于引进史料以及史料的多少，而是在于确立一种基于事实说话的思维理念和话语方式。中国学术向来有义理、考据、辞章分合的说法。一直以来，当代文学研究缺乏的正是这种基于事实的科学精神和思维理念，而主要为义理（"十七年"主要是革命与阶级的义理，近二三十年主要是启蒙与现代性的义理）所掌控，所以，"我们的研究也许达到了某种理论深度，但却是空洞化的深度；我们引入许多'吓人而迷人'（钱理群语）的知识谱系，但却可能由越界而导致过度诠释；我们沉湎于思考和思辨的快乐，但却缺少发现和考证的愉悦。我们的研究成果缺乏的是丰富的第一手材料、绵密的实证、肌质感和细节"。[①] 现在该是到了全面反思和调整的时候了。这在后现代主义时代自然很难，颇有点逆流而上的味道，会遇到包括自身思维惯性和学术训练不足带来的诸多阻力，但只要"我们仍然信仰历史叙述的非虚构性，对真实、真相、本质仍存在不轻易放弃的信仰"[②]，就会竭尽全力予以克服。从当代文学学科建设和长远的角度来看，这也是必须要跨越的一道门槛。

如果说"史料的及物"的功能是文史互证，为当代文学研究及其历史化提供具体切实的根源性支撑，那么"文本的及物"的要义就是返回文学场或文学本体，对其存在和出现的非文学现象进行有效的调整。在一个不是把文学当作纯审美对象，并且日益明显地将其向影视、图像、广告、游戏转移的年代，提出研究的"文本的及物"，这是否有点不切实

---

① 金宏宇：《朴学方法与现代文学研究》，《中山大学学报》（社会科学版）2009 年第 3 期。
② 洪子诚：《问题与方法——中国当代文学史研究讲稿》，生活·读书·新知三联书店 2002 年版，第 24 页。

际，与上文所说的"史料的及物"产生龃龉呢？

行文及此，有人可能要提出这样的质疑。笔者的回答是：只要不将作家创作的文本世界等同于经验世界（将"词"等同于"物"），而是看成与包括史料在内的其他文本的"互文"关系，窃以为不仅无可非议，而且有必要坚守。须知，这是当代"文学的及物"而不是当代"历史的及物"，它是"以讲究艺术性为前提"，"文本的成功还得依赖诗艺自主性的建构"。[①]因此，无论如何，它最后还是要回到文学那里去，从文学那里再出发，而不能疏忘或忽略了它作为文学的最主要也是最基本素质的那些东西，如形象、情感、语言、叙述、文体、结构以及创造性、想象力等。当代文学研究及其历史化能否经得起历史检验，从根本上讲，还是取决于这些要素。罗兰·巴特在谈文本写作时，曾将其分为"及物写作"与"不及物写作"两种，他从语言学的立场出发，完全否定文本与周边语境关联的观点自不可取，但他强调文本本身的独立性、超越性，却具有很大的合理性。

从发生学的角度讲，文学周边及与之形成"关系"的文化体制固然很重要，然而正如李怡所追问的："这里有一个至关紧要却可能被人忽视的问题：我们的文学研究竟是以什么为基础的？或者说以什么样的基础为起点的研究才是有效的和可靠的？应该承认，无论我们可以获得多少的社会历史材料，可以浏览多少的正史野史，文学研究的出发点也只能是一个，这就是文学作品。一部文学史其实就是文学作品的历史，因为，只有语言文字所构成的作品才成为了我们研究的最可靠的'实在'。连作家本人也不具有这样可靠性，因为人本身是一个自我封闭的存在，没有他外在的社会性活动的标识，我们是无从获得描述和评价的理由的。对作家的研究，归根到底其实就是对作品的研究。在这个前提下，我们应当指出的就是：文献史料的价值其实最终还是体现在它与作品认知、作品解读的关系中。也就是说，文献史料只有在它有助于文学作品意义把握的时候才是有价值的，否则就只能成为一堆垃圾。"[②] 就当代文学研究而言，尽管存在

[①] 罗振亚：《"及物"与其限度》，《当代作家评论》2010年第2期。
[②] 李怡：《何谓史料？何谓作为学术"行规"的史料？——中国新文学史料问题的一点反思》，载《中国现代文学文献学的理论与实践国际学术研讨会论文集》，长沙理工大学主办，2016年4月，第189页。

着众所周知的"文坛政治大过文学创作"现象,我们不能将目光拘囿于文学本身,但尽管如此,我们还是要说,"史料的及物",最后还是要归结和落实在"文本的及物",也就是内在的文学作品分析上来。这是一个矛盾,也是当代文学研究"及物"的难度所在。谁叫我们研究的是文学呢？——当代文学无论如何"不文学"或"不那么文学",但它毕竟还是"文学功能圈"范围的事,它的全部指向应是文学的。也就是说,当代文学研究可以不受任何边界的约束,展开对文学周边诸多要素和力量的分析,包括政策、文件、档案、批评、社群以及前代作家的文本等,但在如此这般时,却不能也不应该用外围代替本体,用史料代替文本,用考证代替欣赏。这也是本书关注的另一个重要基点,当然它是充满矛盾、不那么好把握的一个基点。否则,就极易导致文学本体研究的空心化和泡沫化,就像近些年来人们经常批评的那样。

说到这里,笔者想提及一下张清华的《"传统潜结构"与红色叙事的文学性问题》一文。他通过对"传统潜结构"的分析,为发掘当代革命文学或"十七年"红色叙事"有限度的文学性价值",证明"革命文学并非是简单的文学"以及当代文学史的"文学性建构",提供了一种可参考的研究思路。张清华所谓的"传统潜结构",即指隐藏于红色叙事中的老模式与旧套路,作为民族根深蒂固的集体无意识,它们经过改头换面,又在时代与意识形态的装饰下再度复活,大量潜伏于这些叙事作品之中,成为支撑其"文学性"的关键性因素。如《林海雪原》中的英雄美人与奇遇历险,《红旗谱》中的家族仇杀与恩怨轮回,《青春之歌》中的才子佳人与三角关系等,它在整个"十七年"文学中都有相当广泛的存在,而成为我们今天文本重读需要关注的重要的叙事模型与母题要素。大家知道,由于"十七年"文学本身复杂,也由于研究者观念差异,迄今为止,关于"十七年"文学或红色叙事的"文学性",仍是一个相当棘手而又充满歧义的问题。其中比较有影响,而在事实上更关注于外在的政治设计或红色釉彩的,是所谓的新左派与自由主义。张清华研究值得称道之处在于：他不是站在"去政治的现代性"立场,对之做社会政治学的判断,或基于今天的某种义理和道德,对之进行居高临下、充满历史优越感的审判,而是抱持"了解之同情"的姿态,与之进行客观平等的对话。落实到具体的研究方法上,就是突破观念性的阐释思路，不是先设定了一个自己偏好的理论框架，然后强行在文本里面中摘取自己需要的内容，而是深入文本，借助内在潜结构的细读分析，来重新打开和还原"十七年"文学被遮蔽了的多维话语空间，使我们从这些看起来"简单和粗糙的文本"获得"可解析的深度"①。当然，他根据"传统潜结构"含量的多少，将红色叙事分为三类，并由此对《创业史》《红日》等较多贬抑而对《林海雪原》《青春之歌》《红旗谱》等颇多褒扬，似乎又失之简单。究其原因，是否与他所持的传统和民间原型"文学性"优越之观念有关？这也说明文本细读的复杂，还有一个层次和自律的问题，不是所有的文本细读都能回到文学现场，处理不当，它仍有可能沦为理论或观念的一种注脚。"文学批评大可不必采取高高凌驾于作家、作品文本之上的姿态，一旦从上而下'悲悯'，'俯视'地对待文本，难免不先就为理论先行、观念性批评，提供了水分、土壤和空气。很难想象，一个对文学没有敬畏之心、没有心怀有爱的评论家，能够在文本细读时正进入文本，能够作出好的文本细读的文章。"②不必讳言，在近些年的当代文学研究中，包括"十七年"红色叙事，也包括莫言、贾平凹等作家作品评论和研究，尤其是批评性、颠覆性的评论和研究，这样的文本细读并非仅见。

需要指出，近二十年来，像张清华这样用文本细读方式历史地、具体地看待"十七年"文学的研究日渐增多，以至演化为一种普遍的思潮。如董之林的《追忆燃烧岁月——五十年代小说艺术类型论》《热风时节——当代中国"十七年"小说史论（1949—1966）》，孙先科的《叙述的意味》《说话人及其话语》等，他们摒弃了学界所普遍操持的理论模式，抱着对"十七年"文学的尊重和理解之心，锲而不舍地深入文本，其实也就是以别人不相雷同的阅读感受和角度，来诠释或钩沉其"文本潜结构"中被遮蔽了的文学性元素，对之作了辩护性解读。董之林曾说过，希望自己的研究能够"贴着作家作品以及批评家当时的批评，贴着那些被丢失或已经被'遗忘'得七零八落的历史碎片，去看它们究竟是怎样的，它们与艺术史的源流关系，与由于现代激变而产生的一

---

① 张清华：《"传统潜结构"与红色叙事的文学性问题》，《文学评论》2014年第2期。
② 刘艳：《文本细读：回到文学本体》，《文艺报》2016年7月27日。

种张力关系"。① 然而，恰恰是这种深入"文本潜结构"的"张力"的发现，它在很大程度上弥合了"十七年"与新时期文学之间的"历史空白"，而这正构成了我们重评"十七年"文学和"文学文本解读学"的逻辑起点。它告诉我们：在当代文学尤其"十七年"文学研究问题上，仅仅作观念性的判断是不够的，往往容易滑向简单、片面和极端，无法还原和呈现它原本固有的丰富复杂。

在当代文学（尤其是"十七年"文学）研究及其历史化问题上，恕笔者冒昧和直言，总感到难以掩饰地存在着一种从"观念"而不是从"文本"出发的倾向，它已对现有的文学研究包括文学史编纂产生了不可小视的影响。这种情形在 20 世纪 80 年代"重评文学史""重写文学史"中就明显存在，当时不少学者高举"艺术性"的标准，但由于时代环境和思维惯性，在实际上还是"观念性"在起主导作用，文本、文本细读并没有真正受到重视；即便做了文本分析，还是服从服务于观念，（文学）文本本身并没有获得独立性。因此，才会出现如不少学者所批评的"评价标准"不一，抑或史料价值与文本价值错位的问题：对于《红旗谱》《创业史》等红色经典只字不提或基本不提，诸多贬抑；相反，对于文学价值不高，甚至不如红色经典的潜在写作、民间文学等却大谈特谈，给予过高的评价。显然，论者之所以对上述两种文学作如此贬褒臧否，主要不是基于文本的审美或艺术标准，而是看它是否符合自己内心早已预设好了的"革命压倒启蒙"观念。说到底，还是观念优于文本、观念高于文本。有学者在多年前曾指出当代中存在着一个"不能公约"的精神生活"并置性"特点，提醒研究者注意：当我们把"地下小说"设置为一种历史界限和文学标准，又应该在哪种范围和层次上同时把其他公开发表的小说吸纳进来，并在同一个思想和学理层面上去评价和理解？② 也就是说，现实中虽然存在着"不能公约"的精神生活，但是作为文学研究者，我们确实又需要去辨析、包容和磨合它们不同的思想艺术观念，应该秉持统一的历史界限和文学标准。当代文学倏忽之间已走过半个多世纪的历

---

① 转引自董之林、叶立文《视角改变视界——董之林先生访谈录》，《新文学评论》2014 年第 4 期。

② 程光炜：《"八十年代"文学的边界问题》，《文艺研究》2012 年第 2 期。

程，随着公认的基础知识体系的确立、历史化和经典化的启动，随着档案开放和传媒发达不再成为主要困难的情况下，这个问题开始凸显出来，我们应该给予足够的重视，尽管这是今天认识"十七年"文学的"最困难的地方"。

文学文本是文学研究最富有的矿藏，也是文学研究的基础。按传统文献学观点来看，文本属于史料的第一层位，甚至比作家自传更真实、更可靠地传递历史信息，是可以而且应该纳入"文学本体论"范畴进行定位的。只有重视文本细读，才有可能穿越历史，重返文学现场，使当代文学研究真正成为一种文学的研究，而不是成为语言学、历史学、文化学或其他什么学的替代品，最大限度地还原历史褶皱中的本真面目，彰显文学的个性特色和魅力所在。当然，强调文本细读并不意味可以切断它与外部联系，将其封闭狭隘为"自足的文本"，彻底否定客观世界的一般存在方式。对此，我们的研究也有必要保持警惕。

最后，笔者想再重申一点，文学研究的"及物性"问题也许不是一个全新的话题，但对当代文学研究来讲，它又是一个极具当下性而又别具难度的一个话题。某种意义上，它成为影响和规约当代文学研究及其历史化的枢机所在。尤其是在20世纪90年代以来，随着整体学术的转型，新的语境对史料与文本"及物"提出了不同于以往新的要求。中国原本有重视史料的传统，有汉学、朴学、乾嘉学派等丰厚的学术遗产；中国唐宋元明清也有基于文本评点批评，形成了不同于西方逻辑判断的经验直觉的话语体系。在当代，因诸多因素的促成，还平添了以审美鉴赏见长的文学批评。凡此这些，不仅构成了当代文学研究的丰沛的上游知识，更为主要的是为我们"迟到"的学术和学科发展提供了内源性资源。诚然，研究的"及物"是当代文学的一个弱项，在这方面我们还有大量工作要做，其中有的是属于补课性和抢救性的工作，尤其是史料工作，相对问题较多，任务也更重。但只要我们有效地发掘并做好与外源性资源的对接，实现古今交融与文本之间的对话，相信经过一段时间的不懈努力，现有的状况必有大的改观。至于能否达到人们所期待的理想状态，这就要看具体实践，看我们对学术自律和学术自觉的把握了。

第三章　主体构架与知识谱系

　　探讨当代文学历史化，不可避免地涉及对整体当代文学与当代文学整体的评判。面对体量巨大、内容宏富且繁杂的当代文学，到底如何概括，使之更切近实际，这是当代文学历史化的一大难题，也是笔者颇为踌躇的事。权衡再三，最终决定还是采用主流意识形态文学、精英文学、大众文学"三元一体"的主体构架对之进行探讨。这"三分法"，最初是由西方学者提出来的，如匈牙利的阿诺德·豪泽尔在《艺术社会学》一书中，"根据文化阶层对艺术的分类"，就将艺术区分为精英艺术、民间艺术与通俗艺术这"三元"。①20世纪90年代以来，中国当代文学领域颇多学者如许子东、白烨、孟繁华、许明、王一川等，基于客观的文学事实和他们对文学文化的理解，也都借鉴和使用这样一种"三元"（有的是"四元"，如王一川）分析范式，来完成对当代文学历史化及其相关知识谱系的概括和梳理。②这样的概括及研究，今天看来可能有些粗疏，其内涵和外延也有诸多不周全之处，但就主体和基本层面的内容而言，应该说它都涵盖了，不至于离事实太远。当然，不必讳言，范式局限所带来的问题与不足，也是客观存在的，甚至是无法避免的。放大而言之，这也可以说是选择研究范式必然面对的一种悖论，即选择任何一种研究范式都不可能是

---

　　①　[匈]阿诺德·豪泽尔著，居延安编译：《艺术社会学》，学林出版社1987年版。
　　②　参见许子东《新时期的三种文学》，《文学评论》1987年第2期；白烨《"三分天下"：当代文坛的结构性变化》，《文汇报》2009年11月1日；许明《人文视野中的当代中国精神取向》，《文学评论》1993年第4期；孟繁华《众神狂欢——当代中国的文化冲突问题》，今日中国出版社1997年版，第21页；王一川《文学理论讲演录》，广西师范大学出版社2004年版，第275—291页。

完美的，一般都存在或多或少的不是那么科学那么妥当的"失真"之处。但我们却不能据此就放弃或排贬用以概括的研究范式。这里的关键：是我们在研究时将其还原到特定时空和历史脉络中加以确定，视为既矛盾又统一、既分化又互渗的"精神共同体"，而不是把它纳入"对立"或"排他"的体系中进行解读。这才是最重要的。

"谱系学"本来是一门研究家族渊源及历史的古老而又国际性的学问，英语称为 genealogy，它着眼于家族繁衍及其血脉相承和古今贯通。而在"谱系"前面加上"知识"二字，称为"知识谱系"，"就表明它们具有本质的区别，它讲的是文化领域的脉络演变，有自身的特质和规律"。① 这个"特质和规律"，用福柯的话来讲，就是它不关心话语及其有关的人物和事件本身，而是它在特定时空中承接、变异、重组的过程："它的目的在于发现知识理论是在什么样的基础上成为可能的，是在什么样的知识系统中被构建的，究竟在什么样的历史先在假设条件下思想才会出现，科学才会确立，经验才会被反映进哲学，理性才会形成，而这一切（随着新的历史先在假设的出现）以后又会瓦解和消失。"② 福柯的理论与我们当下盛行的理论，包括中国传统的谱系学不同，似乎有点"怪异"，但它对打破已有固化、本质化的研究理路，还原和呈现其丰富复杂的貌态，无疑是有价值的。笔者在此引用，主要是借鉴，目的是对当代文学知识谱系做出更为全面系统、更有条理化的概括和清理。事实上，不同文化语境和文化体制下的文学对象、知识谱系，是不可简单照搬的。比如说谱系之间"平等"吧，它虽有很大的合理性，但其实更多是一种"乌托邦"的理想，这一点福柯自己也坦率承认。当然，剔除其绝对和偏激，它对我们研究处于网络纵向阡陌矛盾复杂关系中的文学研究是有启发的。这也是"知识谱系"或曰"知识谱系学"与一般文史研究的不同之处。

本章将主流意识形态文学、精英文学、大众文学放置在当代文学70年尤其是新时期以来近40年，由一体向多元、封闭向开放、政治中心向经济中心转换这个特定的历史情境中进行历史化和谱系学的考察。具体论述，主要包括以下两方面内容：一是对"三元一体"文学在历史化过程

---

① 杨义：《现代中国学术方法通论》，山东教育出版社2009年版，第95页。
② ［法］米歇尔·福柯：《事物的秩序》，纽约兰登书屋1970年版，第11—12页。

和相关知识谱系进行描述与分析,并注意它们之间存在的层次和逻辑关系。二是在描述时融进学术史、学科史、文学史的内涵,体现"研究之研究"的理念。

第一节　主流文学发展轨迹与知识谱系

用哲学文化观点来看,主流意识形态文学(为方便行文,以下简称主流文学)属于主体文化,或曰主文化,它的具体功能和作用,主要有以下两个方面:一是确立文化规范,进行正面引导;二是捍卫社会主义意识形态的权威性、严肃性和纯洁性,使之在众声喧哗的多声部大合唱中保持领唱的地位。任何一种社会形态,都有从自己根本利益出发来统辖公民意志的意识形态,并通过合法性和权威性的表达,使之成为"社会无意识"。阿尔都塞则进一步强调,"意识形态并不是供社会成员自由选择的,不管人们是否愿意,他们都得接受。谁不与一个社会的意识形态认同,谁就不可能进入这个社会,所以,意识形态是通过强制的、无意识的方式为社会成员所接受的"。[①] 当代中国的主流文学一般以马列经典文论、毛泽东、邓小平等政治领袖以及中央有关文艺问题论述为思想理论资源,以苏联革命文学、延安红色经典为文化资源,并通过周扬等"中介人物"和作协、文联的组织机制以及《文艺报》《人民文学》等现代传媒,以及有学者所说的"中心作家"或"中心批评家"的艺术和批评实践的"合力"作用,付诸实施,是带有国家行为和意志色彩的一项"系统工程"。其思想观念,具有强烈的正统性。所以,这也就导致了它"在文化态度上是趋于守成,在大众的心目中,它总是一副非常严肃、不苟言笑的面孔"。[②] 此种情况,在当下崇尚消费和娱乐的大背景下,其固有的不足和不适应就显得愈加明显。当然,从另外角度讲,对它的研究,在客观上,它也成了我们今天"一个具备了可以串连起相关现象、问题的切入口,一个有助于揭示

[①] 见俞吾金《意识形态论》,上海人民出版社1993年版,第377页。
[②] 参见吴秀明《转型时期的中国当代文学思潮》(修订本),浙江大学出版社2004年版,第64—66页。

现阶段国家文化'战略'、'战术'的'内部真相'的对象"。① 这对我们无疑是很有现实意义，也是极具挑战性的。

从这一唯物史观和现实立场出发，职是之故，所以对于主流文学及其谱系状态，党和国家宣传文化部门及其有关的批评家和从事马列文论研究的学者，向来是很重视的（这一点，下文还要论及），并将其提到战略高度加以对待。海外学者则不同，也许是与生存经历和经验及文化语境有关，他们往往对此比较隔膜或不理解，更多的只是给予知识化意义上的评价。如王德威、李欧梵对左翼作家作品的研读大体就属于这种情况。在一定程度上，这还包括唐小兵等人20世纪90年代以后在海外兴起的"再解读"。至于站在西方文化立场，以所谓的"纯粹"的文学性为标准，将其视为"对中国的执迷"而实则对之带有"原罪"性批判否定的，在西方那里也并不是没有。如夏志清的《中国现代小说史》和顾彬《二十世纪中国文学史》就有这样的问题。这里除了"政治执迷"（在这方面，夏志清更为明显）及其依据和引述的材料不足（在这方面，顾彬更为突出）因素，显然与其背后强大的欧洲中心主义思想有关。这也是长期以来海外汉学挥之不去的一大困扰。它不仅影响了其在学术上的客观公正，而且还直接导致对"红色中国"主流文学观念和价值乃至现代合法性存在加以否弃的事实。

大陆学界的状况，当然不可同日而语。但由于诸多因素，也相当程度地存在着重视不够、研究不力的问题。尤其是在走出"文化大革命"不久的八九十年代，更是如此。洪子诚就讲，他指导的研究生刘复生，"在将'主旋律小说'作为主博士论文选题时，周围就有不少人表示不惑和不解。""'主旋律小说'等文化现象的研究，是否是'学问'，是否有学术价格，在一些学校和研究机构那里肯定有争议。"然而，他基于对纯文学的反思，也是为了更好地把握当代文学的政治文化体制，还是给予了支持，认为"还是颇有'学术价值'的"。② 20世纪90年代以来，由于社

---

① 参见刘复生《历史的浮桥——世纪之交"主旋律"小说研究》序，河南大学出版社2005年版。

② 参见刘复生《历史的浮桥——世纪之交"主旋律"小说研究》序，河南大学出版社2005年版。

会贫富分化，福柯考古学、知识谱系学和后现代权力话语引进，学界对主流文学态度有了明显的改观和调整。其中一个突出的表现，就是对被原来"重评文学史""重写文学史""重排文学大师"否定贬低的作家作品及其知识谱系重新进行"再重评"或"再解读"，成为一个新的学术话语乃至一个新的学术生长点，而引起人们的广泛关注。这一点，不仅在李杨、旷新年、韩毓海、贺桂梅、蔡翔、罗岗等具有较强民本情怀的学者，而且在孟繁华、程光炜、陈晓明、张清华等比较持重稳健甚至带有先锋色彩的学者那里也有颇明显的体现。如孟繁华、程光炜合著的《中国当代文学发展史》，在考察作家作品和文学思潮之前，用较多篇幅探讨毛泽东文艺思想、文联作协、文学研究所、文学传媒、文学会议等，并对其"历史化"的意义和价值作了认真仔细的清理。而陈晓明在批评顾彬所谓的"垃圾论"，热情肯定被西方视为异质性的"他者"的当代文学取得的成就时，一改以前的"陈后主"惯有的后现代研究理路，采用"回到中国历史现场"+"中国本土经验"的方法，竭力为之作了辨析，指出"在理解这种'现代性的激进化'时，也要看到它在世界资本主义文化体系之外的所具有的独特性。它无疑有太多的不成熟、片面或荒谬，但它具有一种创造的冲动和想象。这不管如何是一项现代的'创举'，它一开始就具有异质性，它何以就不是开创一种新型的现代文化呢？它何以就不是一种异质性的现代性呢？何以就不是现代性的文学类别"？"在文化/文学上，不从现代性的'异质性'上去理解'新中国'的文化创造，就不能得出恰当的公允的认识"。[①] 这在以前是不可思议的。

洪子诚在接受访谈时曾经说过，近二十年来，当代文学领域"有二个部分取得重要进展：一是制度研究方面，二是重要的作家作品，特别是赵树理、柳青、丁玲这样的作家的研究"。[②] 其所以如此，他引用了同事戴锦华的一篇文章，进而分析指出，主要就是："这个时期的文学，是现代中国的左翼文学传统的独特阶段，一个将文学作为重构中国社会政治文

[①] 陈晓明：《"对中国的执迷"：放逐与皈依——评顾彬的〈二十世纪中国文学史〉》，《文艺研究》2009 年第 5 期。

[②] 洪子诚、李静：《朝向现实与未来的文学史——洪子诚教授访谈录》，《当代文坛》2019 年第 4 期。

化重要'构件'的时期。它不仅生产了有特殊形态,与'自由主义',也与三四十年代左翼文学有别的文学文本,而且建立了特殊的文学机构和制度。就像戴锦华评我的文学史的文章里说的,我们必须面对这样的'基本史实'":"1949年以来当代中国文学所经历的特定机构化的过程,以及这一颇为特殊的机构化过程对当代文学所产生的、或许是空前绝后的影响……是文学生产的社会化机构的建立,是对作家、艺术家的社会组织方式;是这一颇为庞大而独特的社会机构所确认并保障下的、对文学的社会角色及功能的实践。"[①] 他这里引用戴锦华所说的"必须面对",是需要特别注意的。

当然,这是就总体而言,落实到学术实践层面来看,主流文学历史化有自己的发展轨迹与知识谱系。这里所说的轨迹与谱系,粗略地说,大致可分这样"两个阶段"和"两种情况"。

所谓的"两个阶段",在时间上,是指以1979年为界,分为"前三十年"(1949—1979年)与"后四十年"(1979—现在)。这两个阶段,彼此之间有同一性、连续性,这就是强调文学与社会政治之间的联系,强调文学的意识形态属性,并将其作为重要功能价值进行定位,为之提供强有力的制度保障。这一点,凡是粗具当代文学常识的人们都不难可知,它具体体现在从创作、批评、传播、阅读、管理、奖惩等各个层面、各个环节、各个维度。另外,它也存在着明显的阶段性、差异性,这就是在一段时期,将文学中的政治元素过于放大,甚至推向极端,相反,而将其中的文学元素予以压缩,当作简单的工具,甚至驱逐出文学伊甸园。有时候,当这样一种政治话语受到阻力,就诉诸运动方式来解决。而在"后四十年",这样一种状况则得到明显的改观,1979年"二为"(为人民服务,为社会主义服务)新的方针政策和主张的提出,不仅使近代以来一直处于紧张的文学与政治关系开始松缓,而且有效地解放了文学的生产力,使之逐渐回归到自身的本体位置上来。于是,先前曾受批判而遭贬抑的美学重新得到阐扬和恢复,成为现代大学中文专业的重要的知识谱系。

然而,文学与政治关系松缓,并不意味着文学可以脱离政治、切断与

[①] 戴锦华:《面对当代史——读洪子诚〈中国当代文学史〉》,《当代作家评论》2000年第4期。

政治的关联。这是因为"一为"与"二为"两个谱系之间存在事实上的逻辑关联:"'为人民服务'包括着'为人民的政治服务','为社会主义服务'包括为社会主义的政治服务。在特定条件下,政治作为经济的集中表现,突出反映着人民的愿望和社会发展的意向。'从属论''工具论'是悖谬的,但既然文艺要为某种目标和企图'服务',说明它也有'从属'一定目的、当作工具使用的一面。"① 在这方面,作为中国改革开放的总设计师,也是作为"后四十年"文艺发展新蓝图的总制定者,邓小平的态度是非常明确的。在20世纪80年代初中期,针对当时文坛出现的"资产阶级自由化""精神污染"倾向,他发起了颇具力度的批判和清理。"尽管邓小平并不在意一丝不苟地坚持意识形态的正统性,但他决心避免让宽松的环境招致人们发表文章和小说诋毁党的作用",无论何时,他"都没有提倡过不受限制的言论自由"。② "从实际情况来看,邓小平更倾向于在党的利益不受侵犯的前提下,给予文艺界以自由发展的空间,并让文艺界自己去解决文艺方面的问题,政府仅居于督导或最终裁决的位置。"③ 20世纪80年代以来,邓小平对文艺政策的许多论述中,多次强调社会主义物质文明与精神文明"两手都要抓,两手都要硬"。当后来,经历了八九十年代之交,它使后来的继承者充分认识到"占领思想阵地"的重要性,并将其提到战略高度有效地加以实施:"坚持正确的舆论导向,首先要把握好报刊、通讯社、电台、电视台、出版社的宣传方向,把这些阵地牢牢地掌握在我们党的手里,掌握在马克思主义者手里。"④ 自然,也正因这样,主流文学不同于精英文学、大众文学,它的存在及如何存在,客观上对整体文学及其生态带来全局性乃至支配性的影响。从这个意义上,主流文学及其知识谱系是一种超级能指,它的功能价值已超过了文学本身,是不可以用纯文学、纯审美解释得了的。

---

① 陆贵山、王先霈主编:《中国当代文艺思潮概论》,中国人民大学出版社1989年版,第10页。

② [美]傅高义:《邓小平时代》,冯克利译,香港中文大学出版社2012年版。

③ 吴秀明:《转型时期的中国当代文学思潮》(修订本),浙江大学出版社2004年版,第64—66页。

④ 江泽民:《宣传思想战线的主要任务》(1996年1月),《十四大以来重要文献选编》(中),人民出版社1997年版。

毛泽东和邓小平这样的原则,对刚刚从艰难多舛的旧中国和十年"文化大革命"中走出来的当代文学来说,自有其深刻的合理性和必然性。有学者在谈马克思主义美学在当代中国命运时指出:中国文明与其他文明不同,有自己的特点,从根本上讲是半殖民地半封建中国要成功实现社会主义革命,走跨越式发展的现代化之路,强调先夺取领导权,然后自上而下改革。反映在文艺领域首先不是靠技术导致审美模式变化,而是通过艺术家情感和内心世界改造和进步来实现,而这必须借助于领导权。循此思路,所以文学现代化基础不是个体性的自由情感,而是社会性大众性乃至阶级性与个体性结合方式,成为区分艺术好坏的重要标准,这与西方人性异化完全不同。[①] 毛泽东和邓小平上述所说就是依此而发,他们提出的文学的原则、设计及其革命性、政治性、人民性、民族化、大众化、典型化、真实性、现实主义、浪漫主义、深入生活、改造世界观、新人塑造、雅俗共赏等有关思想主张和知识谱系,就其终极目标而言,在于解决半殖民地半封建情况下革命取得胜利后的文化建设问题。这种情况,与马克思主义体系中的卢卡奇比较接近,而同法兰克福学派如阿多诺是不一样的,后者从"艺术的政治性"出发,往往表现了强烈的拒绝大众文化的立场,对现代派是非常支持的。其实,岂止是毛泽东、邓小平,几乎所有的社会主义国家领袖,从苏联的列宁到中国的周恩来、刘少奇,以及嗣后的江泽民、胡锦涛、习近平,莫不如此。如周恩来60年代初的带有纠左性质的有关文艺问题的二次讲话(通常简称为"新侨会议""广州会议"),他在讲艺术民主和艺术规律、调整和完善文艺政策、直陈文坛积弊和困殆时,都不忘提醒文艺的政治属性和要求。习近平在2014年召开的文艺工作座谈会上,在对中国文艺领域所面临新形势、新问题、新机遇所作科学把握和分析的基础上,提出了繁荣发展文艺的历史的、人民的、艺术的、美学的评价标准。凡此这些,这自然与他们政治观照文学的方式有关,同时也与其作为执政党领袖的身份有关。因为当代不同于五四时期,甚至不同于延安时期,"此时共产党成为执政党,它对文学文化的领导已由纯科学的理论进入了具体的'政党实践'阶段,带有明显的实践操作色彩,它较之纯

---

① 张永禄:《马克思主义美学重返当代公共话语空间》,《文艺报》2014年8月18日。

理论思辨更复杂也更具探索性的特点。这亦是落后不发达的社会主义国家选择的不同于常规的西方资本主义的跨越式文化发展的新模式，是毛泽东不同于马克思、恩格斯而与列宁更为接近的原因之所在"。在这样的情况下，如果不加规约地运用西方现代性的理论，或以通常的"人的文学"标准来评价当代文学，就有失简单，至少"是存在批判性有余而同情性理解不够的问题，它回避忽略了'政党实践'阶段不可避免的文学与政治的复杂缠绕。也就是说，是存在着将文学与政治视为完全相斥、不可通约的两极对立的思想情绪"。[1]

社会主义国家文艺美学的共同特征是文学政治化，马克思、列宁、毛泽东等首先是以政治家而不是以文学家身份来看待文学，这与我们从专业和学科角度来定位文学、讨论文学是不一样的。这就容易造成社会主义文艺美学体系中文学与政治关系的紧张。托洛茨基当年对此有深刻的体察，他曾在《文学与革命》中试图予以解决，指出："艺术领域并不是要求党去发号施令的场所。党能够而且必须保护和赞助艺术，但只能间接地领导艺术。"[2] 李杨、於可训正是立足于此，对当代文学研究及其历史化中存在的按照西方现代的逻辑、一概排贬主流政治意识形态的思想主张表示异议，认为这不符合毛泽东"由启蒙主义者走向马克思主义者转移"，以及中国革命"分二步走"的实际，[3] 提出了"二项互补"和"两极互动"的原则。所谓"二项互补"，是指在当代文学内部运行的政治主流与非主流这两种不同功能的文学思维之间，应当建立起一种互补关系，作为当代文学传承新变的一种基本功能结构；所谓的"两极互动"，是指在上述两种不同功能的文学潮流之间，应当建构起一种互动关系，作为当代文学发生发展的一个动力结构，认为只有在这样纵横交错的逻辑框架中对其各种关系进行整合，当代文学研究才能结束一个较长时间以来实际存在的某种

---

[1] 吴秀明：《论"十七年"文学的矛盾性特征——兼谈整体性研究的几点思考》，《文艺研究》2008年第8期。

[2] ［苏］托洛茨基：《文学与革命》，参见佛克马、易布斯《二十世纪文学理论》，林书武等译，生活·读书·新知三联书店1988年版，第103页。

[3] 李杨：《抗争宿命之路——"社会主义现实主义"（1942—1976）研究》，时代文艺出版社1993年版，第36—45页。

貌合神离的割裂状态。① 他们的话，对于我们在当代文学研究历史化时如何正确理解和把握文学与政治复杂关系，避免简单偏执，应该是有参酌的。

上述种种，构成了主流文学知识谱系的硬核和基质，它通过中介人物、主流媒体、组织机构、评论评奖、课题立项等一套严密的、层级性的机制，具体加以贯彻和实施。"文化大革命"前的周扬及他领衔的文联和作协及相关媒体，在这方面就发挥了重要作用。如毛泽东在20世纪50年代提出"双百"方针前后，他都及时跟进，发表《我们必须战斗》《文艺战线上的一场大辩论》等讲话（文章）进行阐释。新时期以后，情况有所变化，但基本规范没变。如20世纪80年代初批判"资产阶级自由化"时，尽管作协系统的态度开始比较消极和迟缓，但当邓小平最后拍板，要求写出质量高的好文章，先在《文艺报》上发表，再由《人民日报》转载而"叫停"的裁决性的结论时，② "二唐"（《文艺报》二位副主编唐因、唐达成）奉命为之撰写了《论〈苦恋〉的错误倾向》文章。③ 于是，邓小平此时的有关讲话、指示，就不期而然地成为这篇文章立论的主要依据。从这个意义上，主流文学及其知识谱系作为"元话语""元谱系"，它是带有"舆论一律"的特点，其功能价值已超过了主流文学甚至文学本身。这与后面二节将要讲的以反文化和亚文化为基础，以叛逆性与探索性、从众性与娱乐性为旨趣的精英文学和大众文学知识谱系是不一样的。它的一举一动，都会对整体文学及其生态带来全局性的影响，尤其是在重要关头、重大问题上，更是从不含糊，有自己明确的倾向。"统治阶级的思想在每一个时代都是占统治地位的思想。这就是说，一个阶级是社会上占统治地位的物质力量，同时也是社会上占统治地位的精神力量。"④ 马恩这一经典话语，道出了其中奥秘。

---

① 於可训：《当代文学史的逻辑建构——兼评当代文学研究的一种思路》，《文学评论》1999年第3期。

② 邓小平：《关于思想战线上的问题的谈话》，《三中全会以来重要文献选编》，人民出版社1982年版，第822—824页。

③ 唐因、唐达成：《论〈苦恋〉的错误倾向》，《文艺报》1981年第19期；《人民日报》1981年10月7日转载。

④ 《马克思恩格斯选集》第1卷，人民出版社1972年版，第52页。

当然，这不是说主流文学内部铁板一块，在生成发展过程中就没有矛盾、碰撞和冲突。事实上，由于历史和现实诸方面因素，诚如福柯揭示的那样，主流文学谱系的生产，或者话语权的实践，实际上包含一个相当繁复的权力分配和传播演化过程。如"文化大革命"前周扬与胡风、"文化大革命"结束初期周扬与林默涵之间的矛盾，在这方面具有相当的代表性。这里有左翼内部的历史恩怨、宗派的和个人的因素，但毫无疑问，它与彼此观念认知和理解角度也有密切关联。如周扬，他就更强调谱系的政治功能价值及其对艺术的统摄、规约作用，胡风则主要突出谱系在传播演化过程中主体与客体的"相生相克"及主体的"自我扩张"。而周扬与林默涵，20世纪80年代初，因对"十七年"及伤痕文学等认知上，彼此观点分歧较大，所以在"为自由设限"问题上出现了不同的理解与选择。关于这一点，洪子诚在前几年出版的《材料与注释》中，通过"材料"编排加"注释"的方式，清晰地向我们呈现身居核心体制的周扬、林默涵、张光年、陈荒煤等当年中介人物，他们在"文化大革命"特定背景下的"罪行交代"，深刻折射了主流文化体制内在的矛盾，读来让人感慨万端。如果不忌讳，再推进一步，上面所说的内部"矛盾"，甚至在更高级别的领导决策层也程度不同地存在。如上文提及的"新侨会议""广州会议"，周恩来（也包括"广州会议"上的陈毅）对"五子登科"等左的现象的批评，以及发出调整的声音。又如20世纪80年代初围绕着《苦恋》评价："当时中国高层的文学领导干部间存在着一定的意见分歧，而他们又恰好分别领导着《解放军报》和《文艺报》，这样一来，便使得这两份报刊对于批判《苦恋》的态度，表现出了鲜明的差异。"[①]

不过尽管如此，那也只是高度整齐划一的主流文化领导权体系内部看问题角度和理解不同产生的内部矛盾。在涉及四项基本原则和社会主义制度、信仰等一些重大问题上，在涉及当代文学文化建设发展及其整体框架和核心谱系问题上，矛盾双方，彼此则又具有惊人的一致。就像20世纪80年代初以《文艺报》为代表的"惜春派"，他们虽然不赞同《解放军报》的"批判"的做法，"实际上，他们也都认为《苦恋》及其据其拍

[①] 何言宏：《中国书写——当代知识分子写作与现代性问题》，中央编译出版社2002年版，第59页。

摄而成的电影《太阳与人》是'不好'、'太过分了'"。① 因为文学及其所蕴含的思想问题的复杂性，其实已远超出顶层设计者的预期，主流文学所倚仗的方针政策、评价体系与标准（如"双百方针"），它本身包含着自由与规范两个面向，这就为不同的认知和理解，甚至不同方向和角度的解读，预留了仍有一定弹性的阐释空间。所以，面对原先设计或制定的这些带有"原则"性的方针政策、评价体系与标准，在具体实践过程中出现的因时因地因语境不同的不同理解和阐释，就显得很自然，也可以理解。近年来，有人在对此历史化时，往往不顾这些复杂情况，有意无意地将这种矛盾夸大，称为"反体制"云云，这是误解。实际上，正如一位研究者指出："反体制知识分子作为一个群体，在1949年以后建立起来的集计划经济——一元化政治—文化意识形态领导权于一体的体制下是不存在的。"② 当代文学比较复杂，前后两个时段异同并存，如要科学地做到"前三十年"与"后四十年"之间"互不否定"，需要辩证法的智慧，更需要有超越太过狭隘专业的开阔视野。

　　以上讲的是主流文学发展及其历史化的"两个阶段"，那么"两种情况"呢？此所谓的"两种情况"，主要是指20世纪90年代以来，因内外、主客诸多因素的影响，出现的这样两种分合有致的新情况和新问题：一方面，主流文学及其谱系继续存在，在回归马克思主义经典文本本义方面做出了不少努力。如"文化大革命"结束不久，在胡乔木的直接指导和推动下，根据俄语中这一词语"литература"有文学、文献、出版物等含义，党中央机关刊物《求是》杂志1982年第2期刊发文章，将原先列宁《党的组织和党的文学》中的"党的文学"原文，正式改译为"党的出版物"全文发表。③ 20世纪90年代，在提出"弘扬主旋律"的基础上，又进而提出旨在提高质量、带有实践操作色彩的"三精"（思想精深、艺术精湛、制作精良），以取代原来的"三性"（思想性、艺术性、

---

　　① 何言宏：《中国书写——当代知识分子写作与现代性问题》，中央编译出版社2002年版，第59页。
　　② 黄平：《现代中国知识分子：社会变迁的参与者和体现者》，收入《未完成的叙说》，四川人民出版社1997年版，第40页。
　　③ 参见中共中央编译局列宁斯大林著作编译室《〈党的组织和党的出版物〉的中译文为什么需要修改》，《求是》1982年第2期。

观赏性）的评判标准，以及出台针对文化市场、红色经典改编、网络文学等一系列的政策文件。并利用政治权力加大倾斜和扶持的力度，如设立"重大革命题材领导小组""五个一工程"办公室等机构，使之更趋多样和具有艺术价值，以适应市场和群众好感，占据文学的主导位置。特别是党的十八大以来所作的有关人民日益增长的美好生活需要和"不平衡不充分"发展之间的矛盾，以及建立在文化和制度自信基础上的"中国话语体系"和"人类命运共同体"建构等一系列论述，主流文学文化设定更趋理想和进一步完善，开始呈现出了良好的发展态势。有关这方面的评论和研究也日渐增多，散见于《人民日报》《光明日报》《文艺报》《中国文艺批评》《中国文学批评》等从中央到地方的各级报纸杂志。就是像《文学评论》这样具有60多年历史、以刊发专门学术文章的权威学术刊物也不例外，先后发表了四五篇学习和探讨习近平总书记有关文艺工作重要论述的文章。[①] 随着新时代中国特色社会主义思想及其"一带一路"倡议的进一步推进和实施，这种学术品格和追求不仅更开放开阔和大气，而且还可望有前所未有的新拓展。这是对80年代以来走向世界就是走向西方、走向蓝色文明的一个调整，值得引起重视。

然而，正如有学者早就指出，理想与现实往往是有矛盾的，国家层面这一理论设定在现实中获得的兑现，曾经在相当长的一段时间内，招来的却是"苍白的合法性与丰艳的不合法"的冲突。这里存在两种情况：一是就主流文学，尤其是"主旋律"文学这一具体的文学形态来看，它在90年代市场经济下，"高扬的主旋律虽然气势恢弘，并力图通过各种传媒深入人心，但在大众文化或域外文化的冲击下，它因其单调和苍白并不具有绝对优势。从某种意义上说，它仅仅成为一种姿态和意志而存在，并没有按文化生产的规律占取应有的文化份额。这一评价虽然并不令人鼓舞，但却是不得不正视的事实"。[②] 二是从理论批评的角度考察，我们在这方

[①] 如丁国旗《文艺的作用不可替代——习近平治国理政视域中的文艺观研究》，《文学评论》2016年第5期；范玉刚《"以人民为中心的创作的创作导向"——习近平文艺思想的人民性研究》，《文学评论》2017年第4期；李云雷《历史新视野中的两个〈讲话〉》，《文学评论》2017年第5期；张清民《两个文艺"讲话"的话语意义分析》，《文学评论》2020年第1期。

[②] 孟繁华：《众神狂欢——当代中国的文化冲突问题》，今日中国出版社1997年版，第78页。

面虽不能说没有探索、没有成果，但正如有人所尖锐批评的："我们一直缺乏对于国家文学的理论研究，由于精英文学加上学院文学研究的傲慢，国家文学几十年来都没有真正地进入到文学史研究的视察当中。国家文学的许多要素在学院派那里几乎都是文学史的负面清单。"① 这一状况的形成，与主流文学资源及极"左"思潮负面影响有关，也与苏联和东欧发生剧变等国际大背景有关。近些年来，情况有所改观，但总体状况尚不理想，还不能充分彰显新时代的内在吁求。在文艺创作方面，也明显地"存在着有数量缺质量、有'高原'缺'高峰'的现象，存在着抄袭模仿、千篇一律的问题，存在着机械化生产、快餐式消费的问题"。② 主流文学原本是相当宽泛的，"主旋律"文学也一样，作为带有方针政策意味及导向性的一种主张，它的提出及实施虽始于 90 年代初，但历史地看，从中华人民共和国成立之初政务院下达的"五五指示"关于对戏曲思想内容的要求，到邓小平第四次文代会上所说的一切催人向上的文艺作品，到习近平在文艺工作座谈会上阐述的生动活泼地体现社会主义核心价值观等，都属于"主旋律"。遗憾的是，限于长期形成的思维定式，人们往往将其狭隘地理解为当下的政治理念。更有甚者，还有的人"为了一己之私利"（如纯粹出于评奖和获取经济实利的考虑），以致把它的范围局限在重大纪念日、革命英雄和近期中心工作。所以，在具体实施中造成了"成活率"低下的尴尬局面。也正因此，有人有针对性提出了"创演机制"改革的建议。③

需要说明，这里所说的主流文学与"主旋律"文学密切有关，但又不能简单等同（前者概念内涵要大于后者）。从文学管理学角度来看，国家文化权力的施行，主要依靠正确的方针政策制定与良性的生态环境营造，而绝非也不局限于主流文学及其示范作用。并且，在一个健康的社会，除了"主旋律"，也要有"多样化"，让很多不只是完全负面的东西有生存的一角，它是具有包容性的。但无论如何，主流文学毕竟是"三元一体"的当代文学的重要组成部分，并且是带有统摄性、主导性的。

---

① 汪政、晓华：《新世纪：文学生态的修复与重建》，《创作与评论》2017 年第 2 期。
② 习近平：《在文艺工作座谈会上的讲话》，人民出版社 2015 年版。
③ 朱恒夫：《戏曲现代戏编演的意义、问题与发展的路径》，《文艺理论研究》2019 年第 3 期。

这也是"弘扬主旋律，提倡多样化"的要义之所在。我们应该站在这样的高度来看待它，包括在这方面过去曾经有过的偏差。就像米兰·昆德拉对马雅可夫斯基的审判者提出的忠告，"所有人都在迷雾中行走，我们不妨设问一下：谁最盲目？是写了歌颂列宁的诗歌却不知列宁主义走向何处的马雅可夫斯基？还是我们这些倒退几十年去评判他却没有看到迷雾包围他的人"。① 那种不作区辨地将主流文学假设为国家权力体制的附属物，而体制是对精英文学、大众文学从里到外进行遏制和打压的说法，很难不说是情绪化、简单化的一种表达，其结果会造成新的公式化之重复。

20世纪90年代以后，文化领域的左右之争开始出现，在理论批评和学术场域，"文学—政治"关系，逐渐发展成为"文学—市场（经济）—政治"关系。在这"三方"的复杂话语关系中，经济作为一种新的意识形态，不仅对固有的文化中心形成强大的冲击，而且对包括受众在内的整个社会文化产生深刻的影响，各种矛盾凸显。因此，如何按照时代发展变化处理好"主旋律与多样化"的关系，就成了主流文学不可回避的难点之所在。鉴于以往的历史教训，也是根据当下的新形势，主流文学在坚守的同时对过去过于僵硬的一套进行了调整。这种调整，借用当年文化部部长王蒙更加直观的表述："新的领导方法并不是放任自流，自由世界，而是改理论思想的纠偏为力图严密的管理，不争论，不炒作，不咋唬，不动声色，堪说是不吭气地管住管严，天下太平，另'有害信息'无法出笼，一出笼也先挨上一棒子，再一棒子；个案处理，不搞左右之类的概括，以行政性具体措施性管理取代意识形态的唇枪舌剑，对待创作者尤其是名人放宽尺度，团结帮助，以礼相待，而对于发行者经营者编辑者各级各单位大小领导干部严格约束，以行政性奖惩取代理论观点性激战，主要是运用行政权力而不是话语权威来管。"②

王蒙所说的调整，重要性和必要性毋庸置疑，并且的确是很睿智也是相当有效的。问题是，"当'多元化'以符合体制预期的方式展开的时候，体制保持它'不介入'的超然，而一旦它逾越了必要的限度或显示了这种危险性，国家意志、体制力量会立刻做出反应。所以，国家机器、

---

① ［捷］米兰·昆德拉：《被背叛的遗嘱》，余中先译，上海译文出版社2003年版。
② 王蒙：《王蒙自传·大块文章》，花城出版社2007年版，第196页。

各级机构以及它们复杂有效的运作机制从某种意义上说更加有效了。当然,我们可以说它在某些方面弱化了,但是从另一个角度看,它在某些方面也强化了,不消说,它的技术手段明显丰富和进步了。可以说,'多样化'与部分的'自由'正是国家控制的结果,是更高明和有活力的'一体化',这是新的'一体化'的战略"。① 青年学者刘复生也就是沿着这样的思路,将上述这种方式称为"泛主旋律",认为它已将部分"外围"的异质性因素纳入进来与狭义的"主旋律"融为一体辐射出去,从而使自己成为"一个边缘不甚清晰的弥散化结构","一个延展性的秩序与结构"。② 他的博士学位论文《历史的浮桥》的要旨,就在通过对主旋律小说"生产"及其与国家体制、出版传媒、作者读者、写作思想和文学思潮复杂"关系"的分析,告知我们,"即使是'主旋律'小说,也存在某种不很清晰的、含糊的区域,在里面,凝聚了一个急遽变化着的历史过程中,各种力量、诉求、想象、利益之间的冲突、纠结、妥协的复杂状貌"。③ 有意思的是,刘复生在后来发表相类的文章中淡化了批判色彩,而似乎有所变化。如在2017年的《思想的左右互搏:〈材料与注释〉的"书法"》《做真正的文学批评家——刘复生访谈录》两篇文章中,借评论《材料与注释》和面对面接受"访谈",就对社会主义主流文化给予"理性而富于同情的理解",提醒我们不能因它的曲折与失误就否定社会主义主流文化的"先进性和合法性"④,认为"'主旋律'文学就是(这套)新型意识形态战略的一个体现,也是卓有成效的载体,它和旧有的那一套主流意识形态有联系,又有重要区别和发展,融进了很多市场时代的新内容"。⑤

---

① 刘复生:《历史的浮桥——世纪之交"主旋律"小说研究》,河南大学出版社2005年版,第15页。

② 刘复生:《历史的浮桥——世纪之交"主旋律"小说研究》,河南大学出版社2005年版,第196页。

③ 参见刘复生《历史的浮桥——世纪之交"主旋律"小说研究》序,河南大学出版社2005年版。

④ 刘复生:《思想的左右互搏:〈材料与注释〉的"书法"》,《中国现代文学研究丛刊》2017年第2期。

⑤ 周新民、刘复生:《做真正的文学批评家——刘复生访谈录》,《长江文艺评论》2017年第1期。

这是颇富见地的。它较之那种将主旋律与多样化、政治与艺术对立或"对抗"说，无疑更真实，也更接地气。

也许与社会文化和学术转型有关，最近一二十年，质疑新自由主义及其所谓的普世性实则西方性的知识框架和谱系的声音开始浮出水面，类似像刘复生这样对主流文学谱系从先前的相当隔膜到现在的比较理解开始弥漫开去。于是，被"告别"了的"革命"重新登场，成为一个挥之不去的传统，探讨包括"十七年"文学、红色经典在内的主流文学逐渐回暖，成为当代文学历史化及其知识谱系的重要热点，获得了重新讨论的空间。不少有识之士开始认识到，抛开主流文学而只讲精英文学、大众文学，就无法对纷纭繁复的当代文学历史化与现实做出恰当的评判。蔡翔由之提出了一个"革命中国"概念，将其与"传统中国""现代中国"区别，并运用风景、劳动、工人、物质等概念，来梳理分析社会主义文学知识谱系，为革命正当性、红色经典合法性及社会主义经验辩护。[①] 张均联系"十七年"文学实践，从人的文学、发现社会、新文化创造等几个方面讨论了"十七年"文学的核心价值诉求及艺术实践，提出了重估社会主义遗产问题[②]，赵普光通过大量事实排比告诉我们，20世纪80年代批评的活跃和新变，除了时代氛围等其他因素，还与当时制度重建和引导有关。[③] 有的还根据文学实践，提出"新社会主义文学"概念（李云雷）、"重建宏大叙事"（刘艳）和"构建柔性机制"（吴义勤）等。即使是与其学生刘复生观点不同，比较坚持新启蒙思想的洪子诚，他也因20世纪90年代现实改变，对新启蒙思想产生怀疑，对"十七年"革命文学表示"同情地理解"。有的学者还用史实显示，1960年年初曾制定的《文艺十条》第一条，在讲如何"正确地认识政治和文艺的关系"时，就提出"不但需要表现强烈的政治内容的作品，也需要没有什么政治内容，但能给人以生活智慧和美感享受的作品"，只是种种原因，在真正被执行的

---

① 参见蔡翔《革命/叙述：中国社会主义文学—文化想象（1949—1966）》"导论"部分及相关章节的论述，北京大学出版社2010年版。
② 张均：《重估社会主义文学"遗产"》，《文学评论》2016年第5期。
③ 赵普光：《文学批评与20世纪80年代文学制度的重建》，《文艺研究》2017年第12期。

《文艺八条》中，这些内容才被删除了。①

　　需要指出，在主流文学研究及其历史化问题上，给予认同性评价的八九十年代，它主要是由党和国家宣传文化部门如中宣部、文化部、文联作协等机构的文件，领导人的报告、讲话、批示，以及带有领导人身份或主流倾向的批评家或从事马列文论研究的学者如冯牧、张光年、陈荒煤、洁敏、朱寨、张炯、陈涌、陆梅林、程代熙、陆贵山、董学文等，每当重要时刻或带有纪念性质的会议，都可听到其着重从政治倾向、文化立场、思想内容言说的"声音"。大多情况下，精英一般很少介入，即使讲，往往较多看到其中的艺术性不足，对之提出批评，与主流观点形成了某种错位。21世纪后，这种状况发生了变化，认同性评价逐渐扩大到了精英或准精英的圈子，吸引了年轻一代学者加盟，其思想资源构成，除了我们熟知的经典马列文论，还有西方马克思的从经济政治转向单纯意识形态，从而开启了文化批判或社会批判的意识形态批评。如葛兰西的文化权力论、卢卡奇的总体意识、马尔库塞的新革命理论、伊格尔顿的意识形态理论，以及福柯的考古学和谱系学，詹姆逊的政治无意识和后现代主义等带有"异质"色彩（在这方面，远甚于20世纪80年代周扬提出并引起很大争议的社会主义"异化"说）的有关观点。主流文学知识谱系的内涵及外延变了，不再像过去那样拘囿。它在受到严峻挑战的同时，也迎来了前所未有的新的发展机遇。汪政、晓华认为，随着市场化的进程和管理观念的不断变革，21世纪以来国家文学不断走向自觉，它不仅已经将自己相对独立出来，从制度层面和组织层面不断扩大和畅通自己的生产渠道，并且通过政策、资金、平台等各种资源的开掘和优化，催化和动员包括精英作家在内的许多作家投入国家文学当中，从而有效地提高了国家文学的影响力、号召力和知名度。② 他们所说的"国家文学"，与本书所说的"主流文学"尤其是"主旋律"文学大致相似，意指将代表国家意志和主流意识形态思想的文学作为一种重要而又独特的文学类型和文学力量，放在21世纪多元立体的文学生态中进行考察。这样估计是否太乐观，姑且不论，但最近一些年开始转移，致使整体较之以前的"苍白"有改观、提

---

① 胡一峰：《第三次浪潮与新时代文艺批评的趋向》，《长江文艺评论》2018年第6期。
② 汪政、晓华：《新世纪：文学生态的修复与重建》，《创作与评论》2017年第2期。

高和拓展,这大概是谁也否定不了的客观事实。当然,主流文学在丰富扩容的同时,也带来了可以想见的矛盾和碰撞。如革命历史题材如何讲述带有"暴力"元素的革命往事(如抗日战争、解放战争、土地改革等),像电影《智取威虎山》在改编时,抽去了原著中的"土地改革",将作为革命重要组成部分的东北剿匪斗争,"化约"为官方意识形态、思想文化界左右两派和当代主流政治商业电影观众都能接受的"海豹突击队击毙拉登"的传奇故事,应该怎样看待?——它是真正"解决了在今天的语境下如何重新讲述革命往事的历史难题",还是采用巧妙回避或打擦边球的方式,将革命历史题材应有的政治属性模糊或搁置起来呢?①

上述转向及其出现的新情况、新问题,当然比较复杂,它到底如何历史化,也许现在还为时过早。但就创新和发展角度来看,窃以为,首先无疑是应该值得肯定的。须知,主流文学是动态的、与时俱进的一个概念,它与精英文学、大众文学之间,并不像有人所理解的是一种简单的对抗关系,相反,在这"三元一体"的共同体中,它们是一种既相互对立、相互限制而又相互支持、相互建构的关系。老一辈学者杜书瀛曾经说过:过去排斥非主流的革命文论和现实主义是不对的,现在反过来排斥主流的革命文论和现实主义,搞独霸也不对。既然文学与政治、现实发生关系,那么这些理论资源和谱系就有存在之必要。它们之间不是敌对你死我活,而是共存互补对话的。②此话现在仍没有过时。当代文学历史化虽然主要指向过往或已然的历史生成衍变,讲的是"前三十年"和八九十年代,但说到底,它还是受现实所左右,是伽达默尔所说的"效果的历史"或克罗齐所说的"一切真历史都是当代史"。从这个意义上,当代主流文学知识谱系与其所寄植的当代文学本体一样,是只有起点而没有终点的开放体系,它大体则有,定体则无,是不断定位、漂移、碰撞、交叉、变异、升沉、损益、配置、叠合的过程。这大概就是詹姆逊所说的"永远历史化"的深层本意吧。

党的十八以来,中国特色社会主义进入新时代。当"新时代"从一

---

① 参阅郭松民《评"大片"〈智取威虎山〉:徐克如何讲述革命往事?》,http://www.wyzxwk.com/Article/wenyi/2015/05/344726.html,2015年5月23日。

② 杜书瀛:《新时期文艺学反思录》,《文学评论》1998年第5期。

个政治术语慢慢地扩充开来延展到文学领域，它在赋予文学新的使命、增加新的内涵的同时，也对它提出了新的挑战，留下很多有待思考的新的空间。有学者从诗学角度敏锐地指出：一谈到"新时代"，也许有人便本能地有两种反映，一是以所谓纯正能量的书写，拒绝诗歌的复杂性，把诗意消磨掉，把多义性简化为某种赞颂、歌咏；二是彻底反感，不靠近、不书写、不提及。他认为"这两种态度，其实是一种态度——一种无视当前现实，一种回避时代、绕行雷区的书写。这样的书写，无论看起来像是'迎合'还是'不合作'，有一点都是相同的，那就是：选择的主动性、主体性消失了。这两种反应，都在回避难度、追求安全，都在忽视这一段历史时间给个人身上刻下的划痕。'新时代'这个词本身就应该是丰富的，尤其是把它引入文学领域的时候，一段历史时间的人、物、事以及它们汇流而成的'时代风貌'，肯定也是含义丰富的"。① 我们应该站在这样的时代高度，才有可能认识和辩证把握当下文学面临的新情况、新问题，并由此及彼，钩稽和还原穿行于纷纭复杂过程中的当代文学发展轨迹，历史的、辩证的给予解释。

第二节　精英文学逻辑运演与知识谱系

何为精英文学？这是不易界说但又必须要界说的一个概念。所谓的精英文学，就其一般概念而言，"它主要是指比较纯粹意义上的人文知识分子所逐渐构建的某种独特的话语体系。这种话语体系，依法国尤奈斯库的解释，即指当代文学中的一种先驱现象，它在与现实关系上的问题上，与'反对'、'决裂'具有相似的含义"。② 按照文化学的理论，当属反文化的范畴。在某种意义上，精英文学是以先锋性为底基的，即通常所说的"思想上的异质性"与"艺术上的前卫性"（张清华语）。但精英文学并不就等同于先锋文学，而是大于先锋文学，否则就将其有意无意地窄化

---

　① 泓峻：《人民文艺观的历史形态与当代内涵》，《文艺报》2019年8月21日。
　② 吴秀明：《转型时期的中国当代文学思潮》（修订本），浙江大学出版社2004年版，第34—35页。

了,也不符合文学实际。因为有些不"先锋"或不那么"先锋"的文学,其实是很"精英"的,知识分子的独立话语与话语的独立性,不一定非要通过"先锋性"的方式,有时候,这种"非先锋性"坚守可能比"先锋性"的表达更难。

　　如唐浩明带有文化守成意味的《曾国藩》等历史小说及其相关的评论和研究,就属于此种情况。这是其一;其二,精英文学还是一个开放的、动态的、不断延展的概念,作为社会文化结构变化的对应物,它的内涵,会随着社会的变动而发生变动。因为所谓的"独立话语与话语的独立",都是针对彼时特定的历史时间和文化区域,它都有其特殊的指认对象。如《班主任》等伤痕文学,它在20世纪70年代后期对"文化大革命"的批判,将其视作精英文学,不算太过。也正因此,它在当时引来了远超出自身艺术内涵的轰动效应。再放大而观之,王蒙、钱谷融等一批作家和学者在"百花时代"(1956—1957年)提出以"干预生活"为旨归和"人的文学"的理论主张,相比于20世纪50年代中期流行的作品,也不妨可称为那时的精英文学的。其三,是精英文学的内核和基质,这也是对上述所谓的知识分子独立话语概念内涵的一个深化、补充和延展。精英文学的内核和基质是什么?现在学界比较普遍的一个做法,就是选择启蒙作为价值标尺,将它归之于一种审美化的启蒙话语。如陈思和、王岳川、张清华,特别是专门从事启蒙研究的张光芒及其坚执的支持者董健先生。当然,反对和质疑的也不是没有,如李欧梵就认为中国只有启蒙现代性,而没有对其进行反思的审美现代性。进入21世纪后,随着全球范围兴起的对启蒙理性的反思,这个问题似乎显得更突出。如陈晓明和张宝明分别在21世纪初的《长城》《河北学刊》上发表文章,对张光芒的启蒙文章提出尖锐的批评,一时引起广泛关注。[①] 不仅如此,陈晓明早在20世纪90年代"人文精神"讨论时,作为新锐的批评家,他当时甚至不无犀利地指出,以启蒙为要的所谓人文精神,其实"不过是知识分子讲述的一种话语","在这里,知识谱系学本身被人们遗忘,说话的'人'被

[①] 陈晓明:《道德可以拯救文学吗?——对当前一种流行观点的质疑》,《长城》2002年第2期;张宝明:《从"五四"到"文革":道德形而上主义的终结——对一个"启蒙"与"反启蒙"命题的破解》,《河北学刊》2003年第3期。

认为是起决定支配作用的主体"。①

　　精英—启蒙—现代性，这几个不同范畴的问题在此交会，如何从哲学或艺术本体角度进行辨析，非笔者能力所能及。我们在这里只是从一般概念入手对启蒙试作概括，展开对精英文学历史化及知识谱系的阐释。通常所说的启蒙，有广义与狭义之分。狭义的启蒙，是指 18 世纪欧洲以反对中世纪以来基督教神学在精神领域的极权统治，推崇理性，要求将人从宗教社会和世俗社会中解放出来的一场伟大的思想运动；广义的启蒙，是指一切反愚昧僵化和精神奴役、倡导科学民主和平等自由，唯客观真理是求的文化思想，它已成为人们评判人类社会是否具有现代文明和进步的重要和基本的价值标准。文学是审美意识形态，它的启蒙就有一个如何与审美协调或曰内化问题。将启蒙当作一种审美精神，虽然窄化了启蒙，使文学成为启蒙的一个层面，但因重心下移，关注启蒙个体生存、个体伦理、个体内在精神情感与思想心理，关注个体的自由解放与人性自由即个体哲学问题或"人学"问题，所以又丰富拓展了启蒙，提供了为一般启蒙所没有的新的含义，成为现代启蒙思潮中的重要而又不可或缺的组成部分，成为人文知识分子所谓的独立话语的一种载体。当然，对于历经坎坷的当代文学来讲，启蒙又有其自身的特殊性，它与精英文学之间具有深刻的互动关联和深度的叠合关系。如果抹去许多丰富繁复的细节，略去诸多可资参考的歧义，从当代文学乃至五四以来百年文学的历史大逻辑出发来归纳和梳理，窃以为不妨可将精英文学定义为现代的一种启蒙艺术实践与持续建构的活动，具体则又进而细分为"启蒙的现代性"与"现代性的启蒙"这样前后相续而又不尽相同的两个阶段。

　　在这里，笔者之所以将"启蒙"与"现代性"两个词并置，作不同的主次搭配，主要是考虑启蒙与现代性，这两个概念彼此具有同构性。所谓现代性，是指人类借助于种种理性的手段和途径推进社会变革，要求"摆脱所有特殊历史束缚的激进化的现代意识"，② 使之由传统走向现代、由封闭走向开放、由单一走向多元的一种变革意识。这与文学启蒙所要求

---

　　① 陈晓明：《人文关怀：一种知识与叙事》，王晓明编《人文精神寻思录》，文汇出版社 1996 年版，第 122 页。

　　② ［美］卡林内斯库：《现代性的五副面孔》总序，顾爱彬等译，商务印书馆 2002 年版。

的作为生命个体人及人性的解放具有惊人的相似或一致之处。用这样两个词叠加连缀的方式，不但可以描述和概括中国当代精英文学如何摆脱从属论的规约，构建自己的话语体系，而且还有着不同于西方单一的启蒙或现代性的自身发展逻辑，为我们提供一个具有"双向合成"意味的"启蒙的现代性"的阐释方式。大量事实昭示："西方启蒙思潮在个体自我展开的过程中，都不可避免地以科学/宗教、理性/信仰、启蒙/上帝为思想的基本框架，而中国的启蒙没有'上帝'这个大的文化语境和深层的哲学语境。宗教、信仰诸范畴应中国近代思想危机之需尽管进入了启蒙探讨的视野，但也未从根本上改变中国启蒙的'人学'方向。因此，与西方启蒙的人学/神学、理性/上帝的思想格局不同，中国启蒙在形而上意义上以小我/大我、个人主义/人类主义为文化域场；在形而下层面上则以个体集体、个人民族为基本价值域，总之是以'人'自身的范畴为思想重心。"①这也说明，中国当代精英文学虽然深受西方启蒙和现代性的影响，甚至是在它们的笼罩和催化之下生成发展的，但一俟诉诸具体实践，它就不再也不可能对西方进行原样复制或简单横移。换言之，最终驱使当代精英文学进行"启蒙的现代性"，实现自身独立知识谱系的，已不再是西方"启蒙"和"现代性"的简单翻板，而是对之做了中国化的改造。这样一种启蒙式的精英文学观，在如今已出版的80多部当代文学史叙述中均有突出的体现，甚至在比较主流化的文学史那里，都不得不予以正视，其实在相当程度地给予默认。可以这样说吧，当下文坛学界，特别是以高校、社会科学院所为主的学界，居于支配地位的还是这种基于启蒙的精英文学史观。

众所周知，以"启蒙的现代性"为旨归的精英文学，在20世纪以来的这百年的中国社会文化语境中，最为集中的是五四和新时期两次。五四时期的启蒙，其锋芒所指，主要是封建"铁屋子"，它"任个人排众数"（鲁迅《坟·文化偏至论》），为我们提供了以"立人"为基础和以民主、科学为外在要求的一份不无完整的启蒙知识谱系。而新时期的启蒙，主要则是针对"文化大革命"及此前存在的极左思想，它是与思想解放相互

---

① 张光芒：《中国当代启蒙文学思潮论》，上海三联书店、华东师范大学出版社2006年版，第35—36页。

缠绕的一场新的人道主义思潮。因此，与五四相似又不相同，除了"民主""科学""自由""解放"，它的知识谱系中还高频率地出现了诸如"人性""人道""主体性""独立性""本我""超我""生命""意志""纯文学""全球化"和"现代性"等概念术语和谱系，其"启蒙的现代性"的历史功能，主要是对极左思想的批判。那时诸多学者，如刘再复、何西来、雷达、曹文轩，往往就是从这个角度对伤痕文学、反思文学等新时期文学进行概括和阐释的。刘再复在文学研究所召开的"中国新时期文学十年学术讨论会"上的主题发言中，就将反封建的人道主义作为新时期文学的主潮，认为"只有恢复文学的人道主义的本质，文学才可能获得无穷的活力和感染力，才可能走向世界"。[1] 季红真则以"文明与愚昧的冲突"[2] 为题，撰写硕士学位论文，在当时赢得人们的广泛好评。也正是在这一点上，启蒙与先锋文学建立了历史的联系，启蒙语境下的现代主义选择成为"20世纪80年代"文学的一个基本文化策略，以启蒙者自居的新时期作家与主流意识形态话语找到了同构的结点。"尽管'新启蒙'思潮本身错综复杂，并在20世纪80年代后期发生了严重的分化，但历史地看，中国'新启蒙'思想的基本立场和历史意义，就在于它是为整个国家的改革实践提供意识形态的基础的。"[3]

应该承认，作为一种学术话语和思想资源，精英文学所依托的启蒙原本就有二元对立的、等级制的痕迹，其所预设的启民于蔽的言说，是比较小众化的，它的影响主要限于知识分子圈子。但在中国处于渴望向西方异质文化那里寻求借鉴的新时期，却超越了自身的历史局限，获得了颇为轰动的效应，受到那个特定历史阶段社会和大众的欢迎。用这种比较小众化的"启蒙的现代性"，来评价和解读刚刚走出"文化大革命"不久的伤痕文学、反思文学，它的确是相当有力、有效的，这是一种很及物的伦理批判。因为大量事实表明，极左思想往往与封建主义联系在一起，而封建主

---

[1] 刘再复：《论新时期文学的主潮》，《文汇报》1986年9月10日。

[2] 如刘再复《论新时期文学的主潮》，《文汇报》1986年9月10日；何西来《新时期文学思潮论》，江苏文艺出版社1985年版；雷达《民族灵魂的发现与重铸——新时期文学主潮论纲》，《文学评论》1987年第1期；曹文轩《中国八十年代文学现象研究》，北京大学出版社1988年版；季红真《文明与愚昧的冲突》，浙江文艺出版社1986年版。

[3] 汪晖：《当代中国的思想状况与现代性问题》，《天涯》1997年第5期。

义在本质上是非人道非人性的，它与马克思所说的"任何一种解放都是把人的世界和人的关系还给人自己"① 背道而驰。它也大体符合主流政治意识形态的评判，在一定程度上还得到主流政治意识形态的支持。据李鹏、谢纳研究，1978 年《人民日报》曾刊发邢贲思的《哲学的启蒙与启蒙的哲学》，该文提出了"新启蒙运动"的概念，主张以马克思主义反对"四人帮"的蒙昧主义，发出官方媒体恢复启蒙话语的信号。② 周扬 1979 年在纪念五四运动六十周年学术研讨会上，还以官方身份指出中国历史上有三次伟大的思想解放运动，即五四运动、延安整风运动和正在进行中的思想解放运动，这显然在政治层面上重申了五四启蒙传统，并建立了它与当代的联系。③ 这也是精英知识分子与主流意识形态的"蜜月期"。所以，只要稍加转换和杂糅，是完全可为知识精英所用，而不期然而然地成为主流文学与精英文学共享的知识谱系。曹文轩在 20 世纪 80 年代后期出版的一部论著中，还据此将新时期文学主题定为"反封建主义"，认为这是新时期最明快、最具覆盖面的主题："有人说新时期文学的基本主题是批判'国民性'，也有人说新时期文学的基本主题是'文明与愚昧的冲突'。我们以为，前者对文学的覆盖率太小（它只能解释一部分作品），而后者又似乎过于空泛和灵活了（也许是因为某种不便）。只有'反封建主义'才是一个最明快的，也是能大面积覆盖现实文学的概念。"④ 这也就是李泽厚的"双重变奏"其时大行其道的重要原因之所在。从这个意义上，对这场启蒙作怎样高评价也不过分，它的确是构成那时现代性的表征。当然，它也为它后来与主流文学分道扬镳埋下了伏笔。

由于"启蒙的现代性"的思想资源和知识谱系主要来自西方文化，如启蒙主义、存在主义、尼采的超人理论、弗洛伊德的泛性论、海格伯森的测不准原则、卡西尔的人论、法兰克福的大众文化批判理论、詹姆逊的民族寓言，而不是源于苏联的革命现实主义、列宁的党性原则、卢卡奇的

---

① 《马克思恩格斯全集》第 1 卷，人民出版社 2001 年版，第 443 页。
② 李鹏、谢纳：《"八十年代"的思想现场：思想解放与文化启蒙的复杂关联》，《文艺争鸣》2015 年第 5 期。
③ 李鹏、谢纳：《"八十年代"的思想现场：思想解放与文化启蒙的复杂关联》，《文艺争鸣》2015 年第 5 期。
④ 曹文轩：《中国八十年代文学现象研究》，北京大学出版社 1988 年版，第 24—25 页。

整体性以及现代文学史上左翼文学传统。所以，它不可能出现在当代"前三十年"（尽管在"十七年"时松时紧的环境下，它也不绝如缕地存在），即使有，那也是很有限的，且往往以隐性或变体的方式存在，就像后来被发掘出来的"潜在写作"那样，不能夸大。真正意义上的"启蒙的现代性"，只有在20世纪80年代打开国门，向西方异质文化开放的环境下才有可能和可行，并且蔚为大观，遂成主流。这就形成了为文学史家所说的"先锋文学"或"先锋实践文学"的这一流脉和谱系：先是王蒙、茹志鹃仅限于"形式"创新的所谓的"东方化"的意识流小说，北岛、顾城、舒婷等的朦胧诗，高行健等的实验戏剧等；接着是20世纪80年代中后期的刘索拉等内容与形式并置的先锋实验小说，韩少功、阿城的寻根文学，马原、格非等的新历史小说。各式各样的思潮和主义纷至沓来，热闹非凡，形成了文学史上少有的奇观。当时，有人将其与20世纪30年代的新感觉派比较，给予颇高的评价，甚至视作对20世纪现代主义的一次重大突破。这样的评价显然是过于夸饰了。实事求是地说，那时创作和批评的起点并不高。这一点，只要翻阅一下当时影响很大的《文艺报》和权威学术刊物《文学评论》就不难可知。倒是20世纪80年代中后期的创作及批评，才有了不同以前的较大推进，它不仅让我们看到了思想上的激进，而且读出了美国文艺理论家波吉奥利所说的"对新异，甚至奇特的迷恋"。[1] 而面对这样的新异和奇特，自然也加剧了不同文学理念之间的冲突，引发了朦胧诗、现代派、主体性、向内转、文化寻根等文学论争，由此推动了文学转型及知识谱系。而在这之中，又以朦胧诗"崛起"的论争最突出，也最激烈。吊诡的是，孙绍振为朦胧诗辩护而在当时受批判的文章《新的美学原则在崛起》（《诗刊》1981年第3期），在时过境迁后，却被人们视为批评的经典而受到褒扬。[2] 有的文学史家还从革新的角度，将其学术努力和贡献的"基点"概括为："推动当代诗歌打破自我封闭，探索与人类广泛文化积累建立联系和对话的可能性；坚持诗的写作，放置在对个体的生命价值的确认的基础之上；开始当代诗歌语言的革

---

[1] 引自［美］彼得·比格尔《先锋派理论》，高建平译，商务印书馆2003年版，第4页。
[2] 参见余岱宗《从问题出发，到文本中探秘——以孙绍振的文学批评实践为个案》，《光明日报》2015年12月30日。

新,激活现代汉语诗歌语言生命的试验。"①

从艺术角度讲,"启蒙的现代性",最早采用的是思想内容与形式技巧"二分"的研究方法,即将带有反传统反经验的语言形式技巧,从与相谐的反封建及其荒诞、孤独、绝望的思想内容那里剥离出来,以此来表现自己的先锋姿态。这也可说是20世纪80年代初先锋文学的主流及最显性的特征。那时对王蒙意识流小说的评论,就是按照这样一种思路进行阐释的。由此,也引发了如今看来比较浅显的"伪现代派"问题的讨论。至20世纪80年代中期,《你别无选择》等先锋文学和《爸爸爸》等寻根文学两股大潮几乎同时出现,这种情况才有改观,开始认识到精英文学应该同时涵盖传统,而不是也不应是西方现代主义的代名词。这种情况,在此后当然也是更为专业的历史化评价的各种文学史或思潮史或文类史,如陈晓明的《无边的挑战——中国先锋文学的后现代性》、张清华的《中国当代先锋文学思潮论》、洪治纲的《守望先锋——兼论中国当代先锋文学的发展》、吴义勤的《中国当代新潮小说论》、张光芒《中国当代启蒙文学思潮论》等,对之都有更为详尽清晰且较高的评价。比如张清华的《中国当代先锋文学思潮论》,从先锋角度将其概括为从启蒙主义到存在主义,并用激情飞扬和颇具思辨的笔触对此作了相当精到的分析。而在2015年纪念先锋文学三十周年之际,还有集体性的盘点和反思,《文艺报》《文学报》《文艺争鸣》等不少报刊以专栏形式刊发文章,进行深入讨论。当然,返回历史现场,就社会和学术影响力而言,我们也不得不承认,先锋文学较之寻根文学似乎更为引人注目。唯其是异质,它所受的阻力就更大。这也可从当时对朦胧诗所作的颇为严厉的批评可见。而在对"启蒙的现代性"的异质的认知问题上,也许是与海派比较开放及其固有的内涵特质更易引发现代性的生存体验有关。上海批评家较之侧重强调政治性体验的北京批评家,似乎更胜一筹,在国内处于执牛耳的领先地位。他们在《上海文学》执行副主编、批评家周介人的组织和引领下,形成了一个颇为壮观的"新潮青年批评群体",其中影响较大的有王晓明、宋耀亮、南帆、殷国明、夏中义、许子东、毛时安、李劼、胡河清等。像吴

---

① 洪子诚:《中国当代文学史》,北京大学出版社1999年版,第196页。

亮对马原的"叙述圈套"的解读,名重一时,吴亮、程德培编的《新小说在1985》,不胫而走,可能更接近于现代主义先锋的本意。于是,"他(周介人)主政时期的《上海文学》,将80年代文学的主阵地从北京重新夺过来,这个杂志一时间成为了'先锋小说'的时代孵化器"。[①] 这也预示了新一代的先锋批评家的集体亮相。

不过,在充分肯定精英文学研究取得成就的同时,我们也要看到"启蒙的现代性"所存在的历史限制。或许与对象处于贴近的同构状态,使得不少学者未能充分注意到当时"启蒙的现代性"主题话语内部的结构性冲突,其所谓的反封建话语,不仅难以对当代"前三十年"文学做出准确到位的概括,而且"往往易将本质上属于现代性征候的社会政治和思想文化方面的问题作出某种'封建性'的'误指',加上作家自身以及批评家们表现出同样盲视的极力阐释,必然导致了当时的历史反思在一定程度上的错位,即将无疑属于现代性问题的各种征候当作封建性问题进行批评,从而也就必然地限制了历史反思的深度及有效性"。[②] 并且,一味而又不加规约地用人性人道等与封建伦理对立的此类本质化的叙述,虽较好体现其时中国先锋文学的启蒙特质,但对"后四十年"当代中国文学来说,这样的理论思想毕竟稍显陈旧了些,缺少鲜明的时代性。这一点,不唯在21世纪初上引学者何言宏那里就尖锐地指出,其实,早在上文提及的1986年文学研究所主办的"中国新时期文学十年学术讨论会"上,就有一些年轻学者对刘再复所作的"围绕着人的重新发现这个主轴而展开"的人道主义主题发言提出批评,认为它虽有现实主义,但嫌陈旧,难以有效地体现"时代特色和现代意识"。[③] 再推进一步,站在今天自上而下强调民族文化复兴,文化保守主义越发凸显的时代角度来看,这种将"现代性征候"当作"封建性"的"误指",从而有意无意地放大了民族传统文化中的负面质素,将当代文学文化所有问题都一股脑儿归咎

---

① 程光炜:《作家与编辑》,《小说评论》2015年第3期。
② 何言宏:《中国书写——当代知识分子写作与现代性问题》,中央编译出版社2002年版,第154页。
③ 《历史与未来之交:反思 重建 拓展——"中国新时期文学十周年学术讨论会"纪要》,《文学评论》1986年第6期。

于"封建性",最终导致对一体化体制的深入反思,更有必要值得警惕。它与我们当下讲文化自信、文化自觉,更多看到传统文化正向价值与正能量,不说大相径庭,至少看待问题的视点与角度,是很不相同的。它自有其优势,也有不可忽略的局限。孟繁华在2017年的一篇文章中,在高度评价先锋文学"巨大的历史意义"同时,曾尖锐地指出,"文学是以巨大的内容牺牲为代价换取了新的文学格局。后来,当'先锋文学'被当作唯一的'纯文学'推向至高无上圣坛的时候,它也就走向了末路"。① 从新时期先锋文学评论研究至今已有30多年不算太短的历史,拉开距离的情况来看,应该说他的这个判断大体不谬。

与上局限有关,思维视域过于拘囿于西方现代主义,甚至将现代性等同现代主义,对现实主义等采取忽略、压缩或贬抑的态度,这也是"启蒙的现代性"需要反思之处。有的研究者也正是基于这样的观点,认为在20世纪80年代中期当代文学转型两个机会、两种可能中,现代主义的先锋文学转折宣告成功,而以路遥为代表的现实主义转折到了1987年《新星》《夜与昼》和1993年《平凡的世界》这里就中断了,并在20世纪90年代文学发展中被遗忘了,然而路遥所提出问题并没有失效,这个问题就是文学如何面对自己的时代。富有意味的是,我们看,"转了一大圈,今天莫言、王安忆、贾平凹、余华他们又回来了,开始在新的长篇小说中反哺现实主义文学的资源(例如《生死疲劳》《古船》《兄弟》《启蒙时代》等),这实际意味着'现实主义的归来',也就是'路遥的归来'"。② 如今不少文学史在叙述"20世纪80年代"文学时,往往用很多的篇幅讲意识流小说、实验话剧,给人感觉仿佛是此时的现代主义已声势赫赫、席卷文坛,但实际上,真正主流或占主潮的还是现实主义或偏向于现实主义这一脉。这一点,只要翻阅一下20世纪80年代的文学报刊,如《文艺报》《作品与争鸣》(该杂志为中国当代文学研究会主办,那时所选的"争鸣"作品,主要还是现实主义),就不难可知。如果我们不是望文

---

① 孟繁华:《当下中国文学的一个新方向——从石一枫的小说创作看当下文学的新变》,《文学评论》2017年第4期。

② 转引自中国现代文学馆客座研究员等《九十年代文学——从"断裂问卷"与〈集体作业〉谈起》,《南方文坛》2013年第5期。

生义,将先锋文学视为某种"主义"的化身,而是从文本实际尤其是文本在横向上与各种思潮及主义之间互融交叠,及其处在内外阡陌交叉、相互纠葛缠绕的实际状态来考察,就会看到它虽偏重于西方现代主义,但它也并不像我们想象的那样简单、绝对和纯粹,而是同时还在纵向上承续或汲取了本土民族传统,呈现多元多维多相的复杂貌态。在这里,马原的《拉萨河女神》和扎西达娃的《西藏,系在皮绳扣上的魂》等先锋实验文学中,具有中国文化的元素;在韩少功的《爸爸爸》和王安忆的《小鲍庄》等寻根文学中,带有某种超验的特征。

据参加 1985 年在杭州召开的寻根文学会议的蔡翔回忆,这次会议虽对中国文化给予高度重视,但当时参会者"却并未引起任何民族狭隘观念或者复古主义,没有任何这方面思想的蛛丝马迹。相反在这次会议上,现代主义乃至西方的现代思想和现代学术仍是主要的话题之一"。① 谢尚发在前几年发表的《"杭州会议"开会记》一文中,曾用翔实的史料还原历史现场告诉我们:所谓的寻根文学更多是后人的追忆性想象,其实这次会议真正意义是在当时停滞情况下,一次带有前沿性突围,它既不是传统,也不是西方。而且几乎同时,当时主管批评及创作的作协领导冯牧还对李子云在《上海文学》发表现代派文章,在大为恼火的同时也给上海方面施加了很大的压力。② 有研究者在十多年前曾说过,寻根文学的出现,与其同时并置的先锋文学一样,标志着 80 年代涌动的新时期文学,"对现存一体化主流意识形态的一种突破。这是精英作家在'文化断裂说'的刺激下,企图直接超越主流政治所提倡的革命经典文化,也包括在空间上对西方主题模式横移的拒绝,目的是为了从传统文化中寻找可资继承的精神源头"。③ 而从文学发展规律和知识谱系的角度来看,它其实是对"横向"引进和接受的西方异质文化的平衡协调。因为经验表明:"当横向接受达到了一定程度(甚至有过激的因素出现),形成一个格局

---

① 蔡翔:《有关"杭州会议"前后》,《当代作家评论》2000 年第 6 期。

② 谢尚发:《"杭州会议"开会记——"寻根文学起点说"疑议》,《中国现代文学研究丛刊》2017 年第 2 期。

③ 吴秀明:《转型时期的中国当代文学思潮》(修订本),浙江大学出版社 2004 年版,第 37—38 页。

时，文学内部的逆反心理就开始膨胀发作，要对此加以否定。于是，就生成纵向继承的意识。"①

20世纪90年代以后，以经济建设为中心继续深入推进，社会文化转型使启蒙固有的局限性逐渐显露出来。启蒙的任务是将人从神话秩序中拯救出来，实现人神分离，然而，"被启蒙摧毁的神话，却是启蒙自身的产物"。②当它用包罗万象的知识谱系及形式逻辑的理性主义来概括和支配文学领域时，它本身就带有一种极权主义的性质，而忽略了人类的差异性和多元化的特质，将自己带进了戏剧性的悲剧时刻，即所谓的"后启蒙"或"反启蒙"。有研究者还进而从世界文学史大视野的高度，对这种启蒙式的精英文学观提出了尖锐的批评，指出世界各国许多重要的理论家正在对其存在的这一"巨大问题"做出日益深刻的检讨。③从当代文学自身的知识谱系和运演逻辑来看，对启蒙存在问题的反省、检讨甚至抵抗也由来已久。王一川曾在1994年，通过寻根、先锋、新写实小说的仔细爬梳和分析，指出20世纪80年代服务于启蒙精神的审美文化本身就不是铁板一块，存在着为启蒙所无法兼容的元素，到了20世纪90年代，在内外多种因素作用下，它"从纯审美到泛审美、精英到大众、一体化到分流互渗、悲剧性到喜剧性以及单语独白到杂语喧哗，审美文化的这一变迁从根本上披露了启蒙精神衰萎的必然性"。④其实，比王一川更早，1993年的人文精神大讨论、1998年的"断裂"事件，这种情况已初露端倪。尤其是人文精神大讨论，标志着刚刚从社会边缘重返中心的精英知识分子，在进入市场经济启动的世俗社会以后，原来所赖以自我确认的启蒙原则和人文精神产生了前所未有的颠覆和动摇，他们似乎已失去了"照亮"和"拯救"他人的思想精神底气。正如许纪霖所追问的，"有意思的是，80年代的知识分子是从强调精英意识开始觉悟的，而到了90年代，又恰恰是从追问

---

① 曹文轩：《中国八十年代文学现象研究》，北京大学出版社1988年版，第238页。
② [德]马克斯·霍克海默、西奥多·阿多诺：《启蒙辩证法》，渠敬东等译，上海人民出版社2001年版，第5页。
③ 参见孟繁华《当下中国文学的一个新方向——从石一枫的小说创作看当下文学的新变》，《文学评论》2017年第4期。
④ 王一川：《从启蒙到沟通——90年代审美文化与人文精神转化论纲》，《文艺争鸣》1994年第5期。

知识分子精英意识的虚妄性重新定位"。① 问题的复杂还不止于此，这里需要特别提及的是，国内政治经济深刻变化引发了知识界的思想分歧，20世纪80年代启蒙话语中的民主、科学、自由也并没有如约而至，带来人们期待的结果，而是如同霍克海默和阿多诺等西马学者所说，它在发挥知识力量的同时，衍生了某种不可忽视的极权主义。如此这般，这就使精英文学自身内部出现了前所未有的分化和裂变。这些分化和裂变，与弥漫整个知识界的所谓的新左派与自由主义的争论，包括革命与改良、政治与学术、国家利益与底层苦难、群体原则与个性至上、宏大叙事与日常叙事等论争纠缠在一起，使原本矛盾复杂、充满悖论性质的启蒙话语更加复杂。由之，它也使精英文学固有的小众化、贵族化、形式主义等局限也暴露得更为突出。

鉴于上述情况，在接下来的20世纪90年代以迄于今的精英文学的谱系梳理，笔者拟用"现代性的启蒙"来代替"启蒙的现代性"。这里所谓的"现代性的启蒙"，正如前文所说，主要是指用现代性去进行启蒙，将原有的启蒙与现代性的"主从"关系，倒过来，变成"倒主从"关系。也就是将现代性从原来的从属地位提升到主体地位，反之，将启蒙从主体地位降为从属地位，纳入现代性的阐释体系中，对原有两个关键词及其主次关系做结构性的调整。反映在思想资源及知识谱系的构成上，也就相应有一个中西"倒主从"关系调整的问题。由于现代性话语较之启蒙话语更为恢宏，具有包容性，所以20世纪90年代以后精英文学在历史阐释的主航道上也就自然必然地有一个转型和调整问题。张清华的《中国当代先锋文学思潮论》对早期和后期先锋文学的划分，认为早期是"以人文主义与人道主义为基本内涵"和"混合"的前现代与现代主义，而后期是"以个体本位价值与现代性认知为基本内涵的存在主义"和"混合"的现代主义与后现代主义方式而表现的有关概括，② 是否就包含着这层意思？只是由于出版时间较早（初版于1997年由江苏文艺出版社出版），还没有也不可能将我们后来引进并广泛借鉴的福柯的谱系学、知识考古学，詹姆逊的政治无意识、罗兰·巴特的解构实验等理论纳入当代文学

---

① 许纪霖等：《人文精神寻思录之三——道统学统与政统》，《读书》1994年第5期。
② 张清华：《中国当代先锋文学思潮论》自序（修订本），中国人民大学出版社2014年版。

研究及其历史化视域。在启蒙问题上，因为历史的、现实的、文化的诸多因素，中国知识分子似乎有一种与生俱来的文化基因般的遗传，它并不是说放弃就可以放弃得了，更不是说终结就能终结得了的。作为谱系的一些显著标志，如时空错位、零度情感、叙述圈套等，在20世纪90年代以后逐渐成为一种常态的形式技巧，乃至已成为一种新的文学传统，为人们所广泛认同和接受。这也印证了这样一个道理，阅读欣赏习惯虽很顽强，但也是可以改变的。

那么，"现代性的启蒙"在20世纪90年代以来的当代文学研究及其历史化到底是以什么样的"问题与方式"来表现呢？在这方面，我们有什么可资总结的经验呢？

这当然比较复杂，但从根本上讲，笔者认为主要表现在以下两个方面：一是有的学者执着坚守，不为所动，继续沿着原有的启蒙理路向前推进；二是有的学者则顺时应势，超逸和突破先前的启蒙框范做偏正或幅度较大的调整。前者，在张光芒及其所在的南京大学同人那里似乎表现较为突出，像上文提到的张光芒的几部有关启蒙的论著及其在《河北学刊》等刊物上发表的引起争鸣的几篇文章，像董健、丁帆、王彬彬主编的《中国当代文学史新稿》，及其早于它出版的系列三卷本《新时期小说研究》，都非常明确地将启蒙作为历史化及知识谱系的逻辑支点，并具体落实在宏观框架章目编排、中观思潮现象评判、微观作家作品解读上。另外，夏中义也比较典型，他拒绝现代和后现代资源，以"文献发生学"为主，围绕"三统"（政统、道统、学统）对隐含在王国维、胡适、冯友兰等学术巨子背后的"人格之根"进行了鞭辟入里的剖析，也许未能有效切入当代文学历史化及其知识谱系的主体中心内核，与20世纪90年代以来正在行进中的文学文化思想有点隔膜，而成为当下学界的一道孤傲独特而又游离主潮的学术景观，但你不得不承认其中浸渍着浓重的人文情怀，是值得尊重的。后者，可以举例的就更多了，一定意义上，它也可以说是"现代性的启蒙"的一种普遍存在和主要表现。具体又可分两种情况。一种是在原有启蒙的连续线上向自由主义推进，如对孙犁等左翼作家的研究，格外关注他们身上的性、小资、都市因素，扩大作品传统文化底蕴与革命文学之间的裂缝，强化当年投身革命的偶然性、临时性的色彩。这些，程光炜在《孙犁"复活"所牵涉的文学史问题》一文中，联系有关孙犁的研究做了很好的分析。① 还有一种与之相反,将启蒙这根轴线往左或偏左方面拉,李陀在这方面具有相当代表性。他关于现代主义小说问题的讨论,关于电影语言现代化的倡导,使之成为20世纪80年代文坛现代派思潮的始作俑者之一。20世纪90年代,基于文学的"中国性"与"现实性"考虑,在《丁玲不简单》文章及与吴亮争论的"九个帖子"中,② 转而对先前搁置的革命话语,将其当作中国式的现代性话语做出重新评价。于是,也就出现了既断裂又延续的"两个李陀"。"后一个李陀"即20世纪90年代以后的李陀,一如贺桂梅所说,或许更接近彼得·比格尔的"先锋派"概念:"依照彼得·比格尔的批评,与现代主义的去政治化的精英主义倾向相反,那个时候的先锋派艺术家,由于追求让艺术接近和介入现实生活,试图让艺术成为变革现实的某种动力,无论其理论,还是其作品,都把矛盾直指体制和秩序,所以,它和去政治化的艺术倾向正好是针锋相对的,是真正先锋的。"③

还要值得一提的是王晓明,他是否也有"两个王晓明"的问题呢? 不敢妄论。但据笔者十分粗糙的观感,他在20世纪90年代中期以后,态度与立场发生变化,恐怕是一个毋庸置疑的事实。关于王晓明,我们在第二章曾有述及。这里需要补充:作为"重写文学史"的最重要倡导者、参与者,他在20世纪80年代的观念原本是比较激进的,据说当时"重写文学史"的本意,是想推翻传统那样的写法,而不是后来公开发表所说的"审美"与"个人理解"这两点,可见其精英的"个人化"立场。20世纪90年代初,他在提倡人文精神时,也是如此。④ 然而很快,他发现"常觉得自己无话可说,因为我找不到一个能令我真心服膺的批判立场",而且在文学乃至社会学、思想史研究领域,类似的立场缺乏、精神失语现象,"也相

---

① 程光炜:《孙犁"复活"所牵涉的文学史问题——在吉林大学文学院的讲演》,《文艺争鸣》2008年第7期。

② "九个帖子"是指2005年,李陀在网上与吴亮进行文学论争的九篇文章。它由李陀的《漫说"纯文学"》一文引发,从对新世纪当代文学现状的讨论延伸到对文学本质的探究。收在李陀《雪崩何处》,中信出版社2015年版。

③ 参见贺桂梅《"两个李陀":当代文学的自我批判与超越》,《民族文学研究》2018年第6期。

④ 参见《历史视野中的"重写文学史"——王晓明答杨庆祥问》,杨庆祥《"重写"的限度——"重写文学史"的想象和实践》,北京大学出版社2011年版,第197—201页。

当普遍"。① 于是，在现实焦虑的驱动下，他跳出了原有的纯文学的思路，转而去发掘和激活"革命中国"的思想资源，从事网络、广告、影像等文化研究，重新重视人的社会性存在。正如他自己解释的，"这个'中国革命'，无论是作为精神资源，还是作为在现实中并非全然无迹可寻的社会遗产，都是今天中国知识产权最可珍贵的一种传统。……对我们来说，从马克思到'伯明翰学派'的各种西方理论和实践，当然是重要的思想资源，但比较起来，'中国革命'的传统，是更为切实、内在，也更为坚固的精神支柱"。② 应该说，像李陀、王晓明这样的情况，在旷新年、汪晖、蔡翔、罗岗等京沪及全国各地，还可列举出一些，甚至钱理群、王富仁等更年长一辈学者，也有程度不同的表现。这也说明作为"启蒙"主体的"现代性"，它在进入20世纪90年代以后在出现了矛盾、对立与分裂，甚至现代性本身也充满歧义，遭到质疑——可不是吗？汪晖就是以"反现代的现代性"为革命文学正名的。于是，围绕着现代性及其背后诸多复杂因素，双方发生了不亚于新时期初文坛的激烈论争，一种被称为新左派与新自由主义者的激烈论争。

笔者在此无意评价新左派与新自由主义者之间的争论，只想结合题旨需要，强调指出：在"现代性的启蒙"阶段的复杂语境下，任何"新左"与"新右"的理论或谱系都解释不了。"其实，将新自由主义和新左派放在一起等量齐观，就可以看出当代中国思想的'诡辩'状态，新自由主义将一切问题归咎于权力，而新左派则将一切问题归咎于资本，二者各执一端而丧失了对话的可能。"③ 严格地讲，学界所谓的"左右之争"，主要是发生在曾对之有切身感受和体会的年长或年纪较大些的学者身上，他们关心社会政治与民主民生，有较强的人文情怀与文化使命。而对生于改革开放，在浓重的西化环境中成长的"70后"及以下的年轻或更年轻的学者来说，情况就不尽其然了。青年学者黄平在"80后学者三人谈"一文中

---

① 王晓明：《太阳消失之后——谈当前中国文化人的认同困境》，《当代作家评论》1995年第5期。

② 转引自王晓明、熊海洋《在"利"字当先的时代里——答熊海洋问》，《热风学术》（网刊）2017年12月刊（总第7期）。

③ 王东东：《雪崩何处：〈无名指〉中的知识分子问题》，《扬子江评论》2019年第3期。

就提到：21世纪以来，因为贫富差距不断拉大，民生问题凸显，所以质疑"新自由主义"及其所谓"普世价值"的知识框架渐渐受到支持，"左右之争"对年青一代影响很大。我们与父辈一样，也难逃政治意识的宰制，只不过受阅历所致，感受和体会有异，且当年的政治共识发展到当下已然破碎，为利益所驱动，这类争论往往被化约为表演性、自娱性、发泄性的义愤。因此，"如何辩证地超越'左'与'右'，整合出对于当代中国真切的理论描述，是当代知识界的重大问题"。[1]

如今在讲左右之争时，囿于长期以来形成的思维定式，人们往往将情感偏向右的一边，而对左的持否斥态度，将其视作封闭僵化的代名词，或现代性的对立物，这实际上还是"政治是反现代性"的观念在作祟。它忽略了卡林内斯库所说的，现代性应该具有包括政治在内的"多副面孔"。说实在的，用简单的左与右来概括20世纪90年代以来的当代中国社会思想文化，到底有多大的准确性，笔者以为是可以讨论的。这里的关捩，正如伊格尔顿说："左派与右派拥有同样的立场，两者的分歧不在于是否历史地解读文本，而是如何解读历史本身。"[2] 从历史化研究角度审察，关键在于如何解读已有的社会主义经验，这才是最重要的。而这，涉及社会主义理论与实践的关系，涉及辩证法的运用与把握。从世界范围来看，20世纪60年代西方左翼社会运动退潮之后，他们那里的知识分子退居学院也面临类似的问题。阿尔都塞在谈及理论的实践性时指出："真正的理论实践（产生认识的理论实践）完全可以履行自己的理论职责，而不一定需要把自己的实践及其过程加工成为理论。"[3] 当代中国的社会主义实践当然不同于八十年前西方后革命时期的左翼社会运动，且其构成在理论资源上也有很大差异，所以没有必要采用阿尔都塞所说的这种形上抽象的方式来言说。但是阿氏提出的以实践为出发点和旨归的理论态度，对于如何看待当下的左右之争及其诸多的主义、观念之争，是有警示意

---

[1] 金理、杨庆祥、黄平：《以文学为志业——80后学者三人谈（之一）》，《南方文坛》2012年第1期。

[2] [美] 特里·伊格尔顿：《我们必须永远历史化吗？》，许娇娜译，《外国文学研究》2008年第6期。

[3] [法] 路易·阿尔都塞：《保卫马克思》，顾良译，商务印书馆2006年版，第165页。

的。这就是"学术层面的观察和立论应该秉持中立的立场,特别要警惕先验之见左右,某种站队可能在揭示观点上起到明确价值观倾向的作用,但世界不可能被一种观点所遮蔽或挟持吧"。①

返回到文学语境中,从比较专业的角度考量,"现代性的启蒙"的最大意义和价值,在于它与以前的"启蒙的现代性"相比,具有更加多元开放话语体系、知识谱系及叙述空间,因而也更具有整合力。或许与现代性的概念内涵有关,在新的体系下,原先不能进入视域或受到贬抑的旧体诗词、大众通俗、网络文学不仅被进一步合法化,而且由边缘走向中心,成为当代文学研究重要的亮点。与此同时,以现代主义为底基的先锋文学批评研究,在经过了二三十年西式的人性、人道主义的激情呐喊之后,也对其所有存在的人性窄化、矮化、俗化、欲望化、琐碎化,即只讲人性阴暗面与下限,而不讲明面与标高,并将这一切当作"人"及"人学"的所有全部的这一艺术偏至,有了不同以往的反思和调整,还落实在作家作品的批评研究上。包括对莫言《红高粱》的评价,并不因作家获得了诺贝尔文学奖就顶礼膜拜,相反,指出他在充分重视余占鳌抗战的正义和追求情欲本能同时,"同样不能忽略余占鳌们的非理性行为和疯狂杀戮及其人性之恶,如果是以'情爱'的名义则更为可怕。时至今日,对后者的清醒认识和反思,理应引起更自觉的重视。如果总是以前者而掩盖后者,则宁愿不要前者也要摒弃后者,这才是历史的进步和人性的发展"。②

精英文学由于执着于思想艺术的探索,往往代表一个国家或民族、一个时代文学的最高成就,但也有自身的局限。当这种局限不加约束而走向极端,它不仅给自身,而且对整个文学生态系统产生影响。葛兆光在《中国思想史》导论中提出一个很精彩观点,就是思想与学术有时是少数精英知识分子操练的场所,它常常是"突出"于历史背景之上,是思想史上的"非连续性"环节。"仅仅由思想精英和经典文本构成的思想似乎未必一定有一个非常清晰的延续的必然脉络,倒是那种实际存在于普遍生

---

① 吴俊、李音:《文学·批评·制度——就"当代文学批评史"研究访谈吴俊教授》,《当代文坛》2018年第5期。

② 丛新强:《论〈红高粱家族〉的"抗战""情爱"与"历史观"》,《山东师范大学学报》(人文社会科学版)2019年第1期。

活中的知识与思想却在缓慢地接续和演进着，让人看清它的理路。……因为精英和经典的思想未必真的在生活世界中起着最重要的作用，尤其是支持着对实际事物与现象的理解、解释与处理的知识与思想，常常并不是这个时代最精英的人写的最经典的著作。"① 这虽是针对思想史研究的，但对当代文学研究及其历史化来说也同样适合。如果将人性之丑狭隘为个人化写作的全部，简单当作与实存的思想与学术不及物的操练场，而研究及其历史化却对之熟视无睹或沉默无语，那是有损人文知识分子职责的。当然，它也不会合乎"现代性的启蒙"要求的。

新时代语境中如何看待启蒙，解读启蒙与当下文学的关系，这涉及研究范式，更涉及研究范式背后的思想观念问题。张均近期在比较分析了几部当代文学史后指出：尽管启蒙文学史观及其所依托的更为广泛的思想潮流一直在遭受质疑，但"从目前看，以一种后现代或别的什么史观取代启蒙史观是不现实的。……启蒙史观仍然是目前在现当代、古代、外国文学史撰写中认可度最高、可操作性最强的一种文学史观，当前当代文学史编写的主要问题不是颠覆启蒙史观，而是予以调校、缓解、补正它内在的排斥性，寻求其理论的开放与兼容"。② 这与笔者上述有关"启蒙的现代性"与"现代性的启蒙"的概括虽不尽相同，但也有某种暗合之处。在启蒙现实性问题上，笔者不认同启蒙终结说，而是主张将其纳入百年中国文学潮流和脉络中做历史的、动态的考察。因为无论就当代文学历史还是从更为广大的整个社会文化现状来看，启蒙并没有终结，终结的只是它在精英文学中独霸的地位。就"现代性的启蒙"而言，启蒙依然存在，所不同的，只是它以与现代性不同组合的方式出现，且在今天仍具有不可忽视的意义。也就是说，启蒙与现代性有很多种组合，并非千篇一律，它是可以而且应该融会不同的个性，即像司马迁编纂《史记》那样，"究天人之际，通古今之变，成一家之言"。

现在问题的核心和关键，是根据全球化语境下构建中国学术话语体系的需要，及时赋予新的内涵，进行丰富、充实和调整，与当下市场经济条件面临的新情况新问题对接。这也是笔者在论述20世纪90年代以后当代

---

① 葛兆光：《中国思想史》导论，复旦大学出版社2001年版，第11页。
② 张均：《当代文学史应暂缓写史》，《当代文坛》2019年第1期。

文学历史化及知识谱系时，主张用"现代性的启蒙"代替"启蒙的现代性"原因所在。从这个意义上，重要的不在启蒙或现代性，而在寻找怎样一种启蒙与现代性的组合方式。只有这样，才有可能使它们在时代精神的激活下，不断地释放出新的学术能量，成为当代文学研究及其历史化有效的思想资源。

第三节　大众文学呈现方式与知识谱系

作为当代文学文化的重要组成部分，大众文学批评和研究一直存在，如果往前追溯，会发现其实它在清末就已萌发，并从那时开始一直以种种不同方式存在并演化着。但真正被知识界、学术界关注，形成带有思潮性质的学术活动，那还是20世纪90年代以来的事。此前，由于各种原因，当代大众文学研究及其历史化，就其整体而言是相当薄弱的，成就和地位都不高，甚至拿不出一本像样的有关这方面的理论研究著作来。所谓的历史化，主要是政治意识形态的历史化，这就是继续沿用新文学曾经用过的批判姿态给予排斥和指认，被笼罩在新文学巨大身影下失去了主体的独立性，其知识谱系蜕变成了一个相当负面的清单。新文学在初创时期为抢夺话语权，对大众文学"痛加贬斥"，尚可理解。但这合历史却不合逻辑。理性的态度应该是，在取得了话语权以后需要及时对之进行调整。当代文学的问题在于，囿于对文学功能的狭隘理解，在取得了绝对话语权以后不但没有随时应势地进行调整，反而进一步将其当作封建落后的文学，加大了对之的整肃打压的力度。尽管在中华人民共和国初、中期，中国作协召开过二次有关大众文学的座谈会、讨论会，赵树理以及茅盾、胡愈之、叶圣陶等具有一定话语权的文坛名流给予调节。但限于当时的形势也无助于改变整体大局，从而使大众文学在小有起伏的情况下，最终在20世纪60年代走向式微。大众通俗文学"使一个人的感情低级，无聊，空洞，庸俗"，"这一类小说的作者是没有出路的。现在北京这样的'文人'不少，他们如果不好好从思想上改造，他们如果还以为可以麻醉些读者，可以混饭吃，那简直是幻想。因为小市民也在进步，在新的国家里，凡是起腐蚀作用的东西，是不能生存下去的"。① 1949 年丁玲在青年文艺座谈会上所说的上述这番话，可以视为那个时代对大众文学"政治历史化"所作的带有权威性的结论。当然，它也物极必反，为后来新时期大众文学修复和转换作了有力的铺垫。

体现这种修复和转换的标志性事件有二：一是 1994 年 10 月，严家炎在金庸受聘北京大学教授典礼上高度赞扬金庸武侠小说，将其艺术实践称作"一场静悄悄进行着的文学革命"。② 二是同样也是在 1994 年，王一川等在其主编的"二十世纪中国文学大师文库"中，把金庸列为"文学大师"。这标志着当代文学在初步解决了自己的主体独立身份之后，开始将思维触角转向五四至今尚未解决的"老大难"问题：文学不仅要突破简单从属于政治的做法，而且还要摆脱雅文学独霸文坛的格局，从而正式拉开了大众文学独立及其历史化、经典化的序幕。"重排文学大师"因牵涉到茅盾，将其做出"拉下马"的降格处理，一贬一褒，所以一时引起轩然大波，它对当时学界产生的震撼可以想见。不过，王一川毕竟是年龄四十不到的年轻老师，"极端""出格"一点，人们也许可以理解。而严家炎作为饮誉学界的前辈，又是北京大学的名教授，情况就不一样了。所以，引起的争议就更大，也招来更为激烈的批评。有意思的是，严家炎的观念，得到了较他年轻或更年轻的钱理群、陈平原、孔庆东等北京大学老师也是同事的支持，在此前后，他们都出版或发表了意见相似或完全一致的著述，对金庸武侠小说给予很高评价。③ 在中国文学里，雅俗之分从来就不是简单的文类与体裁区别，同时还涵盖艺术趣味和品位。正如钱理群指出的，"金庸之争"实际上就是"雅俗之争"，它的背后隐含了北京大

---

① 丁玲：《在前进的道路上》，《丁玲文集》第 6 卷，湖南人民出版社 1984 年版。

② 严家炎在金庸受聘仪式上的发言，《一场静悄悄地进行着的文学革命》，以不同版本刊发于 1994 年年底的《北京大学校刊》和《明报月刊》1994 年 12 月号、《通俗文学评论》1997 年第 1 期，以及严家炎的《世纪的足音》，作家出版社 1996 年版。

③ 钱理群、陈平原、孔庆东等对金庸武侠小说的"很高的评价"，参见冰心、钱理群等主编《彩色插图中国文学史》，中国和平出版社 1995 年版；钱理群《金庸的挑战》，《返观与重构——文学史的研究与写作》，上海教育出版社 2000 年版；陈平原《千古文人侠客梦——武侠小说类型研究》，人民文学出版社 1992 年版；范伯群、孔庆东主编《通俗文学十五讲》，北京大学出版社 2003 年版。

学的传统,让我们从中看到陈旧的文学史观还在文坛和学界产生着很大影响。他认为,五四新文学解决的一个重要命题是,不再将雅俗对峙起来,而将雅俗之间的互相制约、互相影响视为文学发展的内在动力。现在一些人仍旧盲目地鄙视通俗文学,实际上是文学观念的倒退。他特别强调,"率先发起民间文学的意义,肯定其文学史价值,本来就是北大的学术传统之一,也许这可以解释为什么今天北大会成为金庸研究的'重镇'",[1] 正因此,面对各种质疑和压力,严家炎及其北京大学团队不为所动,继续执着地发声。严家炎还以北京大学中文系前系主任的身份,公开为本科生开设《金庸小说研究》选修课,[2] 并将对金庸及大众文学的热情推许及其雅俗互动合一的观念,具体落实在他主编的《二十世纪中国文学史》中,为当代大众文学研究历史化做出了非常有益的探索。

也就从这时候开始,当代文学领域雅文学"独霸"或"独尊"的思维理念开始出现了松动和调整,被五四强行断裂和压抑的大众文学娱人和自娱知识谱系及其属性特点开始凸显出来。它与法兰克福学派和伯明翰的大众文化理论、柏格森的生命意志,马歇尔·麦克罗汉的媒介理论、约翰·费斯克的粉丝理论、布尔迪厄的场域理论、本雅明的机械复制理论,连同20世纪30年代用来指认海派、鸳鸯蝴蝶派的理论夹杂在一起,开始进入了学人的视域,成为他们尤其是研究生们艺术评判及其历史化的重要概念。如今人们对之所作的有关"言情小说的缠绵悱恻,武侠小说的悬念与峰回路转,侦探、推理小说的布疑阵、拴扣子、抖包袱"[3] 的概括,有关"语言表达的重复性、惯用语,形象塑造的人物单纯、好坏分明,结构上的'悬念—反引—突变'结构模式,思想内容的惩恶扬善、除妖灭害、崇尚武勇、彰表气节"[4] 的概括,就是对这种谱系特点的形象具体的阐释。当然,如果不避简单粗暴,学院派们将金庸置于大众文学极尽推许的表述,这之中的确也隐含着某种精英化的痕迹。在当下多元文化的多

---

[1] 转引自邵燕君《中国文化界的金庸热》,《华声月报》1995年第6期。

[2] 严家炎的《金庸小说研究》选修课,讲稿内容后来结集成书,即《金庸小说论稿》,北京大学出版社1999年版。

[3] 张均:《中国当代文学制度研究(1949—1976)》,北京大学出版社2011年版,第308页。

[4] 项立刚:《通俗文学作品读者的心理动因探析》,《齐齐哈尔师范学院学报》(哲学社会科学版)1994年第1期。

重立场中，对大众文学潜藏的偏见，短时期内是很难纠治的，它需要一个过程，甚至是相当长的一个过程。

有意思的是，90年代兴起的这股大众化思潮，与雅文学或精英文学不同，它不是沿着院校向社会、老师向学生的路径演进，相反，而是沿着社会向院校、学生向老师这样的方式发展，在传播接收上呈现"逆向"态势。钱理群曾说道："说起来我对金庸的'阅读'是相当被动的，可以说是学生影响的结果。那时我正在给1981届北京大学中文系的学生讲'中国现代文学史'。有一天一个和我经常来往的学生跑来问我：'老师，有一个作家叫金庸，你知道吗？'我确实是第一次听说这个名字。于是这位学生半开玩笑、半挑战性地对我说：'你不读金庸的作品，你就不能说完全了解了现代文学。'他并且告诉我，几乎全班同学（特别是男同学）都迷上了金庸，轮流到海淀一个书摊用高价租金庸小说看，并且一致公认，金庸的作品比我在课堂上介绍的许多现代作品要有意思得多。这是第一次有人（而且还是我的学生）向我提出金庸这样一个像我这样的专业研究者都不知道的作家的文学史地位问题，我确实大吃了一惊……"[①] 严家炎也表示，他不止一次遇到类似的情况，自己之阅读、思考乃至研究金庸小说，可以说都是由于青年朋友的推动和督促。[②] 这也从一个侧面说明，大众文学与时尚、流行与青春等亚文化具有同构关系。

也许是这种流行性与时尚性，也许是知识精英立场与趣味驱使，在对待大众文学问题上，现有的当代文学研究及文学史编写往往借助于淘汰和压抑机制，将其当作"次级"文学进行贬抑，甚至排斥于历史化之外。即使是给予历史化，也仅仅是陪衬和点缀，没有什么地位。这种情况，在"后四十年"出版的诸多当代文学史中比较普遍。包括影响较大的洪子诚的《中国当代文学史》、陈思和主编的《中国当代文学史教程》。如洪子诚就曾明确表示，他对金庸小说"不感兴趣"，读了几十页也不能进入情况，实在"读不下去"。[③] 自然也有例外的，如孟繁华、程光炜的《中国

[①] 转引自严家炎《金庸小说论稿》序言，北京大学出版社1999年版。
[②] 严家炎：《金庸小说论稿》序言，北京大学出版社1999年版。
[③] 洪子诚：《问题与方法——中国当代文学史研究讲稿》，生活·读书·新知三联书店2002年版，第241—242页。

当代文学发展史》,对之就给予较多的关注,并对20世纪90年代大众文学丰富复杂存在及其知识谱系,如"旧文人""书商型作家""体制外作者""日常""欲望""性叙事""普通生死""读者的阅读轨道"及"国家与书商的双轨道运作体制"等做了概括。还指出它在市场经济的驱动下,从边缘到中心,进而对精英文学"泛大众化"倾向及其知识分子分流分化产生不可小视的重要作用。只是由于种种原因,面对雅俗这一新变现象,学界"一直停留在被描述的水平,始终没有进入研究领域"。① 当然,对于大众文学来说,变化最大并引起广泛热议的,还是近二十年以来,它在进入网络化阶段后所遭遇到新情况、新问题。科技和资本借助于互联网的媒介,在给大众文学带来前所未有际遇的同时,也为它平添了不少为纸质文学批评研究所没有的麻烦。更为主要的,因为没有多少思想资源的跟进,原有的方法、范式无法面对及解释,在相当程度上失效。某种意义上,这也可以说是继五四白话文学运动以来的又一场深刻的文学革命,所不同的是,它越出了传统纸质文学范畴,而是借助于现代电子科技新媒体,在另外一个战场拉开了序幕。所以,尽管有来自文联、作协及政府宣传文化部门的推动,也有研究者侧身介入,并取得不少阶段性成果,但就其整体研究而言,与表面的热闹相反,则处于明显屡弱状态。

在对大众文学发展脉络作了不无粗糙的描述之后,接下来,我们不妨再回过头来对其概念内涵作一大致的界定,以为本体构成的分析作铺垫。何为大众文学?大众文学这个词历来众说纷纭,最近一二十年来,海外唐小兵等"新解读"的涉足,将延安以来的"工农兵文学"纳入其中,提出了通俗文学、大(群)众文学、民间文学三个概念,它在将问题充分打开的同时,正如李陀所说,也对真正的"大众文学"造成误解,将"它们各自根本的意识形态性"忽略了,说明的问题反而不多。② 因此,为有助于问题探讨,避免不必要歧义,笔者更倾向于认同并采用邵燕君的概念,这就是赋予"大众文化"(Popular Culture,有人译为"通俗文

---

① 孟繁华、程光炜:《中国当代文学发展史》(修订版),北京大学出版社2011年版,第339页。

② 唐小兵编:《再解读:大众文艺与意识形态》(增订版),北京大学出版社2007年版,第258页。

化") 如下两方面的含义：一是指工业社会中的"大众文化"（Mass Culture），一是指前工业社会中的民间文化（Folk Culture）。Popular 一词本身有"民间""民众""草根"的含义。但是，随着工业社会的发展，大众文化向现代方向转型，其间来自民众自身的因素越来越少，而日益成为与大工业标准化生产方式紧密结合的、以获取利益为唯一动机的消费性商品文化。① 大众文学十分庞杂，其本体构成包含了传统与现代两大部分，撇开复杂性与差异性不谈，从学术实践角度讲，它的历史化主要包括这样几种呈现方式。

第一种，是对社会、言情、武侠、侦探、科幻、历史等传统文类的探讨，从雅俗互动、时代变化、读者需求等方面对其作历史化的评价，肯定其好奇心、冒险欲、英雄梦、正义企盼、浪漫想象之在现代的意义与价值。这也是当代中国大众文学的主体，是迄今为止学界关注度最高，研究成果最多的一种研究，一定程度上反映和代表了大众文学研究及其历史化的最高成就。其中，最突出的，当推苏州大学团队。他们在范伯群先生带领下，经过近几十年的持续不懈的努力，在史、论、评、编、选诸方面齐头并进，推出了《中国近现代通俗文学史》（范伯群主编）、《中国近现代通俗作家评传丛书》（范伯群主编）、《中国现代通俗文学史（插图本）》（范伯群著）、《中国当代通俗小说史论》（汤哲声主编）等一批标志性成果，及具有广泛影响的大众文学与纯文学是现当代文学的"两个翅膀"等观点主张，② 而成为学界公认的当代大众文学研究的"重镇"。这种将大众文学提到了与雅文学（或曰纯文学）并重的"本体论"的高度，尽管有不同意见，但它对打破长期以来形成的封闭僵硬的纯文学一体化，构建雅俗互动、多元开放的当代文学整体结构，无疑具有重要的意义。因此，有必要给予高度重视。诚如现代文学研究会在对《中国近现代通俗文学史》获第二届王瑶学术奖优秀著作一等奖获奖评语所说："这部极大填补了学术空白的著作，实际已构成对所谓'残缺不全的文学史'的挑战，无论学界的意见是否一致，都势必引发人们对中国现代文学史的整体

---

① 邵燕君：《倾斜的文学场——当代文学生产机制的市场化转型》，江苏人民出版社 2003 年版，第 187 页。
② 范伯群主编：《中国近现代通俗文学史》绪论，江苏教育出版社 2003 年版。

性和结构性的重新思考。"①

　　当然，在上述几种大众文学类型研究中，又以武侠小说为最，它可以说是大众通俗文学研究的主力兵团。这可能与它背后蕴含的深沉厚实的中国传统文化元素有关。所以，占了全部大众文学研究的三分之二以上的数量。尤其是金庸，自20世纪90年代进入大陆以来（这自然与"重排文学大师"及北京大学严家炎等的热情推举有关），更是形成了引人注目的"金庸现象"。据笔者不完全统计，如今已出版3个会议的论文集（分别为北京、嘉兴、美国科罗拉多），8期的《金庸研究》专辑（海宁市金庸学术研究会），还有冷夏、费勇与钟晓毅、孔庆东等所著的多种传记，严晓星的《金庸年谱简编》，以及数十种之多的研究论著，不少于数百篇的以此为选题的本科生和研究生的学位论文，已具备了相当规模的一部"金庸研究史"。从研究的对象和范围来看，也相当丰富驳杂。在这里，既有冯其庸、严家炎、章培恒、钱理群、刘再复等前辈学者，陈平原、汤哲声、陈墨、孔庆东、韩云波等中青年论坛新秀的高度认肯，也有何满子、袁良骏、易中天、王彬彬、王朔等从真实性和社会效果角度，对之提出的严厉批评。自然，更多的是介于这两者之间，从雅俗分流而又共通的原则出发，联系文本实际，对之作贬褒兼杂、以褒为主的评价。还有如吴秀明、陈择纲、陈洁等，跳出即时批评的模式，将其放在百年文学长时段，特别是与金庸之后创作关联即"后金庸"时代进行考察，探讨他对中国武侠小说做出的贡献及其与梁羽生、古龙、黄易、温瑞安以及后来中国大陆的凤歌、苍月、步非烟、方白羽、萧鼎、猫腻、江南、徐皓峰等年青一代网络类武侠小说的承续关系，及其在性别观念、人文信仰、文类篇幅等方面给后来留下的问题。②有的则从伦理角度指出，金庸由报家族门派之仇的《笑傲江湖》，到"无父"当然也无"杀父之仇"可报的收山之作《鹿鼎记》，"来达到解构武

---

① 范伯群：《填平雅俗鸿沟——范伯群学术论著自选集》勒口，江苏教育出版社2013年版。
② 吴秀明、陈择纲：《文学现代性进程与金庸小说的精神构建——兼谈武侠小说的"后金庸"问题》，《杭州大学学报》（哲学社会科学版）1997年第4期；吴秀明、陈洁：《论"后金庸"时代的武侠小说》，《文学评论》2003年第6期；吴秀明：《人学视域下的金庸武侠小说及其当下意义》，《文学评论》2020年第2期。

侠世界的目的",但在某种意义上,也"恰恰从反面证明了'为父复仇'以及'为亲人复仇'对于武侠小说的重要性"。①

值得注意的是,近十几年来,武侠小说在大众文学中独占鳌头的情形似乎逐渐在弱化,相反,原来处于比较沉寂状态的科幻文学却由冷转热,呈现出前所未有的活跃状态,以致成为一个新的学术生长点。这是偶然的,还是带有某种深刻的必然性?与其背后隐含的现代科技哲学和生态哲学是否有关呢?如果是,那么,它也由此及彼,倒逼和促使我们对已成定型、固化了的武侠小说创作和研究范式,有必要进行反思和调整。台湾大学陈大为教授认为,21世纪初是传统武侠小说危机四伏的年代,从平江不肖生到金庸等先驱的压力,到网游时代的崛起和网络消费文化环境的成形,"都止不住这个暗潮汹涌的跌势"。② 今之网上大部分作者,也都避开了这种相当成熟的武侠小说类型,对之采取敬而远之的态度,某些小说网站甚至专门提示新手"不要随便碰武侠小说"。从这个意义上,我们有必要对"后金庸"时代的武侠小说,或"大陆新武侠"(韩云波),包括现在颇多歧义的奇幻、玄幻、仙侠、盗墓等小说,以及刊于《人民文学》2014年第4期上的徐立峰等雅化而又硬派写实特点的新武侠小说,多一分宽容和耐心。

大众文学历史化的第二种方式,是对存在于"前三十年"文学(尤其是红色经典)中大众元素的分析和评价。它涉及其具体修辞层面与深层意识形态功能之间的关联,需要我们深入文本又跳出文本,作文里与文外的"互证"或由此及彼的推演。在这方面,唐小兵主编的《再解读:大众文艺与意识形态》及李杨的《抗争宿命之路——"社会主义现实主义"(1942—1976)》、黄子平的《"灰阑"中的叙述》做了较好也是较早的探索,其所收的戴锦华、李杨、唐小兵、刘禾、黄子平、孟悦、贺桂梅等有关《青春之歌》《红旗谱》《千万不要忘记》的"再解读",让我们看到了从观念到方法,已出现了不同于"80年代"文学的重要特征:"一、重新解读左翼文学经典的热情;二、将包括结构主义、后结构主义、女性主义、文化研究、后殖民主义等多种批评方法结合于经典重读的方法导向;三、从

---

① 李杨:《50—70年代中国文学经典再解读》,山东教育出版社2003年版,第6—7页。
② 陈大为:《徐皓峰论:"武行"或逝去的民初武术世界》,《东吴学术》2017年第3期。

阐释经典转变为揭示'它们的生产机制和意义架构'"的建构论转向。[①] 所以，这种"再解读"尽管失之生硬和简单化，甚至有概念混乱之弊，但对如何重新解读曾经被我们固化了的大众文学（当然不仅仅限于大众文学）的"文本密码"，打开被现代新批评遮蔽的空间，反思启蒙文学与革命文学"断裂说"带来了新的启示，因而在最近一些年的"重评之重评"学术实践中产生了较大的影响。当然，这是就显性的文学思潮而言，其实，早在五六十年代，已有批评家就敏锐地看到了这些革命历史叙事中的大众元素，对主流政治话语构成了威胁，于是就采取了评论抵制和体制抵制两种抵制方式，即，虽承认革命通俗传奇的合法性，但在文类价值与体制权力上却在暗中给予拒绝，"因此，革命通俗传奇创作无法以相对独立的话语类型、资源配置凝聚成一种独特的本土写作类别"，尽管这些作品拥有最大数量的读者。[②] 凡此这些，在侯金镜、王燎荧、何其芳等来自延安的左翼评论家所写的批评文章中表现得尤为明显。八九十年代出版的文学史与之不同，对通俗传奇保持理性客观的态度，侧重从形态和叙述方式进行观照把握，指出这些左翼评论家的批评，尤其是对所谓的"重传奇而轻思想"的"弱点"的批评，它"反映了作者和批评家在写作和批评上，对这类小说存在的合理性问题上的矛盾"。[③] 有的从民间文化角度切入，甚至还发现了即使像样板戏《沙家浜》中也存在着"一男三女"的角色模型，《红灯记》和《智取威虎山》则暗含了"道魔斗法"的隐形结构，[④] 让人耳目一新。当然，也有的从历史叙事根本指向出发，深刻犀利地指出包括革命通俗文学在内的革命历史小说，是"在既定意识形态的规限内讲述既定的历史题材，以达成既定的意识形态目的"。[⑤] 这虽有"忽略现代化背景"之嫌（张均语），但对准确认识和把握革命通俗文学题材内涵，无疑是有启迪的。从中，我们也可看到，它与"重评文学

[①] 黄子平：《"灰阑"中的叙述》前言，上海文艺出版社2001年版。该书先以《革命·历史·小说》书名，1993年由（香港）牛津大学出版社出版。

[②] 张均：《中国当代文学制度研究（1949—1976）》，北京大学出版社2011年版，第158—159页。

[③] 洪子诚：《中国当代文学史》，北京大学出版社1999年版，第168页。

[④] 陈思和主编：《中国当代文学史教程》，复旦大学出版社1999年版，第130页。

[⑤] 黄子平：《"灰阑"中的叙述》前言，上海文艺出版社2001年版。

史""重写文学史"乃至七八十年代的"拨乱反正"之间,具有的难以切割的逻辑关联,这也预示着革命通俗文学研究及其历史化出现了某种质向的调整。

进入21世纪后,由于受整体环境与世风的影响,当代学界对革命通俗文学评判普遍由"文学史"转向"研究",而在原有基础上进一步走向深化和学理化。一方面,从后革命视角对文本中的革命暴力重新进行诠释,如李杨、蔡翔对《林海雪原》中杨子荣刀劈蝴蝶迷的暴力叙事的分析,指出这种"少儿不宜"的"自然主义"场面,虽然被作家用来展现让人难以忘怀的"身体伦理",但诸如此类残忍,"却大都是从古代小说中学来的知识",可视为《水浒》中杀潘金莲和潘巧云等"传统小说情境的再现",[1]并将其放在中国传统的历史叙事中,对"匪"及其"匪"与"侠"相互叠合关系的知识谱系作了梳理。[2]另一方面,致力从文学性角度探讨和挖掘文本中潜存的艺术或审美潜质,给予历史的评价。董之林的《追忆燃情岁月——五十年代小说艺术类型论》《旧梦新知——"十七年"小说论稿》及余岱宗的《被规训的激情——论1950、1960年代的红色小说》、阎浩岗的《"红色经典"的文学价值》于此所作的探索,为我们如何立足文本,在"重写""重评"终结点上重新对之进行研究,提供了方法论的参酌。尤其是董之林的著述,因为刊发时间较早,以文本细读见长,所以在"启蒙压倒革命"说占主导的世纪之初,更有影响,也更为不易。特别值得一提的是,"十七年"革命通俗文学大多是基于经验的写作,像《林海雪原》《铁道游击队》《烈火金钢》等都有历史原型,某种意义上是对"真人真事"的改写。这也就使文学性研究由内向外拓展成为可能和可行,张均也正是据此展开了对这些作品的"本事"研究,为我们提供了从"外证"或"生成"的另一种述史的路径和方式。革命通俗文学还在进行之中,最近一二十年,政治文化的推助,使之逐渐向"主旋律"靠拢,并得到了主流意识形态的认同。当然,受诸多因素的影响,也有可能出现新的俗化甚至庸俗化倾向,对其依托的革命政治意识形

---

[1] 李杨:《50—70年代中国文学经典再解读》,山东教育出版社2003年版,第29页。
[2] 蔡翔:《革命/叙述——中国社会主义文学—文化想象(1949—1966)》,北京大学出版社2010年版,第202—206页。

态"越轨",形成颠覆和解构。这种情况在《江南》2003年第1期上发表的与样板戏同名的中篇小说《沙家浜》(薛荣),引发的严厉批评事件,不难可知。

大众文学历史化的第三种方式,是将其放置到以电子文化为载体的网络体系中,通过有别于纸媒的网络化的文本进行表达。网络文学是一种新形态的文学,涵盖的内容较为丰富,但毫无疑问,互动性、参与性、草根性是其主体核心,这也是为其属性和机制决定的。网络文学至今只有二十多年的历史,根据有学者的研究,从创刊于1991年的《华夏文摘》和ACT开始,到1995年之后,随着中文网络的不断推广,汉语网络文学的主阵地逐渐向台湾和大陆转移,再到世纪之交以《第一次的亲密接触》为代表的台湾网络作品的输入,最终才成为华语网络文坛的中心区域,它经历了这样一个虽不长但也不无曲折的发展过程。批评和研究的时间就更短,虽然在榕树下、天涯社区、起点中文网等网站上颇为风光,举办的各种各类的评奖活动也有不少,但真正作为学理化研究的对象,其实并不多,也尚不理想,也许现在还不那么具备历史化的条件。[①] 另外,网络文学是在现时的"网上",是作者与阅读者、批评者在"双向互动"甚至"多向互动"下进行的。这种状况,在2006年"韩白(韩寒与白烨)论争"时就得到充分的表现,随着论争的结束,网上有关韩白两人对决及"挺韩派"强势发声的有关材料就消失殆尽。这对于网络文学研究及其历史化显然是不利的——也许在有些人看来,这种写作随写随改随丢是很正常的,没有必要将其"过程"太当作一回事。然而,尽管网络文学评价乃至网络文学概念内涵、价值标准、发展前景存在诸多分歧,但有一点是共同的,基本达成了共识,那就是经过了这些年由无到有、由潜到显的发展,它"已经形成了一套独立的'生产—分享—评论'体系,形成多姿多彩的粉丝部落文化"。[②] 就谱系学来讲,网络文学虽远未成熟和成型,但经业内人士的努力,也开始呈现以互联网、青年亚文化所导出的类型性的特点,包括粉丝、二次元、超文本、同人、文本盗猎、IP改编等,涉及底层草根、专业技术人员、

[①] 黄发有:《中国当代文学传媒研究》,人民文学出版社2014年版,第448—454页。
[②] 邵燕君:《网络时代的文学引渡》,《名作欣赏》2015年第6期。

文化产业、文化管理、商业资本等，带有明显的"混生型"的特点。

遗憾的是，如今不少网络文学研究，往往将重心花在了"合法性"的论证上，用超巨量的大众化的数据或点击量来说事，或者从现代文学被压抑的通俗文学系统，如范伯群和陈平原等年长学者有关雅俗文学"双翼说"那里寻找其渊源有目的依据，而有意无意地忽略了对网络文学本体与作为本体的网络文学的探讨。这样的研究当然不无可以，也有它的意义，尤其是在网络文学冒出不久、不为人理解的情况下，更是有必要。但在网络文学经过了一段时间的"野蛮生长"，开始需要考虑历史化及其进一步提升发展的今天，还依然停留在讲合理性、合法性的层次，那就显得不够了。更为重要的，这种研究诚如有研究者所批评的：实际上"忽视了网络文学一个重要的特征，即作为'青年亚文化'在世界文化思潮中的前沿性。这不仅指网络文学的生产和消费以青年为主体，更重要的是其相对文化惯例的前沿性。正是因为网络文学具有青年性和前沿性，在思考网络文学参与当代文学建设时，不能仅仅保持改造和提升网络文学的思路，而应该将网络文学作为未来新文化的发源地和发端点"。[①] 党圣元认为网络文学研究的瓶颈和困境之一，就是研究者受传统观念与西方话语裹挟，习惯性地套用传统文学或直接照搬产生自西方的分析模式、评价标准、话语惯例来看待今日中国的网络文学，造成批评和研究与创作实际的不应有"脱节"。[②] 窃以为，这样的判断是符合实际的。当然，反对直接照搬西方网络文学，并不等于封闭僵硬，事实上，西方网络文学所具有的较强的实验性、探索性、前卫性、先锋性特征，对于走商业化、市场化、产业化、泛娱乐化道路的中国网络文学来说，也有可资借鉴之处。如果过分沉迷于此，或以"中国特色"为由，自我感觉良好，拒绝与之对话，也是有问题的。这一点，现在人们似乎有所醒悟。如邵燕君用"亲我主义"概念来指代和概括"草根伦理""民间伦理"，从价值观方面做了富有新意和深度的探讨；[③] 许苗

[①] 何平：《"新作家"应当追求"年轻而不同"——关于"我们的文学观"的固化及再造"我的文学观"》，《光明日报》2017年7月10日。

[②] 党圣元：《网络文学研究的当下困境与理论突围》，《江西社会科学》2017年第6期。

[③] 邵燕君：《"正能量"是网络文学的"正常态"》，《文艺报》2014年12月29日。

苗通过对网文金手指、穿越、爱情最大的分析，揭示了网络文学"认同规则与抵抗策略"的"游戏逻辑"；① 黄发有则从电子文化语境中语言变异角度，具体爬梳和分析了网络文学"杂体共生"的语体特征及小白文的发展趋势。② 这虽然是初步的，但已触及网络文学本体问题。其他还有欧阳友权、马季、何平、陈定家、单小曦、周志雄、吴长青等，基于现有的文本实践及有关理论资源，也都对网络文学的文体属性、媒介存在、叙事特色、评价标准、IP改编、泛娱乐化倾向等，作了深浅不一的探讨。

按照有学者有关网络文学是"产业化本体"而不是"以艺术价值作为价值本体"③ 的定义，网络文学似乎只与"资本行动"有关。然而，2014年年初发生的"净网行动"却告知人们，网络文学并非与政治无关的法外之天。特别是"新浪读书"和晋江"大灰狼事件"发生后，人们蓦然惊觉，原来圈外还有国法，资本之外还有政治。这也昭示我们，网络文学本体问题绝非简单的技术或产业可以概括得了，它还有一个如邵燕君所说的"自觉地接受规训"，"将主流价值观移植进自己的快感机制"的问题。④ 也就从这时候开始，原先不那么注重的价值观念问题在网络文学创作与批评中凸显出来，而引起了有关研究者的关注。如杨早的《改写历史与文学重建——晚清小说与当下网络小说异同辨》、黄发有的《网络空间的本土文学传统》，在讲网络文学对本土传统传承时，都提出"未卜先知、后世科技与新的价值观""批判性的价值选择"的问题。⑤ 而陈定家则直接以"网络文学价值观与创造力漫议"为题，在历数网络文学诸多乱象后指出，其中"最关键的因素"，是"价值观的错位与缺失"，他将价值观摆在创造力之前。⑥ 最近，专门从事网络文学研究的欧阳友权，

---

① 许苗苗：《游戏逻辑：网络文学的认同规则与抵抗策略》，《文学评论》2018年第1期。
② 黄发有：《论文学语言在电子文化语境中的变异》，《文艺研究》2018年第12期。
③ 欧阳友权：《中国网络文学二十年》，《文艺论坛》2018年第1期。
④ 邵燕君：《"媒介融合"时代的"孵化器"——多重博弈下中国网络文学的新位置和新使命》，《当代作家评论》2015年第6期。
⑤ 杨早：《改写历史与文学重建——晚清小说与当下网络小说异同辨》，《当代作家评论》2015年第6期；黄发有：《网络空间的本土文学传统》，《当代作家评论》2015年第6期。
⑥ 陈定家：《网络文学价值观与创造力漫议》，《文艺报》2017年2月22日。

联系当下实际,有针对性地提出了网络文学研究的评价体系、社会效益与法制监管、文化传承、文化产业、文类与作品评论等九个学术热点问题。① 这也从一个侧面反映网络文学研究出现了某种转型升级,开始朝向学理化推进的趋势。网络文学理论批评是当代文学研究中的重要一脉和有机组成部分,在没有多少积累、既定框架和理论范式可参照的情况下,如何对之进行历史化,这对我们无疑是一个挑战。

从以上不无粗糙的介绍可知,当代中国大众文学具体蕴含十分丰富复杂,我们对它的研究及其历史化,看似简单,其实在很大程度上反映了人们对于文学文化现代性有了不同于以往的新的认知。大家知道,中国现当代文学是深受西方现代文化影响,并通过"启蒙"与"革命"方式而进行现代性的。一部现当代文学史,某种意义上,可以说就是现代西方文学史的"中国版"。久而久之,使人们以为现代性就等于西方性,导致了文学研究严重的西化倾向。八九十年代以琼瑶、金庸为代表的大众文学热的兴起,以及由此引发的对纯文学反思、文学大师的重排,促使人们对现代性的概念内涵做了重新理解,而将其放置到与主流文学、精英文学同等重要的文学脉络中加以评价。这一点,在范伯群先生领衔的苏州大学学术团队诸多著述,以及李欧梵的《晚清文化、文学与现代性》、王德威的《被压抑的现代性——晚清小说新论》中都有论述。它的主要背景和内在依据,就是社会文化现代性转型,现代人(特别是现代都市的现代人)在享受"人身的自由""多元的价值选择"同时所产生的"枯寂和苦闷",需要为之寻找"消磨和调剂,也就是抑制勃兴的欲望",以求得心理的排遣和安慰。② 这种排遣和安慰,即使是在"革命的第二天",也将会面临"道德理想无法革除倔强的物质欲望和特权的遗传。人们将发现革命的社会本身日趋官僚化,或被不断革命的动乱搅得一塌糊涂"。③ 更何况,大众文学也存在英国文化研究代表人物斯图尔特·霍尔所说的"反抗性符

---

① 欧阳友权、贺予飞:《网络文学研究的几个学术热点》,《文艺理论研究》2019年第3期。
② 唐小兵:《蝶魂花影惜分飞》,《读书》1993年第9期。
③ [美]丹尼尔·贝尔:《资本主义文化矛盾》,赵一凡等译,生活·读书·新知三联书店1989年版,第75页。

码",即自己反对自己、自己解构自己的"自反性"力量,[①] 它绝不是如我们想象的那样铁板一块,并且从文学发展史的角度看,也有其必然性和合理性。王瑶在为《中国新文学大系》(1937—1949)所写的一篇序中,也就因此肯定了抗战时期对五四新文学进行调整和改造,及其围绕"民族形式"问题展开的民族化和大众化的讨论。[②] 这说明文学雅俗的结构性变化,不仅与社会时代变化有关,它也反映和体现了文学在调整和改造中对自身的某种期待。

　　当然,在充分肯定大众文学蕴含的革命性意义时,也要对其资本逻辑与审美文化关系做辩证的分析。看到它虽然有效地激活了文化活力,推动了文学多元发展,但由于资本逻辑的快速浸渗,加上文化市场的"格雷欣法则"[③]的诱导影响,又带来了"野蛮生产"即生产方式方面的新问题。诚如有人对网络文学"野蛮生产"所尖锐批评的:不管怎么说,"一写就写了几百万上千万字的小说是有问题的,每天都要写一万字的小说也是有问题的。……一个依靠巨量字数的催眠文字、门户首页、排行榜操作、热衷和大量水军在关键节点推动聚拢的读者群也是有问题的"。[④] 与此有关而又不尽相同,是大众文学为适应市场,不作"越矩"或"超前"冒险,更愿在大众道德层次上为人们提供"平面""安全"性阅读消费的保守倾向,也是需要注意的。所以,这也不难理解大众文学在"现代文学"时期一直游离于党争之外,没有也无意与政治集团发生纠葛,而觅得了娱人自娱的独立空间。[⑤] 在进入"当代文学"后,虽长期处于被忽略的边缘位置,但较之思想艺术探索的"纯文学"作家(如丁玲、胡风、王蒙),生存境况毕竟要好些。也正是在此意义上,我们不难理解大众文

---

　　① 转引自王一川《文学理论演讲录》,广西师范大学出版社2004年版,第284页。
　　② 王瑶:《中国新文学大系(1937—1949)》序,上海文艺出版社1990年版。
　　③ 格雷欣法则:指创建伦敦皇家证券交易所(1568年)的英国金融学家格雷欣(1519—1579年)提出的"劣币驱逐良币"的法则。因为在金融货币流通中,币值相同但金属价值不同(如铜与黄金)的两种货币,其中金属价值高的货币(良币),会被价值较低的货币(劣币)挤出流通领域。
　　④ 小白:《文学能给网络带来什么?》,《青春》2019年第2期。
　　⑤ 张均:《中国当代文学制度研究(1949—1976)》,北京大学出版社2011年版,第137—138页。

学为何在 20 世纪 80 年代思想解放语境中仍集体性地遭遇冷落，直到 20 世纪 90 年代由政治改革向经济建设推进，整体社会文化观念发生重大变化的大背景下，大众文学才受到人们的重视，出现前所未有的大发展。应该说，这是时代的选择。

　　大众文学的种种遭际，既反映了它与主流文学、精英文学的复杂关系，也折射出当代文学观念转变的过程。当大众文学的形成和发展在遵奉市场规律和从众原则同时，又秉持和坚守应有的理性规范和承担意识，以及处理好与"伟大的文学传统"之间的连通，它才能在不断的实践中找到彼此的平衡点，而逐步走向自觉与成熟。今天的大众文学是由"传统"与"现代"两种形态构成的。如果说"传统"形态也就是上文所说的前两种历史化方式主要是如何处理传统与现代关系，进行现代转型的话，那么"现代"形态即网络文学的问题在于怎样协调网络性与文学性的关系，使之在进行资本运作和制造爽点的同时，又同艺术形式之间具有某种异质同构的关系。最近看到一篇有关当代 70 年文学研讨会综述报道，说是在该会的会上，有学者提出，在新媒体文学与纸媒文学之间美学趣味博弈才刚刚开始的当下，似乎很难回答这个问题。只有等到新媒体技术达到一定的饱和程度，网络文学的文体修辞技术开始有一定的稳定性，我们才可以从容地探讨，新的文学应该建立什么样的标准。有学者甚至进一步推测和预想，只有在纸媒存在不下去的时候，纯文学作家转移到网络，那么被类型文学压抑的精英文学的可能性被激发出来，产生一种新的写法和新的文本，从而使网络文学具有精英写作的维度。[①] 这也提醒我们在对包括网络文学在内的大众文学进行历史化时，应该摆脱凝固恒定的思维认知，将其纳入循环阐释的义理体系中进行考察。

---

　　① 参见周伟薇《中国当代文学的回顾、反思与展望——"中国当代文学 70 年"高峰论坛会议述评》，《当代作家评论》2019 年第 4 期。

第四章 时空拓展与思考向度

按照通常的说法，当代文学历史化是指1949年以迄于今发生在中国大陆的有关文学的各种文字、图表、声像等不同形式的历史记录。在这里，历史化时空范畴的界定与人们对当代文学学科的时空范畴的界定是一致的，它似乎成了当代文学历史化不证自明的隐性疆域。但从学科发展和学术研究的角度看，这样的时空范畴显然是狭窄了，它与当代文学历史化研究对象存在的实际情况也是有抵牾的。为了弥补这一缺憾，本章试就以下两个方向和维度对之进行探讨：在历时性的时间上，由1949年中华人民共和国成立向前上溯，实现当代文学历史化与现代文学历史化之间的连接；在共时性的空间上，从中国大陆本土向包括中国港澳台、苏俄与西方在内的域外文学敞开，体现与当代文学与世界文学之间的关联，以求在较为深长开阔的视野下展开对当代文学历史化问题的探讨。而后者，涉及对现有学科的划分，相对来说比较复杂，甚至有点敏感。笔者无意于"学科疆域"之争，只是从彼此关联角度契入，试作探讨。

杨义十几年前在由现代文学"转向"古代文学研究中，曾结合自身实践，富有见地将"世界视野和文化还原"作为现代中国学术的"总体方法或元方法"问题提出，认为只有强调和突出这种"双构性"，"才能找到自己的生长之机，创造之魄，才能在克服抱残守缺，或随波逐流的弊端中，实现一种有根的生长，有魂的创造"，在此基础上创造一种"大国的学术"。[①] 笔者强调历史化研究的时空范畴拓展，其意就是通过这种

---

① 杨义：《现代中国学术方法综论》，《中国社会科学》2005年第3期。

"世界视野和文化还原"的"双构性"的观念、方法与路径，努力对当代文学历史化作更有根底也更为开放的把握。当然，由于当代文学历史化时空拓展是在具体实存的环境下进行的，它是一种"及物"或"及地"的研究。因此，在纵横两个向度对当代文学历史化进行探讨之后，也就自然进入对档案制度和"在地性"等有关问题的思考。

第一节　时间拓展：与现代文学历史的纵向承接

提出当代文学历史化时间拓展问题，主要是考虑它与现代文学历史化虽不尽相同，有自己的属性特点，但毕竟都是20世纪新文化新文学的产物，彼此具有内在的一致性、同质性，如果过分强调"1949年"的所谓的时间界标，显得太狭隘拘泥，许多问题就无法做出合理的解释，也不大符合文学及其研究对象的客观事实。另外，作为与中华人民共和国一起诞生的新兴学科，当代文学较之"三古"等传统的学科，毕竟显得有些稚嫩，不够成熟，为了发展，也是为了寻找历史资源以推进学科历史化的进程，就有必要将目光投向与本学科具有特殊关联的现代文学，做好"纵向承接"这篇文章。实际上，这也不是笔者的什么新发现，而是当代文学历史的一种客观存在，且在中华人民共和国成立后不久就已启动，并付诸实施。如50年代初编纂"中国人民文艺丛书"和"新文学选集"两套大型丛书，推出丁玲的《太阳照在桑干河上》、周立波的《暴风骤雨》、欧阳山的《高干大》等一批解放区的现代文学作品和鲁迅、郭沫若、茅盾、瞿秋白等一批五四现代作家选集。又如此后创办《中国现代文艺资料丛刊》，组织人力编选期刊目录，特别是编辑出版或影印涵盖文学运动、思潮、社团、流派、报刊，共计40种的《中国现代文学史资料丛书》甲、乙两种，对中国现代文学及史料作了较为系统的整理，等等。凡此这些，主要就是借此强化与现代文学的血脉联系，有效拓展自身学科的时间长度和历史纵深感。

然而，这些进入"当代"视野的现代文学在当时是要经过严格筛选的。尤其是在"十七年"，被允许进入的主要或主体部分是现代革命文学，其他如启蒙文学、大众通俗文学等非革命文学不仅非常有限，处于边缘的位置，而且一概被纳入一体化机制之中，成为比革命文学低一二个"等级"的二三等或陪衬性的文学。因此，尽管在"十七年"期间现代文学历史化从总体上讲尚显薄弱，但革命文学——主要是30年代左翼文学、40年代延安文学等还是受到高度重视，得到相对较好的发掘和整理。如上海文艺出版社1962年编辑出版的《中国现代文艺资料丛刊》第二辑，革命文学内容占四分之三：如"创造社资料""鲁迅著译系年目录""革命作家胡也频、殷夫研究资料"等。另外，像"左联五烈士""30年代左翼文艺""革命根据地文艺"等，也在当时所有文学史中占有突出位置。特别是鲁迅，他被毛泽东称为"革命家"，其斗争性一面不仅被放大（鲁迅杂文在"十七年"特别是在"文化大革命"之时备受推崇，应与此有关），而且成为评判现代文学的价值标准，各种回忆都小心谦恭地往他那儿靠，他的带有强烈个人"印记"的文字，常常被当作仅次于"最高指示"的绝对真理。如1975年评《水浒》，上海人民出版社编印的《水浒全传》，在扉页毛泽东有关"《水浒》这部书，好就好在投降"，"宋江投降，搞修正主义"的"毛主席语录"下，就赫然打上鲁迅论《水浒》"不反对天子，所以大军一到，便受招安……终于是奴才"的话；鲁迅40年前的片言只语，成了指导"文化大革命"后期这场政治运动的权威话语，对鲁迅的态度俨然成为革命与否的试金石和分水岭。甚至连鲁迅逸文的发现，也被用作当时政治斗争的注脚。如1975年发现鲁迅杂文逸文《庆祝沪宁克复的那一边》，在"四人帮"控制的《学习与批判》刊物1975年第8期，随即发表《读一篇新发现的鲁迅佚文》，以此来批判"右倾翻案风"。该文认为，鲁迅这篇逸文"客观上批判了当时和以后的一切右倾投降主义路线，甚至包括四十年后林彪一类以孔孟之道攻击无产阶级专政的种种谬论在内"。[1] 有文学史指出："鲁迅及其作品在建国后成为一种国家资源，被纳入体制之中进行规范化的出版与阐释。"[2] 这是符合事实的。

值得关注的是，曾几何时，由"现代"进入"当代"的中国文坛虽

---

[1] 余秋雨：《读一篇新发现的鲁迅佚文》，《学习与批判》1975年第8期。

[2] 董健、丁帆、王彬彬主编：《中国当代文学史新稿》，人民文学出版社2005年版，第234页。

然"统一"了，但各种矛盾冲突依然潜伏性地存在，它与当时的文化批判纠缠在一起显得更为复杂。而在文化批判中，由于各种因素，文坛中的有的人往往有意回眸"现代"的历史档案，从中寻找于己"有用"的材料。这种情形，在1957年批判丁玲、冯雪峰时就曾出现。[①] 它似乎成为那个时期文坛斗争尤其是左翼文艺阵营内部斗争的一个突出现象，甚至成为"看远不看近，看难不看易"的一个斗争策略。[②] 自然，它也成为"现代"文学史进入"当代"的主要存在方式。如此这般，这就使其被引进的现代文学中固有的独特内涵和独立价值在相当程度被"抽空"，它反过来对革命文学及其史料造成了伤害，一种较其他文学更大的伤害。更不说江青出于政治的险恶目的，对位居权力中心的文艺界宿怨，也是深知其根底的三四十年代的上海和延安革命文学内部领导的打击及迫害，对不利于自己历史文献史料的烧毁了。明明是重视革命文学，将其当作现代文学历史主体予以重点引进，但一俟落实到具体的实践却事与愿违，反倒给它带来伤害，并由此及彼被置换成左翼文艺阵营内部斗争的工具，这大概是人们没有想到的。

由上可知，当代文学的确存在着宗派主义，这种宗派主义通过对现代文学"有目的"的选择，对当代文学政治化起到了推波助澜的作用。这一点，学界已成共识，此处不赘。这里需要强调的是，不能由此将这种宗派主义无限夸饰。20世纪60年代后，随着激进主义思潮的急剧膨胀，像周扬这样担当承上启下作用的文坛"中介"位置逐渐被江青等取代，左翼文艺运动也被定性为"资产阶级文艺黑线"而一起被当作批判的对象。从这个时候开始，在长达十余年的时间内，当代文学也失去了重述现代革命文学史的前提条件与基础，它的历史的向度被取消了，只剩下了从"大写十三年"到所谓的"八个样板戏"。而当现代革命文学也一概被列入扫荡范畴，弃之如履，就意味着当代文学必将迎来物极必反的革命性嬗变。

如果说"十七年"的当代文学历史化主要致力于现代革命文学的再利用，那么新时期以来的"后四十年"对现代文学则日益明显地表现出

---

① 参见李之琏《不该发生的故事——回忆1955—1957年处理丁玲等问题的经过》，《新文学史料》1989年第3期。

② 参见洪子诚《1956：百花时代》，山东教育出版社1998年版，第235—236页。

多元开放的态势。"文化大革命"结束之初,也许与彼时的时代社会环境有关,当代文学历史化首先是从现代革命文学开始,从这里"再出发"走向与现代文学历史化的恢复性的对话、交流与沟通。这突出表现在20世纪80年代初在丁玲、冯雪峰、胡风等一大批冤假错案"平反"时,为了拨乱反正的需要,围绕着这些"事件",曾经掀起了一股颇具影响的历史化"回溯"潮流,它使与"当事人"密切相关的一大批现代革命文学获得了披露的机会。如丁玲的平反,1980年后的《新文学史料》就陆续刊登了李之琏《不该发生的故事——回忆1955—1957年处理丁玲等问题的经过》、丁玲的《延安文艺座谈会的前前后后》等文章,为我们提供了不少鲜为人知的材料。同样,胡风的平反,也在同期的《新文学史料》以及稍后出版的《胡风集团冤案始末》(李辉)、《我与胡风——胡风事件三十七人回忆》(晓风)等著述中,有诸多重要而又权威性现代革命文学历史的揭示。这些史料的陈述,不仅真实还原了当年被遮蔽或半遮蔽的现代革命文学历史,而且"为寻求历史新的合法性而否定了旧的合法性,其历史意义是积极的。"① 它为我们提供了不少现代革命文学信息。不过,我们也坦率地承认,限于当时的历史条件和认知,这些信息往往显得比较简单粗糙,烙上明显的时代印记。

真正开始走向多维且带有某种回归文学本体的,是20世纪80年代中期至90年代末,在这十几年间,尽管出于各种复杂的原因,"思想阐释"在文学研究中仍然占据主导地位,但学科发展的内在需要和治史的意识,还是驱使有些当代学人执着地将探究的目光投向与当代文学密切关联的现代文学领域,并取得了一批阶段性成果。这里所说的成果,除了创办以发表史料为主,或者史料与史述并重的《抗战文艺研究》《延安文艺研究》《晋察冀文艺研究》等刊物,推出"中国抗日战争时期大后方文学书系""中国解放区文学研究丛书""延安文艺丛书""上海抗战时期文学丛书""抗战时期桂林文化运动史料丛书"与《江苏革命根据地文艺资料汇编》以及《左联回忆录》《三十年代左翼文艺资料汇编》等大型革命丛书或著作,除了推出陈荒煤主编的《中国现代文学史资料汇编》甲、乙、丙三

---

① 程光炜:《文学想像与文学国家——中国当代文学研究(1949—1976)》,河南大学出版社2005年版,第181页。

套丛书"中国现代文学运动论争、社团资料丛书""中国现代作家作品研究资料丛书"和"中国现代文学书刊资料丛书",北京大学中文系等主编的"中国现代文学史参考资料丛书",还陆续不断地发表和出版了原来被压抑或遮蔽了的自由主义文学、现代主义文学和通俗文学等相关史料,如《新月派评论资料》《上海"孤岛"文学报刊编目》《上海"孤岛"文学回忆录》"野百合花丛书"和海派文学、京派文学、新感觉派、学衡派、鸳鸯蝴蝶派,以及胡适、林语堂、徐志摩、周作人、沈从文、废名、张爱玲、钱锺书、张恨水的全集、选集、书信、日记、回忆录等,数量十分惊人,而且同一个作家、流派或思潮,往往就有多种甚至近十种史料。这对20世纪80年代文学"由一向多"转型,无疑起到重要的推动和促进作用。像沈从文、废名作品及其史料的热销,客观上为汪曾祺和新乡土文学创作提供了直接的精神资源。而张爱玲、鸳鸯蝴蝶派史料的盛行,为王安忆的新海派和众多大众通俗文学写作提供了很好的参照。从这个意义上,我们似乎又不能把"重评"活动看成"纯观念"的产物,而应将其视作一种隐性的催化剂,它用含而不露的特殊方式为这些活动提供切实的基础支撑。

当然,不必讳言,"后四十年"历史化在这方面也存在着某种偏颇。其中一个比较显见的问题,就是在强调文学研究在突破原有革命或阶级斗争范式的"现代转换"时,相当程度地表现了对革命文学的忽视。这样,不仅使其颇具新意的有关"启蒙"或"现代性"的阐释失之空泛,甚至有可能出现如王瑶批评的导致"不讲殖民帝国的瓦解,第三世界的兴起,不讲(或少讲,或只从消极方面讲)马克思主义,共产主义,俄国与俄国的影响"[①] 即对这方面历史内容的有意无意地忽略,与20世纪中国文学实践不相吻合,而且直接影响到对现代革命文学及其历史的深入研究和发掘、整理,导致"后四十年"在这方面相对滞后。《抗战文艺研究》《延安文艺研究》《晋察冀文艺研究》等杂志后来停刊,也从一个侧面说明这一点。

不妨这样说吧,如果说在"前三十年"革命文学历史化遮蔽了现代

[①] 转引自钱理群《矛盾与困惑中的写作》,《文艺理论研究》1999年第3期。

文学启蒙历史化，造成文学研究的简单和划一，那么"后四十年"是否存在着启蒙文学历史化压制了革命文学历史化，导致文学研究和文学史编写对左翼文学、革命文学的不应有的冷漠呢？为什么20世纪90年代以后编写的"20世纪中国文学史"（或曰"中国现当代文学史"），包括在此前提出并十分流行的"20世纪中国文学"概念，左翼文学和革命文学越写越短，被无情遮蔽，乃至变成了启蒙文学的一家独大或准一家独大的演绎，多少可从这里找到原因。

第二节　空间拓展：与域外文学历史的横向关联

　　这里所说的域外文学历史化，较之上述现代文学历史化，范围更大，情况更复杂，其难度相对也更大。具体内涵主要包括两层：一是从中国大陆流传出去的有关中国当代文学及其史料（汉籍），如在西方的有关中国小报、民刊、书信等；一是域外社群和离散作家群撰写的有关中国题材的文学创作以及研究中国当代文学问题的学术研究，如新移民文学、海外汉学，等等。它们成了大陆之外中国当代文学的另一种空间存在，这不仅极大丰富和充实了大陆的当代文学，而且对推广和扩大其在域外的辐射影响，发挥了很好的载体作用。王国维当年之所以取得如此成就，很重要的就在于"取异族之故书与吾国之旧籍互相补正"①，同样，陈寅恪也正因善于在汉文文献之外收集和利用外文文献及域外史料，才获取卓越的研究成果。如今香港、澳门回归，海峡两岸形势也发生了很大变化，全球一体化、网络化已成事实。在这样情形之下，当代文学研究如何打破狭隘的空间的疆域，充分发掘和利用因各种原因散落在域外的各种文学及其史料，与大陆本土文学互渗互证，就显得十分重要和必要。这也是关系到当代文学历史化的大问题，自然也因对现有学科疆域的"越界"而容易引起歧义。

　　域外文学历史化是一个庞大的题目，笔者限于视野、积累和篇幅，无

---

① 陈寅恪：《金明馆丛稿二编》，上海古籍出版社1980年版，第219页。

法在此作较周详的归纳和分析。这里仅择取中国台港地区、苏俄和西方（主要是海外新移民文学、海外汉学）三个板块中的某些部分，以偏概全地试作分梳，肯定有不少疏漏和差错之处，敬请方家批评指正。

一 关于台港文学

由于众所周知的历史原因，海峡两岸文学长期"老死不相往来"，彼此处于非常隔膜的状态，直到1979年元旦叶剑英发表《告台湾同胞书》以后，才逐渐有所松动，但也十分有限。20世纪80年代出版的有关《台湾诗选》《香港小说选》按照内地有关"祖国统一大业"和"资本主义是人间地狱"的观点，所选的差不多都是歌颂怀乡爱国和揭露台港社会阴暗面的作品，而选了一些不该选的不见经传的作家作品，遗漏了一些该选而没有选的重要作家作品。其当代文学史编写也相互抄袭，漏洞迭出，存在不少常识性错误（张冠李戴、生卒年性别搞错的为数不少）。并且因国民党御用文人围剿过乡土文学而大力推崇陈映真、叶石涛和尉天骢等，抬乡土文学压现代派文学，将乡土文学当作贯穿台湾当代文学发展的"主线"。这种简单的"以政划线"的评判，当然经不起历史检验："后来乡土文学阵营发生了裂变，在统独两派中众多乡土文学作家倒向独派一边，这对有些论者过高评价他们来说，无异是莫大的讽刺。后来大陆学者意识到这个问题，已作了不同程度的修正。"[①] 香港文学研究也一样，不少文学史不适当夸大"南来作家"作用而贬低"香港本地作家"成就，宣扬"南来作家"在香港所谓的"主导地位"和"领导作用"，并断言"九七"回归后，"这种主导地位和领导作用将必定加强而不削弱"[②]，"到了那时，香港文学的面貌将会改观"。[③] 而事实与这种预言恰好相反：回归后的香港"不仅马照跑，舞照跳，而且通俗文学照旧大行其道，严肃文学虽然有'艺术发展局'的资助，但只是杯水车薪，无法改变纯文学照旧在寒风中颤抖以及刊物旋生旋死、转瞬无声的局面。所谓'博大

[①] 古远清：《中国大陆台港文学研究的走向及其病相》，《中国现代文学研究丛刊》2013年第6期。

[②] 潘亚暾：《香港南来作家简论》，《暨南学报》（哲学社会科学）1989年第2期。

[③] 李旭初等：《台港文学教程》，长江文艺出版社1996年版，第371页。

深厚的作品'，至今还未和读者见面"。① 这里之所以出现这样的误判，除了观念僵硬，显然也与不了解情况或信息不全有关。

台港文学作为中国文学在大陆以外的重要存在，因空间场域尤其是政治文化场域，它有自身的独特发展道路，包括文化制度和政策，也包括文学思潮和现象。前者，如台湾20世纪50年代蒋介石的《复国建国的方向和实践》《对国军文艺大会训词》、蒋经国的《敬告文艺界人士书》、张道藩的《三民主义文艺论》，以及1949年和1950年颁布两份所谓的"查禁反动书籍目录"（即台湾省政府公布的《反动思想书籍名称一览表》和台湾保安司令部公布的《反动书籍名单》）和港英政府对文学不管也不干预，一概皆纳入市场进行管理的政策；后者，如台湾所谓的反共文学及乡土文学，香港所谓的绿背文学及武侠文学、无厘头文学等，而且往往鱼龙混杂，"逢中（共）必反和逢英必崇并存，写实主义和现代主义并存，现代和后现代并存，进步作家和反共作家并存，宗教文学与'咸湿'文学并存，学院文学和打手文学并存，回归文学与观潮文学并存，方言文学与国语文学并存"②，而显得特别复杂。在这里，既有陈映真这样比较坚执的左翼作家，也有叶石涛这样在"中国意识"与"台湾意识"之间摇摆、最终摆向"台独"，亮出"台湾文学国家化"的作家，还有余光中那样在戒严时期的乡土文学论战中发表带有煽动性乃至政治影射性质的《狼来了》文章，20世纪80年代以后转而对大陆频频示好而又刻意遮蔽这一客观事实、不愿在所有的作品集中收入此文的作家。所有这些，都应全面及时地了解和掌握。我们现在的主要问题是在缺少交流，积累不多和准备不足的情况下就匆忙地研究甚至编写文学史，这就招致甚多的粗疏和差错，为人所诟。

在讲台港文学历史化时，有必要提及蒋介石日记，它对如何评价抗战文学具有重要的参考价值。大家知道，以往有关的抗战文学中，蒋介石及其他领导的国民党除了"攘外必先安内"，几乎没有做过于国家民族有益

---

① 古远清：《中国大陆台港文学研究的走向及其病相》，《中国现代文学研究丛刊》2013年第6期。

② 古远清：《中国大陆台港文学研究的走向及其病相》，《中国现代文学研究丛刊》2013年第6期。

的任何事情,这似乎成为不言而喻的通则。但美国斯坦福大学胡佛研究所从2006年3月开始陆续公开的蒋介石日记却告诉我们,蒋也有积极抗战的一面。特别是1938年以后日记中留下有关决心抗战、以雪耻恨的大量记录。如,1938年9月,武汉会战正酣,蒋介石分析形势,于3日自述云:"倭寇军阀不倒决无和平可言。惟有中国持久抗战,不与言和,乃可使倭阀失败,中国独立,方有和平之道也。"① 这里也许有夸张和有意误导的成分,但证之中国官方公布的国民党军队在抗战的正面战场上消灭日军85万人数据(中国共产党领导的八路军、新四军和东北抗日军民在抗战的敌后战场,分别消灭日军52.7万人、17万人),特别是胡锦涛代表中共中央2005年9月3日在纪念中国人民抗日战争暨世界反法西斯战争胜利60周年大会上,有关国共两党领导的抗日队伍"分别担负着正面战场和敌后战场的作战任务,形成了共同抗击日本侵略者的战略态势……给日军以沉重打击"② 的讲话精神,应该说大体是符合历史真实的。它的公布,必将突破而且在事实上也在冲击着长期以来形成的抗战文学研究的封闭僵化的模式,向我们提出了如何"重评"抗战文学这样一个严峻的问题。中国社会科学院文学研究所张中良(笔名秦弓)十多年前就着手"抗战文学与正面战场"的研究,发表了《抗战文学与正面战场》《抗战文学对正面战场问题的表现》等系列论文,③ 他的成果值得借鉴。

二 关于苏俄文学

如果说中国大陆当代文学对台港文学关注主要集中在最近三十年,那

---

① 杨天石:《寻找真实的蒋介石——蒋介石日记解读》,山西人民出版社2008年版,第258页。

② 胡锦涛:《在纪念中国人民抗日战争暨世界反法西斯战争胜利60周年大会上的讲话》,《人民日报》2005年9月4日。

③ 秦弓有关"抗战文学与正面战场"系列论文,如《抗战文学与正面战场》,《河北学刊》2005年第5期;《抗战文学对正面战场问题的表现》,《陕西师范大学学报》(哲学社会科学版)2006年第2期;《关于抗日正面战场文学的问题》,《重庆师范大学学报》(哲学社会科学)2009年第1期;《抗战时期作家与正面战场的关系》,《抗战文化研究》第一辑(2007年);《抗战文学中的滇缅公路》,《抗战文化研究》第二辑(2008年);《抗战文学中的武汉会战》,《抗战文化研究》第三辑(2009年)等。

么对苏俄文学重视则突出反映在20世纪五六十年代，距今已有六七十年了。由于政治意识形态的同构性，苏俄文学几乎成为那时唯一的域外空间存在，对中国当代文学产生重大的、带有主导性的影响。具体又分两个阶段：20世纪50年代中苏"蜜月期"，中国从苏联全面"拿来"，苏联当代文学创作和思潮被迅速大量翻译引进。那时从中共中央机关报《人民日报》，到各种文学类报刊《文艺报》《人民文学》《译文》（1959年改名为《世界文学》）等，都经常转载和刊登斯大林、日丹诺夫有关文艺问题的指示、讲话，以及苏共中央有关文艺问题的政策、决议和社论，并以此作为对文坛进行文化批判与整风的带有指导性的重要依据。如1954年中国文联和作协主席团所作的《关于〈文艺报〉的决议》（即所谓的压制"小人物"），就是仿照苏联这些"决议"（如《关于〈星〉及〈列宁格勒〉两杂志的决议》《关于剧场上演节目及其改进办法的决议》《关于电影〈灿烂的生活〉的决议》《关于穆拉杰里的歌剧〈伟大的友谊〉的决议》）的产物。即使是20世纪50年代后期中苏关系出现了微妙变化，赫鲁晓夫于1957年5月关于有必要给作家设定清规戒律、文艺要同人民生活保持密切联系的两次讲话，因"与毛泽东或周扬的观点如出一辙"，也被《文艺报》及时刊登，[①]"影响了中国反右运动的开展时间和深入程度"。[②] 20世纪40年代后期、50年代初，《战后苏联文学之路》《联共（布）党的文艺政策》《苏联文艺方向的新问题》《苏联文艺问题》《苏联文艺政策选》《苏联文学艺术问题》以及日丹诺夫的《论文学、艺术与哲学诸问题》等被大量地翻译介绍进来，其中有的版本还被不同的出版社多次重版。"这些译本都汇编了苏共这个时期有关文艺的决议和当时任联共（布）中央书记，负责意识形态工作的日丹诺夫《关于〈星〉及〈列宁格勒〉两杂志所犯错误的报告》，以及当时任苏联作协总书记兼作协主席法捷耶夫的文章，还有苏联作家协会理事会主席团的决议等。无论从组织形式、批判方式、处理办法，还有对文艺的方针要求上，都直接影响了

[①] ［苏］尼斯塔·谢尔盖耶维奇·赫鲁晓夫：《文学艺术要同人民生活保持密切的联系》，《文艺报》1957年第24期。

[②] ［荷］杜威·佛克马：《中国文学与苏联影响（1956—1960）》，季进等译，北京大学出版社2011年版，第170—171页。

中国共产党建国后在相当长一个时期对于文艺所采取的政策和态度。"①这种情形,一直延续到20世纪50年代后期、60年代初中苏关系"决裂"及由此展开的"大论战"。它也由此及彼驱使中国对苏联当代文学采取决然断裂的姿态,而将当时唯一的横向关联的渠道切断,进入了前所未有的封闭阶段。

20世纪50年代中国向苏联文学横移有其深刻的必然性。按照马克思观点来看,中华人民共和国成立标志着马克思主义在中国已由"科学想象"进入了"政党实践"阶段,历史向中国共产党提出了一个如何管理包括文学在内的一系列新问题。而这在经典的马列文论中是没有也不可能有的,只有在马克思主义进入了"列宁主义阶段",即建立了社会主义国家的苏联那里才有可能找到借鉴。问题是,苏共文艺政策从20世纪30年代开始尤其是在1945年反法西斯战争胜利以后发生了重大转变,日丹诺夫遵照斯大林的指示,为对苏联文艺界进行严密全面控制,推行了一系列违反艺术规律和人身自由的极左做法,所以它的"引进",对中国当代文学带来的负面影响是显而易见的。苏联不同于中国,即使在斯大林—日丹诺夫时代,也不乏肖洛霍夫、奥维奇金、爱伦堡、巴乌斯托夫斯基、帕斯捷尔纳克等坚守文学理想的作家,但这一切在翻译时不是被"忽略",就是根据现实政治需要对之进行"改写"。如柯热夫尼科夫批评斯大林主义的短篇小说《逝去的日子》,译成汉语后却变成了关于十月革命及之后的故事。就是对高尔基、法捷耶夫、马雅可夫斯基等著名的"革命作家"乃至托尔斯泰这样的大文豪,也都曾作过不少有违事实的偏面诠释。

20世纪80年代以后苏俄当代文学对中国的影响,与50年代相比,自然不可同日而语,但作为域外文学的一部分,仍有必要值得引起我们的重视。最近几十年,包括苏联作家协会内幕、高尔基陷于矛盾痛苦、法捷耶夫自杀等不少史料解密,不仅为我们重评苏联当代文学而且为中国当代文学如何处理文学与政治关系及其历史化,提供了重要的参酌。

---

① 李今:《三四十年代苏俄汉译文学论》,人民文学出版社2006年版,第60—61页。

三 关于西方文学

也许与中西社会制度和意识形态不同有关,在西方那里,真正属于如陈寅恪所说的与当代文学历史化具有"三证"(即释证、补证、参证)[①]功能价值的研究对象并不多,有的更多的是文化或泛文化史料(主要用来研究"中国问题"),它为我们今天和将来有关文学研究提供了翔实的基础。真正意义上的域外"三证"对象,并作为大陆空间以外的一个重要存在、通过文学文化交流的多种路径和渠道对中国当代文学历史化产生影响,形成一种相互参照而又相互建构的,那还是80年代改革开放以后的事,其中被大家谈论较多的有以下三个方面。

一是,海外版的《今天》杂志。诚如不少学者指出,作为中国当代的一个重要民刊,它自1990年在海外复刊(该刊包括老《今天》在内,迄今已逾百期)的特殊办刊背景和思维视野,为人们重新解读伤痕文学、现代主义、朦胧诗乃至"新时期文学开端"提供了另一种可能;当然它也由此为我们打开了当代文学史料的另一空间版图,并为当代文学研究及历史化从"边缘"反观大陆"中心"提供了新的参照和视角。二是,新移民文学。主要指高行健、卢新华、曹桂林、严歌苓、张翎、虹影、严力、苏炜、陈谦、陈河等八九十年代从大陆出去的这批作家作品。因移民作家群体的日趋庞大,加之有西方强势文化为依托,而较之以往任何时候对当代文学产生更大的影响,它构成了海外新儒学杜维明所说的"文化中国"的特殊存在。[②] 这也是中西文学文化对话交流的一种特殊形式,是当代文学历史化在域外有待开拓的一个重要方面。自然,它在呈现"第三文化空间"独特优势同时,也因疏离了身处的异国的新环境和原有的当代中国政治文化环境,而出现意想不到的尴尬,可能成为"双重疏离的牺牲品"。特别像高行健这样为所谓的"自由"而离开中国去西方的作

[①] 这也是陈寅恪对王国维"二重证据法"的一种解读,所谓的"三证",即"取地下之遗物与纸上之遗文互相释证","取异族之故书与吾国之旧籍互相补正","取外来之观念与固有之材料互相参证"。参见陈寅恪《金明馆丛稿二编》,上海古籍出版社1980年版,第219页。

[②] 有关杜维明"文化中国"的解读,参见吴秀明《"文化中国"视域下的世界华文文学史料》,《文艺研究》2015年第7期。

家，这种疏离感给他带来的牺牲可能会更加大：由于他出国之前的创作与压迫性的"他者"即原有所谓的"国族政治话语"形成了某种颠覆性的张力关系，出国之后，因"压迫性的他者不在场，他后来的作品就失去了方向"，很难对中国现实问题产生影响，甚至有可能为西方所"利用"，而在中国其生命则"中断"了。[1] 从这个意义上说，新移民文学是存在着某种危机的。三是，海外汉学。按照台湾学者陈珏的观点，海外汉学在几个世纪的发展中，先后经历了由"传教士汉学"到"学院派汉学"、由欧洲"东方学"到以美国"区域研究"的二次"典范大转移"；再过15—20年，还将会从欧美返回到东亚的第三次"典范大转移"。[2] 现在中国大陆有关这方面的研究成果已有不少，以致出现了某种"虚热"或为人所诟的"汉学心态"。但真正扎扎实实的历史化工作还是不多，尤其是美国夏志清一脉之外的东欧布拉格学派、苏联以及日韩等东亚汉学的重要组成部分，除了张柠、董外平编选的《思想的时差：海外学者论中国当代文学》[3] 中所收的德国、荷兰、丹麦、加拿大、斯洛伐克、日本、韩国等论文，系统像样的几乎没有；除了偶尔有几篇论文，整体处于空缺状况。这需要加大力度去收集整理。

从以上极为简单粗糙的介绍可知，域外文学无论在文化背景、思想资源还是在生成方式、具体形态等方面，较之中国现当代文学都不尽相同，具有自己的特点。因此，它虽然与现当代文学具有血缘的关系——某种意义上，它的发展直接受孕于现当代文学，从事这方面研究的大陆学者，大多是由现当代文学那里"转行"而来，或者至少都有现当代文学的学术背景，彼此难以作一分为二的截然切割。但即便如此，我们也不应该且没有必要按照现当代文学标准对它进行衡估。相反，而应该根据异同有别的原则，将其还原至历史现场，作历史的、具体的处理。当然，这是就总体而言，其实域外文学内部十分复杂，其所属的每个类型都是一个世界，往

---

[1] 杨慧仪：《一九九〇年代的小说与戏剧：漂泊中的写作》，《当代作家评论》2013年第5期。

[2] 兰平：《汉学"典范大转移"与"新汉学"的来龙去脉——陈珏教授访谈录》，《文艺研究》2014年第10期。

[3] 张柠、董外平编选：《思想的时差：海外学者论中国当代文学》，北京大学出版社2013年版。

往又可分为若干个子系统。另外,还有口传文学、影像文学、网络文学、双语写作以及杜维明所说的"第三个意义世界"等,① 限于篇幅和积累,这里也只好暂付阙如,尤其是"第三个意义世界"方面的内容,这是杜氏"文化中国"概念中最具个性和歧义,也是域外文学历史化最难、最欠缺的一部分。它的"跨语种"的研治,不仅对我们现有文学历史观念,而且对今天历史化的知识结构提出了挑战。这也说明,要真正做好域外文学历史化工作,必须具备与之相适的"世界性"的思维眼光和学识。

而恰恰在这点上,笔者认为,现有的域外文学尤其是世界华文文学(以下简称"华文文学")是存在着难以掩饰的缺憾的。② 这就是在研究时,往往习惯站在中国大陆的立场,于是"大陆"理所当然地就成为华文文学的"中心",其研究也就变成了从"中心"对海外辐射的一种研究。大陆与大陆以外,它们不是相互建构,而是我对你的单向影响,彼此之间,存在着明显的"中心"与"边缘"的级差。其实,华文文学原本就与大陆现当代文学具有内在的血缘关联。特别是台港文学更是如此,在抗战时期,还与大陆文学完全处于同构的状态。香港文学在香港沦陷前,"曾是中国战时的文学中心之一",那时因大陆诸多作家的涌入,各种文学争奇斗艳,十分活跃。"而战后左翼文学就是在香港大展身手,完成了共和国成立之前文学运动、文学批判、文学整合的演练。"只是在中华人民共和国成立后,伴随着冷战思潮的兴起,"才开始了新的分野",逐渐形成了与大陆文学不同的运行轨迹。③ 如果说 1949 年以后,大陆文学主要是以体制管理的方式存在的话,那么除台湾文学尤其是 20 世纪 50—70 年代的台湾文学以外,华文文学则更多以个体零散的形式呈现。华文文学生存在不同于大陆的语境,它们彼此的差异也挺大,但就总体而言,明显

---

① 杜维明所说的"文化中国",包含了华人、华裔以及与中国既无血缘又未必有婚姻关系,但却与中华文化结下不解之缘的外国人三个层次,所谓"第三个意义世界",即指这样的外国人;这也是杜氏"文化中国"概念中比较独特、引起较大争议的地方。

② "世界华文文学"或曰"华文文学"有广义与狭义之分:广义的"世界华文文学"是由"中国大陆文学""台港澳文学"和"海外华文文学"三个板块构成;狭义的"世界华文文学"则专指"台港澳文学"和"海外华文文学"两部分。

③ 张武军:《新史料的发掘与抗战文学史观之变革》,《中国现代文学研究丛刊》2010 年第 2 期。

呈现了因跨区域跨文化跨语际带来的异质性、边缘性、混杂性的特点——一种既不同于大陆本土原创的中国文学，也不同于所在国家和地区的主流文学，而成为霍米·巴巴和爱德华·W.索雅所说的"第三文化空间"文学。而要对这样一种带有"第三文化空间"性质的文学进行历史化研究，包括史料收集、整理和研究，光是运用传统的"中国文化"定义就不免身支力绌，需要借助"文化中国"这个概念。因为相对"中国文化"来讲，"文化中国"自然更具弹性和包容性。借助后者这个概念，它不仅能将其蕴含的带有文化基因性质的中国元素概括出来，而且还可从中寄托对"华族"继往开来、实现与人类进行文化大同的浪漫想象。而抓住了这一点，也就抓住了华文文学的特质及其本质性的文化蕴含，不啻找到了从大陆到域外华人社会的一个最大"公约数"。

　　作为中国文学（同时也是世界文学）特殊而又重要的组成部分，华文文学从发轫到现在已逾百年，至今已有不少的积累，现在是可以而且应该进行历史化了，这也是学科发展的一个规律。中国古代文学之所以在近些年来出现"新展拓"，其中一个重要原因就是将研究视野由过去的中国扩展到东亚乃至世界。因此东亚视野、域外汉籍与汉文化圈，不仅成为中国古代文学与世界汉学研究的一个新路径、新动向，而且还在诸多方面和问题给该学科研究带来了冲击和影响。[1] 源于中国本土且在这方面拥有丰厚积累的古代文学尚且如此，那么，作为20世纪以来全球化产物并与之息息相关的华文文学，就更应该开放视野，在这方面自觉地进行跨界越疆的建设了。实践表明，异域文学的引进是建立世界眼光的重要条件。"用外国的、世界的东西来论证中国的情况，这对于坚守'夷夏之防'，笃信'非我族类，其心必异'的国学传统而言，确实具有革命性的意义。"[2] 也许是与整个大环境有关吧，迄今大陆有关华文文学研究"重论轻史"乃至"以论代史"的倾向也是相当明显的，且概念术语特别多。这种情况的出现虽然有其必然性和合理性，不能简单地一概否定，但毕竟有违正常的学术之道，随着整个学科推进和学术转型，它的弊端和不适已日益明显地暴露出来，现在是到了反思和调整的时候了。

---

[1] 参见张伯伟《中国古代文学研究的新展拓》，《文艺理论研究》2013年第4期。
[2] 叶舒宪：《人类学"三重证据法"与考据学的更新》，《书城》1994年第1期。

第三节　关于档案制度及"在地性"问题

　　当代文学历史化将"现代"的、"域外"的文学纳入视域,自然会碰到以前未曾有过的新问题。就前者,即当代文学与现代文学关系来说,它的提出及其实践,其中无法回避的,就是与现有的中国档案制度发生关联,并接受其规约与筛选:如果与制度相契,就被引进并有效地发挥功能效应;反之,则被排拒于门外,成为枯燥乏味的"死之物"。

　　说到现代的档案制度,樊骏在《关于中国现代文学史料工作的总体考察》一文中认为,它从"思想观念、方式方法、体制、作用等都不同程度地存在着'重藏轻用'的偏向"。他以两位学者在大陆江南各地与日本国会图书馆不同遭遇的事实为例,对此提出了尖锐的批评,指出这种封闭垄断的方式、方法与体制如不改革,依旧故我,那么"那些珍藏起来的图书文献,不管内容如何重要,数量如何庞大,保管又如何妥善,只要不为人们所应用,与根本不存在没有多大区别,也就谈不上有什么实际的意义和价值了"。[①] 樊骏所说的现象今天依然存在。它涉及现代档案制度到底是以"以人为中心"还是"以物为中心"这样一个定位问题。而对当代文学历史化及其相对应的档案制度来说,它所面临的问题恐怕还不止于此。大家知道,在相当长一个历史阶段,由于诸多因素,我们曾遮蔽了不少文献史料。虽然20世纪80年代后期颁布的《中华人民共和国档案法》规定,通常的档案保密30年即可解密,但实际上,至今为止及时解密所占的比例还不到总档案数的40%。这不仅限制了档案馆的功能作用,而且对当代文学历史化带来了影响。樊骏说得好:"档案馆诚然承担着在一定期限和范围内,为一部分档案保密的职责,但毕竟不同于机要机构,保管不等于保密,即使尚未开放的档案,经过一定手续,也仍然可以供人使用,决不是保密得越严格越好。这种混淆两者区别的思想观念以及由此制定出来的规章制度,在很大程度上限制了档案馆充分履行自己的职责,

---

[①] 樊骏:《这是一项宏大的系统工程——关于中国现代文学史料工作的总体考察》,《新文学史料》1989年第1、2、4期。

同时也使不少人因此不敢轻易前往查阅,更多的人或许还根本不知道自己可以从那里看到别处无法提供的大量有价值的资料。与一些档案事业发达的国家相比,我国档案馆的业务是相当冷清的,远远没有发挥它在社会生活各领域所应有的积极作用。"[1] 他的批评和分析,应该说是指出了现行档案制度障碍的要害,也合乎当代文学研究历史化的实际。

就拿本章第一节所说的与"十七年"有纵向承接关系的三四十年代左翼文学、延安文学及相关史料来说吧,我们现在藏量颇丰的馆藏档案是否对之开放,以及开放到什么程度,严格地讲,倒是与馆藏档案本身关系不是很大(因为档案还是原来的馆藏档案,档案本身没有变),而是与档案制度密切有关。至于域外文学史料,虽不像左翼文学、延安文学那样带有较多的政治蕴含,但因其中的异质性因素,人们对之心存警惕十分显见,自然也不难可以理解。如台湾五六十年代的反共文学、香港的绿背文学,乃至高行健的《灵山》《一个人的圣经》以及他和后来同样也获诺奖的莫言的"授奖词"全本,也都程度不同地存在拒不收藏、只藏不借,或收藏不全等问题(还包括翻译不全)。造成这种对外交流当代文学管道不畅或堵塞的,固然有经济及其他原因,但主要恐怕还是彼此不同的意识形态所致。为什么大陆馆藏台港当代文学寥寥无几,以致被人讥为"要在图书馆觅得一本境外的文学读本,可能比自费去新、马、泰的旅游还要困难","个人收藏的要超过国家图书馆"这样一个极为反常的现象,他们基本就是在这样一个知之甚少的情况下才进入研究的。[2] 这里,虽然讲的是20世纪80年代以前的华文文学情形,到今天已有所改善,但却不能说有根本性的改观,史料的问题仍然是制约目前中国大陆馆藏机构的一个"瓶颈"。丰富的馆藏是从事当代文学与域外文学关联研究的基础。如果没有在实体性机制上有根本的改观,光是研究者观念性思维的突破,显然是不够的,它无法真正摆脱"以有限史料作无限批评"的窘迫困境,更不要说对之进行历史化了。职是之故,如何组织和联合海内外学界同人,

---

[1] 樊骏:《这是一项宏大的系统工程——关于中国现代文学史料工作的总体考察》,《新文学史料》1989年第1、2、4期。

[2] 李安东:《流水不腐,户枢不蠹——世界华文文学研究中若干问题讨论》,《复旦学报》2003年第5期。

通过各种行之有效的措施，特别是现代网络开放快捷的方式、通道与路径，很好地利用和发掘资源，共同建立一个史料较为完备的域外华文创作与研究的"共享平台"，这个问题就显得日益迫切和重要。为什么大陆之大，至今没有一个比较像样的域外文学馆藏，而在中国台港地区和西方大学那里却建立了为数不少收藏相当齐全或带有专题性质的类似藏馆，这是值得反思的。

当然，这样说并无意于将当代文学历史化障碍及其存在的所有问题都归之于现有档案制度，将档案制度的功能作用作不切实际的无限夸大。福柯的"知识考古学"理论告知我们："档案首先是那些可能被说出来的东西的规律，是支配作为特殊事件的陈述出现的系统"，"是那些在陈述—事件的根源本身和在它赋予自身的躯体中，从一开始就确定着它的陈述性的系统的东西"，而且档案在事实上被纳入"某种实践的层次，这种实践使陈述出现多样性"①。同时，档案还必须经过权力检查机制这道环节，与"权力行使方式联系起来"，而"检查的程序总是同时伴有一个集中登记和文件汇聚的制度，一种'书写权力'作为规训机制的一个必要部分建立起来"。②福柯在"知识考古学"视域下所谓的"档案"，与我们这里所说的放在档案馆里的"档案"概念有所不同，彼此的逻辑指向也有很大差异，但他要求突破线性和等级逻辑下的档案及其历史叙述，强调全景敞开权力，充分发掘和利用被传统和主流范式遗弃和遮蔽了的非连续性、边缘性历史文化信息，对我们如何认识并解决中国当下档案制度障碍无疑是有启迪的。它告知我们：现有馆藏档案固然重要，特别是其中那些重要的、关键性的馆藏档案更是如此，但无论如何，它只是当代文学历史化的一个方面而不是全部。更何况，"文献本身就已经内含着一种意向性的结构。这种结构是在文献被书写、选择、整理、保存、使用等过程中，被各种历史实践力量逐渐塑造起来的，它往往与过去及当下的研究形成互

---

① ［法］米歇尔·福柯：《知识考古学》，刘北成等译，生活·读书·新知三联书店2003年版，第144页。
② ［法］米歇尔·福柯：《规训与惩罚》，杨远婴等译，生活·读书·新知三联书店1999年版，第212—213页。

动，并因此在意向性结构上与当下的主导话语和范式结成共谋关系"。①而中国当代文学历史化，由于众所周知原因，这个问题就更突出。所以，除了加大力度，强化对体制内馆藏档案理性审思外，就更有必要将目光投向制度外的丰富复杂的历史本相，做好边缘史、日常史和另类史收集、整理和研究这篇文章。

李怡在一篇文章中，曾提出建立"一个健全的'以人为本'的文化保存制度"②的命题，笔者甚表赞同。这里想要补充的是，这个制度的建立需要很长的过程，它与本章所说的档案制度障碍在事实上是联系在一起，且不应外在于我们的。正因此，我们不能等待，而理应以积极的姿态参与这项工作。在当下，尤其需要突破现行档案制度的束缚，拓宽研究的内涵与外延。只有这样，才能使当代文学历史化及其制度建设在"全景敞开权力"的情景下切实有效地得以推进。这也是我们从福柯基于"知识考古学"的"档案"理论那里得到的启示。

以上所讲主要侧重于"当代"与"现代"的承续关系，它还很少涉及域外文学。其实，同样是讲"当代"之外，域外文学因异质环境所致，有着为域内同质的"现代"所没有的特殊性。这也是全球化的空间拓展对当代文学历史化提出的新的要求、新的挑战。

那么在处理与域外文学关系问题上，当代文学历史化最迫切需要解决的是什么呢？首先，最重要的，笔者认为是构建并确立与域外文学存在相适的跨区域跨文化的"大文学观"。域外文学的意义和价值在于"跨"，它的特点和魅力也在"跨"。这种"跨"，使它超越了狭义的"政治中国"的视角，不仅为我们提供了既不同于此又不同于彼的一种新的文学形态，而且还为我们观照和把握在全球化语境下"文化中国"的丰富存在提供了坚实的事实支撑。从这个角度讲，将域外文学看成中国现当代文学在大陆以外的拓展和延伸，是不准确、不妥当的，它带有某种的"等级制"或"中心论"的痕迹。为什么在过去，大陆学界往往看不起港台及海外的通俗文学，除了政治意识形态因素，都可从中找到原因：这就是

---

① 刘大先：《现代中国与少数民族文学》，中国社会科学出版社2013年版，第40—41页。

② 李怡：《历史的"散佚"与当代的"新考据研究"——史料建设之于中国现代文学研究的意义》，《学习与探索》2004年第1期。

没有看到进入20世纪以后，随着社会文化开放与族群迁徙交流，中国文学不再像以往那样固守原有民族地域作纵向承续，而是向横向空间拓展落地生根，而出现了为以前所少见的"双重传统"（"中国文学传统"与"在地文学传统"）构成的模糊区或间性杂色的状态。葛兆光近年提出了"中国文化复数性"的概念，他认为中国传统文化经过几千年不断的融合、凝固与叠加，已形成了复杂性、容摄性与开放性的特征，不宜将其简单窄化或等同于"儒家一家之学"。① 如果说"中国文化复数性"早就存在于历史，那么在进入20世纪以后，随着全球化的推进，这种"复数性"的特点就得到了更突出更充分的表现。反映在域外文学领域，可以说，有多少个跨区域跨文化的"在地性"，就有多少个文学的"复数性"。从这个意义上讲，笔者认为域外文学及其历史化研究，重心应调整到对"在地性"上来，而不能拘囿于固有的"中国文化"视域。这里所说的"在地性"，是指域外文学由中国向世界外延被赋予的带有"人文地理学"意义的"异域"本土文化传统，包括其所在国家或地区的政治、经济、历史、教育、传媒在内的整体文化生态，这是一个立体复杂的系统工程。

刘小新在2014年的一次研讨会上指出：现在域外文学历史化工作，只是刚刚启动，如再推进，就要触及而且也应该触及"所在地"的历史文化。他以马来西亚为例，指出在那里，华族命运以及华文创作与当地的"马来亚共产党"（简称"马共"）的历史有关，要再深入一步，就须收集"马共"的有关历史。而这，在当下无疑是极具难度也是十分重要的工作，它需要得到当地的华人作家甚至包括政府部门的积极参与和大力支持。光凭一般的学者尤其是大陆的学者的个人努力，是不可能，也是不现实的。为此，他认为在研究散居世界各地华文文学的"华人性"或"中国性"时，有必要引进克利福德·吉尔兹的"地方性知识"观念和方法，并据此提出了"对不同国家、地区和个体的华人不同的'文化与生存境遇'应给予充分的理解、同情和重视"，"对文学分流及其形成分流的诸种个性化、历史性和脉络性因素予以充分的关照"等有关主张。② 这是颇

---

① 葛兆光：《注意"中国文化的复数性和典型性"》，《北京日报》2014年9月22日。
② 这是刘小新2014年11月2日在南京第三届"21世纪世界华文文学高峰会议"上的发言，笔者当时在现场。引文见他提交的会议论文《在大同诗学与地方知识之间》。

有见地的，它的确也击中了当下域外文学及其历史化工作的痛处。

当然，这样说绝不意味着否认或切割域外文学尤其是华文文学与大陆母体文化之间的血缘关系。应该说，在这个问题上，近年来是有分歧的。海外有的学者，在批评大陆学界思想观念时，就程度不同地表现了这种倾向。如美国的史书美，她在近年来提出的"华语语系文学"概念，不仅以充满批判性的立场，挑战"大陆本位"，而且还带有某种剥离乃至"去中国性"的意味。因为按照她的这一概念的预设，中国大陆（汉语）文学与大陆以外华语文学是对立的，并且随着"华文文学研究的膨胀跟中国的全球化抱负如影随形"，它如同当年法国对法语语系一样，已带有某种殖民扩张的官方观念。因而，她就将其视为"空洞能指"，排除于"华语语系文学"之外。① 史书美此说，隐藏着甚大的学术空间，为我们审视华文文学提供了尖锐而又新颖的批评视角，② 但她对"中国大陆"文学进行排拒，这又表露了其理论存在的捉襟见肘乃至偏狭。说实在的，如果将"中国大陆"这一最大载体的华文文学也排除于"华语语系文学"之外，这样的理论又有多大的说服力、生命力呢？其最终结果，不仅会造成华文文学空间的缩小，而且也将导致其理论话语的自戕，这自然不是包括海外学者在内的华文文学学者愿意看到的结果。

事实上，正如不少学者所说：由于历史与现实的原因，在域外文学纷纭复杂的体系中，中国大陆文学与域外文学虽不能也不是简单的"中心"与"边缘"的从属关系，但中国大陆文学的确一直在扮演和发挥着域外文学"本根"和"源头"的作用，这是无可争辩的客观事实。这自然与中国作为一个大国的崛起和文化输出意识的增强有关。就拿新移民文学来说，尽管他们在题材上已突破了传统的"中国文化"或"中国性"，亦即所描写的生活已经由中国大陆扩展到了世界各地，但就其文化取向来看，"仍然是中国的而非西方的"，更不用说新移民小说的多数作品是以作者

---

① ［美］史书美：《反离散：华语语系作为文化生产的场域》，赵娟译，《华文文学》2011年第6期。

② 王德威对"华语语系文学"作了较多的辨析，参见王德威《华语语系文学：边界想像与越界建构》，《中山大学学报》（社会科学版）2006年第5期；王德威《"根"的政治，"势"的诗学——华语论述与中国文学》，《扬子江评论》2014年第1期。

所经历或了解到的国内生活为创作素材，它首先是写给国内的读者看的，并基本上是在国内出版的，用毕光明的话来说，就是"它同中国当代文学的粘连性远远高于它作为海外写作的独立性"。故他主张将新移民文学从海外华文文学史那里"离析"出来，当作大陆新时期文学的"离境写作"，而纳入"中国大陆当代文学史"的范畴。① 陈思和在1999年出版的《中国当代文学史教程》中，就较早用专章的形式对之作了"史"的归整。② 即使是与"中国文化"较为疏远的海外汉学，它的外部"他者"的观察视角，在对中国文学"有独到发现"的同时，也存在着明显的"隔雾看花""隔靴搔痒"之弊。这亦从另外一个角度说明"中国文化"的独立存在和价值。在域外文学历史化问题上，笔者赞成张隆溪提出的打破内外、互动综合、互为补充的观点："要真正了解中国，就必须从不同角度看，把看到的不同面貌综合起来，才可能接近于真情实貌。换言之，汉学和中国本土的学术应该互为补充，汉学家不能忽略中国学者的研究成果，中国学者也不能不了解汉学家的著述……只有这样，我们才可能奠定理解中国及中国文化坚实可靠的基础，在获得准确的认识方面，更接近'庐山真面目'。"③ 那种因强调"国际视野"，而排拒"本土性"，即所谓的"外来和尚会念经"的"汉学心态"，抑或将"文化中国"与"中国文化"截然对立的说法，同样是不可取的。

需要指出，域外文学是根源于"中国文化"的一种跨区域跨文化甚至是跨语种的文学，也是与中国大陆现实国情和整体推进血肉与共的一种新型的文学。可以预期，随着中国外部社会文化生态的变化，域外文学必将在现有基础上得到进一步拓展。当然，在推进的过程中它必将会遇到许多新情况和新问题，包括"中国文化"的中国性与在地性、同质性与多样性、文化身份与现实语境、汉语写作与非汉语写作关系，等等。现成的答案自然是没有的。但只要立足中国当下现实，而又秉持开放的国际视

---

① 毕光明：《中国经验与期待视野：新移民文学的入史依据》，《南方文坛》2014年第6期。
② 详见陈思和主编《中国当代文学史教程》第二十一章第三节，复旦大学出版社1999年版，第357—359页。
③ 张隆溪：《中国文学和文化的翻译与传播：问题与挑战》，《光明日报》2014年12月15日。

野，我们完全有理由相信，它是可以找到自己的发展路径的。另外，从学科角度讲，域外文学尤其是华文文学与现当代文学到底是什么关系，对它们彼此边缘界线如何进一步明晰，也是有待探讨的一个问题。事实上，无论在华文文学还是在现当代文学领域，如今人们的认知是有歧义的。但这并不能成为我们裹足不前的理由，相反，更应激起我们探索的勇气。域外文学研究及其历史化，它的意义、价值和特点，也许就蕴含在这"歧义"之中。

第五章　评价机制与评判标准

改革开放之前，当代文学评价机制与评判标准主要是由文学批评掌控的。其间，尽管也有时起时伏、时强时弱的精英"声音"，但精英化的评价机制与评判标准并没有形成，也不可能产生统摄性的作用。20世纪80年代，在改革开放和思想解放环境下，实践是检验真理标准、悲剧问题、人性人道、异化问题的讨论以及方法论热、文化热、美学热，都直接或间接地影响着文学批评和研究。而文学自身有关"朦胧诗""20世纪中国文学""中国新文学整体观""重写文学史"等讨论，更是标志着当代知识精英分子开始以独立的姿态，试图建构"新启蒙主义"的文学评价机制与评判标准。它不仅在20世纪80年代批评和研究中渐成气候，而且对20世纪90年代以迄于今的当代文学历史化，也产生了不可小觑的影响。

由于诸多原因，长期以来，学术界秉持的是启蒙式的评价机制与评判标准。近年来，有学者通过重返20世纪80年代文化思想的历史现场，发现"政治上的'思想解放运动'与文化上的'新启蒙运动'之间构成了十分复杂的关系。一方面，两者之间确实存在着同构性或共通性；而另一方面，两者之间也存在着一定程度上的差异不同，以至于相互抵牾与冲突。这种文化启蒙话语与政治思想话语之间的双重变奏，表征着社会变革转型时期各种思潮观念的错综复杂性"。[①] 改革开放后率先出现政治上的"思想解放运动"，然后才是文化思想上的"新启蒙运动"。1978年，邢贲思在《人民日报》发表《哲学的启蒙与启蒙的哲学》提出"新启蒙运

[①] 李鹏、谢纳：《"八十年代"的思想现场：思想解放与文化启蒙的复杂关联》，《文艺争鸣》2015年第5期。

动"的概念。1979 年，在纪念五四运动六十周年学术讨论会上，周扬报告指出中国历史上经历了三次伟大的思想解放运动：第一次是五四运动；第二次是延安整风运动；第三次是正在进行的思想解放运动。周扬的报告为知识分子重申启蒙立场签发了一张通行证，使新时期伊始，启蒙话语能纳入"思想解放运动"的框架中得以展开。

"在整个 80 年代，中国思想界最富有活力的是中国的'新启蒙主义'思潮；最初，'新启蒙主义'思潮是在马克思主义人道主义的旗帜下活动的，但是，在 80 年代初期发生的针对马克思主义人道主义的'清除精神污染'运动之后，'新启蒙主义'思想运动逐步地转变为一种知识分子要求激进的社会改革的运动，也越来越明显地具有民间的、反正统的和西方化的倾向。"① 那时知识精英推崇启蒙精神，反思、矫正一体化评价机制与评判标准，在一定程度上，配合了新时期国家民族的整体发展和改革方向。因此，"重视'新启蒙运动'与'思想解放运动'之间的同构性关联，克服并去除'两元对立思维方式'，积极寻求不同话语之间的对话沟通，将成为理解当代中国文化思想的重要议题"。② 仅仅用启蒙主义，是无法涵盖和解读当代文学及其历史化的，至少是很不完整的。

张钧认为："源自'五四'时代'人的文学'的启蒙文学史观对当代文学的宰制与遮蔽已久遭诟议，如何调校启蒙史观、有效兼容'人民文艺'，恐怕是需要 20 年才能切实解决的理论难题。"③ "调校启蒙史观"不仅仅涉及"有效兼容'人民文艺'"的问题，同时，它对当代大众通俗文学，包括方兴未艾的网络文学，也具有不可忽视的意义。20 世纪 90 年代逐渐兴起的大众通俗文学研究，提出容纳雅俗文学的"两翼振翅说"，探寻有关这方面的评价机制与评判标准。20 世纪 90 年代中期到 21 世纪，数字媒介语境下当代文学转型，有效地处理主流文学、精英文学、大众文学的关系，建构容纳各种形态、多重关系的文学经典和文学史写作，成为调校、矫正、弥补新启蒙主义评价机制与评判标准的又一建设性话题。南

---

① 汪晖：《死火重温》，人民文学出版社 2000 年版，第 55 页。
② 李鹏、谢纳：《"八十年代"的思想现场：思想解放与文化启蒙的复杂关联》，《文艺争鸣》2015 年第 5 期。
③ 张钧：《当代文学应暂缓写史》，《当代文坛》2019 年第 1 期。

帆主张用"关系主义"代替"本质主义"研究,"强调的是关系网络,而不是那些'内在'的'深刻'——几乎无法避免的空间隐喻——含义,这时,我们就会对理论史上的一系列著名的大概念保持一种灵活的、富有弹性的理解";① 在当代文化空间中,考察"影响当代文学批评的八个理论问题,即当代文学与经典、审美与历史、内部研究与外部研究、文本中心与理论霸权、作品的有机整体原则、文学批评是否科学、作家与批评家和精英主义的困境",并提出"永远的历史化"方案。② 这是富有见地的。

本章所说的评价机制与评判标准,同时涵盖了批评研究和评奖两个方面。如果以1949年作为当代文学的起点,当代文学已经走过了70年历程,新时期以来的文学也行走了40年。其间,当代文学评价机制不断完善,参与文学评价的各方力量在不同时期的社会经济文化语境中,显现各自的身份和力量,文学评价的标准也在不断建构和调整过程中。在快速现代化的社会节奏背景下,当代文学批评研究格局多样、递变快捷是不争的事实,这也使当代文学评价机制与评判标准呈现纷纭复杂的状态。面对这一现象,任何学理性的概括都不可能面面俱到,会出现不可避免的遗漏,也有评析不尽确当的可能。在诸多关于当代文学评价机制与评判标准的概括性描述中,笔者认为主流文学、精英文学、大众文学的评价与评判,相对而言,还是比较合理的。这是其一。其二,尽管我们不认同用现代文学的整体性来覆盖和取代当代文学的整体性,但在"新文学"或"20世纪中国文学"的大视野下,则不能不看到当代文学与现代文学之间具有难以切割的血脉关联。因此,当代文学评价与评判,都不可避免地关涉到其上游的现代文学。如探讨朦胧诗的"崛起",就不能局限于当年的"新诗潮",而是需要进一步追索现代新诗传统及其整体发展路向。同样道理,若对大众文学进行评价与评判,就不能不涉及它与近现代通俗文学之间的关系。而这些评价与评判,都会对当代文学产生影响;或者反过来,也可以说它是在宏观的当代文学评价机制与评判标准统摄下,完成和实施对朦胧诗、大众文学评价与评判的。任何一种历史化的研究与研究的历史化,它都应该目光如炬,并且是不可重复的。有鉴于此,我们在这里选择了朦

---

① 南帆:《文学研究:本质主义,抑或关系主义》,《文艺研究》2007年第8期。
② 南帆:《文学批评:八个问题与一种方案》,《文学评论》2018年第1期。

胧诗"崛起"的讨论、"中国新文学整体观"的评价、大众文学三次"革命"的评价作为个案，以点带面来对历史化评价机制与评判标准进行概括。当然，选择"中国新文学整体观"的评价，还带有避免重复的考量。因为大家知道，有关"20世纪中国文学""重写文学史"讨论，迄今为止，学术界已相对较为充分了。

至于文学评奖机制与评判标准，新时期以来，文学奖项名目繁多，每一种奖项设立均有其背景和意图。我们选择"全国优秀短篇小说奖""茅盾文学奖"，并不意味着排贬或忽略其他文学奖项，而是试图通过这些具体个案，管窥评价机制与评判标准与当代文学研究及其历史化之间的深层关联，爬梳和分析它们彼此矛盾冲突及其调整、修补、矫正，从中总结经验，以启迪现实及未来。

第一节　个案分析之一：怎样看待朦胧诗"崛起"的讨论

"跨越整个80年代的'现代文学运动'就是在这样一个起点上开始的，通过三代人的努力，借助政治革新和社会思潮的变动而完成了对历史的'改写'和对中国道路的重新抉择。"[①] 发生于20世纪80年代朦胧诗"崛起"的讨论，中国新锐的精英知识分子，第一次以整体力量"崛起"，走到批评和研究的前台，成为20世纪80年代新启蒙主义批评和文学史观的重要力量。围绕朦胧诗的争论从一开始就受到"思想解放运动"和"新启蒙运动"的深刻影响，带有鲜明的时代特征。争论的一方是相对守成的老诗人和理论家，他们坚守左翼文学、延安文学和"十七年"文学所建构起来的人民性立场和社会主义文艺发展本位，严厉批评了朦胧诗中存在着资产阶级小资产阶级倾向的"没落趣味"和"西化倾向"；另一方是相对年轻开放的知识精英，他们驻足五四文学所开创的中国诗歌现代化和世界性立场，发现了朦胧诗"新的美学原则"，高度肯定朦胧诗的创作方法和诗歌美学理念。这场围绕诗歌评价的论争，不同于其他一般的文学

[①] 张伟栋：《历史"重评"与现代文学的兴起——文学与政治双重视野中的八十年代初现代文学运动》，《海南师范大学学报》（社会科学版）2011年第4期。

批评,而是诗歌话语权之争。也因之故,批评的双方"为了强调自己的'正确性',先把对方设立在'不正确'的状态,然后采取批驳、激辩和排斥的方法,以及所批评的'对立面'的确立并使其丧失话语阵地的过程,使自己的诗歌观念成为诗歌界唯一通行的话语"。① 在一定历史时期内,"崛起派"与朦胧诗一起被视为"新的美学原则"的代表及挑战权威的"英雄"。从20世纪80年代中期第三代诗人质疑朦胧诗的宏大叙事和英雄主义情结开始,伴随着90年代中国启蒙话语的生存语境和文化批评话语的多元化,"崛起派"的文化复古倾向逐渐浮出水面,可惜尚未引起人们关注,也没有进入文学史的相关叙述。

在20世纪80年代初期思想解放社会语境下,关于朦胧诗的争论很快从诗歌形式和阅读效果的讨论,上升为现代诗歌评价标准和文化话语权的争夺,进而成为20世纪80年代思想交锋的重要事件,两军对垒、针锋相对。章明的《令人气闷的"朦胧"》认为"叫人看不懂的诗却绝不是好诗,也绝受不到广大读者的欢迎。如果这种诗体占了上风,新诗的声誉也会受到影响甚至给败坏掉的"。② 老诗人臧克家认为朦胧诗"是诗歌创作的一股不正之风,是我们新时期社会主义文艺发展中的一股逆流"。③ 程代熙直接将徐敬亚《崛起的诗群》定义为"资产阶级自由化思想的宣言书",认为孙绍振散发着非常浓烈的小资产阶级个人主义气味。针对上述这些批评,吴思敬则明确表示,要以真善美为评价准则取代狭隘的政治标准,"'朦胧诗'的某些作品,已不是我国传统诗论、文论中'雾里看花''月下看美人'那种类型的'朦胧',实际上是运用现代手法反映现代人的思想情绪和心理状态的又一代新诗,也可叫做现代诗……现代诗所追求的主体真实,不是无源之水、无本之木,它恰恰来源于客观。因为,是现代的疾驰的社会生活酝酿就了一代青年的心灵,而这一代青年的心灵又凝成了现代诗"。④

---

① 程光炜:《批评对立面的确立——我观十年"朦胧诗论争"》,《当代文坛》2008年第3期。
② 章明:《令人气闷的"朦胧"》,姚家华编《朦胧诗论争集》,学苑出版社1989年版,第28页。
③ 臧克家:《关于"朦胧诗"》,载姚家华编《朦胧诗论争集》,学苑出版社1989年版,第75页。
④ 吴思敬:《诗歌的批评标准》,《诗学沉思录》,辽宁人民出版社、辽海出版社2001年版,第224页。

"崛起派"诗论有明显的五四启蒙思想倾向,用五四启蒙文学与革命文学二元对立的思维描述中国新诗发展,强调朦胧诗对于五四新诗精神的回应与回归,典型地体现20世纪80年代批评启蒙话语的价值追求。谢冕的《在新的崛起面前》,主要依据就是中国现代诗歌向世界诗歌的融入度,并以此作为评判新诗成功与否的标准。他认为五四诗歌成功的经验就是"坚决扬弃那些僵死凝固的诗歌形式,向世界打开大门吸收一切有用的东西以帮助新诗的成长",而这种经验,"在以后长达半个世纪的时间里,没有再出现过",大众化、民族化和新民歌让新诗越来越"离开世界","我们的诗也和世界隔绝了",朦胧诗"要求新诗恢复它与世界诗歌的联系,以求获得更多的营养发展自己",符合时代要求。[①] 徐敬亚宣告,"中国新诗的未来主流,是五四新诗传统(主要指四十年代以前的)加现代表现手法,并注重与外国现代诗歌的交流,顺这个基础上建立多元化的新诗,总体结构"。[②] 诸多文学史正是着眼于"回归"五四文学传统,肯定朦胧诗的意义和价值,建构起以五四为标尺的新诗评价标准。黄修己表示,"朦胧诗所指涉的不是某类诗歌创作,也不仅仅是一个诗歌集团,而是一种文学潮流,是一种重新回归'五四'传统的文学潮流"。[③] 吴思敬肯定这种对于新诗的知识谱系的结构方式:"将朦胧诗的崛起比况于五四新诗革命,实际上是对朦胧诗的崛起在新时期以来的诗歌史上的位置的一种肯定,这也成为了谢冕他们对于新诗历史的个人知识谱系的结构方式。"[④]

20世纪80年代,中国大陆知识界对西方现代主义充满渴望,但了解还不够充分,把握也不够准确,对现代性的后果缺乏预判和洞见。"崛起派"对现代主义抱有一种迷恋式的想象,把现代主义当作拯救中国诗歌的唯一途径,对中国诗歌的古典及现代的传统估价明显不足,把实现中国文学(诗歌)现代化使命过多地寄托在朦胧诗身上。在朦胧诗讨论过程中,有学者对"崛起派"过分否贬传统、推崇西方现代主义观点提出批

---

① 谢冕:《在新的崛起面前》,《光明日报》1980年5月7日。
② 徐敬亚:《崛起的诗群——评我国诗歌的现代倾向》,《当代文艺思潮》1983年第1期。
③ 黄修己主编:《20世纪中国文学史》(下卷),中山大学出版社1998年版,第103页。
④ 吴思敬:《二十世纪中国新诗理论史》,人民文学出版社2015年版,第646页。

评，认为新诗的创新和突破，一定要有"基础"，把"亵渎和挑战当做最革命、最最解放的表现，这只能带来思想混乱"。① 针对徐敬亚提出的中国"新诗的艺术，从第六十一年全面起步"，朦胧诗"有一种彻底抛弃几千年的因袭，全面走向现代社会的现代感"②的观点，余旸强调指出，"'现代主义'作为一个整体的美学原则提出来，实际上暗示了朦胧诗论争中所包含的历史文化的对立面，即毛泽东时代的形成，并在70年代末占据主流位置的现实主义诗歌文学成规和叙述语言"。③ 程文超发现，"徐敬亚把18世纪的理性精神误读进了20世纪的现代主义，或者说在现代主义里误读出了理性精神"。④ 尽管"崛起派"对西方现代主义的"误读"可以理解，且不乏意义，但将现代主义简单化和功利化，在学理上是有问题的。"崛起派"强烈要求把"新诗潮"推到历史的前台，突出现代主义诗歌对中国诗歌的当下价值和未来意义，忽视革命文学、左翼文学、延安文学、"十七年"文学的经验，将新诗发展与中国社会发展的复杂关系仅仅归之于诗歌/政治的直线式简单关系，有意无意地制造了中国新诗巨大的"空白期"。这与当代文学研究及其历史化中左翼文学、"十七年"文学遭到"冷遇"，形成了微妙的同构对应关系。"这批人的困境在于，他们分不清诗学实践与政治实践之间的界限……政治和文学的缠杂不清，既是他们长期以来诗学实践的存在形态，而且这缠杂不清还给他们带来难以言说的痛苦。"⑤ 这样的批评，应该说是击中要害。

"崛起派"从西方近现代人道主义思想和五四"人的文学"中汲取精神资源，主张用现代主义对抗现实主义，用个人主义对抗集体主义，强调现代诗歌的个人情感意志的独特表达，注重诗人主体的内心世界（包括潜意识）。他们推崇的"新的美学原则"，"对传统的美学观念表现出一种桀骜不驯的姿态"，旨在提升"个人的感情、个人的悲欢、个

---

① 郑伯农：《在"崛起"的声浪面前——对一种文艺思潮的剖析》，《诗刊》1983年第12期。
② 徐敬亚：《崛起的诗群——评我国诗歌的现代倾向》，《当代文艺思潮》1983年第1期。
③ 余旸：《"朦胧诗"论争——"中国式"现代主义诗歌的艰难叙述》，《扬子江评论》2009年第6期。
④ 程文超：《意义的诱惑：中国文学批评话语的当代转型》，时代文艺出版社1993年版，第12页。
⑤ 王爱松：《朦胧诗及其论争的反思》，《文学评论》2006年第1期。

人的心灵世界"的地位,弘扬个性和个人的价值。1997年,谢冕发表《有些诗歌正在离我们远去》,感叹诗歌"不对现实说话,没有思想,没有境界。诗人们都窃窃私语,自我抚摸,我不满意和我们无关的,和社会进步、人心向上无关的诗歌",承认"魔鬼是我鼓励出来的",① 因为很多诗人"对现实不再关怀!对历史很快遗忘!我特别难过"。② 孙绍振直接把"对诗人自我的生命缺乏责任感""对诗歌本身,缺乏责任感""缺乏时代的使命感"视为新诗"堕落"的三大表现。③ 由此看来,尽管"崛起派"竭力倡导西方现代主义的个性主义、个人主义,并在五四为起点的新诗进化链条上,为其找到了存在"合法性",④ 在特定的历史时期产生理论冲击力,但一俟落实到创作实践层面,情况不尽其然。毕竟,诗歌是社会存在及意识的产物,它既具有个人性,也具有时代性、民族性和社会性。

20世纪80年代中期,以于坚、韩东等为代表的第三代诗人群体,带着刻意的反叛精神和决绝的姿态,高喊着"打倒舒婷""PASS北岛"登上诗坛。他们要捣毁一切意义和价值,消解朦胧诗人的崇高感,拒绝一切"专制性语言"的束缚,书写"日常生活的琐事,虚幻怪诞的胡思乱想",以"口语入诗",实践"自由随意"。⑤ 在这些年轻的诗人们看来,诗歌是由语言和语言的运动所产生美感的生命形式。因此,他们拒绝用哲理或任何需要理论指导的东西去写作,主张拨开"象征"后的迷雾,展现眼中的现象真实。他们也反对崇高、消灭意象,以我为中心。他们将朦胧诗人视为"悲剧英雄",认为朦胧诗承载了太多的道德与情感束缚,在社会舆论的威逼下成为意识形态同化物,朦胧诗意象组合"苍白无力、虚伪、装模作样、故作深沉",⑥ 主张通过一种无须打磨的语言形式表达对自身处境的一种彻悟,用平凡代替崇高,以平淡代替激情,以满不在乎的语气

---

① 舒晋瑜、谢冕:《所谓诗歌,归结到一点就是爱作者》,中国诗歌网,2018年3月28日。
② 林凤:《谢冕访谈录》,《诗刊》1999年第6期。
③ 孙绍振:《新的美学原则在崛起》,语文出版社2009年版,第67页。
④ 杨庆祥:《如何理解"1980年代文学"》,《文艺争鸣》2009年第2期。
⑤ 徐敬亚编:《中国现代主义诗群大观(1986—1988)》,同济大学出版社1988年版,第33页。
⑥ 于坚:《诗人随笔丛书:棕皮手记》,北京邮电大学出版社2014年版,第132页。

代替前者诗歌中出现的忧虑感伤。经过第三代诗人的激烈反叛，朦胧诗和"崛起派"诗论所包含的启蒙中心话语性质和意识形态情结显现出来。实际上，1985年，谢冕的《断裂与倾斜：蜕变期的投影——论新诗潮》①就表达出回归的希冀："在新的时代里恢复与世界的对话，诗的走向世界以及诗成为沟通人类人性与友爱的心灵的桥梁，成为现阶段新诗最重要的目标。"谢冕憧憬着："目前新诗潮所展现的以追求史诗的崇高美为标志的，通过诗歌艺术以解释民族深层文化心理结构的剖析与再现的意图，使原先的诗的青春'古老'化了。这是经过无拘束地向着世界的横向扫描（这种扫描今后也不会中止）从而获得世界艺术的现代意识。而后，他们回到东方，沿着黄河入海处溯源而上，寻找这片古来的黄土地之根，是指在现代意识中梦醒。"按照谢冕的期望，朦胧诗和"崛起派"通过现代主义回到世界，与世界诗歌进行对话，重建诗歌与人类人性的关系，这是现阶段诗学的最高目标，而终极目标则是回到东方、回到黄土地的原点。这一条复归的道路尽管绕道西方，绕道现代主义，但最终还是要回归本民族、回归中国社会历史现场。这看似与"崛起派"的观念主张相龃龉，但实际上并不矛盾，它包含了现代知识分子的家国情怀，也不乏传统士大夫的怀旧之风。有学者也正在这个意义上，指出"崛起派""将'自我'置于'大众'的生存价值之上的精英视角"，导致了自我与历史的剥离，与五四文学所追求的纯粹性有着较大差异，即蕴含着"文化复古"意味的士大夫情结。②

20世纪80年代文学批评和研究为人道主义、启蒙、纯文学等五四话语所包裹，一些研究者往往习惯于将新时期文学与此前文学置于二元对立关系中进一步解读。"崛起派"从进化论的维度对主体性和自我进行处理。它首先称心于"人的建立"，紧接着又以"中国式的自我"为契入点，来平息充斥着质疑和诋毁的声音，实现从边缘向中心靠拢。这就使之与社会思潮呈现出了相当复杂的关系：一方面，他们借助西方现代主义，要求摆脱主流意识形态的束缚，张扬自我和个性精神，以决绝的反叛姿态和犀利的语言风格构建启蒙主义诗歌批评话语；另一方面，他们又试图接

---

① 谢冕：《断裂与倾斜：蜕变期的投影——论新诗潮》，《文学评论》1985年第5期。
② 程光炜：《"重返"八十年代文学的若干问题》，《山花》2005年第11期。

轨20世纪80年代思想解放主潮,强调80年代社会现场感和五四文学传统,以期得到主流意识形态的接纳和确认,重新进入文学的中心。在"崛起派"背后,小我与大我、社会责任与自我表现之间,是既矛盾又统一。这一点在谢冕和孙绍振身上,似乎表现得更充分。

有学者注意到,20世纪80年代文化思想界的讨论无不紧扣思想解放、拨乱反正的时代主题,切入政治权力中心,成为那时普通大众共同关心的重大问题。①"如果简单地认为中国当代'启蒙思想'是一种与国家目标相对立的思潮,中国当代'启蒙知识分子'是一种与国家对抗的政治力量,那就无法理解新时期以来中国思想的基本脉络。尽管'新启蒙'思想本身错综复杂,并在1980年代后期发生了严重分化,但历史地看,中国'新启蒙'思想的基本立场和历史意义,就在于它是为整个国家的改革实践提供意识形态的基础的。中国'新启蒙知识分子'与国家目标的分歧是在两者之间的紧密联系中逐渐展现出来的。"②"崛起派"从五四新诗中继承了启蒙精神和个性解放,吸收了文艺复兴以来西方人道主义、启蒙主义、德国古典哲学、现代主义知识谱系,在特定历史时期,与改革开放的社会背景和思想解放的思想背景是一致的,与新时期的主流意识形态、国家民族的整体发展方向具有重叠性。只看到朦胧诗讨论中"崛起派"与"保守派"对峙的一面,而没有看到相通或一致的另一面,必然遮蔽许多历史真相,难以准确地认识和评价"崛起派"。

程光炜曾经在更加宽阔的视野下探究20世纪80年代文学思潮的历史评价问题,指出:"怎样理解'文革终结'、'思想解放运动'、'纠正冤假错案'、'真理检验标准讨论'、'农村改革'、'朦胧诗兴起'、'西单民主墙'、'批判《苦恋》'、'潘晓人生观大讨论'、'清除精神污染'、'城市改革'、'文化热'等社会思潮的复杂性呢?以及进一步理解80年代作家、新潮批评家的'身份重建'与'思潮'的关系呢?我认为必须把握住一点,就是无论它们怎样反复、矛盾和出现不同历史解释的结果,这些'小思潮'都是围绕着改革开放、走向世界这个'大思潮'而发生和呈现的。……影响到80年代'社会思潮'变局的是

---

① 参见陶东风《新时期三十年人文知识分子的沉浮》,《探索与争鸣》2008年第3期。
② 汪晖:《死火重温》,人民文学出版社2000年版,第55页。

'思想解放'的价值模式,它是在与新知识分子精英集团的'互动情境'中被制度化的,这种制度化使后30年的中国社会结构尽管激荡不已,但最终仍然风平浪静。"[1] 这番话,对于我们如何理解朦胧诗"崛起"的论争及其历史化,是有启发的。

第二节 个案分析之二:如何评价"整体观"的主张与实践

陈思和的"中国新文学整体观"和钱理群、陈平原和黄子平三人的"20世纪中国文学",是1985年同一次学术会议上发出的"声音",有同样的"对海外文学史的批评和'五四'文学革命领导权的争论""现代文学的创新"[2] 等背景和"'挣脱历史和现实束缚'的冲动"。[3] 它试图打破20世纪50年代建构的左翼主导下的现代文学史观,用精英知识分子启蒙立场重新打量现当代文学史,代表了20世纪80年代启蒙共同体的"主流声音"。[4]

"在陈思和的著述中,可以清晰地看到'20世纪中国文学'观念的明显痕迹,也能清晰地看到文学主体论和审美论的潜在影响。"[5] 与"20世

---

[1] 程光炜:《当代文学的"历史化"》,北京大学出版社2011年版,第106—107页。

[2] 参见杨庆祥《"重写"的限度:"重写文学史"的想象和实践》,北京大学出版社2011年版,第53—74页。

[3] 杨庆祥:《"重写"的限度:"重写文学史"的想象和实践》,北京大学出版社2011年版,第168页。

[4] 朴宰雨《中国新文学整体观·韩语版译序》说:"纵观中国现代文学史的研究观点,大致有以下几种:新民主主义的观点(以王瑶、唐弢等为代表的中国学术界的主流史观)、反共主义的观点(以尹雪曼、刘心皇等为代表的台湾学术界的主要史观)、现代主义的观点(以夏志清为代表的一部分欧美学者的史观)、启蒙主义的观点(以钱理群、陈思和为代表的大陆新一代的学者的史观)。其中,所谓启蒙主义的观点,旨在对既存的把新民主主义观点教条化地应用于文学史研究提出疑问,而更重视文学史自身的发展规律;与既存的从属于政治的研究的态度保持距离,而从思想解放的立场探索中国现代文学史研究的现代化。"见陈思和《中国新文学整体观》,上海文艺出版社2001年版,第418页。

[5] 颜水生:《文学史意识形态论——以当代文学史写作为中心》,《当代文坛》2020年第1期。

纪中国文学"引发学术界热议相比，"整体观"相对"冷"了许多。"20世纪中国文学史"基本停滞在当年的构想阶段，"整体观"经过不断丰富和完善，将宏观设想付诸现当代文学学术实践：从1985年学术会议上提出并发表于《复旦大学学报》1985年第3期，1987年的《中国新文学整体观》，1990年台湾版、2001年《中国新文学整体观》第2版，形成了十大专题的整体结构。① 在文学史写作实践层面，陈思和主编的《中国当代文学史教程》（以下简称《教程》）尝试用"多层面""潜在写作""民间文化形态""民间隐形结构""民间的理想主义"及"共名与无名"等关键词叙述当代文学史。尽管由于教学体制和"初级教程"（陈思和语）的限制，《教程》未能全面反映陈思和的整体观，但它能够比较鲜明地体现其"多年的文学史研究心得，因而必然带有较多的主观色彩"。②

"20世纪中国文学"与"整体观"的共同之处在于"打通"，强调整体性，它们以20世纪80年代建构的启蒙中心的五四文学和启蒙者鲁迅的文学形象为基准，评价20世纪中国文学。前者试图建构打通近代文学、现代文学和当代文学，打通20世纪中国文学与世界文学；后者以"新文学"为着眼点，打通现代文学与当代文学。"前者着重廓清文学史外围各种人为界限，竭力扩展研究领域，后者则以更具历史性的语感，提示其所关注的重心，乃是打通之后文学史整体框架中'新'的形态亦即现代性的社会意识和个体精神之流变。或者说，前者更倾向于鼓励文学史外部研

---

① 1985年第3期《复旦学报》上的《新文学史研究中的整体观》。1987年上海文艺出版社出版的《中国新文学整体观》有13万字，主要包括《中国新文学史研究中的整体观》《中国新文学发展中的圆形轨迹》《中国新文学发展中的现实主义》《中国新文学发展中的现实战斗精神》《中国新文学发展中的现代战斗意识》《中国新文学发展中的现代主义》《中国新文学发展中的忏悔意识》《中国新文学对文化传统的认识及其演变》8篇文章。1990年台湾业强出版社出版的《中国新文学整体观》删除了中国新文学发展中现代战斗意识，增加了中国新文学发展中的启蒙传统和中国新文学发展中的浪漫主义。2001年，上海文艺出版社出版《中国新文学整体观》包含十章内容：中国新文学史研究中的整体观、中国新文学发展中的启蒙传统、中国新文学发展中的文化状态、中国新文学发展中的战争文化心理、中国新文学发展中的民间文化形态、中国新文学发展中的传统文化因素、中国新文学发展中的现实主义、中国新文学发展中的浪漫主义、中国新文学发展中的现代主义、中国新文学发展中的外来影响。

② 陈思和：《中国当代文学史教程·没有结束的结语（代后记）》，复旦大学出版社1999年版，第434页。

究，后者强调的是文学史内部研究（我并不是按韦勒克的定义使用'内部''外部'概念）。"① 这样一来，他们所理解的现代文学必然成为"五四文学化"的现代文学，他们所理解的当代文学也必然成为"现代文学化"的当代文学。

"整体观"坚持五四文学对新文学的起点和奠基意义。② 以五四文学作为新文学的起点，并不自"整体观"始，在王瑶和唐弢有关现代文学史建构中，五四文学就是新文学或者现代文学的起点。所不同的是，王瑶和唐弢是以新民主主义论为主导的文学史观念，而"整体观"是以20世纪80年代启蒙现代性话语为中心的文学史观。实际上，20世纪中国文学将时间前置到晚清，何尝不是一种策略？时隔多年后，钱理群在接受杨庆祥采访时坦率承认："把时间从'五四'提前"是接受了许志英的文章及其争论的影响，目的是将"学科能够从革命史的附属性中解脱出来"，"摆脱了政治社会史的划分标准，更强调文学本身发展的规律"。那么，这个"文学本身发展的规律"是什么？1987年版《中国现代文学三十年》说得很明确，就是启蒙主义文学史观。③ 无论是"20世纪中国文学"，还是《中国现代文学三十年》，都没有解决晚清文学与中国文学现代化的问题，倒是后来研究近现代大众通俗文学的范伯群等学者，和海外学者李欧梵、王德威等人，从近现代大众通俗文学与文化的视角，提出晚清文学之于新文学的意义。

陈思和强调"整体观"，旨在通过对20世纪文学史的研究，"来探讨中国现代知识分子的道路和命运，也是对当下知识分子处境的一种意义探寻"。④ 也就是说，"整体观"既有历史意识，也有当下意识，他对五四和五四新文学的理解，是通过现代知识分子传承来确认的，带着一定的情感体验性，具有薪火相传的意义。"贾植芳先生对'五四'这个传统是非常认可的，如果现在我问你什么是'五四'，你可能搞不大清楚，他们是很

---

① 郜元宝：《中国新文学整体观》序，见陈思和《中国新文学整体观》，上海文艺出版社2001年版，第4页。
② 王光东：《陈思和学术思想的意义》，《文艺争鸣》1997年第3期。
③ 参见杨庆祥《"重写"的限度："重写文学史"的想象和实践》，北京大学出版社2011年版，第168—192页。
④ 陈思和：《中国新文学整体观》，上海文艺出版社2001年版，第15页。

具体的,'五四'就是跟着胡风,胡风就是跟着鲁迅,鲁迅就是'五四'精神,他们的脑子里面这个线是很清楚的。"从这条线上所展示出来的五四精神是什么呢?"'五四'就是创造出了一个新的知识分子的群体,这个群体就凭他的知识、凭他的社会上的一个职业,他就对这个社会有力量说话,能够批判这个社会,能够推动这个社会进步。"① 可以说,陈思和重构的五四和鲁迅,是李泽厚解释的五四与鲁迅及贾植芳具有体验性的五四之间有一种奇妙的"叠合"。带着这种鲜明启蒙与批判性的"知识分子气质"和学术创新欲望,陈思和"一直用自己的思路和语言表达了对20世纪知识分子价值取向变化及历史命运的思考,其意义显然超出了启蒙的立场,努力探索知识分子在当代文化建设中新的圆通"。② 他认为五四以来的知识分子有庙堂意识、广场意识和岗位意识,这三种意识潜在地决定着他们的探索道路:庙堂意识迷恋和追求建立新庙堂价值,广场意识进行启蒙和批判,岗位意识确定知识分子的现代社会的职能、立场和价值。陈思和受李泽厚的影响,将新文学分为"六个特征各异的文学层次",并以五四为标尺把握六个层次的文学特征和历史意义。第一个层次,按照他的理解,五四一代的知识分子掀起了新文化运动,开创了20世纪中国文学的新格局;第二个层次,三四十年代的作家是"五四运动的产儿"(巴金语),标志着五四新文学的成熟;第三层次,抗战时期的敌后抗日根据地作家;第四层次,50年代大陆学生出身的知识分子群;第五层次,五六十年代台湾作家对五四文学传统继承有所偏离,新文化运动形成的知识分子独立传统受到不同程度的摧残;第六个层次,80年代崛起的文学新生代,重新确认知识分子在现代社会安身立命的位置。③ 在这一知识分子代际划分和文学特征的历史评价中,五四及五四文学贯穿了整个新文学整体流变,各阶段的知识分子及其文学创作,由于与五四文学的关系,才确认其文学特征和文学史地位,中国新文学被"整体"地五四化了。

"新文学是一个开放型的整体",它体现在如下这样两个向度。首先

---

① 杨庆祥:《"重写"的限度:"重写文学史"的想象和实践》,北京大学出版社2011年版,第225页。
② 王光东:《陈思和学术思想的意义》,《文艺争鸣》1997年第3期。
③ 陈思和:《中国新文学整体观》,上海文艺出版社2001年版,第18—22页。

是现代文学"向下"开放，顺流而下进入当代文学，用现代文学的格局和特质涵盖当代文学。主要表现在文学史发展线索设置、1949年作为当代文学起点的解构和当代文学整体格局的"现代文学化"三个方面。"整体观"提炼出新文学的八根或十根线索，"将'五四'式精神谱系的趋时变奏延展为沧桑性向死而生的世纪苦旅"，这些线索就像"粗壮气根"，合力撑起"宛若一株拔地苍榕"的"耸天树冠"。① 1985年，陈思和提出1917年、1942年、1978年三个起点，不设下限，20世纪90年代逐渐形成"以抗战为界的想法"，因为"抗日战争的爆发"，"一种新的文化规范随机取代了'五四'以来的启蒙文化"，"而且从五十年代以后大陆文艺政策的制定者的文化素养来看，他们也没有摆脱战争文化的思维形态和影响"，② 从而把"战争状态下的文学"，延伸到"当代文学"的领域，并以此为机制与标准来评价当代文学。这在某种程度上，就消解了1949年作为当代文学起点的意义。陈思和认为："一九四九年标志着中国革命由新民主主义阶段进入社会主义阶段的伟大转变，但从文学史的角度看，它的意义仅仅在于使解放区的文学运动推广到全国范围。一九四九年以后的文学的性质、指导纲领、作家队伍等方面，基本上都延续了解放区文学的道路，在相当长一段时间内没有发生根本性变化。"③ 因此，"在纵向上打破一九四九年为界限的人为鸿沟是势在必行的，应该把'新文学'看作一个开放的整体，从宏观的角度上把握其内在的精神和发展规律"。1949年作为历史分期的关节点，虽然带有明显的政治意识形态性质，但是否也有它内在的历史逻辑呢？冷战格局下中国当代政治经济文化深刻嬗变之对文学变化的影响，包括这种嬗变带来的生活方面和情感体验、言说方式的变化，同样也不可小觑。只看到1949年作为文学分期的政治意识形态性质，而忽视其作为当代文化文学"起点"的意义，这是否也是一种偏至呢？"1949"作为现代文学"终点"和当代文学的"起点"虽然带有明显的政治意识形态性质，但它仍有"文学性质"变迁的价值。"程光炜相当

---

① 夏伟：《从构建到反思——"中国现代文学学科史案研究"论纲（1949—1990）》，《上海交通大学学报》（哲学社会科学版）2018年第4期。

② 陈思和：《中国新文学整体观》，上海文艺出版社2001年版，第8—10页。

③ 陈思和：《新文学史研究中的整体观》，《复旦学报》（社会科学版）1985年第3期。

清晰地意识到'1949'年作为'起点'的意义","'当代文学'就要在双重意义上为自我的存在辩护：一方面要站在'1949年'的立场上强调'当代文学'的'历史规定性'，也即中国的'社会主义革命和实践'规定了'当代文学'的历史走向；另一方面则要包含'1979年'的变化来整合'当代文学'的'内在冲突'，也即如何将'前三十年'（1949—1979）和'后四十年'（1979—2018）作为一个'有机整体'来把握"。① 程光炜解读周扬的《新的人民的文艺》，提示我们注意1949年作为"现代民族国家"的文学的终结和"新的人民的文艺"诞生的起点意义。②

而这一切，在启蒙史观视域下被忽略了，它自然会对"整体观"造成一定的遮蔽，导致当代文学整体格局的"现代文学化"。"随着三年内战，中国三大区域的范围和性质都有了新变化，到1949年以后，大陆和台湾成为新的对峙区域，而从文学上说，则是抗战时期的大后方国统区文艺与抗日民族根据地文艺的延续，战时的许多特征依然制约着文学。而两者之间的香港地区，则保持了特殊的殖民地文化特点，但在文学上却延续了40年代上海都市文学的民间精神，逐渐形成言情、武侠和科幻鬼怪鼎立的现代文学读物主潮。"毫无疑问，"整体观"为当代文学如何横向打通或整合大陆文学、香港文学和台湾文学，提供了一条合理性的途径，它能相当有效地克服当代文学叙述中海峡两岸文学的脱节，甚至台港文学"附骥"式存在状态，一定程度地缓解和冲淡文学研究及其历史化的尴尬。但是，就像不少同类编著一样，它也碰到了"打而不通"或曰"整而不合"的历史性难题。因为进入"当代"之后的海峡两岸文学，毕竟在文化空间、运行轨迹和文学类型诸方面存在着很大差异。更不要说用抗战背景下的解放区文学、大后方文学和孤岛文学的格局，延伸而下进入冷战背景下的当代文学格局；即使1949年后的台湾文学是否延续了"大后方国统区文学"，香港文学是否延续了"40年代上海都市文学的民间精神"，也是可以讨论的。1949年以后的台港文学有其自身的运行

---

① 罗岗：《"当代文学"：无法回避的反思——一段学术史回顾》，《当代文坛》2019年第1期。

② 程光炜：《文学想象与文学国家——中国当代文学研究（1949—1976）》，河南大学出版社2005年版，第13—14页。

轨迹及其面貌和品质，并不是用一条战争状态的文学线索所能涵盖得了的。

"整体观"的开放性还体现在当代文学"向上"开放，即沿着八根或十根线索溯源五四文学，接续五四式的精神谱系。陈思和提出共名与无名、民间文化形态与隐形结构、潜在写作等关键词，着力寻找能够与偏离五四传统的时代文学构成对峙、消解关系的文学资源，赋予这些文学资源以显在的意义和价值，呈现当代文学中与主流文学并存的"隐形民间结构"和"民间的理想主义"。作为"整体观"的文学史写作实践，《教程》竭力体现"当代文学发展过程中仍有一条'五四'新文学的传统若隐若现地存在着，并支配者知识分子对社会责任和文学理想的追求"。沿着这一整体性思路，《教程》纵横捭阖，一方面发掘潜在写作的价值，另一方面对"十七年"文学生命力做出五四式的判断，认为这些作品自觉不自觉地运用了"民间隐形结构"，在特定的历史环境下发挥积极作用。[①] 于是，周立波的《山乡巨变》、柳青的《创业史》、赵树理的《三里湾》《"锻炼锻炼"》、孙犁的《铁木前传》等小说，《布谷鸟又叫了》《我们村的年轻人》《李双双》《五朵金花》等戏剧影视作品，皆因为五四一代作家对民间的"真切关注和特殊情感"传给了新的一代作家，体现出"民间文化的艺术魅力"，而获得文学史价值。"我们从柳青对农民传统私有观念的鞭辟入里的痛彻分析中，似乎能联想到鲁迅是怎样以痛彻的批判态度来呼唤劳苦大众在自我斗争中冲破几千年来的精神重负，追求新生和希望的；我们从周立波面对湖南山乡自然景色和美好人性的由衷赞美中，似乎联想到沈从文是如何以血肉相连的感情来歌颂、表达'民间'的原始性、朴素和健康。"在这里，他将民间文化形态的因素视为"决定作品是否具有艺

[①] "当代文学史上有许多真正有艺术价值的作品，竟是产生在作家被不公正地剥夺了写作权力以后，仍然抱着对文学的炽爱，在秘密状态下创作出来的。""他们对中国农村的社会生活状况以及农民的文化心理有着深刻的理解，对中国民间文化形态的表现相当娴熟，他们在创作时，或自觉、或不自觉地运用了'民间文化隐形结构'的艺术手法，使作品在为主流意识形态服务的同时，曲折地传达出真实的社会信息，体现了富有生命力的艺术特色。"见陈思和主编《中国当代文学史教程》，复旦大学出版社1999年版，第7页。

术价值的关键"。①

为了突出民间意识、民间隐形结构在特定阶段被压抑或遮蔽的状态，《教程》不仅将其当作一个独立的概念在使用，而且还把它相对固化为一种稳定的叙述，似乎成为外在于主流意识形态的生成物。李杨在《当代文学史写作：原则、方法与可能性——从陈思和主编的〈中国当代文学史教程〉谈起》（以下简称《教程》）中发现：《教程》中民间视角的运用，"使我们看到一些被我们长期忽略的文学史要素，然而，对民间意识的这种独立性的过分强调带来一种新的危险，就是对民间意识与主流意识形态之间同构关系的忽略，以及因过分强调民间意识的稳定性，而忽略了民间意识在近现代中国变化与发展的过程"。他认为无论是"十七年"还是"文化大革命"时期，"'民间文化'作为一种意识形态，历来是特定的经济基础的产物并随着经济基础的变化而改变着的形态"，"主流意识形态与传统民间意识是紧密融合在一起的"。② 孟悦以《白毛女》的生产与流变为中心，证明"《白毛女》是一部几经加工修改，从乡民之口，经文人之手，向政治文化中心流传迁移的作品"，其间"在民间伦理逻辑的运作与政治话语的运作之间便可以看到一种回合及交换"，如同《白毛女》一样，许多"革命文学作品本身在很大程度上是这种摩擦互动的结果，而不仅是政治话语的压迫工具"。③ 而"整体观"构想与《教程》，似乎更多强调民间意识与主流意识形态对峙与消解的关系，而很少关注它们彼此之间的共生、共融、互进关系。

《教程》试图表明，是"'潜在写作'保留了'五四文学'的传统，'民间意识'则保留了'民间文学'的传统"。④ 然而，由于当代文学史在潜在写作、民间文学史料积累有限，甄别与辨析工作也尚未开展，而编者又意欲建构一个独立完整的体系性，所以就不可避免地出现以论带史、

---

① 陈思和主编：《中国当代文学史教程》，复旦大学出版社1999年版，第35—36页。
② 李杨：《当代文学史写作：原则、方法与可能性——从陈思和主编的〈中国当代文学史教程〉谈起》，《文学评论》2000年第3期。
③ 孟悦：《〈白毛女〉演变的启示——兼论延安文艺的历史多质性》，见唐小兵主编《再解读：大众文艺与意识形态》（增订本），北京大学出版社2007年版，第49、57页。
④ 李杨：《当代文学史写作：原则、方法与可能性——从陈思和主编的〈中国当代文学史教程〉谈起》，《文学评论》2000年第3期。

以论代史的现象，致使在史料运用和文学史写作原则、方法、可能性等方面，引发质疑。李杨指出《教程》中潜在写作"大部分作品都是这种真实性几乎无法认定的作品，且正是因为其真实性无法辨析"，因而"缺乏真正的文学史意义"，主张借鉴包括福柯的"知识考古学"在内的当代科学成果，形成文学史写作方法论的自觉意识。[①] 李润霞在《"潜在写作"研究中的史料问题》归纳了《教程》潜在写作所涉及基本史料、史实错讹的三种类型：一是对潜在写作真实的创作年代考证有误而得出错误的结论；二是基本史实的错误和文学史叙述的随意性；三是对版本不一的潜在写作文本未作比照、甄别和认定，致使具体作品的引用出现许多错讹。[②]

"人们只知道'现代文学'是80年代新启蒙运动的'超生二胎'，却不知道'当代文学'也是被'现代文学'这个'超生二胎'生产出来的。""这种叙述历史的方式的出现是基于很多人认为'当代文学'没有'真正的历史'，而'当代文学'如果有历史那也是'现代'赋予的。"[③]"整体观"试图从整体上改变现代文学的历史叙述，从宏观层面改变现代文学研究方向。钱理群提到《论"20世纪中国文学"》发表以后，严家炎先生"觉得我们还没有做更深入的研究就提出这么宏大的概念，不妥"。钱理群反思"宏观研究成了一个潮流，一种浮泛之风，也不好，潮流的倡导者总是落入'播下龙种，收获跳蚤'的命运，所以，到了90年代以后我又不主张做'宏观概括'了，我也不提'20世纪中国文学'了，当时有积极意义，后来就可能跟风的比较多，就没有多少意义了"。[④]20世纪80年代的社会文化语境造就了这一代青年学者，面对僵化的现代文学研究，产生了反叛的学术欲求，急于把思想的力量展示出来，期望带来现代文学研究的突然转向。"你们讲20世纪为什么不讲殖民帝国的瓦解，第三世界的兴起，不讲（或少讲，或只是从消极的方面讲）马克思

[①] 李杨：《当代文学史写作：原则、方法与可能性——从陈思和主编的〈中国当代文学史教程〉谈起》，《文学评论》2000年第3期。

[②] 李润霞：《"潜在写作"研究中的史料问题》，《中国现代文学研究丛刊》2001年第3期。

[③] 程光炜：《当代文学的"历史化"》，北京大学出版社2011年版，第25—26页。

[④] 杨庆祥：《"重写"的限度："重写文学史"的想象和实践》，北京大学出版社2011年版，第168—192页。

主义，共产主义运动，俄国与俄国革命的影响？"①"王瑶之问"对"整体观"也是适应的。"新民主主义""社会主义"史观的确忽略了启蒙和审美的文学资源和文学史实，建构了不够完整的现当代文学史，"整体观"以此重建有其必要，也很有意义。但这里是否也应包括"王瑶之问"的那些内容，而不是用五四文学建构现代文学，用现代文学建构当代文学。基于开放开阔的史观和丰富翔实的史料，建构海纳百川的大文学史，这是我们向往与期待的"整体观"。

"对于当代文学史的把握，要有非常明确的总体性视野。不仅对于当代文学现象背后的文学逻辑有自觉的把握，更是对于当代文学所在的当代中国的历史逻辑有深刻的体认，到这一步，才有所谓文学史。"②"整体观"作为一种具有"总体性视野"的文学史研究，既有其建构学术方法、开拓研究视野、更新批评观念等方面的明显贡献，也需要不断接受学术拷问，以期不断完善，修成正果。

第三节 大众文学三次"革命"及其评价

这个问题在前章谈知识谱系时曾经有过论述，此处侧重从评价机制与评判标准角度契入展开探讨，目的是考察这种评价和评判怎样进而对大众文学生成及发展产生影响，并由此在学界激起颇为轰动的文学"革命"。正如我们在前面说到，20世纪80年代，得益于改革开放，大陆的大众（通俗）文学开始复苏。进入90年代以后，首先是以金庸武侠小说为发端而引发了"一场静悄悄的文学革命"，紧接着是从大众文学批评那里迎来了"一次文学史革命"，最后是由网络文学兴起催生了"一场伴随着媒介革命的文学革命"（邵燕君语）。这三次"革命"，其实讲的就是大众文学的评价机制和评判标准问题。它们既有在不同时代的阶段性呈现，又有彼此的相似或一致之处，一种有别于主流文学、精英文学的独特之处。

"在某种意义上，'鲁郭茅巴老曹'已成为中国现代文学史的一个神

---

① 钱理群：《矛盾与困惑中的写作》，《文艺理论研究》1999年第3期。
② 黄平：《当代文学史写作的六个难题》，《当代文坛》2019年第4期。

话，一个不容置疑的经典。"① 从王瑶的《中国新文学史稿》开始，形成了中国新文学经典作家的稳定型结构。美籍华人夏志清的《中国现代小说史》关于张爱玲、沈从文和钱锺书的论述，曾引起大陆学术界的普遍关注，部分学者对新文学经典作家谱系产生过松动性的向往。其中，金庸被聘为北京大学名誉教授及严家炎在受聘仪式演讲中提出的"金庸小说作为20世纪中国文化的一个奇迹，自当成为文学史上光彩的篇章"，② 王一川在《二十世纪中国文学大师文库》（小说卷）中"按照语言上的独创性、文体上的卓越建树、表现上的杰出成就、形式上意味的独特建构"③等标准，将金庸视作"重构中国古典神韵的现代大师"，④ 高居小说第四位，在大陆和香港学术界引起了很大的争议。有学者指出，"金庸小说的出现，对我们的现代文学研究提出了严峻的挑战"。⑤ 这种挑战是全方位的，既包括观念趣味与欣赏习惯，也包括评价机制与评价标准。金庸武侠小说的成功，不仅对20世纪中国文学传统、文学经验和多元化文学资源进行重新考量，"也给后来者提出巨大的挑战"。⑥ 基于此，他们主张"把金庸还给文学史"，在新文学史的坐标中寻找以金庸为代表的大众文学地位，肯定了他在提高大众文学品味方面所作的努力，⑦ 及其在地域文化现代性建构中所提供的"金庸经验"。⑧ 钱理群甚至认为，金庸小说对于"重新认识与解构20世纪文学史的历史叙述"具有整体性意义："从两种体式——新诗与旧体诗词、话剧与传统戏曲、新小说与通俗小说的相互对立与渗透、制约、影响中，去重新考虑与研究20世纪中国诗歌、戏剧和

---

① 程光炜：《"鲁郭茅巴老曹"是如何成为经典的》，《南方文坛》2004年第4期。

② 严家炎：《一场静悄悄的文学革命》（1994年10月25日），《明报》1994年12月号。

③ 王一川主编：《二十世纪中国文学大师文库·小说卷》（上），海南出版社1994年版，第1—5页。

④ 王一川：《我选二十世纪中国小说大师》，《文学自由谈》1994年第9期。

⑤ 钱理群：《金庸现象引起的文学史思考——在杭州大学"金庸学术讨论会"上的发言》，《通俗文学评论》1998年第3期。

⑥ 参见陈平原《超越雅俗：金庸的成功及武侠小说的出路》，《当代作家评论》1998年第5期。

⑦ 参见鉴春《金庸：从大众读者走进学术讲坛——杭州大学金庸学术研讨会综述》，《杭州大学学报》（哲学社会科学版）1997年第4期。

⑧ 吴秀明、黄亚清：《金庸武侠小说与地域文化的现代性构建——兼谈地域文学在一体化进程中的文化应对策略》，《中山大学学报》（社会科学版）2010年第2期。

小说的历史发展——这不仅是研究范围的量的扩展,而且是在'彼此关系'的考察这一新的视角中,将会获得对 20 世纪文学发展的某些质的认识。"① 严家炎先生从金庸小说解决文学雅俗对峙的宏观视野中,在创作理念、文学想象、白话小说形式和小说境界等经验"对中国文学的发展,都具有根本性意义"。② 而李陀和陈墨则称道金庸,"为现代汉语创造了一种新的白话语言","是一个伟大写作传统的复活",③ 认为他对 20 世纪中国文学的独特贡献,不仅表现在其对武侠小说传统价值体系的成功改造、崭新的人文思想主题的提炼,以及深刻的人生艺术境界的创造与拓展等方面,而且还表现在独特的想象方式、完善的长篇小说叙事规范及其成熟幽默的民族文学语言艺术方面。④

大众文学入史"将影响中国现代文学的整体格局,其重要性不亚于一次文学史革命"。⑤ 这次"革命"是由近现代大众通俗文学史研究引发的,并与金庸热相辅相成,建构了近现代大众通俗文学的历史评价机制与评判标准。范伯群的《中国近现代通俗文学史》和《中国现代通俗文学史》(插图本)以翔实的史料、求实的精神、精细的文本解读和宽阔的研究视野,完整地叙述了近现代大众通俗文学发展线索,提出"两个翅膀论"即"知识精英文学与大众通俗文学双翼展翅"的文学史观。⑥ 在范伯群的心目中,"中国现代文学应该造成一个知识精英文学与市民大众文学双翼展翅的大好局面,这才是一个生态平衡的文学天地,也才能发挥文学的多种功能,满足全民的多种与多重需求"。⑦ 现代文学史应该突破新文学唱独角

---

① 钱理群:《金庸现象引起的文学史思考——在杭州大学"金庸学术讨论会"上的发言》,《通俗文学评论》1998 年第 3 期。

② 严家炎:《文学的雅俗对峙与金庸的历史地位》,《西南师范大学学报》(人文社会科学版)2004 年第 5 期。

③ 李陀:《一个伟大写作传统的复活》,见林丽君《金庸小说与二十世纪中国文学》,明河社出版有限公司 2000 年版,第 29—33 页。

④ 陈墨:《金庸小说与二十世纪中国文学》,《当代作家评论》1998 年第 5 期。

⑤ 汤哲声:《边缘耀眼:中国通俗小说 60 年》,《文艺争鸣》2011 年第 9 期。

⑥ 参见范伯群《"两个翅膀论"不过是重提文学史上的一个常识——答袁良骏先生的公开信》,《文艺争鸣》2003 年第 3 期。

⑦ 参见范伯群《"过客":夕阳余晖下的彷徨》,《东方论坛》(青岛大学学报)2004 年第 3 期。

戏的局面，把现代文学现代化进程中的丰富性、复杂性和多样性展示给广大读者。范伯群的近现代大众通俗文学研究，与海外学者李欧梵有关晚清"公共空间""批评空间"的研究，① 王德威有关"被压抑的现代性"② 的观念主张形成呼应关系，它的意义"不仅在于填补了近现代文学史的空白，它还完善了文学史研究的科学体系，更新了文学史研究领域中的某些观念，改变了现代文学史的格局"。③

大众文学批评和研究整合了海峡两岸的资源，拓展了当代文学的内涵与外延。汤哲声将半个多世纪以来不同政治文化语境下产生的不同文化品性的大众文学放在一起，从文化形态与文学精神并置的角度，揭示了港台大众文学不仅弥补了大陆在这方面的欠缺，同时还对大陆起到了很好的催动促进作用。这种打通空间的做法，与陈思和"整体观"的思路不谋而合。20世纪80年代以来，台港澳文学逐渐进入当代文学史的叙述视野，但由于没有很好整合，大陆出版的当代文学史中，台港澳文学常常作为大陆文学的"附骥"，"挂靠"在当代文学史后面。汤哲声将台港澳文学整合到当代文学各时段，体现了空间与时间的契合，这是一次具有建设性的尝试。

再拉开来看，大众文学上述情况还对"三元一体"的整个当代文学研究及其历史化，起到重要的参酌、调整和矫正作用。由于受五四新文学对大众文学整体评价的深刻影响，进入"当代"以后，大众文学"在文学领域内，没有一席之地"：一方面主流政治意识形态对之"支持得不够"，另一方面文学批评和研究用新文学标准对待大众文学，把"概念化、公式化、粗制滥造"的帽子扣在大众文学头上，使从事该文类作家感觉到"在棍棒下讨生活"。④ 如鸳鸯蝴蝶派作家，在"十七年"时期遭

---

① 李欧梵：《"批评空间"的开创——从〈申报自由谈〉谈起》，见王晓明主编《批评空间的开创——二十世纪中国文学研究》，东方出版中心1998年版，第101—117页。

② 王德威：《被压抑的现代性——晚晴小说的重新评价》，见王晓明主编《批评空间的开创——二十世纪中国文学研究》，东方出版中心1998年版，第118—155页。

③ 贾植芳：《反思的历史 历史的反思——为〈中国近现代通俗文学史〉而序》，见范伯群《填平雅俗的鸿沟——范伯群学术论著自选集》，江苏教育出版社2013年版，第701—704页。

④ 木昊：《通俗文学作家的呼声》，《文艺报》1957年第10期。

遇"制度性遗忘",沦入"卖文为生的尴尬"。① 主流意识形态对于文学功能的规定与大众文学本身的娱乐性的明显冲突,导致大众文学一直处于"被引导与被规训""被忽略和被挤压"地位。② 80 年代尽管出现了大众文学"空前地繁荣",成为"一个新的,引人注目的文学现象",③ 但仍有许多作家和学者坚执地守持原有的评判标准,指认大众文学"严重影响我国社会主义文学艺术的健康道路"。④ 鉴于精英文学对大众文学的"历史渊源、文化特征、美学特征并不了解",所以有学者呼吁,人们对之进行研究及其历史化时,要准确把握都市形成、媒体发达、市民意识和本土形态等当代通俗小说的基本特征,凸显媒体和市场对大众文学作家的社会身份、创作观念、美学观念和大众小说叙述模式的深刻影响,实现大众文学批评与主流意识形态批评、精英文学批评都有"各自特点"的平等对话,建构符合大众文学语境和特征的评价机制和评判标准。⑤

当然,还应看到,由于大众文学史料整理和研究相对滞后于整体文学,加之批评对象不够清晰,这对其研究及其历史化也是有影响的。在汤哲声开具的当代大众小说"耀眼"的作家作品名录——如姚雪垠的《李自成》、冯骥才和李定兴的《义和拳》、刘亚洲的《陈胜》、杨书案的《九月菊》、凌力的《少年天子》《倾城倾国》《晨钟暮鼓》、唐浩明的《曾国藩》、刘斯奋的《白门柳》、熊召政的《张居正》等历史小说,论者将其划归大众类型,这种根据类型化概念对大众小说的一种分类,就显得勉强。在文类问题上,我们看重的主要还是"怎样写",而不是"写什么"。只有符合大众小说的语境和批评标准,才是大众历史叙事。如果将所有的历史叙事都纳入大众文学范畴,就会有意无意地模糊大众文学的边界,也不符合大众文学的评价机制与评判标准。姚雪垠的《李自成》属于特定历史阶段主流意识形态的写作,也许其中不乏精英文学意识,但它并不符合大众文学的语境和批评标准。凌力的历史小说在价值判断、文化

---

① 张钧:《十七年期间的鸳鸯蝴蝶派作家》,《广东社会科学》2010 年第 1 期。
② 李松:《建国后十七年通俗文学的生存状况》,《东北大学学报》(社会科学版) 2009 年第 1 期。
③ 鲍昌:《试论当前的通俗文学》,《天津社会科学》1985 年第 1 期。
④ 姚雪垠:《论当前通俗文学》,《文艺界通讯》1985 年第 9 期。
⑤ 汤哲声:《边缘耀眼:中国通俗小说 60 年》,《文艺争鸣》2011 年第 9 期。

取向、故事营构、语言叙述等方面也与大众文学存在着明显的差异，某种意义上，似可视为在大众文化背景下的精英写作。这种情形，同样也体现在唐浩明的《曾国藩》、刘斯奋的《白门柳》和熊召政的《张居正》中。只有二月河的《康熙大帝》《乾隆皇帝》《雍正皇帝》等，大概可算作大众文学。严格地讲，历史小说与非历史小说，它们只是题材的一种区分，并不构成雅俗的评判标准，彼此的创作机制也不一样。用"写什么"的题材区分，来代替"怎样写"叙述话语特性，会模糊大众文学与主流文学、精英文学的差异。泛化大众文学的概念与标准，可能会导致其研究及历史化的失范。

20世纪90年代后半期，随着电子信息技术迅猛发展和多媒体应用硬件软件的海量开发，网络文学很快占据了文学市场的大片河山，"显示了一个新的文学世界的崛起"。① 网络文学引发当代文学格局的深刻变化，对传统的精英文学和大众文学都产生巨大冲击。"网络革命不但打破了精英文学—大众文学之间的等级秩序，而且根本取消了这个二元结构。在'网络性'主导下，未来的网络文学将不再分'精英文学'和'大众文学'，只有'主流文学'和'非主流文学'，'大众文学'和'小众文学'。"②

如何把握网络文学与传统文学生产、传播、消费之间关系，解读网络文学对传统文学的强势冲击，是网络文学研究及其历史化必须面对的问题，也是网络文学与传统精英文学争论的焦点。在这个问题上，迄今为止，大致形成了"危机""转型"和"忧虑与期待"三种不同的批评姿态和学术观点。邵燕君认为网络文学产生必然引发传统文学生产机制危机和新媒体文学生产机制形成，必然引发"新文学传统断裂和主流文学重建"，"由精英启蒙、教育、引导大众的历史时期已经终结"。她主张建立"我时代"网络时代意识形态，通过"悦己"这把钥匙，开启网络小说的心门——YY（歪歪）情结，与五四以来强调严肃性的文学传统发生断裂，以网络性和类型性为核心，重新遴选文学经典，颠覆或瓦解精英文学史中

---

① 王晓明：《六分天下：今天的中国文学》，《文学评论》2011年第5期。
② 邵燕君：《网络文学的"网络性"与"经典性"》，《北京大学学报》（哲学社会科学版）2015年第1期。

经典序列的文学价值。① 欧阳婷等从主体身份良莠不齐的复杂构成、创作范式的无障碍、传媒市场的文化推力、价值认同标准对抗文学高度和基础学理层面搁置或消解传统文论的逻辑起点等方面,分析网络文学引发的"文学自律性危机"。② 欧阳友权着眼于数字媒体与中国当代文学转型的互动关系,认为数字媒介"通过文学的生存背景和表意体制两个核心层面影响着中国当代文学的转型",扮演消解与启蒙双重角色,促动文学向民间意识回流,催生"新民间写作"。③ 王晓明立足知识精英立场关注网络语境下"中国大陆的文学地图",他一方面肯定网络文学自由表达对传统文学体制禁区的探险活动,期望网络文学"高举自由的旗帜一路前冲";另一方面也对网络文学的自由很快被资本和体制俘获,表示深深忧虑。再进一步追问其"新的支配性文化的生产机制",混合着启蒙知识分子焦虑、失望、期待的声音,也蕴含着人文知识分子曾经的文学理想在数字媒介革命中遭受的考验。所谓"危机""转型""六分天下"的判断,都包含了他对网络文学之于当代文学史整体格局的理解。④ 这也说明,网络文学历史化及评价机制和评价标准建构问题,已开始引起了人们的广泛关注。

如同网络文学创作一样,网络文学批评和研究也与近现代大众文学具有内在的关联。"在文学大众化、作品受众广泛的意义上,'金庸热'与时下的网络文学之间存在'最大公约数'。"⑤ 有的文章也将网络文学兴起视为"被压抑多年的通俗文学的'补课式反弹'"⑥,并根据大众文学的要求和思路,认为"建立符合文学规律又切中网络文学实际的评价体系和评判标准,是网络文学理论建设的一大焦点,也是影响网络文学健康发展的关键"。⑦ 许多学者意识到在"网络文学对文学批评理论的挑战这一

---

① 邵燕君:《传统文学生产机制的危机与新型机制的生成》,《文艺争鸣》2009 年第 12 期;邵燕君:《网络时代:新文学传统的断裂与"主流文学"的重建》,《南方文坛》2012 年第 6 期。

② 欧阳婷、欧阳友权:《网络文学的体制谱系学反思》,《文艺理论研究》2014 年第 1 期。

③ 欧阳友权:《数字媒体与中国文学的转型》,《中国社会科学》2007 年第 1 期。

④ 王晓明:《六分天下:今天的中国文学》,《文学评论》2011 年第 5 期。

⑤ 欧阳友权:《建立网络文学评价标准的必要与可能》,《学术研究》2019 年第 4 期。

⑥ 邵燕君:《网络文学的"网络性"与"经典性"》,《北京大学学报》(哲学社会科学版) 2015 年第 1 期。

⑦ 欧阳友权:《网络文学批评的五个焦点问题》,《社会科学家》2018 年第 10 期。

事实的基础上",解析"虚拟空间与物理空间的关系及民族文化认同问题"、网络文学与传统文学批评标准"同构问题"、超文本对传统批评原则挑战问题等,① 就网络文学的评价机制和标准问题各抒己见,展开探讨。这些讨论归结到一点,讲的就是文学历史化的"一般标准"和网络文学的"特殊标准"问题。有的学者主张网络文学既然是文学,就应该运用一般性的文学评判标准,而不应该另起炉灶建立单独属于网络文学的评价标准。也有的学者认为,文学评判标准应该与研究对象相适应,不能用传统的评判标准评判网络文学,主张将"快感和美感"作为网络文学的"立足点",及其批评和研究的"基础性标准"。② 更多的学者则既考虑文学的"一般标准",也考虑网络文学的"特殊标准",希望建立"客观公正的网络文学评价体系",即既注意艺术性、思想性、审美观赏性、语言特点和叙述风格等文学标准,也不能忽略满足读者阅读的快乐原则,将便捷性、互动性和流动性纳入标准之中。③

五四以来百年文学的主流是崇尚启蒙与审美,即所谓的"纯文学"是也。如何走出启蒙—审美的叙事范式,建构能够容纳新媒介语境下的多重文学关系和多样文学形态的评价机制,已成为当代文学研究及其历史化的一个关捩所在。汤哲声就此提出富有建设性的思考,他认为现代大众文化是当代文学重要的文化构建,网络小说入史提示历史化必须将现代大众文化作为史学观念的重要组成部分,媒体文学和类型小说成了当代文学重要的组成部分,"屏批评"也可以作为当代文学批评的一条新路径。④ 刘师池、张福贵关注通过对网络小说自身价值定位、媒介定位与小说经典定位的整合,在中国小说的发展流脉与创作模式里,找到网络小说的时代节点与文学史价值,最终在大众审美与经典价值之间寻求其自我发展之

---

① 刘俐俐、李玉平:《网络文学对文学批评理论的挑战》,《兰州大学学报》2004年第9期。
② 康桥:《网络文学批评标准刍议》,《光明日报》2013年9月3日。
③ 李朝全:《建立客观公正的网络文学评价体系》,《河北日报》2014年12月5日。
④ 汤哲声提出:网络小说阅读方式是屏阅读(电脑屏幕),相应形成"屏批评"(在屏幕上、网络上即时批评),他认为"屏批评"是当代文学批评的一条新途径。参见汤哲声《网络小说入史与中国当代文学史价值取向的思考》,《小说评论》2016年第2期。

道。① 网络文学的生产机制、传播机制、消费方式和消费心理，既不同于纯文学，也不同于近现代大众文学。网络文学后面的信息技术支撑，各种硬件和软件的膨胀式开发，使网络文学具有"技术控"的身份，网络文学采取"分账式""点击率""流量式"的盈利模式，写作者是不是以文学的身份和规律来进行写作的？网络文学的阅读者是不是抱着文学阅读的心态去阅读文本的？这些都是需要拷问和研究的重要内容。由于网络文学与纯文学的差异性，其历史化及其融入文学史的难度，似乎要大于近现代大众文学历史化及其融入文学史的难度。这一点，我们应该要有清醒的认识。

1995 年，著名的现代文学史家樊骏先生曾希望像其他学科一样，"写出融合新旧、交汇雅俗的中国新文艺史"。② 可以说，20 世纪 90 年代以来，由金庸热所引发的大众文学研究及新媒体文学研究，在一定程度上体现这样一种"中国新文艺史"的"时代要求"，反映了学术界不断矫正 20 世纪 80 年代新启蒙主义的评价机制和文学史编写范式。然而，从思维理念到具体实践，这之间还涉及很多问题，还有漫长而艰辛的路要走。有学者发现，在启蒙主义主导下，"多数文学史著作都以'重写文学史'之启蒙文学史观为底"。③ 当然也有一些学者，如王本朝、南帆等，提出编写多元文学史的理论主张。这对我们如何协调和融合大众文学、网络文学，构建富有时代特色自然也更具包容度的当代文学评价机制与评判标准，具有重要的参酌意义。

第四节 "国奖"的评价机制与评判标准

多少受到文化研究的辐射影响，近年对于文学评奖的考察渐成一定规模，文学评奖之于具体作家、作品经典化的研讨亦取得一批优秀成果。然

---

① 刘帅池、张福贵：《网络小说如何进入中国文学史》，《求是学刊》2019 年第 3 期。
② 樊骏：《我们的学科：已经不再年轻，正在走向成熟》，《中国现代文学研究丛刊》1995 年第 2 期。
③ 张钧：《当代文学应暂缓写史》，《当代文坛》2019 年第 1 期。

而，文学评奖之于经典建构不仅涉及作家作品，还与文学编辑、文学刊物、出版社等多方有关。在文学及文学史经典筛选机制中，文学评奖是兼具专业性与影响力的重要一环。前者主要体现在评委的专业背景，后者则与评奖前期宣传、过程中群众投票，以及后期文学批评家的广泛参与有关。当然，这一影响力是相较文学批评、文学选本与文学教材而言的。虽然文学评奖因诸多因素也受到一定的批评与质疑，但作为"入史"的一种路径，在"经典筛选"中发挥了不容忽视的作用，具有重要研究意义与价值。对于文学评奖及其周边的考察，是体制研究的重要组成部分，且有助于我们进一步理解新时期以来的文学生态与文化场域。

新时期以来，在思想解放潮流推动下，许多机构与组织纷纷参与文学评奖的举办或协办之中，各类奖项也随之诞生。就全国性奖项而言，就有诸如鲁迅文学奖（以下简称"鲁奖"）、骏马奖、全国优秀儿童文学奖等。在这之中比较有代表性的有全国优秀短/中篇小说奖与茅盾文学奖（以下简称"茅奖"）：前者延续时间虽不长，但是目前较公认的新时期以来首个全国性文学奖项，具有里程碑式的意义；后者作为现时文坛最具盛名与影响力的全国性文学奖之一，筛选出一批长篇小说经典，亦是当下最具话题性的国内文学奖项。故对这两个奖项及其周边的考察，就显得很有必要。这里拟从文学评奖概述、全国优秀短/中篇小说奖与"茅奖"的个案研究三方面展开，试图以一种以点带面的方式，对文学评奖在经典筛选与生成中发挥的多方作用展开阐释。

历史地看，"从1941年开始，解放区的文艺奖项如雨后春笋，各个解放区先后开展了一系列的文艺奖励活动，以鼓励抗战，宣传中国共产党的政治主张，推动文学的大众化"。[1] 在解放区文艺评奖标准中，政治内容与普及性被置于艺术性之前。对于普及性的强调或与中国共产党当时实行的文化政策，以及所处地理位置有着密不可分的关联。无论是解放区时期，还是共和国时期，主流意识形态对于文艺政治性的强调是始终如一的。这也是部分作品由初始版本向获奖版本演变的一

---

[1] "解放区文艺奖励评奖标准是非常明确的：第一'政治内容'，第二'能否普及'，第三'技术好坏'。要求这些作品'无论表现技术好坏，却都有政治中心'。"万安伦：《20世纪三四十年代中国文学奖励考察》，《中国现代文学研究丛刊》2010年第5期。

个重要动因。

正因为存在着在政治性与文学性之间妥协与平衡的情况,文学评奖本身就不仅仅是一个文艺奖励机制,实际上更是一种体制性的存在。正如有学者所论,"就1978年文学评奖制度的获奖作者来说,他们当中有许多人担任过各省市或自治区作协或有关文艺部门的领导工作"[①]。这在之后的文学评奖中多少也有所体现:如第一届老舍文学奖得主之一的铁凝是河北省文联副主席,获第九届茅盾文学奖的王蒙更是担任过文化部部长等要职。虽说这一点在21世纪文学评奖中体现得并不那么充分,但这并不改变评奖属性。文学评奖是发现与筛选文学经典的路径之一,亦是对特定文学作品与作家作"正名"处理的方式。

从某种程度上说,获奖作品是经权威机构层层遴选出来的、具有标杆和引领性质的典范。获奖作品带有国家形象、家国历史缩影的意味,而不是纯粹的具有较高艺术水准的文学创作(当然,艺术性始终是文学评奖须考量之要素)。吴俊颇为犀利但切中要义的分析[②],所揭示的实则也是包括"茅奖""鲁奖"在内具有官方或准官方属性的文学奖项的组织特点与局限。此外,文学评奖在筛选与生成经典的同时,也形成了一种"文化记忆"。不过,记忆具有不稳定的特点,文学历史化与经典化亦是不断波动的过程。过去与当下评选出的作品究竟是否具有较长时效的经典性,显然还未可知。

如前所述,尽管延续时间并不长,但全国优秀短篇小说奖在新时期文学评奖史上具有里程碑式的意义。在分析其作为历史化、经典化路径,在冠名文学奖的作家(随着市场化的推进,也有出于商业宣传目的的文学奖项命名,如贵州茅台酒厂委托《人民文学》举办的"'茅台'文学奖"等),举办机构和组织,获得奖项的作家、出版社或文学期刊,编辑的经典化过程中发挥的作用之前,有必要就1978年前后的历史背景进行爬梳,

---

[①] "如魏巍曾担任《解放军文艺》副主编、总政治部文艺处副处长等职;周克芹担任过四川省作协党组副书记,莫应丰和古华担任过湖南省作协副主席,李国文担任过《小说选刊》主编等等。"范国英:《论1978年以来的文学评奖与文学场逻辑的衍化》,《社会科学研究》2012年第4期。

[②] 参见吴俊《中国当代文学评奖的制度性之辨——关于茅盾文学奖、鲁迅文学奖之类"国家文学"评奖》,《当代作家评论》2011年第6期。

以期尽可能地回到历史语境,还原当时的文学场域。

根据翻阅的资料,《人民文学》编辑部于 1977 年 12 月 28—31 日在京召开文学工作者座谈会,《人民文学》1978 年第 1 期更是刊载了长达 23 页的相关记录,内中包括《中国文联主席郭沫若同志的书面讲话》《中国作家协会主席茅盾同志的讲话》等文,以揭批"四人帮"与"向'文艺黑线专政'论猛烈开火"① 为主旨。1978 年第 5 期以"彻底批判'文艺黑线专政'论"为主题,刊载了林默涵、任白戈、王瑶的文章。可以说,1978 年前后的宣传主题为"揭批四人帮"。这一点,在 1978 年复刊的《文学评论》中也有明显体现:如该年 2 月第 1 期的编辑部"致读者"提到:"《文学评论》当前时期的首要工作,就是要从理论上,从总结社会主义文艺的成就和经验上,深入批判'四人帮'在文艺方面所制造的种种谬论……"② 不妨这样理解,全国优秀短篇小说奖就是思想上"拨乱反正"的一种途径,同时这一背景也为奖项本身及获奖作品的"入史"提供了某种政治合法性与合理性。

此外,有关评奖条例的说明亦体现了经典化筛选目的。根据"举办 1978 年全国优秀短篇小说评选启事",小说奖的评选标准为:"凡从生活出发、符合六条政治标准,艺术上具有独创性的作品,不拘题材、风格,皆可推荐。提倡那些能够鼓舞群众为新时期总任务而奋斗的优秀作品。"③ 对"六条政治标准"的强调,以一种规定的方式对入围资格予以说明。至于"评选方法,采取专家与群众相结合的方法",④ 首次将"群众"纳入评奖机制,也有扩大文学奖影响力的策略性考量。实际上,群众参与是小说奖的一大宣传亮点,如 1978 年的评选启事多次在《人民文学》1978 年第 10—12 期刊登,鼓励群众参与其中。⑤ 这一策略从实际效果来看是

---

① 本刊记者:《热烈欢呼华主席的光辉题词向"文艺黑线专政"论猛烈开火——记本刊编辑部召开的在京文学工作者座谈会》,《人民文学》1978 年第 1 期。

② 王保生:《〈文学评论〉编年史稿:1957—2010》,社会科学文献出版社 2015 年版,第 76 页。

③ 刘锡诚:《在文坛边缘上　编辑手记》,河南大学出版社 2004 年版,第 185 页。

④ 刘锡诚:《在文坛边缘上　编辑手记》,河南大学出版社 2004 年版,第 188 页。

⑤ 本刊记者:《报春花开时节——记一九七八年全国优秀短篇小说评选活动》,《人民文学》1979 年第 4 期。

较为成功的，根据1979年刊登的《评选近况》，"截至今年二月十日，共收到读者来信一万零七百五十一件，'评选意见表'二万零八百三十八份，推荐短篇小说一千二百八十五篇。参加这次评选活动的，有工、农、兵、学、商各行各业的群众和干部"。① 同时，我们也应注意到群众参与之有限性，如有学者所言，一般认为的"读者来信"经筛选而来，且体现权威。② 这也就是说，除了扩大经典化的影响范围，借助广义的群体话语来增强专家意见之权威性，也是一种策略性的设计。

在更为具体的经典化对象方面，主要涉及中国作协、举办小说奖的《人民文学》杂志社等机构，以及获奖作家与作品、首次刊载获奖作品的文学期刊、编辑。前者自不必说，仅从编辑部收到的大量推荐意见表就可窥见经典化的效果。在奖项本身早已成为历史的今天，但凡提起小说奖，总会有《人民文学》的身影（不过作为国家级权威文学期刊，究竟是《人民文学》抬高了小说奖的档次，还是小说奖给《人民文学》带来了精神与物质效益，这一点恐怕还需要数据来进一步论证）。

对于获奖作家、作品与首次刊载获奖作品的文学期刊及其编辑而言，小说奖带来的正面效果显得尤为突出。时任《人民文学》编辑的刘锡诚在后来提到，评奖"最大的收获是，使一些有才能的青年作家脱颖而出……以'伤痕文学'为开路先锋的新时期文学横空出世，开了一代文学新风"③。小说奖为新人新作的登台亮相提供了绝佳的平台，为"伤痕文学"的正名作了重要且必要的前期工作。此外，小说奖还特别强调对文学新人的扶持。"仅供领导参考，不公开发表"的《1978年全国优秀短篇小说评选的初步设想》提到，"主要是推荐新人作品，有老作家的短篇佳作也可入选"④。这一倾斜也与之后的第四次文代会形成步调一致的关系。对于获文学奖的作家、文学期刊及其编辑来说，短期荣誉倒在其次，获奖所带来的长期效益在于"入史"进程的推动，即"通过评奖使刊物

---

① 本刊记者：《一九七九年优秀短篇小说评选近况》，《人民文学》1979年第12期。
② 马炜：《被建构的"权威"——全国优秀短篇小说评选中的"读者来信"考察》，《当代作家评论》2017年第2期。
③ 刘锡诚：《在文坛边缘上 编辑手记》，河南大学出版社2004年版，第191—192页。
④ 刘锡诚：《在文坛边缘上 编辑手记》，河南大学出版社2004年版，第186页。

被更多的人接受。这也是对文学评奖的某种意义的借重"。① 如根据当时设想的奖励办法,获奖作品可被《人民文学》转载,将来也可进入由人民文学出版社出版的单行本,作家本人有资格到北京参加座谈会并受到领导接见。对于原刊载的文学期刊而言,其刊发的获奖小说可被《人民文学》转载。②

文学评奖作为经典筛选之重要一环,在评选的实际操作中需要对方方面面予以考量,这之中自然存在着各种不为人知的妥协与协调。不仅"政治方面的可容纳性"要事先考虑,也要兼顾作品的艺术性,"既要考虑到某些知名作家,又要考虑到某些杂志"。③ 最终公布的获奖名单与具体作品名次只是一种结果的呈现,更多的过程则被人为地"压缩"了。以下引录两段刘锡诚与涂光群的相关回忆:

> 张一弓的《犯人李铜钟的故事》,首先碰到的是政治方面的问题。第一,小说的背景是 1958 年的信阳事件,因浮夸风、官僚主义而导致大规模饿死人,曾受到中央的通报批评和处理……第二,张一弓在"文革"中是《河南日报》的造反派,全省的知名人物……在当时情况下,河南省组织部门坚决不同意作者获奖……编辑部听了情况汇报后,认为张一弓仍然是人民内部矛盾……考虑到小说内容的尖锐性,评委会最终还是决定将放在了一等奖的第四位。④
>
> 《乔厂长上任记》获得票数最高,高达一万三千多票。但是,天津方面猛批《乔厂长上任记》。不过,《乔厂长上任记》得到了文艺界高层的一致支持……由于北京文艺界上层领导的一致支持,因此,小说得以荣获 1979 年全国优秀短篇小说奖。⑤

无论从"坚决不同意作者获奖"到"应列为一等奖第一篇"再到

---

① 范国英:《论 1978 年以来的文学评奖与文学场逻辑的衍化》,《社会科学研究》2012 年第 4 期。
② 刘锡诚:《在文坛边缘上 编辑手记》,河南大学出版社 2004 年版,第 187 页。
③ 刘锡诚:《在文坛边缘上 编辑手记》,河南大学出版社 2004 年版,第 541 页。
④ 刘锡诚:《在文坛边缘上 编辑手记》,河南大学出版社 2004 年版,第 541 页。
⑤ 涂光群、张书群:《我和〈乔厂长上任记〉及其它》,《长城》2012 年第 3 期。

"评委会最终还是决定将放在了一等奖的第四位",还是自"天津方面猛批"到领导人为之"辩护""出面干预"再到"荣获1979年全国优秀短篇小说奖",《犯人李铜钟的故事》与《乔厂长上任记》的获奖经历均表明,文学评奖是一种暂时结束争论、① 以推进经典化的方式。

文学奖项本身、获奖作家与作品等作为一种"功能记忆",② 随着评奖结果公布而进入历史。在这之前,奖项的提名、评选过程是一种"对值得回忆的东西进行甄选和维护"③ 的方式。在文学评奖的场域中,"值得回忆的东西"就是经典化的对象。而在评奖暂告一段落之后,知名批评家的点评与讨论,亦是一种巩固奖项及其评选结果的方式。虽在某位、或某几位批评家看来,小说奖的评选过程与结果有失公允,因而在相关表述中表露一种略带犹疑或基本否定的态度。但在笔者看来,正面肯定或负面批评,均为历史化、经典化的推进方式(在话题度层面)。即使如小说奖这般早已成为历史的奖项,也会通过各种回忆、选集、研究的途径而继续"存在"。

"茅奖"虽开评较迟,获奖作品数也相对较少(详见表1),但因具有茅盾先生遗嘱背景和至今仍在评选的特点,在影响力与话题性上,均要超过小说奖。此外,"茅奖"在推动冠名文学奖的作家,举办文学评奖的机构和组织,获得奖项的作家、出版社及其编辑的经典化过程中所扮演的角色也稍有不同。下文就这三方面作初步探讨与分析。

关于"茅奖"诞生始末,韦韬的相关回忆是:"(1981年)3月14日,父亲在病床上口述了给中共中央的请求在他去世后追认为中共党员的信以后,又口述了给作家协会书记处的信……我自知病将不起,我衷心的

---

① 此外,还有《我应该怎么办?》,"经过一段时间的考验,这篇小说(《我应该怎么办?》)在《人民文学》杂志社举办的《1979年全国优秀短篇小说评奖》中,经过评委们的慎重研究,被评为当年的优秀短篇小说,肯定了这篇作品的艺术成就。这也算是评委们对这场讨论所作的一个总结"。刘锡诚:《在文坛边缘上 编辑手记》,河南大学出版社2004年版,第281页。

② 阿莱达·阿斯曼将回忆分为"功能记忆"与"存储记忆"。[德]阿莱达·阿斯曼:《回忆空间:文化记忆的形式和变迁·译后记》,潘璐译,北京大学出版社2016年版,第503页。

③ [德]阿莱达·阿斯曼:《回忆空间:文化记忆的形式和变迁》,潘璐译,北京大学出版社2016年版,第475页。

祝愿我国社会主义文学业繁荣昌盛。"① 当初茅盾先生在弥留之际设立文学奖的这一举动，带有某种"政治献礼"意味。不久，中共中央就恢复了其中国共产党党员的身份。这一设立奖项的行为也是将个人文坛成就与名望让渡给国家，以推进文艺工作的开展。茅盾先生此举（要求恢复中国共产党党员身份与设立"茅奖"），也可视为其生前为推进经典化作的一种准备与铺垫。"茅奖"所具有的遗嘱背景也直接进入了评奖条例。② 尽管评奖条例经几番修订［与短篇小说奖不同，"茅奖"是先有评选，再有《茅盾文学奖评奖办法》（1991年）］，③ 但其对于"茅奖"之遗嘱"属性"的说明从未缺席。经典化往往不是单向的，茅盾先生本人因"茅奖"的持续开评而始终保持着一种文学在场的状态，"茅奖"亦因"茅公"之名望而与众不同。不过，在评奖条例中"出现"的茅盾先生，更多的是作为文学大家与国家干部（文化部部长及全国政协副主席）的"茅盾"，而非单维度的作家"茅盾"。

表1　　　　　全国优秀短篇小说奖与茅盾文学奖对比

文学奖名称	全国优秀短篇小说奖	茅盾文学奖
起止年份	1978—1988年	1981年设立、1982年开评至今
评选周期	1年（1978—1984年）/ 2年（1985—1988年）	4年
评选范围	规定评选"期间全国各地报、刊发表过的优秀短篇小说"④	"于评奖年限内在中国大陆地区首次成书出版"⑤的长篇小说
文学奖级别	国家级	国家级
截至目前⑥的评选届数	9	10

---

① 韦韬、陈小曼：《我的父亲茅盾》，辽宁人民出版社2011年版，第303页。
② "茅盾文学奖是根据茅盾先生遗愿，为鼓励优秀长篇小说创作、推动中国社会主义文学的繁荣而设立的，是中国具有最高荣誉的文学奖项之一。"《茅盾文学奖评奖条例》（2015年3月13日修订），《文艺报》2015年3月16日。
③ 参见任东华《关于茅盾文学奖的"评选内情"》，《粤海风》2006年第5期。
④ 刘锡诚：《在文坛边缘上　编辑手记》，河南大学出版社2004年版，第185页。
⑤ 《茅盾文学奖评奖条例》（2015年3月13日修订），《文艺报》2015年3月16日。
⑥ 截至数据统计日期2019年8月16日。

续表

文学奖名称	全国优秀短篇小说奖	茅盾文学奖
截至目前的获奖作品数	188[①]	48[②]

就举办文学评奖的机构和组织而言，不同于小说奖是受中国作家协会委托由具体杂志社主办，"茅奖"是直接由中国作家协会主办。而且"茅奖"的奖金也由"用茅盾那25万的利息运作"，到"费用由国家来负"。[③] 这更使得"茅奖"具有"约定俗成"的官方意味，也带有显而易见的体制属性与意识形态特点。

"茅奖"评选条例对评奖范围的说明，亦体现明确的体制性。与小说奖类似，"茅奖"的具体实施也受到外部环境的诸多规约。譬如根据2015年修订的条例，"评奖办公室不接受个人申报"，作家必须向"中国作家协会团体会员单位、中国人民解放军总政治部宣传部艺术局、出版单位、大型文学期刊和持有互联网出版许可证的重点文学网站"[④] 提出参评申请，这一举措也使得"茅盾文学奖获得者的主流是拥有经典命名权的文化精英"。[⑤] 此举在一定程度上减小了参评范围，亦缩小了影响空间，但也同时推进了奖项的"纯正性"。评奖委员会的人员构成，评奖环节对于民族、性别包容性的考虑，对于"厚重感"、纯文学、农村题材、现实题材、现实主义风格的偏好，均表明"外部"影响。此外，"茅奖"之体制特点还体现在对于少数民族题材作品的"照顾"中，胡平的《我所经历的第七届茅盾文学奖》就提到《额尔古纳河右岸》当选的这一背景。[⑥]

与小说奖相类，"茅奖"对于获得奖项的作家、出版社、编辑也是一种经典化的路径。须知某作者属于"短期记忆"或"长期记忆"，"取决

[①] 根据历届获奖名单得出。

[②] 数据参见陈雪《43部作品背后的茅盾文学奖——茅盾文学奖出版数据分析》，《新华书目报》2015年8月24日。

[③] 雷达：《我所知道的茅盾文学奖》，《兰州大学学报》（社会科学版）2009年第1期。

[④] 《茅盾文学奖评奖条例》（2015年3月13日修订），《文艺报》2015年3月16日。

[⑤] 朱晏：《文化身份与当代文学经典中"承认的政治"——以茅盾文学奖获奖者为例》，《求是学刊》2013年第3期。

[⑥] 胡平：《我所经历的第七届茅盾文学奖》，《小说评论》2009年第3期。

于社会机构的奉承和亵渎、尊重和鄙弃",①那么获得"茅奖"自然是社会机构（中国作协及其背后所代表的国家意志）的"奉承"与"尊重"。也会随之为特定主体带来各种物质与精神效益，将其纳入"长期记忆"范畴。以陈忠实为例，尽管《白鹿原》（修订本）获奖颇费周折②，但正如房伟在研究《白鹿原》的经典化时所论述的那样，《白鹿原》"经典化有几个节点"，其中之一就是"获茅盾文学奖"。③邢小利更是对"茅奖"之于作家本人的重要意义做了专门阐述④。由此可见，"茅奖"在推动作家经典化方面具有立竿见影的效果，这恐怕是其他学术研究、选本等无法企及的。此种效果也不是用奖金可以简单概括的，如雷达所言，"它的声名和荣誉是无形资产"。⑤尽管对于特定个体，经典化效果并不一定理想，但这并不妨碍"茅奖"作为一种经典筛选方式，所具有的经典认定效果。退而言之，当下对于结果的判断也不见得就是一种不变的结论。受制于自己所处时代的局限，目前也只能以当下的现状来作为经典化结果的参考。

对于出版社与文学编辑而言，"茅奖"也会对其经典化有所助益。且不论获奖作品销量增加⑥为出版社带来的经济效益，"茅奖"也在很大程度上提升了出版社的知名度。至于编辑，除却物质奖励，"茅奖"评委会还会"向获奖作品的责任编辑颁发证书"，这固然无法与获奖作家所得荣誉相提并论，但至少也是"名编辑"之路上的助推器吧。

一言以蔽之，目前学界对于文学评奖的讨论，主要集中于获奖作品，但这只是一个维度。从某种程度上说，文学评奖深度参与的经典与历史建构，不仅涉及作家、作品，亦包含举办文学评奖的机构和组织、出版社、

---

① ［德］阿莱达·阿斯曼:《回忆空间:文化记忆的形式和变迁》,潘璐译,北京大学出版社 2016 年版,第 60 页。

② "《白》先后落选'八五'优秀长篇小说出版奖,第二届'国家图书奖'评奖。《白》参评茅盾文学奖的过程更充满曲折。"房伟:《〈白鹿原〉经典化问题考察》,《当代作家评论》2017 年第 1 期。

③ 房伟:《〈白鹿原〉经典化问题考察》,《当代作家评论》2017 年第 1 期。

④ 邢小利:《我所知道的〈白鹿原〉参评茅盾文学奖的真实经过》,《鸭绿江》2018 年第 1 期。

⑤ 雷达:《我所知道的茅盾文学奖》,《兰州大学学报》（社会科学版）2009 年第 1 期。

⑥ 陈雪:《43 部作品背后的茅盾文学奖——茅盾文学奖出版数据分析》,《新华书目报》2015 年 8 月 24 日。

文学期刊、编辑等方方面面，更关涉文学生产与传播的各个环节与要素。借用电影研究的成果，如果说"Films need festivals"（电影需要电影节），[①]"Festivals need films"（电影节需要电影），[②] 那么，文学需要文学评奖，文学评奖也需要文学。文学评奖，特别是国家级具有官方或准官方色彩的文学评奖，可视为类似纪念碑般的存在，无论它们是否仍持续评选，均对于作家、作品等多方的经典化具有重要作用。作为一种"文化记忆"，文学评奖也符合"回忆不仅使团体稳固，团体也能使回忆稳固下来"[③] 的规律：文学评奖所隐含的国家话语表达有助于意识形态的稳固，后者也为前者提供了合法性与相对的稳定性。

[①] Iordanova, Dina, "The film festival circuit", *Film festival yearbook* 1: *The festival circuit*, 2009: 24.

[②] Iordanova, Dina, "The film festival circuit", *Film festival yearbook* 1: *The festival circuit*, 2009: 25.

[③] ［德］阿莱达·阿斯曼：《回忆空间：文化记忆的形式和变迁》，潘璐译，北京大学出版社 2016 年版，第 143 页。

中编

历史化的主要路径与研究方法

如果说上编主要探讨的是历史化"是什么",对其本体存在与表现,即有关的知识谱系进行盘整,那么中编进而分析"怎样历史化",它在这方面有什么具体的路径与方法,在这里,我们更突出和强调过程本身,它带有实践与操作的色彩。也就是说,在对历史本身进行研究的同时,也追问历史生成的路径与方法。可以说,它既是对历史化结果的一种观照,更是对历史化进程的一种考察。

虽然自觉意义上的当代文学历史化只有20年左右,准确地说,是进入21世纪之后的最近20年,但如果不拘泥于概念、口号或主张本身,而是返回历史现场,作学术史或发生学的回溯,就会发现:"'历史化'是一个不断历史化的过程。且不说已经是遥远历史的中国古代文学,即便是中国现代文学研究也仍然处于'历史化'的过程中",这一过程,既形成某些共识,也"不断产生分歧","历史化的过程,是文学研究者和更广泛意义上的文学接受者累积共识的过程"。① 从某种意义上讲,当代文学从其诞生的那天起历史化就已启动,并贯穿于当代文学始终,所不同的是以隐性方式存在罢了。而从研究的路径和方法来看,凡对当代文学做"历史稳定"的工作,都可视作历史化,它也在实践层面上推动了历史化。须知,当代文学自有其"当代"的属性和特点,但它却与古代文学、现代文学具有难以切割的血脉联系。王瑶先生40年前提出的现代文学研究应该师法古典文学,从它那里借鉴包括版本、目录、辨伪、辑佚在内的"一套大家所熟悉的整理和鉴别文学史料的学问",认为这"都是研究者必须掌握或进行的工作",② 就蕴含着这层意思。它启迪我们不能为了所谓的"当代性",而拒绝向古代文学、现代文学等成熟学科寻求借鉴,那是不明智的,它只会给历史化带来狭隘和短视。

需要说明,由于本书的定位是"研究的历史化",即强调和突出的是"对研究的研究",所以,为与这样的定位相适,这里所说的"主要路径

---

① 王尧:《作为文学史研究过程的"历史化"》,《中国当代文学研究》2019年第5期。
② 王瑶:《关于中国现代文学研究工作的随想——在中国现代文学研究会学术讨论会上的发言》,《中国现代文学研究丛刊》1980年第4期。

与研究方法",主要偏向对已然文学历史(特别是"十七年"、八九十年代文学历史)的"研究的研究",而不是返回当下文学现场,对包括最新的作家作品、现象思潮的批评和每年度的文学进行盘点综述。这些,也会有所涉及,并尽量与之对接,如第三章和第十二章谈大众文学谱系、文学性问题时涉及新近的网络文学,第十三章谈历史化与批评关系时,涉及最近几年热议的"非虚构文学"等。但一般不像批评那样直指作家作品和现象思潮本身,而是通过"研究的研究"这一角度契入,或者说是以"研究的历史化"为中介带出来进行评判和分析的,所谓的现场批评,更多的是作为研究及其历史化的一种参照,并且占比不多。

本编基此,从述学体、经典化、文学史三个方面(即三章)对当代文学历史化的路径与方法进行考察,探讨它们在纷纭复杂语境中的具体实践,包括各自的功能价值、所取得的成就,也包括留下的历史局限,总结经验,以鉴现实与未来。当代文学历史化包含了史料、史观两个方面。无论是对述学体的分析,还是对经典化、文学史的探讨,均需要史料的支撑。于是,在对上述有关历史化的路径与方法分析之后,我们就用两章的篇幅,将重心转向对史料收集、分析和运用的探讨了。

第六章　述学体:形象自塑与历史回溯

传记、回忆录、日记、书信、文案、年谱等传统研究体式的复活,是近些年来比较引人注目的一个现象。这也是我们探讨当代文学历史化路径与方法首先需要关注的。为了对这些不无丰富庞杂的体式作一归纳,这里我们不妨将其统称为述学体。述学及其体式意蕴宏深,按照陈平原的说法,它的内涵"包括学科边界的确立、教科书的编纂、论文与专著的分野、标点符号的意义、演说与文章之关系,还有如何引经据典等所谓的'述'"。[①] 我们此所谓的述学体,是偏向狭义的一个概念,大体是指一种比较客观的学术文体或学术叙述,带有浓厚的史学特征。它既是通向历史化的一个重要路径与方法,也是构成历史化的一个重要基础与前提。

第一节　作为个人的历史叙述

从某种意义上讲,中华人民共和国成立尤其是新时期以来发表和出版的各类传记、回忆录、日记、书信、文案、年谱等,都可视为个人的历史叙述。它从20世纪80年代初的"归来"作家作品起始以迄于今,已有不少积累,构成了当代文学相当显在的一个现象。

有关这方面作品很多,倘要举例,可以开列一长串的清单。如茅盾的《我走过的道路》、巴金的《巴金自传》《随想录》、夏衍的《懒寻旧梦

---

① 陈平原:《学术史视野中的"述学文体"》,《读书》2019年第12期。

录》、丁玲的《丁玲自传》、冰心的《冰心自传》、刘可风的《柳青传》、杨绛的《干校六记》、韦君宜的《思痛录》、张光年的《文坛回春纪事》、郭晓惠与郭小林整理的《郭小川1957年日记》、沈虎雏选编的《从文家书——从文兆和书信选》、杨沫的《自白——我的日记》、冯亦代的《悔余日录》等。这之中当然也包括较为晚一辈的作家回忆录,如张抗抗的《大荒冰河》、贾平凹的《我是农民》等。此外,还有《新文学史料》上的回忆文章以及港台等地的出版物,如王西彦的《焚心煮骨的日子——文革回忆录》、邵燕祥的《别了,毛泽东——回忆与思考:1945—1958》等。这批文本从不同角度切入,对作家形象进行了建构与重塑。某种程度上,狭义的文学作品有时也可视为一种个人的历史叙述。如《青春之歌》中就可见杨沫本人的经历,即所谓的原型。

富有意味的是,这批文本在涉及历次思潮运动时往往呈现某种倾诉的特征。这一点在老作家,尤其是"归来"一代的老作家身上表现得更为明显。从延安时期的审干、肃反开始,直到反右和"文化大革命",在一系列的思潮运动及与之相伴的思想改造中,包括作家在内的知识分子采取自我批判的姿态,对自己身上的"小资产阶级"思想进行反思,期望能够完成改造重新进入"人民"的行列,① 并逐渐成为与"革命"相匹配的"齿轮与螺丝钉"。在这一过程中,他们的精神思想常常陷于矛盾痛苦。而在思潮运动结束之后,一方面整装待发,开始投入新一轮的文学创作,如汪曾祺、沙汀等;另一方面则又需要清理盘点,进行自我疗治。如巴金就曾提到,《随想录》写作为了伤口,"我挤出它们,不是为了消磨时间,我想减轻自己的痛苦"。② 当然,其中也包括对于自身的反省与总结,带有某种"忏悔"的意味。如巴金提到自己为参与对胡风批判而撰写的几篇文章,③ 韦君宜承认"在左的思想的影响下,我既是受害者,也成了害人者。这是我尤其追悔莫及的"。④ 不过,尽管以巴金为代表的作

---

① 如和凤鸣就讲道:"在大跃进的年代,我想得更多的,还是如何在'改造'自己的问题上多下功夫,想得很实在,确实也在争分夺秒地表现自己,在劳动上狠下功夫,狠出力气,做出非凡的努力。"参见和凤鸣《经历:我的1957年》,敦煌文艺出版社2006年版,第113页。

② 巴金:《随想录》,《巴金全集》第16卷,人民文学出版社1991年版,第iii—iv页。

③ 巴金:《随想录》,《巴金全集》第16卷,人民文学出版社1991年版,第743—744页。

④ 韦君宜:《思痛录》,北京十月文艺出版社1998年版,第4页。

家大多认为"分是非、辨真假，都必须先从自己做起，不能把责任完全推给别人，免得将来重犯错误"，①甚至更近一步提倡建立"文革博物馆"，但从实际的效果来看，除了对自己进行有限的反省，绝大多数还是把问题的根源归到林彪和"四人帮"身上，打上了那个时代的烙印。有学者据此指出："或许巴金的喊叫能惊醒人们思考，但它还不是思考本身。"②这样说也许太苛刻，因为从某种程度上说，巴金的"思考"也是一种"思考"，只是尚未触及问题的根本。这种情况，在一定程度上反映了以巴金为代表的一代知识分子的历史局限。但毋庸置疑，他的带有反思性的创伤叙述，是带有个人史的意味。

或许与认知有关吧，在当代"前三十年"，我们都十分强调和重视包括作家在内的知识分子思想改造的。这种情况，潜在地影响和规约着作家的心态。它在"后四十年"撰写的各类传记、回忆录、日记、书信、文案、年谱那里得到深刻的体现，而成为历史化的一种叙述方式与体例。它也可以看作对上述群像叙述的一个补充。不过需要指出，这里所说的新时期是一个不甚准确的概念，从香港文化资料供应社1978年出版的《天安门革命诗抄》来看，因曾被"压制"而具有某种"先进性"的革命诗抄仍是一种"文化大革命"语言与思维的延续。③因此，本节说的新时期具有某种模糊性。但无论是《柳青传》《浩然口述自传》，还是《懒寻旧梦录》《干校六记》，或是《巴金年谱》《汪曾祺年谱》，均在一定程度上实现了文学历史叙述从"我们"到"我"的转变。当然，从历史化角度看，这些传记、回忆录、日记、书信、文案、年谱等毕竟反映了作家在场的精神状态，不妨可当作一种资源，且具有重要的史料价值，包括为洪子诚所说的"中心作家"。如郭小川内心曾有"某种不安甚至因良心受到谴责而痛苦"④的想法。

尽管如此，我们也没有必要对此过分夸饰。毕竟，不是每一个普通人都可以且能够出传记、回忆录、日记、书信、文案、年谱，即通过个人历

---

① 巴金：《随想录》，《巴金全集》第16卷，人民文学出版社1991年版，第iv页。
② 张志扬：《创伤记忆——中国现代哲学的门槛》，上海三联书店1999年版，第129页。
③ 《天安门革命诗抄》（第二集），文化资料供应社1978年版。
④ 郭晓惠、郭小林整理：《郭小川1957年日记》出版说明，河南人民出版社2000年版。

史化的方式入史的。这就涉及话语权掌控的问题。"十七年"曾经有过的遭际，使作家们在新时期复出后普遍有一种一吐为快之感，但问题是，对于那段历史是否有不同的声音与解读？在关注知识分子曾经苦难的同时，是否也应关注平民百姓的生存状态，有一种更加开放也更具包容性的思维理路呢？有学者就认为："文革期间，很多普通平民百姓大量阅读，四处游历，参与了形形色色的文化活动，生活并不如我们所想象般窒闷。"①这样说也许可以讨论，但至少也是一种可以考虑和切入的角度。除此之外，局限性还体现在史实的讹误上：一方面，作家或其后人出于现实利益或名誉的考量，对原始文献，如日记、书信等，进行了不同程度的删改，使得其在历史事实方面存在出入，杨沫即为一例；另一方面，则源于回忆的不可靠性，作家本人及其配偶、子女等撰写的回忆文章，都程度不同地存在内容缺失或信息讹误的问题，如"老舍之死"，就有几种不同的回忆版本。还有各类访谈，也存在访谈一方由于"在场、提问和作出反应"，实质上已参与回忆的重构工作之中的现象。②

以上所讲，可以说是对个人历史叙述的一个综述性爬梳吧。下面，为了深化探讨，拟选择邵燕祥、贾平凹的自传与回忆录，李洁非的《典型文案》《汪曾祺年谱》《路遥年谱》三个案例，以点带面地对不同主体、体例、叙述方式下的特定历史化路径进行分析。当然，作为个人叙述当代史的一种方式，这些文本彼此虽然存在明显的差异，但都体现了在同构或近距离情况下，研究主体对文学事实的选择、剪裁、编排与加工。富于当代性，是其普遍的共性。

第二节　自传与回忆录：革命言说与历史剪辑

作为"事后"写作的一种历史记忆，自传与回忆录不仅具有"选择

---

① 彭丽君：《复制的艺术：文革期间的文化生产及实践》，李祖乔译，香港中文大学出版社2017年版，第1页。

② ［德］阿莱达·阿斯曼：《回忆空间：文化记忆的形式和变迁》，潘璐译，北京大学出版社2016年版，第309页。

性、模糊性及排他性",① 而且还是"一种呈现,也是一种再塑造,是一种创造性的行为"。② 从学术伦理角度考量,自传与回忆录自有其还原历史、披露历史真相之职责,但它有关的自我言说却带有浓厚的修辞色彩。这是我们对其历史化研究时,需要注意的。同时,是自传与回忆录的传播渠道,"因涉及诸多私事,作者又往往有许多个人情绪夹杂其中,且囿于政治、伦理、道德的限制,其整理出版也颇费周折"。职是之故,部分作家的自述文本选择了域外出版的方式,同时,它也使得"中、青年作家的私人性史料公开的内容较之名、老作家非常有限"。③ 就目前笔者接触到的史料来看,老作家的传记与回忆录较之中青年作家的自述文本,数量更多,在深度上也更胜一筹。而从内容角度考察,大致具有以下特点。

一 革命身份的强调

也许与现代革命传统有关,新时期以来在海内外出版的诸多自述文本,均程度不同地涉及对革命的书写。如巴金的《随想录》、和凤鸣的《经历:我的1957年》、杨绛的《干校六记》、季羡林的《牛棚杂忆》、王西彦的《焚心煮骨的日子——文革回忆录》、邵燕祥的《别了,毛泽东——回忆与思考:1945—1958》与《一个戴灰帽子的人》、从维熙的《走向混沌:从维熙回忆录》等。这些作者中不少具有革命亲历者的背景,如周扬、柳青、郭小川、王蒙等。他们尽管历经坎坷,但在这一过程中,对革命的认同和对党的拥护,却是始终如一的。如邵燕祥就曾说:"我就是这么一个对'革命'不死心的人",尽管一度把我当成了革命对象,但"我还是想回到党的队伍里去充当'革命动力'"④,"在我的内心生活里始终未变的,则是一个革命者(而且恰恰是共产党意义上的革命者)自居,以此为精神支柱,以此为道义制高点,以此为自尊心的后盾"。⑤ 这也在相当程度上解释了知识分子群体对于思想改造的配合与服

---

① 北岛:《城门开·序:我的北京》,生活·读书·新知三联书店2010年版。
② 李欧梵:《中国现代文学与现代性十讲》,复旦大学出版社2002年版,第94页。
③ 吴秀明主编:《中国当代文学史料问题研究》,中国社会科学出版社2016年版,第83页。
④ 邵燕祥:《别了,毛泽东——回忆与思考:1945—1958》,牛津大学出版社2007年版,第419页。
⑤ 邵燕祥:《一个戴灰帽子的人》,江苏文艺出版社2014年版,第44页。

膺。可以说，对于直接或间接被污名的"反正"，对革命身份的强调，它是构成了当代作家自传与回忆录的一个显在特点。

就拿邵燕祥来说吧，尽管他在反右运动中成为斗争的对象，受到严厉的处分，但在回忆录中，认为自己当初提出的干预生活主张，是"作为文学为政治服务的党性的表现"，虽然"在反右派斗争中，检讨我的主要罪行之一——以'干预生活'为名，反对官僚主义，'实际上'是反党反社会主义"，但"对一般读者来说，这只是一个青年作者的误读误解，以及他和党组织之间由于隔膜而生的一场双向'误会'"。① 可以说，对于革命身份误会的辨析，在当代作家自传与回忆录中颇为普遍。就深层次而言，这一表述实质上指向的是特定主体的革命倾向。正如邵燕祥所言，毕竟当时的大陆作家大多具有"建立'革命人生观'同时建立的革命荣辱观：革命即投身于一个神圣的使命是光荣的，不革命即过庸庸碌碌的世俗生活是可耻的，跟着党'从一而终'即革命到'底'，奋斗到'底'是光荣的，离开这个队伍便是半途而废是可耻的"。② 更何况，是否革命不仅意味着政治生命的延续与终结，还直接关系到物质层面的供给与保障与否。如此这般，作家特别是老作家自述文本中就蕴含了这样的共性特点：一方面是渴望革命却往往遭受误会；另一方面对之的申诉恰恰有意无意地维护了革命的正当性与权威性，并带有自我维护的历史化意图。稍显苛刻地说，其中有一部分作家既参与了对其他知识分子的批判，随后又具有程度不一的被误会的经历，在新时期以后又恰好符合潮流地恢复了革命的身份，并有了发言权。

与此相类似，是像贾平凹这样的中青年作家，虽然并无巴金、邵燕祥的经历，但他在回忆录《我是农民》中也不惜笔墨地对所遭受的不公待遇作了辩白："一夜之间，颜色变了，我由一个自以为得意的贫下中农成份的党的可靠青年沦为将和老鸦与猪一般黑的'可教子女'"③（这当然也是不可轻易漠视的重要"个人史"），并其后提到父亲回到革命队伍后，

---

① 邵燕祥：《别了，毛泽东——回忆与思考：1945—1958》，牛津大学出版社 2007 年版，第 131—132 页。

② 邵燕祥：《别了，毛泽东——回忆与思考：1945—1958》，牛津大学出版社 2007 年版，第 419 页。

③ 贾平凹：《我是农民》，漓江出版社 2013 年版，第 73—74 页。

"恢复了公职,补发了工资",家里才"有了翻身解放的喜悦"。① 虽然在反思的层面上贾平凹等不及巴金、邵燕祥等前辈作家,但在革命身份的重塑与强调上,彼此的确有某种相似或一致之处。毕竟,倘若没有父亲的身份置换,他也很难获得组织的推荐,从而实现从农民到知识分子作家的转变。

二 个人历史的选择

除了对于革命进行有意识的强化,当代作家的自传与回忆录还具有个人选择的色彩。他们虽然强调真实性,如从维熙认为自己"没有美化知识部落群体及任何个人(包括自己)的笔墨",② 杨沫则说"我的日记是我人生历程的写照,我保持了它的真实性,既不美化自己,也不丑化自己"③,但无论是前者对于自身及好友刘绍棠的描述,还是后者删去有关胡风集团评价④等不合时宜的内容,都表现了这些自述文本的事后加工与剪辑的特点。

还以贾平凹为例,他在回忆录中说自己上中学时,曾参与批斗王姓老师,但字里行间表白,王老师随后的自杀与自己并无直接的关联。此外,《我是农民》虽然囊括了其在工地办战报的经历,但主要是从正面成就的角度来谈,回忆录中也回避曾在《朝霞》1975年第12期发表的响应"学大寨"作品《队委员》。这也不难理解,因为在拨乱反正的语境下,"文化大革命"创作毕竟不具有增色效果,"学大寨"也早已随着时过境迁而不再作为宣传口号。类似的例子还可举出不少,如戚本禹在回忆录中通过对毛泽东、江青、姚文元等的"维护",为自己在"文化大革命"初所犯的严重错误开脱。⑤ 又如浩然在口述自传中说:"我肚子里不可能有反对共产党仇

---

① 贾平凹:《我是农民》,漓江出版社2013年版,第125页。
② 从维熙:《走向混沌:从维熙回忆录》再版前言,花城出版社2007年版,第3页。
③ 杨沫:《自白——我的日记(上)》前言,北京十月文艺出版社1994年版,第8页。
④ 老鬼:《我的母亲杨沫》,北京日报出版社2011年版,第276页。
⑤ "与'首都工作组'不同,当时我们中央文革小组的主要精力都放在怎样支持受资反路线迫害的学生起来造走资派的反。对群众提出的'破四旧'的要求我们当然也表示支持的。但是,文化大革命的斗争的大方向应该是对着党内走资派,而并不是社会上的'地、富、反、坏、右'。这一点,对我们来说,始终是非常明确的。"戚本禹:《戚本禹回忆录》,(香港)中国文革历史出版有限公司2018年版,第476页。

视共产党的话。但是对共产党某个具体指令,某个具体组织,我是有意见的。而且我的意见比较新鲜生动,有些意见和这些意见的根据是城里的书生们没见到没听过的。"① 或许这一模糊的事后叙述自有一定的合理性,但这一带有选择性甚至是带有优越性的表述,还是体现了浩然历史化意图的自我言说。

王蒙的情况或许有所不同,但其《王蒙自传》有关本人丰富经历及大量文学创作原文摘引与评价,郜元宝就认为,它的述说"所完成的主要(还)是作家王蒙的自我塑造",② 李建军等学者则对王蒙"对他人的态度和评价,往往以其与自己的利害关系做为衡量的尺度"③ 提出了批评。不过,对于部分身居高位或曾身居高位的官员型作家或作家型的官员来说,对于特定历史事件或个人的评价,有时候并不完全是一种自主自发的行为,它也受到其所处体制的制约(当然也无法完全刨除个人对于体制的配合与服从),并程度不同地带有某种"政治表演"的成分。在这一点上看,或许正文本之外的"副文本",也是一种可供深入研究的角度。还要附带一提,陈明在口述回忆录中讲"丁玲从没有整过谁,她对人很热情,总是看到人家的长处;她又善于体会人家的心情,很理解人",④ 这也与事实不甚吻合,至少当年对于萧也牧的批判就可见丁玲亲自上阵的身影。

当然,无论是作家或文化界人士的自传与回忆录中对于自身革命形象的重塑,还是在事实与评价等方面的选择性处理,都是可以理解的。因为对于历史的表述很大程度上与自身、亲属的现实利益密切相关。这也在一定程度上解释了近些年自述与他述文本的大量生产现象。此外,还有韦韬、陈小曼的《我的父亲茅盾》,刘可风的《柳青传》,老鬼的《我的母亲杨沫》,汪朗、汪明、汪朝的《老头儿汪曾祺:我们眼中的父亲》,晓风的《我的父亲胡风》,田申的《我的父亲田汉》等"子女追述",这些

---

① 浩然口述,郑实采写:《浩然口述自传》,天津人民出版社2008年版,第192页。
② 温奉桥:《〈王蒙自传〉学术研讨会综述》,《文学评论》2008年第5期。
③ 李建军:《〈王蒙自传〉:不应该这样写》,《当代文学研究资料与信息》2008年第6期。
④ 陈明口述,查振科、李向东整理:《我与丁玲五十年:陈明回忆录》,中国大百科全书出版社2010年版,第78页。

文本也是构成历史化的一个内在路径。有人曾经说过，当代作家自传与回忆录，"有限度地保留了私人话语，其中的某个史料能否推翻或支持一个历史结论，尚待继续考证"。① 这是有道理的，也符合事实。但它并不影响这种私人话语之对历史化意义与价值。

第三节　文案与文案体：创伤记忆与深度描述

在述史方式与体例中，除了带有传记与回忆录性质的纪传体，包括年谱在内的编年体，还有一类较为特殊的"文案与文案体"。此处的"文案"既不同于隶属别集之一种的《南雷文案》，也不是"方案"意义上的策划文书，而是专指以文学与文化事件、论争、案件等为叙述中心的各类著述，具有现象史与事件史的内涵。可以说，在当代文学体制中，各种思潮、运动与事件构成了作家与作品层面之外的另一维度的历史，这其中不仅包括"十七年"的《武训传》批判、《红楼梦研究》批判等，还牵涉新时期以来的各种论争。值得注意的是，前者，虽然在20世纪80年代，各类涉案的作家与作品得以平反，恢复名誉，有的（如周扬）甚至曾因受冤的经历加上符合时代精神的反思态度，而在新时期得到很多人的同情与理解。当然，抚慰创伤是建立在政治平反基础之上，否则，即使再大的创伤也不具备进入主流叙述的资格。文案研究不但是一种"历史稳定"的工作，而且这种研究本身亦构成了与文案相关的作家与作品历史化的推助器。遗憾的是，出于种种原因，与以作家作品为中心的历史化相比，目前文案研究相对较少。有感于此，本节以李洁非的《典型文案》为个案，主要从概况爬梳、边缘与中心、客观呈现与主观介入三个维度，对历史化的路径与方法试作考察。

当然，这里以"文案与文案体"为标题也是为了对二者进行粗略的区分。事实上，就目前所收集的史料来看，当代文学目前仅有文案整理与研究而无严格意义上的文案体书写。这自然与史料研治的初始状态有关，

---

① 吴秀明主编：《中国当代文学史料问题研究》，中国社会科学出版社2016年版，第89页。

直接表现就是各类以广义的文案为中心的著述缺乏固定的体例：有的是史料的汇编，有史而无论；有的则是亲历者的回顾，史论兼具。这之中也有一部分是学者的整理与考察成果。就其内容而言，它与作家小传也存在不少重合之处。以《典型文案》为例，其中就包括以人为主要叙述中心的《寂寞茅盾》《路翎底气质》等章节。但由于其在具体行文中往往以事件（如"重排文学大师"），或冤案为背景与主要情节，因此大体可归于文案与文案体。

从叙述主体来看，文案与文案体研究大致可分为事件亲历者（如参与批判与被批判的双方）、利害关系者（如被批判对象的亲属）与旁观者三类。这一方面使得这些著述带有某种政治与文学的揭秘与解密色彩，另一方面也使其呈现出各异的特点与风貌。比如同样是主要对文学事件的叙述，由于书写主体的不同，《典型文案》更偏向于以一种旁观者的姿态进行论述，而《文坛风云录》（黎之）则带有明显的回忆与追述性质，这也或多或少体现了文案这一述史方式的内部区辨。基于目前学界对这一述史方式与体例的关注与整理还很不够的现状，在进入《典型文案》具体论述之先，有必要对文案与文案体面上的情况稍作简要的爬梳。

正如开头所言，从接触的史料来看，目前当代文案与文案体的著述大致有以下三类：史料汇编、亲历者回顾与学者研究成果。第一种类型，如史海阳、王启和编的《文坛公案：秘闻与实录》（1993年）等；第二种类型，如黎之的《文坛风云录》（1998年）与《文坛风云续录》（2010年）等；第三种类型，如夏杏珍的《1975：文坛风暴纪实》（1995年）等。除了上述三种类型，还有一部分著述将关注的目光聚焦于新时期以来的各类文坛事件，如杨志今和刘新风主编的《新时期文坛风云录（上下）》（1999年）、白烨主编的《中国年度文坛纪事：99卷》（1999年）等。需要特别说明，像李洁非的《典型文坛》（湖北人民出版社2008年版）、严平的《潮起潮落：新中国文坛沉思录》（人民文学出版社2015年版）等成果虽然也以广义的文案为背景，但主要是以人，而非文案或事件为叙述的中心，因此在本节的论述中暂不划归为文案或文案体的范畴。

总的来说，尽管启动较迟，但从文案与文案体角度切入对当代文学进行历史化研究已有了一定的积累。事实上，这一现象本身亦体现了当代文学的特点。正如李洁非所述："自特殊性言，当代文学史不是作家史，不是作品史,是事件史、现象史和问题史。"① 对文案与事件的体察与研治不但是对作家作品史的有效补充,同时也有利于推动作家作品史的相关研究。进一步说,如果说作家作品史的研究或多或少因带有审美性而体现研究者的主观好恶,比如在涉及某位作家的文学成就的高低,以及某部作品的得失之时就多少带有研究者个人的文学品味,那么对于以文案为研究对象的学术实践来说,其所作的工作更多的是一种"呈现"而非"评价"或"定位"。虽然研究主体对于个别作家作品遭遇的看法与态度会或显或隐地在具体行文中有所体现,但由于文案研究的重点不再是作家或作品评论,而是案件与事件梳理与考证,所以会出现像李洁非归纳的"人的面容开始模糊,凸显在眼前的,是桩桩件件交织着错综关系"② 那样的状态,研究主体的介入是相对较为有限。当然,这只是相对或相比较而言,不能夸大。如同任何历史叙述一样,实际上,文案与文案体言说也是经过了叙述主体对书写对象的筛选与选择。这里有以下两点需要辨析。

一 边缘与中心

文案与文案体叙述往往将目光聚焦于文学运动中的受批判者,或是文学案件中的利害关系方。对于《典型文案》来说,它更多的是对历次文学事件与案件进行梳理与整合。这意味着,《典型文案》的叙述对象或多或少带有受批判者的角色与身份(尽管受批判者与批判者的双重性在不少作家身上往往同时并存③)。在今天的语境中,这一叙述本身就有推进叙述对象历史化的功用,毕竟"强烈情感、象征和创伤"④ 是回忆的稳定剂,更何况它对"十七年"作家的打捞,具有历史化及其在此基础上历史重建之意。当然,首先需要承认,《典型文案》也好,其他文案与文案体著述也罢,在相关叙述进入文学教育之前,其影响或起作用的范围还是

---

① 李洁非:《典型文案》写在前面,人民文学出版社 2010 年版。
② 李洁非:《典型文案》写在前面,人民文学出版社 2010 年版。
③ 王西彦十分深刻地反省了自己在反右运动中的表现:"在作家协会对傅雷的批判大会上,我也是一个向他投掷石子的人……当时,对像我这样的人来说,给了我发言机会就等于被放过了关隘。"王西彦:《焚心煮骨的日子——文革回忆录》,香港昆仑制作公司 1991 年版,第 55—56 页。
④ [德]阿莱达·阿斯曼:《回忆空间:文化记忆的形式和变迁》,潘璐译,北京大学出版社 2016 年版,第 285 页。

相对比较有限的，它基本局限于文学或泛文学圈子内部。为了说明这一点，下面选择《典型文案》有关茅盾、郭沫若、路翎、萧也牧，以点带面进行分析。

在一般意义上的文案与文案体著作中，茅盾更多的是以国家领导人的身份"闪现"。①从表面上看，茅盾并不像直接受到批判的大多数作家一样。且在20世纪80年代，对其文学地位的认识人们还是比较一致的。1981年《新港》有一篇名为《大星陨落》的文章，对茅盾有很高的评价与定位。②然而《文案》则特别关注到了这一结论背后，茅盾在"文化大革命"期间的"靠边站"，③以及"重排文学大师"事件所折射出的茅盾文学地位的下降。④可以说，对于当下茅盾历史化结果的不满，构成了《典型文案》将其列入专节叙述的动因。虽然李洁非也承认，茅盾作为闻名中外的小说家，却在中华人民共和国成立后鲜有作品问世，没有时间与自由进行创作是限制茅盾文学成就的一个主要原因（这也是许多由"现代"进入"当代"的作家所遇到的具有共性的问题）。"20世纪中国的长篇小说巨匠茅盾，未尽其才。"⑤从《典型文案》这一带有遗憾的表述，我们不难发现李洁非不仅对茅盾文学造诣的肯定，而且也带有经典追认的意味。

与茅盾不同，郭沫若在历次政治运动中受到的冲击相对不那么明显（当然，这并不意味着郭沫若没有创伤经历，至少郭世英的离世对他来说无疑是一个很大的打击⑥），反而因其在大多时候跟紧政治潮流而颇为主

---

① 如"1957年整风中茅盾等人提出改变作协衙门化作风。遗憾的是这样意见未被采纳"；"电影《早春二月》完成样片，请茅盾、周扬、夏衍等文艺界领导和一些专家审查"。黎之：《文坛风云录》，河南人民出版社1998年版，第302、444页。

② "茅盾同志在文学创作、中国古典文学的研究、介绍外国文学作品、编辑刊物、文艺理论这几个方面，都很有成就，很有修养，对我们这一代作家，有极大的影响。他对中国新文学事业，功绩卓著。"转引自韦韬、陈小曼《我的父亲茅盾》，辽宁人民出版社2011年版，第157页。

③ "不知不觉中发现，供高级干部阅读的《参考资料》停送，警卫员撤回，配车取消（余连祥《逃墨馆主——茅盾传》），并失去听文件传达的权利……"李洁非：《典型文案》，人民文学出版社2010年版，第5页。

④ 李洁非：《典型文案》，人民文学出版社2010年版，第26页。

⑤ 李洁非：《典型文案》，人民文学出版社2010年版，第33页。

⑥ 有关这方面研究，参见冯锡刚《郭沫若的晚年岁月》，中央文献出版社2004年版。

流,这也在一定程度上造成了其在新时期以来名望下滑的不堪情况。李斌指出:郭沫若研究的这一"认识装置"与"现代化范式"对"革命史范式"的取代有关,在他看来,"郭沫若的首要身份是革命家,他的文学创作和学术研究都是为革命服务的,作为革命家的郭沫若统摄作为文学家和学者的郭沫若,成为整体性的郭沫若"。① 因而,在通常的认知中,郭沫若也绝非文案叙述的对象或重点。② 然而,李洁非却认为,无论是"官样学者的回护与辩解"还是"网上民议的贬损与鄙夷"均需扬弃,而应"以原本的事实"③ 返回郭沫若的历史现场。不过,对于"事实"的回访,也有意无意地形成了对郭沫若的"维护"。无论是对郭沫若旧有少年形象的回顾,还是从自毁少作中分析出郭"极顽强的意志",④ 抑或对其"自杀之勇""欲望蓬勃"的呈现,均指向郭沫若曾有过的"自由知识分子"身份。⑤ 对于郭沫若早年生活窘境的回顾也带有"理解之同情"的意味,并得出了郭具有传统文化中的自由精神与西方文艺复兴以来的人性解放面貌的结论。或许正是对于郭的褒赞,才更体现出政治对于人的重塑。虽然李洁非认为郭的政治抒情诗实在难以令人卒读,但通过对郭译稿所作批语的分析,又指出其内心是存在矛盾的。这样的分析,对如何客观评价郭沫若是有启迪的。在学界主流风评不佳的情况下,偏向客观性的叙述也有助于历史化。当然,对于郭沫若的评价必须基于丰富的史料收集与研究,李洁非所提供的也只是在自己掌握材料基础上的一种读解。

如果说前二位作家离传统意义上的受批判者的身份稍远,那么《典型文案》对于路翎与萧也牧不惜笔墨的叙述,则充分体现了文案与文案

---

① 李斌:《对"非郭沫若"认识装置的反思》,《文艺理论与批评》2017 年第 5 期。
② 虽然郭沫若并非文案叙述的中心,但有关郭沫若的史料研究还是持续进行当中,这些研究也在一定程度上参与了郭沫若形象的建构与再建构。例如李斌的《建立在伪史料基础上的"晚年郭沫若"研究》(《当代文坛》2018 年第 1 期),就对"晚年郭沫若"研究中使用伪造史料以贴合时代主流的问题进行了批评。
③ 李洁非:《典型文案》,人民文学出版社 2010 年版,第 71 页。
④ 李洁非:《典型文案》,人民文学出版社 2010 年版,第 71 页。
⑤ 李洁非:《典型文案》,人民文学出版社 2010 年版,第 79 页。

体对受批判者同情的特点。前者，如路翎有关"精神奴役创伤"①的展现，李洁非认为虽然1985年重新选印了《财主底儿女们》，但这一做法"根本不足以弥补四十多年阅读史空缺对这部作品以及它的作者的历史影响力的巨大损伤"。②而对于萧也牧生命最后一年的记述，他认为萧的作家生涯，其实从受到批判开始就已经拉下了帷幕。值得注意的是，李洁非不仅将路翎的创作视为"苦闷的象征"，③还认为无论是在遭遇层面还是在胡风团体中的重要性层面，路翎都是仅次于胡风的人物，④甚至其文学生命力要远超鲁迅。诸多此类的不吝溢美叙述，其正面历史化的意图可谓不言自明。此外，与一般意义上将胡风视为胡风案的主要叙述对象不同，《典型文案》还对胡风案的牵连者进行了记录，涉及化铁、阿垅、吕荧、张中晓、何剑薰、⑤李正廉、许君鲸等，这既是一种历史补遗，也是一种记忆重塑。

总的来说，《典型文案》作为一种文学历史的载体，对于叙述对象的选择可谓是独具一格。它不但包括"六大家"中的茅盾与郭沫若，还涉及胡风、萧也牧等。通过对他们或被湮没在历史尘埃中的边缘人，或"文化大革命"中遭遇的呈现，为今天如何历史化尤其是处于边缘与中心的"两极"人物如何"入史"，提供了重要的参考。

二 客观呈现与主观介入

尽管文案与文案体叙述，研究主体介入相对较为有限，但它绝不意味研究者没有个人偏好的体现。如李洁非的《典型文案》之对舒芜检讨材料、《〈回归"五四"〉后序》《人民日报》转载《从头学习〈在延安文艺座谈会上的讲话〉》编者按引用的叙述，最后得出"这不是一部辩诬之作，而是努力说明由来、交代经过、清理思想、探求本源的著述"⑥的结

---

① 李洁非：《典型文案》，人民文学出版社2010年版，第63页。
② 李洁非：《典型文案》，人民文学出版社2010年版，第54页。
③ 李洁非：《典型文案》，人民文学出版社2010年版，第42页。
④ 李洁非：《典型文案》，人民文学出版社2010年版，第43页。
⑤ "对于何剑薰，在文学史著作里很难找到他的身影。"李洁非：《典型文案》，人民文学出版社2010年版，第263页。
⑥ 李洁非：《典型文案》，人民文学出版社2010年版，第114页。

论，对王蒙自传《半生多事》有关《我们夫妇之间》存在误忆的结论①，都莫不如此，在客观呈现中有主观元素的介入。

实际上，李洁非对研究主体"感情视角"是有比较清晰的认识的。他之所以从"以人为叙述中心"的《典型文坛》考察，转向"以事件为中心"的文案研究（《典型文案》），其中重要的原因就是"盯紧人物终归难以完全剔除感情因素"。②但《典型文案》仍是一部融会研究主体主观元素的论著。这不仅是指"人物对象带来的某种感情因素"③，还与李洁非的价值观有着紧密的关系。比如在论述刘绍棠"恃宠而骄"时，他指出，在被党组织作为重点培养对象，进行特殊关照之后，任何一个像刘绍棠这样处于十五六岁的孩子产生"骄虚"，都是非常正常的事情④，更何况，这种"骄虚"，主要还是外部因素造成的。李洁非如上判断，也许是以刘绍棠之后的"堕落"即被打成右派分子作为对照所得出的，不妨讨论，但从中可见其体制性"再解读"之研究理路。这也就是说，与其说他是"从神童作家到右派分子"对刘绍棠"堕落"进行探讨，不如说是从其命运沉浮中考察当代文学的生产机制。类似的情况，还表现在对路翎文学造诣的评判，它也融入了李洁非本人的体验：首先，他认为《财主底儿女们》虽然不如《红楼梦》完美，但已达到了完美的层次，这足以使其能够俯视其他的许多作品。⑤其次，《财主底儿女们》是中国少有的与《约翰·克利斯朵夫》具有"同样精神重量"的超越之作。⑥再次，他还将路翎与梵高并论，认为路翎是中国的梵高（虽然"只是半个梵高"），具有天才气质。⑦可以说，无论是将《财主底儿女们》与《红楼梦》作比，还是将其与《约翰·克利斯朵夫》并论，抑或以梵高来论路翎，从中均体现了研究主体对于路翎文学造诣的"抬高"。

从广义的角度来看，无论是茅盾、郭沫若，还是路翎、刘绍棠、王

---

① 李洁非：《典型文案》，人民文学出版社 2010 年版，第 145—146 页。
② 李洁非：《从〈典型文坛〉到〈典型文案〉》，《小说评论》2011 年第 5 期。
③ 李洁非：《从〈典型文坛〉到〈典型文案〉》，《小说评论》2011 年第 5 期。
④ 李洁非：《典型文案》，人民文学出版社 2010 年版，第 212 页。
⑤ 李洁非：《典型文案》，人民文学出版社 2010 年版，第 56 页。
⑥ 李洁非：《典型文案》，人民文学出版社 2010 年版，第 57 页。
⑦ 李洁非：《典型文案》，人民文学出版社 2010 年版，第 64—66 页。

蒙、萧也牧,《典型文案》的叙述都带有明显的平反的意味。即使是主要作为批判者(乃至"施害者")的舒芜,《文案》对其在胡风案中的所作所为,也并非简单斥责,而是用略带辩解意味的叙述,说明其在实质上是一种"特殊的忏悔"。① 另外,对于样板戏,《典型文案》也主张"不宜过分强调样板戏的'"文革"属性',把它跟过去历史割裂开",② "样板戏的艺术水准就是当时中国的最高水准",③ 而更多地把样板戏的问题归因于江青等人的政治野心。从这一角度来看,《典型文案》对几乎所有的叙述对象均进行了一次平反。在目前的主流语境中,平反对象的正面历史化显然要比"四人帮"容易得多,也顺畅得多。坦率地说,目前学界对被批判者形象,某种程度上存在着人为拔高的倾向。这种因平反而人为拔高,使得相关研究与事实存在一定的距离。就拿胡风来说,正如有学者指出,他本人与作为"批判者"一方代表的周扬就具有某种同质性,"有时候甚至有过之而无不及"。④ 对于被批判者的单向关注,也会在无形之中遮蔽了包括受害者、施害者在内的丰富复杂历史的本身。这是目前当代文学研究及其历史化需要注意和警惕的。

总而言之,以《典型文案》为代表的文案与文案体叙述尽管是基于史料的客观呈现,但无论在史料的选择与解读还是在案件的评判与把握上,都有研究者的主观介入,它融会了客观与主观两种元素。当然,这也不是文案与文案体所独有的,即使更讲究客观性的编年体文学史也具有这样的特征,只是客观与主观之间的比值含量不同而已。从历史化角度来看,它通过"个案的深度描述",⑤ 为"历史稳定"打下坚实的基础。而这一基于史料的深度描述,它对当代文学研究及其学科建设,意义是不言而喻的。出于历史与现实的种种原因,当代文学的知识谱系尚未尽如人意地建构起来,而文案与文案体的叙述对象与体制化史料存在交集,对于前

---

① 李洁非:《典型文案》,人民文学出版社 2010 年版,第 115 页。
② 李洁非:《典型文案》,人民文学出版社 2010 年版,第 431 页。
③ 李洁非:《典型文案》,人民文学出版社 2010 年版,第 443 页。
④ 吴秀明:《当代文学研究应该与如何"及物"——基于"文献"与"文本"的一种解读》,《文学评论》2016 年第 6 期。
⑤ 李林荣:《小叙事大历史——李洁非"当代文学史研究三书"读札》,《文艺评论》2011 年第 5 期。

者的收集、整理与呈现,也有利于构建当代文学的知识谱系。

第四节 作家年谱:复杂人生的祛蔽与遮蔽

　　作家(包括学者)年谱受到广泛关注是近年来比较突出的一个现象。如果说传记、回忆录、文案多少带有主观成分与修辞性质,那么作为编年体之一的年谱,尽管存在梁启超所讲的"账簿式"[①]问题,但就整体而言,则相对显得更为客观些,而具有较强的历史质感。当然,这一属性并不影响策划、编纂作家年谱实践所具有的历史化之目的。自 2010 年以来,单独出版或发表的现当代作家年谱总数已逾百种,如《艾青年谱长编》《穆旦年谱》《刘绍棠年谱》《铁凝文学年谱》《莫言文学年谱》《阿来文学年谱》《苏童文学年谱》《路遥年谱》《曹禺晚年年谱》《人间送小温——汪曾祺年谱》《陈忠实年谱》《柳青年谱》等。还有的,如《东吴学术》2012 年第 3 期开设的"学术年谱专栏",2014 年推出的"年谱丛书"[②]等。这也从一个侧面反映了目前文坛、学界进行历史化的紧迫感。

　　作为古代文学与现代文学"学术训练的一个基本方法",[③] 当代文学视域中的年谱编纂可以说是它与古代文学、现代文学研究进行衔接的有益尝试,是作家研究的一项重要的基础性的工作。正如有学者所述:"对当代作家特别是 50 后作家进行年谱整理是否必要,关系到如何看待当代文学的经典化问题。"[④] 不过,当代人编纂当代作家年谱不单纯是出于纯学术研究的目的,也有现实功利的考量。如何选择年谱的对象,如何进行史料的筛选,以及在多大程度上依仗对象自身带有自述、回忆色彩的文字,这些都是年谱编纂无法回避的。

　　显然,当代文学年谱编撰刚刚起步,尚未形成一种固定的原则与格式。不过,这也使得目前的年谱在格式、详略等方面呈现出多样不同的特

[①] 梁启超:《中国历史研究法》,华东师范大学出版社 1995 年版,第 26 页。
[②] 李雪:《当代作家年谱与当代文学史共生同步》,《光明日报》2017 年 11 月 20 日。
[③] 陈思和:《学术年谱》总序,《东吴学术》2014 年第 5 期。
[④] 杨晓帆:《当代作家年谱研究与当代文学的经典化》,《光明日报》2017 年 11 月 20 日。

点：如廖述务的《韩少功文学年谱》、李桂玲的《莫言文学年谱》中对文学手法的运用,①《莫言文学年谱》将评论文章与海外传播也纳入视域,郜元宝的《贾平凹文学年谱》除贾平凹其人其文外,还将责编"费秉勋的生平简介"及"本年全国政坛文坛大事""本年贾平凹出版小说集""本年贾平凹发表小说""本年贾平凹创作自述""本年全国重要作品"等亦涵盖进来。

从上述例子可见,尽管年谱通常都被认为是一种客观的历史呈现方式,但学者在体例、材料的取舍之间仍具有较大的主动性。正如陈思和在"学术年谱"总序中写到的那样,研究主体的学术观点被编织在"资料的选择和铺陈中"。②除了资料的选择,研究者的基本价值判断也会在具体表述中得到体现。值得注意的是,作家会以审阅、提供材料等方式直接介入年谱编纂。比如《邵燕祥诗歌创作年谱简编》就注明,"本年谱简编已经邵燕祥先生过目"。这是当代文学年谱编写的特点与优势。因为经年谱谱主过目,这样,它也使我们可以避免不必要的史实讹误。梁启超有言："论原则,自当以最先、最近者为最可信","凡有当时、当地、当局之人所留下之史料,吾侪应认为第一等史料"③,那么由本人直接提供、确认的史料自然就相对地具有了优势。然而,这一优势同时也给年谱编纂带来限制与约束。从某种程度上说,经谱主本人过目的年谱具有了某种历史化内在路径的意味。即,在客观性上并非无可置疑。由于研究者与谱主的距离过近,甚至具有某种人际关系方面的因素。那么,其客观性就更加容易存疑。这涉及年谱编纂主体本身的分析,将在后文详细展开,这里就先带过了。

说到年谱编撰,它到底如何处理与谱主带有自述、回忆色彩之间关系,也许是不应忽视的一个重要话题。现有我们见到的当代作家年谱,尤其是健在的当代作家年谱,往往大量使用作家的自述、回忆文本,并将这些自述文本作为第一手史料。对此怎么看呢?情况可能比较复杂,但从历

---

① "'高密东北乡'从此在莫言的笔下垒砖叠瓦,繁衍铺展,逐渐发展成为了一座庞大的文学帝国。"李桂玲：《莫言文学年谱(上)》,《东吴学术》2014年第1期。

② 陈思和：《学术年谱》总序,《东吴学术》2014年第5期。

③ 梁启超：《中国历史研究法》,华东师范大学出版社1995年版,第104—105页。

史化及发展的角度考量，我们认为还是以积极的、慎重的态度为好。所谓"积极"，是指作家本人的自述材料尽管会有一些修辞的成分，但其确实具有重要的史料价值，这是其他叙述所无法替代的。所以，对之应该给予支持，呼吁更多的人参与年谱编纂工作，并努力为其创造条件。所谓的"慎重"，是指年谱毕竟是一项严肃而又艰苦的工作，它不仅需要编纂者有积累，还要有大量的投入，不是人人都适宜的，也不能操之过急，操之过急，可能会产生意想不到的后果，也有悖于历史化的初衷。"积极"与"慎重"，二者之间的关系要辩证地给予把握。当然，年谱尽管对编纂者有较高的要求，但这并不意味着它一旦编定就不可更改。如同整体历史化是动态的一样，年谱编纂也是一个持续不断的过程，后有的史料不断地对前有的史实进行补充或校正，这是常态。就这个意义来说，当代作家年谱编纂是其第一步，不必也不宜作过分苛求。

在对当代作家年谱面上情况作不无粗糙的介绍之后，接下来，我们就选择《路遥年谱》与《汪曾祺年谱》进行个案分析。做这样的选择，一来二位当代作家均已故，身后留下的史料相对较充足，年谱编写所受到的限制与干扰相对也较小；二来它们分别出自路遥纪念馆研究人员与参与《汪曾祺全集》编写的学院派学者之手，材料相对较为真实可靠。大家知道，年谱属于编年史，它虽是记录或讲述历史的一种方式，但这并不意味着年谱就等于历史。正如克罗齐所言："历史是活的编年史，编年史是死的历史；历史是当前的历史，编年史是过去的历史；历史主要是一种思想活动，编年史主要是一种意志活动。"[1] 也正因此，年谱作为作家研究的基础性工作，具有重要的史料价值，它弥补了现有文学史的不足，具有祛蔽的意义。但同时，年谱作为谱主历史化的路径，它又对史料本身或详略程度进行过滤与选择，带有某种潜在的遮蔽特点。

说到"祛蔽"，我们不能不提王刚的《路遥年谱》，它对路遥20世纪60年代在延川中学不那么"光彩"的红卫兵活动的叙述，虽然在事后被组织认定为"一般错误，不做处理"，[2] 但仍对其上大学造成了一定的负

---

[1] [意]贝奈戴托·克罗齐：《历史学的理论和实际》，傅任敢译，商务印书馆1982年版，第8页。

[2] 王刚：《路遥年谱》，北京时代华文书局2016年版，第269页。

面影响。与此相类,尽管由其《人生》改编的"电影《人生》成为中国内地第一部参加奥斯卡最佳外语片评选的影片",①也尽管其《平凡的世界》在20世纪90年代以来又在有限的程度上重获关注(有意思的是,笔者所在的浙江大学,《平凡的世界》曾连续几年高居图书馆借阅榜首),但比起先锋小说来说,多少显得不那么被幸运之神眷顾。后者的创作、发表的周折与短暂轰动,②也往往被文学史舍去的内容——在事实上,据年谱披露,1988年《平凡的世界》不仅在国家层面的中央人民广播电台予以播出,还在地方上在"浙江、新疆、内蒙古、陕西等十几个省市的电台"重播,随即电台收到了来自各行各业的"数以万计的听众来信"。年谱还援引了中央人民广播电台《长篇连播》的文学编辑叶咏梅的相关回忆等相关材料。③凡此种种,对路遥的研究包括其所受到冷遇的有关定论,无疑具有重要的参考价值,也为我们提供了另一种解读的可能性。

与路遥不同,汪曾祺的历史化基础和条件就优越得多。他不仅在洪子诚的《中国当代文学史》中被认为是"为数不很多难以归类的作家之一",④对其作专门段落的介绍,在孟繁华、程光炜合著的《中国当代文学发展史》中作专节的论述,而且在《汪曾祺年谱》前言、序言那里,还将其称为堪与鲁迅类比的"文学教父",⑤"现代作家进入新时期文学创作并成绩卓著第一人"。⑥此种表述,恰恰也证明了《汪曾祺年谱》欲为进一步推动谱主历史化的意图。然而,文学史中对于汪曾祺的介绍仅限于文学创作,作为编辑与编剧的汪曾祺一直处于某种被遮蔽的状态。当然,作为体量有限的文学史著作,无法面面俱到,这也是可以理解的。但这恰恰成为年谱可以发挥的内容。例如:1950年10月,"《说说唱唱》第10、11期连载安徽作家陈登科《活人塘》。这篇著名的作品是汪曾祺从不拟采

---

① 王刚:《路遥年谱》,北京时代华文书局2016年版,第185页。
② 王刚:《路遥年谱》,北京时代华文书局2016年版,第204—207页。
③ 王刚:《路遥年谱》,北京时代华文书局2016年版,第231页。
④ 洪子诚:《中国当代文学史》,北京大学出版社2010年版,第361页。
⑤ 王干:《追寻汪曾祺的足迹》序,徐强:《人间送小温——汪曾祺年谱》,广陵书社2016年版,第2页。
⑥ 王干:《追寻汪曾祺的足迹》序,徐强:《人间送小温——汪曾祺年谱》,广陵书社2016年版,第4页。

用、准备丢弃的来稿中发现后认为可用，提交给主编赵树理的"；① 1956年4月23日，"本日出版的《民间文学》1956年4月号（总第13期）头题刊登《鲁班故事十一篇》，其中有三篇是汪曾祺（署笔名'曾芪'）参与整理的"。② 这些史料的披露，告诉我们，汪曾祺不仅是一位重要的作家，同时也是参与文学史"前史"工作的一位重要的编辑，它为汪曾祺研究及其历史化拓展了新的空间，增加了新的内涵。

不仅如此，年谱中的汪曾祺还是当代一位重要的编剧。1963年10月下旬，"接受将现代沪剧《芦荡火种》改编成京剧的任务后，汪曾祺与薛恩厚、萧甲、杨毓珉进驻颐和园龙王庙，短时间内拿出第一稿，易名为《地下联络员》。这一稿突出了地下斗争。杨毓珉回忆说：'改编《芦荡火种》仅用了十天。集体讨论，分头执笔，但其中主要场次如《智斗》《授计》都是汪曾祺生花妙笔'"。③ 这一文学才能因《芦荡火种》与样板戏《沙家浜》有关（《沙家浜》是由《芦荡火种》改编而来），也直接改变了后来汪曾祺的命运。可知年谱中的汪曾祺，还有不少创作经历与细节尚未充分展开。也就是说，编者对他进行"祛蔽"的同时也程度不同地存在着一个"遮蔽"的问题。这里若要追究，或许就是编者徐强解释的：一方面它与汪曾祺本人不记日记有关，另一方面也是由于这一部分档案"还在不开放状态"。④

行文及此，我们便顺理成章地过渡到对年谱编纂主体的探讨。这也是历史化之必然。在学界往往有某某研究专家的称谓，如鲁迅研究专家、通俗文学研究专家、赵树理研究专家，等等。当然，将主要精力置于某位或某几位作家是无可争议的事情。这样"掘一口深井"的研究方式也有利于在有限的时间与精力情况下对研究对象作专门化的深入考察。但是，一俟学者被冠上某某研究专家的名号，那么研究对象与研究主体的关系就变得较为复杂与暧昧，这一点在当代文学中体现得尤为明显。例如夏志清

---

① 徐强：《人间送小温——汪曾祺年谱》，广陵书社2016年版，第88页。
② 徐强：《人间送小温——汪曾祺年谱》，广陵书社2016年版，第100页。
③ 徐强：《人间送小温——汪曾祺年谱》，广陵书社2016年版，第122页。
④ 徐强：《人间送小温——汪曾祺年谱·后记：还原一个人的历史》，广陵书社2016年版，第442页。

对张爱玲的高度评价就很难说与他们的"私交"全然无关。程光炜就曾专门撰文对此种考证的"感情视角"进行讨论，他认为"完全从叙述中挪走'感情视角'是不现实的"，且"当代文学史的史料文献整理才刚刚开始"，其尺度可"稍微放宽一点"。① 尽管如此，这依然是当代文学作家研究需要引起警惕的问题。年谱编纂情况复杂，涉及的问题与方面也很多。下面拟就编纂规范性、史料丰富性、研究视域几个角度，就两种年谱之对历史化作用及其关系试作比较。

一是，编纂规范性。王风认为校勘等有关原则应反映在"凡例"上，②"凡例"实则是原则，重要性不言而喻。虽然这是就作品编选而言，但也同样适用于年谱。《汪曾祺年谱》在这方面就值得称道，其所撰写的"凡例"也体现了编者严谨的学术态度。该年谱所记录内容分为"行实""创作""交游"三大部分，且涉及作家的创作谈，并将间接证据能证明的汪曾祺实际参与的活动与无间接证据但与本人密切相关的活动也纳入正谱。这可能与徐强近年来从事史料研究的学术背景以及参与《汪曾祺年谱》编纂的经历不无关联。比照来看，《路遥年谱》中"凡例"的缺席至少说明其在规范性方面有待加强。当然，这不单是《路遥年谱》的瑕疵，据我们所知，目前已出的当代作家年谱大都是没有"凡例"的。这里的原因，一方面是年谱整理工作刚启动不久，另一方面也是当代文学研究历史化及史料意识不强。

二是，史料丰富性。这是就年谱的史料来源，主要是就作家自述文本之外的材料使用情况而言。《路遥年谱》编纂很大程度上依托路遥纪念馆的馆藏史料，这是他最明显的优势。如对路遥与曹谷溪、海波等人的信件抄录，单行本创刊号图片、路遥照片的展示；对有关"路遥同志考察材料"、《关于路遥同志任职的通知》、1985年路遥当选省作协副主席材料③等第一手史料的使用；还涉及曹谷溪的《关于路遥的谈话》、海波的《我所认识的路遥》、贺智利的《黄土地的儿子——路遥论》、晓雷的《故人

---

① 程光炜：《当代文学考证中的"感情视角"》，《文艺争鸣》2016年第8期。

② 王风：《现代文本的文献学问题有关〈废名集〉整理的文与言》，《中国现代文学研究丛刊》2004年第3期。

③ 王刚：《路遥年谱》，北京时代华文书局2016年版，第198页。

长绝——路遥离去的时刻》等史料。与此相类,《汪曾祺年谱》除了将《高邮县志》《国立西南联合大学各院系必修选修学程表》《沈从文全集》,① 汪朗、汪明、汪朝的《老头儿汪曾祺——我们眼中的父亲》,黄永玉致黄裳信②等史料作为编纂依据外,还把陆建华的《汪曾祺传》《年谱》、北京师范大学 1998 年版《汪曹祺全集》及其《年表》、陈徒手的《汪曾祺的文革十年》等研究成果,也作为重要之参考。两部年谱,占有和使用的史料是相当丰富的。

三是,研究视域。为了充实和拓宽历史化的内涵,两部年谱都用一定的篇幅记录与作家作品相关的文学周边。如《路遥年谱》在每一年之前均设置了类似于文坛大事记的内容:1967 年,不仅记录了"姚文元在《红旗》杂志发表文章《评反革命两面派周扬》",而且还提到被路遥视为老师的柳青的相关情况。③ 我们甚至可以说,柳青在《路遥年谱》中频频现身。这样做不无道理:一来路遥本人对柳青就很崇拜,将其视为文学创作的导师,二来编者程度不同地含有以柳青的文学史地位来带动路遥历史化的意图。同样的,《汪曾祺年谱》也在沈从文其人其文上花了一定的笔墨。此外,两部年谱还都重视选集与批评,将其纳入视域。如《汪曾祺年谱》有不少诸如此类的详细记录:1986 年 6 月,"《中国新文艺大系(1976—1982)》短篇小说集下卷由中国文联出版公司出版。《大淖记事》入收";④ 1989 年 5 月,"北京师范大学等十院校编《中国当代文学作品选》(上、中、下)……'短篇小说'部分,共选 1949 年以来的 14 篇作

---

① 1941 年 2 月 3 日"沈从文致信正在福建长汀厦门大学的施蛰存,其中提到'新作家联大方面出了不少,很有几个好的。有个汪曾祺,将来必大有成就。'说明这时候沈从文通过授课已经充分认识到汪曾祺的潜力"。徐强:《人间送小温——汪曾祺年谱》,广陵书社 2016 年版,第 36 页。

② "曾祺有点相忘于江湖的意思,另一方面,工作得实在好,地道的干部姿态,因为时间少,工作忙,也想写东西,甚至写过半篇关于读齐老画的文章,没有想象力,没有'曾祺',他自己也不满意,我看了也不满意,也就完了。"徐强:《人间送小温——汪曾祺年谱》,广陵书社 2016 年版,第 96 页。

③ "同日,柳青家中被洗劫一空,柳青被关进牛棚。柳青文学道路上最辉煌的长安十四年结束了。此时,他的《创业史》第二部写至第二十五章,还剩三章未完成。"王刚:《路遥年谱》,北京时代华文书局 2016 年版,第 58 页。

④ 徐强:《人间送小温——汪曾祺年谱》,广陵书社 2016 年版,第 242 页。

品,《受戒》入选"等①。如果说《汪曾祺年谱》更多地关注了选集,那么《路遥年谱》则给批评腾出较多的空间,如:1982年10月7日,"《文汇报》集中刊登了关于小说《人生》的一组评论"等。②

  作为历史化的一个重要路径与方法,当代作家年谱编纂虽然较之古代和现代处于迟滞后进状态,但它本身就是当代文学史的重要构成部分,或曰"当代文学史的史实依据",③ 可以将先前被文学史叙述遮蔽了的内容逐步敞开。这多少丰富了作家的形象,也在一定程度上对其人其作,包括其作的生成与传播进行还原。就史学价值而论,它还具有与其他类型史料相比勘的作用,即"章学诚所谓'一人之史而可以与家史、国史、一代之史相取证'者也"。④ 当然,由于作家作品的"经典性价值已经形成一套稳定共识",进而成为一种研究的成规。这使得年谱与文学史结论同向的研究要比异质的研究展开更为顺利。而这些已有的结论,在很大程度上往往又"来源于与创作同步的批评累积"。因此,这就容易造成年谱编纂"祛蔽"与"遮蔽"并置的现象。针对这种情况,我们有必要强化历史眼光和问题意识。只有这样,才能打破有学者批评的相当普遍地存在着缺乏历史感的问题,特别是在记录作家晚近的情况时,"更像是批评资料汇编"。⑤ 较晚启动的年谱编纂尽管在史料整理、研究层面上是一个很好的信号,但它在规范化、专业化等方面还是有很大的上升和发展的空间。

---

① 徐强:《人间送小温——汪曾祺年谱》,广陵书社2016年版,第300页。
② 王刚:《路遥年谱》,北京时代华文书局2016年版,第166页。
③ 李雪:《当代作家年谱与当代文学史共生同步》,《光明日报》2017年11月20日。
④ 梁启超:《中国历史研究法》,华东师范大学出版社1995年版,第35页。
⑤ 杨晓帆:《当代作家年谱研究与当代文学的经典化》,《光明日报》2017年11月20日。

第七章 经典化：体制运作与典范生成

本章拟从体制运作与经典生成角度对历史化的路径与方法进行考察。它较之前一章比较小众化，更多是在学术圈子内部存在的传记、回忆录、文案、年谱即"述学体"研究，具有较大的受众面、辐射力以及体制性特点。因为像文学选本、文学教育等研究，它不说就是大众化的，起码在接受层面具有相当的涵盖面与影响力。同时，与其内容与实践方式有关，还带有明显的体制属性。这也是当代文学历史化的特殊之所在。

第一节 体制形成与共和国经典生产

在正式进入文学选本、文学教育分析之先，有必要就与之密切关联的文化体制形成与共和国文学经典生产有关情况略述一二，以为前者的论述提供背景性的参考。由于共产国际的影响，中国共产党自延安时期就开始了将包括作家在内的知识分子吸纳进体制的实践，这不仅意味着生活方面的"包下来"，还以"边区文联""文抗""鲁艺"及相关刊物为依托，使原先所谓的"自由人"的作家转变为体制内的"单位人"。这一体制实践一直延续到中华人民共和国成立后以迄于今，并发展成为层级化的管理机制，从中央层面的宣传部、全国文联作协，到省市及下属的地方各级文联作协，对大陆的文艺生产进行管理。这一方面使得包括文学在内的文艺生产具有鲜明的体制属性，也令作家同时兼具"国家干部"的双重身份，享受特定行政级别的有关待遇。当然，延安的文化实践毕竟试验性的，但通过对王实味等人的批判，对思想文化秩序作了规约，这直接形成了中华人民共和国成立之初文艺管理模式的雏形。与之相应的,文学经典的筛选与生产、编辑与出版、评价与标准等,也就无不嵌上体制的印记。

在一些追忆文本中,延安虽然物质条件比较艰苦,但却具有国统区无法比拟的精神上的"民主与自由"。当然,在有些人看来,延安也存在着"专制愚民的作风"①。这两种截然不同的判断,隐含着延安作为革命圣地的如下特点:虽然在生活条件上呈现大致的平均,在文化思想方面也呈现一种自由与活跃的状态,但在文艺方向与道路等大问题上却做出了前所未有的重大调整。这就是毛泽东《在延安文艺座谈会上的讲话》对文艺的"立场问题,态度问题,对象问题,工作问题和学习问题"等有关规定,以及由之所确立的"使文艺很好地成为整个革命机器的一个组成部分;作为团结人民,教育人民,打击敌人,消灭敌人的有力武器,帮助人民同心同德地和敌人作斗争"②的艺术原则。说到这里,也许不能不提此时出现的《野百合花》事件,站在今天的立场来看,这个作品至多是以犀利的笔法对延安存在的某种等级现象作了尖锐的批评,有一定的偶然性。1949年后,原先在解放区的文化实践逐步推广到了全国,作家群体也因先前所属地域尤其是政治倾向的区别被划分为不同阵营,进步作家与文艺理论家得以进入体制,担任领导干部。如曾任政务院副总理、中国科学院院长、文联主席等职的郭沫若,曾任全国政协副主席与作协主席的茅盾,曾任《文艺报》主编、宣传部文艺处长、作协党组书记的丁玲等,当然,也有因未紧跟形势而被"靠边站"的沈从文等。不过,即使是像沈从文这样比较边缘化的作家,也被安置在历史博物馆从事古代服饰研究。中华人民共和国成立后的单位制度将每一个人都纳入管理机制。这也是构成当代文学的基本特点。

新时期以来,"二为"方向的提出及其实施,文学在经过一番拨乱反正后呈现了全新面貌。原有的文学体制也在进行改革,并取得了成效。但"改革"并不等于"改变"。虽然对特定的文学期刊、编辑、作家而言,其在具体的文学创作与发表方面是自由的,但这里所说的自由是相对的,无论是刊物、报纸、出版社,还是文学选本、文学教育、推荐必读书目等

---

① 转引自岳南《陈寅恪与傅斯年》,岳麓书社2014年版,第228页。
② 毛泽东:《在延安文艺座谈会上的讲话》,解放社1949年版,第2页。

文学经典筛选,从中都有政治因素在起作用。尽管中国大陆也存在着民间刊物、同人刊物,但一来规模不大,二来其影响也比较有限,故而对体制来讲,似乎无关宏旨。值得关注的另一个现象是,随着对外开放的开展与逐步深化,文学经典的筛选与认定有时并不全然受中国大陆体制的规约:一方面,一些作家会选择将部分作品在中国港台地区及海外发表,如余华的《十个词汇里的中国》、韩少功的《革命后记》、阎连科的《为人民服务》等,通过中国港台地区及海外影响的方式来"推动"自身在中国大陆的存在及其历史化;另一方面,与海外汉学的兴起与发展有关,部分现当代作家评价,域内与域外呈现出了差异,最典型的例子是夏志清《中国现代小说史》对张爱玲、沈从文、钱锺书等评价。这在一定程度上对大陆学界有关"自由主义"作家认定产生影响。当然,有时某些作家在域内与域外均受到不错的评价与关注,也会以一种互动的方式对大陆的研究及其历史化起到积极的推动作用。这一点,阎连科、余华均可为例证。

概述之,主流意识形态对包括文学在内的文艺管理的重视,一直从延安时期延续下来成为不断完善的一种制度。虽然像延安时期的"王实味事件",或是像"十七年"那样的文化批判不再作为新时期以来文艺管控的主要方式,但体制对于文学文化的监督与管理并未消匿。这种监督与管理自然影响到文学经典的筛选与生成,且不说文学选本、文学教育,就是学术著述发表、课题项目申请也与体制密切有关。可以说,文化体制构成了当代文学经典筛选与生成的重要背景与底色。

虽然在不同时期,主流意识形态对文艺与政治关系有不同的解读,例如毛泽东在《在延安文艺座谈会上的讲话》将文艺定义为"革命机器的一部分",是斗争的"武器";周扬在第一次文代会报告《新的人民的文艺》认为解放区先进的文艺是"教育群众、教育干部的有效工具之一"[1];《林彪同志委托江青同志召开的部队文艺工作座谈会纪要》提到"社会主义文艺的根本任务"是"努力塑造工农兵的英雄人物",以"巩固占领阵地""打掉反动派的棍子"[2];新时期邓小平在中国文学艺术工作者第四次

---

[1] 周扬:《新的人民的文艺》,王尧、林建法主编,郭冰茹编选《中国当代文学批评大系:1949—2009(卷一)》,苏州大学出版社2012年版,第10页。

[2] 《政治学习文选》(5),广东人民出版社1967年版,第70页。

代表大会上的祝词，一方面提及文艺工作者应"在意识形态领域中，同各种妨害四个现代化的思想习惯进行长期的、有效的斗争"，另一方面认为对文艺家"写什么和怎样写"，"不要横加干涉"。① 这也就告诉我们：虽然不再将文艺定性为"从属"于政治的工具，但它在意识形态领域特殊而又重要作用一如既往。大量事实表明，文学经典的筛选与生产，当然要充分考虑艺术性的因素，但无疑，政治要摆在"优先"的位置，政治"正确"与否始终是其毋庸置疑的前提。

这样的选本，在当代文学中为数不少。最为典型的恐要数郭沫若和周扬合编的《红旗歌谣》。作为"大跃进"时代的产物，它收录了表达"我国劳动人民要与天公比高，要向地球开战的壮志雄心"②的一批新民歌，内中包括歌颂毛主席、歌唱中国共产党的"党的颂歌"，讴歌农业合作化与大炼钢铁的"大跃进之歌"及"保卫祖国之歌"。杨小滨认为该选本"概括了20世纪中国群众文艺处于官方鼓动的巅峰状态时的基本面貌"。③ 顺带一提，《红旗歌谣》除了1959年的初版本，还有1979的第二个版本。与前个版本相比，"党的颂歌"由48首增为59首，"农业大跃进之歌"从172首减到133首，"工业大跃进之歌"从51首变为40首，"保卫祖国之歌"由29首调整为24首。从中也可见政治风向对于作品筛选所起的重要作用。新时期初期有的以"改革开放"为关键词的文学选本，也存在着类似情况。

在当代文学经典筛选与生产的场域中，除了各类选本，在文学改编、文学排行榜、推荐必读书目、文学教育等具体方式中多少也可见政治的身影。从表象上看，随着近些年广告等大众传媒在各个领域发挥的作用越来越突出，似乎原先用行政手段力推的文学经典化或反经典化有所削弱，之前被否定或漠视的作家作品又"重新"回到了大众视野，如胡适、沈从文、张爱玲等。但这里显然还是有规范的，有的"有问题"的篇目仍然不会出现在各类排行榜或推荐必读书目中。记得2000年前后浙江省使用的中小学教材中，仍然有"舍身炸碉堡""狼牙山五壮士""十里长街送

---

① 中国文学艺术界联合会：《中国文学艺术工作者第四次代表大会文集》，四川人民出版社1980年版，第3—8页。

② 郭沫若、周扬编：《红旗歌谣》编者的话，红旗杂志社1959年版。

③ 杨小滨：《〈红旗歌谣〉及其它》，《二十一世纪》1998年第8期。

总理"的篇目,在老师声情并茂的诵读中进行革命历史的爱国教育。包括新时期以来层出不穷的文学评奖,看似是一种自主的文学筛选,有的甚至更进一步采取读者投票与推荐的方式进行,但正如有识者所判断的那样:究其本质,这是一种"具有新质的政治实践",即从"专断式向专家式、科学性的现代性型"。①

除了政治性,当代文学经典生产还具有组织性的特点。包括上述"大跃进"时代全民写诗在内的文学实践,它的蕴生及过程均可见组织布置的背景。当然,"样板戏"也同样是一种组织化的产物,包括剧本创作与舞台演出,这里除了江青所谓的"指导",更多的恐怕还是有组织的策划和集体行为。而这一点,在现有的样板戏研究中似乎被忽略了。最后是规划与宣传的组织化,资深文学编辑韦君宜曾提到,当时"为了纪念毛主席的若干岁寿诞,各出版社都必须重印几本他老人家的著作"。② 这里虽然说的是毛泽东的著作,但它同样适用于文学教材的编写。需要强调指出,组织化的一个重要路径与方式是会议,它往往通过大大小小的各种层次和类型的会议予以落实。如1950年5月,教育部召集的全国高等教育会议通过的"高等学校文法两学院各系课程草案"对"中国新文学史"部分的指导意见直接强调了文艺思想斗争的内容,对其后新文学史的书写与教学工作进行了方向上的指导。这其中,还包括出版社、报纸杂志编辑部召开的各类带有具体运作及宣传性质的会议,如改稿会、研讨会等,也都对作家作品的历史化起到了推动和促进作用。

尽管在相当长的一段时期内,"为谁写作"的重要性远远大于"如何写作",它使文学经典在筛选与生产过程中有意无意地忽略了对于艺术性的要求,但是,我们也要实事求是地指出,这是就大而论的一种判断。落实到具体实践的操作层面,情况就比较复杂了,艺术性仍占有一定的比重。例如老舍的《茶馆》虽然也受到体制的规约,但在艺术层面还是具有相当的分量。包括我们在前面不止一次提到的样板戏,也因江青所谓的"高要求与严标准"及汪曾祺等人的加入,而在剧本和表演方面所体现的文学技巧、审美特色。不可否认,在"十七年",应时且艺术上较为粗糙

---

① 张丽军:《文学评奖与新时期文学经典化》,《南方文坛》2010年第5期。
② 韦君宜:《思痛录》,北京十月文艺出版社1998年版,第102页。

的作品很多，但并不意味着经典筛选与生产是不要艺术或反艺术的，只是说人们在特定语境下对其重要性的认识与认同有所"放逐"。因为那时，强调艺术，往往会被视为"反政治"和"为艺术而艺术"的资产阶级思想，从而招致批判。就笔者接触的史料来看，那时的不少叙述中也存在对公式化、概念化创作的不满表达，只是由于诸多因素限制没有公开而已，虽然其中个别的有事后加工的嫌疑。新时期以后情况与之不同，艺术性在各类文学选本、文学排行榜、推荐必读书目、文学教育、文学评奖等环节也得到了前所未有的重视。加上通俗文学对于传统严肃文学的"冲击"、海外离散文学对于大陆文学的"补充"，艺术性不仅受到广泛关注，甚至被当作经典筛选与生产唯一标准。但我们在为此感到欣慰的同时，也应注意到其中隐含的将艺术与政治"二元对立"的偏至。要知道，所谓的艺术性是相对的，世上没有真正的"纯艺术"。因此，我们不应将其从复杂的社会政治文化环境中剥离出来作简单化的处理。这不可能也没有必要。在中国的语境中，所谓的"为艺术而艺术"或"纯文学"，从某种意义上，它本身就是对其所在并与之发生复杂关联的社会政治的一种表达。

总之，从延安的文化实践，到共和国文化体制的建立，它不仅在制度上对文学作品的创作、流通、宣传等方面进行了有效的管理，而且还在实际操作层面对文学经典进行了基于政治性、组织性与艺术性的筛选与生产，使之呈现出了为当代所特有的"中国特色"风貌和品性。对于文学经典与文学史经典来讲，虽然因时代的迁移而在具体的名单、排序上有所调整，但由于体制规范及其他诸多因素，在"前三十年"与"后四十年"之间，仍有一定的贯通性及稳定性。当然，随着对外开放的深化，加之市场的影响，当代文学经典与文学史经典在不同阶段、不同主体那里，会有不同的理解与解释。但无论怎样，体制是它被认同并进入主流历史叙述的必经之路。

第二节 文学选本：创作传统延续与当下思潮浸溉

文学选本与文学作品相伴相生，无论是20世纪50年代的《红旗歌谣》，还是 80 年代的各类新潮小说选、获奖作品选，都是当代文学经典与文学史经典的当下初选，带有"唐人选唐诗"的性质。它对原生作品的"选"与"不选"，虽然是选者个体（这个选者在"十七年"，往往更多以"集体"的名义出现）的行为，但背后却蕴含着极为丰富复杂的社会历史内涵，它是丰富复杂的社会历史在文学选本的投影。

广义的当代文学选本包括"评论"，我们这里只讲"创作"（作品），这大致属于狭义的文学选本。现阶段的作品选并无固定的体例，主要可分"作家简介+作品"和"作品+作品简介或简评"两种模式。这两种模式尽管有差别，但其内在主体并无二致，都还是文学作品本身，它具体体现在入选作品及其编者撰写的前言、后记之中。自然，入选作品及其前言、后记，也是我们评价和考察选家主体意图及其经典化的主要依据。作品选还可再细分年度选、地域选、主题选等选本。有学者就主张将现当代文学选本，按功能、载体、专题、文体、时间、民族、语言、地域的不同，分为八个类别。①

较之各类选本的名目繁多，选本研究则稍显冷寂，有关的"研究成果也非常薄弱"。② 近些年来，情况有所改观，有的学者将其纳入视域做历史化、经典化的个案考察，③ 也出现了像徐勇这样对选本编纂与 20 世纪 80 年代文学生产作专题研究的学者。但从整体上讲，将选本作为历史化重要路径进行研究的还是比较少的。这也构成了本节写作的学术背景。

下面，笔者主要拟选取十八所高等院校当代文学教材编写组选编的《中国当代文学作品选》（河北人民出版社 1981 年版）、钱谷融主编的《中国现当代文学作品选》（华东师范大学出版社 1999 年版）的短篇小说部分，以及李敬泽编的《中国当代短篇小说经典》（春风文艺出版社 2003 年版）这三部带有教材与推荐读物性质，且体例相仿、容量相类的短篇小说选本，从历史与现实、权威与个性、文学与政治三个维度与方面，来

---

① 参见付祥喜《中国现当代文学选本的分类》，《广州大学学报》（社会科学版）2012 年第 1 期。

② 吴秀明：《文学选本应该"选什么"与"怎样选"——以中国现当代文学为例》，《海南师范大学学报》（社会科学版）2014 年第 6 期。

③ 如杨庆祥的《从两个选本看"第三代诗歌"的经典化》，《文艺研究》2017 年第 4 期；徐勇、华炜州的《文学选本编纂与余华作品的经典化》，《浙江师范大学学报》（社会科学版）2016 年第 3 期；方长安、仲雷的《选本数据与"何其芳现象"重审》，《江汉论坛》2017 年第 12 期；等等。

探讨新时期以来经典筛选标准的迁移及其相应的历史化策略。①

一 历史与现实

一般来说，经过较长时间积淀的古代文学，其名家名作篇目较为稳定，即使偶有调整，也不会伤筋动骨。而对于现当代文学特别是当代文学来说，情况就不尽然。如果把现当代文学看成一个整体来分析（因为当代文学选本选入的作家不少在"现代"时期就有作品问世），一方面文学经典的认定往往牵涉复杂的历史因素，因而历史化的结果在短期内会呈现一定的偏差（如对于赵树理的评价），这就意味着文学经典的筛选结果也更容易引起争议（"重排文学大师"事件就是一个例子）；另一方面，当代文学原本就是一种正在"行进"的文学，对于延至当下的文学选本来说，或因选家与遴选对象之间缺少足够的距离，而呈现明显的时代特征，或因与当下的文学主张与现实利益相关，而带有显在的功利性目的。可以说，由于学科的属性特点及时代环境的影响，它使当代文学选本呈现出了更多的不确定因素。

为了对编选的作品进行横向的比较，笔者对三部选本选入的短篇小说发表时间做了初步统计。在《中国当代文学作品选》（1981年）中（以下简称"十八院校编本"），共有21篇短篇小说，而在"十七年"发表的有13篇，② 占到入选总数的62%；新时期以来的则有8篇，③ 占比为

---

① 有必要说明：不同于长篇小说因篇幅较长而往往（在连载之后）以单行本的形态出现，即使进入选本也更多的是以"存目"的形式，对于短篇小说来说，各类选本是其在文学期刊之外主要的存在形态。加上在当代"长篇写作热"出现之前，短篇小说因短小精悍而更容易作为特定思想传播的载体，当代许多活跃的长篇小说作家均有不少的短篇作品积累，如莫言、余华、迟子建、严歌苓等，不一而足。基于上述情况，也为了方便讨论，本节就选择短篇小说选本进行探讨。

② 分别为：孙犁《山地回忆》（1949年）、赵树理《登记》（1950年）、峻青《黎明的河边》（1955年）、王愿坚《党费》（1954年）、王蒙《组织部来了个年轻人》（1956年）、周立波《山那面人家》（1958年）、茹志鹃《百合花》（1958年）、杜鹏程《延安人——记老黑和他的老婆》（1958年）、赵树理《"锻炼锻炼"》（1958年）、王汶石《新结识的伙伴》（1958年）、马烽《我的第一个上级》（1959年）、李准《李双双小传》（1960年）以及玛拉沁夫《花的草原》（1961年）。

③ 分别为：刘心武《班主任》（1977年）、张洁《从森林里来的孩子》（1978年）、茹志鹃《剪辑错了的故事》（1979年）、聂华苓《珊珊，你在哪儿？》（1979年）、高晓声《李顺大造屋》（1979年）、蒋子龙《乔厂长上任记》（1979年）、徐怀中《西线轶事》（1980年）、王蒙《春之声》（1980年）。

38%。可以说,"十八院校编本"对于"历史"的关注还是比较明显的,对于社会主义现实主义作品也有比较明显的入选倾向。至于新时期伤痕文学和改革文学等,那就更不用说了。

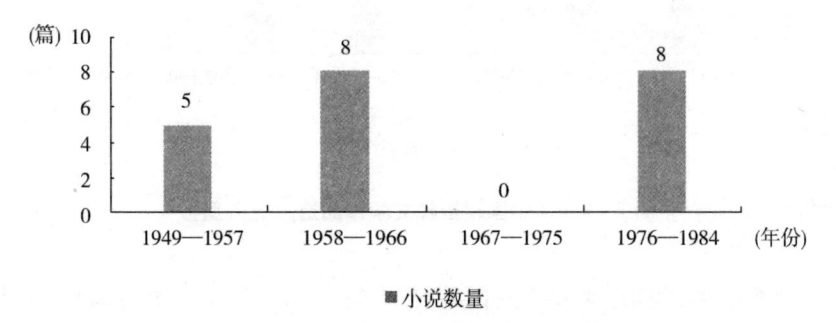

图7-1 《中国当代文学作品选》选入篇数

而钱谷融主编的《中国现当代文学作品选》(1999 年)作为"重写文学史"思潮之后诞生的作品选(以下简称"钱编本"),在其所选的 21 篇当代短篇小说中,在"十七年"发表的有 11 篇①,除却《我们看海去》《永远的尹雪艳》两文,属"十七年"的作品仅有 9 篇,占比 43%;在新时期以来发表的作品则有包括高晓声《陈奂生上城》(1980 年)、张贤亮《邢老汉和狗的故事》(1980 年)等②在内的 10 篇,占 48%,其中在 1976—1984 发表的作品有 7 篇,占比 33%。

在李敬泽编的《中国当代短篇小说经典》(2003 年)中(以下简称"李编本"),共计 22 篇短篇小说。其中"十七年"发表的作品仅有 6 篇,③

---

① 分别为:孙犁《山地回忆》(1949 年)、路翎《初雪》(1954 年)、王蒙《组织部新来的青年人》(1956 年)、宗璞《红豆》(1957 年)、茹志鹃《百合花》(1958 年)、赵树理《"锻炼锻炼"》(1958 年)、马烽《我的第一个上级》(1959 年)、林海音《我们看海去》(1960 年)、骆宾基《在山区收购站》(1961 年)、陈翔鹤《陶渊明写〈挽歌〉》(1961 年)以及白先勇《永远的尹雪艳》(1965 年)。

② 还有汪曾祺《大淖记事》(1981 年)、冯骥才《高女人和她的矮丈夫》(1982 年)、铁凝《哦,香雪》(1982 年)、阿城《棋王》(1984 年)、何立伟《白色鸟》(1984 年)、史铁生《命若琴弦》(1985 年)、残雪《山上的小屋》(1985 年)、严歌苓《女房东》(1995 年)。

③ 分别为:孙犁《山地回忆》(1949 年)、李国文《改选》(1957 年)、宗璞《红豆》(1957 年)、茹志鹃《百合花》(1958 年)、马烽《我的第一个上级》(1959 年)、陈翔鹤《陶渊明写〈挽歌〉》(1961 年)。

(篇) 8
7　　　　　7
4
　　　　　　　　　　　　2
　　　　　0　　　　　　　　　1
1949—1957 1958—1966 1967—1975 1976—1984 1985—1993 1994—2002 (年份)

■ 小说数量

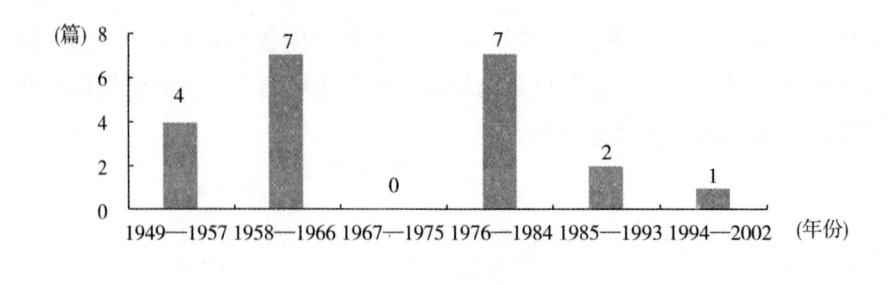

图 7-2　《中国现当代文学作品选》选入篇数

仅占 27%，新时期以来发表的作品有 16 篇，如张贤亮《灵与肉》（1980年）、汪曾祺《受戒》（1980 年）、张炜《一潭清水》（1984 年）、扎西达娃《系在皮绳扣上的魂》（1985 年）、史铁生《命若琴弦》（1985 年）等，占比 73%，其中在 1976—1984 年发表的作品有 3 篇，占 14%。

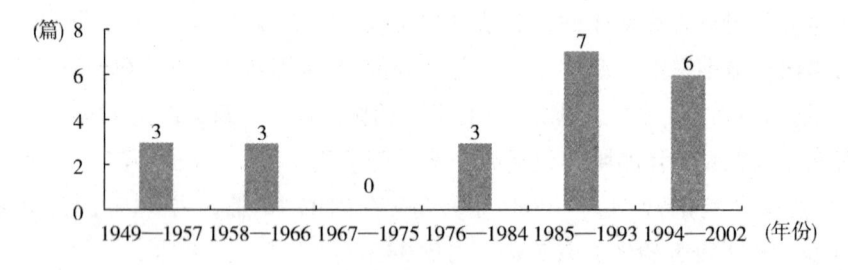

(篇) 8
　　　　　　　　　　　　7
　　　　　　　　　　　　　　6
3　　3　　　　3
　　　　　0
1949—1957 1958—1966 1967—1975 1976—1984 1985—1993 1994—2002 (年份)

■ 小说数量

图 7-3　《中国当代短篇小说经典》选入篇数

　　就入选的作品进行分析，从 20 世纪 80 年代初到 90 年代末，再到 21 世纪初期，"十七年"作品的入选比重呈现了较为明显的降低（从 62% 到 43% 再到 27%），新时期以来发表的作品占比显著上升（从 38% 到 48% 再到 73%）。这意味着，在历史化的经典筛选环节，遴选标准中对现实感的强调有所增加。与此同时，在入选的"十七年"短篇小说中，像《黎明的河边》《党费》《延安人——记老黑和他的老婆》《李双双小传》《花的草原》这样或带有明显政策宣传色彩或红色叙事性质历史题材作品也不见了踪影。这也体现了晚近文学经典筛选的现实感，即对于历史的反思、个人生命体验的观照超过了对过往革命历史叙述的冲动。

当然，现实感除了在"十七年"作品数量的下降方面有明显的呈现，还体现在对于过去受到批判的作家作品的打捞上。与《重放的鲜花》（上海文艺出版社1979年版）相比，"十八院校编本"与之重合的仅有王蒙的《组织部来了个年轻人》，增加了在60年代也受到了批判的赵树理；"钱编本"与之重合的为王蒙的《组织部新来的青年人》和宗璞的《红豆》，增加了路翎、陈翔鹤；"李编本"与之重合的则有李国文的《改选》与宗璞的《红豆》，增添了陈翔鹤。这也就是说，与《重放的鲜花》主要是对在1957年及以前发表的曾被划为毒草的作品进行重现不同，之后的选本扩大了受批判者的范围，也带有重新洗牌的尝试意味。应该说，此种选择是与政治平反直接有关。比如说赵树理在"文化大革命"期间含冤而逝，但直到1979年2月，山西省委才"给予平反，恢复名誉"。① 对包括路翎在内的胡风集团的平反，② 也历经了从1980年到1988年的过程，直到1988年下发《关于为胡风同志进一步平反的补充通知》之后，最终才得到解决。因此，与其说是选家对于曾受批判的作家作品有特别的关注，不如说是行进中的历史的反映，即批判、否定也好，重拾、肯定也罢，均与其时其地的文艺政策与文学风尚具有不容忽视的紧密关联。由之可见，文学选本并没有如我们想象的那样可以随意。更何况，有时候选本并非以原始的文学期刊作为底本，而是以现有的选本为基础进行二次筛选，可以说不乏"选本的选本"。例如"十八院校编本"中《登记》选自《1949—1979短篇小说选》（人民文学出版社1979年版），《延安人——记老黑和他的老婆》选自《光辉的历程》（人民文学出版社1977年版），玛拉沁夫《花的草原》选自《建国以来短篇小说》（上海文艺出版社1978年版）。因此，在这一类型的文学选本中，对于入选的作品起到的作用实际上是一种筛选后的再筛选。当然，这或与其教材属性不无关联，"十八

---

① 山西省史志研究院编：《赵树理传》，当代中国出版社2009年版，第290页。

② "1980年，中央和国务院有关部门就复查了'胡风反革命集团'一案，并从政治上为其平了反，使一批因这一错案受到错误处理和不公正待遇的同志恢复了名誉。1985年，有关部门对胡风同志政治历史中遗留的几个问题进行复查，予以平反撤销。今年6月，中央有关部门对胡风同志文艺思想等方面的几个问题进行复查后，又进一步予以平反。"《三十三年前的一大错案得到彻底纠正　中央有关部门为胡风同志进一步平反》，《文艺报》1988年7月23日。转引自胡平、晓山编《名人与冤案——中国文坛档案实录》，群众出版社1998年版，第399页。

院校编本"就是直接作为大学教材使用的。与个人学术论著相比，教材往往呈现明显的滞后性，或曰"中规中矩"性。这也可以解释，为何与后来"钱编本"与"李编本"相比，路翎与陈翔鹤的缺失。

总的来说，"十八院校编本""钱编本""李编本"分别作为20世纪80年代初90年代末以及21世纪初期的现当代文学选本，均对中华人民共和国成立以来的短篇小说进行了带有历史化性质的筛选。而容量与体例的相似性，也为横向的比较提供了可能。通过对三部选本选入的当代短篇小说数量进行统计与分析，不难发现新时期以来文学选本的筛选标准发生了改变，除了最为显著的"十七年"作品入选数量减少、新时期入选作品数增加，该变化还体现在对于传统意义上的红色经典的关注度有所下降，对于作家受批判身份认定范围有所扩张。在这一现实感的增加趋势中，除选家个人/团队的文学喜好及其选本的属性（即教材与推荐读物）外，政治与文学关系调整无疑是其重要因素。自然，这并不是要抹杀编选主体的主观能动性，比如"钱编本"对于域外作家林海音、白先勇、严歌苓的关注就是一种学术判断的体现，而是说这种主观性是一种有限的体制性的存在。

二 权威与个性

在诸种历史化的路径中，文学选本作为具有相当读者接受面的经典筛选方式，不仅在出版之时，对入选的作家与作品起到了历史化的正面推进作用，还会因其历史延续性而在此后相当长的一段时间内保有所选作品的在场感。这一点不仅在"正向"历史化的选本，而且在"反向"历史化的选本均有体现：比如各类内部发行[①]的"皮书"与带有"批判性导读"出版说明的选本类书籍。吊诡的是，它的历史化结果与初衷呈现了极大的反差：毒草"却成了孕育、萌发他们思想启蒙的最重要的养素"[②]。因

[①] 邵燕祥曾提到，"没有什么真正的'内部演出'，就像后来也没什么真正的'内部发行'一样。越说是'内部'，大家的胃口吊得越高罢了"。邵燕祥：《一个戴灰帽子的人》，江苏文艺出版社2014年版，第177页。

[②] 廖亦武主编：《沉沦的圣殿——中国20世纪70年代地下诗歌遗照》，新疆青少年出版社1999年版，第7页。

"反向"历史化选本不是本节论述的重点,此处暂不展开。不过,这至少说明了新时期之前的选本具有相当的影响力。从某种程度上说,这一影响力既构成文学选本在历史化过程中发挥重要作用的基础与前提,它也成为新时期以来各类新选本与旧选本接续的窗口与通路。一方面,说明新时期以来的文学选本保留了一定的权威性与影响力(这自然与体制有关);另一方面,也证实时代社会的与时俱进给编者的个性化选择提供了某种可能。这就使文学选本由原来单一政治权威,逐步走向政治权威与学术权威的"双重言说"。

在政治权威言说这点上,虽然全国优秀短篇小说奖与"鲁奖"中的短篇小说奖等各类著名的全国性文学奖的评奖委员会中不乏学院派学者,但其评奖主体还是作协或文坛领导。如《人民文学》主办的1978年全国优秀短篇小说评选委员会成员为:茅盾、周扬、巴金、刘白羽、孔罗荪、冯牧、刘剑青、孙犁、严文井、沙汀、李季、陈荒煤、张天翼、周立波、张光年、林默涵、草明、唐弢、袁鹰、曹靖华、冰心、葛洛、魏巍。虽然以后具体的评选委员会名单有所调整,但这一人员的基本构架并无多大变化。

在"十八院校编本"中,刘心武的《班主任》与张洁的《从森林里来的孩子》获1978年全国优秀短篇小说奖;茹志鹃的《剪辑错了的故事》、高晓声的《李顺大造屋》、蒋子龙的《乔厂长上任记》获1979年全国优秀短篇小说奖;徐怀中的《西线轶事》与王蒙的《春之声》获1980年全国优秀短篇小说奖。在入选的8篇新时期短篇小说中,仅有聂华苓的《珊珊,你在哪儿?》1篇未获该奖。获奖作品占新时期作品的87.5%。可以说,"十八院校编本"中选入的作品以获短篇小说奖的"名作"为主体,除了《珊珊,你在哪儿?》,基本上可以划归为伤痕文学与改革文学的范畴,也与新时期初始阶段"思想解放"的主题相契合。因此,"十八院校编本"中政治权威性的蕴含是非常明显的。这一点,也与"拨乱反正"的时代主流声音相契合。自然,此一较高的重合率,它也与"十八院校编本"基于其他各类文学选本所作的二次筛选有关。

稍迟出版的同样也是教材型选本的"钱编本",它对文学评奖这一权威经典认定结果的依赖有所降低。在入选的10篇新时期短篇小说中,仅有4篇获全国优秀短篇小说奖,分别为:高晓声的《陈奂生上城》(1980

年全国优秀短篇小说奖)、汪曾祺的《大淖记事》(1981年全国优秀短篇小说奖)、铁凝的《哦,香雪》(1982年全国优秀短篇小说奖)、何立伟的《白色鸟》(1984年全国优秀短篇小说奖),占比为40%。而入选的张贤亮的《邢老汉和狗的故事》、冯骥才的《高女人和她的矮丈夫》、阿城的《棋王》、史铁生的《命若琴弦》、残雪的《山上的小屋》、严歌苓的《女房东》则属未获该奖作品。

"李编本"作为21世纪初期直接冠名为"经典"的文学选本,对于文学评奖结果的依赖度与"钱编本"相类似,在入选的16篇新时期短篇小说中,有7篇属于获奖之作。其中获全国优秀短篇小说奖的有张贤亮的《灵与肉》(1980年全国优秀短篇小说奖)、张炜的《一潭清水》(1984年全国优秀短篇小说奖)、扎西达娃的《系在皮绳扣上的魂》(1985—1986年全国优秀短篇小说奖)、刘震云的《塔铺》(1987—1988年全国优秀短篇小说奖)4篇,占比25%;获鲁迅文学奖短篇小说奖的则有3篇,包括阿成的《赵一曼女士》(1995—1996年鲁迅文学奖短篇小说奖)、迟子建的《雾月牛栏》(1995—1996年鲁迅文学奖短篇小说奖)、刘庆邦的《鞋》(1997—2000年鲁迅文学奖短篇小说奖),占比为18.8%。获奖作品共占新时期以来作品总数的43.8%。与此同时,未获奖作品占相当一部分,如汪曾祺的《受戒》、史铁生的《命若琴弦》、阿城的《峡谷·溜索》、余华的《十八岁出门远行》、王蒙的《坚硬的稀粥》、莫言的《姑妈的宝刀》、红柯的《美丽奴羊》、毕飞宇的《地球上的王家庄》以及铁凝的《谁能让我害羞》。值得注意的是,这其中获奖作家的未获奖作品占相当一部分,如汪曾祺、史铁生、王蒙、红柯、毕飞宇、铁凝均曾获得或多次获得全国优秀短篇小说奖或鲁迅文学奖短篇小说奖。这也体现了选家李敬泽对于经典筛选的个性化表达。在本节所考察的三部选本中,"李编本"选入的新时期未获该二奖的作品篇数是最多的,为9篇。这自然与李敬泽个人艺术旨趣有关,诚如徐勇所言,"选本编纂也可以视为一种叙事"。① 与集体编选相比,个人编选的自主性要相对更充分。

---

① 徐勇:《20世纪80年代争鸣作品选本与批评空间的开创》,《社会科学》2017年第7期。

从以上三组呈下降趋势的数据来看，随着时间的后撤，选家对于文学评奖这一颇具权威性的经典认定方式的认同呈现减弱趋势。这也不妨可视作某种"共识"的弱化，它表明"专家、群众和政治意识形态的日渐分离"，① 其权威性已由单一的政治性向政治性与学术性并重转换。虽然"十八院校编本"的选家群体也属高校的学者，但该选本与其说是学院话语的表达，不如说是与"拨乱反正""思想解放"相契的政治话语的体现。八九十年代涌现的各种文学主张与相关争鸣为新一批学者的出场奠定了基础。在这一背景之下，"钱编本"（属高等学校文科教材）与"李编本"（属"名家推荐学生必读中国当代文学经典系列"）较新时期初期的文学选本来说也有了更明显的个性化色彩。如上文提及的"钱编本"对于域外文学的关注，以及"李编本"将获奖作家的未获奖作品划入容量仅有22篇的"中国当代短篇小说经典"中（这9篇虽未获二奖，但其中也不乏主流文学史叙述中的"热门"② 作品）。

正如上文所述，学术个性的表达同时也是另一维度的学术权威的表现，这之中也内含了选家推动所选作家与作品历史化的意图，毕竟"选本的编纂出版就带有重申其选本中所选作品的价值的意图在"。③ 由此想到一位西方学者有关合著本与作品合集意义的看法，④ 对于"小历史"来说，倘若将其纳入"重要文本的类别"（当代文学经典）加以叙述，其所叙述的历史，以及本身所代表的历史便会存续下来。对于本节所考察的三个选本来说，因为体量相对较小，其所筛选出的作家很难说都是小人物或小团体，绝大部分恰恰是当时的名家。这些名家名作是否是经典暂且不论，但至少也可被归于文学史经典的范畴。因此，本节更倾向于认为，从目前来看，三部选本选入的社会主义现实主义作品与稍迟一些的伤痕文

---

① 徐勇：《1980年代选本与文学经典化问题——以1980年代短篇小说选本为例》，《华中师范大学学报》（人文社会科学版）2016年第4期。

② 以汪曾祺的《受戒》为例，其虽未获得全国优秀短篇小说奖或鲁迅文学奖短篇小说奖，但却是各类汪曾祺文集的必选篇目，也是主流当代文学史的叙述对象。

③ 徐勇：《选本编纂与八十年代文学生产》绪论，人民文学出版社2017年版，第3—4页。

④ "消失殆尽的包括由小人物或小团体所创造的下层历史。若将合著本以及多位作者的合集也纳入到重要文本的类别之中，便可部分解决该难题。"[美] 威廉斯编著：《文学制度》，李佳畅等译，南京大学出版社2014年版，第22页。

学、改革文学,以及再后来的带有现代主义色彩的小说,均有互相推进经典化与历史化的作用,而很难说到底是前者带动后二者,还是后二者推动前者。不过,这也与当代文学的"现在进行时"特点有关。相对来说,除了少部分作品,学界对于当代文学经典与文学史经典的评判还是无法形成统一的共识。这既是研究主体与对象缺乏距离感所带来的局限,又是当代文学的特殊性所在。

三 文学与政治

　　文学与政治是一个非常宏大而又牵扯纷繁的话题,也可以说是当代文学历史化、经典化无法规避的一个难点问题。虽然二者之间的历史渊源与现实关联无法在一节中爬梳清晰,但这并不妨碍将二者作为一个切入角度,来管窥从新时期初期到21世纪初期的三部文学作品选的历史沿革。从20世纪80年代初期到21世纪初期,文学选本的筛选标准呈现对文学性或曰审美性的侧重有所上升,而政治性则呈现一种趋于隐匿的状态。相比于"十七年"的选本(如1959年作家出版社出版的《1958年诗选》、1961年解放军文艺出版社出版的《革命战士歌谣选》等),新时期初期的选本"左"的色彩明显减弱,但这并不意味着"文化大革命"一结束,整个大陆一下子就进入了"思想解放"的"新时期"。"1980年代的选本编纂","在'经典的构成'方面的'自由'度上却并不见得多出很多"[①]。对于新时期初期的文学选本来说,即使是带有批判"四人帮"、反思"文化大革命"意味的筛选也是一种非常有限的选择,对于"十七年"文学的"再发现"也更多的是基于政治风向的改变,而并非纯粹基于个人/集体文学品味的筛选。

　　为了更为直观地对三部选本筛选标准中文学性与政治性的偏重进行比较,这里按照所选作家的出生年份为序,对入选的作家与作品进行了初步的整理,见表7-1。

---

　　① 徐勇:《1980年代选本与文学经典化问题——以1980年代短篇小说选本为例》,《华中师范大学学报》(人文社会科学版)2016年第4期。例如该文提到,在"各类建国三十周年选本中,多数都没有选入胡风集团成员路翎的小说,而像萧也牧的《我们夫妇之间》等被后来的文学史家盛赞的作品也很少被选入"。

表 7-1　　　　　　　三部短篇小说选入选作品情况

选本名称＼作家	《中国当代文学作品选·短篇小说》（1949—1980）	《中国现当代文学作品选·短篇小说》（1949—1995）	《中国当代短篇小说经典》（1949—2002）
陈翔鹤/1901	—	《陶渊明写〈挽歌〉》	《陶渊明写〈挽歌〉》
赵树理/1906	《登记》《"锻炼锻炼"》	《"锻炼锻炼"》	—
周立波/1908	《山那面人家》	—	—
孙犁/1913	《山地回忆》	《山地回忆》	《山地回忆》
骆宾基/1917	—	《在山区收购站》	—
林海音/1918	—	《我们看海去》	—
汪曾祺/1920	—	《大淖记事》	《受戒》
杜鹏程/1921	《延安人——记老黑和他的老婆》	—	—
王汶石/1921	《新结识的伙伴》	—	—
峻青/1922	《黎明的河边》	—	—
马烽/1922	《我的第一个上级》	《我的第一个上级》	《我的第一个上级》
路翎/1923	—	《初雪》	—
茹志鹃/1925	《百合花》《剪辑错了的故事》	《百合花》	《百合花》
高晓声/1928	《李顺大造屋》	《陈奂生上城》	—
宗璞/1928	—	《红豆》	《红豆》
李准/1928	《李双双小传》	—	—
王愿坚/1929	《党费》	—	—
徐怀中/1929	《西线轶事》	—	—
玛拉沁夫/1930	《花的草原》	—	—
李国文/1930	—	—	《改选》
王蒙/1934	《组织部来了个年轻人》《春之声》	《组织部新来的青年人》	《坚硬的稀粥》
张贤亮/1936	—	《邢老汉和狗的故事》	《灵与肉》
白先勇/1937	—	《永远的尹雪艳》	—
张洁/1937	《从森林里来的孩子》	—	—
蒋子龙/1941	《乔厂长上任记》	—	—

续表

选本名称＼作家	《中国当代文学作品选·短篇小说》（1949—1980）	《中国现当代文学作品选·短篇小说》（1949—1995）	《中国当代短篇小说经典》（1949—2002）
冯骥才/1942	—	《高女人和她的矮丈夫》	—
刘心武/1942	《班主任》	—	—
阿成/1948	—	—	《赵一曼女士》
阿城/1949	—	《棋王》	《峡谷·溜索》
史铁生/1951	—	《命若琴弦》	《命若琴弦》
刘庆邦/1951	—	—	《鞋》
残雪/1953	—	《山上的小屋》	—
何立伟/1954	—	《白色鸟》	—
莫言/1955	—	—	《姑妈的宝刀》
张炜/1956	—	—	《一潭清水》
铁凝/1957	—	《哦，香雪》	《谁能让我害羞》
刘震云/1958	—	—	《塔铺》
严歌苓/1958	—	《女房东》	—
扎西达娃/1959	—	—	《系在皮绳扣上的魂》
余华/1960	—	—	《十八岁出门远行》
红柯/1962	—	—	《美丽奴羊》
毕飞宇/1964	—	—	《地球上的王家庄》
迟子建/1964	—	—	《雾月牛栏》

"十八院校编本"中入选的短篇小说作家均是20世纪40年代初或之前出生的，而所选入的作品则有相当部分具有显在的政治性。如赵树理的《登记》与《"锻炼锻炼"》就具有相当的代表性。前者为《中华人民共和国婚姻法》的颁布与实施提供一种合理性的解读，后者则带有响应农村"整风"号召的意图。李准的《李双双小传》则是宣传"大跃进"与人民公社运动。该选本除了作品，还附了作者简介及《所选作家及其作品的评论目录索引》，选家认为该作尽管带有明显的"浮夸风的痕迹"，但其"公与私的斗争这一基本思想主题"，塑造了的"李双双、孙喜旺这些典型人物，今天仍然闪耀着光彩"。[①]

[①] 十八所高等院校当代文学教材编写组：《中国当代文学作品选》（上册），河北人民出版社1981年版，第259页。

这一评述本身也嵌上了那个时代的烙印。"十八院校编本"诚如前言所言"兼顾思想性和艺术性",① 也在一定程度上反映了"对于日常生活的细腻关注"②(选入孙犁《山地回忆》、茹志鹃《百合花》等),但由于诸多因素,还是更为偏重政治性及社会主义现实主义作品(如选入峻青的《黎明的河边》、王愿坚《党费》等革命历史题材,周立波的《山那面人家》等农业合作化题材,以及杜鹏程的《延安人——记老黑和他的老婆》、王汶石的《新结识的伙伴》、马烽的《我的第一个上级》等其他社会主义现实主义作品)。也带有那个时代的特征与局限,如反面人物的丑化与脸谱化③等。

而在"钱编本"中,与"十八院校编本"重合的作品有《"锻炼锻炼"》《山地回忆》《我的第一个上级》《百合花》《组织部新来的青年人》5篇;"李编本"与"十八院校编本"重合的作品仅有《山地回忆》《我的第一个上级》《百合花》3篇。同时被三部选本选入的作品为《山地回忆》《我的第一个上级》《百合花》3篇。可以说,重合的作品虽然大体上均属于社会主义现实主义范畴,但与"十八院校编本"选入的其他作品相较,其差异性是显见的。而"钱编本"与"李编本"相重合的作品则有《陶渊明写〈挽歌〉》《山地回忆》《我的第一个上级》《百合花》《红豆》《命若琴弦》6篇,基本上没有政策图解的意图。倘若分而述之,"钱编本"的特点在于具有较广的覆盖面,包括路翎有关抗美援朝的作品《初雪》、林海音的儿童文学《我们看海去》、白先勇的《永远的尹雪艳》(尹雪艳被王德威评为"中国现代小说中最出色的坏女人"④)。此外,所

---

① 十八所高等院校当代文学教材编写组:《中国当代文学作品选》(上册),河北人民出版社1981年版,前言。

② 吴秀明等:《20世纪文学演进与"中国形象"的历史构建》,浙江大学出版社2016年版,第176页。

③ "就在这一刹那间,我看见这个叛徒惊骇得眼珠子几乎掉出了眶外,脸上煞白煞白,接着就两手一张,仰面倒了下去,尸身沿着堤坡,咕曝喊也一直滚到堤下的水坑里,把坑里的水打得水花四溅。"十八所高等院校当代文学教材编写组:《中国当代文学作品选》(上册),河北人民出版社1981年版,第61页。

④ [美]王德威:《想象中国的方法——历史·小说·叙事》,百花文艺出版社2016年版,第264页。

选的张贤亮《邢老汉和狗的故事》在关注到邢老汉的伤痕的同时,也对人与狗之间的和谐关系予以观照,而不是为伤痕而伤痕的相对较为粗糙的作品,《高女人和她的矮丈夫》在人情世故中凸显出了人间真情,还有像《哦,香雪》这样的乡土小说,带有形式探索意味的《白色鸟》,以及颇为典型的"女性文学"《女房东》等。

　　上述特点在"李编本"中也得到了充分的体现。李敬泽认为该选本的编选意图在于"让我们看看世界和人心是多么广大、深微、丰富、神奇"。[①]在这一带有明显文学性的表述中,该选本选入了像《受戒》《十八岁出门远行》《姑妈的宝刀》《地球上的王家庄》《谁能让我害羞》这样无明显政治指向的作品。可以说,在"李编本"中,人的存在是比较显要的,李敬泽也非常强调"人的声音",他认为作家必须要在大时代中"发出自己的声音"[②]。与"十八院校编本"选入的作品相比,《灵与肉》的反思更具深度,所暴露出的问题也更为尖锐。虽然,我们无法将作品所透露的价值观与选家本人的价值观直接画上等号,但至少从选本所具有的"以选代言"特点来看,也反映了李敬泽本人的某些文学倾向与审美判断。

　　文学选本不同于"全集",它的最大的特点在于不求"全"(全集的"全"也只是一个相对的、理想化的概念),而在于筛选。这也构成了选本作为历史化路径的一个主要特点。虽然我们无法判断在历史化的结果上,选入某部选本的作品一定要比未选入作品完成得更好,但至少特定选家的历史化意图还是比较明显的。通过表格,我们可以发现:文学选本对于越是邻近的作品越有被选入的倾向,这一点在"李编本"中体现得最为明显。参照文学社会学的理论,倘若将正在进行时的作家与作品纳入教科书叙述范畴,那么很容易沦为"机械式的作家人名录",且在很大程度上不具有"客观性"或代表性。[③]虽然这里主要讨论的是教科书的撰写,但基于文

[①] 李敬泽编:《中国当代短篇小说经典》导言,春风文艺出版社2003年版,第8页。
[②] 李敬泽编:《中国当代短篇小说经典》导言,春风文艺出版社2003年版,第5页。
[③] "如果作家贸然把自己的教科书一直写到当代,即写到他撰写教科书时还活着的,尤其是还在进行写作的作家(如朗松写到象征派作家),那他就达到了第二个界限。在这种情况下,不是这本教科书的最后部分有点像我们想要避免的那种机械式的作家人名录,就是这个作者对同时代作家所作的纯属专断和主观的筛选,与过了一两代人后某位文学史家所作的筛选毫无共同之处。"[法]罗贝尔·埃斯卡尔皮:《文学社会学·译者的话》,符锦勇译,上海译文出版社1988年版,第32页。

学选本所具有的教科书与课外读本属性，此问题也同样在选本中得到了比较充分的体现。就当代文学选本而言，对于越接近编选日期的作品的争议要远大于"十七年"作品。不过对此也不必过分悲观，毕竟从长远来看，这"或许只是一种暂时的状态"。①

附带一提，近些年随着新媒体的蓬勃发展，还出现了网络文学选本。如北京大学邵燕君及其团队编写的《中国网络文学二十年·典文集》《中国网络文学二十年·好文集》。内中收入40部网文，包括作者作品简介、类型标签、上榜理由、编者推荐词，某种意义上，是用较为学院化的方式，对近二十年当代文学出现的新状态作了爬梳，也为历史化提供了新的话题：在作家作品经典化与历史化的进程中，"民间"的粉丝以何种方式参与其中，并发挥了怎样的作用，如何看待"粉丝型学者"与"学者型粉丝"② 在其中所扮演的角色等。由于篇幅的限制，本节只是将其提出，没有对此做展开阐释，期待有更多学者特别是年轻学者加盟，在与传统选本对照参比中将其推进与拓展。历史的生成并非一蹴而就，文学选本在历史化中发挥的作用也需要以一个较长的时段作为检验窗口。在这一点上，像《论语》《昭明文选》《唐诗三百首》这样脍炙人口的选本也许可为我们提供一些借鉴与参照。经验告诉我们，倘若没有历史（时间）的积累，文学经典往往很难具有真正的"经典"内涵的。

第三节　文学教育：知识生产与组织规划

文学教育作为一种历史化路径，其合法性的获得来自特定意识形态设定的标准与规则。与此同时，被纳入文学教育领域的作家作品，也可视为一种被习得的关乎国家形象的记忆，具有文化记忆的属性。在当代中国的文化体制中，文学史可视为一条较合适的通路来研究文学教育在历史化中所起到的及将会起到的作用。这是因为，绝大多数的文学史具有文学教材

---

① 邓建：《论选本传播的彰显与遮蔽效应》，《中南大学学报》（社会科学版）2012年第4期。
② 邵燕君、高寒凝主编：《中国网络文学二十年·好文集》，漓江出版社2019年版，第20页。

的属性，它不但接受教学大纲的规约，而且还作为课堂教学与考试的重要参考书。

迄今为止，有关文学史研究的论文已有相当数量，但除少数学者（如陈平原[1]）外，大多学者对文学史的教科书属性关注是不够的，研究成果也不甚理想。事实表明，文学史作为文学教育的重要媒介，具有筛选与生成文学经典及文学史经典的重要价值。当然，这种选择受到种种规约，它是有限的，筛选的结果也并不一定具有长期稳定的特点。下面，我们拟从当代文学史的编选标准与规则、教科书属性及其在历史化过程中所扮演的角色等方面切入，试图以点带面地对作为历史化路径的文学教育进行分析。

一 关于编选标准与规则

历史地看，无论是1950年的"高等学校文法两学院各系课程草案"、1951年的《中国新文学史教学大纲（初稿）》，还是高等教育出版社1998年出版的《中国当代文学史教学大纲》，均以一种划定范围与边界的方式，对现当代文学史及其周边的教学内容进行了设置与规定。换言之，给出了"应该回忆什么"[2]作家及作品的"正确答案"。而具备被叙述资格的作家作品，也可视为国家历史的一种文学表达，毕竟"国家历史是可以构建认同的"，[3]且"国家历史必须是能够被叙述的"。[4] 无论是"十七年"的社会主义现实主义作品，还是新时期的伤痕文学、反思文学，均是国家历史的一种文学表达，文学教材通过对其进行反复的书写，将之固化为与主流意识形态大致同向的文学史经典。

据谢泳考察，早在1949年9月出版的《大学国文（现代文之部）》

---

[1] 陈平原曾对文学史的"教科书"与"专家书"作过辨析。参见陈平原《作为学科的文学史》，北京大学出版社2011年版，第399—400页。

[2] 阿莱达·阿斯曼认为"'应该回忆什么'是'教学大纲设计者的任务'"。[德]阿莱达·阿斯曼：《记忆中的历史：从个人经历到公共演示》前言，袁斯乔译，南京大学出版社2017年版。

[3] 阿莱达·阿斯曼认为"'应该回忆什么'是'教学大纲设计者的任务'"。[德]阿莱达·阿斯曼：《记忆中的历史：从个人经历到公共演示》前言，袁斯乔译，南京大学出版社2017年版。

[4] 阿莱达·阿斯曼认为"'应该回忆什么'是'教学大纲设计者的任务'"。[德]阿莱达·阿斯曼：《记忆中的历史：从个人经历到公共演示》前言，袁斯乔译，南京大学出版社2017年版。

中,就对教科书的编选标准进行了非常细致的说明。① 在其制定的编选标准中,将"个人主义"、有宣传"封建法西斯毒素"之嫌的作品剔除出了大学国文教科书,而仅保留"提倡为群众服务"的积极向上的作品。教科书对于作家作品的筛选实质上是一种二次筛选,或曰过滤后的筛选。这一"说明"及"标准"也就成为新文学史教学大纲的雏形。在稍后由老舍、蔡仪、王瑶、李何林拟的《中国新文学史教学大纲(初稿)》的绪论部分,提到学习新文学史的目的是"了解新文学运动与新民主主义革命的关系","总结经验教训,接受新文学的优良遗产",而方法是要坚持"辩证唯物论和历史唯物论"和"马列主义的文艺理论和毛泽东的文艺思想",② 开宗明义地强调了教学工作的政治与意识形态要求。

新时期的教学大纲亦强调了文学史的意识形态归属,如1998年出版的由国家教育委员会高教司组织编写的教学大纲就是很好的佐证。在这份中国当代文学史教学大纲中,对大纲的特殊地位与重要作用作了明确的说明:"它是规范教学内容、指导教学工作、保证教学质量的重要手段,也是强化教学管理、搞好教材建设、进行教学评估的重要依据。"③ 不难看出,教学大纲除了对文学教育的内容进行了划定,还是管理教学、"进行教学评估的重要依据"。具体地说,大纲的前言部分对编写原则与体例进行了特别说明,④ 不仅明确地将马克思主义作为指导思想,还规定了教学的侧重点,即以"基本理论和基本知识"为主、"最新研究成果"为辅。此外,大纲不仅对文学史书写的体例和模式(章节的形式、作为"尾巴"的台港澳文学)进行了规定,还对可以被叙述的作家作品范围进行了划定。就文学类型而言,涉及伤痕小说、反思小说、改革小说、城市小说、乡土小说(含汪曾祺)、历史小说、军旅小说、知青小说、寻根小说、新

---

① 谢泳:《王瑶学术史转向的学术史意义——纪念王瑶先生逝世二十周年》,《文艺研究》2009年第7期。
② 《中国新文学史教学大纲(初稿)》,《新建设》1951年第4期。
③ 国家教委高教司编:《中国当代文学史教学大纲》前言,高等教育出版社1998年版。
④ "教学大纲编写的主要原则是:坚持以马克思主义为指导,科学地、系统地阐述本学科(课程)的基本理论和基本知识,注意吸收最新研究成果;力求全面准确、简明扼要、便于教学。教学大纲一般采用章、节、目三级标题,每章包括教学目的和要求、正文、思考题三部分。"国家教委高教司编:《中国当代文学史教学大纲》前言,高等教育出版社1998年版。

写实、朦胧诗，等等。实际上，当代文学史教学大纲已对可否"入史"的作家作品进行了甄别与筛选。虽然在具体的行文中，主要以要点罗列与概述为主，但此种"点名"式的叙述，也可视为文学史书写的内容提要与蓝本。

饶有意味的是，即便是被认可能够进入文学史叙述的作家作品，也有一个尺度把握的问题。如高行健，大纲对其代表作的介绍只有《绝对信号》与《野人》而没有后来获诺奖的重头作品（长篇小说）。[①] 事实上，在大纲出来之前，其有关的长篇小说便已完稿，但"力求全面准确"且"经专家组审订"[②]的文学史大纲却对这一作品只字未提。所谓的"全面"，对历史化来讲，还有一个意识形态的审视问题。这种情形，也可从汪曾祺仅仅被定位为乡土小说家（而非编剧）、莫言作品被有选择地进行介绍[③]得到体现。所以，难怪有识者如是说："所谓'文学经典之争'的核心问题就是'文化权力之争'"，[④] 认为"所有思想转变、文学革命、制度创新等，最后都必须借助'教育'才可能落地生根，且根深蒂固，不可动摇"。[⑤]

二 关于教科书属性

文学史的教材属性，自有其"传统"。[⑥] 就现当代文学史而言，这一特性从王瑶的《中国新文学史稿》到新时期以来诸多文学史，都有充分的体现。如吉林省五院校编的《中国当代文学史》（吉林人民出版社1984年版）、二十二校编写组编的《中国当代文学史》（福建人民出版社1980

[①] 国家教委高教司编：《中国当代文学史教学大纲》，高等教育出版社1998年版，第94页。

[②] 国家教委高教司编：《中国当代文学史教学大纲》前言，高等教育出版社1998年版。

[③] 仅涉及《透明的红萝卜》《红高粱》《红蝗》《欢乐》这几部作品。国家教委高教司编：《中国当代文学史教学大纲》，高等教育出版社1998年版，第73页。

[④] 姚文放：《从形式主义到历史主义：晚近文学理论"向外转"的深层机理探究》，北京大学出版社2017年版，第141页。

[⑤] 陈平原：《如何谈论"文学教育"》，《文艺争鸣》2016年第10期。

[⑥] "作为中国人编写的第一部文学史，林传甲《中国文学史》编写的目的是作为京师大学堂的讲义。"蒋金珅：《收编文类：中国文学史编写的体例问题——从〈剑桥中国文学史〉谈起》，《华文文学》2015年第1期。

年版）等。可以说，如果没有文学教育的客观需求，就不会有文学史的大规模生产。即使是在"重写文学史"正式提出之后出版的当代文学史，也大多属于教材型的。如於可训的《中国当代文学概论》1998年版属"武汉大学文学院系列教材"，洪子诚的《中国当代文学史》1999年版是"北京大学中国语言文学教材系列"，孟繁华、程光炜的《中国当代文学发展史》2004年版属于"面向21世纪课程教材"，吴秀明主编的《中国当代文学史写真》属"普通高等教育'十一五'国家级规划教材"。关于这一点，陈思和在《中国当代文学史教程》的初版本与再版本中均有清晰的认识与明确的交代。[①] 那种因教材型文学史存在问题，而否认现有文学史大多是"教材属性"的说法，是不符合事实的。

　　当然，我们也看到，随着时间的推演，如今出现了一些与上不同的当代文学史。如李洁非的《文学史微观察》、[②] 程永新的《一个人的文学史》，[③] 还有类似编年体文学史等，它为学界提供了如何打破恒定模式、寻求创新发展提供了另一种思路和范式。但就整体而言，当下主流文学史与文学史的主流还是教科书式的，它的编写及如何编写，均指向文学教育，准确的说法是指向教育体制化并用于课堂教学的文学教育。无论是编写意图、编写主体，还是内容框架、预设对象，均被纳入教育体制之中，因而也可视为制度的派生物。北京大学校方提出的"研究无禁区，课堂有纪律"，[④] 从一个侧面说明这个问题的重要性与严肃性，这也已成为教材型文学史编写的潜规则。同时，由于中国大学已由精英化走向大众化，巨量的需要（大众化教育催生了当下中国有着堪称世界之最的巨量大学生），也给包括文学史在内的教科书提供了一个别样的"文化市场"，以致出现了一个"教科书的产业化"。这也使文学史编写溢出了教育体制，而与文化市场及文化产业发生关联。它也不单单是文化权力之争和知识化的一种历史叙述，同时呈现和包含了更为丰富复杂的内容。

[①] 陈思和主编：《中国当代文学史教程》第2版，复旦大学出版社2006年版，第444页。
[②] 李洁非：《文学史微观察》，生活・读书・新知三联书店2014年版。
[③] 程永新：《一个人的文学史》，天津人民出版社2007年版。
[④] 陈平原：《作为学科的文学史》，北京大学出版社2011年版，第406页。

三 关于历史化的角色功能

教材型文学史除了接受教学大纲规约，还要受到政治风向的影响。周扬在第四次文代会上作的报告就以"点名"的方式对一批现当代作家作品进行了经典认定，[1] 包括"十七年"的《茶馆》《创业史》《红旗谱》《青春之歌》《山乡巨变》等，也涵盖新时期初的《天安门诗抄》《班主任》《伤痕》《乔厂长上任记》《哥德巴赫猜想》等。这表明，虽然在一般意义上，文学史被认为是经典筛选与历史生成的正统方式，但这种筛选与叙述在自主性层面是有限的。文学史对主流政治的遵循，也可视为知识话语对政治话语的遵循，毕竟"知识话语仍会在某些敏感问题与大是大非的'原则问题'上保持与政治话语多年形成的'默契'"。[2] 1998 年的教学大纲将包括敬信的《生命》、蒋子龙的《机电局长的一天》等"非主流"的"文化大革命"作品[3]以及以"张扬的《第二次握手》、毕汝协的《九级浪》、靳凡的《公开的情书》、赵振开的《波动》等"[4] 为代表的"地下文学"纳入目录，这些书目也成为文学史教材编写的重要参考。

不过，20 世纪 90 年代末以来出版的当代文学史并非以"依瓢画葫芦"的方式对大纲所划定的作家作品进行再叙述。虽然在大体上，文学史所做的是一种将能够"入典"的作家作品，以文学教育的方式暂时固定下来的工作，但在规则的灰色或真空地带，还是不乏创见。以洪子诚的文学史为例，虽然其中地下文学论述基本没超出教学大纲所划定的范围，但在诗歌部分，初版本将穆旦作为专节来加以介绍，修订本则更明确地涉及了曾属于胡风集团的胡风、牛汉、绿原、曾卓和曾被划右派昌耀、公刘等诗人。陈思和等人的文学史则对丰子恺的《缘缘堂续笔》、穆旦的《神

---

[1] 参见李庚、许觉民主编《中国新文艺大系——(1976—1982) 理论集》（上卷），中国文联出版公司 1988 年版，第 83—86 页。

[2] "例如对'文化大革命'以及'文化大革命'文学的定义以及价值、情感判断都是以《决议》为标准的。而对'地下文学'的首肯也只限于'文化大革命'时期，似乎这只是'文化大革命'文学的特有现象。"张军：《中国当代文学史叙述研究》，中国社会科学出版社 2012 年版，第 135 页。

[3] 国家教委高教司编：《中国当代文学史教学大纲》，高等教育出版社 1998 年版，第 44 页。

[4] 国家教委高教司编：《中国当代文学史教学大纲》，高等教育出版社 1998 年版，第 45 页。

的变形》进行了专节的解读。而无论是在稍早一些的吉林省五院校编的《中国当代文学史》、二十二校编写组编的《中国当代文学史》,还是金汉等主编的《新编中国当代文学发展史》、陈其光主编的《中国当代文学史》中,均未见穆旦或丰子恺的"文化大革命"创作。可以说,无论是洪子诚的叙述,还是陈思和等人的释读,穆旦、丰子恺等"文化大革命"创作均被赋予了"非主流"的内涵。在"拨乱反正"与"思想解放"的语境下,在特殊时期曾处于地下状态的创作显然更具有某种受难的意味。

除了推动了大纲之外的潜在写作的历史化,孟繁华、程光炜的《中国当代文学发展史》2004年初版本与2008年再版本不仅将第一次文代会的相关史料纳入文学历史的视域进行专节叙述,还特别关注到了包括张中晓的《无梦楼随笔》、沈从文的《从文家书》、邵燕祥的《沉船》、李锐的《大跃进亲历记》、贾植芳的《狱里狱外》等在内的"历史回忆"作品,其中对韦君宜的《痛思录》与季羡林的《牛棚杂忆》进行了专段的介绍。此种叙述,一方面体现了编者对于知识分子命运及相关反思的思考,另一方面也以一种历史创伤记忆重现的方式推进了相关作家的历史化。须知,"任何一种历史书写同时也是一种记忆工作,也在把赋予意义、帮派性和支持身份认同等条件暗度陈仓"。[①]

由于文学史容量的有限性,能够进入文学历史叙述的作家作品是很少一部分。即使没有容量限制,它同样也会面临一个筛选的问题,这里的筛选主要指的是随着文学外部环境的变迁和编者文学观念的变化,原来在主流文学史叙述中出现的作家作品,在后来的文学史中被删剪(当然,如上文所讲,它还有一个增添的问题),如陈思和主编的《教程》对《创业史》《青春之歌》《红旗谱》的处理。从历史化角度看,它体现了文学经典与文学史经典的波动性,即曾被认定为文学经典或文学史经典的作品,由于各种原因而在"经典性"层面受到质疑。当然,文学史教材只是文学教材的一部分,对于基础教育与义务教育来说,其相应的配套教材与必读书目也起到了经典认定的作用,且同样具有体制属性。这里限于篇幅,只好从略了。

---

① [德]阿莱达·阿斯曼:《回忆空间:文化记忆的形式和变迁》,潘璐译,北京大学出版社2016年版,第146页。

第八章 文学史:主流规约与历史重建

经过了几代学者的共同努力,当代文学领域产生了80多部文学史,有的还具有颇高的学术价值。但从学科建设及人们的要求来看,还有一定的距离,可以提升和发展的空间也相当大。例如文学编辑深度参与的文学史"前史",西方文化研究对文学史的"进入",以及文学史的修订和再版等,尚未引起学界足够的重视。本章拟就此进行探讨。

第一节 当代新传统与历史沉积

当代文学史编写从开始起就被置于重要的位置。与近现代时期产生的同样具有教材属性的各类文学史相比,当代文学史在不算太短的实践中已逐渐形成了自己"当代"的"新传统"。这里所说的"当代"的"新传统",是指对进入历史叙述的作家作品一律进行政治化的评判,以求合法和保险,同时依托某一教研组或课题组进行编写,带有集体化与个人化的双重属性。此外,基于体制所赋予的教科书属性,当代文学史又成为现代大学教育中知识生产与沉积的主要的方式,甚至成为最正统和最规范的一种历史化的路径。

当代文学对自身历史的叙述,与其一起诞生的中华人民共和国相比,晚了10年左右。如洪子诚论述的那样,当时在文学界权威机构和批评家撰写的文章,以及第三次文代会报告与文件中虽没有"当代文学"的明确提法,但"已使用了可与'当代文学'互相取代的用语,确立了为

'当代文学'这一概念所内含的分期方法"。① 作为在中华人民共和国文学诞生和发展起来的"新文学",当代文学通常被人为地赋予某种政治上的"优越性",而对于当代文学历史的叙述也因与意识形态具有密切关联,而往往带有浓厚的政治色彩。在最早编写出版的几部当代文学史中,文学史成了阶级斗争史的一部分,且编写本身带有较浓的文艺政策解读与宣传的意味。新时期以来,特别是自20世纪90年代迄今,学术研究取得了相对独立的地位,由此也对原有的文学史生产模式,进行了不同程度的突破:如有的从作家个人史的角度对知识分子精神史进行扫描;有的偏重从审美的维度对作品进行品评;也有的采取编年体的方式,对文学历史作较为客观的记录。但从本质上说,大陆出版的各类文学史均或多或少带有体制的属性。

从王瑶《中国新文学史稿》末尾部分的中华人民共和国文学论述,到20世纪50年代末60年代初集体编写的各类当代文学史(如北京大学中文系集体编写的《中国现代文学史当代文学部分纲要》、山东大学中文系中国当代文学史编写组编的《中国当代文学史(一九四九——九五九)》、华中师范学院中文系出的《中国当代文学史稿》),有关当代文学的历史叙述经历了从现代文学的"尾巴"或"附录",到独立言说"本体"存在的转变。该时期生产的文学史对书写"新传统"起到了确定基调的作用。其最大的特点,就是组织化和计划化。这也与当时的大跃进有关。据参与《中国当代文学史稿》编写的王庆生回忆,"50年代末期,各个高校各个专业都在发动学生大编教材,结果编出来的教材水平参差不齐,粗制滥造的不少",在内容方面,非常注意"群众文艺""工农兵文学"的叙述②。

这种情况甚至一直延续到80年代初,那时以"当代文学史"或"参考资料"命名的各类文本,都相当程度地烙上了阶级斗争的印迹。如华中师范学院中文系编写的《中国当代文学史参考资料》、山东大学等二十二院校编写组编写的《中国当代文学史》,都将其定义为"社会主义革命

---

① 洪子诚:《中国当代文学史》前言,北京大学出版社2010年版,第11页。
② 详见王庆生、杨文军《中国当代文学史编撰的回顾与展望——王庆生先生访谈录》,《新文学评论》2013年第1期。

事业重要组成部分",赋予以"担当着为社会主义革命和社会主义建设服务的光荣任务",①并像以前那样,为完成这一"光荣任务",继续采取集体编写的做法。直到20世纪80年代中期前后,文学史才"以将众多'非主流'文学现象、流派和作家纳入'主流'的处理方式对当代文学进行了'重写',并出现了诸如'复出'、'解放'、'归来'、'伤痕'、'反思'等等具有'主流文学'历史特征的文学史名称"。②

20世纪90年代以来的社会文化和学术风尚,催生了洪子诚的《中国当代文学史》、陈思和主编的《中国当代文学史教程》等各具特色的文学史。虽然集体编写的"新传统"有所松动,主编个人的学术观点与审美偏好在文学史中得到了一定的贯彻,但对于大多数文学史来讲,它们仍然是教材。不仅受到教学大纲的规范,而且还要依托课题的支持。这就产生了陈平原所说的"教科书"与"专家书"③的矛盾。

近些年在原有基础上,又出现了一批非传统乃至比较另类的所谓"文学史"或"准文学史"。如钱理群的"知识分子精神史"三部曲、洪子诚的《材料与注释》、查建英主编的《八十年代访谈录》等。他们基于收集和发掘的史料,对原有的文学史写作及相关结论进行"再解读"。谢泳曾指出,倘若"没有史料的拓展工作","当代文学史的叙述,就只能依赖固有的史料,改变叙述方式或者改变评判立场,一般就成为中国当代文学史写作的主要方式"。④换言之,只有且必须借助史料的拓展,当代文学史才能脱离"有限"的变革模式,在叙述的内容与结论角度进行根本性的调整。虽然在这方面也有探索,如教材属性的剥离、集体写作的隐退、体制色彩的淡化等,但对于大部分文学史来讲,这种变革还是比较有限的。个中原因,除了史料和史观,还与文学史所属的教育体制密切有关——按照皮埃尔·布迪厄"典型化"的理论,文学经典的生成与教育体制密切有关,这也是经典与"没有前途的畅销书"⑤之间的显著差异。

---

① 山东大学等二十二院校编写组:《中国当代文学史1》,福建人民出版社1980年版,第1页。
② 程光炜:《文学史研究的兴起》,福建教育出版社2008年版,第197页。
③ 陈平原:《作为学科的文学史》,北京大学出版社2011年版,第399—400页。
④ 谢泳:《思想利器:当代中国研究的史料问题》,新星出版社2013年版,第116页。
⑤ [法]皮埃尔·布迪厄:《艺术的法则:文学场的生成和结构》,刘晖译,中央编译出版社2001年版,第181页。

包括文学经典在内的文学史知识的生产与沉积，也与体制以及体制背后的权力密切有关，权力深度参与的文学历史建构与重现，也在一定程度上决定了文学经典的名单。当代文学史的知识生产与上述文学史本身的书写一样，不仅受到政治的直接影响，还呈现明显的阶段性特征。也正是因此，有的文学史出于实际层面的考虑，对原有的史料进行了不同程度的删减与加工。当然，也有的文学史（如上面说的非传统或另类文学史）由于不具备教材属性，在获得较多自由度的同时，也失去了某种资源上的"优势"，难以进入课堂。

从宏观角度考察，当代文学史生产曾经历从去知识分子化到知识分子化的转变。这与中华人民共和国成立以来知识分子政策直接有关。可以佐证的，除了上文提及对"群众文艺""工农兵文学"的倾斜，它还表现在对知识分子形象的边缘化、负面化的处理。例如像《太阳照在桑干河上》中"落后"的乡村师范毕业生任国忠与"雇工出身诚实可靠而能干的干部"[1] 张裕民形成了鲜明的对比。同样是土地改革题材的长篇小说，《暴风骤雨》中"小资产阶级出身的革命的知识分子"[2] 刘胜因不了解农村实际情况，在工作中屡屡受挫，而土生土长的农民郭全海则担起了推进土地改革的重任。更不必说样板戏对工农兵形象的"高大全"处理。与此相对应，"十七年"革命历史题材电影作品，多少呈现了知识分子的缺席现象。[3] 创作队伍也有类似的情况，对工农兵作家的扶持与对知识分子出身作家的改造形成了鲜明的对比。直至进入新时期以后，随着政策的调整，不仅知识分子及其题材对象以"归来"的姿态成为文学史叙述的重点与中心，而且知识分子也以正面的形象出现在各类文学作品中。由于知识分子的"解放"，新时期以来还产生了大批的作家、编辑回忆录与传记等，这些文本在对当代文学史进行再叙述的同时，也直接对特定历史事件做了再评价。

---

[1] 丁玲：《丁玲全集2·太阳照在桑干河上》，河北人民出版社2001年版，第47页。
[2] 周立波：《暴风骤雨》，人民文学出版社2005年版，第69页。
[3] "在著名的《地雷战》、《地道战》、《平原作战》号称'三战'电影大片中，均没有科技人才和爱国知识分子的踪影，有的只是文化程度不高的农民，于偏僻的乡村刻苦研制、发明巧妙神奇的地雷。"岳南：《南渡北归·离别》，湖南文艺出版社2011年版，第396页。

有关文学史的知识生产还存在域内与域外的二重空间，并彼此产生影响。夏志清对张爱玲、沈从文、钱锺书等作家的肯定，在一定程度上推动了这些自由主义作家在大陆的历史化进程。往近点说，莫言获诺贝尔文学奖也直接导致了其大陆文学地位的上升。此外，当代作家的旅外经历、作品的海外传播，亦在一定程度上扩大了历史化的影响面，继而形成不同的知识生产与流动空间。虽然随着对外开放的深入与国际学术交流的加强，对于当代文学的评价与研究在一定程度上达成了某种共识，但在具体的评价与研究的侧重点上还是存在明显的区别。现阶段的交流与合作也常常以一种默认差异的方式展开，对彼此的结论进行有限的参照。这也在一定程度上造成了域内外知识生产与传播的某种错位。其中一个比较明显的差异，就是大部分大陆文学史的教科书属性，在海外十分少见。

当代文学的历史叙述因牵涉国家民族和社会政治的宏大主题，在诞生之日起就被置于重要的地位，并在长期的实践中形成了自己的"新传统"，即体制规约、集体书写与教科书属性。上述"新传统"在近些年来的文学史中，出现了一些变化与调整。如内涵与外延的拓宽，文学知识的域内外流动等。但深层的原则与规范似乎没变。

第二节　编辑介入与创作史

作为教材的文学史在作家作品的经典化与历史化方面起到了重要的作用，其本身也是颇为主流的历史化路径与方法。不过一般意义上的文学史叙述并不太涉及作品的生产史，这一方面当然源于相关史料的匮乏，另一方面也与现实因素有着一定关系（如多少涉及政治意识形态与文学的复杂关联，或知名作家的"选择性遗忘"问题，还有文学史书写的体例定势等）。然而，作为一种文学史"前史"，其不仅构成了作家作品历史化的先声与前奏，它还是文学史的必要补充。严格意义上，文学史"前史"不但包括作品本事、原型等在内的创作史"前史"，而且还涵盖版本流变等方面的创作史。本节所探讨的主要是后者即与文学编辑有关的部分，也就是由编辑参与的文学经典与历史建构的尝试。具体则以程光炜在《长城》上组织的"编辑与80年代文学"系列访谈文章与相关编辑的自述文本为个案，拟从历史化的路径与方法维度，对约稿与组稿、修改与再创作、宣传与运作三个方面试作探讨。

一 约稿与组稿

对文学如何规划与管理，是构成当代文学生态的一个重要特征。这一方面意味着主流政治意识形态层面的支持与保障，另一方面也导致了一系列与之配套的组织管理措施的诞生。约稿与组稿就是此种措施与方法的具体表现。据曾任《当代》主编的何启治回忆，"'组稿'这种编辑形式是有历史传统的"，"80年代期刊编辑也要去地方组稿"①。胡德培提到，大部分稿件需要文学编辑亲自与作者接触，通过详细的交流，对"选题要求""具体设想"等进行商定，在争取作者同意撰稿之后，还需就"写作提纲""完稿日期""具体编排方式""稿件、规格、字数甚至稿纸大小"等问题进行协商。② 虽然20世纪80年代以来直接以政策图解作为约稿与组稿的内容的操作方式不再，但约稿与组稿本身仍是组织与管理文学创作的重要方式之一。在约稿与组稿的环节中，无论是"具体设想"，还是"写作提纲"，甚至是"完稿日期""编排方式"等细节，均由文学编辑及其所代表的文化体制③所主导。因此，有相当一部分的当代文学作品实际上是"集体意志"的产物，而非一种自主自发的艺术创造。

不同于"潜在写作"或"无门槛"的网络写作，就传统意义上的当代文学创作而言，特别是对于文学新人，文学期刊是其"出道"的主要方式。虽然并非所有的稿件均经约稿与组稿而来（刘心武的《班主任》就是自由来稿），但如《乔厂长上任记》的编辑涂光群所坦言的那样："当时许多作品只有通过编辑对作者稿件的策划、组稿、初审、复审、终审等一系列严格的步骤才能获得公开发表的机会。"④ 约稿与组稿为作家作品的历史化确定了一个合法性的准入标准，只有政治上没有问题的作家

---

① 何启治、杨晓帆：《我与〈古船〉——八十年代〈当代〉纪事》，《长城》2011年第11期。
② 胡德培：《文学编辑体验》，首都师范大学出版社2010年版，第9页。
③ 正如黄发有所言："建国以后，出版社、杂志社、报社都被纳入计划体制之中，依靠政府拨款维持运转。这些机构都有相应的行政级别和管辖范围，对其负责人和普通编辑的管理也被纳入等级分明的干部体制。"参见黄发有《文学编辑与文学生态》，《当代作家评论》2007年第3期。
④ 涂光群、张书群：《我和〈乔厂长上任记〉及其它》，《长城》2012年第3期。

才有可能进入约稿或组稿的流程之中。而被约稿与组稿的对象,即特定作家,在这一过程之中既得到了文学合法性的眷顾,同时也获得了文学竞争的优势。不过,如果失去了政治合法性的庇护,作家非但失去了竞争优势,同时也不再继续享有从事文学创作与发表作品的"特权"。在这方面,正向的例子就是作家萧也牧的隐退、编辑吴小武的现身,①而反向的例证则是姚雪垠《李自成》的面世。②

如果说"十七年"的文学编辑更多扮演的是一种政策传达者与阐释者的角色,③那么新时期以来,由于政治话语对文学创作掌控的松动,文学编辑在文学生产与文学思潮上发挥的自主作用则显得更为明显。余华曾在致《收获》编辑程永新的信中提到,"你(指程永新——引者注)是先锋小说的主要制造者,我是你的商品"。④此话虽有"过谦"之嫌,但也在一定程度上反映了编辑在组织、策划文学创作中所起到的重要作用。此外,倘若没有《人民文学》编辑部有关新时期知识分子的选题,也就不会有后来名动一时甚至被"载入史册"的《哥德巴赫猜想》。此处历史化的对象至少有两方:一方是作为书写对象的陈景润,另一方是作为书写陈景润的作者徐迟。毕竟"文字不仅对于被歌颂的英雄来说,而且对于作者来说,都是一种达到永生的媒介"。⑤又如《机电局长的一天》《人啊,人!》《沉重的翅膀》⑥等作均有约稿或组稿的背景。

---

① "《我们夫妇之间》被批判后,萧也牧已不叫萧也牧,而用本名吴小武。"李洁非:《典型文坛》,湖北人民出版社2008年版,第334页。

② 姚海天:《编辑与作家关系的楷模——缅怀江晓天先生编辑〈李自成〉的岁月》,《出版史料》2010年第1期。

③ 例如在反右时期《人民日报》副刊"用大量篇幅连续发表了许多'反右'稿件,也是在雷霆万钧的严峻气氛中不得不发的,根本谈不上'主人'(读者)口味的需要,也不是'厨子'的技术和心术所能决定。"袁鹰:《风云侧记:我在人民日报副刊的岁月》,中国档案出版社2006年版,第27页。

④ 程永新编:《一个人的文学史》,天津人民出版社2007年版,第45页。

⑤ [德]阿莱达·阿斯曼:《回忆空间:文化记忆的形式和变迁》,潘璐译,北京大学出版社2016年版,第42页。

⑥ 参见涂光群、张书群《我和〈乔厂长上任记〉及其它》,《长城》2012年第3期;杜渐坤、白亮《八十年代初期语境下的〈人啊,人!〉》,《长城》2012年第1期;胡德培《文学编辑体验》,首都师范大学出版社2010年版,第13页。

总的来说，文学编辑通过约稿与组稿这一形式，不仅为特定作家提供了合法性的竞争优势，还在一定程度上为其扫清了历史化的准入障碍。关于文学编辑在作家作品历史化中所扮演的这一角色，现有文学史叙述很少涉及。在何启治的讲述中，冯雪峰之于《保卫延安》、王任叔之于《喜鹊登枝》、楼适夷之于《大波》《长城万里图》、严文井之于《超越自我》、秦兆阳之于《青春之歌》《芙蓉镇》①均起到了重要的作用，（不仅编辑，同时还包括力荐）而这部分内容只有在相关编辑与作家的自述或访谈中才偶尔被提及，不能不说是现有研究的一个明显欠缺。

二 修改与再创作

除了上文所述的约稿与组稿，文学编辑之于文学生产的作用，还在于以提供修改意见或直接进行修改的方式改变了原有文稿的面貌。前者可视作是一种"修改"，而后者则带有"再创作"的意味。它或提升了作品的艺术审美，或增强了作品的政治正确性，对作家作品历史化起到了积极的促进作用。以萧也牧为例，他就为王蒙的《青春万岁》、浩然的《新春》②提供过修改意见。虽然后者因为政治原因，稿子在被萧也牧退回后由浩然亲手焚毁，但它对作家来讲，意义是不言而喻的。为了进一步说明这一点，下面拟以"编辑与80年代文学"系列访谈所讲的文学编辑对原稿的修改为例，从修改与再创作两个方面分而述之。

据花城出版社原编审、《人啊，人!》责编杜渐坤回忆："1980年6月下旬，《人啊，人!》如约寄来了……逐章逐节仔细推敲，并列出具体修改方案……在有关领导明确表示'可以，应该没有问题'之后，我们才约请戴厚英来广州定稿的。"③有关具体的修改意见，也主要是以提高作品艺术性为旨归，编辑部的修改意见认为，后半部分收尾显得仓促，"尚须精心打磨"，而在人物形象方面，主要人物何荆夫"显得比较单薄，甚

---

① 何启治:《文学编辑四十年》，人民文学出版社2001年版，第56—57页。
② 参见曹玉如编《王蒙年谱》，中国海洋大学出版社2003年版，第15页；浩然口述，郑实采写《浩然口述自传》，天津人民出版社2008年版，第268页。
③ 杜渐坤、白亮:《八十年代初期语境下的〈人啊，人!〉》，《长城》2012年第1期。

至概念化",也有"言谈举止比较粗俗等"的问题。① 经过具有针对性的修改,作者戴厚英于二十多天之后携修改稿赴花城出版社所在地广州,"篇幅从 17 万字扩展至 24 万字"。② 查广东人民出版社(花城出版社前身)1980 年版的《人啊,人!》,版权页上显示的字数为 25 万字,基本与杜渐坤的表述相符合。进入文学史叙述的《人啊,人!》是经修改后的版本,而非最初交稿时 17 万字的版本。虽然未见原稿而无法对具体的修改内容进行比对,因而无法确定在扩充的近 8 万字中,有多少是应编辑意见而修改的,但至少可以确定的是,在这一过程中,编辑发挥了重要的作用。这一类型的例子比较多,如《芙蓉镇》原名为《遥远的山镇》,在秦兆阳的建议下改为现在的标题。③

除了艺术审美维度的修改,还有的编辑修改主要出于政治表达的考虑。如果说前一种修改尚有商量余地,那么一旦涉及政治问题,其修改就显得非常严肃,它也成了一项必须完成的任务。有关这一点,胡德培就有相关的回忆,④ 对于涉及"重大政治原则问题"的作品,只有两种结果,一为"修改或订正","重写";二为不予发表或出版。

除了编辑提出修改意见,作家据此进行修订,文学编辑还直接以再创作的方式对原稿进行处理(当然,在现当代办刊史中,不乏编辑以"化名"或直接署真名的方式参与文学创作或文艺评论,也有"创作"的成分,但此处指的还是文学编辑对文学作品的"二次处理")。此处也可暂分为文学与政治两个维度。前者,或与刊物容量的有限性有关,文学编辑会将相对不那么精彩的片段进行删减。如何启治关于邓贤《大国之魂》的修改意见为可直接"由发稿责任编辑动手",除却对原稿进行技术上的规范处理,还需要"去掉一些枝蔓",建议从原稿的三十一万字中摘取"最精彩、最重要的部分在《当代》刊发"。后来这项任务由洪清波等完成。⑤ 刘心武的《班主任》和蒋子龙的《乔厂长上任记》也有类似的经

---

① 杜渐坤、白亮:《八十年代初期语境下的〈人啊,人!〉》,《长城》2012 年第 1 期。

② 杜渐坤、白亮:《八十年代初期语境下的〈人啊,人!〉》,《长城》2012 年第 1 期。

③ 龙世辉:《关于古华和他的〈芙蓉镇〉》,《〈芙蓉镇〉评论选集》,湖南人民出版社 1984 年版,第 19 页。

④ 胡德培:《文学编辑体验》,首都师范大学出版社 2010 年版,第 179 页。

⑤ 何启治:《文学编辑四十年》,人民文学出版社 2001 年版,第 29 页。

历。前者,编辑崔道怡曾将其中的一段说明性文字作了删除处理①,后者,据涂光群回忆,编辑部主张将原有标题《老厂长的新事》更改为《乔厂长上任记》,主要与当时邓小平重新上台有关。②

虽然大部分的作者均乐于根据编辑的意见进行修改,③ 不过编辑与作家的关系并不像我们所想象的那样"单向"。程光炜就曾提到作家"出道"后对编辑的"反叛"。④ 这一"反叛"也体现在对于文学编辑提出的修改意见的处理上,有时作家对之也并非全然接受,而是会有一个周旋的过程。例如何启治在谈到柳青修改再版的《铜墙铁壁》时,虽然在大体上"同意编辑部所作的改动",并表示相关改动使得原稿旨意不明之处变得清楚明白,但"还有三处改动,是他不赞成的"。⑤

除了上述的文学编辑为作家的某部作品提供具体的修改意见或直接进行修改,文学期刊与出版社还会组织相关活动来鼓励作家对文稿进行修改,如据原《北京文学》编辑付锋的回忆,《北京文学》在1986年特别组织了全国青年作者改稿班,邀请青年作者赴京改稿,并由期刊负责相关费用。⑥ 此种做法无疑以一种组织化的方式,将编辑参与的作品修改与再创作纳入

---

① "对《班主任》的修订稿,我(指崔道怡——引者注)又小作改动……另一处是第五节,写到谢惠敏'微微噘起嘴,飞走的眉毛落回来拧成了个死疙瘩'后,原有一段插叙,属于作家的说明性文字,我把那一段全部删掉了。"崔道怡、白亮:《我和〈班主任〉》,《长城》2011年第7期。

② "当时之所以将《老厂长的新事》改名为《乔厂长上任记》主要出于……政治层面的考虑,因为当时邓小平已经重新上任,开始正式主持中央工作,所以《乔厂长上任记》也在某种意义上暗示了这一政治形势。"涂光群、张书群:《我和〈乔厂长上任记〉及其它》,《长城》2012年第3期。

③ 如"从刘心武第二次给我的来信中,可见我初读《班主任》后的观感。在信中他说:'感谢您对《班主任》这篇作品的扶植……但,正如您所指出的,结果有些地方过于直露(不是诉诸形象而是平板的交代),并且欠精练,显得比较粗糙……既然'题材很好,有现实意义',当然希望能在您们帮助下修改好,争取能同广大读者见面。"崔道怡、白亮:《我和〈班主任〉》,《长城》2011年第7期。

④ 程光炜:《作家与编辑》,《小说评论》2015年第3期。

⑤ 何启治:《文学编辑四十年》,人民文学出版社2001年版,第8—9页。

⑥ "1986年春天的时候,《北京文学》决定组织一个全国青年作者改稿班,在全国的几个报刊上发了征稿启事:欢迎青年作者给我们杂志投稿,我们选中以后提供费用请作者到北京来改稿。"付锋、李雪:《八十年代是热衷创新的年代——关于余华的〈十八岁出门远行〉》,《长城》2011年第9期。

文学生产的重要环节。不过我们也要看到，随着时间的推移，有时候，文学编辑参与修改与再创作，对于作家作品的历史化来说不但没有助益，反而因政治风向的转变而使其处于一种尴尬的境地。进一步说，由于政治环境的变迁，原有的基于政治考虑的修改，或许回过头来看反倒显得有些不合时宜，如韦君宜在《老编辑手记》中就对彭慧按照自己的意见所作的修改表达了反思之意。①

三 宣传与运作

如果说约稿与组稿、修改与再创作主要针对文学作品创作，那么文学编辑及其所代表的期刊与出版社，在作品面世之时及之后所做的一系列宣传与运作，则侧重于作品传播与接受。前两种方式之对历史化的效果相对较为"间接"，而宣传与运作则是以一种更为直接的方式。这里，主要拟就头条或专题文章、组织讨论会与文学对话角度展开论述。

据崔道怡的访谈，在主编张光年的授意下，"《人民文学》1977 年 11 月号在'短篇小说特辑'头条位置刊出了《班主任》，使之及时同广大读者见面"，结果"引起了轰动"。② 而何启治在关于《芙蓉镇》的回忆中提到，原本秦兆阳打算将《芙蓉镇》刊于 1981 年第 1 期《当代》的头条，由于孟伟哉表示了反对意见，才移到了第二位③（该期的头条为胡月伟、杨鑫基的《疯狂的节日》）；付锋则提到《十八岁出门远行》特意被发表在 1987 年的第 1 期的头条。④ 将《班主任》《芙蓉镇》《十八岁出门远行》分别置于《人民文学》《当代》与《北京文学》的头条，一方面体现了编辑部对于这三篇作品的看重，另一方面也是出于推广与推荐目的的运作。

---

① "我收下展读，还认得她当年的笔迹。只是读到最后一章时，发现原稿里面写'八七'会议的部分全没有了，瞿秋白也不见了。一定是彭慧同志当时听了我们的'意见'之后删去的。可惜！我现在才感到真可惜。我当时提那样的'意见'简直是发昏。"韦君宜：《老编辑手记》，四川人民出版社 1985 年版，第 68 页。

② 崔道怡、白亮：《我和〈班主任〉》，《长城》2011 年第 7 期。

③ 何启治、杨晓帆：《我与〈古船〉——八十年代〈当代〉纪事》，《长城》2011 年第 11 期。

④ 付锋、李雪：《八十年代是热衷创新的年代——关于余华的〈十八岁出门远行〉》，《长城》2011 年第 9 期。

除此之外,文学编辑还会作为具体的组织者,策划一系列的讨论会与评论文章,以一种"话题性"的方式推动作家作品的历史化。在莫言的《透明的红萝卜》的传播与接受史中,冯牧主持的座谈会以及在《中国作家》创刊后第二期发表的《文学对话》都起到了重要的作用。据《中国作家》副主编、《透明的红萝卜》责编萧立军介绍,[1] 在冯牧支持下,《中国作家》编辑部举办的该作品讨论会,不但邀请到了当时"北京最有影响的批评家和作家",而且冯牧作为作协的领导人还亲自主持了会议,这一座谈会的成功召开,实则为莫言及其《透明的红萝卜》奠定了一个较高的基础。毕竟并非所有的文学新人都有机会能够得到知名文学评论家的青睐。除却其本身的文学价值,文学编辑的策划与运作无疑起到了举足轻重的作用。我们甚至可以说,倘若没有文学编辑的宣传与运作,借用刘锡诚的话来说:"有些人如果不帮他的话,就像邓小平说的,他永远在黑暗中",[2] 作家的出名或更加困难。不过,话又说回来,对于处在体制内的编辑及其所代表的出版社与文学期刊来说,有时候,这种自主权与主动权也是很有限的。[3] 一切的文学创作与批评均以规范为绳,否则就失去了被修改的条件与基础,更遑论之后的宣传与运作了。

尽管编辑参与的文学史"前史"因其后台属性,尚未正式进入主流文学史的叙述,但这一段历史对于理解当代文学作品是如何经约稿与组稿、修改与再创作、宣传与运作而被生产出来的,具有重要的参考价值与意义。诚如有识者说:文学编辑不仅具有读者、评论者的身份,他还充当了"意识形态代言人、修改者(另一种意义上的隐含作者)"[4] 的角色。这是一点不为过的。当然,不必讳言,在这方面也存在着问题,包括史观的僵硬与迟滞,也包括史料的孱弱与不足。有关编辑的文学史"前史"的史料,除了近些年在《出版史料》陆续有所刊发,主要来自作

---

[1] 萧立军、魏华莹:《我和〈透明的红萝卜〉》,《长城》2012年第9期。

[2] 刘锡诚、刘洪霞:《我记忆中的八十年代文坛"争鸣"场景》,《长城》2012年第7期。

[3] 曾长期担任《人民日报》副刊编辑的袁鹰对此反思道:"何况多年来一直受到要当一名合格'驯服工具'的教育,战战兢兢,唯恐不够格。风起云飞、浪潮汹涌之时,报纸编辑必然在其中翻滚泅游,不仅躲避不了,而且要迎头赶上,争先恐后。"袁鹰:《风云侧记:我在人民日报副刊的岁月》,中国档案出版社2006年版,第263页。

[4] 李遇春:《走向实证的文学批评》,广东人民出版社2014年版,第74页。

家自述文本、编辑回忆录与访谈。这些带有回顾性质的历史叙述，由于历史与现实的双重因素，存在不同程度的"语焉不详"的情况，或是在出版时或出版后受到诸多限制（袁鹰的《风云侧记：我在人民日报副刊的岁月》一书，对此有很多具体的记述）。值得一提的是，萧立军的纪实小说《无冕皇帝》虽然因涉及王蒙、从维熙、梁晓声等知名文化人士而受到有关方面的批评，但在反映与记录编辑参与、组织、策划（甚至牵涉"抢稿战争"①）的文学史"前史"层面，还是具有一定的史料价值的。

最后顺带提及，对于文学史"前史"编辑史料搜研来说，除了需要对作家、编辑的自述文本进行比对、真伪辨别，研究者也要对采访者的"介入"予以警惕。阿莱达·阿斯曼认为，访谈者"积极地参与了（重新）建构性的回忆工作"。② 参与"编辑与80年代文学"系列访谈的学者通过"在场、提问和作出反应"或显或隐地对受访对象产生了一定的影响。这在某种程度上，也参与了"建构性的回忆工作"，可作为历史化的一个环节来进行研究。不过，比起访谈可能存在的"问题"，对于当代文学口述史料的挖掘与整理也许显得更为迫切。

第三节　文化研究的辐射与镜鉴

新时期以来，随着对外交流的加深，大陆学界逐步有意识地向以欧美为主的西方学界敞开：一方面，相当数量的西方理论以翻译的形式进入大陆图书市场（当然是有"选择"的译介），各类"译丛"成为20世纪80年代以来文学研究的重要参考（虽然各类"皮书"也带有某种"对外交流"的实际功用，但当时其所发挥的只是一种潜在功能，而无法真正成为大陆学术研究的有机组成部分）；另一方面，由于海外现当代文学研究的持续推进，大陆的相关研究也以被引用、注释等方式成为另一种意义上

---

① 萧立军：《无冕皇帝》，花山文艺出版社1989年版，第160页。
② ［德］阿莱达·阿斯曼：《回忆空间：文化记忆的形式和变迁》，潘璐译，北京大学出版社2016年版，第309页。

的"他者"存在（当然，相对比较有限）。在这种双向的选择与交流中，二者均不同程度地进行了内部的自我调整。文学史的建构从来就不是孤立的，外部视角成了考察文学史生成与历史化进程的重要参照。就目前了解到的情况来看，西方学界对大陆现当代文学史建构的参与主要有以下两种形式：一种是西方或准西方学者直接参与文学史研究，进行文学史体系的建构，例如 2017 年由哥伦比亚大学出版社出版的 nicolai volland 所著 *Socialist Cosmopolitanism：The Chinese Literary Universe*，1945—1965（《社会主义的世界主义：1945—1965 年的中国文学世界》——引者译）一书，就分别考察了 20 世纪 40—60 年代中国大陆的工业题材小说、科幻小说、儿童文学等，以一种钩沉的方式对该时期的文学史进行叙述。当然，唐小兵主编的《再解读：大众文艺与意识形态》一书及其增订版大致属此。另一种是西方学界以一种潜移默化的方式，对大陆的文学史研究产生结构性的影响。本节关注的是后者。我们试图在"他者"视角下，对以美国为代表的西方文化研究对大陆当代文学史建构的辐射影响进行考察。

在进行具体探讨之前，有必要对西方文化研究及对大陆相关研究的"进入"起点进行简要的说明。文化研究的概念本身具有一定的包容性与开放性，paul bowman 在 *The Rey Chow Reader* 一书的编者介绍部分中认为："文化研究作为一种涵盖性术语包括了多种可能：流行文化、国家文化、区域文化、跨文化或文化间碰撞研究；亚文化与边缘文化或次文化研究；基于阶级、性别、种族、身份问题的研究；科技、全球化、媒介化、虚拟化的重要性与不同层次研究；文学、电影、电视及新媒体生产与消费的历史、文化与经济研究；政府政策、法律、立法、教育范式等的文化内蕴研究；日常生活的无数细节研究……"[1] 美国文化研究不但将各类文化纳入考察范围，还涉及与之有关的政治、经济、教育、媒介等内容，也牵涉日常生活的诸多方面，可以说是一个近乎"无所不包"的概念。而中国大陆的文化研究肇始于 20 世纪 90 年代，"1994 年，一篇标题为《什么是'文化研究'?》（作者汪晖和李欧梵）的对话发表在《读书》杂志第七期

---

[1] Editor's introduction paul bowman，*The Rey Chow Reader*，Columbia University Press，2010.

上，率先将'文化研究'这一新的批评理论介绍到了中国大陆"。① 自此，通过各类有关文化研究的论著与会议，文化研究的概念与方法逐步"进入"了大陆的知识生产环节。在这一潮流之下，产生了如"戴锦华的《隐形书写——90年代中国文化研究》（1999年）、《书写文化英雄——世纪之交的文化研究》（2000年）、王晓明主编的《在新意识形态的笼罩下》（2000年）等"②一批颇具代表性的文化研究成果。

不过，不同于一般意义的文化批评，笔者这里感兴趣的是西方文化研究所关注的对象及推崇的方法之于大陆文学史建构的影响，以及由之带来的对特定对象的历史化进程的推动。需要特别说明，此所说的文学史是广义的文学史研究，而非狭义上的以文学史命名的各类教材与学术专著。当然，这并不是说文学史教材与著作是孤立的存在，而是考虑到文学史在当代教育体系中的重要位置，与广义的文学史研究相比，存在相对的滞后性与保守性。因此，在此仅作为论述的一部分，而非全部。

新时期之前的文学经典筛选通常将范围限制在主流文学之内。随着大众通俗文学以及与之相关的电影、音乐乃至美术研究的开展，当代文学经典不再只有社会主义现实主义一种模式，而是逐步呈现出多元化甚至跨文体的趋势。除此之外，对于包括样板戏在内的红色文化的研究，也在一定程度上推动了红色经典在新时期的再经典化。戴锦华曾言及，大众文化不仅充当了"日常生活化的意识形态的构造者和主要承载者"，并且还具有在"社会主流文化中占有一席显位"③的诉求。大众文化并不甘于屈居主流之外，它本身就具有某种历史化的意愿。就拿崔健的摇滚乐来说吧，它对大陆文学经典的进入，就与西方文化研究有关。

众所周知，在西方那里，电影通常被作为一种特殊的文本来加以解读。如 Rey Chow（周蕾）对张艺谋《红高粱》《菊豆》《大红灯笼高高挂》《一个都不能少》等电影的独到分析，就是将影像作为一种后殖民时

---

① 房福贤：《"文化研究"与中国现当代文学研究的新视野》，《山东师范大学学报》（人文社会科学版）2005年第3期。
② 贺桂梅：《人文学的想象力》，河南大学出版社2005年版，第143页。
③ 戴锦华：《隐形书写——90年代中国文化研究》，江苏人民出版社1999年版，第3页。

代的政治文本进行解读的实践。在詹姆逊看来①,电影本身就是一种可供解读的"文化文本"。不仅是一种文化现象,还与文学具有某种"同构性"。无论是在西方,还是在中国大陆,均不乏从文学研究转向电影研究的学者,这也为二者的同构提供了一种支撑。中国电影研究本身就是一个具有相当积累及成果的学科,为使论述具有针对性,此处选取由当代文学作品改编而来的电影及其相关研究为例,作历史化的考察。电影对于原著的改编虽然近乎一种"再创造":如《妻妾成群》中四太太颂莲"是傍晚时分四个乡下轿夫抬进花园西侧后门的"②,而《大红灯笼高高挂》中颂莲则是自己走进陈家的,电影还增加了小说中没有的挂红灯笼的情节;《伏羲伏羲》中天青是撞水缸自缢,而电影中则由天白将天青抛入染缸中杀死,并且冲淡、隐匿了历次政治运动,但二者在历史化中却呈现出了一种大致同向的趋势,即《红高粱》《菊豆》《大红灯笼高高挂》等具有改编性质的电影在相当程度上推动了原著《红高粱家族》《伏羲伏羲》《妻妾成群》的历史化。大陆学界对上述电影不乏热情的文本解读(这或许与电影获奖有关?),不但将上述文学作品的历史叙述与电影改编"捆绑"在一起,而且还使得具有相当出入的原著与电影在同一种语境下被叙述。如《红高粱》的热情与悲壮成为《红高粱家族》的"热情与悲壮";《大红灯笼高高挂》中对宗法与人性的思考成为《妻妾成群》的"对宗法与人性的思考"。不过,我们也要看到,虽然历史化是一项持续不断推进的工作,但由于电影评奖的介入,改编电影与原著的历史化并不能全然归因于文化研究的开展。根据莫言本人的回忆,③"红高粱家族"从无人问津到家喻户晓是与张艺谋有关。对于像《红高粱》《活着》这样具有"出

---

① "电影在现代生活中和文学的地位是有相似之处的,而且电影集中体现了'文化工业'的特征,因此电影其实也是一种'文化文本',是和莎士比亚、艾略特同样重要的文化现象。"[美]弗雷德里克·杰母逊:《后现代主义与文化理论——弗·杰姆逊教授讲演录》,唐小兵译,陕西师范大学出版社1987年版,第4页。

② 苏童:《妻妾成群》,台海出版社2000年版,第3页。

③ "小说写完后,除了文学圈也没有什么人知道。但当1988年春节过后,我回北京,深夜走在马路上还能听到很多人在高唱'妹妹你大胆地往前走',电影确实是了不得。遇到张艺谋这样的导演我很幸运。"逄春阶、宋学宝采写:《莫言:电影确实了不得》,《大众日报》2004年12月14日。转引自叶开《野性的红高粱 莫言传》,二十一世纪出版社2013年版,第261—262页。

口转内销"的改编电影与原著而言,其历史化的过程相当复杂,先后经历了获奖当时的"轰动效应",以及之后的不断历史化的两个阶段。

除了电影,崔健及其摇滚乐对文学经典的进入,也是大众文化研究之于文学历史化范围延伸的一个例证。在一般认知上,包括摇滚乐在内的音乐并不属于传统文学的范畴。不过,在文化研究的辐射下,对于崔健及其音乐的解读也带有某种文本化的倾向。就拿文学选本来说,谢冕编选的《中国百年诗歌选》(山东文艺出版社 1997 年版)收录了《一无所有》,[①]雷达编的《新中国文学精品文库 诗歌卷》(海天出版社 2010 年版)选入了《一无所有》,李朝全主编的《诗歌百年经典(1917—2015)》(中央编译出版社 2016 年版)收入了《一无所有》,赵轩主编的《中国现当代文学作品选读》(国防工业出版社 2016 年版)收入了《一块红布》。而这些被收入的《一无所有》《一块红布》《假行僧》等作品,在此前通常是被作为经典歌曲(而不是文学作品)来加以叙述与建构。也基于这样"进入"式的影响,与选本相似,陈思和主编的《新时期文学概说(1978—2000)》(广西师范大学出版社 2001 年版)、张志忠主编的《中国当代文学 60 年》(高等教育出版社 2009 年版),将作为一名歌手与词作者的崔健及其音乐作品作为自己的叙述对象。

对于崔健音乐的"文本式"解读并不局限于文字,而是一种基于旋律,甚至现场表演效果的文化读解。如《诗歌百年经典》中就认为《一无所有》"以其震撼视听的音响效果,打动了千千万万的年轻人,成为烙刻在一代人心中共同的文化符号和青春印记"。[②] 包括以崔健及其音乐为叙述中心的回忆文章[③]也常常涉及现场的表演氛围与听众的主观感受,从

[①] 除此之外,据有学者考察,"北京大学中文系的谢冕教授将《一无所有》和《这儿的空间》收入《百年中国文学经典》(第 7 卷,北京大学出版社 1996 年版),曹文轩教授亦将崔健的《假行僧》等作品列为'20 世纪末文学现象'的必读书"。戴锦华主编:《书写文化英雄——世纪之交的文化研究》,江苏人民出版社 2000 年版,第 259 页。

[②] 李朝全主编:《诗歌百年经典(1917—2015)》,中央编译出版社 2016 年版,第 281 页。

[③] "笔者于 1990 年春在西安现场聆听了他的音乐会,那种狂欢节式的气氛,催眠术般的效果,全场摇曳的人海,晃动的打火机火焰,以及崔健本人不可抗拒的感染力和全力以赴的演唱,至今难忘。"唐欣:《从文化到文本》,甘肃人民出版社 2000 年版,第 118 页。

而唤起对某种"迟到的青春"①的共同缅怀。通过文学选本与文学史的叙述，以崔健为代表的20世纪80年代"集体记忆"被不断地强化，在怀旧、追忆为主体氛围的叙述中，我们也不难看出文学对于文化的开放，文学研究对于大众文化的敞开。与此同时，此种带有鲜明时代共鸣的叙述，也从某种程度上体现了文化研究对于亚文化、边缘文化的关注。但是，对于崔健作品与表演中"反抗""叛逆"元素的过分强调，也体现了大陆文化研究的某种现实功利性。这就无可避免地导致崔健的历史化难以与当时的历史语境分离，也造成了其历史化的有限性。

总的来说，随着包括电影、音乐等在内的大众文化研究的渐次开展，文学历史的建构空间得到延展，历史化的范围也同时获得了延伸：首先，它对电影的文本式解读与原著文学作品形成一种共鸣（电影剧本本身就是一种文学形式），二者共享一些特定的批评关键词，在历史化的场域中形成了一个利益的共同体。顺带一提，随着当代作家的纷纷"触电"，这一共谋特点在近些年显得更为突出。除此之外，正如有学者论及的那样，电影院具有文化博物馆的特点，不但是珍贵文献的载体，还容纳了其时文学的多种"构成方式、话语方式和审美经验"②。电影作为一种文字、音乐、影像的载体，其自身就是对文学史事实的补充。其次，以崔健为代表的流行歌手及其作品也因文化研究的深入，溢出了原有的通俗歌曲范畴，而成为文学历史的有机组成部分。可以说，无论是电影进入文学历史的场域，还是流行音乐成为文学历史叙述的对象，它都体现了近些年在西方盛行的文化研究对大陆文学史建构的影响。这不仅使原有经典结构得到了调整，而且还在一定程度上延伸了文学历史化的范围。此处有以下两点需要强调。

第一，媒介体制考察之于历史化机制的深化。除了大众文化，文化研究也将诸如广告、报纸、杂志、畅销书等媒介形式及相关体制纳入研究视域，如上述的《社会主义的世界主义：1945—1965年的中国文学世界》一书就专门对《译文》杂志进行了基于史料的考察。这不仅意味着文学

---

① 查建英：《八十年代访谈录》，牛津大学出版社2006年版，第366页。
② 程光炜：《文学想像与文学国家：中国当代文学研究：1949—1976》，河南大学出版社2005年版，第197页。

外部研究向纵深方向拓展，同时也令文学历史生成及相关历史化机制的研究得以深化。另外，由于媒介与权力的密切关联，对其的相关研究也使得原本被现有的文学历史遮蔽、过滤掉的事实得以呈现，不但丰富了文学历史的内容，而且也令"历史如何被建构"的话题得以触及更深层次的内在肌理。新时期以来，特别是21世纪以来，传媒"自身已成为最大的体制性机构"。[1] 如今传媒已形成一个相对独立的权力机制，文学及文学史如何在这一机制中被生产出来的话题显得尤为突出与重要。除此之外，由于文化研究的跨学科[2]特点，对于媒介的相关研究也通常会借鉴社会科学的研究方法，即使用统计图表、访谈、问卷等方法对特定的媒介进行考察，这也多少丰富了原有的文学历史，使得文学史不仅具有人文的感性，同时也具有了科学的理性。就大陆文学媒介研究的实例而言，有"陈平原、王晓明、吴福辉、陈万雄等的报纸副刊与文学期刊研究，龚明德、王建辉、杨扬、金宏宇、孙晶、路英勇等的文学出版与版本变迁研究"[3]等。可以说，以报纸、期刊、出版为中心的媒介研究已经形成了一定的规模。此处以黄发有与吴俊的媒介研究为例，来论述当代媒介及体制考察在揭示文学历史的丰富性与推进文学历史化层面的意义与价值。

作为当代文学领域较早，也较为系统地对文学传媒进行专门研究的学者，黄发有在其出版的《媒体制造》（山东文艺出版社2005年版）、《文学传媒与文学传播研究》（南京大学出版社2013年版）、《中国当代文学传媒研究》（人民文学出版社2014年版）等著作中，对文学期刊、文学出版、跨媒体传播等进行了宏论与个案考察相结合的探讨。其研究内容，涉及《人民文学》《小说月报》《当代》《收获》《山花》《美文》等中央与地方刊物，人民文学出版社、中国青年出版社等出版机构，"文学新星丛书""布老虎"等出版策划活动等，对体制规约、编辑参与的文学史"前史"等做了深入的研究。如先锋文学，原有的文学史

---

[1] 戴锦华主编：《书写文化英雄——世纪之交的文化研究》，江苏人民出版社2000年版，第16页。

[2] "它正式存在的地方是全球大学体制中更纯净的部门（比如哈佛大学的文化研究中心），它成了许多学科汇集的地方：这意味着它是跨越学科的而绝不是局限于一个学科内部。"［新西兰］西蒙·杜林：《文化研究：批评导论》，李炳慧译，河南大学出版社2016年版，第8页。

[3] 黄发有：《媒体制造》，山东文艺出版社2005年版，第2—3页。

仅将马原、洪峰、余华、格非等作家及先锋批评家纳入叙述的范围,而较少涉及编辑参与及策划的先锋文学史,黄发有注意到了《收获》等期刊对于先锋文学的策划与扶持,因而认为先锋文学是"一种具有鲜明特色的'期刊文学'"。通过制作《1985—2012年〈收获〉发表的先锋作家作品一览表》,他发现《收获》对于马原、莫言、残雪、苏童、孙甘露、洪峰、余华、格非、叶兆言、潘军、吕新、北村作品的刊发,在数量与延续时长上均有显著的倾向。① 通过作家、编辑回忆录等史料,他还注意到了编辑通过约稿、修改意见等方式对文学作品生成的影响,从而对原有的只有作家"在场"的文学史进行了扩充。先前的文学史"忽略了读者(包括批评家、学者、翻译家、编辑、文艺记者、文艺官员等专业读者)在文学史上的功绩"。② 他的功绩,很重要的就表现在对这一被忽略了的读者的重视。

不同于黄发有主要将精力放在当代文学媒介研究上,吴俊近些年主要从事当代文学批评史与体制考察。不过,他在2006年前后发表的一系列论文,以及与人合著的《国家文学的想象和实践:以〈人民文学〉为中心的考察》(上海古籍出版社2007年版)一书,则可称为是对"国刊"《人民文学》的个案研究,涉及文艺整风运动、文学组稿、刊物封面等诸多内容。如对《人民文学》"十七年"向毛泽东、沈从文、舒群"组稿"的考察,用大量事实告诉我们:这些"组稿"行为反映了期刊之对特定政策的响应,已远远超出了文学活动的范畴。同时,也说明以《人民文学》为代表的文学期刊,不但身处文学场域之中,而且还直接参与了文学历史的创造,甚至充当了文学事件与运动的舞台。毕竟,在媒介数量与类型相当有限且受到严格管控的时期,期刊等出版物与广播、戏剧等一道构成了当代中国的主要媒介。

不仅如此,随着文化研究的逐步渗入,原有的文学史格局也得到了相应的调整:在一些学术论文与专著中,以文学作品为要的历史叙述方式,逐步向以期刊、报刊、出版社为基点的述史模式拓展,重新建构更为立体多元的文学史。从历史化的角度来看,以报刊、出版社为主要焦点的文学

---

① 黄发有:《〈收获〉与先锋文学》,《当代作家评论》2014年第5期。
② 黄发有:《媒体制造》,山东文艺出版社2005年版,第1页。

媒介研究，有助于推动特定报刊、出版社乃至编辑的历史化，使得其从一种缺席的状态走向台前，与作家共享文学史。当然，在论述文化研究对文学史研究的影响之时，特别在涉及媒介及其体制研究的时候，我们也不应忽视学术的内源性影响，如古已有之的目录学、版本学等。

第二，女性研究之于历史化视域的扩充。以美国为代表的西方文化研究除了对亚文化、边缘文化表现出极大的研究热情之外，还对性别与身份问题予以特别的观照，如周蕾的 Woman and Chinese Modernity: The Politics of Reading Between West and East（《妇女与中国现代性：西方与东方之间的阅读政治》①）、钟雪萍的 Who is a Feminist? Understanding the Ambivalence towards Shanghai Baby, 'Body Writing,' and Feminism in Post-Women's Liberation China（《谁是女权主义者？——理解中国妇女解放运动后关于〈上海宝贝〉、"身体写作"和女权主义的矛盾立场》②）等专著与论文③在女性主义理论的观照下对中国现当代文学与文化进行了考察。这些基于文本解读的批评实践，使丁玲、萧红、王安忆、残雪、陈染等女性作家成为相对独立的研究对象。受此影响，大陆当代文学研究也逐步出现了女性文学批评的分支，并具体可分"挖掘文学史（尤其是现代文学史）上被淹没、遮蔽的女作家"和对同时代的女性作家与作品进行基于审美的评价两个部分。④ 然而，无论是哪个部分，它对改变或调整由男性作家主导现当代文学史，为争取女性作家平等独立的地位是有意义的。本节于此所要探讨的，并非当代女性文学批评之于女性作家历史化的意义（虽然这也是女性作家历史化的重要一环），而是在此种批评实践的努力之下，女性是以怎样的方式进入当代文学史叙述的。女性文学研究使文学史家逐步意识到应该充分尊重女性作家及其在文学史上的贡献，有必要对以往女性入史及

---

① ［美］周蕾：《妇女与中国现代性：西方与东方之间的阅读政治》，蔡青松译，生活·读书·新知三联书店 2008 年版。

② 王政、高彦颐主编：《女权主义在中国的翻译历程》，复旦大学出版社 2016 年版，第 209—242 页。

③ 钟雪萍在《西方女性主义理论与西方中国现当代文学研究》（鲍晓兰：《西方女性主义研究评介》，生活·读书·新知三联书店 1995 年版，第 277—294 页）中对"以美国为重点的西方学术领域中用西方女性主义理论研究中国现当代文学的历史和现状"进行了概括与梳理。

④ 贺桂梅：《人文学的想象力》，河南大学出版社 2005 年版，第 107 页。

如何入史方面存在的问题，进行纠偏。

　　此处拟以当代文学史为切入点，从历时的角度对当代女性作家进入文学史的方式，来考察文化研究的影响。历时地看，虽然民国时期在西风东渐、欧风美雨的影响下，已出现了一些现代女作家专论与选本，如《现代中国女作家》（人文书店1932年版）与《当代中国女作家论》（上海光华书局1933年版）、《女作家散文选》（开华书局1933年版）、《现代女作家随笔选》（上海仿古书店1936年版）等，但这主要是从男性的视角对女性作家的读解，甚至部分语词之中不乏"照顾"之意。① 从某种程度上，虽然中华人民共和国的成立从男女平等维度使女性获得了解放，但这主要还是政治文化身份的解放。返回到实际的日常生活与文学实践上来，应该坦率承认，女性还是处于较为明显的弱势地位。新时期之前出现的带有当代文学史性质的纲要或参考资料中，丁玲、茹志鹃等女性作家往往有意无意地被作男性式的解读，就从一个侧面说明了这个问题。正如荒煤在《关于女性文学的思考》（1989年）一文中提到的那样："无论是现代文学史或当代文学史，就我所看到的来说，都还没有单独把女性文学作为一个篇章来写的。"②

　　新时期以来，随着女性主义理论的译介与引入，学界逐步从原有的单一性别或无性别的历史建构方式中抽离，将女性作家视为一种相对独立的存在。20世纪90年代以来的当代文学史中，开始出现了对女性文学的特别强调。如刘锡庆主编的《新中国文学史略》（北京师范大学出版社1996年版），有"新时期女性散文令人刮目的崛起"一节；张炯等主编的《中华文学通史·当代文学编》（华艺出版社1997年版），有"杨绛、张洁等女性散文群体的崛起""苏雪林、琦君、张晓风等的女性散文"与"小思、西西、夏易、谢雨凝等香港女作家的散文"几节；陈思和主编的《中国当代文学史教程》（复旦大学出版社1999年版），有"女性激愤的

---

① 草野在《现代中国女作家》的序言中言及："女作家是不能与普通一般作家并论的，无论看她们或评她们的作品，须要另具一副眼光——宽恕的眼光——我便是在这种限制之下，用来这种标准来观察她们的。"草野：《现代中国女作家·写完女作家以后》代序，人文书店1932年版。

② 荒煤：《关于女性文学的思考》，原载《批评家》1989年第4期。转引自谢玉娥《女性文学研究教学参考资料》，河南大学出版社1990年版，第1页。

呼声：《方舟》""女性自我世界的空间：《女人组诗》"；洪子诚的《中国当代文学史》（北京大学出版社1999年版）与《当代文学概说》（广西教育出版社2000年版），分别有"女作家的创作""女作家和'女性文学'"；杨匡汉等主编的《共和国文学50年》（中国社会科学出版社1999年版）、王庆生主编的《中国当代文学史》（高等教育出版社2003年版），都以专章的方式（第七章《女性意识与女性写作》、第十三章《女性作家和女性小说》）对其进行叙述；严家炎主编的《二十世纪中国文学史》（高等教育出版社2010年版），在其下册"当代文学"部分，也以单列的方式对女性作家进行了论述。更不必说，近些年还出现了直接以女性文学史命名的文学史著，如任一鸣编著的《中国当代女性文学简史》（广西师范大学出版社2009年版）。以上种种均表明，女性作家及女性意识已在相当程度上由文学/文化批评进入了文学史，从而成为一种知识谱系[①]的存在。据贺桂梅的考察，女性文学研究已发展成为高校的新兴学科，也在相当程度上被纳入国际化的语境中予以重视。[②] 换言之，女性作家及其创作在文学史叙述与历史化层面经历了一个从"不见"到"可见"的一个过程。虽然单列是否就是一种"平等"的体现有待商榷，但以上文学史的扫描至少表明，女性作家正逐步以"集体记忆"的方式成为文学历史的重要组成部分。

也正是在文化研究对文学研究这样浸溉的情形下，原有较为单一的文学史论述开始向大众文化、媒介体制与女性研究敞开，当代文学历史化在机制、范围、视域层面均获得了新的拓展。正如杨洪承归纳的那样，文学史的重写、对"文化语境、生产过程、文化关系的外部研究"、[③] 边缘作家考察等方面均不同程度地受到了文化研究的辐射。所以，尽管有学者对文化研究逐步泛化所导致的研究浅表化倾向表示了忧虑，并且这种泛化的问题与不足现如今大有放大之势，有必要引起高度重视。但也不能由此将

[①] 贺桂梅认为："这种文化政治的指认，给女作家创作提供了一种'集体身份'，同时也为社会指认和评价女作家创作，提供了一种特定而有效的辨识方式。"贺桂梅：《人文学的想象力》，河南大学出版社2005年版，第194页。

[②] 贺桂梅：《人文学的想象力》，河南大学出版社2005年版，第194页。

[③] 杨洪承：《中国现当代文学研究的机遇与挑战——关于"文化研究"的一种思考》，《齐鲁学刊》2002年第2期。

文化研究一棍子打死。如果不是因噎废食，客观地讲，文化研究并非以一种取而代之的方式对原有的文学研究形成冲击，而更多的是由外而内地对文学批评与文学史研究进行一种修正与补充。当代文学史及相关研究的拓展，也并非对西方文化研究的简单移植，而是有其自身的历史与文化原因。毕竟少数族裔文学在大陆，目前主要是作为一种区域文学的方式加以研究，对其内在矛盾与历史褶皱的考察还很不够（除此之外，大陆学界对于不被提倡的边缘话题，如犯罪、同性恋、娼妓、失业、移民等灰色地带的研究大致处于一种"失语"的状态）。这也说明在文化研究问题上，我们仅仅是起步，未来还有很长的路要走。

第四节　作为"后史"的修订与再版

作为历史化的一个重要路径及载体，文学史不仅将作家作品以经典认定的方式固化为一种集体记忆，而且其实践本身和过程也带有某种策略性的考量。目前学界对于当代文学可否或适宜"写史"的讨论早已告一段落，而将关注的目光更多投向"如何写史"以及"文学史何为"上来。不过此处至少存在两个有关文学史的概念有必要引起重视，这就是"文学生成的历史"与"书写而成的历史"。对于前者，大致可归纳为文学生产维度的考察，涉及作家创作史、编辑参与的出版史，乃至读者接受史；对于后者，就是一般意义上被广泛讨论的作为教材与学术论著的文学史。

文学史讨论，涉及版本问题。这虽少有人问津，但它却是文学史研究的一个重要组成部分。比如谈及洪子诚的《中国当代文学史》，人们几乎不假思索地都援引1999年的初版本，作为自己评价的基础，而没有提及2007年的修改本。当然，这一情况的出现，与该初版本在当代文学史上的重要地位有着紧密的关联。不过，修改本较之初版本到底做了哪些修改？是修辞性的修改，还是结构性的调整？这无疑也是富有意味的一个问题。它不仅关系到研究的规范，而且还与历史化有关，因此有必要在此作探讨。文学史写作不是恒定的，随着时间的不断后移以及学界研究的持续推进，现有的当代文学史势必要进行一些相应的调整，它也有一个"永远历史化"的问题。从这些修改中，我们不难窥见文学史写作主体的某些观念改变（尽管大多比较有限，其创见性与重要性也远不及初版本）。当然，当代文学史写作从20世纪50年代就开始了，而新时期以来的文学史也已有了相当数量的积累。据有学者的专门统计，20世纪80年代以来至少出现三次当代文学史写作和出版的高潮。① 为了使论述不至于太分散，此处选取相对比较有代表性的洪子诚《中国当代文学史》（以下简称"洪本《文学史》"）的1999年初版本与2007年修订版、陈思和主编的《中国当代文学史教程》（以下简称"陈本《教程》"）之1999年初版本与2006年的第二版为研究对象，围绕"增添"与"删减"初步的校对，从历史化的维度对文学史的建构与重塑进行探讨。

一 对文学史的"增添"

正如上文所提到的那样，文学史以一种直接的方式参与作家作品的经典建构之中，而"经典是一个不断建构的过程"。② 这里所谓的"不断建构"，包含两层意思：第一层，是指当代文学史写作具有持续性。可以预见，如果目前的研究生态没有发生大的变化，各种类型与体例的文学史会不断地被生产出来。这除了与现实利益与功用不无关联，也与当代文学的面向未来属性有关。第二层，是因为这些文学史编写者大多还健在，且继续活跃在学术圈内，有相当一部分编写者还是圈内的知名学者。这就意味着，已出版的文学史有较大的可能性，会以再版或修订版的形式再度参与流通环节而进入研究视域，其有关内容的叙述将会有所调整与变化。

以修订版"洪本《文学史》"正文为例，其对于"农村题材小说""手抄本小说""重写文学史""新诗"等部分进行了内容上的扩充：第七章表述由"农村小说"改为"农村题材小说"，作家清单也有所调整，③ 增加了

---

① 罗长青：《"中国当代文学史"的出版状况与编辑策略》，《湖北社会科学》2016年第10期。

② 谢纳、宋伟：《何谓经典 如何建构——"走向经典的中国当代文学"学术论坛述评》，《当代作家评论》2017年第1期。

③ 由"赵树理、周立波、柳青、沙汀、骆宾基、马烽、康濯、秦兆阳、李准、王汶石、孙谦、西戎、李束为、刘澍德、管桦、陈残云、浩然、谢璞……"（洪子诚：《中国当代文学史》，北京大学出版社1999年版，第93页）调整为"赵树理、周立波、柳青、沙汀、骆宾基、马烽、康濯、秦兆阳、陈登科、李准、王汶石、孙谦、西戎、李束为、刘澍德、管桦、陈残云、刘绍棠、浩然、谢璞等"［洪子诚：《中国当代文学史》（修订版），北京大学出版社2007年版，第83页］。

陈登科与刘绍棠。此变化与这二位作家近些年的历史化有着一定关系。对于陈登科与刘绍棠的关注，一方面是对研究现状的呼应，另一方面也具有补缺的意味。该章第三节关于赵树理的评价史，修订版添加了20世纪90年代的内容。① 这一续写也是出于一种对研究新变化的"呼应"。另外，第十五章除了将"穆旦最后的诗""白洋淀诗群"与"手抄本小说"并为"'地下'的文学创作"，还添加了洪子诚本人关于"手抄本小说"修改本的看法。② 这体现了21世纪以来，洪子诚从版本学角度对于"文化大革命"文学的深入思考，也以一种"质疑"的姿态对于"手抄本小说"的历史化作出了回应；第十七章增加了"文学历史的'重写'"一节③。这是研究维度的一种补充，也是洪子诚对于经典重塑的新思考。还有，修订版对"新诗潮主要诗人"的名单顺序进行了调整；第十八章"历史创伤的记忆"章节名称调整为"'复出'作家的历史叙述"，增加了宗璞、张一弓等作家。

与"洪本《文学史》"变动相对较多不同，"陈本《教程》"的第二版与初版本在正文部分差别并不大，前言也未作修改，也"几乎没有修正初版本中的文献史料讹误"。究其原因，如有学者所言，除了"显示了编者对本书的自信"，"也与近年现当代文学史编写普遍存在文学史料问题不无关系"。④ 虽然第二版正文部分修改不明显，但附录二《当代作家小资料》还是作了一定的调整。其补充内容大致可分为二类：一是随着"当代"的不断后撤，对新产生的文学作品与文化实践（主要是90年代中后期以来）进行观照；二是对过往的文学历史进行补充叙述。对于前者，涉及阿城、残雪、池莉、高行健、冯骥才、韩少功、李锐、林白、莫

---

① "不过，在90年代对'新时期'现代性视野的反省中，赵树理的重要性又被发现，一些研究者致力于阐释赵树理文学独特的现代性内涵；他的文学经验得到一些人的重新重视。"洪子诚：《中国当代文学史》（修订版），北京大学出版社2007年版，第90—91页。

② 洪子诚：《中国当代文学史》（修订版），北京大学出版社2007年版，第183页。

③ "一方面，作为文学潮流，二三十年代的革命文学、左翼文学，40年代'解放区文学'和当代50—70年代文学，逐渐失去其主导位置，它们的代表性作家、作品的'经典'地位发生动摇。另一方面，出现发掘、提升在'当代'受到忽视、湮没的作家、流派的热潮。"洪子诚：《中国当代文学史》（修订版），北京大学出版社2007年版，第207页。

④ 吴秀明主编：《中国当代文学史料问题研究》，中国社会科学出版社2016年版，第457页。

言、王安忆、严歌苓、张炜、北岛、宗璞等作家。关于后者，内容则较少，以巴人"1925年加入中国共产党"[①]"1941年去南洋从事华侨的统战工作。1947年回香港"[②]为主要例证。

总之，随着过去的"现在"不断变为今天的"昨天"，以"洪本《文学史》"为范式的关注文学外部研究的个人文学史论著、以"陈本《教程》"为典型的注重文学内部研究的集体编写著作，均作了深浅不一、详略有别的文学历史增添，而这也是当代文学史与古代文学史、现代文学史最为明显的区别。当然，我们也应该如实指出，上述这些修改是在维持基本框架与基本观念不变情况下的有限"调整"，而不是带有实质性意义的"重写"。这自然与其政治的、教科书的属性有关。文学史作为一种后设的历史叙述，它与实存的文学史之间原本就存在着难以消弭的距离。正如有学者所说："那些貌似'客观'的历史叙事背后往往隐含着特定的知识谱系、权力政治和现实意识形态的功利性。"[③] 初版也好，修改版也罢，都存在因后设而带来的人为建构的属性，是修改这一行为本身无法轻易改变的事实。

二 对文学史的"删减"

对包括史料在内的文学史的增添删减，是历史化的基础性工作，也是笔者考察洪、陈两部文学史修改的一个重要维度。虽然他们的修改相对比较有限，但作为对"重写的重写"，却带有某种深刻的必然性。这一点，在文学史的"删减"上似乎表现得更突出。

那么，这两部文学史修订版又是如何对原有文学史进行"删减"的呢？大致分为两种情况：一种是对边缘作家的有选择剔除，一种是对文学史料及其相关评价的删减。第一种删减，如"洪本《文学史》"正文部分在罗列乡土题材小说作家名单时，删去了"段荃法、王杏元"二位作家的名字，这是比较典型的对边缘作家的删减。或许体现了文学史

---

① 陈思和主编：《中国当代文学史教程》第2版，复旦大学出版社2006年版，第383页。
② 陈思和主编：《中国当代文学史教程》第2版，复旦大学出版社2006年版，第384页。
③ 张健、李怡主编：《中国当代文学编年史 第1卷（1949.7—1953.12）》，山东文艺出版社2012年版，第5页。

的残酷性吧，与被"入史"的作家相比，湮没在历史之中的作家数量要更为庞大。又如第八章删去了"历史小说《李自成》"的专节，而改为《青春之歌》后面的"尾巴"。可以说，是否享有"专节"乃至"专章"的待遇是评判作家与作品文学史地位的一个参考。当然，此所说的重要性是相对的，且一般来说仅在某一部文学史中适用（因为不同的文学史家具有各异的评价标准与喜好）。除正文，"洪本《文学史》"最后所附《年表》也有若干史料的删减，这是一种负向的历史化过程与结果呈现。

第二种删减，如"洪本《文学史》"第十七章删去了"刚刚过去的'文革'，在当时被广泛看作是'封建专制主义'的'肆虐'"[1]的表述。这一处理或许与"'封建专制主义'的'肆虐'"过于扎眼有关。"陈本《教程》"的删减主要是在《小资料》上，涉及相关作家、作品评价的调整。[2] 这些评价的改变也可视为对特定作家历史化的一种正向推动。毕竟，贴切且不失分寸的表述更利于正面形象的塑造与维护。根据李海英的分析，"陈本《教程》"第二版"删减了对特殊年代的强调"，对食指"创作的'时代意义'进行适当的淡化"，还"把食指的'现代主义继承者'的身份让渡给了'白洋淀诗歌群落'"，也更加强调了后者的"先锋性"，使其"拥有更高的历史地位和诗歌权力"。[3] 这也反映了近些年学界对于"白洋淀诗歌群落"的评价趋势。

除了上述的删减，洪、陈两部修订版的文学史，更多的还是维持此前初版本的原貌，包括分期、体例及港澳台文学叙述等。如"洪本《文学史》"虽然将下编"80年代以来的文学"改为"80—90年代的文学"，看起来限制了当代文学史叙述的下延，却使得表述更为准确，但在具体分期层面，仍是以"新旧"两个时期为界：上编主要是讨论20世纪50—70

---

[1] 洪子诚：《中国当代文学史》，北京大学出版社1999年版，第240页。

[2] 如删去海子"这种消极因素也影响了他的生命态度"（第397页），"胡风冤案涉及面广，造成后果严重，是中国文艺史上值得深思的教训，近年出版了多部以此为研究对象的著作，如《胡风传》、《文坛悲歌——胡风集团冤案始末》、《殉道者》、《白色花劫》等"（第398—399页）。

[3] 李海英：《"旧作再生产"与中国当代诗歌知识体系的建构》，《扬子江评论》2019年第6期。

年代的文学及其周边,① 下编涉及"文化大革命"之后的文学新风貌。对照地看,"陈本《教程》"第二版在绪论、目录上均未见调整,因此对于中国当代文学的历史分期也是与初版本相同。② 无论是偏向于个人写作的文学史,还是集体编写的史著,其初版本及修改本在历史分期层面并无二致,而这也反映了目前学界对于当代文学历史分期的主流看法。又如"洪本《文学史》"还是采用条块式的结构模式,"陈本《教程》"采用"以文学作品为主"的叙述方式。再如"洪本《文学史》"仍然运用"回到历史现场"的方法"把当代文学史做成了学科",③ "陈本《教程》"运用以审美为尺度,以潜在写作、民间文化形态、共名与无名的讨论为特色。④

　　需要指出,上述这种状况,在目前大陆出版的当代文学史修订本中具有相当的代表性。如孟繁华、程光炜的《中国当代文学发展史》,董健、丁帆、王彬彬主编的《中国当代文学史新稿》,吴秀明主编的《当代中国文学六十年》等的修改,都有类似的情况。说到这里,有必要宕开一笔,对近几年新出的王德威主编的《哈佛新编现代中国文学史》稍带几句,以便将上述话题再拓宽。作为一种非教材的文学史,《哈佛新编现代中国文学史》"集合美欧、亚洲,大陆、台港一百四十三位学者作家,以一百六十一篇文章构成"。⑤ 尽管存在着"拼凑性"及另一种的"政治意识形态"问题,且如季进所说,"大陆学界未必真的能或可能拷贝这种文学史书写模式",⑥ 但它将文学史放在更大时空范畴审视的理路,对突破惯有的"那种面面俱到,以历史背景、作品作家、思潮运动为主导的线性发

---

　　① "以大量的篇幅讨论了制度——权力对文学生产的制约和影响,尤其是极为详尽地探讨了50—70年代文学的一体化过程。"李杨、洪子诚:《当代文学史写作及相关问题的通信》,《文学评论》2002年第3期。

　　② 即"第一阶段：1949—1978年","第二阶段：1978—1989年","第三阶段：90年代"。

　　③ 原文为:"把当代文学史做成了学科,标志是其初版于1999年的《中国当代文学史》。"夏中义:《当代旧体诗与文学史正义——以洪子诚〈中国当代文学史〉上编为研讨平台》,《安徽师范大学学报》(人文社会科学版)2013年第5期。

　　④ 陈思和主编:《中国当代文学史教程》,复旦大学出版社1999年版,第435页。

　　⑤ [美]王德威:《"世界中"的中国文学》,王晓伟译,《南方文坛》2017年第5期。

　　⑥ 季进:《无限弥散与增益的文学史空间》,《南方文坛》2017年第5期。

展的文学史模式,而着力于捕捉历史时空中那些生动细节"①,对于我们无疑是有启发的。它也以一种域外存在的方式(这种方式在当下的语境下,往往能够产生"外来和尚会念经"效果)"倒逼"大陆学界进行文学观念的调整,从而拓宽文学史编写的思维理念,为其"重写的重写"的修订提供重要的参考。当然,它也对"什么是文学"作出了自己的回应。

在本章的最后,笔者想就文学史的个性化与知识化关系问题谈点自己的想法。文学史编写当然需要个性化,个性化的贫缺的确也是当代文学史编写的一个普遍征候。但这里所说的个性化是建立在文学史功能属性基础之上的,不能由此推导出非知识化的结论,认为它不应"执拗在文学史的全面、系统上做文章,而用心撰写个性化的、充满问题意识的、'过渡'性质的文学史"。②须知,文学史的一个重要功能就是对之作动态"稳定"的工作。而对根据教学需要而编写的文学史来讲,脉络的梳理与作家作品清单的开列即所谓的"知识化"或曰"谱系化"也是其应有之义。尽管现有的当代文学史在历史化的结果方面具有某种不确定性和阶段性,但以此来排抑教材型的文学史,似乎有些矫枉过正。更何况,在现行的高等教育体制下,文学史课程与教材的预设对象通常是刚从高中进入大学的学生。对于其中的大多学生而言,他们不仅阅读量相当有限,而且对当代文学史了解甚少。这就要求课时很有限的文学史授课,有必要进行知识谱系的梳理。我们不能将学术型的文学史与教材型的文学史简单对立起来,作扬此抑彼或扬彼抑此的评价。事实上,现在大陆出版的文学史,其中绝大部分被当作通行或曾通行教材在使用,编写者也是按照教材理路来编写的。包括上文反复提到的"洪本《文学史》"与"陈本《教程》"。

由此及彼,笔者想到了 20 年前有学者"关于'如何写作当代文学史'的文章远远多于真正的文学史实践"③的批评。这也不妨可说是当代文学史有别于古代文学史、现代文学史的一个征候,一个不仅在"实践"

---

① 季进:《无限弥散与增益的文学史空间》,《南方文坛》2017 年第 5 期。

② 斯炎伟:《"过渡时期"的当代文学史写作:意识、话语与向度》,《当代文坛》2019 年第 5 期。

③ 李杨:《当代文学史写作:原则、方法与可能性——从陈思和主编的〈中国当代文学史教程〉谈起》,《文学评论》2000 年第 3 期。

而且在"理论"上也充满矛盾的征候。比如,一方面,有学者认为现有文学史缺少文学社会学的内容,对文学的周边关注不够;另一方面,有学者强调与提倡从审美与作家作品论的维度对文学史进行书写。① 真可谓是众口难调。然而正如孟繁华评价郜元宝"有故事的文学史"的主张时所言:"对文学史写作的理想化想象,几乎是不可能满足的"。② 毕竟,"有故事的文学史"③ 的观点在实际操作上具有相当的难度,这也多少体现了文学史理论与实践的某种错位,以及前者或多或少存在的"不及物"问题。在这方面,可以援引的一个例子,就是刚才提及的王德威主编的《哈佛新编现代中国文学史》中有一篇题为"The Life of a Chinese Literature Textbook"的文章,作者碰巧在一本中正书局出版的国文教科书中"发现"了一女学生的手迹,并对此进行了研究,继而开始了对她的"找寻",并在行文中对她可能的人生际遇进行了"想象"。虽别具一格地富于故事性,也带有史料考证的元素(最后研究者找到了当年的这位女学生),但似乎与一般意义上的学术研究或教科书不太契合。当然,其作为读物完全没有问题,但倘若作为学术论著或教学参考材料,在大陆的语境下似乎与一般意义上的文学史之间尚存一定距离。这或许在一定程度上体现了王德威主编的《哈佛新编现代中国文学史》的"域外"特点:一方面作为海外中国文学与文化研究的强势存在,无论是在研究的对象,还是历史观,甚至政治理念层面均对原有的大陆现当代文学史编写范式形成了一种强烈的冲击,也可以预见地会在一定程度上影响域内的相关研究;另一方面,从实践的角度看,尽管融会了夏晓虹、陈平原、汪晖、钱理群、陈思和、王安忆、余华等大陆学者或作家书写的文章,但在这"西式"+"想象"+"知识"的中国文学史书写,是否存在缺乏"了解之同情"的问题呢?

正如有学者提及的那样,该文学史"对主流文学传统的质疑无疑有

---

① 郜元宝:《作家缺席的文学史——对近期三本"中国当代文学史"教材的检讨》,《当代作家评论》2006 年第 5 期。
② 孟繁华:《建构当代中国的文学经验和学术话语——中国当代文学史研究 70 年》,《文学评论》2019 年第 5 期。
③ 陈思和、王德威主编:《文学·2014 春夏卷》,上海文艺出版社 2014 年版,第 379 页。

其合理性",但"如果这个所谓的主流文学传统只是一种'未完成的现代性'呢？如果它事实上也在重压下苦苦挣扎呢"？① 这既是域外文学史书写因"他者"视域带来的一种独到优势，同时也是因缺乏生命体验造成的一种历史局限。

---

① 施龙：《在"华语语系文学"中穿行的堂吉诃德——评王德威主编〈新编现代中国文学史〉》，《扬子江评论》2017 年第 6 期。

第九章 史料收集与整理

史料是一切研究的基础，也是支撑述学体、经典化、文学史的"阿基米德点"。如果在这方面出现问题，那么它就会由此及彼，给包括述学体、经典化、文学史在内的所有工作带来意想不到的后果，甚至是严重的后果。21世纪以来，随着整体学术的推进和学风的调整，当然也与学科发展的内在要求有关，当代文学史料工作逐渐引起了人们的注意，史料收集与整理提到了重要的议事日程，并取得了一批阶段性成果。这也是一个学科发展到一定阶段必然会出现的一种现象，它表明了该学科意识的觉醒，是令人欣喜的。

第一节 史料基本形态及收集与整理

说到史料收集与整理，涉及对"何为史料"的理解。针对现代文学"一切皆史料"的观念，洪子诚在一次访谈中说："以一般的理解，和当代文学'生产'有关的事实、材料，都可以成为它的'史料'，因此难以划出它的'边界'"，[①] 但"难以划出"并非"漫无边际"，他强调的是有着暧昧边界与微妙变化的史料工作要保持一种"开放""包容"的姿态，以往被排斥的一些文类样式及表面无关却实质上与文学

[①] 参见王贺《当代文学史料的整理、研究及问题——北京大学洪子诚教授访谈》，《新文学史料》2019年第2期。

有着千丝万缕联系的材料,应该纳入史料工作的视野。所以有必要在星罗棋布的文学场域中对当代文学史料的基本形态进行盘点,以便更好地收集与整理。

一 版本、选本等传统形态史料

这里所说的版本,是指一种书籍经过多次传抄、刻印等方式而形成的不同的本子,而所谓的选本,则是从一人或若干人的著作中选出部分篇章编辑成书的本子。选本一般以版本为基础,选本也是一种版本。当代文学依赖发达而高效的出版发行体系,版本分类多样而清晰,初版本(原版本)、再版本(修订本、删节版)、潜版本(手抄本)、电子版本等,图书馆保存有大量的纸质版本和选本。即便在特殊时期遭遇毁坏,但上千万的发行数量及现代售卖体系,书籍史料被分散到个人手中。哪怕强令收缴,也有不少集中堆积后流传到民间被私人保存或收藏,所以一般不太会出现古代文学所谓的"孤本"或"绝本"。随着电子网络技术的发展,如读秀学术、超星读秀等存储了各种文学书籍的版本、选本信息和馆藏情况,通过搜索或申请文献传递等,可在短时间内分享一些书籍的全部或部分阅读服务。另外,各种版本、选本的线上线下销售,网络二手交易中的珍稀本,都为传统文学形态的史料工作提供便利。所以当代文学版本、选本,很难如古代文学那样成为一个"问题"和一门"显学"。但在相对完善的当代文学版本、选本基础上,除了继续坚持校勘等传统方式,关于它的批评与研究也出现了新的生长点:一是当代文学版本、选本意识日趋自觉,大大推进了当代文学版本研究。金宏宇的《中国现代长篇小说名著版本校评》(2004年)和《新文学的版本批评》(2007年)可谓是较早关注现当代文学版本学的论著,他所提出的将传统版本研究与现代文本批评整合的方法,对当代文学版本研究具有直接的启示。二是版本批评话语更为丰富。李傅新的《初版本:建国初期畅销图书初版本记录解说》(2012年)用一百多幅中华人民共和国成立初期的图书初版本书影,提供了作品的写作背景及确凿的版本信息,[①]章涛、吴秀明的《当代文学版本生产

[①] 李傅新:《初版本:建国初期畅销图书初版本记录解说》,金城出版社2012年版。

与版本研究的实践》通过文学生产、权力话语、审美表达、市场机制、阅读口味乃至社会道德之间的互动博弈，对当代文学版本形成及相关问题做了深入的探讨。①

当代文学版本、选本的形成既受外在政治体制或市场机制及媒介手段的约束，也有作家内在打磨艺术的追求，既有被动的接受也有主动的迎合或出击。以当代文学"前三十年"与"后四十年"为界考察版本的批评实践，能见出当代文学版本研究的大致轨迹与成就。中华人民共和国成立之初一批现代文学作品"重印"后的"当代版"中最典型的是《雷雨》。早在20世纪60年代初廖立在《谈曹禺对〈雷雨〉的修改》中提供了五个版本形成的清晰轨迹，并对之作了简单的评价，版本研究初露端倪。②但此后很长一段时间关于版本的研究都未得到应有的重视，一直到21世纪以来，才逐步形成了"热闹"的态势。如吴福辉的《谈〈雷雨〉的一处修改》针对大家普遍认可基于意识形态诉求的"当代版"退化的结论，对繁漪的修改作了肯定的评价。③董建雄的《〈雷雨〉两版本的比较及成因研究》，在1957年的修改版与原版本的差异中透视政治外因与作家内因层面更为复杂的动机。④《20世纪60年代以来的〈雷雨〉版本研究综述》，可以说是《雷雨》版本学的一个小结。⑤其他如茅盾、老舍、巴金、丁玲旧作修改后的不同版本，也都得到了一定程度的关注。如《1949年之后中国现代长篇小说修改的困境及影响》，⑥虽以茅盾《子夜》的修改为中心，但也涉及了其他现代作品的修改与

---

① 章涛、吴秀明:《当代文学版本生产与版本研究的实践》,《中国现代文学研究丛刊》2013年第11期。

② 廖立:《谈曹禺对〈雷雨〉的修改》,《郑州大学学报》1963年第1期。

③ 吴福辉:《谈〈雷雨〉的一处修改》,《汉语言文学研究》2014年第3期。

④ 董建雄:《〈雷雨〉两版本的比较及成因研究》,《湖州师范学院学报》2016年第5期。还有谢国冰《〈雷雨〉初版是曹禺"一生不改的版本"吗?》[《湖北师范学院学报》(哲学社会科学版) 2005年第3期]。靳书刚《政治场域与女性命运——以曹禺对繁漪的三次修改为中心》(《平顶山学院学报》2015年第1期)。韩煜的硕士学位论文《曹禺剧作〈雷雨〉版本校评——以第四幕为例》(宁夏大学, 2008年)等。

⑤ 何威:《20世纪60年代以来的〈雷雨〉版本研究综述》,《闽西职业技术学院学报》2014年第3期。

⑥ 李城希:《1949年之后中国现代长篇小说修改的困境及影响》,《文学评论》2013年第3期。

评价。这种批评实践同样也表现在当代文学作品版本的流变中。王福湘的《几部经典文本的修改与当代文学的版本问题》，以《红旗谱》《青春之歌》《山乡巨变》《创业史》等红色经典为例，指出当代文学版本问题中某些普遍性和特质性的规律。① 杨沫《青春之歌》的多次修改使得它的版本批评成为学界的热点。② 20世纪80年代初张化隆的《评增补后的〈青春之歌〉》对初版本和再版本的比较；③ 孙先科的《〈青春之歌〉的版本、续集与江华形象的再评价》指出修改导致的"无定稿"是现当代文学批评与研究的重要现象，《青春之歌》无疑是被谈论较多和较集中的一个话题；④ 谷鹏的《〈青春之歌〉的传播与修改》⑤、王杰的《文学叙事与电影叙事的缝合与裂隙——以〈青春之歌〉电影改编、小说修改为考察中心》从文本传播的目的和效应，揭示了不同版本包括影像版的表现意图。⑥ 20世纪90年代以来，对《白鹿原》版本的研究可谓是这一时期版本学的缩影。陈忠实为了《白鹿原》参选茅盾文学奖，作出了适当妥协，"对《白鹿原》删改了两三千字，并于12月推出了修订本"，⑦ 但他也承认小说确有艺术完善的需要。王鹏程在《马尔克斯的忧伤：小说精神与中国气象》一书中涉及"白鹿原的版本及修改问题"，由此透视文学创作、评奖规范及作家心理的关系；⑧ 邢小利在《陕西作家与陕西文

---

① 王福湘：《几部经典文本的修改与当代文学的版本问题》，《海南师范大学学报》（社会科学版）1998年第2期。

② 梁归智：《〈青春之歌〉的版本学及其他》，《名作欣赏》1994年第1期；金宏宇：《对知识分子的改叙——〈青春之歌〉的版本变迁》，《西安外事学院学报》2006年第2期；郭剑敏：《红色记忆文学修改本现象的符码意义》，《内蒙古师范大学》（哲学社会科学版）2006年第6期；刘淼：《广义修辞学视角下的〈青春之歌〉版本变动分析》，硕士学位论文，福建师范大学，2014年。

③ 张化隆：《评增补后的〈青春之歌〉》，《东北师大学报》（哲学社会科学版）1981年第3期。

④ 孙先科：《〈青春之歌〉的版本、续集与江华形象的再评价》，《河南大学学报》（社会科学版）2005年第2期。

⑤ 谷鹏：《〈青春之歌〉的传播与修改》，《苏州大学学报》2010年第1期。

⑥ 王杰：《文学叙事与电影叙事的缝合与裂隙——以〈青春之歌〉电影改编、小说修改为考察中心》，《文学评论》2018年第1期。

⑦ 陈忠实：《〈白鹿原〉是我的生命》，《中华读书报》2012年9月26日。

⑧ 王鹏程：《马尔克斯的忧伤：小说精神与中国气象》，生活·读书·新知三联书店2018年版。

学》中将《白鹿原》的纸质版本的研究推及"各种形式的版本形成",①包括话剧、漫画、地方戏、译本、舞剧、手抄本等,这无疑开拓了《白鹿原》版本学的视界。车宝仁的《白鹿原的修订版与原版删改比较研究》详细开列并比较了小说的修改,连作家本人都自叹不如。② 吴秀明、章涛的《"获奖修订版"生成与当代主流文学话语的规范妥协机制——以〈沉重的翅膀〉和〈白鹿原〉的修订为例》,以两部茅盾文学奖获奖作品《沉重的翅膀》和《白鹿原》的修订为例,揭示了修改背后更为复杂的成因。③ 这也说明,虽然当下学者的版本意识日趋自觉,并取得了不俗的成果,但"版本问题仍(确)是一个复杂而棘手的问题"。④

相对而言,学界对选本的关注较少。史料收集的取舍是编选者对某一领域或作家持续关注的结果,精选文本代表着写作者较高的创作水平与精神上的成熟稳定,这取决于选家精致的阅读、敏锐的眼光及史家意识,"选本必有自己的观点与看法,我喜欢的文章就是最靠得住的标准"。⑤ 就当代文学选本来讲,大致有以下三种不同的情况:首先,选本都会依据一定的理念。李静编选的随笔年选的入选文本的写作者身份多样,作品风格参差多态,相似的精神旨趣与社会担当是她筛选文本对象的立场。洪子诚对"标准诗丛"未列入海子、北岛、张枣以及台港的诗人颇为不满,觉得"遗憾",⑥ 更多源于他对经典标准的认知与遴选理念。其次,是选本标准的差异。如朱金顺等坚持"初版本"原则,这是文献学的一般行规。但有些作家(或家属)反对"初版本"原则,觉得修改本更为优秀。巴金致信《巴金全集》的责编王仰晨时明确说"我不赞成'初版本原则'",⑦ 他编全集不仅不用初版本,还

---

① 邢小利:《陕西作家与陕西文学》(上),陕西人民出版社2017年版。

② 车宝仁:《〈白鹿原〉的修订版与原版删改比较研究》,《唐都学刊》2004年第5期。

③ 吴秀明、章涛:《"获奖修订版"生成与当代主流文学话语的规范妥协机制——以〈沉重的翅膀〉和〈白鹿原〉的修订为例》,《清华大学学报》(哲学社会科学版)2015年第1期。

④ 朱金顺:《辑佚·版本·"全集不全"——读"中国现代文学的文献问题座谈会"论文随想》,《中国现代文学研究丛刊》2004年第3期。

⑤ 秦颖:《钟叔和先生》,《南方周末》2015年2月26日。

⑥ 洪子诚:《献给无限的少数人——谈大陆近年诗歌状况》,《桥》2016年第4期。

⑦ 巴金:《巴金书简——致王仰晨》,文汇出版社1997年版,第156页。

希望责编修改自己的文章,由此可见著作权支持下实践"初版本"意识的难度。最后,是基于选本可能面临版本的问题,除了强调入选作品的价值,还要注意版本的交代。选本所选的每个文本都有独特的信息,如以周扬为核心、多人讨论执笔写成的《1962年纪念"讲话"社论》,将其收在《周扬文集》中当然也无可厚非,但"文集编者如能将这一情况作出说明,当更妥当"。①洪子诚这样说,强调的是选录工作的审慎态度。还有第三代诗人韩东的《有关大雁塔》最初发表在《老家》(民刊《他们》的前身)第1期的版本是40行诗,现在多数选本中收录的是经过删节和修改的23行诗,虽然诗人丁当觉得遗憾,但韩东却将此作为"关键性的成功",以明确对"诗到语言为止""拒绝意义"的倡导与坚守。以后,大部分选本选录的是《中国杂志》1986年第7期公开发表时的23行诗,少数选本选录时会作简单的注释,如朱慰林编著的《中国当代文学》、吴永林的《个人化及其反动》等对版本变化有简单的交代,方便读者和研究者在一首诗的不同版本中关注诗人艺术追求与理解的变异。有意思的是韩东作为"他们"文学社的领军人物,此诗却未进入同人刊物《他们十年》,甚至未收入被视为"第三代诗群"大观的《中国现代主义诗群大观1986—1988》,在《有关大雁塔》选本的一些分析和研究中都未深究"弃选"背后的原因。相比之下,这方面做得较好也是更具学理性的是朱航满的论文《文学的眼光——对三部文学选本的微观察》和徐勇的专著《选本编撰与八十年代文学生产》,前者以李静的2002—2006年的随笔年选、孙郁的《当代文学经典读本》、《20世纪中国文学大系:2001—2010》王尧主编的散文卷为考察对象,剖析了选本独到的编选理念及缺憾所在;后者从选本角度建构20世纪80年代的文学坐标,揭示其批评标准的形成、文学史观念的更新、文化认同的建构、公共空间的开创和新时期共识的凝聚等,发掘选本在文学史、文化史和思想史上的独特价值,论文与专著的"各表一枝",某种意义上更具当代"选本学"的意味。

---

① 洪子诚:《材料与注释》,北京大学出版社2016年版,第106页。

二 手稿、皮书、内刊等未公开出版史料

当代文学史料工作想进一步修正完善原有的史料体系，必须将那些处于边缘、沉没于"地下"或封存于档案馆的史料引入文学史的叙述，这有利于形成多元化的格局。鲁迅曾引用一位苏联文学评论家惠列赛耶夫的话来回答读者的疑问："应该怎么写，必须从大作家的完成了的作品去领会，那么不应该那么写这一面，恐怕最好是从那同一作家的未定稿去学习了。"[①] 传统的史料基本是成品的被动接受，不会提供变动中的差异性和可比性。手稿作为原生态的特殊文本包含着作品生成发展的痕迹，是一种典型的未定稿，它可还原文学发生的现场和创作过程，提供文本发生的起源与变动的解释及故事的分层，把研究者带入文本创建的过程。这也就是法国学者所谓的"谱系校勘学"或"文本生成学"。[②] 王蒙《这边风景》的手稿发现充分显示了这种未定稿的存在价值。儿子儿媳打扫旧屋时偶然发现，王蒙尽量保持原貌并作了一些修改，时隔40年的出版填补了他创作的一段空白，久远的阅读让他感受到"五十年前的大呼小叫的历史，四十年前的处心积虑、小心翼翼、仍然是生气贯注的书写"。[③] 相比王蒙的幸运，手稿流失的痛苦梁斌深有体会，在《烽烟图》手稿找回前他想重写，但"原稿没了，又经历久远，距原稿写作已十多个年头，内中除去一些较为生动的细节，大部分细节已十分模糊"，"拿着笔的梁斌，常常是怅然失神，无所适从"。[④] 原始的文学档案包含着出版本没有的信息，包括与编辑交流的痕迹，手稿对这些历史片段的固化有利于透视作家原初的情感思路和细微的创作心理，折射出文学在某一时段的变迁和作家认知的流变，具有丰富的文献史料和研究价值，"从名家的笔底波澜中，方能感知生命的气脉和潜流，创作的氛围和甘苦，纵览名家名作的纸上春秋。

---

① 参见鲁迅《且介亭杂文二集·不应该那么写》，《鲁迅杂文精编》（下），漓江出版社1998年版，第511页。

② ［瑞士］冯铁、周维东：《文学是一个过程——瑞士汉学家冯铁（Raoul David Findeisen）访谈》，李怡、毛迅主编《现代中国文化与文学》第16辑，巴蜀书社2015年版，第295页。

③ 王蒙：《这边风景》，花城出版社2013年版，第702页。

④ 杨建民：《梁斌手稿离奇的失而复得》，《文史精华》2011年第11期。

只有看到手稿上的作者本人的批注修改,才能看到作者思维的轨迹"。① 老舍 68 出"戏改"剧目提纲手稿的发现,为研究"老舍在戏剧领域的突出贡献提供了重要史料,填补了老舍研究领域的空白";② 沈从文在《边城》电影剧本上 1 万多字的修改,见出他对电影艺术与技巧的熟练驾驭;丁玲的秘书说《丁玲回忆录》手稿中不同的"笔迹",有些是为了避免不必要的"麻烦",丈夫陈明帮助检查留下的,手稿中的"动刀"痕迹印证了拉马丁"手迹者,人的思想面貌也"的说法。③

当代作家手稿收集与整理,收藏最多的要数中国现代文学馆,共有 6 万多件,包括文稿、诗稿、日记、信札、读书笔记、会议笔记、题词、创作档案等,尽管对于当代文学庞大的体量而言,它只是其中很小的一部分。就史料搜研而言,当代作家书稿存在这样三个问题:一是认识不甚到位,甚至还尚有误区。作家和编辑不太重视手稿的史料价值,出版后处理较为随意,导致流失严重。陈忠实坦言 1992 年完成《白鹿原》后并无手稿的概念,复印一份纯属机缘巧合:"《白》书已出版,且连续印刷多次,肯定不会绝版了,那么这个手稿的用途也就到此为止了,我自然就不会太在意它了。"④ 这种状况一直都有相当的普遍性。80 年代莫言将《苍蝇·门牙》投给《解放军文艺》,杂志社搬家时就将手稿当废纸处理掉了。二是使用上的限制。手稿因其"唯一性"而主在收藏,2014 年面对《西安晚报》记者的求证,陈忠实直言:"其实早在十几年前,就有手稿收藏家找到我,愿意出百万元买《白鹿原》的手稿了!"⑤ 陈忠实此话道出了手稿"只此一份"的价值,对于绝大部分学者是可望而不可即的史料,何谈仔细的阅读与研究,"只有为了做一些特别精确的检查或调查研究时才能使用原件"。⑥ 陈子善回忆八十年代初,"北图还允许我查阅这部诗稿,当

---

① 乐梦融:《看得见作家"动刀"的痕迹》,《新民晚报》2011 年 11 月 25 日。
② 王璟:《重回现场、还原匠心:析老舍"戏改"手稿原件史料价值》,《大众文艺》2019 年第 6 期。
③ 参见卢岚《作家手稿,再见!》,《作家》2002 年第 4 期。
④ 陈忠实:《有关〈白鹿原〉手稿的话》,《江南》2012 年第 4 期。
⑤ 参见夏明勤《名家手稿都去哪儿了》,《三秦都市报》2014 年 11 月 9 日。
⑥ [法]皮埃尔-马克·德比亚齐:《文本发生学》,汪秀华译,天津人民出版社 2005 年版,第 54 页。

然，要像看古籍善本一样谨慎",① 此话指出了当年"优待"的不再及查阅手稿的难度，当然充分利用现代复制影印、数码照片等技术可适当解决上述矛盾。② 人民文学出版社 2012 年以初版本为底本，首次增补了《白鹿原》的创作手记并附有珍贵照片和手稿图片，共 4 册的手稿本限量 3 千册，可谓手稿出版的成功案例。但基于销量与效益的考虑，出版社的操作也很谨慎，陈忠实坦言对《白鹿原》手稿出版有过担忧，所以在出版本中收录少许手稿的影印页已是不错的购书"福利"。三是当代作家手稿研究处于起步阶段。基于手稿学可依据的理论与方法的匮乏，除了从档案学角度提出收集整理保管的建设性意见，学理的研究并不多见。值得一提的是，2005 年陈子善在香港中文大学《签名本和手稿：尚待发掘的宝库》的演讲中肯定了手稿的价值，提出了手稿学的一些设想。还有 2016 年起《小说评论》持续推出金庸、孙犁、莫言、俞平伯、周而复、梁斌、姚雪垠等手稿的"管窥"，篇幅短小却是手稿学的可贵尝试。如沈从文长篇《来的是谁》的楔子写成于"文化大革命"时期，手稿中可见出他即便被迫"弃文"也对文学保持着热忱。杜鹏程自述《保卫延安》"在四年多的漫长岁月里，九易其稿，反复增添删削何止数百次"。③ 赵俊贤的《读〈保卫延安〉——手稿札记》一文，正是在充足的手稿史料的基础上，解析了战地日记演变为长篇小说、记者成长为作家的过程。有意思的是，据杜鹏程的爱人回忆，因缺纸写二稿时用剪贴导致手稿很乱，"文化大革命"中被群众组织抄去后还整理装订成册，翻阅就较有头绪，赵俊贤坦言"这次阅读手稿，对我修改《论杜》专著帮了忙，充实了有关内容"。④ 易彬的《中国现代文学馆所藏穆旦手稿两种辑录》，对现代文学馆保存的穆旦《不应有的标准》和《〈父与子〉及六十年代的文学及政治的斗争》的手稿，做了整理和技术性因素的说明。手稿意识也逐渐辐射至

---

① 陈子善：《签名本和手稿：尚待发掘的宝库——二〇〇五年六月十八日在香港中文大学的讲演（节选）》，《文汇报》2005 年 12 月 18 日。

② 2011 年文学馆设立"中国现代文学馆客座研究员"制度，为馆藏档案研究引入外界高水平的研究人才，对馆藏手稿档案展开全面、系统的研究。详见王雪《作家手稿档案征集研究——基于中国现代文学馆的考察》，《档案学研究》2019 年第 5 期。

③ 杜鹏程：《保卫延安》重印后记，花山文艺出版社 1995 年版，第 460 页。

④ 赵俊贤：《读〈保卫延安〉手稿札记》，《新文学史料》2017 年第 2 期。

学者，陈平原委托浙江越生文化印制手稿集，既是他个人学术生涯的回望，同时也保留了时代与学术潮流的际会，以及学者的气质才情和心境。近年来，随着电脑的普遍使用和电子文稿的取代，有学者欲确立电子手稿的概念，但本源意义的手稿的渐行渐远却是不争的事实。

"皮书"是内部发行的限量图书，[①]是当代特定历史时期的一种特殊文本。当代文学虽有大量译作存在，但翻译的创造性一直被轻视，导致对译作史料的忽视。皮书就是这种状况。它在20世纪六七十年代是被当作"反面教材"供批判用的，具体分创作与理论两大类，译自包括苏联在内的多个国家的相关图书或资料，主要供高级干部和知名作家阅读。翻译一直是语言再造和思想交锋之地，皮书之于当代文学的价值可谓"歪打正着"。其意义与价值主要有三：一是60年代因中苏关系由热转冷，对苏联文学的出版热情与数量剧减，皮书的出版与流传拓宽了书荒年代人们的阅读面，满足了他们的阅读需求。如为了通过南斯拉夫批判赫鲁晓夫，翻译了南斯拉夫的理论著作，这对中国当代文学来说可谓是弥足珍贵的稀有资源。二是当年"大批判组"为配合"反帝反修"的政治任务，在各种报刊上发表批判皮书的文章，读者根据文章的信息顺藤摸瓜寻找皮书阅读，而且当年大多数的皮书控制不严，实际流通中的"非内部性"为不少人带去了精神的食粮。三是正在接受改造的翻译家们组成的编译小组在繁重的劳动之余接触这些原版书籍，不至于荒废了专业。皮书的形成经历了艰难的翻译过程，编译局为了方便翻译，影印了大量苏联的报刊资料如《真理报》《布尔什维克》等，数量上甚至超越了苏联的收藏，这应该是当代文学史中较早集中收集翻译外国资料的范例。现在所能见到的这些诸如60年代初修正主义、机会主义的言论选编，就是当年编译局辛苦收集的结果。在"文化大革命"中灰皮书被批判、资料被损毁，后期毛泽东再次要求编印灰皮书时又经历了一番资料的收集、整理与翻译，为之后更好更快地启动这些著作的翻译和介绍奠定了基础，因为很多代表性言论的

---

① 按照对"黄皮书"颇有研究的人民文学出版社编辑张福生的说法，"黄皮书"集中出现主要在1961—1965年、1971—1978年两个时段，60年代初的"黄皮书"至70年代时一些封面改为"灰皮""白皮"。详见张福生《我了解的"黄皮书"出版始末》，《中华读书报》2006年8月23日。

无须到几十年前的苏联、德国的报刊中寻找原材料。当然，因为翻译基础条件简陋、翻译队伍临时组建、语言的现学现用及编印时间的紧张，这些史料其中不少失之粗糙，中间有为我所用的改动甚至是生造也不乏其例，但却是新时期文学及作家孕育成长的"星星之火"。

21世纪以来，学界对皮书由个性的、零散的讲述走向较为全面的介绍及对来龙去脉的研究。这种介绍与研究主要聚焦于以下两个方面：首先，当然也是最多的是皮书价值的探讨。郑异凡主编的《灰皮书——回忆与研究》以中央编译局和人民出版社的一批亲历者撰写的回忆录和相关文献汇集，详述了灰皮书的来龙去脉、出版流传及意义；邹振环的《20世纪上海翻译出版与文化变迁》中用两章描述了上海地区皮书翻译和出版的状况；沈展云的专著《灰皮书、黄皮书》简要介绍了皮书的出版史。2006年《中华读书报》刊登了当年皮书部分编辑和主持者的回忆性文章，如孙绳武的《关于"内部书"：杂忆与随感》、张福生的访谈《我了解的"黄皮书"的出版始末》等；还有翻译者后人对当年译书的回忆，如施亮的《关于"黄皮书"》，主要勾勒了黄皮书出版情况。其次，是皮书传播与影响的研究。如郑瑞君的《"灰皮书"、"黄皮书"在知识青年"上山下乡"前后的流传及其影响》，讲述了皮书的流传带给一代人的青春记忆和心灵启蒙。更为可喜的是年轻学者的介入推进了皮书研究的学理性。比较突出的是以李琴的《"内部书"与中国当代文学——以文学类"黄皮书"为考察中心》和刘健的《"黄皮书"与1968—1973年北京地下诗歌研究》为代表的博士学位论文，前者从纵横两个向度考察了以黄皮书为代表的"内部书"与中国当代文学、文化的关系，后者以点带面地论述了黄皮书之于北京地下诗歌的影响与启迪，为皮书研究注入了新鲜的活力。另外值得一提的，是洪子诚《中国当代文学史》修订本注释中一些重要的"内部书"书目的出列，发出了迎皮书入史的信号，这也体现了其开放包容的史料观。

在爬梳了手稿、皮书之后，接下来便可讲内刊了。文学内刊是内部发行的刊物，它与当代文学关系密切。"前三十年"内刊主要用来刊载有价值但不够成熟的文章，通过有限范围内交流以征求意见进一步修改。古凡的《黄皮书及其他：中苏论争时期的几种外国文学内部刊物》主要对20世纪60年代《世界文学》编辑部和中国社会科学院文学研究所负责的一系列的内部期刊作了梳理与介绍。王梦奎的《〈内部未定稿〉漫忆》，回顾了当年参与中宣部与《红旗》杂志社主办的《内部未定稿》的往事，《内部未定稿》出版时间、篇幅文章都不确定，是特殊时期学术研究为了规避政治风险而作的努力。其中的不少史料与当代文学特殊时期的艺术理解和精神风貌息息相关，如朱光潜的《谈古为今用，外为中用》，郭沫若解读毛泽东诗词以及赵朴初的《散曲两首》都属于宝贵的文学史料，能够见出主编、作家、评论家在特定时期的思想立场。1978年为了配合"拨乱反正"的政治任务，中国社会科学院主编固定刊物《未定稿》，为学者们提供内部争鸣的阵地。如黎澍的《彻底平反吴晗同志的冤案》和《彭德怀同志写给毛泽东同志的信》属于文学的边缘史料，深得相关研究者的青睐，本来只印几百份的内刊的征订数一下达到三万多份，"院领导说这是内部刊物，不要再增加，如果不是这样，订数还可能大幅度上升"。① "后四十年"内刊主要指由各地作协或文联主办的期刊，小众化的内刊保有更原生态的文学内容，在当代文学发展中有不可替代的作用。作为地方文学的"名片"，内刊是期刊系统中的"灰姑娘"，但很多作家的文学起步于内刊，"以普通民众和地方的文学生活为基础，然后才有专业的写作、高端的写作和跨文化的写作，这才是文学生态的常态"。② 内刊在一定程度上弥补了大刊资源紧张的状态，如《梵净山》每年有30篇首发作品被重要文学期刊发表转载和获奖，为大量的基层写作者提供了平台，是培养文学后备力量的"摇篮"。莫言最早的5篇作品发表在保定的市级刊物《莲池》上，"我是从《莲池》扑腾出来的作家，它对于我永远是圣地"。③ 1972年由曹谷溪创办的陕西延川的《山花》做强做大，不仅培育了一批本土作家，同时也成为地方文学（文化）和文学精神的重要象征，甚至承载着地方文史记录的功能。

当然不必讳言，体制等诸多因素也在一定程度上规约了内刊的生存、发展和提升。幸运的是，中国作家网从2019年9月起在与《文艺报》合办的"文学观澜"系列版面开设文学内刊专栏，揭开十几个省市的近百

---

① 李凌：《勇破坚冰的〈未定稿〉》，《书屋》2003年第1期。
② 汪政：《苔花如米小 也学牡丹开——文学内刊随谈》，《文艺报》2019年9月30日。
③ 莫言：《我是从〈莲池〉里扑腾出来的》，《文苑》2015年第12期。

种文学内刊的"神秘面纱"。中国作家网微信公众号推出的《文学内刊："别拿豆包不当干粮"》一文，概括了当下内刊生存发展的经验与瓶颈：一是政策的"南辕北辙"效应，它不仅缺乏体制化的支撑，而且相关条款又制约了内刊的灵活性。二是缺经费、作品和专业办刊人员。内刊一般供免费赠阅内部交流，印刷有限、内容驳杂导致刊物的水准和关注度低，海投文及稿件的剽窃现象较多，新媒体的冲击又加剧了它的生存困境。三是地方性与开放性的矛盾。一方面要坚持刊物为地方文学服务，另一方面过于地域化导致内刊可能演变成同人杂志或自娱自乐的全资文化而失去了包容性。当下学界首先应梳理内刊发展的历史与现状，对它参与当代文学的建构有正确的评价，在提高刊物质量的同时，可以将它发展成为新文学样式和主张的基地。

三 影像、网络等新形态史料

随着当代文学叙事模式的日渐成熟，新技术对文学形态的支持凸显，影像、网络等现代传媒越来越多地介入当代文学的建构，甚至崛起为新兴的文学形态。这些有着特殊标签的当代文学史料，使之呈现与古代文学乃至现代文学不同的类型、风貌与品质。

当代文学的视觉化在文学作品创作、传播与接受过程中，已逐渐成为文学发展走向与趋势的决定性因素。书面文字语言有它的局限，视听形象的演绎会提供新的视野与感受。且不说很多文学作品被改编成影视后的大热，当下学界即便在批评研究中也越来越多地使用视听的方式，以谋求更适合时代与读者的阅读方式。所以图像、视频、音频等新媒体与文字形成的激荡，极大地丰富了文学史的生态图景。如莫言在香港公开大学的演讲视频，有对自己文学理想生成及其小说想象力的说明，也有海外汉学家葛浩文对莫言小说的研究，可谓是有较高史料价值的视频资料。朱栋霖等主编的《中国现代文学史》（2016年）第三版每章篇首与末尾的二维码，主要是方便读者通过手机扫码链接观看相关视频，阅读论文图片。扫描二维码打卡听陈平原讲《中国人的精神与命运》，品鉴20位近现代名人的风采，打卡全部章节可获赠陈平原的论著《当年游侠人——现代中国的文人与学者》，都是通过视听等更能被大家接受的方式，推广自己的学术成果。相关部门也积极摄制作家们的影像材料，作为当代文学史料的一种补充。如上海普陀区图书馆组织的《上海当代作家影像访谈录》项目，通过访谈和摄制记录活跃在上海当代的作家们的文学踪迹，展示作家的文学风采。现代文学馆"文学名家音像资料片"项目，针对老作家抢救性地拍摄口述历史的音像资料，计划形成专题口述的历史资源库，通过在线发布、到馆阅览等方式为读者提供服务，视频资料以纸质文稿缺乏生动性和直观性，为当代文学提供了富有特质的史料。

网络这一虚拟的民间场域的出现，为文学提供了无边界的创作空间。文学的去权威化、去精英化营造着"人人是诗人"的狂欢；"少数精英作者的特权，被广大普通读者削平了"，[1] 本雅明这一用来描述机械复制带给艺术变化的名言，更适用网络空间的文学现状。另外，形式多样的文类极大地丰富了当代文学的表现形式，推动了传统或经典文学的发展。网络文学的重要形态是类型文学，但严肃、有个性的创作也有不少，如"网络文青"主打的"小而美"App 中的文学创作，属于有品质有创意的写作。文学凭借网络摆脱传统纸媒束缚走向大众，传统的、现代的、发表或未发表的作品聚集到网络空间中，构成了热闹的"亚文学"场域。就目前而言，网络文学在概念界定上还存争议，它的生产模式对文学本身的冲击，也使当代文学史料变得摇曳和难以把握。特别是网络文学发展二十多年，作品体量惊人，及时地收集整理和鉴别工作尤为迫切。21 世纪以来有学者积极介入这一领域，不仅为网民阅读提供指导，同时也走出了网络文学史料收集整理与研究的第一步。欧阳友权主持的《网络文学文献数据库建设》按编年方式记录1991—2013 年网络文学的诞生与发展，收集保存网络文学最为完备的第一手资料，编撰"网络文学词典"及网络文学研究集成等方便查询。同时，他在网络文学批评研究方面也取得了丰厚的成果。早在21 世纪初就有《网络文学论纲》《网络文学本体论》《网络文学概论》等论著出版，2019 年年初的《中国网络文学批评20 年》为网络文学的批评做了阶段性的小结。北京大学团队也投入了大量精力，在网络文学评论及史料研治工作上斩获可喜的成就。邵燕君主编的《破壁书：网络文化关键词》被称为"一本活在当下的网络文化词典"；《中国网络

---

[1] 王炎：《网络技术重构人文知识》，《读书》2020 年第 1 期。

文学二十年》针对单篇动辄百万字数的网络文学作品,"有了以群像的姿态走向纸媒的恰当方式与可能"。此外,她还发表或出版了不少研究网络文学的论文与专著,如《网络时代的文学引渡》对网络文学发展现状与趋势的揭示,《网络文学经典解读》对十二大类经典文本的解析;同时利用新媒体为网络文学发声,如 2015 年创立北京大学网络文学研究论坛,日常扫文、专题研究、哔哔打文,采访行业大佬和大神作家;开启网络文学年度作品的编选(选本附有当年度网络文学大事的"附录"),以口碑好特别是引发网文新类型、新潮流的新锐之作,及代表某种亚文化思潮或激活传统文学资源的探索之作,结合相应的简介评论,以纸质版形式推向市场。

2017 年的年榜作品还充分尊重网络文学发表平台多元化的特质,即不局限于文学网站及传统精英文学作品,而是延伸到微博、微信、LOFFTER 等平台的作品。学者们的辛勤劳动使得网络文学的史料收集工作取得了一定的成果和初步的经验。网络还赋予当代文学研究以便捷的方式;网站和杂志纷纷开辟公众号、微博等,电子化的文献史料提供系统快捷的服务,提升了史料工作的效率与质量。

四 "抢救性"史料

当代文学不少珍贵的史料以非物化的形式存于当事人的记忆中,是带着体温的史料,"如果每个人都能回忆一点儿,想一点儿,说一点儿,那么搁到一块儿,我们的后代就能看见不少"。[1] 历史场景的当场记叙与事后回忆,甚至是原始资料对历史场景的表述,都可能因为主客观因素而存在差异。洪子诚重读《大事记》和当年自己写的批判文章及讲课笔记,感慨如果没有文字记录,或不去重读,自己对"当年的情景的想象将是另一种面貌"。[2] 陈平原主持的"学术叙录"中的"教学与科研活动记事",严家炎与谢冕在各自的叙录中都未提及当年参与《大事记》的经历,记忆的脆弱与不可靠很容易使"过去的出现尽在不真实之中"。[3] 事

---

[1] 李如茹:《这就是我的妈妈》(代后记),《李玉茹谈戏说艺》(上),上海文艺出版社 2008 年版,第 388—389 页。

[2] 洪子诚:《材料与注释》,北京大学出版社 2016 年版,第 208 页。

[3] [捷]米兰·昆德拉:《相遇》,尉迟秀译,皇冠文化出版有限公司 2009 年版,第 35 页。

后回忆属于次生史料,个体对社会生活或重要历史事件的参与,或者说当事人的回忆与参与者的回忆只能是有限的环节,留下的史料往往是片段的、零碎的、片面的。它的可信度会因当事者受到某些干扰而打折扣,史料的删节与不同时期的阐释差异,里面的细微差别也需要史料工作者有敏锐的感觉和准确的把握,能够在对证中辨别真伪。巴金的"抵抗遗忘"主要是针对当代文学事件的经历者慢慢老去,再不及时收集,有些史料就会随着当事人年事已高或去世而永远消失。茅盾《我走过的道路》很多内容是基于口述的记录,遗憾"未能亲笔写完与记忆每有不及之处"。[1] 宗璞的《野葫芦引》结构宏大,多年的坚持完全靠作家顽强的生命力和坚强的意志,抢救了留存于她大脑中的小说情节与构思。宗璞在写完《南渡记》后因病痛和眼疾加重,后来的《东藏记》《西征记》《北归记》《野葫芦引》基本靠口授,"且战且行,写写停停,停停写写"。[2] 编辑杨柳感慨,"实在是太艰难了",[3] 创作也因"宗璞的身体状况和写作方式而留下了一些遗憾"。"《北归记》的语言更为简洁,有的句子相当口语化,有些不协调,可以看出宗璞口述的痕迹;有些用语太过平常,显示着宗璞由于健康原因力不从心,无法进行精雕细琢,小说中还有多处情节和细节的逻辑无法自洽,不太让人信服",[4] 所以随着当事者精力不济,史料的质量自然会打折扣。

  暂存在大脑的史料如此,流落于民间或保存于当事者亲属手中的史料亦不例外,如不尽快抢救就可能沉没于历史的长河中。梁斌的《烽烟图》的手稿在"文化大革命"时被迫上缴后失踪,后通过多方求助与登报寻找,使"分离已久的两则手稿,才先后从两方异地分别获得。其中的曲折,几乎又可成一部小说"。[5] 现代文学馆 2013 年赴山西征集"山药蛋

---

[1] 参见苏航《茅盾〈我走过的道路〉的遗憾》,《陕西师范大学学报》(哲学社会科学版) 1990 年第 2 期。

[2] 宗璞:《野葫芦里装的是什么汁液——〈野葫芦引〉四卷后记》,《青年报》2018 年 6 月 17 日。

[3] 参见夏琦《〈东藏记〉:宗璞口述》,《文摘报》2005 年 4 月 17 日。

[4] 郭晓斌:《了不起的宗璞,有缺憾的〈北归记〉》,《文学自由谈》2019 年第 3 期。

[5] 杨建民:《〈烽烟图〉手稿的离奇经历》,《昨日文坛的别异风景》,西安出版社 2013 年版,第 336 页。

派"的手稿,重要作家马烽和胡正都已过世,因马烽女儿的精心保管征集到 20 多件手稿,也从胡正的爱人手中征集到了未完成的遗稿《汾水南流》。文学馆、图书馆等组织的作家访谈和纪录片即是想通过生动再现作家的创作历程和文学风采,来拯救这些即将逝去的史料。2012 年年初曾撰写《巴金传》的 90 岁高龄的徐开垒老先生辞世,当时上海普陀区图书馆为其拍摄的访谈录成为最后的影像。

事实上,即便在今天看来并不正确的记忆的叙述也能提供了解思想与情感轨迹的"症候性"文本,窥见意识形态与文艺理念互动博弈的内在逻辑及为突破政治与艺术的矛盾而所作的努力,甚至从语言的情感色彩本身感受时代冲突的展开方式与理论依据。"当代人研究亲身经历、见闻的一些事情,也有后来人不能取代的长处,提供后来者难以提供的叙述。他的亲身参与,他的见闻,他的感受,他个人和同时代人的情感、心理反应,不是后来的人通过想象、猜测所能把握的。问题是能不能把这些转化为一种洞见的优势,而不是成为固执、褊狭的屏障。"[1] 傅光明的《老舍之死采访实录》《口述历史下的老舍之死》《老舍之死口述实录》是非常典型的口述史。"老舍之死"的参与者和见证者正逐渐离去,这些社会调查和访谈部分还原了历史现场,但作者坦言各种言说不仅没有让他捕捉到更清晰的事实,而是深切感受到历史的不确定性和史料真实的相对性,这里需要研究者洞见的优势。

第二节 需要处理的几个关系问题

由于观念与范式不同,现有当代文学史料收集与整理呈现不同的风貌。如孔范今、雷达、吴义勤、施战军主编的《中国新时期文学研究资料汇编》(共 24 册),分综合与个人两种体例对新时期文学资料(主要是评论或研究论文)作了颇具规模化的汇编。程光炜主编的《中国当代文学史资料》丛书(共 16 册),不仅勾勒了 20 世纪 70—90 年代重要文学

---

[1] 洪子诚:《问题与方法:中国当代文学史研究讲稿》,生活·读书·新知三联书店 2002 年版,第 52 页。

和思潮现象演变的基本脉络，同时也展现了大量丰富的史料信息。吴秀明主编的《中国当代文学史料丛书》（共 11 册，现因故只出版了 5 册），以主题或专题为契入点，全面还原和呈现当代文学史料的丰富复杂的存在。中国社会科学院文学研究所的《中国文情报告》（80 年代为《中国文学研究年鉴》，90 年代改名为《中国文学年鉴》），虽然从辞书到"年鉴"再到"报告"，其使用价值大打折扣，[①] 但作为当代文学的年度小结，也为我们提供了宝贵的文坛动态与信息。此外，像陈徒手的《人有病天知否——1949 年后中国文坛纪实》，可谓是建构了 1949 年后知识分子的"全息图像"，宏观的视野得益于他长年在档案馆收集众多知识分子的思想总结与汇报材料等档案文献，走访当事人，在翔实可靠的材料中见出他遴选的用心。这些带有专题性、个体性的努力，它与上述汇编性、综合性的编排相辅相成、相得益彰，也从不同的维度丰富了史料的层次与肌理。

然而，行进中的当代文学决定了它的史料工作有着不确定的特点，研究有自由度又不乏随意性，史料选择的规范意识、理论的自洽性与逻辑性都有待加强。特别是当代文学与政治、经济、历史、教育、新闻、传播、影像、网络等千丝万缕的关系，都使史料收集整理的范围和边界变得难以把握，面临着许多棘手的"问题与方法"。这里择其要者，从几个关系角度略述如下，也借此对上述分类盘点进行概括，将问题探讨推向深入。

一是核心史料与边缘史料关系。这一关系涉及的方面与问题很多，也很复杂，但毫无疑问，少数民族文学、海外汉学史料是其中的重要组成部分。大家知道，过去很长一段时间，我们对此往往是忽略的。"我们需要一个不同的声音、不同的视野，来重新为我们的文学史找到一个新的定位。"[②] 可如今所出的 80 多部当代文学史，基本上可称为汉文学史，少数民族文学或是缺席或被明显地边缘化了。其实，少数民族文学灿若星辰并有独特的表现，它可弥补现有文学史的诸多缺憾。如中国文学一直为没有史诗而倍感失落，但如将视野拓展至少数民族的口头文学，就会发现其实中国文学一直不乏史诗存在，特别是丰富的活态文学史料的文本化或物

---

① 参见王贺《当代文学史料的整理、研究及问题——北京大学洪子诚教授访谈》，《新文学史料》2019 年第 2 期。

② ［美］王德威：《互联网改写文学史》，https：//www.sohu.com/a/148204931_675072。

化，在避免口头文学的"人亡艺绝"的同时，可为中国当代文学史料提供丰富的资源。从《格萨尔》看，就可知少数民族文学史料"被冷落"是由来已久，"真正在科学意义上，进行《格萨尔》研究的第一批专著，产生在国外；研究《格萨尔》的第一个学术机构在国外建立，第一批向国外介绍《格萨尔》的英文版、法文版和俄文版等各种外文译本，出自外国学者之手"。① 不丹王国早在20世纪60年代就已经出版了30集的《格萨尔》丛书。80年代，中国社会科学院文学研究所从各种异文本中有选择地编撰了这一故事，70多万字中文版的《格萨尔王全传》为少数民族文学史料的收集整理提供了样本，只是至今当代文学史版图中还未见少数民族文学的踪影。

说到核心史料与边缘史料的关系，还不能不提海外汉学史料，对之借鉴与吸纳，同样也能收到以边缘烘托核心的效果。世界文学对当代文学发展思路和创作的影响有目共睹，西方汉学家浸润于学术规范的理性与多元开放对中国当代学者的启示也不容忽视。如20世纪80年代文学史重写的概念基本源于夏志清等汉学家的中国现代文学史（小说史）在国内的传播，张爱玲、沈从文、钱锺书等的肯定，与汉学家的"另眼相看"有关。同时，1998年谢冕主编的《百年中国文学总系》，其通过选择代表性的文学年代，透视某个时间节点上的当代文学及关联问题，主要是受到黄仁宇《万历十五年》搁置连续性历史叙事的启发；普实克是较早揭示20世纪中国文学与当代世界文学同步的现象的汉学家，启发了中国学者关于中国当代文学现代性的想象，"取外来之观念，与固有之材料互相参证"。② 不过也应坦率地承认，总体而言，我们对海外汉学史料及研究成果的关注还是很不够的。这里的原因，除了缺乏有多种文字基础的研究人员与恰当的研究方法，恐怕与研究者的认识、视野及意识形态有关。洪子诚希望汉学家"更多体会中国的实情，但又希望他们不要过度'中国化'"的矛盾心态，③ 正是对汉学家坚守"另一种声音"的期待。内地学界一直呼吁拓展

---

① 降边嘉措、吴伟：《格萨尔王全传·新版前言》，五洲传播出版社2006年版，第2页。
② 陈寅恪：《王静安先生遗书序》，古青山编《文化的盛宴》，新世界出版社2015年版，第38页。
③ 洪子诚：《文学的焦虑症》，《文学报》2010年1月21日。

现当代文学史的考察范围却未付诸现实，王德威主编的《哈佛新编中国现代文学史》，以"回望过去""面向未来"的姿态，整合了中国大陆内地文学与中国台湾香港以及南洋华侨、海外华人的创作，为中国文学进入"世界体系"作了尝试。具体章节安排，他让大江健三郎谈莫言，① 甚至请莫言谈莫言，都是新鲜的、有意义的呈现方式，突出了对话的特质，"紧张而兴奋地等待中国大陆做文学史的同行给我批评，这是一个很有意思的对话过程"。② 其实很多当代作家或学者不仅深受世界文学潮流与创作的影响，他们不少都有异乡、异域、异国的生活或访学经历，这种影响及经历有利于打开新的批评与研究视野。如方长安的《论外国文学译介在十七年语境中的嬗变》重点探讨了"十七年"的复杂语境对外国文学作品译介的影响，吴俊20世纪90年代从日本回来后出版了《东洋文论》。另外，当代文学研究不拘一格，向传统寻求借鉴，也会有新的发现。如中国古代对于"文"的界定的宽泛，也很符合当下多样文类的现状，文字、声音、影像甚至数字符号的连锁启发了王德威对文学史的文类选择。③ 还有那些超越文学却"佩戴着'文学'徽章"的政治经济文献，④ 也会潜在地影响着当代文学史料的生产与走向。近一二十年来，当代文学体制研究就充分利用了这些外围史料，取得了丰硕的成果。因为离开具体环境的文学研究的弊端有目共睹，边缘或外围史料的适当利用会赋予文本更为丰富的内涵。

二是常规史料与非常规史料关系。文学史叙事的模式化很容易遮蔽文学史料本身的复杂性，造成感受与语词之间的巨大分裂。面对诸多史料，主流文学主张的定义和目标通过社会历史或思想史的规约与清理，会将一些史料视为常规史料，除此之外即为非常规史料。即便是版本等常规史料

---

① 后因版权问题无法达成共识，这部分内容未进入《哈佛新编中国现代文学史》。
② ［美］王德威：《"世界中"的中国文学》，王晓伟译，《南方文坛》2017年第5期。
③ ［美］王德威主编的《哈佛新编中国现代文学史》的文类选择，打破现代文学四大文类的制式，延展到歌曲、影视、漫画（版画）、政府公文等众多样式，就是基于中国古代对"文"意味着"图饰、样式、文章、气性、文化、与文明"的宽泛界定。［美］王德威：《"世界中"的中国文学》，王晓伟译，《南方文坛》2017年第5期。
④ 王晓明：《一份杂志和一个"社团"——重识"五四"文学传统》，《上海文学》1993年第4期。

也存在一些问题。朱航满在《文学的眼光》对王尧"散文卷"中选录的陈丹青《在北京鲁迅纪念馆的演讲》一文指出了存在"既非最初发表的版本,也应不是作者认定的定本或全本"的问题,认为违背了大系出版说明中"初版本"或"作者认定版本"为准的原则。① 长期以来"以论带(代)史"或根据需要对材料进行删削或肢解,以方便纳入某个理论框架,也成为史料工作的顽疾。当代文学史料即便有很多的亲历者与见证者,但很多史料并未公开,还是需要历史学的考辨或互证,以展现历史的多面性与复杂性。这也说明非常规史料对研究的重要性与必要性,它的独特的意义与价值。2018年暑期在北京大学出版社组织的培训课程期间,洪子诚谈及当年在作协接触的20世纪五六十年代作家的检讨书,就后悔自己因围绕某一观点整理材料所致的认识与选择的误区。如大连会议的记录很丰富很详细,但他在阅读时却只关注与自己观点相关的这部分史料。"现实问题是历史问题的延续,而历史与成为现实斗争正当性的证据。"② 朱航满在同一篇论文中,对王尧"散文卷"中因特殊原因不能入选高尔泰的《画事琐记》、章诒和的《斯人寂寞——聂绀弩晚年片断》等深感遗憾。主流文学的规范界定了这些史料非常规性的特征,从而将它们拒斥于选本之外,造成了视域的紧箍。

经验表明,尽管非常规史料是"微弱的声音",但当它一俟被史家照亮,纳入文学史中,这些微弱而又杂多的史料收编所致的文学史的"加减法",可能会引发当代文学研究新的结构失衡及对常规史料的挤压,那些相对确定的文学性、同一性和历史意义被缩水或被否定以后,它们是否能承担还原和重建文学经典图景的重任?如陈思和指出,"在那些公开发表的创作相当贫乏的时代里,不能否认这些潜在写作实际上标志了一个时代的真正的文学水平"。③ 还有学者认为,90年代的民刊构成了"诗歌写作真正的制高点和意义所在"(韩东),④ "中国真正的文学是一

---

① 朱航满指出陈丹青的这一散文是流传颇广的《笑谈大先生》的改头换面,并且是遭遇拦腰截断的残篇。参见朱航满《文学的眼光——对三部文学选本的微观察》,《黄河》2015年第5期。
② 萧乾语,参见洪子诚《材料与注释》,北京大学出版社2016年版,第138页。
③ 陈思和主编:《中国当代文学史教程》,复旦大学出版社1999年版,第12页。
④ 韩东:《论民间》,《芙蓉》2000年第1期。

股潜流","起着推动历史发展的作用"(林莽)。① 这些对潜在写作的高度评价是否会将文学史引向另一个极端？90年代末"盘峰论争"中对立经验的延续，会否使文学史延滞于思想评判的叙述模式和二元对立的思维惯性？这些不妨都可以提出来，甚至不妨质疑。要知道，忽视了相同的社会体制和政治制度背景及习俗语言等实际可操作的维度，就有可能致使史料工作跌入历史还原背后的陷阱，甚至沦为玄想。所以客观看待并处理好常规史料与非常规史料之间的关系，也是当下史料工作需要面对的问题。

三是读者评价与学者评价关系。这是从另外角度对关系的一种解读，它其实超出了"史料本体"的范畴。严格地讲，各个时段、各种形态的文学史料都是以学者这一特殊"读者"的评价为标准的，真正的读者在其中倒是"沉默的大多数"。记忆时代的批评和研究方式很难适应数字时代的评价标准，网络文学需要突破既往的标准，建立自我的批评研究话语和评价体系。媒介革命赋予读者开放的、即时的评价权利，写作过程中网民的"广场式批评"② 不仅影响了广大网民的阅读感受，甚至影响了作家的写作构想和学者的评价。那么是否需要考虑读者的阅读感受？究竟在多大尺度上参考读者的评价？具体标准如何确立？点击量、订阅数和人气是不错的量化指标，代表着读者的喜好。在作者与粉丝共同构筑的"情感共同体"中，③ 学者需要跳出传统的评估体系与研究立场，保证网络文学描述和评价的平衡，这是颇为新颖而纠结的话题。当然，台湾作家唐诺鉴于当下市场经济模式下对读者的迎合，认为"写作的专业性正在受到威胁，社交网络制造了绝对平等的假象，买了书的读者以消费者的姿态点评文学，而缺乏对真正认真的作者的真正认真的阅读和评价。曾经为了反抗某种权威和限制，我们'会强调文学世界美好的业余性'，而在今天，或

---

① 廖亦武：《林莽访谈录》，《沉沦的圣殿——20世纪70年代中国地下诗歌遗照》，新疆青少年出版社1999年版，第282页。

② 欧阳友权在《中国网络文学批评20年》一文中提到，"文学网民是网络文学批评的主力军，他们最早进入网络文学领域，以在线批评的形式畅所欲言，由此形成'众声喧哗'的广场式批评"。欧阳友权、张伟颀：《中国网络文学批评20年》，《中国文学批评》2019年第1期。

③ 参见康桥《网络文学中的愿望—情感共同体——读者接受反应研究之一》，《南方文坛》2013年第4期。

许是时候重新审视文学的专业性了"。① 唐诺主张回归评价的专业性,但在开放的网络时代坚持学者的精英立场,会不会导致文学史料收集整理的自说自话或故步自封?北京大学网络文学研究论坛的年度选文从一个侧面回答了这一疑问,在考虑各主要文学网站榜单和粉丝圈口碑的基础上,筛选有较高文学性乃至经典性指向的佳作,综合粉丝态度和专家立场两个维度,成为评价网络文学的重要标准。2014年腾讯文化联合五大高校推出了"腾讯文化·腾讯书院文学奖"的评选,通过网民投票与专家投票结合进行评奖,陈思和从促进纯文学的传播与影响力的角度肯定了读者介入的价值,"虽然他们投票的标准可能跟精英文学或者专家的投票不一样,但没有关系。我觉得网民这样一个群众性的投票会越来越推动这些纯文学在网络上的受众(的增加),会慢慢提高它的质量"。② 对读者评价的考量也表现在具体的创作或研究中。金宇澄的《繁花》放在论坛上,网友追读更提出意见后再修改,在与网友交流中过滤掉了一些深刻的个人化的内容,以使作品能为更多的读者带去阅读的乐趣。杨义《读书的启示》在《光明日报》"论坛"发表摘要时,引起了"网络的讨论与朋友的注意,对我如何为文章起一个简明而合适的题目,给予不少的启示",③ 这是作家或学者依据网民建议优化自身创作与研究的有趣个案。只是这些初步的尝试还无法为两种评价的平衡提供范式,未来两者之间的互渗交融越来越频繁,这迫使学界需要全面认真地对待话语权"让渡"标准与尺度的问题。

走笔至此,有必要对当下逐渐成为主流的网络文学史料工作面临的问题再说几句。网络空间的文学创作数量无限,形态多样复杂,质量良莠不齐,大众文学生产的无序与不可靠,文学风气的瞬息万变,使写作的常识甚至尊严遭遇了史无前例的挑战。面对这种状况,史料研治工作将何为,又如何为呢?返回到研究及历史化的现场,起码有这样两个问题是可以提出来讨论的:第一,网络文学的史料鉴别与版本问题。网络文学史料工作

---

① 唐诺2019年8月16日在上海朵云书院的演讲活动中所说,https://www.jiemian.com/article/3416766.html。

② 陈思和:《通过评奖使纯文学向网民靠拢》,https://cul.qq.com/a/20140326/004419.htm。

③ 杨义:《读书的启示》,生活·读书·新知三联书店2007年版,第4页。

的前提是阅读鉴赏与识别，网络的自由与低门槛致使不少史料寄身于博客、微博、公众号、论坛等，对其文学性鉴别的艰难会让研究者却步。与传统纸质出版物受纸张版面和印刷成本限制不同，网络文学无限制的版面与低成本的发布，体量巨大、面目杂乱，字数动辄百万、几百万级的文本比比皆是，很容易导致阅读中的消极心态。首发网站的作品经历 N 次的复制、粘贴、删除等计算机技术的染指，电子文本随时被作者、网站、读者修改，版本的不确定性凸显。如网民中口碑极好的《琅琊榜》就有网文版、纸质版、影视剧（本）版，后三者相对比较确定，网文版则让人眼花缭乱，首发于起点中文网的小说被各种网站转载、网民转载甚至盗版，究竟是作者的修改还是网民的手笔很难区别。与纸质手稿清晰的修改轨迹不同，网络文学的修改有时痕迹可寻，大多数却是"覆盖式"的，除非作家刻意保留修改的痕迹，各种版本的乱象亦会消耗不少的时间与精力。第二，网络文学史料工作因网络文学前后不同的变化而带来的研究局促或尴尬问题。早期的网络文学是无功利的，如"橄榄树""新语丝""国风"等都强调精神财富的开放与共享。但随着时间推演，它逐渐演变成利益最大化的场域，实用主义与功利主义的膨胀加深了文学史料的扑朔迷离。网民读者的阅读趣味、写作的经济效益和文学本身的商业化程度密切相关，殊不知写手们或深夜蛰伏于电脑前，或屈居于网络文学作家村，绞尽脑汁吸引网友的注意力，追求一夜成名的荣耀，本来凭灵感创作的作家极易被逼迫成日产 N 字数的码字机器，消费文化的潮流将文学带入粗制滥造的时代。当年赵苕狂描写武侠小说作家写作的状况也同样适用于当下"卖文为生"的网络写手："以带着营业性质的关系，只图急于出货，连看第二遍的工夫也没有。"[1] 这导致了网络文学"量的膨胀"与"质的萎缩"，也使史料工作迷失在巨大的文学网络场域中左右为难。

　　再附带一提，当代文学史料研治困难，除了上述三个"关系"所讲，它还有一个面对"人还在，话难讲"的人事纠葛、政治因素和利益干扰的问题。这也是当代文学史料研治不同于古代甚至不同于现代文学史料研治的特殊之处。当代文学史料身处其中会受到各种现实利害关系的牵制，

---

[1] 平江不肖生：《江湖奇侠传》（全3卷下），北岳文艺出版社2015年版，第917页。

会陷入"自掘坟墓"的矛盾中。①《杨沫日记》出版时,儿子老鬼毫不隐讳地指出,从中"隐去了个人情感""也删除了不少政治上的表态",从而"大大减损了这部书的历史价值和史料价值"。② 与之相似的是,有不少作家全集的"不全",主要也是源于一些非文学方面的因素。以至像巴金这样的大家,在《巴金全集》选编时就具体内容致信责编王仰晨,直言"你求全,就会保留很多的垃圾,其实读者不需要它们,我也不愿意重印它们"。③ 新时期初,巴金以《随想录》被认为是敢于"说真话"和"挖掘自我灵魂"的作家,但在面对全集出版时宁愿"不全"也要回避相关事件和人物的表态,足见人事牵扯和政治忌讳带给他的压力。

第三节 探寻突破与超越之路

我们正处在古今中外大交融、大碰撞的时代。一方面,民族文化的伟大复兴成为人们的普遍共识,包括文献史料在内的"内源性"资源得到前所未有的重视;另一方面,人类命运共同体的理念深入人心,互联网时代的到来与电子化文本的大量出现,给外源性资源增加了新的内涵。这种情况,给当代文学史料收集与整理提出新的挑战,也带来了新的际遇。大量事实告诉我们:长期以来尊理论批评轻文献实证的功利心态,很大程度地延滞了史料工作的推进。再进而言之,在"人人快进而善于遗忘"世风的影响下,史料研治是一项繁重而枯燥的工作,需要合作者齐心协力完成,其有序推进和趋于完善还取决于"代际"的接力。如《中国新文学大系》持续的整理出版,就得力于几代人的共同努力。但由于各种因素如权力依附、金钱追捧、项目化的学术科研体制等的制约,这种代际接力缺乏充足的时间和心态保障,"与当代文学史如此大规模、长时段和投入

---

① 钱锺书在《人·兽·鬼》和《写在人生边上》重印本的序中说:"掘开自己作品的坟墓恰恰也是掘下了作者自己的坟墓。"钱锺书:《〈写在人生边上〉和〈人兽鬼〉重印本序》,《读书杂志》1982年第11期。

② 老鬼:《我的母亲杨沫》,同心出版社2011年版,第276页。

③ 巴金:《巴金书简——致王仰晨》,文汇出版社1997年版,第246页。

几代学者之力的宏达工作相比"，当代文学文献史料的收集与整理"远没有提到议事日程上来"。① 但是，当代文学要实现由批评化向历史化转型，进行学科建设，就必须摆脱这种急功近利的心态，花力气做好这一基础性、支撑性的工作。

那么，身逢快速发展的时代，我们应该怎样进行包括收集与整理在内的当代文学史料研治工作呢？它的突破与超越之路在哪里呢？

首先，是确立新的当然也是更加开放开阔的文学史料观念与体系。当代文学批评研究与史料同步推进的自觉意识与良性互动有利于在研究中不断发现新的史料，后者的深入又会促发新的史观，所以史观对史料工作有着决定性的意义。当代文学史在版图上应打破独尊汉文学的狭隘，以大文学观"重绘中国文学地图"（杨义语）。中国文学史一直局限于汉文学史，忽视了多民族文学之间互相接纳反馈的多彩画面，导致了书写中的缺漏与单一，也束缚了学者对中国文献史料活力的全面认识。而从汉文学的自身内部来看，则须打破作家作品加思潮流派的模式，或重雅轻俗的传统观念。在 20 世纪八九十年代重写文学史的想象与实践中，金庸及武侠小说登堂入"史"，修正了以往对武侠小说乃至通俗文学的轻视，实现了雅俗文学的"比翼齐飞"。但很多学者心目中的武侠小说依然难脱"文化垃圾"之嫌，不能与精英文学平起平坐，史观成见导致了雅俗文学长期的对立。近年来相继问世的海外诸种中国现代文学史中，上面多次提到的王德威主编的《哈佛新编中国现代文学史》以"世界中"的中国文学的历史观，将四大文类的传统制式延展到歌曲、影视、漫画（版画）、政府公文等本不入文学视野的艺术样式，"是不是在我们目前制式的文学史的叙事之外，有另一种风格、另外一种叙事，更重要的是不是有另外一种史观在启下？"不同于中国大陆"大叙事"的文学史，王德威采用编年体系与散点辐射相结合的方式，以欧美学者为主同时也邀约王安忆、余华、钱理群、陈思和、陈平原等一百多位中国作家或学者加盟，选择了一百六十一个时间点、形成了一百六十一篇文章，点状绵密的历史散点和微脉的描述，突出体现了

---

① 程光炜：《当代中国文学史资料丛书》总序，百花洲文艺出版社 2018 年版，第 2 页。

他的"可读的、可看的,更重要的甚至是可以参与的"文学史观。[1] 这样的文学史编写当然是可以讨论的,不必过分溢美,但就其选择的史料来看,无疑是亮点多多。它反映了编者打破传统线性的思维、实践黄子平所谓的"灰阑的叙述"即指一种质疑的态度、以极具包容度的新史观赋予当代文学史料收集整理的立场与格局。

当然,这种现代史料观念与体系的确立不是随意而为,而是建立在严谨治学的基础之上,并有明确的作业意识与规范。洪子诚曾不无遗憾地谈及"文化大革命"动乱时阅读被封存于作协的相关材料,除了《文艺报》等刊物的合订版,"我们最感兴趣的是从作协档案室里取出的一些内部资料",[2] 并用复写纸进行抄录,但"我自己保存的部分,现在有的已经丢失",治学中保存意识的欠缺导致了珍稀史料的前功尽弃。而简单沿用古代文学和现代文学的方法难免会"捉襟见肘"。因为当代文学史料的复杂缠绕和信息爆炸时代史料的层出不穷,使很多史料的真实性晦暗不明,仅凭一些模糊的回忆颇难判断。更为迫切的是,即便有好的方法,也基本上处在个人自发的阶段和师授徒的模式。诗人秦晓宇撰稿的纪录片《我的诗篇》记录了若干工人诗人的生活与写作,底层诗人的创作与知名作家的待遇不同,一般很难引起报纸杂志的关注而获得公开发表或出版的机会,更无法吸引研究者的目光,容易流失。如所周知,以往用影像的方式来保存诗歌史料,因为资金、人力与物力的因素,并非可以推广的方式,对于大量活跃在民间的诗人们来讲更是奢望。秦晓宇此举无疑为此类史料的保存作了尝试。但智能时代虽然拍摄成本急剧降低,然而单凭个人力量来留存典型性的文学现象,显然很难满足史料系统性、完整性的要求。由此,一些较为独特的文学现象收集保存也因作业、治学规范的缺乏而效率不高,这些都需要当代文学史料的作业意识与规范保障。

其次,是注意史料丰富存在与现代阐释之间的动态平衡。史料丰富存在是史料收集与整理的基础。而收集与整理,看似纯客观的技术性工作,其实它是带有主观性的,不妨可纳入现代阐释的范畴,它的是否收集与整理以及如何收集与整理,都受到主客观诸多因素的制约,从现代阐释学那

---

[1] [美]王德威:《互联网改写文学史》,https://www.sohu.com/a/148204931_675072。
[2] 洪子诚:《材料与注释》,北京大学出版社2016年版,第199页。

里找到解析。从另外角度考察，文学对政治的认知和把握也会对史料收集、整理、保管、传播带来影响。洪子诚对此曾心怀矛盾地说："从内心上讲，我很厌烦这个问题，有时候会觉得离我想象中的'文学'很远。但是，当代文学的很多事情，你忽略了这个因素，又是怎么也说不清楚的。"[①] 20 世纪 60 年代，周作人应约为香港《新晚报》的供稿延迟了近两年才部分发表，主编罗孚在 1987 年 10 月《关于〈知堂回想录〉》一文中解释"另一个原因是要看看他对敌伪时期的一段历史是如何交代的。后来见他基本上是留下了一段空白，这才放了心"[②]。回避了敏感话题的《知堂回想录》刊载了 39 节便因此而不得不终止，可见在"化外之地"的香港，左派刊物也或多或少地受到文学与政治关系的影响。即便是无拘无束的网络文学，也不例外。2018 年根据耽美文改编的《镇魂》电视剧的上下架，就是一个典型的例子。虽然已经去掉了原著耽美的框架，但因剧情的血腥暴力以及玄幻文学可能带有的迷信色彩，被相关部门判定会给年轻人以负面的引导，所以优酷被迫下架正在热捧中的电视剧，经历了大幅度的删改后再次上架，本来就不太讲究的剧情的逻辑漏洞比比皆是。

而以洪子诚的《材料与注释》一书为例来考察两者之间的关系，也许更能说明这个问题。1967 年年初洪子诚为编写《文艺战线两条路线斗争大事记》接触了 20 世纪五六十年代作协的检讨材料，此后的论著用"材料与注释"的对照，对部分当代文学史料进行钩沉。这不仅给学界提供了一些难以接触的重要讲话稿、会议记录、检讨书等史料，注释补充的历史背景、文学事件、人物关系，将不同时期、不同来源的叙述并置来展现历史现场的复杂，弥补了文学史描述中这段史料的贫乏，同时他也为当代文学史研究提供了方法论的借鉴，"一是人、事的背景因素，另一是对同一事件，不同人、不同时间的相似或相异的叙述。让不同的声音建立起互否，或互证的关系，以增加我们对历史情境的了解"[③]。"材料与注释"对话、互证的方法是通过参与者或见证者对同一事件的叙述，或通过他们

[①] 洪子诚：《问题与方法：中国当代文学史研究讲稿》，生活·读书·新知三联书店 2002 年版，第 205 页。
[②] 罗孚：《文苑缤纷》，中央编译出版社 2011 年版，第 74 页。
[③] 洪子诚：《材料与注释》，北京大学出版社 2016 年版，第 21 页。

在不同时间对同一人事的不同认识，或确证史料或揭示其内在丰富性。有些是事实基本相同、评价不同，常见的是同一事实的描述或有矛盾或相反，可能因为记忆的错讹，也可能是立场问题。如20世纪90年代初萧乾和张光年在回忆1957年《文艺报》相关工作时说法也不同，因为萧对张"怨恨颇深"，张光年对有些事实"说的含糊其辞，有的也不合情理"，萧乾的有些说法"也缺乏根据"。① 缺漏或不完整的材料亦是某些事实和细节的证据，当事人基于某种"利益驱动"及外部环境的压力，他会调整自己的立场、态度和情感，这应是米兰·昆德拉所说的"历史的加速深深改变了个体的存在"。②

再次，是重视史料之间的互动对话与整体融合。诚如前文所讲，当代文学史料存在着"科层化"的特征，处理好核心史料与边缘史料，常规史料与非常规史料、新史料与旧史料、公共性史料与私人性史料关系，可为文学研究及其历史化提供有力的保障。新史料在原有史料基础上或拓展或深入或翻新，需要细密的爬梳和严密的考证。如《林徽因文集》中一篇附文是梁思成写给林氏的四封信，但编者没有明示而被误认为林氏发出的书信，之后2000年《万象》7月号和2001年关于梁思成的电视片中都误为是林氏去了应县，梁从诫后来从母亲的日记分析，当年她怀有身孕不可能和父亲去应县，从而修正了《万象》的讹误。同时，重视文学与其他艺术的对照与互动，如音乐、图画、舞蹈等，不同的文本会提供不同质地的阐释维度。如口传文学时代图画是文学最初也是最原始的材料，可以避开语言的障碍，"吾谓古人以图书并称，凡有书必有图"，③ 图文并茂的形式由来已久，共同承担起表述的功能。2015年起《顾城海外遗集》陆续出版，除了顾城海外期间诗歌、散文、小说、哲学、访谈对话、演讲答问6个主题9册图书，还收录了诗人的绘画作品，有助于解析这个在异国制造血案的才华横溢的诗人的思想、人格和心理。王德威对沈从文个人情韵的研究，所凭借的材料并非他的文学代表作，而是"插图、照片、自杀未遂事件、信笺"，甚至是"随手画下的草图、再加几帧中国古典山水

---

① 洪子诚：《材料与注释》，北京大学出版社2016年版，第132、138页。
② [捷] 米兰·昆德拉：《相遇》，尉迟秀译，皇冠文化出版有限公司2009年版，第35页。
③ 叶德辉：《书林清话》卷8，岳麓书社1999年版，第181页。

画",由此"他就把沈从文的最'贴身'的命运遭际与社会历史实践融合在一起,讲述了沈从文'抽象抒情'的哀怨悲愁的故事"。①

影视是现代社会进行文学文化沟通的重要手段。以莫言的《红高粱》为例看纸质史料与影像文本之间互生的关系,就能理解为何学者们有意将视频等纳入史料的考察范围。20世纪80年代末张艺谋的电影《红高粱》走出国门,获得柏林电影节的最高奖项,在很大程度上催生了90年代以来中国当代文学与影视的联姻,这不仅让更多的读者认识了莫言和他的小说,作家因此有了写剧本赚钱的机会和从事创作的条件,同时当代文学也获得了"走向世界"的更为大众化的途径。虽然不能说该电影与莫言的诺贝尔奖之间有必然的联系,但获奖后莫言在北京的一次演讲中回忆了当年与张艺谋合作的场景,在瑞典斯德哥尔摩的一家影院与观众同看《红高粱》,入场时观众大唱主题曲,足见电影之于文学的宣传作用。同时因诺贝尔文学奖的号召力,2014年,《红高粱》又被翻拍成60集的电视连续剧,被网民称为"鸡肋剧"却收视超高。这里的原因有二:一是电影成功后对莫言及小说知名度与认可度的推波助澜,二是莫言获奖后读者对他小说的认可延伸到了其他形式,可谓"爱屋及乌"。所以在文本解读中如能建构起各种类型史料之间的"科层化"体系,有利于实践中国当代文学历史化的评价。

最后,是提升史料工作的专业知识与学术技能。这可以说是上述所说的突破与超越之路的基础,也是史料收集整理应该具备的素养和基本功。古代文学的版本、目录、校勘、考证、辨伪、辑佚等,现代文学的借书、访书、甄选底本等能为当代文学史料工作所用,"对传统的文献学的借鉴,今天仍是我们从事现代史料研究的一个基本功,这是毫无疑问的"。②解志熙为寻找于赓虞佚文的"刊海寻书",刘增杰为考证《八尺楼随笔》之"上海转载"而赴沪,王风为找废名著作的多方求索,上海普陀区图书馆通过通信、拜访、中间人传达等方式征集作家手稿,基本上沿用了传统文学史料的收集方法。不过,古代文学的史料体系与文人、文学的生存

---

① 陈晓明:《重新想象中国的方法——王德威的文学批评》,《中国现代文学研究丛刊》2016年第11期。

② 钱理群:《重视史料的"独立准备"》,《中国现代文学研究丛刊》2004年第3期。

方式相关，很多是在个人化的交往中自然发生，并且往往赋之以碑文、文物遗迹等独特形态的史料。而当代文学史料在作品类型、写作手法、传播接受等有质的变化，其中不少是文学体制人工催化的结果。如通过一些栏目的倡导推进文学创作，就是比较常见的手段。20世纪90年代《钟山》如法炮制地推动了新写实潮流及创作的发生，究其本质是理论先行、实践跟进的模式。这也提醒我们需要注意对传统做法的"活用"。前辈学者王国维的"二重证据法"、陈寅恪的"三参证法"运用到当代文学的史料校勘和考证中，光文本的篇幅和容量就有巨大的悬殊，在治学上也有与时俱进的问题，不能将自己局限于中国古代或现代文学研究中形成的规范与技能。

孟繁华、程光炜在《中国当代文学发展史》中就提出"新时期文学"与"十七年文学"的复杂联系不能用固定的观点进行概括。如对"归来者"在"平反"之后的创作心态的考察，主张通过"知识考古学"，"将其中和谐或矛盾、大体接近与又冲突的现象做符合历史史实的梳理"，[①]这是有道理的。利用现代发达的信息网络及便利交通收集史料更为有效。周作人的孙子周吉宜觉得拍卖行征集祖父书信的方式可实现"多赢"，"我们正好也准备出版《周作人和友人通信集》，但实际上收集这些信件是非常困难的事情，匡时这次将拍卖和出版同步进行，是不是开创了一种模式？我们收集到了资料，研究者也能利用资料，还可以满足收藏者的个性化需求"。[②] 在征集到周作人的84封通信札后，拍卖行主动联系周氏后人、学界专家、出版社等召开座谈会，讨论周作人的通信、日记、手稿等文献资料的整理、出版与研究。英国剑桥大学口头文学研究所利用网络平台的便利和网民的集体力量采集民间散落或收藏的史料，公开征集拓宽了史料的来源，提高了史料工作的效率。史料除了收集整理要规范，保存同样需要科学管理和合理使用的常识，否则就会前功尽弃。北京大学中文系资料室的先生们从20世纪50年代末到80年代初坚持用"剪报"的形式分专题收集报纸上的评论文章和研究论文，不下几十种，"它们对我的帮

---

① 程光炜：《怎样对"新时期文学"做历史定位？——重返八十年代文学史之一》，《当代作家评论》2005年第3期。

② 参见杨丽娟《名人手稿拍卖接二连三惹事》，《北京晚报》2014年5月29日。

助很大；这些剪报后来就当废品处理了"。① 所以相应的培训或训练可将个人或团体在实践中摸索出来的行之有效的方法推广为史料工作者共同遵循的原则、方法、规范与路径，夯实历史与现实的依据，甚至是语言表述的标准，进一步促成学术研究的常识和基本的学术伦理。

当然，我们不能将现代技术与文学史料关系作简单化的理解。新媒体时代很难罔顾技术去单纯讨论文学史料的问题，特别是数字媒介包揽大多数的时代，技术与文学一体两面，技术载体所致的媒介变化致使传统文学式微，新的叙事手段出现，广义的叙事形式甚至改变了"文"的定义、生产传播的机制乃至文学史的构成。"80后"作家韩寒、郭敬明等转型为导演就提示了文学叙事形式、受众欣赏趣味趋于影视化的走向。随着20世纪90年代媒介研究的发展，文学传播与接受等技术层面的论述也进入文学史的视野，媒介对文学价值的分类、分层与分化，文学的媒介地位、作用的认知在很大程度上决定了文学的社会价值，并在一定程度改变了学界对传统文学理论与学术体制的认识。媒介的无孔不入与无所不能施与文学史料生成的影响，媒介的转换引发叙事风格的转换，受众反应的转换及大众文化的勃兴，甚至成为文学向外开拓的思想源头。如以往文坛形成一个诗歌现象可能需要很长时间内诗人的辛勤创作和评论家的努力点评，而自媒体加剧了现象生成的节奏与速度。余秀华的"横空出世"就是新媒体制造"文学现象"的典型个案。编辑彭敏回顾开始将余诗发表在《诗刊》的重点栏目没有引起多大的反响，后来在微信平台上依靠"标题党"（指《穿过大半个中国去睡你》一诗）的运作，引发了7万多人的关注，十倍于原先平台拥有的粉丝量。"一石（诗）激起千层浪"，之后美国教授的评论文章通过微信等通信工具的频繁转发，"促成了余秀华的大火，无数媒体蜂拥而至去采访她"。② 余秀华身残志不残的形象和诗歌出自底层的呐喊有其独特性，但新媒体以残疾的身体、格调不高的标题、低俗的言论作为招牌吸引网民的眼球，是典型的技术操作文学的"神话"，需要史料工作者的理性对待。

---

① 参见王贺《当代文学史料的整理、研究及问题——北京大学洪子诚教授访谈》，《新文学史料》2019年第2期。

② 参见张艳《余秀华走红是新媒体时代的产物》，《扬子晚报》2019年10月26日。

对研究而言，在"浅阅读""快阅读"阉割深度思考能力的当今社会，需要在文学史料与新技术的投合中合理利用相关资料，以提高史料工作的效率。网络时代的云计算大数据的共享避免了传统史料收集中的"奔波"，期刊集体性的"网络移民"使学者在家中点点鼠标，中国知网、万方、超星读秀、读秀学术乃至百度快速地提供或模糊或精确的资料（视付费情况权限会有不同，查阅也会遭遇限制），过去难以想象的海量数据的统计与分析已是瞬间可实现的目标。当然，跨越多领域的共享的"知识空间"也充斥着不少伪史料，增加了史料辨别的工作量和难度，"我觉得我们现在因为载体的关系到了一个新的时代，我对于未来基本是乐观的。另外一个时代的学者，另外一个时代的文化发展者，对于不同文学的文类跟载体会有他们的模式，会有他们批判的方法，对这个问题的看法是非常开放的"。[1] 王德威的说法，或许会缓解处于新技术支配下文学史料工作者的焦虑情绪。

当然，正如钱理群在2008年的一次访谈中指出："因为史料是不可能穷尽的，必须依靠一定的推理和想象"，[2] 并在假设的确认或否定中一步步接近真实。他所说的"不能穷尽"针对的是浩瀚无际的史料现状，而"推理和想象"强调的是审视史料的视野与思维。刘复生认为洪子诚的历史叙述并非完全依赖于史料，而是它背后的"历史哲学和逻辑判断"。[3] 两者都认可稳定的史料基础和文献系统是开展文学研究的基础链条，只是作为学科发展的逻辑起点，它最终要导向作家个体生命经验和历史现场复杂性的有机融合，以历史哲学的多向度阐释实现当代文学历史化的目标。

---

[1] 参见王姝蕲《王德威：互联网改写文学史》，https://www.sohu.com/a/148204931_675072。

[2] 钱理群、杨庆祥：《"二十世纪中国文学"和80年代的现代文学研究》，《上海文学》2009年第1期。

[3] 刘复生：《穿越语言，图绘历史——解读贺桂梅》，《南方文坛》2005年第4期。

第十章　史料甄别与辨析

"史"字甲骨文作🔲，金文作🔲，小篆作🔲，如手持简策记录史事。"持简策"须尊重客观、不偏不倚，乃史官应有之修养，也为后代建立史学的人格精神。凡涉"史"之学问皆须具备史学品格。"晋之《乘》，楚之《梼杌》，鲁之《春秋》，一也；其事则齐桓、晋文，其文则史。孔子曰：'其义则丘窃取之矣'。"《孟子》评述史著包含史事、史文、史识三个层面。所谓史事，乃史家所记乃齐桓晋文之事，也就是选择具有重要历史意义的事件，不仅具有当下历史价值，对后世也产生巨大影响；所谓史文，乃史家所书之文，也就是关于历史的叙述语言，必定采用史笔；所谓史识，就是坚持历史的评判标准，即"以义断之"。朱熹在《四书集注》引述尹氏曰："言孔子作《春秋》，亦以史之文载当时之事，而其义则定天下之邪正，为百王之大法。"朱熹强调以史笔记载历史，以义评判邪正。从中国古代史学精神来看，史事、史笔、史识缺一不可，共同构筑信史。

欧洲之"史"源自希腊文 Historia，意为"真理的寻求"，英文为 History，指确实存在和发生过的具有重大意义或深远影响的事件与人物的总和。美国学者菲利普·巴格比认为历史有三种含义：一是发生过的涉及、影响众人的事件，二是对这些事件的讲述（口头的，或文字的），三是讲述者对历史事件持有的观点，处理历史事件的观点、态度、方法。海登·怀特提出历史叙事也是一种"编码"过程，有传奇、悲剧、喜剧、讽刺、史诗等情节编排模式。我们通常理解的菲利普·巴格比所理解的第一、第二种含义应该属于史料，第三种含义即历史观。有学者更重视人们对已经发生的事件的态度、观点和方法，罗兰·巴特说："历史陈述究其本质而言，可以说是一种意识形态的产物，甚或毋宁说是想象力的产物",福柯引入"权力话语"来解读历史叙述。

"历史"意味着用客观公正的态度和方法,叙述具有重大意义的事件和人物,以期辨析邪正,还原真相,追求真理。历史学需要采用一定的史料建构历史认知,重构历史过程,阐释历史变迁,史料是研究历史的基础。梁启超认为:"史料为史之组织细胞,史料不具或不确,则无夫史之可言。史料者何?过去人类思想行事所留之痕迹,有证据传留至今日者也。"① 近人周传儒论述历史研究中史料与方法关系时说:"近代治史,注重材料与方法,而前者较后者尤为重要,徒有方法,无材料以供凭借,似令巧妇为无米之炊也。果有完备与珍贵之材料,纵其方法较劣,结果仍忠实可据。且材料之搜集、鉴别、选择、整理,即其方法之一部,兼为其重要之一部,故材料可以离方法而独立,此其所以贵焉。"② 这说明史料对于历史学的基础作用,史料的收集、鉴别、选择、整理也是一种重要的历史方法。福柯在《知识考古学》中强调"对文献资料提出质疑",以期重建"消失在文献背后的过去"。他说:"人们查询文献资料,也依据它们自问,人们不仅想了解它们所要叙述的事情,也想了解它们讲述的事情是否真实,了解它们凭什么可以这样说,了解这些文献是说真话还是打诳语,是材料丰富,还是毫无价值;是确凿无误,还是已被篡改。然而,上述这些问题中的每个问题,以及这种对考证强烈的批判性的担忧都指向同一个目标:这些文献所叙述的事情的基础上——有时是只言片语——重建这曾经是文献的来源,而今天却远远地消失在文献背后的过去。"③ 荷兰汉学家任博德认为历史编纂学中的史料处理需要基于某种批评原则,历史编纂学的史料是一种"可信"的个人选择。④ 这告诉我们,对于当代文学史料的甄别与辨析,本身也包含着批评,一种通向"可信"的批评。

史料真伪是文学研究及其历史化的基础。然而,由于诸多原因,史料文本原始样态和相关信息往往缺失或有意无意地被篡改,失去或部分失去

---

① 梁启超:《中国历史研究法、中国历史研究法补编》,四川人民出版社2018年版,第47页。
② 周传儒:《甲骨文字与殷商制度》,开明书店1934年版,第1页。
③ [法]米歇尔·福柯:《知识考古学》,谢强等译,生活·读书·新知三联书店1998年版,第6页。
④ 参见[荷兰]任博德《人文学的历史——被遗忘的科学》,徐德林译,北京大学出版社2017年版,第22—33页。

其价值和意义。对此，我们有必要运用史料学的基本原则和方法对之进行甄别与辨析。

第一节 "语境还原"下的具体实践

"在文学史研究中，总会发生一部分'事实'被不断发掘，同时另一部分'事实'被不断掩埋的情形。历史的'事实'，是处在一个不断彰显、遮蔽、变易的运动之中。即使同一个'事实'，在不同的历史叙述中，它的面貌，它的细节，也会出现许多差异，并不断发生变化。"[①] 当代文学历史化比任何时代历史化更为不易，"任何一位当代人欲写作20世纪历史，都与他或她处理历史上其他任何时期不同。不为别的，单单就因为我们身处其中，自然不可能像研究过去的时期一般，可以（而且必须）由外而内地观察，经由该时期的二手（甚至三手）资料，或依后代的史家撰述为托"。[②] 历史事实往往具有多面性、复杂性，在历史长河中晦暗不明，而史料作为一种历史印记和历史记录，又不断被历史研究者阐释、言说。也就是说，历史本身与史料阐释构成双重或多重的复杂关联，让历史真相更加含混不清。这就要求治史者在运用史料过程中，首先必须甄别与辨析那些不会说话的史料，按照历史科学的基本原则和方法，处理和运用史料。"研究历史时，必须以科学的观点处理和运用史料，选取最能反映历史真实的材料来论述历史"，一是注意史料制作和流传过程中一些人为因素对史料价值的影响，必须选取最能反映历史真实的史料；二是必须利用大量史料，以把握事实的总和，进行全面的排比、分析，做出大体符合实际的解释；三是要防止"重史料轻理论"和"重理论轻史料"的两种倾向，既不能走"史料即史学"的老路，也不能缺乏史实作为立

---

① 洪子诚：《问题与方法——中国当代文学史研究讲稿》（增订版），生活·读书·新知三联书店2015年版，第34页。
② ［英］艾瑞克·霍布斯鲍姆：《极端的年代》，马凡等译，江苏人民出版社2010年版，第1页。

论的坚实基础,满足于空泛的理论观点,信手拈来,随意选择和解释史料。① 由于历史事件和历史记录本身的复杂,也由于史料存在鱼龙混杂、真伪参半的现象,所以,如何借助于"语境还原"对史料进行甄别与辨析,就成为史料研治必须注意的节点。

王瑶先生在1980年提出现代文学研究应该向古典文学借鉴版本、目录、辨伪、辑佚等"整理和鉴别文献材料的学问"。② 在当代文学史料研治过程中,有的学者也曾就当代文学史料甄别与辨析,提出了一些颇具建设性的意见。那么,到底如何进行史料甄别与辨析呢? 归纳和爬梳已有的当代文学学术实践,举其要者,大致有三。

第一,甄别史料的性质,辨析史料的价值,形成史料运用的规范,夯实当代文学研究的史学基础。辨析史料的价值,是每一项学术研究必须进行的初始性工作,而史料的价值与史料的性质包括史料存在状态密切相关。只有明确史料的性质,才能确定史料的价值,并在实际研究中合理运用史料,发挥史料的作用,形成符合本学科发展和研究的学术规范。

对于史料采用问题,学术界虽有歧义,但大多主张采用"第一手史料"与"间接史料"的分法。所谓"第一手史料",一般是指当时遗留下来的实物,当事人的记录,当时人的直接观察和记载,它来源于历史本身,不用再特别追溯史料来源。也就是说,它不是依据别的史料而是依据当时的情形写成的。这些原始材料包括档案、札记、日记、自传、年谱、回忆录,以及直接反映作者思想的论著和现场记录、调查报告等。这些原始史料,因为直接记述历史,史料价值相对较高。所谓"间接史料",则是根据"第一手史料"编写的记述,其材料来源可以追溯,属于撰述史料,如正史、年谱、传记、地方志、史事记载。"第一手史料"受限于历史语境,常常是片段的、不完整的,并不能反映历史的全貌,需要进行必要的甄别与辨析,从诸多原始史料相互参证中,运用内部考证的办法甄别其真伪精芜,弥补史实缺失,建构完整的历史事件。"间接史料"是第二手、第三手史料,其优势是借助带有全局性的叙述,让读者了解历史全

---

① 严昌洪:《中国近代史史料学》(增订本),北京大学出版社2011年版,第5—9页。
② 王瑶:《关于中国现代文学研究工作的随想——在中国现代文学研究会学术讨论会上的发言》,《中国现代文学研究丛刊》1980年第4期。

貌，可订正文献史料的错讹之处，但往往受撰述者学术立场、学术视野和学术环境的影响，会出现有意或无意误读，甚至断章取义、裁剪不当等情况。在历史研究中，"间接史料"的意义和价值相对较低，主要是因为它经过了编撰者的筛选和组织，渗透着编撰者的解读意向，甚至误读而导致的"意图谬见"。史学规范首先要求采用"第一手史料"，若"第一手史料"稀缺，可以使用第二手、第三手史料，但难以形成确论。若有新发现的"第一手史料"，当以"第一手史料"为底本，及时修正历史叙述；若"第一手史料"不够完整，可以用第二手、第三手材料补充、完善，但不能用"间接史料"代替"第一手史料"。

黄修己注意到："有些史学家还把史料区分为'有意史料'和'无意史料'，认为史学研究中后者的价值更高"，"有意史料"的制作者是"有意要告诉时人与后人"，"以左右人们的视听，起舆论引导的作用"，诸如成文的历史著作、公开的报道、回忆录、工作总结报告等；"无意史料"属于制作者"并不想留作史料，或者无意中保留下来的有关材料"。黄修己更看重"无意史料"的历史价值，并引用马克·布洛赫《历史学家的技艺》予以说明："若不借助这类史料（按，指无意史料），当历史学家将注意力转向过去之时，难免会成为当时的偏见、禁忌和短视的牺牲品。"①"无意史料"在制作、记录的时候，没有明晰的历史意识，制作者、记录者往往根据个人一时一地的需求及个人的意愿，具有较大的随意性，而且在保存方面也表现出"无意史料"的特点。甚至还会进行临时的修改，记录的信息往往不够全面、准确与完整，记录的样态也不够规范等。正因此，我们运用这些史料时，要对之进行"有意"的史料规范化甄别与辨析，在"无意史料"原始形态的基础上，引入相关史料进行参证，补充完善史料信息。

也许是受顾颉刚《古史辨》（1923年）"层类"说的启发，有学者将"穿越史料的层层积累去发现历史真相"引入当代文学史料研究，提出"史料多重地貌"的概念，为当代文学史料提供了地上与地下、中心与边缘、显在与潜在、主流与民间等多种样态与层级的视角及方法："在文学

---

① 黄修己：《中国新文学史编撰史》，北京大学出版社1995年版，第534—535页。

史料的多层地貌中,当下学界对当代文学史料的关注比较集中的是两类:一是从文学思潮的角度出发,能够引领一个时期的作家理念和创作的指导性文献、政策等;二是注重那些触及了文学的时代与历史问题的史料,如当代文坛重量级人物的回忆录、传记、书信等。而民间与'地下'文学史料的收集和整理工作,相对就比较薄弱。这不仅有悖于文学史料存在的客观事实,而且不利于生态学意义上的当代文学史料学的建构。所以当代民间与'地下'文学史料,作为当代文学史料多层地貌中具有独特风格的'这一个',有必要引起学界的重视。"[1]

洪子诚的《材料与注释》建构了当代文学史料的一种新的叙述方式,用他自己原话来说,就是"尝试以材料编排为主要方式的文学史叙述的可能性,尽可能让材料本身说话,围绕某一时间、问题,提取不同人,和同一人在不同时间、情境下的叙述,让它们形成参照、对话的关系,以展现'历史'的多面性和复杂性"。[2] 从史料运用的视角来分析,洪子诚让史料"本身说话"来展现历史的丰富性与复杂性的做法,有助于还原或敞开被遮蔽了的学术空间。如其中的首篇《1957年毛泽东在颐年堂的讲话》,他就运用多种性质和形态史料的"相互参证",从文化设计和决策层面向我们展现50年代中后期当代文学文化发展的大致路向。

《1957年毛泽东在颐年堂的讲话》叙述的历史事件是:1957年2月16日上午11时到下午3时半,毛泽东在中南海颐年堂召集相关人士,谈文艺、学术和百家争鸣等问题的一个"内部讲话"。所依据的基本史料是"1967年春天,我曾在中国作家协会看到的这次谈话的比较完整的记录"。[3] 应该说,这是一份"第一手史料",它是中国作协参加会议的某个人的当场手写记录稿,没有经过修订、加工等第二次编辑。记录稿的形态和记录内容表明,这也是一份"无意史料"。它只记录了毛泽东的讲话,未记录相关人士的回应,个别地方有在座的中央或文艺界领导人的插话(没有注明插话人姓名、身份),记录者并没有明确的史料意识;他只是

---

[1] 黄亚清:《民间与"地下"文学史料》,吴秀明主编《中国当代文学史料问题研究》,中国社会科学出版社2016年版,第112页。

[2] 洪子诚:《材料与注释》自序,北京大学出版社2016年版。

[3] 洪子诚:《材料与注释》自序,北京大学出版社2016年版。

记录下来作为"笔记",记录内容属于记录人"感兴趣"或者觉得重要的内容,甚至也没有记录者的署名。正因此,该史料的原始性价值很高。围绕这份记录稿,洪子诚采取"史料引述"与"注释说明"相结合、"第一手史料"与"间接史料"相互参证、"无意史料"与"有意史料"对证阅读等方法,为追踪和还原"双百"方针的来龙去脉,留下了史料来源和有待进一步辨析的学术空间。

"第一手史料"是原始史料、真史料,对原始史料记录的内容是否真实有必要进行甄别与辨析,包括史料制作者的身份、地位,观察史事发生的角度、制作立场、记录笔法,史料保存与流传路径、运用者发现史料的过程等。洪子诚对记录稿的"来源"进行了轻描淡写的表述:"1967 年春天,我曾在中国作家协会看到这次谈话比较完整的记录……下面是记录稿原文,分行和段落均为原样式。"① 既然 1967 年春天就看到过记录稿,记录稿明确记录时间为"1957.2.16",何以在 1998 年、2010 年出版的著作中,两次"误写"时间为"1967 年 3 月 17 日","误写"时间与记录时间相差 10 年。洪子诚在写作《1956:百花时代》时,是否查证这份记录稿,或者没有找到这份记录稿。对记录稿的制作者,应按照史学规范进行必要的考证,即使考证不出制作者,其考辨的程序、途径、方法等,也可以为后人进一步辨析史料提供必要的帮助,有益于逐步拨开历史谜团。如果没有对记录者进行必要考证,记录人成为谜团,影响原始史料的价值。参加颐年堂座谈会总共 28 人,可知的人有:毛泽东、周恩来、朱德、邓小平、陈伯达、康生、钱俊瑞、陈沂、胡乔木、周扬、林默涵、郭小川、邵荃麟、张光年、严文井、张溪若、胡耀邦、邓拓、胡绳、杨秀峰、北京各报的负责人等。记录稿留存在作协,洪子诚也认定记录者为作协与会人员,且为手写体。如果以此信息追踪记录者,再进一步,追踪这些人是否有工作记录或个人记录,是否有更为完整更为权威的记录稿,对于提升该记录稿的史料价值,无疑将大有裨益。毛泽东召集这么多人开会,从上午 11 点持续到下午 3 点半,如此重要的活动,按照常理,应该有权威部门的相关记载。遗憾的是,由于种种原因,我们迄今仍没有获得有关这

---

① 洪子诚:《材料与注释》自序,北京大学出版社 2016 年版。

方面的原始史料。"研究'十七年文学',包括整个当代文学,最大的困难反而是史料的问题。特别是当代这种与现实政治休戚相关的特殊情况,导致很多关键性资料的获取几乎不可能。"① 洪子诚在《自序》中表示:"因为材料掌握上的限制,也因为对这一写作方式的合理、有效性产生怀疑,就不想再继续下去。"的确,《材料与注释》所采用的"互证"或"参证"方式,首先遇到史料掌握的困难,有些"应该"或"可能"存在的史料,研究者却见不到,只能根据有限的史料进行"注释",自然会遇到"有效性"的问题,洪子诚言"不想再继续下去",这既反映了一种学术自我反思的自觉,也表现了当代文学史料研治所遇到的诸多无奈吧。

《材料与注释》将诸多政府文件、内部会议记录、交代材料、表态发言或文章引入当代文学史料范畴,丰富了当代文学的史料形态,对学理化解读"十七年文学"生态、文学思潮和文学创作,具有特殊的意义。在很长时间里,这些史料不被当作史料来看待,"除了其特殊的传播方式,还有另一重要原因,那就是因其产生的特定政治语境,而使研究者乃至材料作者有意无意地忽略了其作为史料的价值"。② 何吉贤从材料的选择、材料的编排和材料的注释三个层面分析,认为洪子诚的《材料与注释》"'让材料自己说话',死人复活,互相争吵。此时,作者不仅是严峻的历史观察者,同时他还是'内在于历史中的人',有厌恶、痛恨;有感叹、同情;有迟疑、反思;甚至还有时不时露出的嘲讽"。"《材料与注释》有严正的底色,它要处理的是重大历史条件下人的判断、选择、扭曲或者'人性的闪光';是历史的推进、曲折和自我否定;是被'事件化'之后的历史。"③ 此为确论。

第二,辨析史料生成的语境,甄别史料之真伪与运用的误区。史料是历史的记录,任何史料在生成过程中,都基于一定的历史语境,与彼时社会政治经济文化状态和人们日常生活有着这样那样的联系。因此,通过语境和常识判断,就成为甄别史料的真伪精芜的一个重要依据。当代文学史

---

① 洪子诚、钱文亮:《当代文学史研究中的史料问题》,《文艺争鸣》2003 年第 1 期。
② 贺桂梅:《材料与注释中的"难题"》,《文艺争鸣》2017 年第 3 期。
③ 何吉贤:《"材料"如何说话?——也谈洪子诚〈材料与注释〉》,《文艺争鸣》2017 年第 3 期。

料研治及其在真实性方面出现问题，一方面是由于当代文学与当代社会距离太近，加上诸多复杂因素，致使许多史料难以收集，泯灭于历史长河；另一方面则是因为有的研究者在史料收集、整理与研究时忽略了史料学的基本规范，有意无意地混淆了"第一手史料"与"间接史料"之间的界限，有的甚至对史料进行人为修改，违背史料所产生的社会语境，也违反日常生活逻辑。

洪子诚在处理当代文学史料时，强调将不同史料信息汇集和还原到历史情境进行甄别与辨析，在史料的相互对话与冲突融合中重构历史全景，求取真实。在这方面，笔者不止一次提及的那部《材料与注释》，其中"《1962年大连会议》一文应该是全书最为完整和成功的，（它）调用会议记录、交代材料、回忆录等多种资料，较为完整地用各种细节拼接出了大连会议从筹备、开会，到会后反应、批判、再批判的全景"。[①] 洪子诚自述：该著"材料处理和注释的重点在两个方面，一是人、事的背景因素，另一是对同一事件，不同人、不同时间的相似或相异的叙述。让不同声音建立起互否，或互证的关系，以增进我们对历史情境的了解"。[②]《材料与注释》通过对历史情境与紧张时刻的复现，揭示当代文学权力机制的运作过程以及文艺理念在具体实践中产生的"疑难杂症"，成功地建立了当下读者对于异时异地具体情境的历史感觉。史料携带的现场感，让读者较为直观地感受到一种充满张力的时代氛围，也让他们真切地感知到周扬等文化官员彼时与特定政治及文艺扭结在一起时生成的复杂境况。[③] "这种对'历史情境''内部逻辑'的尊重，显示出的是洪子诚作为一个文学史家的基本品格和立场。"[④] 尊重"历史情境"，意味着回到历史发生现场、还原历史发生现场，把握历史真相；尊重"内在逻辑"，意味着研究者"站在今天立场"，用今天的价值尺度衡量历史、评价历史，做出符合历史实际的情景分析和价值判断，从而突破历史局限，进入更为深邃更

[①] 何吉贤：《"材料"如何说话？——也谈洪子诚〈材料与注释〉》，《文艺争鸣》2017年第3期。

[②] 洪子诚：《材料与注释》，北京大学出版社2016年版，第21页。

[③] 李静：《〈材料与注释〉："历史化"的技艺与经验》，《汉语言文学研究》2017年第2期。

[④] 贺桂梅：《材料与注释中的"难题"》，《文艺争鸣》2017年第3期。

为完整的一种历史叙述状态。

可以这样说吧,进入历史语境,把握史料的时代特征,捕捉细节中蕴含的史料信息,是当代文学史料研治的一个显著特征,也是当代文学史料甄别与辨析的一条有效途径。洪子诚在谈及 1962 年周扬组织纪念《讲话》文章时强调指出:"当代文艺界各个时期'官方'发表的文章,各个年份纪念《讲话》的社论,它们对《讲话》阐释的变化,在阐释时所要强调的方面,会在看来周全稳妥的文字中透露出来。当年的写作者为了这种表达而字斟句酌,遣词造句上煞费苦心,避免因表达上的失当深陷困境,而读者也训练出了机敏的眼睛、嗅觉,来捕捉到哪怕是细微语气的变化。"① 他所说的各个时期官方文章,的确是当代文学一个关键而又特殊的史料,这些史料往往云遮雾盖,在看似相似的表述中通过个别词语、语气,甚至词语排序的区别,会显示出大不同。面对于此,我们需要从当时的历史语境中感受和体验其中的深意,用机敏的眼睛和嗅觉捕捉细节,通过"细微语气的变化"还原史料的意义,透析史料的价值。

其实,所谓的"地下文学"是并不准确的,这是姑妄言之的一种说法(陈思和等将其称为"潜在写作"),它大致包括以下三个方面:一是手抄本,二是粉碎"四人帮"以后发表的文本,三是作者家属或友人的整理、回忆等。由于历史的原因,这些文学史料都存在一些共性问题:如手抄本的版本流变呈现复杂状态,剪不断,理还乱;有关文本存在发表时间错乱的问题;家属或友人的整理、回忆,也存在记忆不准确甚至记忆缺失的问题。食指的诗歌《疯狗》原刊于《今天》第 2 期(1979 年 2 月),发表时标明写作时间是"1974 年"。徐敬亚、杨健等对《疯狗》的写作时间没有进行考辨,直接采用了《今天》所标识的写作时间,展开对《疯狗》的评论。李润霞通过对有关史料的考索,指出《疯狗》并非写作于 1974 年,而是写作于 1978 年,《今天》标明时间为 1974 年是出于办刊策略和发表时的社会文化语境。食指本人回忆:《疯狗》当然是写于 1978 年,当时发表时,编辑部(主要是北岛)出于策略考虑,有意把它署为"一九七四年"。② 这意味着,《今天》发表食指《疯狗》这首诗的文本,

---

① 洪子诚:《材料与注释》自序,北京大学出版社 2016 年版。
② 李润霞:《"潜在写作"研究中的史料问题》,《中国现代文学研究丛刊》2001 年第 3 期。

存在有意识的史料"作假",它置换了诗歌创作的基本语境。洪子诚谈及编选"新诗大系"体会时说:"确定作品的写作、特别是发表的年代,是文学史研究(包括与此相关的作品编选)的一项基础性工作。"① 围绕《疯狗》所产生的问题,既是文学作品创作时间勘定问题,更是对真实史料的信任度问题,真实史料蕴含的信息是否真实?这是需要进行甄别与辨析的。澄清了这首诗的真实创作时间后,也就确立了这首诗的时代背景和创作语境,那么有的文学史对这首诗的分析,尤其是有关"失恋"云云,就有点站不住脚了。②

廖亦武根据诗歌中出现"干酪"一词,对多多的诗歌《当人民从干酪上站起》的创作时间产生怀疑:"我们收集著名诗人多多写于1972年的短诗《当人民从干酪上站起》震惊之余又不得其解,因为70年代的绝大多数中国人都没有见过'干酪',更谈不上'从干酪上站起'了。"③虽然不能仅仅根据当时"绝大多数中国人都没有见过干酪"而完全否定该诗写于1972年,诗歌创作更侧重于诗人的个体经验,见过与没见过,听过与没听过,可以想象与不可想象之间的关系也颇为复杂。诗人多多从阅读经验、同伴交流中获得"干酪"印象的可能性,也不能完全排除。至少,从当时大多数中国人的生活常识和生活经验出发,从具体语词运用与社会经济政治文化联系的角度,提出质疑,也是一种学理判断。李润霞发现有些文学史写作者"对《今天》的有关史料不熟悉",她回顾了"《今天》编辑部"与"今天文学研究会"创办的历史史实,指出这些文学史"把二者混同了",这样的处理既抽掉了《今天》诞生与存在的特殊语境,也淡化了其办刊的艰难与作为民刊的价值。④

语境判断是一种常识判断,凡是有异于常识的史料,都应该接受质疑。洪子诚曾经记录在课堂上讲述顾城的诗,受到美国学生怀疑的事情。"我在课堂上还说,顾城很小的时候,大概八九岁上小学,就写过一些精

---

① 洪子诚:《编选"新诗大系"遇到的问题》,见李青松主编《新诗界》第2卷,新世界出版社2002年版,第378页。

② 李润霞:《"潜在写作"研究中的史料问题》,《中国现代文学研究丛刊》2001年第3期。

③ 廖亦武主编:《沉沦的圣殿——20世纪70年代地下诗歌遗照》,新疆青少年出版社1999年版,第54页。

④ 李润霞:《"潜在写作"研究中的史料问题》,《中国现代文学研究丛刊》2001年第3期。

彩的像格言一样的小诗……我说我根据的是顾城自己谈诗的文章，还有诗后头标明的写作时间。这个学生完全不相信。"① 美国学生所依据的是一种常识判断，尽管美国学生没有足够的证据，但依据常识表示怀疑，有意无意间体现出学术怀疑精神。

在当代文学史料运用中，一些研究者对史料的历史语境进行了重构。在重构过程中，或基于理论观念和学术目的原因虚构历史语境，而改变了史料的性质和意义；或疏于甄别史料制作的历史状况，将史料的历史语境"前移""后置"，导致史料脱离历史语境。如唐小兵主编的《再解读：大众文艺与意识形态》，他以"我们怎样想象历史"为题，重构了瞿秋白在20世纪30年代的处境："1934年2月，这位从苏联归来的共产党人离开上海到达江西瑞金'中华苏维埃共和国'，就任工农民主政府教育部长和苏维埃大学校长，并领导了'高尔基戏剧学校'和苏区的工农戏剧运动。瞿秋白个人的这一次战线转移，从城市到农村，从国统区到解放区，从知识精英到群众领袖，从创作思辨到文艺运动，从间接影响读者到直接实现政治效益，无疑具有深远的范式意义和号召性。大众文艺作为文化革命运动正是以这样一个大的文化迁移为历史背景。"② 王彬彬对此表示不能认同，他通过时间先后排列来证明唐小兵文章中"这位从苏联归来的共产党人离开上海到达江西瑞金"，存在着虚构历史语境、违背历史基本事实的问题。③

李润霞考辨了《中国新诗总系》编选的史料问题，发现"由于对所选诗作的真实创作年代缺乏严格的考证而带来基本史实的错讹"，其中第6卷存在着将史料历史语境"前移"的问题，如选入的灰娃的《童声》《童声中断》《童声飘逝》，"这三首'童声系列'根本不是灰娃'文革'期间的诗歌作品，而是1989年后诗人经历时代遽变后创作的作品，编者却收入到1969—1979年了"。第7卷存在着将史料历史语境"后置"的

---

① 洪子诚：《问题与方法：中国当代文学史研究讲稿》（增订版），生活·读书·新知三联书店2015年版，第77页。

② 唐小兵：《再解读：大众文艺与意识形态》（修订本），北京大学出版社2007年版，第3页。

③ 王彬彬：《〈再解读：大众文艺与意识形态〉初解读——以唐小兵文章为例》，《文艺研究》2014年第6期。

问题，即把中华人民共和国成立后与"文化大革命"期间的潜在诗歌误植到 20 世纪 80 年代的选本中，如《无题》（"一个阶级的血流尽了"）、《无题》（醉醺醺的土地上）、《教诲》三首、芒克《雪地上的夜》（1973 年）和《爱人》（1973 年）等作品都放到 80 年代的主题"朦胧诗"诗人群中，把黄永玉《老婆呀，不要哭》（1970 年 12 月 12 日）置于主题"归来"诗人群中，把林子写于 50 年代的爱情组诗《给他——爱情诗十一首》全部置于 80 年代的主题"其他诗人的诗"。① 这些史料历史语境的误植伤害了史料真实性，影响到对诗人诗作乃至对当代诗歌史的整体判断。

第三，甄别史料的传播形态，辨析史料传播过程中的变化，作出准确的文学史判断。"在史料的流传过程中，有些会被保存着或转述者出于这样或那样的原因而删略、回避，甚至出于某种原因对历史记录加以篡改，有意无意掩饰或歪曲某些史实。"② 在当代文学发展过程中，由历史复杂语境而产生的文学史料遮蔽性，是一种常态。这些被遮蔽的文学史料，在一定范围内以非公开的方式流传，形成了以手抄本为主要文本形态的文学史料。有些手抄本没有署名，作者信息难以考辨，在流传过程中版本变化比较大，如流传甚广的手抄本小说《少女之心》，"抄书肯定先拣'最感兴趣'的部分抄，而且难免按照自己的想象添油加醋，就这样越抄越玄，导致后来'黄书'广为流传，而原故事却不为人知"。③ 有些手抄本出现边流传、边修改的情况，既有原作者的修改，也有抄写者的修改，形成复杂的版本流变，如张宝瑞的《一双绣花鞋》和张扬的《第二次握手》。对于这些手抄本文学史料的甄别与辨析，成为当代文学研究及其历史化的一个重要现象。

李杨曾对陈思和的"潜在写作"概念及史料运用，提出了富有深度的质疑。就史料运用而言，"潜在写作"大部分作品的真实性几乎无法认定，特别是完全没有经过地下传播史、发表时间没有任何见证的这类作品，认为"多多的这些'白洋淀诗歌'是否真正创作于这些诗歌所标识

---

① 李润霞：《〈中国新诗总系〉的编选原则与史料问题》，《文艺争鸣》2011 年第 11 期。
② 严昌洪：《中国近代史史料学》（增订本），北京大学出版社 2011 年版，第 5 页。
③ 李诚、孙磊：《揭秘文化大革命手抄本：〈少女之心〉背后、集体越轨地下传抄》，《株洲晚报》2008 年 3 月 2 日。

的时代缺乏有力的证据"。"尽管我们无法确认这些作品的创作时间是'真'的,我们也同样无法证明这些作品的创作时间是'假'的。"① 正是由于"潜在写作"或"地下文学"中大量涌现手抄本的现象,一些非手抄本的文学史料,长期被确认为属于手抄本,一定程度上导致文本误读和文学史研究的混乱。如北岛的《波动》、礼平的《晚霞消失的时候》和靳凡的《公开的情书》这三部手抄本中篇小说,许多研究者及文学史,因为将其视作"在布满裂痕的时代里……具有更高的等级,也更动人心魄。因此也就乐于去寻找、认定更多的这一类型作品"。② 然而,事实并非如此。据乔世华研究,《晚霞消失的时候》构思、酝酿于1976年春节期间,动笔写作已经在"文化大革命"结束后的"批邓"大会上,初稿完成于1976年11月,"从实际写作时间来看,《晚霞消失的时候》无论与'文革后期'、还是与'手抄本小说'都毫无关联,最多算是'文革'末期曾在小范围内口头传播的故事"。③ 艾翔则认为《晚霞消失的时候》不是手抄本,而是一部被"地下文学收编"的中篇小说,如果人们在研究时"戴上了这一副'刻意寻找'的有色眼镜,当文学史家们看见创作于1976年、又属'离经叛道'一系的《晚霞》,自然会在其与已经约定俗成的'地下文学'的定义之间产生联想。这恰恰印证了卡尔的判断:'只有当历史学家要事实说话的时候,事实才会说话;由哪些事实说话、按照什么秩序说话或者在什么样的背景下说话,这一切都是由历史学家决定的'"。④ 而后来李建立通过对读北岛近年来的回忆和一些相关资料的"考辨",证明《波动》作为手抄本,是"追加式批判的副产品",实际上,"《波动》完稿是在'文革'后期,从完稿到以连载的方式在《今天》发表,其间历时两年,并未经历过传播意义上的'手抄'阶段,算不上'手抄本'小说,更不是'文革'中的'手抄本中篇'"。⑤

---

① 李杨:《当代文学史写作:原则、方法与可能性——从陈思和主编的〈中国当代文学史教程〉谈起》,《文学评论》2000年第3期。

② 洪子诚:《〈晚霞消失的时候〉:历史反思的文学方式》,《文艺争鸣》2016年第3期。

③ 乔世华:《关于〈晚霞消失的时候〉》,《粤海风》2009年第3期。

④ 艾翔:《被话语绑架的历史反思 重读〈晚霞消失的时候〉》,《上海文化》2012年第2期。

⑤ 李建立:《〈波动〉"手抄本"说之考辨》,《中国现当代文学研究丛刊》2018年第8期。

大量事实表明，当代文学在生成和传播过程中，因语境的变化及诸多复杂因素往往都会出现程度不同、隐显有别的修改，有的甚至会出现反复不断的修改。这种修改，在经典性（或较经典性）与手抄本两种文本那里表现尤为突出。唯其如此，我们有必要重视流传版的考订，并将其作为史料甄别与辨识的一个重要内容，付诸实践。

第二节　私人性史料的甄别与辨识

私人性文学史料是指由私人（包括个人乃至小团体）撰写、生成的史料，主要包括日记、书信、手稿等，一般被称作"第一手史料"，在研究中常常用于参证、考辨其他史料的作用。严昌洪比较书信、回忆录、日记三种史料形态，认为书信的真实性更能够得到保证："信中所写的内容多为作者亲身经历、亲眼所见、亲耳所闻以及自己当时的思想，常有旁人不知的内幕情形、机密消息，而且一般说来没有什么忌讳，比较可靠。甚至比同样是个人记录的日记、回忆录还要真实些，因为日记虽然当时所写，但由于某种需要，日记可能改写，如翁同龢在戊戌变法失败后，为避祸就改写过自己的日记；事后撰写的回忆录，作者也可以根据需要，有意隐瞒某些实情，甚至文过饰非。而书信寄出之后，所有权就属于收信人并保存在收信人手中，写信人再没有修改的机会，真实性得到保证。"① 近现代以来，重要政治家和名人书信来往频繁，涉及重大历史事件，诸多学者利用书信编制人物年谱、撰写人物传记、勾勒历史事件。但是，在运用书信时，首先应该辨别真伪、去伪存真。如襟霞阁（主）编的《清朝十大名人家书》收录了郑板桥、纪晓岚、林则徐、左宗棠、张之洞、胡林翼、彭玉麟、曾国藩、李鸿章、袁世凯等重要历史人物书信，经过专家考证，大多数有伪造之嫌。其中《林则徐家书》《李鸿章家书》《张之洞家书》《袁世凯家书》已经被确认作伪，曾国藩致曾国荃书信有所删改。②

"所谓私人性文学史料，并非没有公开的私人手稿，而是指与各种公

---

① 严昌洪：《中国近代史史料学》（增订本），北京大学出版社 2011 年版，第 238—239 页。
② 严昌洪：《中国近代史史料学》（增订本），北京大学出版社 2011 年版，第 241—242 页。

共性政策、文件、报告等史料相对的、在作家较为私人化的空间中发生或含有此种意向的（如书信、日记、个人检讨、回忆录等）史料。"① 除了日记、书信，在特定历史时期、特定环境下当事人的检讨、回忆录、交代材料等，也是不容忽视的史料形态。相比于古代和近现代私人性史料搜研，当代私人性史料搜研面临一个"当代性"的困境：一些当事人或者史料所涉及的人事，仍鲜活地存在于当下，或者其影响力依然强大，导致许多公共性史料无法解密，使当代文学研究者陷入史料难题。洪子诚的《材料与注释》就是因为"材料掌握上的限制"，"不想再继续下去"。② 易彬有感于"新中国成立之后到1970年代中段之前的书信，多半已被毁弃"，长期潜心于"作家年谱的编撰、版本的校勘、口述的采集、书信"等私人性文学史料收集整理工作。他认为"口述是现当代作家文献发掘的新方向"，文化老人的口述"一定要及早着手"；"书信作为一种私性的，且逐渐消逝的文体，也是当代文学研究中值得特别重视的史料类型"，"整理空间还非常之大，是当代文学新史料、作家集外文发掘的重要源头"。③ 近些年来，当代私人性史料的收集整理取得长足进步，许多学者殚精竭虑，往返于海内外，博览纸质材料和网络材料，整理出了不少有关这方面的史料。不过与当代文学研究实际需求相比，与私人性史料潜在的存量相比，仍然很不成比例。

在当代文学研究中，私人书信能否作为文学史料，怎样运用这些私人书信？在这方面是有教训的。如20世纪50年代中期，胡风与身边友人之间书信来往被公布，而导致胡风问题急转直下就是典型一例。富有意味的是，多年以后，李辉和万同林还原历史真相，大量采用的也是这些书信。私人性史料在整体当代文学史料，尤其是在具有统摄意义的公共性史料面前，总是显得力不从心，它可以弥补公共性史料不足、丰富历史的细节、增强文学研究的肌理和质感，但往往无法改变其宏观整体的历史走向。当代文学研究及其历史化，当然要重视私人性史料，但不应过分夸大其作用。对于重大历史事件如此，对于一个作家、一部作品或者细小的历史情

---

① 吴秀明主编：《中国当代文学史料问题研究》，中国社会科学出版社2016年版，第83页。
② 洪子诚：《材料与注释》自序，北京大学出版社2016年版。
③ 易彬：《当代文学史料建设的路径与问题》，《文艺争鸣》2016年第8期。

景和场面，也是如此。

2006年，王德威在北京大学演讲《沈从文的三次启悟》，"借着一册木刻画集、一张照片还有一系列的速写——就是sketches——沈从文以最奇特的方式见证了一代知识分子在面对历史风景的时候的所能为与不所能为。换句话说，面临这样历史大考验的时候，一个知识分子作家，尤其是深受'五四'启蒙影响的知识分子作家，他到底能做些什么？他到底能选择或者放弃什么"？[①] 王德威想证明的是一个宏大的命题，具有当代历史的普遍性和深刻性，也带着沈从文的人生挫折、痛苦，应该说是属于沉重的、滞涩的一种叙述，而王德威的演讲则风轻云淡、流畅写意。他以沈从文私人性史料为中心，探讨饱含着历史普遍性和深刻性的命题。所谓一册木刻画集，是黄永玉为诗集作的插画，"这些插画让沈从文觉得在战后混乱的中国里，居然能够有艺术家以他那纯净的想象，去创造一种已经失去了——或者从来不曾存在——的田园牧歌式的乡土形象，这真是不容易的事情"。[②] 所谓一张照片，是包括张兆和在内的"中国公学女子篮球队"合影，1949年3月26日沈从文在"孤绝"为照片题词，启悟到"只有以生命的结束来完成他作为一个楚人的命定的悲剧"[③]。所谓系列速写，是1957年沈从文在上海给张兆和的书信，书信中沈从文有三幅描绘眼前景象的速写，"这三张图像，恰巧代表了他生命的最后半段的一个最重要的宣言。在这以后，他还会经历许许多多痛苦的生命的考验，但是也许有了这三幅图像在他的心目中，他可以焕发出一种对历史不同的承担的愿望，还有因应历史的考验，继续来经营他所谓的'抽象的抒情'的信念"。[④]

王德威讲故事的方式值得玩味，他采用的经纬交织、虚实相生的叙

[①] [美] 王德威：《抒情传统与中国现代性——在八大的八堂课》，生活·读书·新知三联书店2010年版，第101—102页。

[②] [美] 王德威：《抒情传统与中国现代性——在八大的八堂课》，生活·读书·新知三联书店2010年版，第105页。

[③] [美] 王德威：《抒情传统与中国现代性——在八大的八堂课》，生活·读书·新知三联书店2010年版，第118页。

[④] [美] 王德威：《抒情传统与中国现代性——在八大的八堂课》，生活·读书·新知三联书店2010年版，第130页。

述方式。所谓经纬交织,就是选取沈从文一生的三个重要的时间作为支点,即1947年、1949年和1957年,三点连成一条经线;围绕着每个点配合一些"公共知识",形成经纬交织的一个叙事单元,经线为主,采用沈从文的私人性史料,纬线为辅,选择公共性史料。经线纵向展开,从沈从文"抽象的抒情"开始,经过三次人生经历,最终回到"抽象的抒情",完成沈从文一生的生命"圆满";纬线横向铺排,围绕每一个时期沈从文人生选择,说明沈从文个人生活与时代的联系。这样一来,文章中所选取的所有公共性史料,就成为沈从文私人性史料的辅助性史料,发挥背景、解释和补充性说明的作用。沈从文的私人性史料成为主体史料,确认公共性史料的取舍标准、主导公共性史料的方向,规范公共性史料的阐释空间。所谓虚实相生,就是王德威在演讲中,实写或详述黄永玉插画触动沈从文内心深处的一种情感、1948年《边城》重版时插画、1949年3月题词照片、1929年沈从文求爱张兆和、1957年沈从文致信张兆和等个人化事件,虚写或概括性引入五四时期沈从文和黄永玉作为"时代知识分子"、1947年胶济铁路线战役、30年代左翼美术活动、1948年郭沫若发表《斥反动文艺》、1949年1月北平解放、1957年"双百"方针、整风运动等历史事件。虚写的历史事件构成实写个人经历的佐证,成为向实而生的史料。

  王德威实际上要证明的是沈从文面临的三次人生抉择,这种抉择既有个人意愿,更有历史趋势的左右和影响,首先应该回到当时的公共历史情境中,考辨梳理沈从文个人启悟,时代性不仅体现于沈从文,更体现为一种必然。如果仅仅着眼于沈从文个人心理变化,或者以个人心理变为主线勾连史料,无疑会消解公共性史料的价值和意义。王德威也引入了诸多公共性史料,也顺带还原了部分与沈从文有关的历史情境。但是,由于他以沈从文的私人性材料(书信、题词)为主,把沈从文的三次人生抉择的"拐点"定位于个人际遇和心理表征,从而将一个沉重的知识分子人生选择的命题,讲得轻盈别致、津津有味,历史的沉重感和深刻性消融于沈从文与黄永玉、张兆和私人关系的趣味中。

  "日记是一种独特而又重要的文献种类。从文体学角度看,它是应用文的最为常用的文体之一;从史料学角度看,因其亲历者身份,常被视为第一手史料;从文化学角度看,因其内容包罗万象,又具有百科全书性质。妥善合理地利用日记文献，不仅可以有效校正和补充正史，而且在文学史和文化史上都会有丰富的收获。对于弘扬优秀传统文化、树立文化自信也具有重要的意义。"① 在中国近现代史料体系中，日记贮藏丰富，但利用率并不高，主要是因为大量日记没有整理，缺乏系统性和深入性。国家社科基金重大项目"中国近代日记文献叙录、整理与研究"阶段性成果显示，留存有日记的近现代人物有1000多位，张剑根据知网统计到的相关研究论文只有300多篇，涉及20世纪日记的研究论文只有100多篇。张剑提出："以中国近代日记文献为核心，以'叙录'描绘其形貌，以'整理'锻造其骨肉、以'研究'凝练其神魂，以'数据库'开发其潜能，遵循由实践到理论、由文献整理到文献、文学、历史、文化研究的内在思路，既注重文献整理与理论阐释的融合，希望多角度、多方位地探讨揭示近代日记文献的丰富价值和文化意义；又注意古今的贯通，借助对历史文献的整理与阅读，获得心灵的启迪和共鸣，勾连、启动古今之间的内在联系，完成传统学术话语体系与当代学术话语体系对接，使古籍整理与研究具有现代性和当代价值，从而实现对中国近代日记文献的全方位攻关。"② 舒习龙认为比起官方史料，日记史料在形式上更为原始质朴，内容上往往更加真实，是解读近代史学变迁的绝好材料，梳理和解读近代学术史离不开丰富的近代日记。③ 2009年，《蒋介石日记》手稿经过整理在美国斯坦福大学胡佛研究所档案馆对外开放，引起了国际学术界的热切关注，诸多学者利用这份日记重新审视中国史、东亚史，乃至世界史。国内学者利用《蒋介石日记》解读西安事变④和抗日战争史。张天社对照了蒋介石《西安事变日记》和1937年2月公开发表的《西安半月记》，发现《西安事变日记》是补写的，并非补写了部分内容，而是补写了全部内容。这一发现矫正蒋介石写作日记的方式和时间，对于准确把握《蒋介

---

① 张剑：《中国近代日记文献研究的现状与未来》，《国学学刊》2018年第4期。
② 张剑：《中国近代日记文献研究的现状与未来》，《国学学刊》2018年第4期。
③ 舒习龙：《日记与近代史学史研究：梳理与反思》，《兰州学刊》2017年第10期。
④ 如张天社《蒋介石〈西安事变日记〉系事后补写》，《百年潮》2014年第6期；孙彩霞《蒋介石西安事变时的三份遗嘱》，《文汇读书周报》2007年9月9日；宋花玉《西安事变爆发前蒋介石的一份密嘱》，《党史文汇》2015年第3期；缪平均《"西安事变"爆发前的一份蒋介石密嘱》，《党史文苑》（纪实版）2012年第9期。

石日记》的信息具有重要意义。

"日记可分为两种形式,其一是以让他人看见为前提而撰写的日记……这样的日记不具备任何史料价值。另一种日记,则是只为了自己而写的日记。在这样的日记中,作者投入了感情、记载了自己的交友情况,同时也留下了自己身边所发生种种事情的记录。"① 鲁迅在谈及日记时也说:"我本来每天写日记,是写给自己看的;大约天地间写着这样日记的人们很不少。假使写的人成了名人,死了之后便也会印出;看的人也格外有趣味,因为他写的时候不像做《内感篇》外冒篇似的须摆空架子,所以反而可以看出真的面目来。我想,这是日记的正宗嫡派。我的日记却不是那样。写的是信札往来,银钱收付,无所谓面目,更无所谓真假。"② 在说到私人性史料时,鲁迅说:"因为一个人的言行,总有一部分愿意别人知道,或者不妨给别人知道,但有一部分却不然。然而一个人的脾气,又偏爱知道别人不肯让人知道的一部分,于是尺牍就有了出路。这并非等于窥探门缝,意在发人的阴私,实在是因为要知道这人的全般,就是从不经意处,看出这人——社会的一分子的真实。"③ 在特殊的历史时期,一些文人尽管保留了记日记的习惯,但迫于环境的压力,会给自己的日记设定"记事"范围,给日记加一道"防火墙",防止一些真实的心情和思考进入日记中。这些日记尽管并不一定是专为他人看的,但预设了为他人观看的内容,不怕他人阅读。1960年3月23日,"穆旦明确设定了日记的事项范围:①思想斗争的过程,反省到的自身错误,自勉的决心及计画(划);②公开的发言,公务及私务;③值得记下的感情(而非自然主义地把一切琐屑都记下来)"。④ 在被审查、管制的日子里,作者出于自我保护给日记预定范围,"自觉"地画地为牢,这样的"日记"所记录的事件和感想,也许是当时情况下真实发生过的,但是这种经过谨慎选择、严格

---

① [日]野岛刚:《关于蒋介石日记的几个问题》,芦荻译,《书摘》2017年第1期。
② 鲁迅:《华盖集续编·马上日记》,《鲁迅全集》第3卷,人民文学出版社2005年版,第325页。
③ 鲁迅:《且介亭杂文·孔另境编〈当代文人尺牍钞〉序》,《鲁迅全集》第6卷,人民文学出版社2005年版,第428页。
④ 易彬:《"把自己整个交给人民去处理"——被打成"反革命分子"的穆旦》,《扬子江评论》2014年第2期。

界定的事件和感想，很难反映作者的人生遭遇和整体心态，其真实性需要结合围绕作者的整体性史料，加以考辨。

洪子诚在私人性史料搜研方面也颇可称道，他的《材料与注释》利用诸多日记、回忆、访谈、私人记录、检讨、交代等，与我们见到并熟悉的公共性史料相互参证，对"十七年"诸多重要的历史人事进行历史化。他的研究突出体现在方法和方式两方面："作者似乎完全舍弃了'叙事'，直接用原始材料充当'正文'；另一方面，却用传统笺注的方式，在正文之外，平行并列了另一个信息量大大超出正文的'副文本'。副文本援引大量材料，对以'客观'状态出现的正文本的原始材料进行注释，同时也对正文本中出现的事件、人物、冲突等不断探询、辨析、评议，正副文本在平行状态下延伸，构成互文和对话的有机结构，成就了该书罕见的和自足的形式。"[1] 洪子诚谈到当代文学史料问题时，提出三个重要问题，一是私人性史料能否成为文学史料，公开使用这些私密性质的"检讨史料"是否合适？二是如何让读者真切了解这些史料的特定背景？三是史料使用者显然处于一种"道德优势"与"道德高地"的问题[2]。这些问题，都涉及当代文学私人性史料运用的原则和立场问题。

讲私人性史料的甄别与辨析，还不能不提及思想汇报、检查交代等，它们虽不是当代文学所独有，但构成如此突出现象，那也是以往所罕见的。自然，如何确认此类史料的真实性和准确性，如何运用这些史料解读历史、阐释作家心理等，对研究者来说，也非易事。易彬综合运用穆旦日记、回忆录、访谈、交代材料、自订年谱等私人性史料，与判决书、单位复查意见、权威机构编的大事记、资料辑、诗文集等相互参证，令人信服地证实了在20世纪70年代穆旦命运变故后生活状况和心理状态，发现穆旦日记在1970年2月16日为界，前后的书写方式和记述内容等方面，发生了巨大变化。此外，他还利用南开大学档案馆所藏1953—1965年穆旦8份履历表格和思想总结类文字材料（包括5分履历表和3份思想总结），以及坊间新见的诸多史料，勾画穆旦回国后的思想心理轨迹。

---

[1] 杨联芬、邢洋：《真相与良知——洪子诚〈材料与注释〉引起的思考》，《文艺争鸣》2017年第3期。

[2] 洪子诚：《当代文学的史料问题》，《长沙理工大学学报》（社会科学版）2016年第6期。

综上所述，私人性史料是当代文学史料不可或缺的重要组成部分，系统挖掘整理和开发利用这部分史料，任重道远。私人性史料具有独特价值，但到底如何定位，需要斟酌。开发利用私人性史料的前提，是用实证的方法，对其真实性进行甄别与辨析，尤其是将其与公共性史料比对，与多种史料形态配合使用，在互补互融、互鉴互证中检验其真实性和准确性。同时，甄别与辨析时也要避免洪子诚所说的"道德优势、道德高地"问题，以历史的态度和辩证的思维，给予合情合理的评价。

第三节　无法回避的孤证

"孤证不立"广泛运用于审判、考古、训诂等领域，已成为近现代的一个学术原则。"有一份证据，说一份话""多重证据法"，都是强调文献史料的证据链，主张从丰富的文献史料中还原历史的原生态，追求历史叙述的真实性。1904 年，梁启超在阐释科学精神时说："善怀疑，善寻间，不肯妄徇古人之说与一己之臆见，而必力求真是真非之所存，一也；既治一科，则原始要终，纵说横说，务尽其条理，而备其左证，二也；其学之发达，如一有机体，善能增高继长，前人之发明者，启其端绪，虽或有未尽，而能使后人因其所启者而竟其业，三也；善用比较法，胪举多数之异说，而下正确之折衷，四也。"[①] 在梁启超看来，"力求真是真非之所存"，是学术研究的目的性追求；要实现这一目的性要求，不仅需要"原始要终""纵说横说""尽其条理""备齐左证"，而且需要善于运用比较研究方法，要辨析"多数之异说"，相互参证，细加考辨，方能得出"正确之折衷"。强调文献史料的丰富性和多样性，追求证据链的完整性，包含了"孤证不立"的思想。梁启超在《清代学术概要》提出学术研究必须进行四个步骤：其中"第四步，根据此意见，更从正面旁面反面博求证据，证据备则泐为定说，遇有力之反证则弃之"。[②] 所谓"博求证据"，就是指研究及其历史化，不仅要注意收集正面证据，同时也要注意收集旁面和反面的证据。只有如此，

[①] 梁启超：《论中国学术思想变迁之大势》，上海古籍出版社 2006 年版，第 92 页。
[②] 梁启超：《清代学术概论》，东方出版社 2012 年版，第 54 页。

才能形成完整的证据链，支撑自己的意见，则"渐为定说"。如果遇到有力的反证，则放弃自己的观点，这就是实事求是的科学精神。

陈寅恪也强调证据链的完整性对历史叙述的重要价值，他曾用"取地下之文物与纸上之遗文相互释证""取异族之故书与吾国旧籍相互补证""取外来之观念与固有之材料相互参证"来概括实则拓宽了王国维的"二重证据法"。① 在辩证史学与经学释证史料方法差异时，陈寅恪指出："以谨愿之人，而治经学，则但能依据文句各别解释，而不能综合贯通，成一有系统之论述。以夸诞之人，而治经学，则不甘以片段之论述为满足。因其材料残阙寡少及解释无定之故，转可利用一二细微疑似之单证，以附会其广泛难证之结论。其论既出之后，固不能犁然有当于人心，而人又不易标举反证以相诘难。"② 陈寅恪批评"夸诞之人"用"单证"附会，得出普遍性结论，而由于证据链不够完整，不易找到反驳之证据。

"史料进入研究视野，必须经得起历史和理性的叩问与筛选"，这种叩问与筛选，既包括"考订真伪"，也包括价值判断，因为"不是所有能见到的史料都可作为探讨规律之用，也不是所有的史料都具有同等的价值"。③ 叩问与筛选的目的，当然在于重建原生态的历史，回到文献史料所发生的现场。福柯的知识考古学充分注意到："人们查询文献资料，也依据它们自问，人们不仅想了解它们所叙述的事情，也想了解它们讲述的事情是否真实，了解它们凭什么可以这样说。了解这些文献是说真话还是打诳语，是材料丰富，还是毫无价值；是确凿无误，还是已被篡改。然而，上述这些问题中的每个问题，以及这种对考证强烈的批判性的担忧都指向同一个目标：在这些文献所叙述的事情的基础上——有时是只言片语——重建这曾经是文献的来源，而今天却远远地消失在文献背后的过去。"④ 他

---

① 陈寅恪：《金明馆丛稿二编·王静安先生遗书序》，生活·读书·新知三联书店2001年版，第247页。
② 陈寅恪：《金明馆丛稿二编·陈垣元西域人华化考序》，生活·读书·新知三联书店2001年版，第269页。
③ 吴秀明：《中国当代文学史料问题研究》，中国社会科学出版社2016年版，第11页。
④ ［法］米歇尔·福柯：《知识考古学》，谢强等译，生活·读书·新知三联书店1998年版，第6页。

强调文献史料的整体性与关联性,"历史力图在文献自身的构成中确定某些单位、某些整体、某些体系和某种关联"。①

无论是近现代学术先驱梁启超、王国维、陈寅恪,还是西方现代哲人福柯,都强调学术研究中文献史料证据完整性,对孤证保留着近乎严苛的审慎态度。然而,正如陈寅恪对经学研究"材料残阙而又寡少"的忧虑,文史研究也存在"材料残阙而又寡少"的情况。在漫长的历史流变中,有些史实文献记录较多,史料相对"俱备",证据链相对完整;有些史实文献记录(包括地下文物)相对较少,甚至极少,能够被挖掘、发现的史料更是少之又少。有一些涉及敏感、隐秘的史实,即使有文献记录,也会因为各种各样的人为的、非人为的因素,在一定时间内不能见光。有一些史实,由于受到各种条件的限制,时人没有确凿的文字记录,只能事后凭借记忆,以口述的方式保存在很小的一个圈子内。"我们在书中所看到的只是真实历史过程中的极小的一部分;历史的大部分故事和细节都淹没在人类意识之外的'一个根本无法去证明什么的'深海之中。"② 每一条证据链上的证据,都是由一个一个孤证组成的,离开了单个的、具体的孤证,现代学术知识谱系也就无从谈起。对于当代文学而言,许多史料湮灭在一地鸡毛的纷乱之中,有些史料由于这样或那样的原因无法公之于众,诸多重要的历史史实晦暗不明。当此之时,一条孤证,即使有记忆误差、记录模糊,甚至有时间错误的误证,也能够开启一线光亮,引导、激发人们探寻历史真相。因此,在当代文学学科尚不成熟的阶段,孤证具有特殊的价值,通过对孤证的考辨、补证、质疑、充实,建立史实的证据链,还原尚处于晦涩幽深中的历史现场。在这方面,"毛罗对话"及其讨论,就是一个可待分析的例证。

"新世纪伊始,我国文化界最热门话题之一,就是关于'1957年毛罗

---

① [法]米歇尔·福柯:《知识考古学》,谢强等译,生活·读书·新知三联书店1998年版,第6页。

② 沈敏特:《孤证、考证与不必考证——评〈鲁迅活着会怎样〉》,《同舟共进》2003年第1期。

对话'的论辩。"① 从 2001 年到 2017 年，"毛罗对话"作为一条被"转述"的孤证，引发了学者对现当代政治史、思想史、文学史等史料进行深层发掘与各具特色的阐释，仁者见仁，智者见智。这里笔者立足文献史料学的基本原理，参照近现代学术中"孤证不立"的规范，结合当代文学的特殊及复杂情况，拟对此展开探讨，以便对孤证之在当代文学研究的独特价值有所认识。

2001 年 9 月，鲁迅先生的儿子周海婴在其《鲁迅与我 70 年》一书中首次披露了"毛罗对话"："罗稷南老先生抽个空隙，向毛主席提出了一个大胆的设想疑问：要是今天鲁迅还活着，他可能会怎样？……毛主席对此却十分认真，沉思了片刻，回答说：以我的估计，（鲁迅）要么是关在牢里还是要写，要么他识大体不作声。一个近乎悬念的询问，得到的竟是如此严峻的回答。"② 不久，贺圣谟在《宁波教育报》《南方周末》上发文，转引罗稷南"口述"，确认此事。③ 紧接着，还有陈焜和黄宗英等，也撰文发声"证实"。④ 不同的是，黄宗英对这一孤证问题是有顾虑的："如果我写出自己听到这段对话，将与海婴所说的分量不同。因为，我在现场；如果没有第二个人说他也当场听到，那我岂非成了孤证？"⑤ 从周海婴、贺圣谟，到陈焜、黄宗英，"毛罗对话"的内容发生了很大变化，影响这种变化的主要是"转述"和"亲见"的区分。在"转述"史料的链条上，形成两个并行的线索：周海婴—贺圣谟—罗稷南；周海婴—陈焜—罗稷南。"毛罗对话"的信息源头是罗稷南，贺圣谟、陈焜是第一次转述者，周海婴是第二次转述者，证据链条中任何一个环节发生问题，都

---

① 陈明远：《综述：1957 年毛罗对话的论辩》，《社会科学论坛》2004 年第 2 期。

② 周海婴：《鲁迅与我 70 年》，南海出版公司 2001 年版，第 370—371 页。

③ 贺圣谟：《"孤证"提供人的发言》，《南方周末》2002 年 12 月 5 日；《关于毛泽东和罗稷南的对话》，见李浙杭主编《宁波当代作家散文选》（下），宁波出版社 2006 年版，第 177—181 页。

④ 陈焜：《就毛主席答罗稷南问致周海婴先生的一封信》，《北京观察》2002 年第 3 期。黄宗英于 2002 年 7 月 4 日写作，多家媒体、杂志刊发或转载，分别见《往事：我亲聆毛泽东与罗稷南对话》，《南方周末》2002 年 12 月 5 日；《"鲁迅活着会怎样"——我亲聆毛泽东罗稷南对话》，《文汇读书周报》2002 年 12 月 6 日，《东西南北》2003 年第 3 期转载；《我亲聆毛泽东罗稷南对话》，《炎黄春秋》2002 年第 12 期。

⑤ 黄宗英：《我亲聆毛泽东与罗稷南的对话》，《炎黄春秋》2002 年第 12 期。

会影响信息的可靠性。贺圣谟和陈焜都是时隔多年后,全凭记忆"转述"罗稷南当年告知的内容,在具体陈述层面有所差异,但在可接受的范围内。周海婴的"转述"存在几处错误,说明周海婴记忆选择的原始性,没有"精致"地搞成"合理"的表述。贺圣谟和陈焜站出来,从基本事实层面支持了周海婴的"转述"。三人"转述"存在着表述的差异,但似乎并不影响他们所指的基本事实。黄宗英的"亲聆"具有更高的史料价值,也赢得了更多学者的信任。有学者表示,"还是相信'毛罗对话'是真实存在的,理由有三:一是新华社当年的报道能够证明罗稷南、黄宗英等人确曾参加了那次围桌谈话;二是曾听到罗稷南讲述这段对话的陈焜、贺圣谟与现场见证人黄宗英三人之间的相互印证;第三点也是更为重要的一点,根据现有史料,早在整风反右前的中国共产党全国宣传工作会议期间,毛泽东就曾三次回答过'倘若鲁迅活着,敢不敢写'的问题"。①

"历史的首要任务已不是解释文献、确定它的真伪及其表述的价值,而是研究文献的内涵和制订文献:历史对文献进行组织、分割、分配、安排、划分层次、建立体系、从不合理的因素中提炼出合理的因素、测定各种成分、确定各种单位、描述各种关系。因此,对历史说来,文献不再是一种无生气的材料,即:历史试图通过它重建前人所作所言、重建过去所发生而如今留下印记的事情。"② 面对"毛罗对话"这一孤证,参与讨论的学者不约而同地将其放置到当代历史话语中,用不同的方式和态度激活这段史料的历史价值,从最初对"毛罗对话"史实的真伪之辩、有无之争,逐渐进入对"毛罗对话"可能性的逻辑推断和历史价值的估定。

学术界对"毛罗对话"的考辨,基本有两种方法,一种是文献史料排列法,一种是历史逻辑判断法。陈晋挖掘、排列诸多《毛泽东选集》《文汇报》等体制性文献史料,说明座谈会并没有提到"鲁迅活着会怎样"的问题,他的猜想指向罗稷南,指向"毛罗对话"信息源,也指向贺圣谟、陈

---

① 张健:《1957年"毛罗对话"版本比较及解读》,《当代中国史研究》2008年第6期。
② [法] 米歇尔·福柯:《知识考古学》,谢强等译,生活·读书·新知三联书店1998年版,第7页。

焜、周海婴"误传"。① "陈晋先生是用'编史'中的资料去考证'实史'中的事实，但孰料编史中根本没有编入这个曾经发生的事实，所以，他无论如何不会在考证中有确定的结论得出。但陈先生的文章竟有明确的结论，即，毛泽东向罗稷南说鲁迅活着会如何的说话行为是不存在的。"② 陈晋所引述的文献史料，基本为已经公开出版的体制性图书和报纸，证据具有同质性、同源性，属于"文献的一致性和同质的资料体"。根据这些经过严格审核、筛选的文献史料没有提到"毛罗对话"，就断定"毛罗对话"不存在，未免失之于偏。秋石"自2003年1月22日……进行了长达14年之久持续不懈的源头寻踪调查考证，获得了大量有益的史料史实，从而为这个众说纷纭引发社会震荡的'毛罗对话'，在一定程度上还了历史本原"。③ 他用系列论文提出八个问题，④ 对跨越不同历史时期的文本，进行简单的文字比对，而没有对产生文本的时代语境和作者不同时期的处境、心境进行还原，只是为了证明"黄宗英的这篇3400字的所谓'亲聆'文章，2700字左右涉嫌造假"，形成完整的"反面"证据链，而缺少对"正面旁面"证据的"博求"。"如果仅仅用1957年3月毛泽东的讲话去否认四个月后毛、罗答问的真实性；或者以海婴先生叙事中存在某些细节出入为由去推断毛、罗对谈之不可信；这种方法却未免过于简单。不幸，秋石先生的文章恰恰存在这类毛病，他以细节出入为由根本否定毛、罗对谈的可能性，说什么'既然不是老乡聊聊'，自然也不存在假设的'老乡'罗稷南向毛泽东提出这个'具有潜在的威胁性'话题的可能了。真是武断得可以！"⑤

许多学者都主张重返历史语境，用历史逻辑考辨"毛罗对话"的真实性。尹学初、谢泳、黄金生通过分析毛泽东在20世纪50—70年代关于鲁迅的讲话，认为"毛泽东的鲁迅观不但丝毫没有改观，而对鲁迅的评

---

① 陈晋：《"鲁迅活着会怎样"？——罗稷南1957年在上海和毛泽东"秘密对话"质疑》，《百年潮》2002年第9期。

② 张学义：《"故存之"和"渐信之"——〈鲁迅与我七十年〉读后漫笔》，《教书育人》2004年第2期。

③ 秋石：《黄宗英"亲聆""毛罗对话"历史真相调查》，《粤海风》2017年第3期。

④ 参见秋石《黄宗英"亲聆""毛罗对话"历史真相调查》，《粤海风》2017年第3期；《关于"毛罗对话"及其他》，《粤海风》2011年第2期等文章。

⑤ 严家炎：《史余漫笔》，生活·读书·新知三联书店2009年版，第40页。

价之高，推崇之烈，却有增无减，只是表达的角度和侧面与过去有所不同罢了"，毛泽东的鲁迅观是稳定的、一贯的。① 黄修己、朱正、严家炎等侧重分析毛泽东鲁迅观的矛盾性、断裂性，并将"断裂点"定位于1957年6月8日。他们认为，不仅1957年毛泽东涉及鲁迅的讲话、谈话出现两种截然不同的声音，而且，毛泽东的鲁迅观在整体性层面，也出现断裂，"毛罗对话"就是符合历史逻辑的，其历史的可能性和必然性都很高。② 也有的学者主张在这个问题上要慎重，强调指出，"披露领袖言论是一件郑重的事情。同时，对领袖人物的著作和言论应当全面分析，防止用情绪来支配观点。对于评价鲁迅而言，毛泽东公开发表的言论跟非公开发表的言论，一贯的评价跟个别的提法，庄重的提法跟随意的说法，绝不具有同样的意义和价值。这恐怕也应该成为'史料学'的一条原理"。③ 由于当代文献史料，特别是涉及最高领导人讲话、文稿的复杂性，又引发了关于毛泽东讲话、文稿与正式出版物之间的差异性，毛泽东所有谈话、讲话的现场记录问题，领导人公开出版的讲话与"非正式谈话"之间的关系问题，领袖人物公开发表的言论与非公开发表的言论的关系问题，等等。作为领袖人物公开发表的谈话和非公开发表的谈话，当然会有所区别，但是否公开发表不能以官方出版物为准，"毛罗对话"发生在公开场合，而不是私人场合，已经在现场"正式发表了"。从史料的意义和价值角度而言，"公开发表的言论"与"非公开发表的言论"，这是比较表象的，史料对历史的影响及其深度与广度，才是区分史料意义和价值的关键性尺度。

在历史长河中，变与不变是相对的，它始终处于辩证的矛盾之中。不变体现了历史的传承，变则体现了历史的革新。从史料层面考察，在不变

---

① 参见尹学初《"毛罗对话"之我见》，《杂文随笔》2003年第12期；谢泳《对"鲁迅如果活着会如何"的理解》，《文史精华》2002年第6期；黄金生《"我是圣人的学生"毛泽东和鲁迅》，《国家人文历史》2016年第6期。

② 参见黄修己《披露"毛罗对话"史实的启示》，《文艺争鸣》2003年第2期；朱正《"要是鲁迅今天还活着……"》，《同舟共进》2003年第12期；严家炎《史余漫笔》，生活·读书·新知三联书店2009年版，第44页。

③ 陈漱渝：《关于所谓"毛罗对话"的公开信——质疑黄修己教授的史实观》，《文艺争鸣》2003年第3期。

为主流的历史时段，承接性史料更为集中，历史价值相对凸显。而在变为主流的历史时段，断裂性史料则更引人注意，历史价值更为显在。变与不变共处于各个历史阶段，呈现历史的曲折性与复杂性，承接性史料与断裂性史料也有共性特征，只不过有显与隐、主与次的区分。对之，我们既不能用同质性的承接性史料证据链覆盖断裂性史料，也不能用断裂性证据链解构承接性史料的存在价值，需要综合考虑变与不变之间的关系，辩证把握同一条史料中所蕴含的变与不变的具体内涵。当然，面对1957年这个特殊的年份，立足于变来观照历史，是符合历史实际的。但在看到变的同时，也要看到变背后的不变，才能得出深刻性洞见，将其讨论引向深入。就此而言，朱正、严家炎等立足于毛泽东的鲁迅论的变，从另一个侧面证明毛泽东一贯从政治家的立场谈论鲁迅，具有不变的特征，表现出解析史料的清醒和辩证。

由周海婴"转述"的"毛罗对话"，引发了一场长达十余年的学术争论，尚未形成定说，而且在今后相当长一段时间内，也难以形成定说，很有可能成为当代文学史上一桩"悬案"，其关键在于没有找到"毛罗对话"的直接记录，也就是原始性的"第一手史料"，只能依靠"转述"材料揣摩历史真相。然而，在当时的历史条件下，即使"毛罗对话"真实存在，罗稷南先生也不能记录下来，只能记录在自己的脑海中。而几十年过去后，"转述"者和"亲聆者"不免都存在记忆误差，表述不够统一，甚至有较大出入，实属正常。在讨论中，争论各方所拿出的史料重叠程度很高，但却得出截然相反的结论。这一方面说明专家学者们在历史意识层面各抒己见，另一方面也暴露出甄别、辨析、运用当代文学史料方面，存在着"人执一说"的主观性。这也说明，当代文学研究尚未形成具有共识基础的史料规范。既如此，当然亦就难以达成具有包容性的学术判断，更遑论"胪举多数之异说"，"遇有力之反证则弃之"。①

当代文学研究与古代文学、现代文学研究的最大不同，就在于现场感。这种现场感，它使当代文学史料在呈现活态特性的同时，也给其稳定性带来一定的影响，甚至由此及彼，有可能对其史料的重要性产生不应有

---

① 梁启超：《论中国学术思想变迁之大势》，上海古籍出版社2006年版，第92页。

的忽略。常常是人在事中，或限于认知和条件，当事人并没有意识到当时所做的事、所说的话具有的价值。也因此故，加之历史本身的复杂性和时间变迁，回忆者常常陷入孤独的喃喃自语，于是就导致诸多重要的史料成为孤证。何启治有关张炜长篇小说《古船》出版后遭遇的叙述，就具有一定的代表性。《古船》在《当代》全文刊发后，曾在当时文坛引起了较大反响。1986年年底，山东省委宣传部和《当代》编辑部等，分别在济南、北京召开研讨会给予较高评价。但因"来自某些领导者的口头而未见诸文字的批评"，最后虽经努力争取，也只能刊发1000多字的两地四天讨论会的有关报道（刊登于《当代》1987年第2期）[①] 何启治是多年以后回忆当时的情况，也有《当代》发表的报道佐证史料。但是，最为关键的史料即"未见诸文字"的某位领导批评始终没有。所以，尽管他的这一回忆很重要，但从史料学角度来衡量，恐怕只能算作孤证。

当代文学史料的孤证与孤证的当代文学史料，不仅表现为史料的唯一性或孤立性，还表现为史料来源的孤立性或单一性。虽然根据这单一来源的史料复制了诸多版本的史料，但其孤证的性质没有发生根本变化。洪子诚在《问题与方法》中谈到"白洋淀诗群"的史料属于孤证的问题，他说："我们目前使用的有关'白洋淀诗歌'的材料，都是一些'白洋淀诗群'成员，或者个别有关的人的回忆文章……都是孤证，找不到别的旁证或材料来印证、检验它们的真实情况。我和刘登翰编写《中国当代新诗》写到这一诗群，使用的材料也是这样。这不是说我们怀疑材料的真实、可靠，不是说这些材料是假的，而是说，在实证的意义上，这样使用材料的方式存在欠缺和漏洞。这会使我们的研究发生困难。"[②] 洪子诚提到的孤证就是1985年老木编选的《新诗潮诗集》。李杨对其中多多的"白洋淀诗歌"提出质疑："1985年，'北大五四文学社'为出版内部刊物《新诗潮诗集》向多多征集诗歌，多多提供了这些分别注明了创作时间的'白洋淀诗歌'，随后，这些诗歌又在1988年漓江出版社出版的诗

[①] 参见何启治《世纪书话——我和当代优秀长篇小说的遇合机缘》，宋应离、刘小敏编《亲历新中国出版六十年》，河南大学出版社2009年版，第768—773页。

[②] 洪子诚：《问题与方法：中国当代文学史研究讲稿》（增订版），生活·读书·新知三联书店2015年版，第28页。

歌专集《行礼》与1989年出版于香港的诗集《里程》中与读者见面，这两个正式版本中的'白洋淀诗歌'又有了新的改动。"① 李润霞曾在文章提到《今天》文学社的《里程》（1972—1988年）的油印本②。多多热衷于修改自己的诗歌作品，宋海泉的《白洋淀琐忆》有明确记述，荷兰学者柯雷也发现多多的《里程》和《行礼》"两种版本很不一样"。这些不同版本的"白洋淀诗歌"是由多多本人提供的，其最早的"底本"大约来自1985年的《新诗潮诗集》。李杨在大量有关"白洋淀诗歌"的回忆文章、赵一凡留下的材料和20世纪80年代以前诗歌刊物中，都没有找到这些重要的"白洋淀诗歌"。因此，"尽管我们无法确认这些作品的创作时间是'真'的，我们也同样无法证明这些作品的创作时间是'假'的"。像多多的"白洋淀诗歌"这种来源相对集中的孤证材料，理应运用考据辨伪的方法进行历史还原，但由于各种条件限制，这些作品的写作时间，只有作者最清楚（也许作者多多也记不清楚了），只能抱着"半信半疑"的态度：既不能完全否认其作为当代文学史料的价值，也不能完全肯定其史料价值，只能让它保持孤独存在的现状，历史总有一天会明白的。

程光炜通过对照分析路遥初恋时期的两条信息对立的孤证，得出一个文学史结论。"1971年春，延川县有一个到铜川二号信箱工厂的招工指标，路遥和他初恋女友林虹都报了名，林虹体检不合格，路遥出于爱情，把自己这个机会给了她。"这个史料的最早出处大概是路遥和曹谷溪，曹谷溪在《关于路遥的谈话》中夹叙夹议地道出了这个信息。鉴于曹谷溪与路遥在延川时期的特殊关系，许多引述者选择无条件地信任这条史料，包括李建军编的《路遥十五年祭》、马一夫等主编的《路遥纪念集》、王刚的《路遥年谱》等均录入或引述了这条史料。多年来，从事路遥研究的学者没有进行过探究，这条孤证似乎也成了文学史的定论。程光炜介绍了另一条孤证："当事人林虹女士（此为化名）在当年到延川县插队的北

---

① 李杨：《当代文学史写作：原则、方法与可能性——从陈思和主编的〈中国当代文学史教程〉谈起》，《文学评论》2000年第3期。

② 李润霞：《颓废的纪念与青春的薄奠——论多多在"文化大革命"时期的地下诗歌创作》，《江汉论坛》2008年第12期。

京知青'微信群'里证实：自己 1971 年春到铜川二号信箱工厂当工人的招工指标，并非路遥让给她的。因为工厂招的是广播员，条件是普通话标准，而路遥说话时的陕北口音很重，不符合这个条件。自己是通过面试才获得这个机会的。"这一条史料同样是孤证，能够说明这条孤证的只有结果：林虹确实得到了广播员的工作。显然，相比于曹谷溪的孤证进入年谱等正式文本，林虹仅仅在微信圈里的证实相对无力很多，史料形态也不规范。而且，这么多年了，路遥名气越来越大，文学史地位越来越稳定，林虹却一直默默无闻，几乎没有见到她谈论当年与路遥初恋的文字记载，突然在微信圈里说出了这番话，也令人浮想联翩。如何对待这两条信息矛盾的孤证，程光炜为此主张："一些文学史上的孤证需要谨慎对待，一份沉埋的孤证与文学史结论的阐释性的关系更需要认真处理。当前一份孤证因为沉默沉埋时间过久，已经损害了文学史结论的可靠性，在后一种孤证出现后，这种固化的问题被解除了。文学史结论又开始踏上了新征程。由此也会发现'如何书写当代文学史'绝非一个小问题。"①

"毛罗对话""关于《古船》的指示"、多多的"白洋淀诗歌"与路遥转让工作名额事件，都是文学史的孤证。这些孤证或者身份不明，或者缺乏坚实史实支撑，或者时间不实，或者相互矛盾，甚至不排除人为制造的嫌疑，都有待于进一步考辨和确认，需要挖掘更多的证据来丰富相关的证据链。但是，我们不能否认，这些孤证在文学史均有其或大或小的意义，因为是孤证，其史料价值也不可替代。这就告诉我们：当代文学史料的孤证之所以孤，是因为所涉及的史实尚没有露出"水面"，它还没有形成完整的证据链，而缺乏坚实地支撑史实的存在。然而，孤证作为冰山一角，毕竟将"冰山"隐隐约约地显露出来，撕开了遮蔽史实的一道缝隙，具有潜在的价值。对于孤证，一定会存在真与假的判断，无论证实还是证伪，都是一种拨开历史迷雾的艰苦工作。证实透过这一孤证，给还原历史史实以有力的启迪或深刻的暗示，循着孤证线索，深挖开去，建立完整的证据链。证伪也能激发人们钩沉历史真相的兴趣，在寻找历史史实的路途上，开辟出另一番学术天地，进而还原历史真实。一条孤证引发证实与证

---

① 程光炜：《一份沉埋的孤证与文学史结论——关于路遥 1971 年春的招工问题》，《当代文坛》2019 年第 2 期。

伪的学术讨论，将被埋没的史实钩沉出来，就是孤证的独特价值。因此，当孤证尚孤之时，一定要给予足够的尊重和宽容，不能用简单的真假判断，将孤证封杀在摇篮里。一个成熟的学科、一名成熟的学者，乃至一个成熟的时代，应该能够容纳孤证的存在，扶持孤证的成长，从这一片叶子、一条纹路出发，寻找历史的本真。所以，对待孤证，既要坚持"孤证不立""孤证不举"的学术规范，也要考虑当代文学现场感的影响，采取"孤证不废"的临时性策略，走出一条符合当代文学研究实际的史料学之路。

下编

历史化相关专题探讨

本书的上编、中编部分，我们分别对历史化的本体存在与知识谱系、主要路径与研究方法作了考察。通过考察，我们对其"是什么"与"怎么样"有了较为清晰的了解。这使我们知晓当代文学历史化不但可与古代文学、现代文学历史化融通，从它们那里找到借鉴，而且还有自己作为与时代同构的新兴学科的独特之处，包括优势也包括短缺，包括理论也包括实践。本编在一定意义上，可以看作对上述两编探讨的延展。主要在前两编研究的基础上，再就历史化有关重要问题进行考察，以期将思考进一步推向深入。

这里，我们拟分五个专题，即"四个问题"和"一个基础"。它以问题为导向，对之进行抽样分析。其中"四个问题"，主要从历史化与历史观、历史化与文学性、历史化与文学批评、历史化与旧体诗词关系角度契入，联系当代文学创作及研究实际展开阐述，探讨历史化的得失及提升发展之道。而"一个基础"，则返回研究主体自身，通过学者代际、学者与文学教育、学者与批评家的比较分析，提出研究的知识学养问题，将探讨由外在的"客体对象"推进到内在的"主体自我"。当代文学"历史化"与"当代性"纠缠在一起，从某种意义上，它较之古代文学、现代文学历史化更复杂，也更难把握。这一切，不仅需要作历史的、文学的考察，而且对研究主体来说，也有必要进行反思，它同时还是一个自我反思的命题。

第十一章　历史化的历史观问题

随着时间的推演，越来越多的人已逐渐认识到历史化问题的重要。尤其是从21世纪初开始，受美国学者詹姆逊关于"永远历史化"观念的影响，加之诸多因素的催化作用，在这方面更是成为人们普遍的共识。不少有识之士纷纷聚焦或涉笔于此，以至在当代文学研究领域形成了一个引人注目的学术现象。然而，由于历史化是在全球化语境中进行的，所以，它在给当代文学历史化带来前所未有"解放"的同时，也对其中有关政治和革命叙述提出了挑战。大量事实表明，政治和革命虽非历史化的全部，但却是其中的重要的组成部分，尤其是在"十七年"更是如此；即使是20世纪八九十年代与之相异甚大的先锋文学及其研究，也都建立在对它们的参照的基础之上。而要对这样两个事关当代文学的整体和全局问题进行历史化，就不可避免地涉及历史观问题。只有抓住了这个根本性、关捩性的问题，才有可能对繁复的历史保持理性的清醒，对当代文学做出唯物的和辩证的评价。从这个意义上，李杨在《50—70年代中国文学经典再解读》一书所作的这一断言当称不谬：所谓的"'历史化'还不仅仅意味着将对象'历史化'，更重要的还应当同时将自我'历史化'"。[①]

上述种种，构成了本章写作的动机和基础。接下来笔者要做的，主要拟从以下两个方面展开阐述：从历史观与历史化关系入手，分析指出前者对后者的特殊导向和规约作用，也借此对20世纪90年代以迄于今的历史化进行梳理，为自己的有关论述提供较为开阔的一个学术背景。在此基础

---

① 李杨：《50—70年代中国文学经典再解读》后记，山东教育出版社2003年版。

上，再分别就当代文学政治与革命如何历史化以及历史化的有关难点问题进行探讨，通过这样两个具体视角，将历史化中的历史观问题引向深入。

第一节　历史观之对历史化的特殊功能价值

文学历史化本质上就是基于逆向因果关系的一种"事后"考察，即"知道一个结果，我们在时间上回溯它的原因"①，用马克思主义经典话语来表述，意思就是历史研究"总是采取同实际发展相反的道路。这种思索是从事后开始的，就是说，是从发展过程的完成的结果开始的"。② 正是基于此，它使得对历史事实的叙述由简单的按时间序列进行描述转变为一种按逻辑论证进行推理的过程。这也意味着我们这里所说的历史观——根据什么样的观点来看待和评价当代文学及其历史化，是可以被纳入逆向的"事后"考察范畴。所不同的，只是研究对象离我们太近，其中一部分（特别是21世纪以来的20年这部分），几乎完全与我们处于"同构"，它还没有经过时间的积淀，同时也属于文学批评的范畴。另外，当代文学生成并受制于一体化体制，这里既打上制度、文化、民族方面的深刻印记，同时也存在着人类文明和文化的普适性、共同性的潜质。对此如何将其黏合融通，给予历史重构，防止神化拔高或虚无主义，也是需要注意的一个问题。

那么，为什么会在历史化研究中出现神化拔高或虚无主义现象呢？这里原因很多，其中之一，应该说是与"以果溯因"思想认知和研究方法有关。这就是它不是如马恩所说将研究对象放在"当时"历史条件下考量，而是从"今天"的"历史结果"出发，然后倒过来按图索骥，去寻找它的"成因"，对之做事后的解释。在研究方法上，不是讲"多因一果"，而是掉进"一因一果"这样因果律的陷阱里出不来。按历史主义之解，历史在当时复杂的历史合力作用之下朝多样方向的发展，也呈现多种结果可能性。它发展成今天这样的结果，既有必然性也有偶然性，是两者

---

① ［美］华莱士·马丁：《当代叙事学》，伍明译，北京大学出版社1990年版，第81页。
② 《马克思恩格斯全集》第44卷，人民出版社2001年版，第93页。

矛盾的统一。只讲必然或只讲偶然者，都有偏。"以果溯因"解释是一种简单一维的因果律，它实则是以成败论英雄，成则所做的就是真理，反之都是荒谬。所以它将其排斥在"了解"的视野，它也不可能对它"了解"，当然也就谈不上"同情"了。诚如李陀所说，这是一种化约主义，也是一种形而上学。正是从这点出发，他认为阿尔多塞有关"多元决定"的思想主张值得重视。按照他的思路，某种历史现象和历史结果的产生，它都不会也不可能在"一因一果"的链条上形成的，它是"多因一果"或"多因多果"。因果关系是一个网络性、结构性的立体复杂的"系统"，是不能随意化约的。[①] 有的研究和批评之所以对作家作品采取冷淡或漠视的态度，将文学史狭义为"革命"或"启蒙"的文学史，在很大程度上，就源于这种单维线性的"以果溯因"的认知，是这种"以果溯因"的结果。显然，这样的研究及其历史化，因受今天"结果"的规约，它不可能不对昨天的历史及其所谓的"成因"做出狭隘的、功利主义的诠释。在这里。历史的多样性、多变性、丰富性、复杂性被无情地过滤了，只剩下几条筋，几条干巴巴的所谓的规律。于是文学史也就变成了简单狭隘的"革命"或"启蒙"的文学史。显然，这是以偏概全，也是简单化、绝对化的一种思维方法。它不是从历史复杂性、多样性和发展的多种可能性出发，而是从最后结果向前回溯反推，证明其合理必然，它在事实上是排斥和不承认历史发展和结果有多种可能性，现在只是其中一种。

当然，也许更为重要的是，当今天提出历史化及历史观问题的时候，我们已处在全球化语境中，"文学终结论"在中国甚嚣尘上，文学及文学研究面临前所未有的严峻挑战，人们在并没有充分"正本清源"，理解本质主义和普遍主义完整含义的情况下，又匆匆迎来反本质主义和反普遍主义，将本质主义和普遍主义等同于所谓的"反历史反人性反文学"的"绝对主义"。所以，就更给逆向的"事后"考察平添了难度，使之在向学术化、客观化、知识化的叙述，徒生了许多无法克服的自我矛盾和悖论。当代文学历史化之所以出现"理论的模糊性与理解的同一性的矛盾""理论的有限性与历史的客观化的矛盾""科学性与人文性的矛

[①] 查建英主编：《八十年代访谈录》，生活·读书·新知三联书店2006年版，第254页。

盾",① 笔者以为都可从中找到原因。

众所周知，20世纪八九十年代，现当代文学研究领域曾引发过一场带有连续性质的"重新历史化"活动，一批中青年学者借助思想解放的话语空间，利用新启蒙的思想资源，通过对柳青《创业史》、赵树理方向和金庸文学大师等的"重评""重写"和"重排"，"一方面迅速确立了学科的合法地位，另一方面，也在此基础上企图进一步清理文学与国家、文学与意识形态等更广大范围内的历史问题"。② 当然，它在消解和颠覆既定文学史观和历史观的同时，也将文学与政治、文学与社会之间的复杂关联有意无意地简单化了，仍然表现了相当浓厚的二元对立的思维理路。诚如后来的一部现当代文学"学科概要"的著述中所批评的那样：它"在对文学史'教科书'性质的检讨中，一种历史化的眼光使得文学史的内在机制得以显露，但对于新的文学史框架，这样一种历史观的眼光恰恰失落了。在'学术'、'独立'、'科学'等字眼中，不难看出一种本质化的理解倾向，对自身前提、限度以及新的意识形态话语的关联的反省，也随之缺失"。③ 有的则提得更为尖锐和激烈，认为这种"'破坏'、'怀疑'、'否定'还（也）滋生了不好的文学生态，它会把文学创作看做是很容易的事情。对经典的轻视，成为'超越'、'创新'、'多元'的话语前提，甚至成为某种障碍，我们很难想象，这是一种成熟、自律、和健全的文学年代的姿态"。④ 我们今天的历史化，事实上就是对八九十年代那场"重新历史化"的"接着说"，在历史观问题上，形成了既承续又超越的逻辑关联。也就是说，对这场"重新历史化"，一方面，我们既要充分肯定它在当时背景下的革新鼎故，对相当长的一段时间里形成的封闭僵硬的阶级论、本质论的思维观念的大胆超越，为今天历史化打下基础，作了有力的铺垫；另一方面，又要看到其自身的历史局限，它还没有从根本上摆脱二元对立思维，将文学对政治的态度从一个极端走向另一个

---

① 颜水生：《论当代"历史化"思潮及其反思》，《南方文坛》2011年第2期。
② 杨庆祥：《"重写"的限度——"重写文学史"的想象和实践》，北京大学出版社2011年版，第151页。
③ 温儒敏等：《中国现当代文学学科概要》，北京大学出版社2005年版，第126页。
④ 程光炜：《文学讲稿："八十年代"作为方法》，北京大学出版社2009年版，第220页。

极端，表现了"去政治"的偏差。不妨这样说吧，如果说八九十年代"重新历史化"是一场以显性的、启蒙史观为主体的文学活动，那么现在的历史化则是一场以隐性的、多元史观为标志的文学活动，是对它"再历史化"或"再解读"。它们之间，既有连续性和一致性，更有因学术语境变化而带来的转型和延异。

已有一些学者从跨学科研究到历史化转向，从本质主义到非本质主义，或从传统历史理性的瓦解与存在主义、精神分析学、结构主义乃至计量统计学等各种西方史学流派观念的影响，或从后冷战时期国际政治经济、中国意识形态结构体系与历史潜文本及主体辩证互动关系的角度，对历史重构的历史化及其历史观变化做了梳理。① 有的还立足于创作实践，将其归纳为"改写经典的历史叙事而发掘出不同的反思性体系""有意逃离宏大的历史叙事""回避统一观念的文学叙事""感性经验、游戏式的和反讽性的风格""历史元叙事的解体"等，认为它已进入了"平面化狂欢"的时代。② 这对我们研究是有启发的。作为"事后"考察，当代文学历史化要顾及历史与现实两端，它牵涉政治、革命、社会、历史等许多敏感问题，原本就很复杂，而且八九十年代那场"重新历史化"许多问题刚刚打开，还来不及很好的讨论和仔细的辨析，这就使其在颠覆传统历史观念，给我们以深刻启示的同时，却也陷入了历史与存在的迷津，而显得更为复杂。

那么到底如何建立"永远历史化"的"有效的历史表述"，实现历史文本化与文本历史化、科学性与人文性、本质主义与非本质主义的统一？这当然很复杂，非三言两语能讲清。但笔者以为，在对绝对论、本质论抱持足够警惕的前提下，在当下是有必要而且应该向詹姆逊的"政治无意识"寻求借鉴，通过对政治意识形态之对文学及其历史无所不在潜入的"突破口"的叙述，来进入当代文学"历史现场"，实现对"中国特色"整体性历史的还原和解密，这至少是一条路径。20世纪90年代以后当代

---

① 参见颜水生《论当代"历史化"思潮及其反思》，《南方文坛》2011年第2期；张清华《中国当代先锋文学思潮论》，中国人民大学出版社2014年版，第155—158页；陈晓明主编《现代性与中国当代文学转型》，云南人民出版社2003年版，第251页。

② 陈晓明主编：《现代性与中国当代文学转型》，云南人民出版社2003年版，第251页。

文学历史化及历史观涉及面广，存在问题也很多，但无论从宏观的历史背景还是从内在的历史逻辑来看，政治意识形态都是其中最重要也是最基本的因素。这里，对我们研究者来说，也许有这样两个问题是不能回避的：一是在扬弃了文学对政治的简单狭隘理解之后，文学应该如何对政治进行表达；二是在扬弃了阶级斗争理论之后，文学到底怎样对革命进行书写。在如今强调和推崇和谐的语境中讲"政治"和"革命"，在有些人看来，也许"不合时宜"。但如果从历史和现实的客观存在出发，笔者认为它恰恰是触摸和解读文学历史的两个重要关键词，是合适的。从这里契入，我们或许能触摸和把握当代文学历史化中的一些关乎整体全局的根源性或根本性的问题，并对诸多矛盾和困惑找到相对合理的解释。

当然，这里所说的历史化，它不像时下有些研究那样，先有一个先在的判断和预设，然后再去找史料佐证，作颠覆性或认同性的评价，而是在尊重历史的前提下，揭示历史进程及其内含的历史逻辑，它是历史的、具体的、动态的。也就是说，在传统向现代转换过程中，对政治和革命的态度，不管研究者观念如何，对此作怎样的解读及其历史化，它都与这个历史进程有关，是可以而且应该放在这个历史进程中进行评价，而不是将研究对象塞进由"判断和预设"制造的容器中作粗暴生硬的肢解，将政治和革命看成一种静态乃至抽象的存在，流于某种立场的争辩。洪子诚在谈及"历史"与"叙述"关系时指出：了解并是否将其放置于具体的条件和特定的情境中进行历史考察，"比作出简单肯定或否定要重要得多"，"这和在某种理论框架、信念下进行评断的工作方式不同"。他甚至认为，"如果一开始就为好坏优劣的判断左右，为急切的好恶情感支配，那么，了解对象的'真相'，它的具体情境，就很困难"。[①] 对此，笔者深表赞同，但觉得还有必要加上这么一句，那就是：这种放置具体历史语境的考察，不是简单地重返历史（在事实上也不可能、做不到），"入乎其内"，对研究对象作设身处地的考量，而是努力寻找一个具有古今双重视角的理性评判支点，"出乎其外"，对之形成认同与认异并置的平等的对话关系。即是说，不是再用原有的历史观进行阐释，被研究对象同质化了，而是形

---

① 洪子诚、季亚妮：《文学史写作：方法、立场、前景——洪子诚先生访谈录》，《新文学评论》2012年第3期。

成一种"异质同构"的关系，用福柯的话来说，就是"采取与自己思维不同的思维方法去思考"，而不仅仅是"为早已知道的东西寻找理由"。①从研究方法上讲，并非据此对研究对象进行简单的、裁决性的是非真伪的判断，而是要强化并走向一种过程性辨析的学术思路。这也昭示我们的历史化研究，必须超越后现代主义历史观，在抑制自己强烈的评价欲望的同时，不能不将当代文学中的政治和革命纳入由现代文学而来，与之具有赓续关系而又呈现明显差异的复杂的历史脉络和框架中，在厚重而翔实的历史文化语境中，在传承与突破的种种追问之中，对之做出一种评判与考察。

大家知道，在当代文学尤其是"十七年文学"历史化及其评价问题上，目前学界是有分歧的，而且的确也存在着如有学者概括的"以今例古、以今天的特征去框范前代，这种对历史语境体贴不周的现象"，包括新时期在创建自身合法性时曾对左翼文学、社会主义文学丰富性做过压缩处理，包括今天也不乏研究者同样在以压缩丰富性的方式处理新时期的文学。②某种程度上，延至今天，这种对以前曾经经历文学的"压缩处理"倾向可能更加突出。如果在思维观念和方式上，少一点后来研究者容易犯的历史傲慢或所谓的"后见之明"，也许彼此的分歧会少些，在对过往文学周彻的理解和历史的把握的同时，形成更有效更丰富的资源累积。在环环相扣而又前后赓续的文学文化史上，任何一段精神历程都有其价值，即使从批判的意义上也是这样。"用后三十年否定前三十年固然是目光短浅的，但简单地用前三十年否定后三十年也不是一个在知识上和道德上诚实的态度。"③这一点，在弥漫着后现代主义的今天，有必要警惕。否则，我们就很难辩证地把握当代文学发展的一体与异质，偶然与必然，多样与统一，在还原和贴近的同时实现超越和拓展。正如陈寅恪所指明的："对于其持论所以不得不如是之苦心孤诣，表一种之同情，始能批评其学说之是非得失，而无隔阂肤廓之论。"④

---

① [法] 米歇尔·福柯：《性史》，张廷琛等译，上海科学技术文献出版社1989年版，第163—168页。
② 金理：《写在文学批评的边上》，《创作与评论》2015年第18期。
③ 张旭东、朱羽：《从"现代主义"到"文化政治"》，《当代作家评论》2010年第6期。
④ 陈寅恪：《冯友兰〈中国哲学史〉审查报告》，《金明馆丛稿二编》，上海古籍出版社1980年版，第247页。

第二节　文学怎样表达政治

　　这个问题在前面不止一次地被提及，这里想对此作集中的、专题式的探讨。显然，对于当代文学来讲，文学与政治关系是一个老问题，也是在理论与实践上都十分重要而无法绕过的一个话题。能否冷静和客观地认识这一问题，不仅关系到如何看待文学历史化，而且关系到如何看待中国现代化选择的问题。

　　毋庸讳言，在相当长的一段时间内，当代文学领域存在着难以掩饰的历史政治化倾向，以政治（有时甚至是以错误的政治）是非来进行评判，已成为文学研究的一个征候。针对这种状况，学界借助于"思想解放话语空间"，从20世纪70年代后期批"纪要"和"黑线专政论"开始，到八九十年代的"重评""重写""重排"等，对之作了有效的批判和纠正。然而，文学怎样表达政治只是一个宏大的出发点。一俟付诸艺术实践，往往就不那么容易了。随着"拨乱反正"的结束，这个问题就凸显出来，致使我们陷入如下的某种悖论："一方面，'新时期文学'与'50—70年代文学'的关系被理解为'文学'与'政治'这一更高层次的二元对立的演化，'新时期文学'被描述为文学回归自身的过程；另一方面，文学史叙述又都反复强调'新时期文学'参与新政治'拨乱反正'的功能。"[①] 像伤痕文学、反思文学、改革文学、知青文学乃至有关朦胧诗"崛起"的大讨论，都不可避免地涉及对彼时的政治评价问题。

　　20世纪90年代以来，社会文化的转型与西方后现代主义的影响，加之与知识界各种主义和思潮的纠缠，就使文学与政治关系在实际运行中显得更为复杂。在这二三十年时间里，虽然从制度层面展开讨论成为当代文学研究及其历史化的重要课题，以前被冷落或忽略的政治之维再度成了研究者关注的焦点，不少学者在反思现代性时对此做了富有意味的还原和调整。但与此同时，"非政治化"或"去政治化"的声音也一直有。在这其

[①] 程光炜：《重返八十年代》，北京大学出版社2009年版，第8页。

中，比较突出也是颇具代表性的，就是采用政治与文学"对抗"模式来解读作家作品，叙述知识分子与现实政治关系，通过这样的方式方法来表达文学对政治的排拒。如有学者就提出，当代作家尤其是进入"当代"的现代著名作家，如沈从文、曹禺、老舍、丁玲等，他们的创作之所以出现衰退或下滑，主要就在于放弃了作为知识分子的"对抗"的立场，或者是没有将"对抗"进行到底等。因此，他们就对之持严厉批评的态度，甚至发出所谓的"中国没有知识分子"之类的感叹。

出于曾经有关的经验教训，对文学与政治关系抱持某种谨慎，也许可以理解，而且中国当代知识分子，由于诸多原因，的确存在着对政治简单理解和表达的缺憾，所有这些都需要反思及调整。但这一切都应该将其返还"历史现场"，放在历史的进程中加以考察，需要有一份作为史家应有的客观公正与理性冷静，不能因为自己个人的喜好，而疏忘了历史人事身上蕴含的看似简单明了其实相当复杂甚至疑窦丛生的元素。就拿丁玲来说吧，"人们老觉得丁玲是一个反对者，但忽略了一个基本的事实，那就是丁玲自身就是这个文学体制的最早建构者和创制者"。对于政治或体制，"她固然有反对和批判的意见，但她是从内部而不是外部的位置来展开的。……其实丁玲复杂的地方就在这里，她是革命体制的构造者之一，但她的意义不能完全被这个体制所回收，而是同时保有她自身的丰富性、甚至传奇性"。[1] 而另一个带有自由主义倾向的沈从文呢，因中华人民共和国成立之初郭沫若的点名批判、文代会的冷落，以及沈从文本人所经历的极端状态，很容易让我们按照政治"对抗"的方式来进行解读。但张新颖的《沈从文的后半生》（包括解志熙近年来的史料考证）却告诉我们：他在1949年后的创作"严重歉收"而转向服饰研究，除了外在的政治，还有个人生活方面的因素；钱理群甚至认为还可上溯到他走出《边城》之后的20世纪40年代，那时沈从文的文艺试验即已宣告文学失败和创造力委顿。[2]

有学者针对上述现象指出："当前，对20世纪四五十年代转折时期

---

[1] 贺桂梅：《丁玲非常重要》，《光明日报》2015年7月28日。
[2] 钱理群：《1949年以后的沈从文》，《热风学术》第3辑，上海人民出版社2009年版，第83—123页。持此观点的，还有贺桂梅、王晓明、叶兆言等。

的研究在文史两界都是热点,对于此易代之际知识分子命运的考察,不应蜕化为古代文学中的'遗民文学'研究。诸多现代知识分子在民国期间取得了不菲的成就,但民国具有它的特殊性。前期的军阀割据,使得中央政府处于一种较弱的状态;而此后所从事的抗战,更让国家在意识形态的控制上相对松散。新中国建立后,大多数知识分子选择留在大陆,这时候他们面对的是一个统一的政权,调试与此政权的关系,在其领导下进行文化工作,是他们必须要经历的阶段。因为,任何一个统一的政权,都会和现代知识分子有此磨合过程。学术和国家密切联系,受后者的制约和引导,实际是现代社会的常态。"① 用"常态"来概括这段历史,也许有所不妥,但它强调超越文学与政治单一线性的因果逻辑,重视共时结构中的多种文化因素的作用,还是有道理的。再超越一点来说,如果我们不是孤立地讲沈从文"后半生"创作的"严重歉收",而是将其与"前半生"融会贯通,视为一个连续和不可分割的整体,并且把以古代服饰为主的中国历史文物研究也看成与小说一样重要的"创作"的话,也许我们可能不会那么在意他的"严重歉收",相反会对他的这种"新的文化执守方式"(王春林语)发出由衷的惊叹。文学史告诉我们,有多少作家写了一辈子,往往只留下一二篇东西。有许多作家在写了一二篇名作之后,往往就才力不济,再无佳作了。我们在对沈从文及其他"跨代"进入"当代"的现代作家做历史化研究和评价时,是不是也"先验"地预设了这样一种思想,就是一个作家可以永恒地保有不衰的创造力呢?再进一步,是否在一定程度上也反映了我们自己的一种潜在的"文学中心论"思想心理呢?

与"对抗"模式貌异而神似,还有一种"非政治化""去政治化"的表现,就是为维护文学本体或主体所谓的纯粹性、纯洁性,将当代文学领域中存在的理想、崇高等"历史的浪漫",一概视为"假大空"或"伪文学"。"假大空"的确是当代文学的一个重要征候,也是历史化无法回避的一个客观事实。但在具体实践过程中仍有必要的理性,因为我们面对的研究对象往往真假掺杂,显得十分复杂。一方面,受当时时代风尚影响,存在着难以掩饰的人为夸大政治理想作用的主观化、教条化等弊端;

---

① 冷川:《重新发现沈从文的精神轨迹》,《光明日报》2015年3月24日。

另一方面，表现了在今天看来非常难能可贵，甚至可以说是十分稀缺对自己信奉的政治理想和精神信仰的不懈追求。无论在理论还是从实践，它都堪称当代文学中的一个充满"矛盾"的历史命题。就像《红岩》中的许云峰面对死亡，"放声大笑"地说出了令敌人胆战心惊的"宣判式的言论"，《创业史》中的梁生宝面对党内外和草棚院内外的各种压力，也毫不动摇地做"党的忠实儿子"一样。在这里，用现代主义形成的审美标准来看，我们可能会对这些"历史的浪漫"的描写感到不满，提出种种批评，但如果把它们放回中国经历过的特定的历史语境中，可能对之有一种更具客观性的解释和评价，至少是多一分理解。虽然古今中外的文学都是相通的，我们不应另立所谓的审美标准，但既然当代文学不是在超历史的语境中产生，那么我们就可以而且应该回到历史给定的语境中对之加以解释，至少这是一个重要的参照。

写到这里，有必要引用程光炜在谈"七十年代小说研究"时，曾结合"自己的历史"，对浩然的《金光大道》中高大泉等农民去北京支援建筑工地、充满自我牺牲精神的叙述，所写下这样一段颇具意味的话：

> 刚开始并不是非常地舒服，我清楚地知道，这种不舒服是因为接受了新时期文学观念培训后才产生的，认为它很假，违反了人道主义的创作原则。但穿越历史时空，恍然想起了1974年我在插队的农场，也经常会在冬天的水利工地上穿着单裤这么拼命地任劳任怨地干活，不计较任何回报的情形，又觉得它虽然有些夸张，但却非常的真实。……我认为研究七十年代小说，非常重要的一点就是要从70年代再出发，以体贴、肃穆和庄严的心态去看待创作了那个年代文学作品的作者和主人公。……如果使用新时期审视70年代"共同经验"的那种思想视角，高大泉等一帮农民的行为就被理解为是充满了乌托邦的极其可笑的意味，而如果结合着"个体经验"和实际处境，难道不可以说这些朴素农民也是非常令人感动的吗？他们与2008年从唐山跑到四川汶川从地震废墟中救人而不要求任何回报的13个农民兄弟，在为人的朴实和悲壮意义上不是同样感人吗？难道就因为高大泉一帮农民生活在70年代，唐山一帮农民生活在2008年就截然不同了吗？在我看来，这种穿越性的历史双向思考正是对轻

看、蔑视作 70 年代小说的人们的轻浮历史观的严重的质疑、最严厉的否定。①

程光炜在此强调,对 70 年代小说及其"假大空"的评价应还原当时历史,与研究者个人经验直接相关。为此,他提出了一个关于历史化的"双向思考",还用不无严厉的措辞,批评了单纯站在今天视角轻看和蔑视 70 年代小说的做法,将其斥为是"轻浮历史观"。程光炜此说也许可以讨论,这里只想强调指出:像他所说的这样的情形在"十七年"乃至整个当代文学还有很多,并且那些"很假"或"夸张"即所谓的"假大空",往往与文学应有的"乌托邦想象"以及理想、崇高、英雄、浪漫主义、良心、道德等掺杂在一起,呈现出异常复杂的状态。所以,我们在对这些作品进行辨析和纠偏的同时,也应在"了解之同情"的基础上给予客观的评价。文学的历史化原本含有乌托邦的成分。如果因出于对政治的某种"逆反",而将所有有关理想崇高一类描写不加辨析地都视为"假大空",就不仅极易导致研究的偏面和粗暴,而且反过来会误伤历史化,使之滑向庸常和虚无。在受到后现代主义浸溉的今天,我们都很敏感于理想或真理与现实或知识之间的非对等关系,但是,正如美国历史学家柯文所言:"限定真理并不等于取消真理。归根结底,一切历史真理无不受到限定,因为历史真理并非体现过去的全部真相,而只体现对事实有足够根据的一组有限的陈述……"② 这才是唯物和辩证的态度,也符合文学的本义。

中国当代是文学政治学盛行的时代,文学政治化是无法回避的客观存在。其实,不管文学对政治的态度如何,政治一直参与并深刻规约和影响着文学,"在场性"构成了当代文学研究及其历史化的一个重要特点,就是在强调多元开放的今天也不例外,政治仍然是需要引起高度关注的重要存在。"虽然自改革开放以来,以四次文代会邓小平讲话为标志,对文学与政治的关系作了正名,但是,作为国家形象与主流价值观的宣示方式,不仅是中国,即使西方民主国家也以各自不同的方式来生产自己的文化产

---

① 程光炜编:《七十年代小说研究》,中国社会科学出版社 2014 年版,第 13—16 页。
② [美] 柯文:《在中国发现历史》,林同奇译,中华书局 2002 年版,第 212 页。

品。"更何况"自中共十六届六中全会特别是十七大以来，文化建设已经作为四大建设之一提到了相当的地位，而国民的文化利益诉求也作为与物质利益诉求同等的权益被纳入到民生问题之中。……对此，我们依然以去体制化的方式，坚持所谓纯文学的姿态特别是评论界对之视而不见的鸵鸟应对是幼稚的。在现代社会，只有各种力量的协调与共存，才能保障共处于一个文化利益的共同体，也才能真正保障多元的不同群体的文化消费需求"。[①] 另外，对于从事研究和批评工作的大多学人来讲，出于现实的各种考虑，也是为了与现行学术制度的对接（如名目繁多的各种"工程"遴选机制、人才选拔机制，以及评奖、项目化、量化、述史等考评机制等），以谋求自身有更好的发展，获取更多的资源和实利，也是因为语境转换、视野开阔、心态平和带来的对政治更加宽广也更为科学的理解，他们也在相当程度上调整了原有对政治比较偏狭的理解，与之采取务实的也是对话的立场。在此情形下，再用所谓的"对抗"模式，就显得不免空洞甚至有几分矫情的味道，缺乏现实的有效性。而这，恰恰从一个侧面印证了意大利马克思主义理论家葛兰西有关政治意识形态对文学的规约和控制，不一定凭借外在的国家权力机器的"规训与惩罚"，而是通过内在的"认同"方式来实现它的"建构"。

文学与政治关系实在太重要、太复杂，有研究者认为，文学可以从"文学主体"和"政治阐释"两条路线获得自己的空间。如捷克的哈维尔，他把"政治作为对人类同胞真正富有人性的关怀"，是以"人权"为基础对"至善"原则的捍卫，强调的是超越身份、种族、性别的普遍利益，属于"政治阐释"一路；[②] 福柯和特里·伊格尔顿就更不用说了，在他们元政治语境下，政治是一个中性、生产性的概念（不是一个否定性的概念），一个渗透在社会所有层面的巨大、复杂而纷繁的结构关系和表现形式，我们不必也无须把它拉进文学，因为"政治从一开始就在那里"。而在中国，由于诸多原因，从鲁迅开始到现在，主要还是按照

[①] 汪政：《我们如何能抵达现场——何言宏文学批评的一个侧面》，《南方文坛》2008年第1期。

[②] 参见杨义《20世纪文学全史论纲》（中），《海南师范大学学报》（社会科学版）2015年第7期。

"文学主体"路线发展，总是习惯于将政治看成政党或政权的代名词，将文学与政治当作一个水火不相容的对立物。如果我们调整一下观念，认识到所谓的"非政治"或"反政治"文学的看法，如同"纯文学"一样，只不过是一种神话，那么我们可能会采取更理性也更有效的政治表达。

总之，在对这一长期困扰中国文学甚至可以说是"世纪性难题"的问题上，我们应该跳出二元对立的思维模式，用更加健全的历史理解力来看待文学与政治之间的关系。当然，这样说并不表明对当代文学研究的历史化，一定要在"文学与政治"固有轨道上不加调整地继续运行，对八九十年代"重新历史化"活动的成果，如纯文学趣味、主体独立性、观念创新等进行排拒，而只是说站在更加高远立场，将其看作构成人类生活的最重要因素之一，并纳入"社会关系总和"中进行考察，即使是对不断"激进的历史化"，也作如是观。自然，它也绝不意味可以排斥和剥夺研究者对政治（包括下文所说的革命）的多维阐释和独特理解的权力。在历史化问题上，我们虽然不赞成对当代文学尤其是对"十七年文学"成就作过高的评价，但却不认同用所谓的"对抗"模式将它纳入否定性的批评体系中，轻率而又粗暴地加以贬斥的做法。

第三节 文学如何书写革命

这个问题与上述"政治"问题密切关联，相互缠绕，它成为当代文学历史化的另一重要向度，也是中国自进入现代以来出现频率最高的一个词语。这里所说的革命，内容当然是很广泛的，它包括以武装暴力的形式夺取国家政权，也包括夺取政权以后的社会主义革命即丹尼尔·贝尔在《资本主义文化矛盾》中所说的"革命的第二天"。[①] 但本节限于篇幅，也为了集中笔墨起见，姑且把论题的范围限定在暴力革命这样一个社会政治实践层面。

---

① ［美］丹尼尔·贝尔：《资本主义文化矛盾》，赵一凡等译，生活·读书·新知三联书店1989年版，第75页。

如同谈"政治"一样，听到"革命"这个字眼，有的人可能会流露出某种排拒的姿态，它与当下倡扬和谐，追求个性化、私人化的时代风尚，彼此的反差实在有点大。然而，如果用历史的眼光加以审视，可能就会得出截然不同的结论。这倒不仅仅因为"穷人与富人之间的关系是世界上唯一的革命因素，单是饥饿就可以成为自由女神"，[①] 作家作为社会最为敏感、最有人文情怀和怜悯之心的特殊人群，理当对"弱者的反抗"给予深切的同情和支持；更为主要的，还在于中华人民共和国成立后，"新生的政权理所当然地要求文学为政治服务，要求作家们用中国共产党的历史观点来反映中国现代战争史，并通过艺术形象向读者宣传有关新政权从形成到建立的历史知识"。[②] 按照葛兰西的观点，东方国家的强权性质，决定了无产阶级不必像西方那样进行缓慢的文化渗透，而是可以直接用革命形式迅速夺取政权。而革命自然则不可避免地伴随着血腥和暴力，它虽然打乱了社会正常的秩序，但有时候，恰恰是社会前进发展的一个重要推动力量，是东方国家和民族走向现代性的前提和基础。这与马克思主义对革命的经典解释不谋而合。当中国选择了先武装斗争夺取政权，然后再回过头搞建设这样一条不同于西方的跨越式发展的现代化道路，这就决定了革命在我们这里享受与西方完全不同的待遇，而成为一种"国家历史观"。反映在文学领域，循此思路，于是也就有了与这种"国家历史观"相适的革命暴力的创作和研究。"三红一创""青山保林"等一大批红色经典之所以在 20 世纪 80 年代以前的文学史上享有"崇高"地位，并且延至当下还在相当的层面上受到褒扬，很重要原因就在于它们用"革命正义"或"国家正义"的名义，不仅不避讳，而是浓墨重彩地书写了这种今天看来太过酷烈的暴力革命场面。这种情形，与西方战争文学呈现的向内在人性、审美性挺进的写作具有较大的差异。

显然，这不是中国作家和学者的艺术偏好，而是与中国现代历史密切相关。它向我们传递了这样一个信息：当代文学历史与中国革命历史具有惊人的同构性，只有历史地把握中国革命的历史化，才有可能实现当代文

---

① 转引刘小枫《沉重的肉身——现代性伦理的叙事纬语》，上海人民出版社1999年版，第20页。

② 陈思和主编：《中国当代文学史教程》，复旦大学出版社1999年版，第55页。

学的历史化。"如果理解了一个现代政党对另一个现代政党28年的残酷镇压,理解了在付出巨大的流血牺牲之后才迎来一个现代民族国家的诞生,就比较容易理解上述的政治结论。也比较能够抱着'历史的同情'的态度,去看待当代中国文学要对'革命遗产'而非是对'五四遗产',对集体主义而非对个人主义所作出的历史选择。"[1] 应该说,这样的"辩护"是很有道理的。不管怎么说,简单用西方现代性理论标准来评价并进而否定中国革命,将其视为"痞子"或"恐怖"行为,不仅不符合事实,而且带有明显的政治偏见,应为我们所不取。

从文学实践来看,也并不是所有的有关革命的叙述,像我们所想象的那样都是概念化的产物。如梁斌的《红旗谱》,它按照那时流行的带有"时代共名"征候的历史观,揭示了阶级斗争和暴力革命的残酷性,但其"所描写的具体生活场景和历史场面仍然具有独立价值和审美意义",不少冲突事件的笔墨"还是很精彩,很真实,有很多值得称道的地方"。如果从民间的角度来解读,"就会发现这部小说在描写北方民间生活场景和农民形象方面还是相当精彩的",包括脯红鸟事件中的地主冯老兰,也包括农民好汉朱老忠等[2]。即是说,他所描写的这一切尽管受到那个"共名时代"历史观的过滤,但乡土中国的家族伦理和传统文化及其相关的创作技巧和美学风格,仍构成它进行革命历史叙事"不能压抑的一种文学质地",即"革命文学一方面促进了历史的断裂,它为剧烈的历史变迁提供了形象认知和情感共鸣的基础。另一方面,它依然有一种不可磨灭的文学性,使文学的历史得以延续。正是在沟通文学的历史过程中,革命文学在极端断裂的年代,依赖其源自个人经验和个人记忆的东西,弥合历史的裂痕。它使那些变动和分裂的历史时期,人们的形象认知和情感记忆能有一种延续的韧性"[3]。

当然,这样说可能隐含着一种学术或思想的忧虑,即将革命作凝固化的理解,容易忽略了它毕竟是在非常态的战争环境下进行的,不能简单地照搬到常态的和平环境当中,在1949年夺取领导权以后,应该有所调整。

---

[1] 程光炜:《文学想像与文学国家》,河南大学出版社2005年版,第175页。
[2] 陈思和主编:《中国当代文学史教程》,复旦大学出版社1999年版,第75—79页。
[3] 陈晓明主编:《现代性与中国当代文学转型》,云南人民出版社2003年版,第14页。

也就是说，暴力革命应该有一个适应域，有一个限定，不能将这限于"社会发展史"阶级斗争和革命暴力，永恒、上升为和平发展时期的"哲学命题"。这是其一。其二，对革命作过于浪漫化的理解，也容易忽略了它被黄炎培先生称为具有某种执拗而难摆脱的"历史循环"逻辑以及"异化"问题，就会出现如人们担忧的："如果革命实践的负面因素大幅度膨胀，革命的魅力会不会急剧缩减？如果革命理想不断地被延宕，如果残酷的操作手段逐渐形成司空见惯的日常，那么，持续的异化和颠倒终将危及革命的信念——人们根据什么相信，污浊的沼泽背后一定存在一片祥和的高地？"① 这一对于革命历史性的拷问，也有助于历史化对革命本质的深度反思。借用贺绍俊的话来说，就是对革命历史的叙述不再满足于历史本身所具备的宏大主题，而是站在今天的思想高度重新认识历史，"对暴力美学进行必要的反省，让革命的历史和战争在和平年代得到更合适的表现"。应该承认，在相当长的一段时期内，当代文学的确存在着"对革命暴力加以道德化、审美化"的"暴力美学"问题。这种"暴力美学"具有双重性，"一方面它能强化英雄主义，另一方面它又在价值观上具有暧昧性，因此对其进行必要的反省是现代文明的结果"。②

不仅如此，由于中国革命不是通过葛兰西所说的"市民社会"，而是通过最广泛的民众尤其是农民群众实现的，而民众本身内含某种原始无理性；相反，知识分子在与民众的对照中，逐步成为难以容忍的异己。因此，为抢夺文化领导权，就极易引发自下而上的对"知识"和"知识分子"的非理性倾向。所以，这也告知我们：当代文学历史化不应只是停留在对中国革命正当性的强调上，相反，在尊重和把握正当性的前提下，理性地揭示其背后隐含的无理性。这样，也就要求我们的研究不仅在方法和观念上，必须超越一般的"了解之同情"的立场，而且应该将其返回到更复杂也更为本真的历史脉络之中，它贯穿着强烈的自我反思的精神。显然，这对习惯于按照统一的教科书"结论"而行的中国当代学者来说，的确带有某种刺激和冒险的成分。当然，它也由此给业已定型的革命研究

---

① 南帆：《文学、家族和革命》，《文学评论》2013 年第 1 期。

② 贺绍俊：《新中国 70 年的革命历史和革命战争小说：当代文学的"洪钟大吕"》，《文艺报》2019 年 7 月 8 日。

提供了新的范式的可能，使其在深层的历史观问题上获得了前所未有的超越和拓展。

上述这种情况，突出表现在20世纪80年代中后期以来，随着西方各种主义和观念——如萨特和海德格尔的存在主义历史观、阿尔都塞和詹姆逊的西方马克思主义历史观、福柯和海登·怀特的新历史主义历史观的涌入，它们与社会上出现的诸多思潮互为呼应又相互激荡，不仅深刻影响着当下人们对革命的看法，而且为如何进行历史重构提供了重要的理论支撑。借助于这些建立在个性至上或个体生存优先的历史观，它为我们敞开了被革命遮蔽了的隐秘的、富有魅力和价值的部分，以及与正当性、正义性、崇高性结伴而来的无理性、狂热性、荒诞性的另一面向。这就较好地弥补了以往革命研究的简单化、浅显化、粗糙化之弊，包括传播的马克思主义历史观中需要丰富充实和形而上学的部分，表达了对丹尼尔所说的"革命的第二天"的认同性的忧思。为什么上述这些研究，普遍强化乃至不惜放大了革命中的负面因素，读来别有深度但又不免偏执，都可从中找到解释。如李洱那部被批评家视为"先锋文学的集大成之作"的新历史小说《花腔》，因为它融入了作者"午后的诗学"即"后革命"的历史观："我所理解的'午后'实际上是一种后革命的意思，或者是后极权的意思"①，包括个人与革命在同一文本中的相互龃龉又互相型构，包括大容量地化入了"后革命"时代真实处境和生存体验，尤其是带有悖论滑稽性质的生存体验，所以，尽管存在着难以掩饰的某种历史虚无感，令人感到窒息，但我们不得不承认，它的基于"后革命"的这种先锋写作，的确也"由此在《花腔》中极成了巨大的张力"。② 其他如莫言的"红高粱系列"、苏童的"枫杨树系列"、叶兆言的"夜泊秦淮系列"以及陈忠实的《白鹿原》、李锐的《旧址》等评论和研究，也都有类似的情形。

值得一提的是有关抗战文学研究，作为中国革命特殊而又重要的组成部分，虽然相对比较滞后，但在这样一种总体氛围的影响下，近些年来也出现了超越单一党派、超越主观先验的政治意识形态的"全民族抗战"，

---

① 李洱：《贾宝玉们长大之后怎么办——与魏天真的对话之一》，见《问答录》，上海文艺出版社2013年版，第102页。

② 黄平：《先锋文学的终结与最后的人——重读〈花腔〉》，《南方文坛》2015年第6期。

因而也更近历史真实、更具学术价值的大历史观。如秦弓（张中良）的《抗日正面战场文学研究》和《抗战文学与正面战场》、房福贤的《中国抗战文学新论》、陈颖等的《海峡两岸抗日小说比较研究》、陈平原的《抗战烽火中的中国大学》等。长期以来，国际社会颇流行的观点，就是把中国抗战胜利归之于美国的原子弹和苏联出兵歼灭日本关东军，他们不了解或回避了中日两国在综合国力悬殊极大的情况下（中国落后贫瘠，还在使用"类似中世纪国家"的传统的长矛大刀，而日本则武装到了牙齿，已进到了航母时代），开辟了世界反法西斯战争的东方主战场，为打败日本法西斯奠定了胜利的基础；当然，这也注定了中国的抗战反法西斯必将格外艰苦卓绝，付出了长达 14 年、伤亡 3500 万人的惨重的历史代价。抗战研究不仅关乎中国革命而且关系世界反法西斯以及战后国际秩序的大事，在如何研究问题上，的确存在着"准确把握中国人民抗日战争的历史进程、主流、本质，正确评价重大事件、重要党派、重要人物。要从总体上把握局部抗战和全国性抗战、正面战场和敌后战场、中国人民抗日战争和世界反法西斯战争等重大关系"① 等一系列问题，我们只有用世界性的眼光，充分借鉴和吸纳一切新的思维观念和方法，才能在历史化问题上有所超越和突破。

不过，我们也要清醒地看到，西方的存在主义、新历史主义等历史观是建立在以我为中心的个体存在论和"文本之外无历史"的历史相对论基础之上。这样的历史观有存在论的依据，也有社会语境的支撑，其所秉持的瓦解并悬置人与历史的联系及其知识谱系的客观性，在一定程度上，的确也迎合了当下人对人生、社会、历史所体会的荒诞和孤独感受。然而，正如蒂里希所指出的，海德格尔"把人从一切真实的历史中抽象出来，让人自己独立，把人置于人的孤立状态之中，从这全部的故事之中他创作出一个抽象概念，即历史性概念，或者说，'具有历史的能力'的概念。这一概念使人成为人。但是这一观念恰好否定了与历史的一切具体联系"。② 而马克思主义恰恰强调个人与整体历史的关联，在这方面较之存

---

① 习近平：《让历史说话用史实发言，深入开展中国人民抗日战争研究》，《人民日报》2015 年 8 月 1 日。
② ［德］保罗·蒂里希：《蒂里希选集》，何光沪选编，上海三联书店 1999 年版，第 111 页。

在主义更具优越性。海德格尔后来对此也有相当清晰的反思,他说:"马克思在经验异化之际深入到历史的一个本质性维度中,所以,马克思主义的历史观就比其他历史学优越。但由于无论胡塞尔还是萨特尔——至少就我目前看来——都没有认识到在存在中的历史性因素的本质性,故无论是现象学还是实存主义,都没有达到有可能与马克思主义进行创造性对话的那个维度。"①这种情形,在21世纪历史化中已有所表现。如李德南在探讨21世纪小说叙事时,在充分举例分析的基础上,就据此指出,这种仅仅从一个维度来把握人之存在"是有局限性的",而它"在新时期以来的小说创作中,更不幸成为一种现实"。②他的研究,可资借鉴。至于詹姆逊的西方马克思主义历史观,即被诸多中外学者称为"总体性历史观",尤其是在1979年发表的《马克思主义与历史主义》一文中,秉承阿尔都塞观点,所提出的马克思主义阐释学的"主导符码"不是"经济基础"而是"生产方式"等。在这里,他的与深刻洞见并存的神秘化倾向及其在当下面临的两难困境,也有必要放在后现代主义语境中作历史的评价和把握。

与此相关而又不尽相同,还有一个问题也可以提出来讨论,就是在引入"革命第二天"之后所带来的对革命的新的认知和重新定位。过去,我们往往站在阶级论立场上强调暴力革命的意义,没有考虑"革命第二天"所产生的蜕变,或对之进行回避。现在将"革命第二天"纳入研究视域,以此来反观和评价革命。这样"瞻前顾后",可避免对革命作简单化、本质化的处理,但由之也出现了另一种倾向,这就是把"革命第二天"出现的问题与革命本身存在的问题完全混为一谈,从而有意无意地将革命"原罪化"了。这种情形在新历史小说评论和研究中程度不同地存在着,它与创作中出现的大写特写革命的破坏性和残酷性具有惊人的相似或一致之处。李运抟在20年代曾就历史小说领域过分贬抑革命的现象说过这样一番话:"中国农民革命确实存在种种问题……(但)我们决不能因为中国农民的历史局限而忽视他们的反抗封建压迫的动力。如果连这种'官逼民反'的反抗也没有,如果受尽屈辱的老百姓只是逆来顺受,

---

① [德]马丁·海德格尔:《路标》,孙周兴译,商务印书馆2000年版,第401页。
② 李德南:《从去历史化、非历史化到重新历史化——新世纪小说叙事的实践与想象》,《新文学评论》2012年第4期。

中国历史不是会更加沉重和悲哀。"① 他的质疑，同样适合于现代革命，应该说是打中革命叙事及其研究的软肋的。这也告诉我们：革命作为一项基本的人权，事实上是不能"告别"的，也"告别"不了。问题的关键是不能将革命及其价值简单化和绝对化。从研究的角度讲，就是将其返还当时的历史现场，纳入"合力论"中作更多的历史性的解释。

总之，如同对待"政治"一样，在如何认识和评价"革命"问题上，当代文学历史化不仅较之其他题材或主题显得更为艰难凝重，而且因其话题的敏感性与时代社会的深度关联，它正面临来自研究者自我和时代社会诸多观念的挑战。然而，正因这样，我们更要给予高度关注，并且呼吁更多的学者参与进来，共同来完成这项"世纪性的历史难题"。当代文学历史化能否在现有的基础上有所突破和超越，在很大程度根植于此。

---

① 李运抟：《从"农民革命戏"到"帝王将相戏"——对新时期古史题材小说历史意识的反思》，《文艺报》2002年8月20日。

第十二章 历史化的文学性问题

当代文学研究历史化涉及文学性问题。在这里，人们之所以对同一文学对象做出不同的评价，与其对"文学是什么"的理解直接有关。再进一步，这种文学理解还与文体选择有关。本章拟对此展开探讨。主要观点大致有二：一是强调文学的属性与特点，一种有别于史学、哲学、文化学、政治学的"这一个"的属性与特点；二是在强调属性与特点时不忘其开放性、关联性，它与史学、哲学、文化学、政治学其他学科之间的互动对话。返回到当下学术现场，它与中国文论、中国学术立场、纯文学与文化研究、史诗文体与网络文学经典化等问题联系在一起，是及物的一个命题，它涉及理论与实践两个方面。

海外学者奚密在研究现代汉诗曾提出"四个同心圆"（文本、文类、文学史、文化史）的命题，认为这是"比较周延的"研究方法，只有对"四个同心圆"给予细腻的关注，才能打通文学的"内部研究"与"外部研究"，[1] 体现出宏通的识见和辩证的眼光。这对我们是有启发的。

第一节 文学定位：从"理论本体"凸显说起

20世纪90年代"理论本体"论与21世纪以来"汉语本体"论的此消彼长，究其实质，讲的就是中国当代文学的定位问题，即它的性质、任

---

[1] 奚密、崔卫平：《为现代诗一辩》，《读书》1999年第5期。

务与审美选择关涉其在世界文学中的地位。常见的文学言说是诉诸观念或方法的一种言说，并沉入文学史叙述的内在肌理和文学批评话语之中。西方文学理论在"二战"后的兴起，是源于"那些历史悠久的艺术批评方法已经无法应对现代性，因而可以毫不夸张地说，理论的兴起标志着批评历史的转变"。[①] 90年代中国当代文学批评与研究的专业化和学院化表现为"文学本体"的下降和"理论本体"的凸显，后者用西方各种现成理论来阐释中国当代文学作品，"理论本体"摆脱了文本的束缚，显示出巨大的能量，"从事当代文学研究与批评的人在理论上几乎'武装到了牙齿'"。[②] 虽然也有不少学者认为方法压倒对象、理论遮蔽文本势必导致对文学性和审美性的忽视，但我们也必须坦率承认，这种"武装到牙齿"的"理论"的确也在相当程度上提升了批评与研究的水准及哲学含量，"它对于复杂的文学现象和不那么复杂的文学历史，都给予了复杂和深刻的解释"。[③] 如王德威，他就是在现代性理论的引入中打通了近现代文学与当代文学人为的分界，深化了晚清文学研究并进而影响、辐射到了下游的现当代文学。这是任何具有历史意识和内行眼光的人都无法否定的一个事实。

当然，随着理论对当代文学文本强势介入带来的理解与表达上的偏向，也导致了它与文学批评及文学史的"分离"。理论概括重归纳、文本分析重个案的唯一性与特殊性的阐释。前者的"求同"与后者的"求异"容易致使两者的紧张感："觉得理论家对作家的不理解，还因为理论家很自私，很多人出来之后，他只为了丰富自己的理论上的一种想法儿，就把很多作品拉进来给你排队，画地为牢，你就属于我这里的，然后就又把很多人排除出来。"[④] 文学理论本体论一般以哲学原理与观念为依托，有一套严整的术语与概念方法，如新马克思主义、符号学、结构主义、解构主义、后殖民理论、身份政治、性别政治、生态批评等，从普遍性角度揭示

[①] 王晓明：《理论批评：回归汉语文学本体》，《文学评论》2015年第3期。

[②] 张清华：《在历史化与当代性之间——关于当代文学研究与批评状况的思考》，《文艺研究》2009年第12期。

[③] 张清华：《在历史化与当代性之间——关于当代文学研究与批评状况的思考》，《文艺研究》2009年第12期。

[④] 迟子建：《纯文学与一九八八年》，《文学自由谈》1989年第2期。

文学的构成状态与规律,并将对理论高度的强调作为学术价值的标准。但在面对千姿百态的文本时缺乏"弹性"的阐释,也暴露了"万能"的理论概念、术语和逻辑的"捉襟见肘"及对文本多样解读的抑制。对此,李欧梵曾有生动的描述:"在城堡前混战起来,各露其招,互相残杀,人仰马翻","待尘埃落定后,众英雄(雌)不禁大惊,文本城堡竟然屹立无恙,理论破而城堡在。"① 20世纪80年代新潮或先锋作家如刘索拉、徐星、余华、格非、苏童甚至是王朔等创作中虚无迷失的情绪,孤独绝望的心态及反理性、反价值的游戏人生的态度,虽与西方现代派有关,但更多则源于时代的复杂现实和自我的人生体验。只是以往人们在谈及先锋文本时,往往总是先验地瞩目前者而忽略后者,这是偏颇的。可见附着于文本之上的形而上理论对文学作品的阐释,如果人为预设概念与逻辑,那么必然影响理论的有效性和适应性。

本来希望通过"理论本体"凸显来解决文学批评与研究肤浅的弊端,但却在不同文本阐释的实践中陷入"强制阐释"(张江语)的窠臼中,这大概是人们始料未及的。"当今批评界的时髦做法是,在批评文章中食洋不化地贩运现代西方某些哲学性批评理论,堆砌各种哲学的、准哲学的概念。这类文章的共同特点是对所要批评的作品本身不感兴趣,读了以后,我们丝毫不能增进对作品的了解,也无法知道作者对作品的真实看法和评价是什么。在多数情况下,它们只是把作品当作一个实例,用来对某一种哲学理论作了多半是十分生硬的转述和注解。"② 如有的研究者一面批评丁玲的政治化写作,另一面又对张爱玲政治化写作的投机性与报复性充满着善意与包容。这里"二重标准"的阐释,主要还是先验的意识形态理论所致。20世纪90年代末以来网络文学的快速扩张与海量生产同样也显出了"理论本体"的局促,因为它所能依凭的理论基础不外乎上述经典,笼统的运用会使文学自身丰富的性质无法凸显,从而面貌模糊、价值指向不清。更为严重的是西方理论大范围的移植,致使中国当代文论话语主体精神与本土色彩的"失语症","我们根本没有一套自己的话语,一套自己特有的表达、沟通、解读的学术规则。我们一旦离开了西方文论话语,

---

① [美]李欧梵:《世纪末的反思》,浙江人民出版社2000年版,第275页。
② 周国平:《哲学与文学批评》(论纲),《文论报》1999年3月11日。

就几乎没有办法说话,活生生一个学术'哑巴'"。① 于是,它在当代学者中引发了持续性的"焦虑"和挥之不去的"原创性"情结。

朱立元、赵宪章、王先霈、姚文放、胡亚敏、吴炫、刘锋杰、曹文轩等一大批学者对当代文学"以西释中""以中就西"导致的"去文学化"的阐释模式提出了批评,"标志着中国文论界终于迈入了赋予批判精神、以自身为主体的能动接受期"。② 当过于狭隘的表达遮蔽了多种可能,文论的偏颇落后无法有效解决文学问题,确立中国当代文论的星象坐标,在世界文论话语中标识出"中国"的声音就变得越来越迫切。中国古代文学以批评见长,没有建立显性完整的文学理论体系,而这是与文学体制有关的。中国现当代学人曾不遗余力地引进西方和苏联的文学理论,并深远地影响了中国当代文学理论的自洽性与学理性。尤其是苏联高度意识形态化的理论,在很长一段时间内统摄着当代中国学界。于是,文学的"理论本体"往往就衍化为一种"泛政治本体"。20世纪80年代是中国文学批评的黄金时代,但其中流露出的理论自觉的火花很快被淹没在蜂拥而至的形形色色的西方理论思潮中,显示出"理论本体"强大的指向性。"人们观察文学的基点往往是文学之外的种种社会文化因素,阐述的结果也往往将文学引向这些社会文化因素本身。即使所谓'文学的内部研究',其实也不过就是这种外在视点的内在透视而已"。③ 90年代德里达的结构主义、波伏娃的女性主义理论等大规模的移植与运用,冲击了单一的"苏"式理论,激发了中国学人的自我反思;另外,西方理论的有机性、实践性与适应性问题也显露出来——"倘文学理论仅仅只是一种方法时。那就意味着它可能面临两种结局,一是不断地泛化,成为无所不能的无能;一是不断地工具化,在事物的表面摩擦,而无法抵达本体之根"。④《辽宁日报》2009年年底策划开启的"重估中国当代文学"的活动,就"从当下文学的整体评价,到具体作家作品的分析以及焦点文学现象的透视,力求

---

① 曹顺庆:《中外比较文论研究的基本目标与重建中国文论话语》,钱中文、杜书瀛、畅广元主编《中国古代文论的现代转换》,陕西师范大学出版社1997年版,第317页。
② 高楠:《理论的批判机制与西方理论强制阐释的病源性探视》,《文学评论》2015年第3期。
③ 张永刚:《文学理论:从教学形态到理论本体探讨》,《思想战线》2002年第4期。
④ 董学文、张永刚:《文学原理》,北京大学出版社2001年版,第289页。

进行一次全面的、详尽的、具体而微的剖析和解读"。① 这一活动，正是在对西方理论霸权的反思中，逐步意识到了自身理论缺乏本体范畴思考的盲区，它可谓是学术界借力现代传媒发出的重视中国当代文学本体呼声的具体体现。当然，真正对学术界产生广泛影响也更具学术内涵的还当推张江在《文学评论》2014 年第 6 期发表的《强制阐释论》一文，他不用"主观""过度"一类字眼，而是用"强制"的表述直指西方文论的"场外征用""主观预设""非逻辑证明""混乱的认识路径"的弊病，呼吁超越为理论所"奴役"的文学历史的整体性表述，以重估中国当代文学的价值，致力于建构自己的理论体系。②

那么，有了自觉的属于"中国文学"的当代文论意识，接下来是如何构建及历史化的问题。围绕着这一关键命题，考察"强制阐释"之后的种种回响，基本上有三种意见：一是差不多与《强制阐释论》一文同时，张江在《中国社会科学报》的一次访谈中以"本体阐释"指出中国当代文论的建设之路，即回到中国当代文学的文本本身，进行合理的解读，并在结果的归纳中提炼出中国当代的文学理论。③ 陈晓明在《文学评论》2015 年第 3 期以《理论批评：回归汉语文学本体》为标题回应了"本体阐释"，文论生成于具体的文本创作，中国当代文论要摆脱"强制阐释"，就必须绕开理论设置的强大壁垒，回归汉语本体的话语方式和审美范畴："百年汉语白话文学发展至今，可总结的经验理应十分充足，这使我们回到汉语文学作品本体有了踏实的理由。"④ 二是其他富有延伸性和建设性的思考。学者们从多个角度对"强制阐释""本体阐释"的思想精髓、理论价值和现实意义作了回应。王尧在《"强制阐释"与中国当代文学研究》一文中揭示了中国文论在现代的生成对当代"强制阐释"形成的影响，有一种躬身自省的自我批判精神；⑤ 范永康的《反对"强制阐

---

① 王研：《谁能代表当代文学的高度》，丁宗皓主编《重估中国当代文学价值》，春风文艺出版社 2010 年版，第 18 页。
② 张江：《强制阐释论》，《文学评论》2014 年第 6 期。
③ 参见毛莉《由"强制阐释"到"本体阐释"——访中国社会科学院副院长张江教授》，《中国社会科学报》2014 年 6 月 16 日。
④ 陈晓明：《理论批评：回归汉语文学本体》，《文学评论》2015 年第 3 期。
⑤ 王尧：《"强制阐释"与中国当代文学研究》，《文艺争鸣》2015 年第 11 期。

释"与"中国审美阅读学"的兴起》提出以审美为本位,结合文学的内外部研究,以民族资源的挖掘复兴中国文论,找到与西方文论平等对话的路径;①傅其林的《强制阐释论的范式定位》认为对"强制阐释"的批判彰显了马克思主义的批判性锋芒,推动中国化的马克思主义文学文论发展,是中国文学理论自信与创新的重要途径;②李艳丰的《主观预设与强制阐释》循着"强制阐释"论的话语路径,从话语立场、资源、认同等层面建构中国文论的合法性,同时也指出西方文论给予中国当代文论的有效性。③三是对"强制阐释"论提出质疑或商榷。如魏建亮的《关于"强制阐释"的七个疑惑》,以商榷的姿态对包括"当代西方文论"的概念定位及文本的有效阐释等问题,提出了七个疑问;④张玉能的《〈本体阐释论质疑〉——与张江教授商榷》,质疑张江在确立本体阐释时的本体同样来源于西方哲学,"主张以科学的理论指导文本阐释"是否同样是一种"场外征用"和"主观预设",而"以文本为中心的建构中国当代文论可信吗"?他认为"这同样是一种片面、偏执的文论,已经被文学实践和历史实践所扬弃",所以"即便皓首穷经也难免经验主义的覆辙",文本不等于文学实践,它会忽视作者、社会与读者在文本意义生成中的作用。⑤

虽然学者们在如何评价西方文论及历史化问题上各有看法与设想,但立足中国学术立场,呼吁建立中国当代文学的理论体系却已成为学界的共识,这体现了人们强烈的质疑精神和问题意识。为了说明这一点,下面结合讨论,试做分析。

第一,克服对已有文论的依赖性和惰性,在对话交流中发展。很难有一种文论能提供一套完美无缺的真理,都是充满着摸索与探求的过程,中国当代文论是一个不断积累和成长的过程,所以不可能将本有的基础完全弃置来重造理论的大厦。中国当代文论要克服西方文论的缺陷,超越古代

---

① 范永康:《反对"强制阐释"与"中国审美阅读学"的兴起》,《学术论坛》2018年第1期。
② 傅其林:《强制阐释论的范式定位》,《学术研究》2016年第3期。
③ 李艳丰:《主观预设与强制阐释》,《学术研究》2016年第4期。
④ 魏建亮:《关于"强制阐释"的七个疑惑》,《山东社会科学》2015年第12期。
⑤ 张玉能:《〈本体阐释论质疑〉——与张江教授商榷》,《上海文化》2015年第12期。

文论的话语系统，这也是上述学者所持的普遍姿态，"中国文学研究主体性的确立或者是中国文学批评话语体系的形成仍然需要在对话中完成，而不是画地为牢后自说自话"。① 文学是历史性的存在，其创作方式与审美习性有一定的延续性，封闭的文论体系容易被忽略和否定，"我们现在要做的和能做的就是根据中国当代文学实践，把马克思主义文论思想中国化，把中国传统文论思想现代转型，把西方文论思想本土化，并且把这三部分思想资源整理改造，融会贯通，形成一种中国特色的文论思想体系"。② 中国古代文论自有漫长历史发展中存在的合理性与不断更新知识系统与观念立场的适应性，贯穿着中国文学本质上的根底相通，沉潜至中国古代文化与文论发掘它的潜力，如"大化流行、生生不息"的生命宇宙观，"万物一体、和谐共生"的自然观与处世哲学，"情性为本，统摄义理"的创作认知，"以形写神，境生象外"的审美诉求，文以载道与意义论的构成和机制以及文质与文采的关系等，激发它们在当代文论中的潜能。王德威主编的《哈佛新编中国现代文学史》，正是利用刘勰《文心雕龙》"立文之道"的思辨性与转化能力，在"形文""声文""情文"中形成新的媒介联结，揭示作者、文本与世界的关系。③

西方文论是中国当代文论的重要资源，引进借鉴有助于打破传统僵化的教条，促成新的文学观念的生成和思想转型。它们彼此有抵牾也有互动对话，所以不必为了反抗"强制"而全盘否定，毕竟"人类学上神秘的血统关系"使我们有着共享的生存经验和相通的审美体验，西方文论也包含着人类对于世界和文学认知的普约性观念。何况在日益频繁的文化或文学交流中，经历"翻译的转化"和"理论的过滤"的西方文论会不断地进行自我调适与主动建构，其中必会有中国元素和民族根性的渗透。如将"人道主义"理论及"文学是人学"的观念概括为从东方孔子、墨子到西方苏格拉底、柏拉图等人的普遍文学判断，在传统文学理论与西方文论的结合中显示出恒久的价值。在文学真实性的讨论中，王元化将"文

---

① 王尧：《"何为文学史"与"文学史何为"的创造性思考与探索》，《南方文坛》2018年第1期。
② 张玉能：《〈本体阐释论质疑〉——与张江教授商榷》，《上海文化》2015年第12期。
③ ［美］王德威：《"世界中"的中国文学》，王晓伟译，《南方文坛》2017年第5期。

艺为谁服务"的价值问题转换为文艺自律性的真实问题，就是用传统对话西方的有益尝试。即使是解构主义及后现代，它对我们来说，也含有消解对西方文论盲目崇拜的作用。职是之故，所以我们要避免对西方话语的任何臆断，以其开放多元来激发中国当代文论本土能量增殖的理论空间。曾军的"有效阐释"、朱国华的"新拿来主义"和高建平的"对话交流中的发展"，就反映和代表了当下中国当代文论建设中融会、转换、重建的思路。就此而论，我们认为当下中国文论建设需要警惕的并非西方理论的引进或借鉴，而是在于长期"拿来"中所造成的学者依赖外来文论的惰性思维。

第二，重视文本的原生含义，夯实中国当代文论的底基。张永刚在《文学理论：从教学形态到理论本体探讨》中指出，中国当代文学的理论资源缺乏哲学美学和文学建构本身的支撑，导致其逐渐成为知识汇编。[①]理论发展的动力来自创作实践和文本，在丰富的文本实践面前理论会显得苍白与残缺，文学文本解读的目标恰恰相反，越是注重审美的感染力，越是揭示出特殊、唯一，越是往形而下的感性方面还原，就越具有阐释的有效性。[②] 从文本出发的有效解读貌似简单，其实并非易事。韦勒克和沃伦就曾警告："多数学者在遇到要对文学作品做实际分析和评价时，便会陷入一种令人吃惊的一筹莫展的境地。"[③] 西方文论固然在文化价值和意识形态等方面有突出成就，但在文学审美价值方面却表现得相当孱弱，换言之，擅长逻辑演绎而忽视经验归纳是西方文论在方法论上的致命缺陷，以至于它们在文学阅读上的表现并不高效。布鲁姆、卡勒、辛普森都意识到了这一点，并重申文学的核心地位。文学理论和文学批评赖以生存的根本是文学本身，这是文学的起点与归宿，"作家的意识、情感不能被恒定地规范，由此，文本的结构、语言，叙事的方式和变幻同样不能用公式和模板去挤压和校正"。[④] 多年来，中国当代文学批评在热闹而又强势推进的

[①] 张永刚：《文学理论：从教学形态到理论本体探讨》，《思想战线》2002 年第 4 期。

[②] 孙绍振：《文论危机与文学文本的有效解读》，《中国社会科学》2012 年第 5 期。

[③] ［美］雷·韦勒克、奥·沃伦：《文学理论》，刘象愚等译，江苏教育出版社 2005 年版，第 155—156 页。

[④] 张江：《强制阐释论》，《文学评论》2014 年第 6 期。

同时也难以掩饰地存在着"弱化"的问题，追求文论与批评的互通就是为了避免这种弱化，解除文学本体与文学理论之间的相互警觉和怀疑导致的不信任或"嫌隙"。

当然，回归汉语本体并非停滞于感悟随想，而是依然重视思辨与理论的归纳，在回归文本的感性审美之上重构文论话语形态的文学经验、文化精神与民族意识。如此，文本方能源远流长，理论才是源头"活水"。"没有本体论的文学理论和研究，是无根的"。[1] 学界出现的"重返"热也是想通过历史现场的回归，追溯文本历史，进行经典再造和价值重估，学者们对当代经典性作家作品的"再解读"，显示了回归汉语本体，揭示民族经验和文化因子的细读姿态。如童庆炳的文化诗学主张将宏观的文化视野和微观的言语结合，恢复语言与意义、话语与文化、结构与历史本来的同在一个"文学场"的相互关系，给予它们一种互动、互构的研究。[2] 又如赵宪章的"形式美学"批评、孙绍振的"文学文本解读学"、王一川的"感兴修辞批评"等，都强调"中国审美阅读学"之于当代文论建设的重要性，都力图在文本与理论重新融合的缘分中构建注重文学本体的民族化的理论话语。当然，当代文学的文论建设一定要关注带有当代性或"异质性"的对象，如新媒体时代对文学新形态及阅读审美感受质变的敏锐捕捉，网络文学的经典文本纳入当代文学考察的范畴等。如能立足这些颇具当代特色的文学本体，来概括文学现象、走向、方法及程序，它就会促使文学理论向"本土化、现实化、中国化"的转型。

第三，优化中国当代文论建构的体制环境，保障它的系统性与完整性。中国当代文论的建设与体制有着深刻的关联，往往较多考虑其宣传教化功能价值而忽视文学的审美性和艺术性，特别是当社会环境紧张而文学理论成为时代的"代言人"时，反过来也导致理论变得空泛而抽象。自然，当代文论"失语症"与现代文学确立的传统息息相关，"中国近百年的文论史，在很大程度上，是西方文论的独白史。全盘接受西方文论，导致了对民族独创性这一目标的遗忘"。[3] 所以当代文论的现代性与规范性、

---

[1] 王乾坤：《文学的承诺》，生活·读书·新知三联书店2005年版，第4页。
[2] 童庆炳：《文化诗学：宏观视野与微观视野的结合》，《甘肃社会科学》2008年第6期。
[3] 孙绍振：《从西方文论的独白到中西文论对话》，《文学评论》2001年第1期。

开放性、本土化目标并非一日之功，体系建构和有序推进及趋于完善取决于"代际"的接力。文学政治化或产业化，都使接力缺乏充足的时间和心态保障，不利于当代文论系统有序的建构。前者在致力于有序打造当代文论体系的过程中，存在着过度约束而致狭隘发展的弊端。1949年之后，反映论、现实主义与浪漫主义、典型环境与典型性格，人民性和党性原则等，均是在体制环境下借鉴苏联文论的结果。延安时期提出的知识分子与工农群众的结合、人性与阶级性、歌颂与暴露、普及与提高，五六十年代提出的文学与人学、题材与主题、中间人物与现实主义深化、英雄形象与典型问题，80年代提出的文学主体性、20世纪中国文学、重写文学史，以及90年代提出的人文精神大讨论、国学热、现实主义冲击波等，这些包含着浓郁的本土色彩的理论问题，如以思辨的眼光进行拓展和提升，应能收获文学话题内在的内涵生成及逻辑结构。

遗憾的是，本可深入延展并自成体系的探索因政治化而被搁置，产业化则在相对自由的氛围中导致文论成果经验化有余、理性与耐性不足。另外，项目化机制的诸多弊端，对创新的刻意回避阻断，金钱追捧下功利化、庸俗化的学术追求，急功近利心态下学术成果发表及学者生存平台等级化的学术风气等一系列现实问题，也导致当代文论的建构一直处在散兵游勇的碎片化状态而难以取得实质性的进展。多年来，在西方文论编织的超级巨网中忙着拼贴各种主义，同时为了不断地制造新的热点话题而四面出击，致使经验无法提升至理论，遑论理论的整体性与普泛性。对文论自身存在问题在认识上的偏颇，使学界普遍忽视了不少有价值的命题，这是需要反思的。

从文学走向文论，从中国当代文学发展出中国当代文论，实质是实践与理论、具体与抽象、微观与宏观、部分与整体、特殊与普遍的关系。只有在文本历史纵深感和立体多维的把握中，才能将当下不无庞杂的批评和研究导向当代文论的系统化建构，为历史化提供坚实的理论支撑。

第二节　纯文学研究与文化研究

20世纪八九十年代纯文学研究与文化研究是当代文学"向内转"与

"向外转"的两种理路,它在无意之中应和了韦勒克和沃伦《文学理论》有关文学"外部研究"和"内部研究"的二分法。陈平原在《"二十世纪中国文学"三人谈·文化角度》中用"走进文学"与"走出文学"描述了两者的具体内涵:"'走进文学'就是注重文学自身发展规律,强调形式特征、审美特征;'走出文学'就是注重文学的外部特征,强调文学研究与哲学、社会学、政治学、民族学、心理学、历史学、民俗学、文化人类学、伦理学等学科的联系,统而言之,从文化角度、而不只从政治角度来考察文学。"[1] 两种路向都意在调整一体化中文学与政治的紧张关系。

如何看待纯文学,这是颇令人纠结的一个话题,它涉及文学性问题的理解。纯文学的理念可追溯至王国维等近代学者,当年在西学影响下尝试纯文学的研究甚至排斥有着俗文学特色的《三国演义》,由此创立了中国现代文论的一个基点和重要建制。20 世纪 80 年代新批评热衷的"文本中心"和"文本自足"的纯文学想象,是以"审美"为标准,它与激情澎湃的时代一拍即合,引发了作家与学者的热情向往。80 年代前期为数不多的关于纯文学的论文主要是国外理论和创作的介绍。日本学者小田切秀雄 1983 年在沪作的纯文学报告,1984 年日本大学进藤纯孝的译文《关于纯文学》,能见出 80 年代中国"纯文学"理论主要来自日本。进藤纯孝指出纯文学概念的通用始于 50 年代,在日本文坛曾引发激烈的论争。有意思的是历经 20 余年的讨论,80 年代初在日本纯文学已是"不成问题的事情"了,写论文只是回应它在"外国人"心目中的离奇形象。他所说的"外国人"包括正在对纯文学发生兴趣的中国人,文中提及的日本学界关于纯文学的诸多讨论和疑惑,如概念的界定、它与大众文学关系(包括两者的弥合)等,亦是中国学界之后在纯文学研究与反思中需要面对的问题。[2] 秦人 1987 年的《"纯文学"与文学的社会性》较早针对纯文学进行反思,他在分析了纯文学的"非理性""纯感觉""纯语言技巧"后,指出其在"认识上'唯我独纯'的狭隘性于是就导致实践上'错杀

---

[1] 陈平原、钱理群、黄子平:《"二十世纪中国文学"三人谈·文化角度》,《读书》1986 年第 1 期。

[2] [日] 进藤纯孝:《关于纯文学》,武大伟译,《国外社会科学》1984 年第 6 期。

三千'的排他性（而这也许恰恰是最'非文学'的东西）"。① 所以文学拒斥社会性并不符合文学审美自身形成的规律，从一定意义上，这是一种"作茧自缚"。自然，它也构成了此后反思纯文学危机与出路的一个逻辑基点。

20 世纪 80 年代初纯文学的提出与盛行，更多源于学界对文学与政治关系的反思，它反映了人们要求打破用文学政治简单图解的思路，而回归重文本本体的意向。纯文学标举"文学性""艺术至上"的旗帜，注重文学本身的审美性和艺术自我的身份，比较符合鲁迅无产阶级掌握政权后有可能产生"无利害关系的文学"的设想。80 年代中期当文学创作的天平由"写什么"向"怎么写"倾斜，纯文学的概念一度深入人心，寻根文学、先锋小说、新写实等是致力于审美探索的艺术实践，而反思文学、改革文学、伤痕文学则因与政治的亲和而被认为审美性不足、艺术价值不高。1988 年王晓明、陈思和等人在《上海文论》开设"重写文学史"专栏，可视为是文学疏离政治的一个事件，文学史也由之成为纯文学实践的一个重要领域，从文学性的角度重估当代文学，引发了在此不到十年之间当代作家作品的"重评""重写""重排"。也就是从这个时候开始，当代文学的评论、研究及其历史化，"它的出发点不再是特定的政治理论，而更是文学史家对作家作品的艺术感受，它的分析方法也自然不再是那种单纯的政治和阶级分析的方法，而是要深入运用各种不同的方法，尤其是审美的分析方法"。② 在由纯文学理念构想的知识体系与表述话语中，50 年代起确立的鲁郭茅巴老曹的经典序列被重置，体现了纯文学重审美的追求。

然而，纯文学的如此这般，具体操作中的矛盾与溢出则频频显示了其研究的有限性与"捉襟见肘"。"所谓'纯'文学理论，所谓纯粹以'文学性'、'艺术性'作为标准的文学史"，如伊格尔顿所说，只是一种学术神话。③ 所以"重写文学史"中纯文学研究并未成为事实。固然，疏离政

---

① 秦人：《"纯文学"与文学的社会性》，《浙江学刊》1987 年第 5 期。
② 王晓明：《主持人的话》，《上海文论》1989 年第 6 期。
③ 洪子诚：《问题与方法——中国当代文学史研究讲稿》，生活·读书·新知三联书店 2002 年版，第 41 页。

治的沈从文、张爱玲、钱锺书等"走入"文学史是纯文学标准所致,但大众文学作家张恨水、金庸等在文学史中的"现身",就不太符合纯文学排斥俗文学的主张;20世纪90年代金庸在文学史中地位的直线上升更是打破了纯文学预设的"雅俗对立"的观念而走向融合。可见文学史重写中的纯文学研究更多是一种理想的设计,在实践中很难保全它的诉求。陈思和主编的《中国当代文学史教程》以民间立场重新考察《山乡巨变》《"锻炼锻炼"》《李双双》,试图对当代文学做出新的解读。如对电影版《李双双》的评价,着眼的是它对东北民间"二人转"艺术的利用,"女走高,男走低"的模式中对传统男权文化的逆转,较为中国老百姓喜闻乐见,而它当年与政治诉求的呼应成为"其次的内容",并被排斥在研究视野之外,那么依据个人立场所作的"再解读"选择性地略去了电影内容或形式上的意识形态性,这样的选择之于文学史是否合适?再如选择胡风的《时间开始了》和沈从文的潜在写作《五月卅下十点北平宿舍》作为该书开篇,恐怕也不是出于简单的艺术性或艺术价值的考虑。"当代文学史实际上是很丰富、很生动的,许多东西是与我们现在的生活都是血肉相连的。"① 陈思和之所以不将潜在写作放置于"出版的年代",而是把它纳入"写作的年代"进行考察,主要看中并彰显的是他们在特定时代的自我坚守,这已经溢出了纯文学研究的范畴。"文学作品的审美分析,不但本身必然包含着对政治因素的把握,而且这种对文学作品的深层政治意义的把握,往往有时还比那种光只盯着政治观念的政治性分析,在政治学的意义上更深刻一些。"②

身兼作家和批评家双重角色的李陀在近30年间对纯文学由"追捧"到"棒杀"的过程,也从一个侧面印证了纯文学及其研究所面临的境况。20世纪80年代初作家李陀作为"四小风筝"之一,不仅倡导"现代小说",同时还以《自由落体》等较为纯粹的探索小说为中国文坛带来了一股"西风"。即便是80年代中期停写小说挂笔之时,作为批评家的李陀也曾不遗余力地为新潮小说摇旗呐喊,仍坚持其原有的观念主张。他在评

---

① 陈思和、徐春萍:《实践我对文学史的理想——访〈中国当代文学史教程〉主编陈思和》,《文学报》2000年8月3日。
② 陈思和、王晓明:《关于"重写文学史"专栏的对话》,《上海文论》1989年第6期。

介张洁《现代儒生》中对儒文化的批判,在为莫言的《透明的红萝卜》撰写的序言中对"营造意象"的古典美学的肯定,在为贾平凹的《商州》作序时对汉石刻艺术的研究,均以古典美学传统揭示当代小说的美学特征,是较为典型的纯文学研究理路。但后来时过境迁,他发现张承志、王安忆、莫言、韩少功、张洁等作家,并不如他想象的那样坚持单纯的文学理念和创作追求,而是以不同的方式介入社会现实,其丰富性与复杂性是很难用纯文学一言蔽之,并且这种所谓的纯文学之于现实的隔阂日见"落伍",成为文学的一个突出征候。所以,在进入21世纪以后,这个曾经是纯文学的热情拥趸,在《漫谈"纯文学"》的访谈中反戈一击,掉转枪口,向纯文学猛烈开炮:"总起来说,我认为'纯文学'在这十年里对文学写作的影响不是很好,有很多问题","在80年代末期,如果文学界能及时地反省'纯文学'这一概念的局限性,想办法把变革推向深入,也许可能出现一个更好局面",[1] 李陀此举让学界生发出"昔日李陀今何在"的感慨。[2] 显然,几十年的观察让李陀理性地认识到以往热烈追捧的寻根文学、实验小说等无非文学之一端,不可能代表文学整貌,"文学史家能对这种复杂性进行充分的分析,比如不仅把那一时期的文学当做'创作',而且当作内部充满矛盾或紧张的文学话语的'生产过程'来分析,分析这一过程中宏观与微观的权力关系所构成的条件,分析各种权利和各种文学话语间的复杂关联,分析变革中的制度性实践和话语生产的互动关系"。[3] 李陀斯话远远超越了纯文学研究的话语范围,完全可视为文化研究的一种言说。作为对自己80年代"幼稚"想法的清算与反思,2012年,李陀还以《无名指》重返小说家的行列,从一个心理医生的角度高度关注"人类历史上一个最复杂、最荒诞、最有趣的社会",关注普罗大众"人心深处最复杂的矛盾,那种精神战争"。[4] 心理医生的视角设定,似乎是李陀曾经钟情过的纯文学的惯性所致,而对当下现实的切入,又表达着他背离纯文学的信念。所以,审美是文学研究的基础,纯文学研

---

[1] 李陀、李静:《漫谈"纯文学"——李陀访谈录》,《上海文学》2001年第3期。
[2] 朱向前:《昔日李陀今何在——对一种文学现象的非文学考察》,《百家》1989年第2期。
[3] 李陀、李静:《漫谈"纯文学"——李陀访谈录》,《上海文学》2001年第3期。
[4] 参见姜梦诗《李陀:大家一起来"重新发明文学"》,《晶报》2014年9月25日。

究维护美学作为文学研究的思维与方法，尊重文本的自在自足和作家的特殊个性无可非议，但纯文学研究的非功利只是想象性地切割了主流政治，更多是时代理想主义激情催生的"乌托邦美学"。由此而论，我们不妨可将李陀的"反水"看作纯文学研究偏于审美感知的"向内转"式路数，遭遇的笼罩性困境及突围的一个诉求。

当然，反思纯文学研究并非否认纯文学提出的意义，只是意在强调指出，将其作为文学的最高理想并不符合文学生产的事实。特别是在多媒体冲击传统文学形式的泛文学时代，容易导致"文学消亡"的极端论断。纯文学研究对"外部研究"的排挤与不屑，导致后者在一段时间内成了"庸俗社会学"的代名词。随着社会文化的多元化推进，文学研究不仅要突破以往政治规训而又不与主流话语产生龃龉，也需要抖落纯文学的"扮清纯"，[①] 将"文学性"与历史化的研究视域结合，才能达到吴亮所说的"对纯文学的估计，还是乐观的"预期。[②] 于是，跳出传统固化的"文学"范畴的理论和文本，将文学作为众多文化现象展开研究，不失为协调文学与现实关系的一条重要路径。在这样背景下，文化研究也就呼之欲出、应运而生，自然而然地成为最近一二十年当代文学新的学术态势和研究范式。

文化研究是文学研究及历史化的再次"向外转"，它重在考察历史、现实、政治、经济等因素如何影响文学的创作与艺术表达，因为文学性并非单纯来自文学的特质，而是成形于错综复杂的文化网络之中。20世纪90年代随着市场经济体制的确立与社会文化的转型，大众文化借助电视、电影、互联网、多媒体等成批量的复制生产和社会普遍弥漫的世俗情怀，对不及物的纯文学研究构成了步步紧逼的态势，显示了启蒙之音与理想之梦的渐行渐远。洪子诚对此有真切的描述："80年代曾有的那种激情，那种对未来充满期待的'青春心态'，随着环境改变，年龄增添，也一并涣

[①] 黄子平2012年再谈"二十世纪中国文学"，认为纯文学在20世纪80年代也是一个政治主张，它的概念内涵处在不断的变化中，一些重视"底层文学"和"打工仔文学"的批评家将纯文学纳入精英主义，纯文学包括知识分子创作就如香港人所说的"扮清纯"，这个概念一直是当代文化政治激烈交战的场域。参见黄子平《再谈"二十世纪中国文学"》，《东方早报》2012年9月23日。

[②] 参见赵玫《纯文学与一九八八年》，《文学自由谈》1989年第2期。

散,剩下的更多是茫然,是无可无不可的心不在焉,而且还会用所谓思想的'成熟',来遮蔽自己的'疲惫感'。"① 20世纪90年代中期,戴锦华、李陀都提倡或实践过文化研究,但反响寥寥。比较有影响力的是王晓明、蔡翔等沪上学者,面对90年代末到21世纪初新媒体的崛起,他们强烈地感受到纯文学研究的"虚脱"。于是,在多种因素的驱动下,开始将精英立场的纯文学研究扩容至大众生存的文化研究,从"孤独的自我"走向"痛苦的人群",强化了文学的解释力和应对各种挑战的能力,"文化研究引领着他们走出自我,重新关注社会,关注历史和现实的中国问题"。② 2001年王晓明与蔡翔在上海大学创立了中国当代文化研究中心,2004年成立文化研究系,引发了在沪高校成立文化研究机构的热潮。之后,他们主编的《热风学术》基本聚焦文化研究学科的最新发展和当代中国思想文化变迁的最新动态,对社会改良目标的推动已远超文学的范畴,文学研究也在文化学视角下敞开。蔡翔曾是纯文学刊物《上海文学》的副主编,在王晓明的影响下接触了文化研究理论,2001年以刊物为依托发起的纯文学讨论中,《何谓文学本身》一文不仅辨析了纯文学发生的历史语境、时代价值及意识形态性,同时也梳理了它逐渐陷入自我、远离现实的轨迹。2018年的一次访谈中,针对1987年《一个理想主义者的精神漫游》中"想象、叛逆、痛苦、悲剧、永恒、诗性、理想、精神"等表述,蔡翔感慨地说:"今天,我大概不会再使用这样的语词,太抒情了",③"纯真的主体性"转向"解放、自由、制度、知识、现代性、大众化、广告、私人性"等大众文化时代的关键词。具体的研究实践中,他在威廉斯、霍尔、葛兰西的思想启发下,不仅观察和思考现实,同时打破纯粹的文学史框架,借用文化地理学的方法分析上海记忆和空间的书写,并明确声明在现在及将来,"我也不会重复1980年代的审美主义,历史和现实提供给我们的问题早就突破了这样一

---

① 参见毕光明、姜岚《虚构的力量——中国当代纯文学研究》序(洪子诚),社会科学文献出版社2005年版。
② 蔡翔:《故国平居有所思》,http://jiliuwang.net/archives/86987。
③ 蔡翔、周展安:《探索中国当代文学中的"难题"与"意义"——蔡翔教授访谈录》,《长江文艺评论》2018年第2期。

种概念的束缚"。①

相比蔡翔,王晓明由纯文学研究向文化研究的转化似乎更具典型性。20世纪80年代王晓明主张超越庸俗社会学,偏重"作为艺术的侧面"的"纯审美"眼光,他的《潜流与漩涡》从创作心理障碍的角度剖析作家充满矛盾的心理世界:如"鬼魂的影子"对张贤亮创作的纠缠使他执着于自我排解的叙事模式;高晓声与笔下人物的过于亲和留给故事的内在缺陷;"寻根文学"用观念模式解释人生感受等。他真诚地契入文本的内在脉络,揭示作家心灵的幽暗世界,"在对'客观'、'公正'地进行历史主义的研究进行质疑时,他们潜在地认为'艺术审美标准'能够'超越'不同历史时期的评价,并且相信艺术审美标准可以是'不变'的、'超越时代'的"。② 90年代后期,当代中国社会的剧烈变动及西方文化研究的启示,王晓明开始"冷静后退一步来看问题的思路","不断超越心中的狭隘",在文学研究处理人与外部因素的关系时将文化作为桥梁,追寻更为开放的格局,"敏感到社会巨变的势不可挡,却不愿意受新的流行意识的拨弄,拙手笨足,锲而不舍,一意要向社会说出自己的看法"。③ 他在文化研究的视野中考察朱文等新生代小说中"无聊"逼视下的困顿;批评专注个人意识和官能及回避公共生活的"个人写作";肯定王安忆由老上海故事的咏叹到刻画生活本相的转变。他将文本的产生流传与文学的历史进程、生产规范等结合,在"各种互动关系中认识当下文学创作的限度和可能"。这不仅没有削减他的审美触觉,反而丰富了审美思考的内涵与层次。在王安忆《富萍》讲述的上海故事的特别之处,他看到了"新意识形态"大合唱对旧上海的咏叹及王安忆的警觉,将她散文小说的变化提升至八九十年代文学演化的意义,揭示可能潜在的危险,指出其间宏观政治与微观个体、权力话语与文学审美、制度实践与话语生产之间的复杂关联。而当王晓明面对"80后"作家,更是充分运用文化研究来适应

---

① 蔡翔、周展安:《探索中国当代文学中的"难题"与"意义"——蔡翔教授访谈录》,《长江文艺评论》2018年第2期。

② 贺桂梅:《历史与现实之间》,山东文艺出版社2008年版,第144页。

③ 参见张春田《在思想与文学之间——王晓明的文学研究与"文化研究"》,《当代作家评论》2005年第5期。

电子文本、生活娱乐、审美消费、符号表达的泛文学时代的批评诉求。指出郭敬明们是被日渐庞大的中国特色的文化工业操纵的提线木偶,兼具作家、经纪人、出版商等复合身份的创作源于对营销内容和形式的深度依赖,背后是各种社会势力支配着他们用不同的手去敲击键盘,他们以表面单纯的"青春""幻想"的创作极为老练而实际地营造虚拟的世界,将日常的欲念寄托于梦想的体验。他们的成功和偶像魅力炫示着写作迅速实现版税、出镜率和明星效应的商业价值;时髦的纸面设计、网络宣传和集会造势持续煽动读者的兴奋与自以为是的共鸣,烘托出商业的巨大能量。① 诸如此类的分析都远超文本的审美范畴,在更为复杂的文本内外,揭示这一作家群体的精神风貌与创作心理,显示了文化研究的包容度与丰富的指向。

　　文化研究用新的素材、思路、视角和方法解决传统文学研究的诸多问题,它的大气、开阔与丰富,为越来越多的学者所接纳。特别是当代文学既容纳着文化思潮、世俗心态、政治情结,也渗透着作家的人生观、价值观、艺术观,包罗万象的文学本身有其他学科无法涉及的情感和意识等,也会记录历史、政治、经济等社会动态与文化心理。把文学纳入整体的文化系统中,考察它在历史语境中的沉浮兴衰与发展逻辑,揭示其在文化大格局中的历史地位和文化角色,更有利于文学的发展与前行。唐小兵主编的《再解读:大众文艺与意识形态》运用20世纪60年代之后的西方各种文化理论,包括(后)结构主义、精神分析、后殖民、后现代、女性主义和西方马克思主义,引入对社会主义经典作品的再阐释,参与编写的刘禾、黄子平、贺桂梅、孟悦、戴锦华等虽学术背景相异,但都通过重新进入文本,将《白毛女》《暴风骤雨》《红旗谱》《林海雪原》《青春之歌》等在语境与体制、文本与范文本之间呈现的生产方式与意义结构进行再阐释,使得政治化阐释中备受贬抑的红色经典获得了新的研究视野与价值。同时,作为对当代社会经济模式转向和当代文学研究现实感匮乏的回应或反思,21世纪以来当代文学体制研究的热点,究其本质是一种文化研究的思路。文学体制的概念来源于政治学和社会学范畴,它主要关注

---

① 王晓明:《是推开门窗的时候了》,《当代作家评论》2011年第1期。

政治经济环境所制约的文学生产和运行机制，当属文学的"外部研究"。这方面的成果，宏观或较为宏观的研究，有王本朝、张均、李洁非、杨劫等对当代文学体制整体或阶段性的生成特点的考察，邵燕君、陈奇佳等顺应社会经济模式的转型，将当代文学政治化文学体制的考察拓展到当下市场化、网络化背景的探讨，它们在各种文化资源与文学史料的对话关系中为当代文学研究注入了新的生机与活力。微观或偏向微观的研究，如第一次文代会、《人民文学》、稿酬制度等，它在相对具体细化的"点"上或多或少地将宏观视野与微观文本结合，以揭示各种力量在文本内外博弈互动的复杂脉络。如斯炎伟在考察全国第一次文代会之于中华人民共和国文学体制建构时对老舍剧作《春华秋实》的生产过程的细致解析，吴俊以《人民文学》为中心考察国家文学的想象和实践中，对秦兆阳短篇小说《改造》政治标本意义的揭示，和蒋子龙《机电局长的一天》风波始末中文学与政治博弈的剖析，徐勇从选本编纂看80年代文学生产，将《建国以来短篇小说》和《重放的鲜花》等选本作为重点讨论的对象，黄亚清的论著《新编历史剧的生成机制研究（1942—1978）》也与《海瑞罢官》、《十五贯》等历史剧的文本解读紧密联系，借此考察历史剧在制度化关系网络中的"新编"过程。可见，文本是当代文学最细微的组成部分，体制研究中的文本解读虽不尽是审美的研析，但宏观体制唯有深契文学性或审美性的层面，才能真正实现与当代文学的互动与制约。这就决定了文学创作不是也不可能是作家精神的自娱自乐，运用文化研究的思维理路将文学研究从纯文本细读中解放出来，获得对历史的重新还原，它可以激发当代文学研究的现实活力与社会感召力。

消费主义时代促使文化研究成为文学批评和理论历史化、现实化的有效举措，赋予当代文学新的研究视角和阐释空间。但诚如布鲁姆在《西方正典》中所抱怨的那样："'文化研究'名义下众多时髦的学派正在放弃审美欢悦而仅仅关注阶级、性别以及国家利益这些远离文学的外围问题。"[①] 陈晓明对"不死的纯文学"的坚守亦是对经典理论共享模式的不满，因为"踩在后结构主义肩膀上的文化研究（以及西方马克

---

① 参见南帆《文学：构成与定位》，《关系与结构》，吉林出版集团有限公司2009年版，第56页。

思主义的批判理论、后殖民理论、全球化理论、女权主义等),把自己想象成一个文化巨人,正在不顾一切地吞噬当代文化的所有现象"。① 对文化研究淹没文学"差异性自由"的忧虑构成了 21 世纪又一新的反思。如何承续文化研究思路,同时又弥补它对"文学本体"的压抑,"把文本重新打开,将文学和社会、政治、历史实践以及其他话语重新联系起来",② 这也是我们今天研究及其历史化需要正视并解决的一个问题。

第三节 史诗文体与网络文学的文学性问题

将史诗与网络文学放在一起似乎有些突兀,但从文学性角度来讲,也自有一定道理,故不妨冒昧一试。先来看史诗的文学性问题。众所周知,史诗的概念来源于西方,本指表现民族起源的大型叙事诗,后来延伸至反映一个历史时期社会面貌和民族生活的内容丰富、结构宏阔、意义深邃的长篇叙事作品。古希腊时代的史诗面向的是简单的社会生活,它进入中国当代文学时被赋予了很强的历史观念和意识形态色彩,并集中体现在长篇小说这一文类。无论是文学史视野中的精品或经典筛选,还是各类奖项的评选,史诗作为最高级别的文学样式,对其理解一般都会超越形式范畴,"文体是指一定的话语秩序所形成的文本体式,它折射作家、批评家独特的精神结构、体验方式、思维方式和其他社会历史、文化精神",③ 创作史诗性作品在很长一段时间内成为中国当代作家追求的最高目标。

当代文学"前三十年",史诗成为描述无产阶级革命和社会主义建设的重要文体形式,并将主题预设、叙事宏大、人物典型、风格庄重等作为特定的目标,"既要有丰富的生活经历,还要有政策把握的能力,

---

① 陈晓明:《不死的理论与当代的文学批评——陈晓明教授访谈》,沈国明、金福林主编《当代中国学人访谈录·文学卷》,上海人民出版社 2014 年版,第 155 页。
② 旷新年:《文学史视阈的转换》,北京大学出版社 2013 年版,第 11 页。
③ 童庆炳:《文体与文体的创造》,云南人民出版社 1997 年版,第 1 页。

主题先行也就在所难免,一开始就明确主题思想是阶级斗争,因此前面的楔子也应该以阶级斗争概括全书"。① 梁斌《红旗谱》的如上设计也体现在《保卫延安》《红日》《红岩》《三家巷》《青春之歌》等小说中,它们的基本模式是以坚定的信念或讲述革命的合法性,或强调革命道路的经典选择。而《创业史》《暴风骤雨》《山乡巨变》等在社会主义文化视野下展开农村变革与生活的全貌,"以对历史'本质'的规范化叙述,为新的社会的真理性做出证明,以具象的方式,推动对历史既定叙述的合法化,也为处于社会转折期中的民众,提供生活准则和思想依据"。② 所谓"成败皆因萧何",这些红色经典后来也因时代全景再现中对历史转型单向度、平面化的叙事逻辑而备受争议乃至诟病。不过,这不应看作这些红色经典的全部。在近些年来历史化考察中,也有学者开始超越原有的理念和范式,对之又有不尽相同的评价。比较典型的如张清华《传统"潜结构"与红色叙事的文学性问题》一文,通过隐藏于宏大叙事框架中的传统叙事模型与母题要素的剖析,如《林海雪原》的英雄美人与奇遇历险、《红旗谱》的家族仇杀与恩怨轮回、《青春之歌》的才子佳人与三角关系等,这些深潜在民族文学创作中的集体无意识改头换面,在时代与意识形态的装饰下复活,显示了红色经典的"文学性"。③ 如此这般的修正性解读,使其固有的史诗品性得到了一定的认肯。

新时期以来,社会生活越为复杂,时代文化越为多元。20 世纪 80 年代《古船》《芙蓉镇》《沉重的翅膀》《浮躁》等着力反思社会历史和折射现实变革,在史诗的整体性把握中虽未完全脱离红色经典宏大叙事的惯性,但超越了红色经典的阶级斗争或社会斗争模式。这种超越在 90 年代由宏大的革命史、军史和共和国史转向民族史、村落史和秘史的书写中逐步完成。反映在具体的创作论层面上,也就有了莫言所说的"长度、密度和难度,是长篇小说的标志,也是这伟大文学的尊严":长度指"胸中的大气象,一种艺术的大营造",波澜壮阔的浩瀚景象和大悲

---

① 梁斌:《漫谈〈红旗谱〉的创作》,《人民文学》1959 年第 6 期。
② 洪子诚:《中国当代文学史》,北京大学出版社 1999 年版,第 107 页。
③ 张清华:《传统"潜结构"与红色叙事的文学性问题》,《文学评论》2014 年第 2 期。

悯；密度即指"密集的事件，密集的人物，密集的思想"；难度即指"艺术上的原创性"。① 它不再黏滞于以往对正确思想和简单善恶的表现，而是以更宽广深刻的思想与艺术刷新史诗的内涵与文体特征。如《故乡天下黄花》《灵旗》《花腔》《檀香刑》《秦腔》，它们或面对陌生的历史事件，或书写乡土生活。其由"大历史"转向"小历史"、打捞历史细碎生动一面的书写，大大地扩展了当代长篇小说经验的边界与内涵。这一时期被认为最具史诗品性的要数陈忠实的《白鹿原》，它以"小历史"中的"大境界"，在颇为个性化的讲述中，代表人类立场完成了对历史的宏观考量，为我们呈现了与老一辈作家农村题材中截然不同的"民族秘史"和"文化密码"，揭示了历史发展多种因素的"第三种真实"。② 还有值得一提的是女性史诗以对女性身体与历史的审视，如《一个女人的史诗》《无字》《笨花》等以女性个体的成长显示出现代社会的沧桑变化和性别意识的流变。所以，尽管这一代作家不少曾受红色经典的熏陶，但在面对同样的历史时，他们仍以不同的叙事视角、多元的主题和对实验性的艺术手法的探索，勾勒出个体生存与社会文化演进的另一种貌态。

然而，21世纪以来长篇小说如《古炉》《空山》《额尔古纳河右岸》《生死疲劳》等显示出对宏大叙事的螺旋式的回归，其长时段、大篇幅、多主题及其丰富复杂的书写，从一个侧面反映了作家对民族史诗一如既往的情怀。但这只是一方面，另一方面，我们也不能忽略长篇小说创作中存在的某些荣光渐失甚至反史诗的迹象，如消解崇高、解构英雄、弃绝理想等。于是，史诗的文体意识与审美规范在沉潜与拓展的同时也遭遇到了挑战，产生了新的问题。如余华的《兄弟》《第七天》沉溺于形而下的个人化和身体经验的表述，对社会历史和现实更多是碎片化和表象化的处理，夸张的情节、丑化的人物及粗俗的语言流布全书。而新媒体的推波助澜与网络文学的蓬勃发展，更是以福柯式的"逼挤正

---

① 莫言：《捍卫长篇小说的尊严——"小说的现状与可能性"笔谈》（上），《当代作家评论》2006年第1期。

② 洪水在文中认为第一种史诗是政党和阶级立场的，第二种是人民群众、人道主义立场的。详见洪水《第三种真实》，《当代作家评论》1993年第4期。

统"和"颠覆冲动",① 将当代文学带入了"经典危机的时代"。② 与欧美网络文学更注重"超文本""赛博写作"不同,大陆网络文学和传统文学在文本上并无多大区别。但从书面到电脑端再到移动端,媒介变革使传统文学的传播方式和意义留存发生了质的改变,进而导致文学价值标准的裂变。毕竟,大众化的文学创作中,网络文学主流姿态的形成依赖的是互联网的产商结构,谋求的是适应文化市场结构的更具互动性、选择性的创作,这在一定程度上颠覆了传统文学原有的文学形态与文体规范。

但为精英学者所担忧的是,类型化的网络小说有没有可能形成内在的经典指向?娱乐化与思想性、程式化与独创性是否"水火不容"?在网络"冲浪"中长大的今日中国之青少年,他们在影视、博客、微博、微信、网游中形成的节奏感、想象方式和结构能力、碎片化的娱乐感应或思考习惯会潜移默化地影响他们的文学写作和阅读体验,短平快的"浅"阅读会颠覆"创作""作家""作品""文学体裁""审美""读者"等传统文学的关键词,对此陈思和指出"1980 年代教给我们的那些感应和理解文学的思路,许多已经不够用了,必须要发展新的思路",③ 既然纯文学的标准会"窒息"网络文学自由发展的可能,那么产生于网络中的新型"草根"文学在经历了 20 年"野蛮生长"后,可以并且有必要面对文学性的问题。基于以往小说史诗性的探讨都着眼于长篇小说,所以关于网络文学文学性问题的考察也还是定位于长篇小说更为妥帖。须知,在海量般的网络文学中,长篇小说依然是影响力最大、最具商业价值的文体。这一文体样式的题材覆盖面最为广泛,除了传统言情、武侠、军事、侦探、历史等题材,仙侠、玄幻、穿越、同人、盗墓、耽美、宫斗等新题材崛起瓦解了传统文学的统一性,极大地开拓了长篇文体的想象空间,以往逻各斯

---

① 受福柯"话语理论"影响的新历史主义者认为文学作品"是显示力量的场所,是进行争论和转换利益的地方——引起了逼挤正统和颠覆性的冲动"。参见〔美〕弗兰克·伦特力契亚《福柯的遗产———一种新历史主义》,顾栋华译,王逢振等编《最新西方文论选》,漓江出版社1991 年版,第 465 页。

② 参见罗皓菱《陈晓明:这是一个经典危机的时代》,《北京青年报》2014 年 4 月 14 日。

③ 王晓明:《是推开门窗的时候了》,《当代作家评论》2011 年第 1 期。

中心热衷的总体性叙事①的文学标准已经无法适用当下旁枝侧逸、纷乱复杂的网络文学现状，"如果'宏大叙事'已经解体，再期望以'史诗化'的方式建构'宏大叙事'是否已是刻舟求剑"？②邵燕君斯话即是对沿用精英文学标准衡量网络文学文学性的怀疑。所以，文学性标准冲突下网络文学与精英文学的隔阂，更因为网络文学的发展还缺乏"历史的距离感"，还难以形成具有通约性的文学评判标准，这是当下探讨网络文学文学性问题所必须正视的情景。

那么，面对网络文学层出不穷的上百万或几百万字数的鸿篇巨制，精英批评如何应对？仍然坚持精英立场的标准，还是放下身段追求评价体系的更新换代，或者说依赖读者的评价与筛选自动获得文学性？显然，调整精英主义的审美立场，适应文学世俗化的发展，建立一套适合网络文学经典筛选的批评尺度，可谓是当下促进网络文学健康发展的关捩，詹金斯在与斯科特的对话中提及了动用学理积累并熟悉和借助流行文化的"学者粉"的研究姿态，"承认并肯定自己的欲望和幻想，而同时保持学术热情和理论的复杂度"，③既顾及自我作为粉丝的欣赏趣味与主观心理，又要坚持"我"的学术身份与文化品位。基于网络文学越来越突出的主流地位，在确立了文学经典评价的基本立场后，还有必要根据加拿大学者史蒂文·托托西提出的"动态经典"和"恒态经典"的理论，④尽量运用动态的新经典观念完成相对经典化的考察与预选，不失为客观而辩证的筛选姿态，"文学经典化最重要的是'历史化'，时间是决定文学经典最后的

---

① "宏大叙事是一种逻各斯中心的总体性叙事，昭示着这个世界有一个'总的故事'，这个故事有开头，有发展，有高潮，有结局，是线性演进的，有终极目的的，有乌托邦指向的——这正是长篇小说，尤其是现实主义小说的叙述模式。"参见邵燕君《网络文学的"断代史"与"传统网文"的经典化》，《中国现代文学研究丛刊》2019年第2期。

② 邵燕君：《"宏大叙事"解体后如何进行"宏大的叙事"——近年长篇创作的"史诗化"追求及其困境》，《南方文坛》2006年第6期。

③ ［美］亨利·詹金斯：《〈文本盗猎者〉二十年后——亨利·詹金斯和苏珊·斯科特的对话》，《文本盗猎者——电视粉丝与参与式文化》，郑熙青译，北京大学出版社2016年版，第277页。

④ ［加］史蒂文·托托西：《文学研究的合法化》，马瑞琦译，北京大学出版社1997年版，第43页。大致归纳恒态经典强调经典的恒久价值和超越性意义；动态经典强调经典的对特定时期精神风貌的书写。

尺度",① 唯有经历"时间"的淘洗,动态经典中的一部分才会逐渐沉淀为"恒态经典"。这里有三点需要辨析。

首先,是类型与反类型的张力。网络文学类型文的大量出现与资本培植有关,2005 年"起点盈利模式"不仅促进了网络文学的飞速发展,同时也加速了类型化特征的形成(模仿雷同与机械化生产可能使网络文学走向逐利与粗制滥造的歧途)。所以网络文学的经典认定必须是在类型文功能的基础上,形成对其鲜明个性、文学渊源、娱乐机制、人物设置、审美特征、欣赏心理及背后的价值体系和意识形态结构等的共识。今何在的《悟空传》销量高达千万册,20 年的捶打仍然"屹立不倒",由此探讨类型与反类型之间的张力能够满足考察需要的"距离感"和认可度。《悟空传》因其"畅销十年不朽经典,影响千万人青春"的经典品质,② 历年来在各大网站或刊物组织的评奖中屡次获奖甚至名列榜首③。评委们多次将其作为网络文学的"第一书",不仅基于它对网络文学流传的开启之功,同时也认可其作为一代人青春情绪的标识性表达,它"让每一个平凡而温和的人燃起撕裂命运的勇气,也为每一段青春留下老孺骨血的印记"。④《悟空传》不再继续《西游记》取经故事中孙悟空由叛逆到归顺的选择,而延续《大话西游》消解古典名著的"大话"风,但不再简单重复"大话"对"大圣"前世今生的世俗化处理,而是让失忆的中年悟空见证自己年少时的激情梦想与叛逆反抗,并在爱情的坚守中体现出对青春和理想的思考:当理想成为不忍回顾的前史和被压抑的潜意识,个人自由与社会规范之间的矛盾"暗示了社会人的最终结局——无法超越的社会存在和宿命的悲剧",⑤ 这是《悟空传》对"大话""无厘头"套路的深度超越,"西游是一个很悲壮的故事,是一个关于一群人在路上想寻找当年失去的

---

① 孟繁华、张学东:《重读经典与重返传统的意义——与孟繁华先生对谈》,《朔方》2009 年第 11 期。

② 《悟空传》在"榕树下"举办的第二届网络原创文学奖中,获最佳小说奖和最佳人气小说奖;在起点中文网第一届"天地人榜"中名列天榜,《新京报》"网络文学十年十本书"的评选中名列榜首。

③ 参见今何在《悟空传》(完美纪念版)封面标语,湖南文艺出版社 2011 年版。

④ 参见今何在《悟空传》(完美纪念版)封面标语,湖南文艺出版社 2011 年版。

⑤ 林间的猴子:《你们的经典,我们的自传》,豆瓣网。

理想的故事，而不是我们一些改编作品里面表现的那样，就是大小妖怪说说笑话那样一个平庸的故事"。①

相比《悟空传》的玄幻色调，慕容雪村现实主义的人生分析派小说《天堂向左，深圳往右》是更接近于传统文学的常规叙事，讲述名牌大学毕业的三位年轻人在深圳的奋斗故事，"屌丝逆袭"的类型故事如停留于苦尽甘来的励志，就只能提供廉价的"心灵鸡汤"，作者更为悲怆地再现了一代人的青春激情在金钱中的迷失。深圳是20世纪90年代快速发展的中国商品经济社会的先锋和缩影，80年代的启蒙让肖然们注重捍卫自我生存的尊严，但在人生信仰确立的关键时刻他们又被卷入市场经济的狂潮中，物质上一夜暴富而精神却被掏空，小说以站在物质巅峰却"一无所有"的亿万富豪肖然的自杀，揭示了"数字成功学"（读书时的考试成绩）与"金钱成功学"（工作后的赚钱能力）的"末路歧途"，表达了作者对市场经济所致的社会信仰失落与道德沦丧的时代忧惧和人的悲剧性体验。这也说明，类型并不是网络文学文学性和经典化的绊脚石，相反，在作家实践与读者筛选而逐步成形的网文套路中，有个性有品位的突破照样能够成就网文时代的经典之作。

其次，是娱乐性与思想性的调和。中国小说在明清兴起之际就是在街谈巷议中用来娱乐的，娱乐性是小说与生俱来的特点。但一直以来对它可能拒斥或消解思想性的担忧，使得当代长篇小说的史诗性诉求总是有意无意地回避娱乐性的话题。"以爽为本"的网络文学倾向注重小说故事的讲述，而与网文相伴的影视、漫画、游戏等又延伸和拓展了它的娱乐性。当然仅凭娱乐大众是无法支撑起经典性的品质，只有揭示出高科技、全媒体、消费时代的社会生活与生命状态的本质，才能成就网文的思想深度与文化蕴含，"当我要肯定一部小说成为一个大的作品的时候，除他的技术以外，还要考虑它的总体的价值观念问题"。② 所以，经典网文总是能很好地调和娱乐性与思想性的隔阂。宁肯的《蒙面之城》通过脱离社会正常轨道的当代流浪汉，以有悖于都市文明规则的另类人生，表现出对固有观念和传统人生方式的挑战与反思。小说既有网聊（恋）等迎合粉丝阅读的情节，又不乏深刻思想的追求，体现了网络小说经典的特质。更具话

---

① 今何在：《序　在路上》，《悟空传》（完美纪念版），湖南文艺出版社2011年版。
② 张柠：《坏文学会被时代自身淘汰》，https://cul.qq.com/a/20140324/017341.htm。

题意义的是李晓敏的《遍地狼烟》,作为网络文学入选茅盾文学奖的第一人,李晓敏的传统战争小说加入了传奇故事甚至三角恋等网络流行小说的典型桥段,轻快的节奏和幽默语言给予粉丝强烈的阅读快感。另一面懵懂无知的山村少年猎手的英雄化,体现的是民族英勇无畏、不屈不挠的精神,经典的宏大叙事在网文空间中的华美转身,激发了读者潜在的英雄情结,也赢得了专家学者的认可。再看今何在的《悟空传》,在狂欢化的故事讲述中,以荒诞的情节和语言表述为网民带来酣畅淋漓的阅读快感的同时,大神作家也以个性化的感悟负载了世纪末青年群体的欲望投射和意义求证的摇摆,在不同的时代精神和价值体系的更迭中伤悼理想、叩问命运,揭示人类永恒的悲剧性的宿命体验:人生犹如西游之旅途,到达彼岸不过是放弃爱与理想的过程,"西游果然只是一个骗局"。[1] 网络文学文学性和经典化评价中对娱乐性的包容,即是对读者阅读体会与感受的尊重。

　　由此可见,网络文学经典作品的出炉要适应大众文学的品质,不再单纯依赖学者的判断,"文学的经典不是由某一个'权威'命名的,而是由一个时代所有的阅读者共同命名的",而作为文学研究者或出版者,"参与当代文学的进程,参与当代文学经典的筛选、淘选和确立过程,更是一种义不容辞的责任和使命"。[2] 当然学者姿态的固执亦是存在的,邵燕君主编的《网络文学经典解读》中,《悟空传》粉丝的综合评述纳入的基本是文青范儿的"精神自传""反抗""解构"等表述,如读者路兔甲对"一代人精神困境"的指认,宋阿慕对阶级与革命的剖析,姜振宇关于崇高与戏谑的审美风格的解读,[3] 无论是立场还是话语体系,粉丝与学者的通见更易进入后者的法眼,并视为一种富有代表性的大众观念,可见即便重视文本的娱乐性,但学术思维的惯性很容易使学者依然执着于一套自足的话语。近几年网络文学在大众文化热点转移、游戏等新娱乐方式的冲击下热点消退,这是否是网络文学发展动能耗尽的表现?如果因为网络文学文学性和经典化的评价放弃更有普适性的娱乐性需求,而招致粉丝的遗弃,那么缺乏读者市场的艺术样式必然会走向衰败。如何更大限度地容纳粉丝的娱乐需求与土著理论,架构

---

[1] 今何在:《悟空传》(完美纪念版),湖南文艺出版社2011年版,第114页。
[2] 吴义勤:《当代"经典"如何确立》,《纸上的火光》,山东友谊出版社2008年版,第54页。
[3] 参见邵燕君《网络文学经典解读》,北京大学出版社2016年版,第46—49页。

起学术圈与网文圈的桥梁，并由此提升粉丝的辨别力和鉴赏力，以两者的良性互动来成就网络文学的文学性和经典化，这是时代赋予我们的历史责任。

最后，是形式自由与写作规范之间的平衡。长篇小说因为受制于大体量的内容和思想的驳杂，在技巧层面相对比较稳定。但网络长篇小说在延续传统文学写作规范的同时，在形式技巧层面对原有文学规范的背离和新的尝试，恰恰显示出与传统文学不同的自由书写的向度与开放性的思维。传统文学中的精心构思为即兴创作所代替，"都不知道会写出什么，只是坐在电脑前，一边想一边写，把第一章发上网的时候，我也不知道第二章应该写什么，也没有提前构思和草稿，就是边写边想，让自己的思维处于一个很放松很自由的状态"。① 天马行空的想象力是网络文学自由化的表征，还是以《悟空传》为例，一定程度能"窥一斑以观全豹"。打乱《西游记》线性的叙事模式，《悟空传》延续大话散漫的时空叙事，神魔时空的构筑，妖鬼灵异的探讨，带着鲜明的幻想气质，流露出作者创作时的激愤心绪和癫狂状态，"文学必须是历史与现实的反映吗？能不能恰好相反——文学就是幻想历史与现实之中匮乏的东西，文学就是利用幻想作为一种短暂的安慰，消除焦虑、释放情绪或者提供心理补偿"？② 但形式自由又非无度，"前因""500年前""500年后""五年后"等时间的腾挪跳跃的提示，让人物在各种场景之间穿越，保证相对清晰的"前世今生"的叙事脉络，这恰恰就是经典的网络文学作品在突破传统文学叙事规范时保有的分寸感。

即便是走"现实风"的《天堂向左，深圳往右》，整体采用的是传统小说常用的全知视角的倒叙手法，讲述中又在过往的时间节点上不断地插入回溯或指向未来（类似于英文中的过去将来时，如过去某个时间点的"一年之后""十年之后"）的章节，叙事自由有序，视角在三种人称之间切换自如，体现了作家在自由叙事中对小说叙事节奏的有效掌控。还有值得一提的是，作为"女性向"旗帜的 Priest 是晋江"大神"，但她不为女频世界所限，处理女性问题也能捅破"女性向"的壁垒，抵达普遍的人

---

① 参见莫琪《〈悟空传〉作者今何在：还好当年不知道写网文能赚钱》，https://www.thepaper.cn/newsDetail_forward_1719542。

② 南帆：《网络文学：庞然大物的挑战》，《东南学术》2014年第6期。

性。形式上亦是充分发挥自己的想象，如利用名著来突破类型文的局限，借用《红与黑》等五部名著做章节名提示犯罪动机的《默读》，《残次品》与《一九八四》《美丽新世界》等的直接对话，显示了小说在形式创新中驾驭严肃命题的能力。所以，就网络文学的经典而言，一面要遵循基本的形式规范以符合粉丝们对文学技巧的常规记忆与需求，另一面需要形式的创新以满足粉丝追新逐异的欣赏需求，所以形式的创新不仅仅是为了娱乐，也是思想多元自由的体现。

中华民族五千年悠久的历史和广袤的地理空间，需要史诗性或经典化的作品。21世纪以来渐成主流的网络文学已呈现出某种更具网络特性的变局。因为与政府、资本、媒介、网民等千丝万缕的联系，它的文学性和经典化面临着自身理论话语缺失的困局。当下，学者批评需要改变各自为营的做法，开展一定的集体协作，以更好地介入网络文学经典化的过程，建构起具有通约性与针对性的经典评价体系。当然，就网络文学发展的短暂历史而言，当下的经典认定主要是动态的考察，随着历史的沉淀，那些能够突破时代与文体限制并具有人类共性的作品，会被纳入更具连通性的文学史脉络中，成为史蒂文·托托西所说的恒态经典。

第十三章　历史化与文学批评

当代文学历史化，也引发了人们对它与文学批评关系的思考。这种思考虽然不像史料搜研及实证那样具体、直接与明确，但它却是存在的，也很能反映和体现当代文学历史化的"当代"特色。从研究的"整体互动"角度着眼，笔者在这里首先不妨提出一个有关理论、批评、史料的"正三角"（△）概念。所谓的"正三角"，是指理论、批评、史料的结构关系，也可以说是当代文学学者将三者融会贯通的类似三角形的知识结构和学养：其中居于三角形顶角的是"理论思维"，其底线的两个底角则分别为"作品解读"与"史料实证"，它们各自独立，合在一起又是一个相互补充的整体系统。见图示：

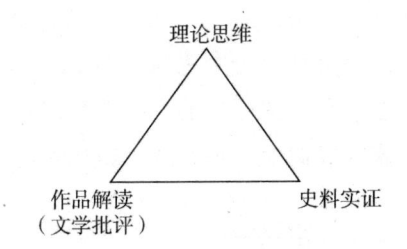

```
          理论思维
           △
   作品解读      史料实证
  （文学批评）
```

笔者之所以将"批评"置于"正三角"中进行阐释，主要基于以下两点考虑：首先，是强调批评的特殊性及其功能价值，这就是对美的感知和评判，这也是诗学原则的核心，是批评个性和魅力的关捩所在。而这一切，它是根植于"作品解读"尤其是"文本细读"的基础之上。没有"文本细读"的功夫和能力，就像沙滩聚塔一样，所有一切美好的构想都等于白搭。其次，是强调从整体性和关联性的角度来看待批评,而不是就批评谈批评,将目光仅仅拘囿于"文本细读"层面不作超越和拓展,这也就是韦勒克和沃伦将文学批评、文学史与文学理论三者放在"文学本体"研究范围来探讨的主要原因。那样做,可以使文学批评所致力的"作品解读"与"理论思维"及"史料实证"之间形成一种相互对话碰撞而又相互制衡、相互建构的张力关系,避免批评走向偏至。

这些年来,由于文学研究方法和边界的不断扩张,文化批评、意识形态批评、生态批评等风行一时,加之世俗功利和浮躁学风的浸渗影响,人们在从事文学批评时往往忽略了"文本细读"。在不少人那里,文学性是被悬置的,进入批评并占据主导的往往是大量庞杂无意义而又故作高深的理论和社会文化信息。它也不是来自具体的文学事实和文本阅读体验,而是主要基于某种先在的理论或观念。这样,久而久之,不仅造成了审美感受和判断能力的孱弱及贫乏,而且还招致了思维视野的封闭、狭隘和琐细,影响和制约了当代文学研究及其学科发展。

大量事实表明,批评往往是与史料、理论有关联的。尤其是在现代语境下更是如此,更不要说我们这里所说的当代文学批评已有一部属于自己的批评史,它正日甚一日受到纷纭复杂社会文化的影响,并成为这种多元立体文化的表征和载体。这与"十七年"甚至与刚走出"文化大革命"的20世纪80年代是不一样的(尽管80年代被称为是"批评的年代",那时批评的活跃与活跃的批评至今令人难以忘怀)。正因此,我们今天在谈批评时,不仅要注意它与以往历史的赓续关系,心中要有一部隐性的批评史,而且还要注意它在横向上与理论及史料之间的逻辑关联。这里所说的史料,主要是指文学作品"周边"的书信、日记、档案、回忆录以及会议、运动、事件、传播、阅读等相关史料,它是构成文本生成发展与传播接受的外源性元素,一般称为"外部研究"。理论如果不植根于具体作品的研究是不可能的。否则,就有可能因理论与文本之间的疏离,而导致批评的失效和不及物。

"批评—理论—史料"这三者之间的关系,就构成了本章所说的当代文学历史化的三个重要关键词。这里,限于篇幅,主要就当代批评与史料"互动"关系对历史化问题试作探讨。笔者深知,在一篇文章中讲清这个问题是很难的，而且批评与研究的界线也不易区分，不能简单化，尤其是在当代文学领域存在着不少"更偏向文学批评"，"从精神气质和论述方式也更贴近文学批评家"的"文学研究"①。再进一步，就是批评本身，倘若细析，它也还可分"历史性文本批评"与"即时性文本批评"两种②，这就更须审慎。但不能对其简单化，并不代表不能对其关系及其意义和内涵进行探讨，更不能成为裹足不前、放弃探讨的理由。对于我们来说，在此最重要的也许不在彼此概念的辨析，而在将其返回当代文学现场作历史的具体的考察，看批评与史料应该及如何进行"互动"，它们各自的脉络源流及其彼此融通的可能与可行、有效性与有限性，从中总结经验教训。

需要指出，当代文学批评在历经坎坷的今天，因"历史合力"的驱动，现又处在新的一个节点上。我们只有顺应社会文化和学术发展的需要，立足文学而又超越文学，充分吸取包括史料在内的丰沛的史学资源，才有可能推进和提升批评乃至整体当代文学研究及其学科历史化的层次、水平和境界。显然，这里所说的"互动"，是指批评与史料之间的互融互证、互读互释、相互促进、相互激发，它们看似矛盾龃龉实则相辅相成、互为主客，是可以进行平等对话的。这既是跨界兼容的一种研究方法，也是开放开阔的一种思维理念，它是"文史互证"或曰"诗史互证"之在审美评判活动中的一个富有意味的存在和表现。

---

① 文学批评有广义与狭义之分，广义的文学批评包括文学研究甚至文学史研究。文学研究亦然，它在一定意义上也与文学批评重合。显然，这些概念的区分只是相对的，并无绝对的意义。本章所说的文学批评，主要是指具体作家作品分析品评的那种论说文体即狭义的文学批评，但按照本章论旨的需要，有时也将文学研究尤其是如陈晓明在评王德威文学批评时所说的"更偏向文学批评"，"从精神气质和论述方式也更贴近文学批评家"的文学研究也涵盖在内，具体情况要视上下文而定。陈晓明评王德威的文学批评，见陈晓明《重新想象中国的方法——王德威的文学批评论》，《中国现代文学研究丛刊》2016年第11期。

② 这里所谓的"历史性文学批评"，主要是指对已成历史或准历史的过去式文学作品的批评，如"十七年文学"、新时期文学等；所谓的"即时性文学批评"，主要是指对当下或离今较近出现的文学作品的批评。这两种批评与史料之间的"互动"关系是有区别的。一般来讲，前者更明显，存在问题也更多。本章所说的"文学批评"，更多讲的是"历史性文学批评"。当然，有时也根据论题需要，将"即时性文学批评"纳入视域，如第三节对"非虚构写作"批评的探讨。

第一节　批评为何及如何参与历史化

迄今为止，文学批评量大面广，不可胜数，一度还成为当代文学领域引以为傲的一个突出景观（如20世纪80年代），但将它与包括史料在内的历史化联系起来进行探讨的，却似乎不多。① 此处的难点在于：批评就其主体精神和论述方式而言，是比较强调才情天分，好的批评要求批评家深具个人洞见，对作家作品要有敏锐的艺术感觉，并将这种主观态度和才情融会于批评对象之中作为自己论述的起点。而历史化尤其是史料研治则强调理性客观与严谨持重，它主要凭借丰富的积累和深厚的学养修炼而成，是带有很强专业性和知识性的一项工作。它们彼此似乎难以协调。那么，讲史料搜研及实证是否有违批评或反批评之嫌呢？这是首先需要辨析的，也是讨论的前提。毫无疑问，作为一种独特的审美实践，也是上述所说的"正三角"中的一个重要的基础性的存在，批评相比于理论尤其是史料，的确是比较个性化和主观化的。在这方面，古今中外名家和现有的教科书有大量的论述，人们似乎没有什么异议。80年代曾经非常流行的一句话——"我批评的就是我"，就非常典型地道出了批评这一感性形式的自身逻辑。这既是对批评家天赋能力的一个要求，也是西方文学批评在由作者到文本、由文本到读者，再由读者向文本转移这样三次循环往复的产物，是从社会历史批评到英美新批评再到接受美学等诸种批评范式演进而形成的一套批评话语系统。

按照罗兰·巴特的"及物"（或"不及物"）以及文本主义的理论，文学写作就是在现代语言学背景下的一种"词"的放置和安排，它与现实世界没有一对一的关系，"词"本身并不是"物"即现实世界，因此，

---

① 据笔者有限的视野，将文学批评与文学史料直接联系起来的，有程光炜的《"资料"整理与文学批评——以"新时期文学三十年"为题在武汉大学文学院的讲演》，载《当代作家评论》2008年第2期。其他的，一时找不到。而程文这里所说的文学批评与本节所说的文学批评还不是同一个概念，它是将今天对当代文学资料整理也当作一种文学批评，即一种"再叙述"或"再批评"，主要是讲史料整理本身所包含的批评眼光和选择，这与本节强调史文互动互渗互证的研究思路也不尽相同。当然，它为本节撰写提供了很多史料和思考角度。

文学写作是"不及物"的。① 尽管罗兰·巴特和文本主义切断文本与世界（即"词"与"物"）联系，用语言学代替文学的观点不免偏激，但他们强调文学及文学批评的独立性还是很有道理的，这也是西方新批评秉持的文学批评原理。从当代文学学科属性以及批评家知识结构的健全和批评的有效性角度讲，我们甚至认为，当代文学学者最好是批评家，至少有过从事批评的实践活动，有一种文本细读的功夫和能力。否则，其批评或研究往往就大而无当，搔不到痒处，甚至出现误评，难以有效地还原丰富复杂的文本世界与文本世界的丰富复杂。中国原本有重视审美鉴赏的传统（从《文心雕龙》到唐以后的诗话词话尤其是小说评点批评），悠久而又丰厚的"内源性"的批评资源，形成了不同于西方逻辑判断的经验直觉话语体系。然而，由于受西方理论强制阐释和文化批评的影响，这种批评资源现如今虽不能说完全断裂，但至少处于严重的孤离隔膜状态。这样，不仅使批评和研究凌空蹈虚，难以有效地对对象作出解读，而且极易导致文学本体的空心化和泡沫化，它反过来影响和制约了批评的声誉和影响。在此情形下，如何回归文本细读的基点，防止批评和研究在某种理论或文化强制绑架之下与文本脱节，强调和突出其固有的文学性基本元素如形象、情感、文体、语言、结构、叙述以及创造性、想象力等，这个问题就显得相当迫切和重要，它也成为这几年人们反思当代文学批评的一个热门话题。《文艺报》之所以从 2016 年 5 月开始，延至 2017 年 1 月，连续不间断地用长达半年多时间开设"回到文学本体"笔谈专栏，发表了 20 多篇讨论文章，其意就在"吁请文学研究界重新思考文学批评的本业和职责"，为不无虚夸虚浮的当下论坛"提供'文学'地研究文学的范式和案例"。② 同样道理，孙绍振、陈晓明、张清华等之所以不约而同地关注"文本细读"或"文学审美"问题，甚至提出了"重建文本细读的批评方法"的主张（陈晓明），在这方面频频发声，主要也是对当下"观念性批评"占主导，用"观念性"代替"文本性"批评的不满，力图给予纠偏使之"及物"，重返"文学性"的现场。

---

① 参见吴秀明《当代文学研究应该与如何"及物"——基于"文献"与"文本"的一种解读》，《文学评论》2016 年第 6 期。

② 参见何平《"回到文学本体"笔谈（之一）"主持人语"》，《文艺报》2016 年 5 月 25 日。

然而，让批评从现有的虚夸虚浮那里走出来，使之与文本对象之间形成及物关系，是否就意味着它只能固守在纯文本世界里，而不能也不应该将其与包括文献史料在内的文本之外的世界进行互证参照和比较分析呢？或者说，是否就意味着批评作为"美的感知和评判"活动只能作纯艺术的分析，而与史料搜研及实证毫不相干呢？应该说，这是一个相当复杂乃至令人困惑的话题，在如今的学界是有分歧的。如有从事批评的业内同行，为了强调当代文学学科的特殊性，或痛感批评和研究远离文学，防止出现某些方向性的迷误，就坚持认为，当代文学批评和研究不应成为一门实证性的研究和知识积累的部门，而是恰恰相反，"它必须是一门把'不规范'当成自己的规范的所谓'学科'"。① 有的还据此提出了"三不主义"的主张："一是不做史料研究，二是不做文学史研究，三是不做作家年谱和作品版本。认为这些都是历史研究和考古研究，与文学原创无关，与文学本身无关。"② 类似这样的说法，在近几年的批评家那里还可找到一些。

出于对故步自封的知识生产的警惕，也是有感于对当下介入世界能力和评论研究活力的日渐匮缺的忧虑，反对当代文学批评对史料不加规约的滥用，提出批评不应成为一门追求实证性的知识系统与学科，对此我们非常理解。而且从某种意义上讲，文学及其批评（甚至整个人文学科）究其本质是"主观"的，文学讨论的问题从根本上讲是不可验证的，它更多靠感受和体验才能本领。借用诗评家吴晓东的话来说，"文学的魅力之一就是无法实证性。文学研究的'科学性'和学术性必须先在地接纳和涵盖这种文学感悟，才称得上真正'科学'"。③ 这也是被古今中外大量文学实践反复证明了的一个规律和道理。我们甚至可以说，批评若是一味强调史料搜研及实证将与批评的最终目的背道而驰，它将会把具体感性的文学考证和分析得干瘪，使文学沦为饾饤之学。但这仅仅是一个方面，与此同时，我们还要看到，美虽然无法用史实来佐证，或者反过来说，实证虽然无法品评美，但它却为我们认识和评价美提供了一个很好的参照或别具

---

① 刘复生：《当代文学研究的历史危机和时代意义》，《文艺理论与批评》2008 年第 3 期。
② 晏杰雄：《批评写作的行话与师承》，《文艺报》2016 年 11 月 25 日。
③ 参见洪子诚、吴晓东《关于文学性与文学批评的对话》，《现代中文学刊》2013 年第 2 期。

说服力的依据，这是其一。

其二，批评作为对美的一种认知和评判，虽然有它特殊的本体论范畴，不接触本体论层面的文本，就没有甚至就不是批评。但落实到具体的实践层面上，批评其实也很难就真的能够直面文本，它同时必然面对承载文本信息的诸多社会历史文化信息及其各种各样的理论话语、概念和解释，而后者，则不可避免地会影响到我们欣赏和感知的本体论的那个东西。

其三，文学与历史并非如我们想象那样截然对立，而是如海登·怀特所说彼此之间还有"同一性"，即"过去的实在是一种只能通过本质上具有文本性的作品才能指涉的东西"，① 尤其是近二三十年来，一方面，传统的文学疆域在人们的犹疑中不断地径自扩大，另一方面，原有的纯文学因"虚构的异化"脱离了生活的母体而逐渐陷于日趋闭锁的私人化写作窘境中难以超逸，在这样情形之下，如何通过带有"间性"特征的"非虚构写作"来重续与外部社会生活关联，不仅对作家写作而且对批评也提出了挑战。因为自2010年在"国刊"《人民文学》的大力推动下，"非虚构写作"已发展成为一股来势凶猛而又颇多歧义的浪潮。这一点，我们拟留待下面再谈。

其四，跳出批评的视角，强调历史化，从更长远的眼光来看，也是当代文学学科建设的需要。经过四分之三世纪的不懈努力，当代文学学科毕竟已有不少积累，并逐步形成了自己的特色。作为一种资源或作为一种方法，它已对批评产生了能动的辐射和影响。当然，由于历史和现实的原因，它也存在着不少问题，需要加以辨析和清理。

说到这里，笔者想起了王彬彬十多年前在谈及学界对陈寅恪"以史证诗"的误解，认为"以史证诗"只是通释诗的内容而不涉及诗之艺术价值有关观点时对此提出的批评："陈寅恪的以史证诗，出发点固然主要不在诗的艺术价值。但是，如果认为以史证诗，全然与对诗的审美鉴赏无关，全然无助于对诗的艺术价值的评说，则又是颇为谬误的。实际上对文学的'内容'、'真相'的了解，与对其艺术性的鉴赏，往往是相关联的。对其'内容'、'真相'的了解越准确，对其艺术性的鉴赏就越到位。陈

---

① [美]海登·怀特：《形式的内容：叙事话语与历史再现》，董立河译，文津出版社2005年版，第279页。

寅恪在以史证诗时,也决不只是'通释诗的内容,得其真相'。他常常在指出某种史实的同时,或多或少地引申到对诗的艺术性的评说。"① 笔者还想起了韦勒克、沃伦90年前在谈及文学史与文学批评时所作的一番忠告:"一个批评家倘若满足于无视所有文学史上的关系,便会常常发生判断的错误,他将会搞不清楚哪些作品是创新的,哪些是师承前人的;而且,由于不了解历史上的情况,他将常常误解许多具体的文学艺术作品。批评家缺乏或全然不懂文学史知识,便十分可能马马虎虎,瞎矇乱猜,或者沾沾自喜于描述自己'在名著中的历险记'。"② 这样的批评或忠告,笔者深以为然。这里需要补充说明,批评尽管是充满主观性的一种审美评判活动,但它并不像我们理解的那样一味地排斥理性,相反,好的批评总是能将主观的感性认识与客观的理性判断恰切地平衡在一起。更何况,就批评的对象即文本而言,"文本内的意义总是指向文本外的,对文本的理解,不仅取决于对文本本身的探索,艺术的魅力恰恰来自言外之意、韵外之旨。含蓄是文本的诱惑所在。深层的理解就是要探索文本之外的意义。而对文本之外意义的考察,就必须将文本放在作者的人生脉络里进行理解,考察文本形成的过程及其背景,让文本呈现在一个社会与历史的脉络之中"。③

再进一步追问:批评所倚仗的感受和体验,它真的就那么可靠、完全可以信赖吗?在当代的历史语境下,还有真的所谓的原初的、纯粹的艺术感觉吗?这是一个需要审慎对待的问题。如果不加规约地加以运用,很有可能事与愿违,将批评简化和浅显化,反过来对批评本身造成伤害。至少,一味地躲避于文本之象牙塔,它极易会造成批评的封闭性取向,影响其向复杂变化的生活世界敞开,更不要说在席卷全球的世俗化社会中,文学及其批评其实是很难坚壁清野、置身其外的。台湾批评家杨宗翰在前几年发表的《论诗歌节如何"毁诗不倦"》一篇笔谈文章中,就尖锐地批评台湾2015年举办的诗歌节看似热闹无比,其实是"以各种伪装,逐步篡

---

① 王彬彬:《中国现代文学研究与中国现代历史研究的互动》,《文艺争鸣》2008年第1期。
② [美] 雷·韦勒克、奥·沃伦:《文学理论》,刘象愚等译,生活·读书·新知三联书店1984年版,第38页。
③ 刘毅青:《读者理论的重建——以〈锦瑟〉的阐释为例》,《文学评论》2013年第3期。

改诗歌的本体位置",而最终导致了"毁诗不倦"。① 这种情形绝非仅见,在大陆恐怕也存在。这也告诉我们,批评回归文学本体固然重要,需要引起重视,但它并不像我们所想象的那样简单,说回归就可以和能够回归得了的;它也不能简单归因于批评家的不作为,而是源于文学之外许多牵扯文学很难回归文学本体的诸多因素。此种情况在走出20世纪80年代意义狂欢尤其是在进入90年代目睹了市场经济的魔力后,对于当代批评家已有更为复杂的社会因素和心理因素,有时甚至隐藏着一颗规避社会历史语境的孱弱心智和顺应文化市场的世俗诉求。

在这一意义上,笔者很赞同马塞尔·雷蒙在分析了包括马拉美在内的象征主义诗歌之后对人们的提醒:"绝对的纯诗只有在人世间以外的地方才有可能想象。它只能是非存在……对于诗来说,这种非存在的诱惑是十分可怕的危险。"只是马拉美的继承者在好多年以后才明白,"诗赢得天使般纯净的同时,失去的是人情味和效率"。② 而就本节论旨而言,在这里,批评能否与如何参与历史化,与之形成相互印证、相互激发的互动关系,重要的不在对史料的迎拒褒贬,而在将其纳入诗学(而不是史学)体系中给予合历史合目的当然也是合情合理的阐释,而在从个人的角度通向对文学世界的认知,也就是詹姆逊和德里达在《政治无意识》《文学行动》中所说的"个人化"立场问题,即在对史料进行相互确认、相互建构时不忘批评主体的个性化呈现。

第二节 实践反证与当下新面向

批评参与历史化及其与史料互动,不仅自有其内在逻辑与学理依据,而且还可从实践"反证"中找到合理的解析,它包含了人们"对美的感知和评判"的殷切期待和诸多经验教训。回顾走过的当代文学史,我们看到,正是因为缺少这样一种彼此与史料互融对话的意识,它使不少当代

---

① 杨宗翰:《论诗歌节如何"毁诗不倦"》,《文艺报》2016年12月28日。
② [法]马塞尔·雷蒙:《从波德莱尔到超现实主义》,邓丽丹译,河南大学出版社2008年版,第20—21页。

文学批评在真伪和是非问题上出现了不应有的误评误导,从而在损及批评声誉的同时给整体社会和全民阅读带来负面影响,乃至流布于今还不能完全消除。当然,这是就总体而言,具体细述,它又带有明显的阶段性特征。在"十七年",由于受特定政治文化和"以论带(代)史"思维理念的影响,人们往往习惯将批评对象纳入阶级斗争模式进行解读,但因违背了带有质定性特点的历史事实,结果不仅造成了自身的尴尬,更为严重的是给作家作品的解读和评价抹上了虚假的痕迹。这种情况,在一些纪实性或准纪实性作品的批评中似乎表现尤为突出。

就拿稍年长的人们熟悉的"阿炳的故事"和"草原英雄小姐妹"来说吧,他(她)们曾经影响和感动了当代中国好几代人。某种意义上,这两个文本的确也有不俗的感染力。但近些年来披露的有些史料,却对其所说的事实有着另外不同的描述。① 顺便提及,阿炳的故事至今仍有广泛的影响,其《二泉映月》可称得上是控诉旧社会的天籁之音和家喻户晓的民间艺术经典。仅近些年,以阿炳为原型的创作并演出的同名的《二泉映月》至少有辽宁芭蕾舞剧、空政音乐剧、无锡锡剧和浙江越剧四个;其中浙江越剧还是为庆祝小百花成立三十周年的庆典之作。可见影响之大。

上述两个例子,人们也许可以见仁见智,进行讨论,并且也不排除给予多样理解及写作(包括重写)的权利。但所有这些,不但要将其纳入历史进程中给予客观的评价,同时还有一个站在今天时代高度进行深入思考和超越的问题,以此来彰显批评的主体意识和当代精神,并且还要与历史虚无主义划清界限。也就是说,批评在利用史实对文本进行艺术评述时,它不只是关注已然的历史,同时还应着眼现实的这种超越性的重建。遗憾的是,我们很少看到这种超越性的重建。有人在谈及陆文夫当年在了解了真实的阿炳,但因种种顾虑而未能写作《阿炳》时说过这样的话:如果陆文夫能"把'这一个'身处底层的瞎子阿炳写出来,一定会比《美食家》中的朱自治更具美学意义。依他扎实的文字功力,揣摩人物的深厚学养,真实地塑造瞎子阿炳,已水到渠成,呼之欲出。在世界文学长

---

① 有关"阿炳的故事"和"草原英雄小姐妹"的不同描述,可参见冬苗《陆文夫一生的"阿炳情结"》,《苏州杂志》2010 年第 2 期;巴义尔《蒙古写意·当代人物卷 1》,民族出版社 1998 年版,第 162—163 页。

廊中,多一个瞎子阿炳独特的人物形象……将是不朽的艺术典型,会流传千古,亦许能问鼎'诺贝尔奖'呢?"① 这虽然带有一定推测的成分,但其所蕴含的道理,值得深思。

如果说"阿炳的故事""草原英雄小姐妹"中的文本与文献处于紧张对立状态,那么下面所述的刘心武的《班主任》文本与文献,因为社会与个人诸多因素,这种紧张对立开始趋向松缓,呈现出了既矛盾抵牾又努力协调的复杂状态。这自然与20世纪80年代初乍暖还寒的特定历史语境有关。但即使是这样,如果我们疏忘或忽略了对事实的关注,而一味主观逞意,那也极易造成对作品的误读和误解。比如作为伤痕文学的发轫之作,刘心武的《班主任》所塑造的"思想僵化"的谢惠敏形象和作者借人物之口发出的"救救被'四人帮'坑害了的孩子"的呼声,至今人们在谈及该作思想艺术成就时,往往异口同声做出"前褒后贬"的结论。然而,据该文责编崔道怡晚年口述回忆,当年正是他传达了《人民文学》主编张光年和自己作为责编的意见,刘心武才强化了谢惠敏在小说中的地位,对原稿中的这位班团支部书记做了重要修改,从而有效地打破了当时的流行模式,提升了小说的艺术境界。至于该作中为人所诟的"救救被'四人帮'坑害了的孩子"的有关叙述,崔道怡告诉我们,其实不是刘心武所为,而是他出于政治等方面的顾虑,将刘原稿直接借用鲁迅《狂人日记》中的名言"救救孩子"所改写的,自然这也在客观上降解和窄化了该作原有的主题思想。② 如果了解了这一切,再去阅读《班主任》,我们恐怕就会对刘上述的描写多一分理解和同情,而绝不会简单武断地将其"贬斥"为是作者对《狂人日记》反封建思想的阉割;相反,它让我们看到,"三十年前的刘心武与'五四'时期的鲁迅先生在精神上是相通的",③ 从而对这个作品做出更客观精准的评价。

需要指出,类似《班主任》情形的在新时期以来的文学中还有很多,如卢新华的《伤痕》、蒋子龙的《乔厂长上任记》、戴厚英的《人啊,

---

① 参见冬苗《陆文夫一生的"阿炳情结"》,《苏州杂志》2010年第2期。
② 参阅崔道怡、白亮《我和〈班主任〉》,《长城》2011年第7期。
③ 李遇春:《文学史前史的建构——关于"编辑与八十年代文学"的思考》,《文艺争鸣》2013年第6期。

人》、张炜的《古船》、张洁的《沉重的翅膀》、陈忠实的《白鹿原》乃至"十七年"的红色经典、样板戏的评价,都与史料有着直接或间接的关联。"历史研究对文学研究的意义,不仅仅是外部的,不仅仅只有助于我们全面、准确和深刻地认识文学作品的时代背景,对于我们领会作品的艺术价值,也往往有着直接的帮助。"[1] 从上述分析的情况来看,我们是可以这样下结论的。几年前,在《学术月刊》杂志上读到复旦大学陈尚君教授撰写的一篇《李白诗歌文本多歧状态之分析》文章,该文通过对存世李白文集代表性善本和唐宋选本、古抄保存李白诗歌文本的详细校勘,令人信服地证实李白诗歌并不像我们所理解的是在醉酒的状态中一挥而就,甚至认为他写诗一蹴而就,而是在不少情况下经过反复的修改才完成的,他向我们呈现了大诗人文学创作的另一面。[2] 陈尚君讲的虽然是高度历史化、经典化了的古代文学研究,但其所蕴含的"以史证诗"道理对当代文学批评同样是适合的。

指出批评在参与历史化方面存在的问题,并不意味着否定我们于此所作的探索及取得的成果。其实,当代文学批评无论作为一种独特的文体或言说方式,还是作为"正三角"中的一个要素,尽管在吸纳史料参与艺术性评说方面问题不少,但由于文体自律性的作用,从批评活动开始的那天起就与史料之间形成了难以切割的互动关系。尤其是最近一些年来,随着整体学风"由虚向实"的转换和当代文学历史化的启动,这种互动较之以前更为明显。某种意义上,它构成了当代文学批评的一个潜在的向度,一个值得关注的新的生长点。当然,这里所说的互动只是批评的一个方面和向度,并且与古代文学和现代文学有所不同,而具有自己的特色。这就是不能不加节制地夸大和放纵批评家的主观意志,而是要返回当代文学现场,强调文里文外、书里书外的互证互融,努力实现内证与外证这两个证据链之间的交合、协调与沟通。

比如在二十多年前发生的那场引起爆炸性反响的顾城杀妻及其自杀事件,当时有些媒体发表的文章对此做了不无主观偏激或世俗化的解读,曾一度引发了舆论的批评乃至公愤(所谓的"诗人难道有特权可以杀人")。

---

[1] 王彬彬:《中国现代文学研究与中国现代历史研究的互动》,《文艺争鸣》2008年第1期。
[2] 陈尚君:《李白诗歌文本多歧状态之分析》,《学术月刊》2016年第5期。

吴思敬的《〈英儿〉与顾城之死》一文,根据自己与出国前顾城、谢烨交往的直接印象,顾城夫妇生前其友好的回忆,尤其是根据带有强烈自传色彩的《英儿》一书中大量书信原件的引用以及大胆坦诚的心理直白,让我们看到1993年这场瞬间惨烈事件的深刻必然性。论者认为,"对顾城之死仅仅停留在感情层面上去叹惋或怒斥,是远远不够的。我们需要的是对顾城其人其作的全面考察与理性的审视"。[1] 在这里,吴思敬不仅凭借丰富的史实为载体营建自身逻辑,还原和触摸历史,重返已逝的历史现场,同时还通过史料与《英儿》文本的对比分析,富有意味地展现和揭示了这位心理年龄只有八岁的"童话诗人",是如何蛰居在新西兰小岛上偏执地经营着不无荒诞乃至带有畸形性质的所谓的"天国花园",模糊了幻想与现实的界线。所以,当两个心爱的女人英儿和谢烨出走或离开,加上个人心理、生理等原因,最终导致了悲剧不可避免的发生。尽管顾城之死有很大的特殊性和偶然性,也尽管论者据此得出的"文化失衡"的结论略显简单,但所有这一切因建立在具体切实的文献文本及其彼此互证比较的基础之上,故整体分析令人信服,具有相当的深度,与当时的一些浅薄粗俗或简单将其看作一桩刑事案的批评,拉开了层次和距离。这也是笔者至今见到的探讨"顾城之死"最为客观及最具学理性的一篇文章。

　　说到批评对历史化参与及与史料关系,还有必要提及程光炜近几年所写的有关陈忠实、贾平凹、格非等当代作家和作品评论,他较之吴思敬,似乎具有更为自觉的追求。如对贾平凹发表于20世纪70年代后期成名作《满月儿》的分析和评价,就突破了常见的审美、叙事、结构、语言、风格等"纯文本"分析的批评思路,而将思维触角投向文本以外与之具有内在逻辑关联的"文学周边",结合作者初涉文坛创作不顺,驻队经历,与孙犁的《山地回忆》比较,与本家姐姐、烽火大队农科站姐妹等诸多人物原型,尤其是与当时热烈追求的女友韩俊芳这样内外"两层故事"串联到一起,"让我们对这部作品人物原型的意义有了新的理解",至少知道,"没有韩俊芳与贾平凹两人刻骨铭心的人生故事,'满儿'和'月

---

[1] 吴思敬:《〈英儿〉与顾城之死》,《文艺争鸣》1994年第1期。

儿'的文学虚构故事是不可能这么情趣无限的"。① 在这里，论者巧妙地将与《满月儿》有关史实糅合在一起，进行文里文外的互证融通，占据全文一半篇幅的是史料，最后又引王国维、蔡元培、胡适有关作品与作者关联，相当明显地表露了文史互证之理念；在方法上，将批评、研究、评传与史料几方面打通，这与一般的文学批评乃至与他本人早几年的批评文字还不大一样。它对我们如何真切精准地理解和把握文本及其艺术创造和转换，提供了为一般纯文本鉴赏所没有的东西，甚至觉得纯文本鉴赏嫌浅，味儿也嫌淡，感到不够过瘾，缺少历史实感和质感。程光炜之所以这样，自然与他"重返八十年代"的文学主张和实践以及其所秉持的当代作家历史化、经典化理念有关。他认为，像贾平凹这样等级的当代作家已具备了经典条件，而文学经典是可以而且有必要这样做的："古代文学早就有将文学作品与作者身世联系在一起的研究方法，这是该学科根深蒂固的学术传统。为什么当代文学再使用这种方法就遭人质疑，被说三道四呢？大概是觉得'当代'作品距离研究者的位置太近的缘故吧。但批评者忘了，《满月儿》从1978年发表到2016年已整整38年，距半个世纪也只差十多年，它已经是落满历史尘土的文学经典。"②

顺便指出，像吴思敬、程光炜这样的批评在当下中国并非个例，近些年来，他们的思维路线和趋向已开始被批评界认识和重视，并在李遇春、黄发有、张均、斯炎伟、付祥喜、李松等年轻或较年轻的一代的批评家那里引起了一些反响，形成了某种气候。李遇春在前几年还由之提出了将"形证""心证""史证"三者融为一体的"新实证主义批评方法论"，认为只有这样才能避免批评的伪证或虚证，彰显其有效性，进而发现文本或文学现象中的真理。③ 而程光炜的批评与研究理念，更是对杨庆祥、黄平、白亮、杨晓帆等"80后"批评家（他们都是程光炜指导和培养的现当代文学博士）产生了明显的辐射和影响——他们虽然彼此个性和趣味不同，但有一点似乎是共同的，那就是突破单一的观念

---

① 程光炜：《〈满月儿〉创作小史》，《当代作家评论》2016年第6期。
② 程光炜：《〈满月儿〉创作小史》，《当代作家评论》2016年第6期。
③ 参见李遇春《实证是文学批评有效性的基石》，《文艺报》2012年7月6日；《新实证主义文学批评方法论刍议》，《南方文坛》2012年第4期。

性、文本性的分析思路,赋予批评以丰沛的历史内涵,并将其落实到当代中国复杂的语境中。如黄平在"新时期文学之发生"系列研究文章《"现代派"讨论与"新时期文学"的分化》中,用程光炜的"描述+史料"方式方法,围绕"风筝通信"和"现代化与现代派讨论",将笔墨收放自如地伸向京沪冯牧与李子云之间的矛盾及和解,高行健《现代小说技巧初探》与刘心武、冯骥才等人的通信,《外国文学研究》创刊与徐迟此前的《哥德巴赫猜想》及《文艺与现代化》发言等诸多新时期政治与文学"蜜月期"走向尾声的纷纭繁复的史料,逐步形成和呈现了某种带有师承、学缘关系的"批评的历史化"或曰"历史化的批评"之共同特点。"在今天的上海回顾往昔的北京岁月,我尤其认同程老师'论从史出'的学术态度,开阔的文学史家眼光,扎实沉着的'史家批评',以及对于'当代'与'文学'内敛、深广的关切与同情";[1]"越是了解新时期文学复杂的历史现场,笔者觉得越有必要从斩钉截铁的理论立场后撤,警惕'理论'凌驾于'历史'之上"。[2] 黄平此说,从一个侧面道出了他们的批评"由虚向实""由单一向多维"嬗变的内在原因,它也说明批评本身正在出现"由当下性的批评格局向学院批评转化"[3] 的客观事实。"80 后"批评家崛起是近年来比较引人注目的一个现象。这一代批评家大多高学历,有硕士或博士文凭,受过系统的专业训练,思维敏捷,视野开阔,有较好的西学背景、外语水平和理论素养。但相似的学院和生活体验及经历,在凸显他们优势的同时,也导致了他们历史感的匮乏和文本解读能力的弱化,从而情不自禁地沉溺于所谓的理论深度的幻觉,将批评当作某种理论的跑马场或试验田。站在这样的层次角度反观杨庆祥、黄平等人的批评实践,就觉得颇难能可贵。这也反映了新一代批评家在赓续前人的基础上开始探寻到了适合自己的路径,他们有属于自己的新的状态和新的面向,当然也遭遇到了属

---

[1] 金理、杨庆祥、黄平:《以文学为志业——80 后学者三人谈(之一)》,《南方文坛》2012 年第 1 期。

[2] 黄平:《"现代派"讨论与"新时期文学"的分化》,《扬子江评论》2016 年第 4 期。

[3] 张清华语,转引自《〈南方文坛〉改版 20 周年座谈会暨 2016 年度优秀论文颁奖纪要》,《南方文坛》2017 年第 1 期。

于自己的新的困难和新的问题。

　　批评参与历史化及与史料互动,从本质上讲就是历史逻辑与艺术逻辑之间的协调沟通,它是对过于主观化鉴赏的一种纠偏和校正,目的是更好发现美和阐释美,赋予批评以历史感和准确性。上述所举的有关例子,也充分地证实了这一点。当然,如同在讲"艺术逻辑"时需要防止审美独断论一样,在讲"历史逻辑"时,我们也有必要对历史霸权主义给予必要的警惕。而后者,往往是学院派批评家易犯的一个通病。尤其需要引起注意,当代文学是一体化的文学,文学与外部社会政治之间具有一种特殊的"结构"关系。这种"结构"关系内化为一种强大的政治逻辑,在批评实践中,它不仅优先于历史逻辑与艺术逻辑,而且还成为规约和决定历史逻辑与艺术逻辑的主导力量。此种情况,不独是在"十七年",就是在21世纪20年代的今天还有相当的普遍性。这也就决定了我们上述所说的批评与历史化关系,它们必然被纳入强大的一体化体制中与政治"结构"性的纠缠在一起,难以割裂和分离。也就是说,除了历史逻辑与艺术逻辑,它还有一个政治逻辑的问题。

　　至于像《乔厂长上任记》《苦恋》和朦胧诗,包括对"十七年"的《保卫延安》《刘志丹》《青春之歌》的讨论,乃至近几年对梁鸿的《中国在梁庄》、乔叶的《拆楼记》、李娟的《羊道》、阿来的《瞻对》等"非虚构写作"的评价,因带有明显的政治意识形态性或纪实性的特点,它也存在着如徐复观所说的"酒与葡萄关系"的问题:"酒究竟是由葡萄升华而来,所以研究酒的人必须先知道它的原料。"[①] 由此,它也昭示我们的批评不能只是停留在纯文本(即酒)层面赏析,而应该立足文本而又超越文本,努力借助原型对象(即葡萄)及其相关史料进行互证互读。这在某种意义上,即将葡萄的作用提到带有本体意义的重要地位加以认识和观照。于是,批评也就自然而然地具有福柯等西方谱系学所讲的"生成论"而非"本质论"的效果历史,即主要关注文本是如何生成的,它的动态变化的过程,而不是其恒定的、本质属性的抽象归纳和提炼,并将文学与历史的关系演绎得更为丰富复杂。

[①] 徐复观:《中国文学论集·环绕李义山(商隐)〈锦瑟〉诗的诸问题》,上海书店2002年版,第280页。

第三节 由非虚构写作引发的思考

不过,在讲史料发挥纯文本鉴赏所无法起到的作用时,也要对批评研究及其历史化中出现的"被史料对象化"的现象保持应有的警惕。大家知道,当下学界仍存在着外在政治逻辑对历史逻辑尤其是对内在艺术逻辑的强制阐释,存在着相当严重的"以论代(带)史"或主观随意的倾向,甚至连作品都不读就在研讨会上夸夸其谈的也不乏其例,因而我们不能置文本"周边"于不顾,作茧自缚地将目光停留在所谓的纯而又纯的"纯文学"本身。尽管如此,但笔者还是要说,史料搜研及实证对批评的作用,最后还是要落实到文本论证上,落实到文学作品本身的肌质、架构、叙事、语言上,从这些构成文学之所为文学的基本要素入手,彰显批评的及物和有效。"当代文学无论如何'不文学'或'不那么文学',但它毕竟还是'文学功能圈'范围的事,它的全部指向应是文学的。也就是说,当代文学研究可以不受任何边界的约束,展开对文学周边诸多要素和力量的分析,包括政策、体制、文件、档案、批评、社群以及前代作家的文本等,但在如此这般时,却不能也不应该用外围代替本体,用文献代替文本,用考证代替欣赏。"① 一句话,不能因为强调批评与史料的互动而走向"以史代文"的另一个极端,用历史逻辑或政治逻辑代替艺术逻辑,忽略了史料搜研及实证作为一种研究方法,它的功能作用在讲究精神、情感和审美的文学领域存在的有限性问题,而不能将其有效性无限夸大。

沿着这一思路,也是为了将批评参与历史化及其与史料关系问题的探讨推向深入,写到这里,笔者想联系非虚构写作及其批评新状况的实际稍述一二。前文已提及,也许是对纯文学"虚构的异化"和私人化写作偏至的反拨,加之《人民文学》的极力推动,当下中国出现了一股不可小觑的非虚构写作浪潮。不少批评家驻足关注,对此做出了自己的评价。其

---

① 吴秀明:《当代文学研究应该与如何"及物"——基于"文献"与"文本"的一种解读》,《文学评论》2016年第6期。

中最重要最值得关注的，主要就是在讲非虚构写作介入性写作姿态时，不忘其文学属性和作为批评家应有的文学站位问题。因为常识告诉我们，只要写作是叙事，或只要你承认写作是叙事，就不可避免会有虚构，你也就不可能真正做到非虚构写作，这是一个悖论。在这个意义上，非虚构写作是不甚准确的一个概念，它在挑战传统写作伦理和审美趣味的同时，的确存在着"文体边界与价值隐忧"的局限，只有将其放在"文学谱系的节点上"进行考察，它的意义和价值及其引发的反响和争议才能得到充分理解。① 有的作品，如阿来的《瞻对》，虽然在"小说形式"上作了有益的探索，但正如有批评家所指出："这种探索不具有普遍意义，它是一种突破，但这种突破的文学意义并不大，它不能发展成为一种小说模式，不能广泛地推广和运用。"② 因此不宜夸大其词，将其当作一种常态的模式加以推广和渲染，或者把非虚构写作理解成一种"反文学""非文学"写作。相反，唯其存在着"文体边界与价值隐忧"的局限，这就更有必要对之抱有一份文学呵护之心。毕竟，非虚构写作是属于文学（而不是史学）的一个部族，所以它的非虚构就有一个如何"化史入诗"，即上文徐复观所说的"酒与葡萄关系"的问题。这里对于批评来说，不是所有的非虚构都值得肯定。同样是"第一自然形态"的真人真事，哪些需要"写作"，哪些不需要"写作"；需要"写作"的，又如何对之作增删隐显、贬褒臧否的选择处理，它写什么、怎样写，背后都隐含着一个无法回避当然也是妙不可言的"文学"问题。相应的，彼此在艺术水平、层次和质量方面也就有一个高低精粗雅俗区别的问题，是不可作简单一刀切的。这也是批评的一种责任，是我们对理想意义上的批评的一种期待，自然反过来，它亦对批评家的艺术眼光和审美内化能力提出了考验。不管怎样，文学批评是关乎审美创造、艺术个性与才情的一种实践活动，它总得给文学性留下可资阐释的空间和余地。

如果说上述说法有道理的话，那么以此来审视当下的批评，不仅不能乐观，相反，应该有必要对之保持一种理智和审慎。因为我们看到，这些

---

① 孙桂荣：《非虚构写作的文体边界与价值隐忧——从阿列克谢耶维奇获"诺奖"谈起》，《文艺研究》2016年第6期。

② 高玉：《〈瞻对〉：一个历史学体式的小说样本》，《文学评论》2014年第4期。

年来，也许是与"后学"背景及学风心态有关吧，有的批评在向包括史料在内的历史敞开或进行文史互动对话时，程度不同存在"以文代史"的偏向。此种弊病表现在常见的批评中，往往是将"文学观念的开放与应有的艺术自律"混淆起来，从而造成了审美弱化和批评的失衡。反映在非虚构写作批评上，主要表现，则是片面强调对生活逻辑与真实原则的恪守，对在场性与行动性的重视，而漠视其中的艺术逻辑和文学性之含量。这种状况相当普遍。即使是一些较好的批评文章也难以避免，在文学性方面，至多也只讲到中间性写作及其文体和理念求新为止，其所作的有关肯定性评价，基本围绕题材或主题的及物展开；真正述及艺术质量和审美价值的似乎很少，要不就是三言两语，"哗"的一下就过去了，没有形成一种阐释的力量。而事实上，有不少自诩为非虚构写作的作品，同样可信度不高，而且文学性贫弱，粗糙化和粗鄙化现象相当突出，是可以而且有必要对之作文学性追问的。另外，与之相关而又不尽相同，是有的当代文学本事研究，也有类似的问题，几乎将全部的心力用在"作品文本"与"生活本事"虚实关系的勘比上，而很少去关注和探讨作者对"生活本事"的整体打碎重塑，即根据自己审美理想与作品主题情节的需要，进行合目的合规律的创造。这当然不能不使批评和研究显得简单粗疏，而缺少了文史互动对话所形成和呈现的丰厚张力及独特魅力。

正是从这个意义上，我们认为上引的程光炜有关"将文学作品与作者身世联系在一起的研究方法"是需要辨析的，不能滥用，因为这里存在着文献学考索与文艺学阐释两种不同的路径。要知道，同样是重视历史背景与作者身世，中国传统文学批评，往往"认定文学作品等同于作者本身，将作品所描述之事与作者之经历等同起来"，而当代文学批评，主要"不在于为作品的作者提供直接的本事，而是为作品提供一个更为丰富完整的历史脉络，以便读者更为真实地进入作者的心灵与精神世界"。[①]它们彼此存在着根本的区别。也正是从这个意义上，我们认为郜元宝提出的"考据式的文学研究如今已成为中国大学'文学研究'的最高旨趣。中国大学的中文系没有从文学角度出发的中国文学之研究，殆可断言"

---

① 刘毅青：《读者理论的重建——以〈锦瑟〉的阐释为例》，《文学评论》2013年第3期。

的批评①，尽管与实际情况有出入，但却自有其警示意义。可以预见，随着学科历史化的逐步推进和深化，如何强化史料建设和科学合理地借鉴运用传统考据式的研究，避免乾嘉学派曾经出现过的那种"说五字之义至于二三万言"烦琐学风，将成为未来批评和研究需要重视的一个"问题与方法"。

总之，在批评参与历史化及与史料关系问题上，我们不赞成绝对超然混沌尘世的"纯文学"立场，也不认同完全置文学于不顾的"非文学"或"反文学"的观点，希望在它们彼此之间寻求一种动态的平衡，一种为批评家所具有的"徘徊于真实与虚构之间的权力"（黑格尔语）。借用赵园、金理的话来说，就是"向史学学习而不失却文学研究者的面目"，"勇敢地跨出樊篱，而更丰富地回返自身"。②

---

① 郜元宝：《比"德赛两先生"更本源的问题是什么?》，《探索与争鸣》2015 年第 8 期。
② 金理、杨庆祥、黄平：《以文学为志业——80 后学者三人谈（之一）》，《南方文坛》2012 年第 1 期。

第十四章　历史化与旧体诗词

在下编有限的几个专题中，之所以将旧体诗词也纳入其中，主要是考虑这个话题看似有些"老旧"，其实涉及文学史重写及现代性理解等一系列问题。几十年前有学者提出的"重写文学史"，它就没有直面旧体诗词及与之相类的传统戏曲、通俗文学、民间文学等，将其归类于现当代文学而"入史"。由于诗歌、散文、小说与戏剧四大文体从传统走向现代的难度是不同的，其中最易是散文与小说，最难则是诗歌与戏剧。旧体诗词之于新诗的关系，正如传统戏曲与话剧的关系，样式与体裁全然从西方泊来，新建了一种文体，旧的就此被边缘化了。但边缘化的同时，旧的样式是否就失去了活力和价值，而不能"入史"呢？有人在"旧瓶能否装新酒"讨论中就指出：旧体诗词固然因"老干体"备受诟病，传统戏曲的思想保守性也常遭批评；可反过来看，自由体新诗面临困境、话剧的艰难探索，都不断引发关于传统与现代之反思。虽然戏剧整体不景气，但传统戏曲在观众中的接受程度远高于话剧，而且在现代戏上取得了很大的突破。2016年"文华奖"四部戏中有三部是现代戏。而创刊于1994年的《中华诗词》，发行量年均25000份，是发行量最大的诗歌刊物，远高于发表"新诗"的《诗刊》。中华诗词学会有成员14000多名，来自各省、市、县诗词学会以及众多民间诗社，经常参加诗词活动的人全国在100万人以上，公开或内部发行的诗词报刊有600多种，每年刊载几十万首诗词新作。全国诗词大赛、诗词研讨会等多次举办，2010年由中国作协主办的第五届鲁迅文学奖首次向旧体诗词颁奖，2011年中华诗词研究院成立。

上述种种，被研究者称为"旧体诗词复兴"。① 然而，在主流文学史中，旧体诗歌与传统戏曲往往是被遮蔽、被忽略的。看来，问题远比我们想象要来得更为复杂。

最早关注旧体诗词历史化的是老作家姚雪垠。1980 年，姚雪垠在给茅盾的长信中第一次提出旧体诗词应该"入史"，并指出旧体诗词几类重要写作群体，一是老一辈革命家群体，二是新文学家群体，三是不写白话作品而以旧体诗词著称者。他说："郁达夫的旧体诗写得很好……应该在论述他的小说之外，也提一提他的诗"，"沈祖棻教授……艺术水平很高，感慨深沉。她的作品有什么理由摈弃在现代文学史之外？不是白话诗，能成为理由么"？"国民党中也不乏诗人，除非是人民公敌，如在诗词方面确有重要作品，也不应该遗弃。例如于右任……寄托很深，艺术锤炼也好。"② 姚雪垠以其作家的敏感，突破了政治与现代性的拘囿，特别是对南社、学衡派等诗人群的重视，打开了旧体诗词历史化的学术之门。其后，倪墨炎《应重视旧体诗在现代诗歌中的地位》、毛大风《现代旧体诗的历史地位》、丁芒《从当代诗歌总体论旧体诗词的社会价值》、胡守仁《从中国诗的历史看旧体诗的发展前途》、蒋文《现当代旧体诗研究与创作漫议》、李怡《十五年来中国现代诗歌研究之断想》、吴晓东《建立多元化的文学史观》、王建平《文学史不该缺漏的一章——论 20 世纪旧体诗词创作的历史地位》、钱理群《一个有待开拓的研究领域——〈二十世纪诗词选〉序》③ 等文先后开始倡导与推进旧体诗词的研究。21 世纪以来，围绕着旧体诗词是否应该与如何"入史"的讨论持续深入。

---

① 陈友康：《旧体诗词复兴论》，《宁夏大学学报》（人文社会科学版）1999 年第 4 期。
② 姚雪垠：《中国现代文学史的另一种编写方法》，《社会科学战线》1980 年第 2 期。
③ 倪墨炎：《应重视旧体诗在现代诗歌中的地位》，《书林》1985 年第 5 期；毛大风：《现代旧体诗的历史地位》，《群言》1987 年第 4 期；丁芒：《从当代诗歌总体论旧体诗词的社会价值》，《浙江学刊》1987 年第 2 期；胡守仁：《从中国诗的历史看旧体诗的发展前途》，《江西师范大学学报》1987 年第 4 期；蒋文：《现当代旧体诗研究与创作漫议》，《玉溪师专学报》1993 年第 2 期；李怡：《十五年来中国现代诗歌研究之断想》，《中国现代文学研究丛刊》1995 年第 1 期；吴晓东：《建立多元化的文学史观》，《中国现代文学研究丛刊》1996 年第 1 期；王建平：《文学史不该缺漏的一章——论 20 世纪旧体诗词创作的历史地位》，《广西大学学报》（哲学社会科学版）1997 年第 3 期；钱理群：《一个有待开拓的研究领域——〈二十世纪诗词选〉序》，《安顺师专学报》（社会科学版）1998 年第 1 期。

第一节　旧体诗词入史的依据

要将尚未被"归类"的旧体诗词纳入文学史，首先须打开现当代文学现代性之硬核。正是在这个问题上，旧体诗词的捍卫者与反对者各执一端。

坚持正统的现代属性，对旧体诗词及其所代表的传统文化充满警惕的如唐弢所言："我们在'五四'精神哺育下成长起来的人，现在怎能回过头去提倡写旧体诗？不应该走回头路。所以，现代文学史完全没有必要把旧体诗放在里面作一个部分来讲。"① 王富仁干脆直言："'十七年'的中国现代文学学科的格局原本就是不够完整的，文学的主流意识不是把各派的文学都当作有自己独立的存在权利和独立社会意义的文学派别，而是只承认'革命文学'的合法地位。"因而把旧体诗词逐出现代文学史，"有一种文化压迫的意味，但这种压迫是中国新文学为自己的发展所不能不采取的文化战略"。② 王泽龙尽管承认20世纪旧体诗词中有现代思想品质的存在，却坚持"文学的现代性不仅是文学的思想内容、精神特征的现代性，而且是包括了文学语言、文体样式、文学思维等文学本体形式的现代性特征的"，旧体诗词"在文学历史中不具有经典性意义，可以不纳入文学史研究的范畴"，"现有的中国现代文学史研究不把旧体诗词纳入文学史研究，既有历史的原因，也是符合中国现代文学学科历史与现状的客观性发展的一种选择，体现了一种学院化的经典性文学史观，不存在'压迫'、'拒绝'与'悬置'的问题"。③ 江腊生认为，"从唐弢、王富仁到王泽龙先生，大多基于文学新旧二元对立的认识框架下从事现代文学研究，既展示了他们捍卫新文学精神的可贵，也体现了他们对现代文学纯度

---

① 唐弢：《中国现代文学史的编写问题》，《唐弢文集》第9卷，社会科学文献出版社1995年版，第371页。

② 王富仁：《当前中国现代文学研究中的若干问题》，《中国现代文学研究丛刊》1996年第2期。

③ 王泽龙：《关于现代旧体诗词的入史问题》，《文学评论》2007年第5期。

的坚持"。① 实际上，唐弢作为五四文学革命的亲历者，王富仁置身海外新儒家否定五四的思潮中，对旧体诗词旗帜鲜明的拒绝，代表着一种坚定的现代性立场，一种切肤之痛的警惕与焦虑，使其旧体诗词历史化讨论从一开始就出现了某种偏向性的选择。黄修己就指出，王富仁拒绝旧体诗词入史，"是对海外新儒家否定'五四'新文化运动的批评性回应，不是对旧体诗词成就的评价问题，而是对新儒家的对策"。② 这一点有必要引起我们重视。

更审慎的观点则认为，"中国现代文学史接受现代作家的旧体诗词是一个触动现代文学学科观念和体系的重大问题，甚至是带有根本性的"。在这个根本性的问题未能解决之间，对旧体诗词的历史化应采取"慎入"③ 的态度。钱理群指出，旧体诗词在"表现现代人的思绪和情感……方面，并非无能为力，甚至在某些方面，还占有一定的优势，这就决定了旧诗词在现代社会不会消亡，仍然保有相当的发展天地"。④ 黄修己说："我们以前写文学史，只讲新的战胜旧的，取代旧的，这不完全符合历史实际。应该是有的部门新的取代了旧的；有的部门则创造了新品种，推进了文学的现代化，与此后继续存在、发展的旧形式并存，谁也不能取代谁。新诗自有其优越性……同样，文言旧诗词也有白话诗达不到的特长……新与旧既相颉颃又相渗透，这才是历史的实相。"⑤ 能够客观冷静地认识到旧体诗词的现代性内涵，并能辩证地看待新诗与旧体诗词的关系。

只有对元现代进行反思，才有可能跳出原有的文学史设定。吴晓东认为，"中国现代文学作为承载和诠释'现代性'的具象化方式，它的属性也必然受制于现代史的基本性质"，"以突变论和进化论为基础的文学变革的理论设计"，"忽视了对文学传统在现代文学发展过程中所起的作用的研究"。由此，他提出"近于韦伯所主张的'价值无涉'的一个可能方式是把中国现代文学乃至 20 世纪中国文学看成一个中性化的时间概念，

---

① 江腊生：《20世纪旧体诗词研究的回顾与前瞻》，《学术论坛》2012年第4期。
② 黄修己：《旧体诗词与现代文学的啼笑因缘》，《中国现代文学研究丛刊》2002年第2期。
③ 陈国恩等：《中国现代旧体诗词的"入史"问题》，《中国文学研究》2012年第4期。
④ 钱理群：《论现代新诗与现代旧体诗的关系》，《诗探索》1999年第2期。
⑤ 黄修己：《旧体诗词与现代文学的啼笑因缘》，《中国现代文学研究丛刊》2002年第2期。

而不是一个隐含着价值倾向的概念。凡是发生在这一时间过程之内的一切文学现象，都应该列入文学史的研究范围"。这就将现代性从一个价值理念，转化为一个时间概念，打开旧体诗词、通俗文学、民间文学（包括各种戏曲文学）等进入文学史的可能性："这种研究对象的转换不仅仅意味着研究视域的拓展，而是从根本上关涉着现代文学乃至20世纪中国文学从性质、归属，到范围、方法的重估。"① 与此相似，朱德发提出"现代中国文学史学科"②的建构。汪晖也指出现代文学的概念建构过程，"一方面是建构一个独立的文学领域，另一面则是排斥性的，即通过现代/传统、新/旧的二元对立，而将大量的文学实践排斥出去"。③

借鉴上述对现代性的重审，旧体诗词的历史化过程，"既要梳理和书写现代旧体诗词自身的发展脉络并归纳其中的规律和特性，把自晚清以来的旧体诗词创作轨迹作为一个整体来对待，更重要的是把它放在现代中国文学史学科这一宏观、开放的视域之中，探究它与白话新诗以及其他直接容纳旧体诗词或间接借鉴旧体诗词审美质素和情感因子的白话文学创作的互动关系，以期更全面、更科学地把握旧体诗词的审美价值和文学史意义"。④"把旧体诗词置于近现代诗歌的生成、变迁历程中来考察"，既要"从诗歌史的角度出发，沿着古典诗歌发展的这一条线索，重点探讨现当代旧体诗词对古典诗词的继承、改造和转型"，也要"把旧体诗词置于现当代社会、文化的变迁之中，厘清旧体诗词与新文化、新文学互动的复杂关系"，这样可以一方面可以借"旧体诗词的研究推动了现代文学学科范畴和学科观念的更新"，另一方面"现当代文学的不断重估又给旧体诗词研究注入了活力"。⑤

但具体落实到旧体诗词的研究实践，学者们却仍然通过另一种现代性

---

① 吴晓东：《建立多元化的文学史观》，《中国现代文学研究丛刊》1996年第1期。
② 朱德发：《重建"现代中国文学史"学科意识》，《福建论坛》（人文社会科学版）2002年第2期。
③ 汪晖：《我们如何成为"现代的"？》，《中国现代文学研究丛刊》1996年第1期。
④ 胡峰：《旧体诗词入史问题之我见——兼及现代中国文学史观的建构》，《山东教育学院学报》2009年第3期。
⑤ 李仲凡：《现当代旧体诗词研究的视野和方法》，《海南大学学报》（人文社会科学版）2008年第6期。

来认证旧体诗词的合法性与入史之必要，此种学术理路只能进一步显现着旧体诗词现代性之高度复杂性。如"中国旧体文学的存在与衰亡，恰恰是中国文学现代化过程中的一个重要方面，体现了中国文学现代化过程的民族特点"，它"只是不具有新文学那样的现代性"。① 陈友康认为 20 世纪旧体诗词的"现代性追求"同样"自足地构成一种新的诗歌传统和历史"，旧体诗词的价值恰恰"在于它表现了现代性追求，满足了人的自由需要和社会需要，弥补了新文学的某些欠缺"。② 时国炎则把现代性问题转化为"现代意识"，并为旧体诗词的入史进行了界限划分，认为只有"新文学家旧体诗作中那些真正具备现代意识内涵的作品则可以视作现代文学史的书写对象，因为这类诗作能够使我们更加深入理解新文学家在现代文学场域中的复杂心灵世界，而且这种书写可能在作为一种新文学史的补充性叙述时才更具有合理性与科学性"。③

文学现代性问题，不仅是思想与精神层面的，同样与形式变革也密不可分。尽管刘梦芙认为旧体诗词"不仅其作品内容融纳现代思想，有重大的革新，在诗词的表现手法、语言和由此形成的艺术风格、境界方面，也有更多的开拓和创造"。④ 但这种变革较之新诗，无疑是表象与内核的差异。研究者不得不承认，"就艺术形式、审美规范以及相当多的诗作的主体精神而言，旧体诗不具备'新文学'那样的现代品格"，又同样"参与表达了现代中国的精神现实，参与了现代中国的精神建构"。⑤ 李仲凡就一方面指出"现代旧体诗词主要是私人生活空间的产物"，它的写作和传播主要"局限于亲友之间"，另一方面亦承认"自由、民主、科学、法治和人的现代化等现代性价值观是 20 世纪中国旧体诗词的重要内容和精神资源"。因而，"现代旧体诗词的现代性与非现代性是夹缠扭结在一起

---

① 袁进：《中国现代文学中的旧体文学亟待研究》，《河南大学学报》（社会科学版）2002 年第 1 期。

② 陈友康：《二十世纪中国旧体诗词的合法性和现代性》，《中国社会科学》2005 年第 6 期。

③ 时国炎：《现代意识与 20 世纪上半期新文学家旧体诗》，华中师范大学出版社 2015 年版，第 248 页。

④ 刘梦芙：《20 世纪诗词理当写入文学史——兼驳王泽龙先生"旧体诗词不宜入史"论》，《学术界》2009 年第 2 期。

⑤ 孙志军：《现代旧体诗的文化认同与写作空间》，华中师范大学出版社 2015 年版，第 154 页。

的，很难截然分开"，"现代旧体诗词应否或能否入史取决于它自身的艺术价值。现代性问题不应该成为它是否入史的主要评判依据"。① 孙志军也直面旧体诗词形式之"旧"与精神之"真"的矛盾，而用"'旧格调'和'真精神'来描述和诠析现代中国精神，试图能在一定程度上冲击'新旧'、'优劣'等二元判断"，对于旧体诗词的历史化问题，则承认"旧体诗在边缘处的发展状态，由此显示出旧体诗在现代文学版图中的位置与特殊意义，并由此思索旧体诗（传统艺术）在现代文化中可能有的存在空间"，② "让它作为一个完整的景观，继续保持它在现代中国文学博物馆中的尊严。这绝不是让旧体诗孤芳自许，只是因为它不容易被整理归纳。它既在'现代'中又在'传统'中，它是和谐的又是充满悖论的存在"。③

不论是"现代意识"还是"真精神"，旧体诗词的现代性都指向了内容，而"所谓'现代文学'，即是用现代文学语言与文学形式，表达现代中国人的思想、感情、心理的文学"。④ 旧体诗词形式的旧，很难真正达成"语言与形式的变革，以及与此相联系的美学观念与品格的变革"。⑤ 王泽龙正是据此才拒绝旧体诗词入史，"文学的现代性不仅是文学的思想内容、精神特征的现代性，而且是包括了文学语言、文体样式、文学思维等文学本体形式的现代性特征的"。⑥ 刘梦芙的反驳亦正据此，认为形式与内容不可分割，"旧体诗词中的现代思想"同样"依靠语言与格律表现"，"旧体诗词中大量基本词汇是古今通用的，并且吸收融化了许多新词口语，不只是'单音节文言'，即使用典也是取其比喻、引申之义，以古鉴今，寄托情志，并使修辞精练含蓄，意蕴深厚"。⑦ 很显然，这些旧

---

① 李仲凡：《现代旧体诗词的非现代性》，《求索》2008年第12期。
② 孙志军：《现代旧体诗的文化认同与写作空间》，华中师范大学出版社2015年版，第7页。
③ 孙志军：《现代旧体诗的文化认同与写作空间》，华中师范大学出版社2015年版，第154—155页。
④ 钱理群、温儒敏、吴福辉：《中国现代文学三十年》前言，北京大学出版社1998年版，第1页。
⑤ 钱理群、温儒敏、吴福辉：《中国现代文学三十年》前言，北京大学出版社1998年版，第2页。
⑥ 王泽龙：《关于现代旧体诗词的入史问题》，《文学评论》2007年第5期。
⑦ 刘梦芙：《20世纪诗词理当写入文学史——兼驳王泽龙先生"旧体诗词不宜入史"论》，《学术界》2009年第2期。

体诗词形式上革新，确乎属于枝节的变革，是旧体诗词在整体形式未变之下的新声。这样的论争回到了五四以来的原点，即"旧瓶可以装新酒"，①如何装则是辩证的，"旧形式是采取，必有所删除，既有删除，必有所增益，这结果是新形式的出现，也就是变革。而这工作是决不如旁观者所想的容易"。② 这同时关乎到旧诗与新诗美学探索的不同路径，是通过旧有的语言格律变革新声，还是引进新的自由体白话诗再造诗体？

一个更为基础的问题，则是旧体诗词的命名。黄修己借鉴从"旧戏"到"现代戏"的说法，将五四以后的旧体诗词命名为"现代旧体诗词"。"我这是先给当今的旧体诗词加冕，加上'现代'之冕。同时也为它们正名，既然有了'现代旧体诗词'之名，说明其与传统的旧体诗词是不一样的，是新历史条件下的文学新品种。这样，便于它名正言顺地步入中国现代文学的殿堂。""把它定名为'现代旧体诗词'，也是为了求得研究现代文学的人们的承认。"③"现代旧体诗词"的命名，涵盖了古风、近体诗、词、曲等多种传统体式，是较为科学全面的命名。陈友康进一步提出"现代汉诗"的概念，以此统摄"现代旧体诗词"与"新诗"，期望"能够整合20世纪中国诗歌，消弭新诗和旧诗的对立和对抗，让它们在诗坛上和文学史中和平共处。这样，既承认了新诗在中国诗史上的历史性变革及其意义，也承认了旧诗在现代文学中的合法性"。④"当代诗词，在体裁形式上使用传统的古典的格律，若论内容实质则是用旧体写的新诗，用古典形式写的现代诗歌。"⑤ 这与引进舶来的新体，恰构成形式上的必然对立。

樊骏提出："改造利用传统的文学形式，比如在秧歌剧基础上创造新歌剧，在'信天游'等民间形式基础上发展新的民歌体诗歌，以及像赵树理那样融化传统文学、民间文学的艺术手法于自己的创作中等等，同样属于文学现代化的内容。尽管这方面的工作，有的可能改革和创新有所不够，与反映现代生活、表现现代人的心理、适应现代人的审

---

① 鲁迅：《重三感旧》，《鲁迅全集》第5卷，人民文学出版社1980年版，第325页。

② 鲁迅：《论"旧形式的采用"》，《鲁迅全集》第6卷，人民文学出版社1980年版，第24页。

③ 黄修己：《现代旧体诗词应入文学史说》，《粤海风》2001年第3期。

④ 陈友康：《二十世纪中国旧体诗词的合法性和现代性》，《中国社会科学》2005年第6期。

⑤ 公木：《当代诗词的变革之路》，《光明日报》1998年12月19日。

美趣味，都还存在一些距离；但这种努力，却都是为了古老的文学形式注入现代的艺术生命，不是复古，而是新生，理所当然地同样属于文学现代化的课题。如果把这些都排除在现代化之外，势必导致最终否定中国现代文学的现代性，至少是大大缩小了它的内涵，也就是在不同程度上否定了或者曲解了现代文学本身。"① 旧体诗词的现代化，同样也是传统文学形式革新的重要内容。而五四以来旧体诗词的变革，更应与新诗的探索之旅对照起来考察。

第二节 身份群体与多学科研究

胡适在提倡白话新文学时，已认识到诗歌现代性的转换是最为艰难的："白话文学的作战，十仗之中，已胜了七八仗。现在只剩下一座诗的堡垒，还须用全力去抢夺。待到白话征服这个诗国时，白话文学的胜利就可说是十足的了。"② 文学革命的开路先锋们将旧体诗词视为"假诗""假古董"，认为格律"桎梏人性底陈套"。③ 故新诗"就是把从前一切束缚自由的枷锁镣铐一切打破：有什么话，说什么话，话怎么说，就怎么说，这样方才可有真正白话诗，方才可以表现白话的文学可能性"。④ 但激烈的反叛过去后，"作诗须得如作文"，对诗歌音乐性与节奏的戕害逐渐显现出来，⑤ "一切作品都像是一个玻璃球，晶莹透澈得太厉害了，没有一点儿朦胧，因此也似乎缺少一种余香与回味"。⑥ 应修人认为没有

---

① 樊骏：《现代文学的历史道路和现代作家的历史评价》，《论中国现代文学研究》，上海文艺出版社1992年版，第75—76页。

② 胡适：《逼上梁山》，《中国新文学大系·建设理论集》，上海良友图书印刷公司1935年版，第19页。

③ 关于"假诗""假古董"和格律"桎梏人性底陈套"的批评，分别参见刘半农《诗与小说精神上之革新》，《新青年》第3卷第5号（1917年7月1日）；钱玄同《新文学与今韵问题》，《新青年》第4卷第1号（1918年1月）；康白情《新诗底我见》，《少年中国》第1卷第9号（1920年3月）。

④ 胡适：《尝试集》自序，《胡适文存》第1集，黄山书社1996年版，第148页。

⑤ 穆木天：《谭诗》，《创造月刊》第1卷第1期（1926年3月16日）。

⑥ 周作人：《扬鞭集》序，《语丝》第82期（1926年5月30日）。

"诗味"与"诗音"的新诗应该学习"旧体诗里铿锵的美"。① 对于"要打破诗的音节,要它变得和言语一样"的诗,闻一多视为"诗的自杀政策"。② 打破一切的新诗"枝蔓、懒散","充斥着钝化,老化的比喻和象征",③ "境界也只是男女和愁叹,差不多千篇一律,咏男女自然和旧诗不同,可是大家都泛泛著笔,也就成了套子"。④ 践行者自己都体悟到新诗的不足,反过来开始汲取传统资源,胡适说最自然的诗体"莫如长短无定之韵文","今日作'诗'(广义言之),似宜注重此种长短无定之体。然亦不必排斥固有之诗词曲诸体;要各随所好,各相题而择体,可矣"。⑤ "旧古典的应用是无可反对的,在它给予我们一个新情绪的时候。"⑥ 新诗人"不敢多看旧诗词,因为旧诗词的文字与节奏都是那样精练纯熟的,看多了不由你不羡慕,从羡慕到乃是自然的发展"。⑦ 于是"一面既大做白话诗,一面仍旧大做五七言诗"⑧。周作人提出以白话为基础的语体再造,即"以口语为基本,再加上欧化语,古文,方言等分子,杂糅调和,适宜地或各蓄地安排起来,有知识与趣味的两重的统制,才可以造出有雅致的俗语文来"。⑨ 新诗向传统学习,增多诗体,⑩ 特别是"在白话新体诗获得了一个巩固的立足点以后,它是无所顾虑的有意接通我国诗的长期传统,来利用年深月久,经过不断体裁变化而传下来的艺术遗产"⑪;新诗

---

① 应修人:《致周作人》(五),楼适夷、赵兴茂编,《修人集》,浙江人民出版社1982年版,第261—262页。

② 闻一多:《闻一多全集》第3卷,生活·读书·新知三联书店1982年版,第412—413页。

③ 卞之琳:《今日新诗面临的艺术问题》,《诗探索》1981年第3期。

④ 朱自清:《新诗杂话》,王运熙编《中国文论选·现代卷》(上册),江苏文艺出版社1996年版,第513页。

⑤ 胡适:《论小说及白话韵文——答钱玄同》,《胡适文集》第3卷,人民文学出版社1998年版,第39—40页。

⑥ 戴望舒:《诗论》,王运熙编《中国文论选·现代卷》中册,江苏文艺出版社1996年版,第199页。

⑦ 叶公超:《论新诗》,《新月怀旧——叶公超文艺杂谈》,学林出版社1997年版,第52页。

⑧ 吴文祺:《我为新文学奋斗的经过》,郑振铎、傅东华编《我与文学》,生活书店1934年版,第250页。

⑨ 周作人:《〈燕知草〉跋》,《永日集》,北新书局1929年版。

⑩ 吴奔星:《刘半农在中国新诗史上的历史地位》,《新文学史料》1984年第3期。

⑪ 卞之琳:《戴望舒诗集》序,《戴望舒诗集》,四川人民出版社1981年版,第3页。

人则受到旧形式的诱惑,① "勒马回缰写旧诗",② 不仅仅是 "积习太深，不易割舍"③，恐怕还在于旧形式提供了另一种文学现代化的可能性。

吴宓对新旧诗之弊病似乎看得更为明白："旧诗之堆积词藻、搬弄典故，陈陈相因，千篇一律；新诗之渺茫海味，破碎支离，矫揉作态，矜张弄姿；皆由缺乏真挚之感情，又不肯为明确之表示之故。"④ 他直陈旧体诗词的根本问题是，"今日旧所为诗诟病者，非由格律之束缚，实由材料之缺乏。即作者不能以今时今地之闻见事物思想感情，写入其诗"。⑤ 吴芳吉则说，"余所理想之新诗，依然中国之人，中国之语，中国之习惯，而处处合乎新时代者"。⑥ 但当新文学历史性地成为文学现代化的主流路径后，"旧体诗从中心滑向边缘，未尝不是一种主动退守。这种边缘写作，既塑造了一种富有美感的写作姿态，也构造了一块灵魂的栖息地或是自娱自遣的空间。从中心到边缘，是现代旧体诗发展的大趋势，而在这一大趋势之下也还有值得注意的小波动：滑入边缘的旧体诗，在特定的时空背景下，被重新带向中心地带。在这个过程中，旧体诗的某些功能被突出，某些性质被改变，其传播领域与影响力也得到了一定程度的拓展，虽然这并无助于改变其最终的命运"。⑦

旧体诗词的边缘化，首先是走向私人化。现代旧体诗词 "较少参与现代民族国家的意识形态建构"，⑧ "非常传统的结社、雅集等仍然占有相当比重"，⑨ "诗人们写旧体诗词主要以寄寓个人情怀为基本宗旨"。⑩ 茅盾据此，才说旧体诗词 "最能寄寓作者的真我感情。我在桂林写的那些

---

① 刘纳：《旧形式的诱惑——郭沫若抗战时期的旧体诗》，《中国现代文学研究丛刊》1991年第3期。
② 闻一多：《闻一多全集》第1卷，湖北人民出版社1993年版，第289页。
③ 柳亚子：《新诗与旧诗》，《新文学史料》1979年第3期。
④ 吴宓：《编辑例言》，《吴宓诗集》，上海中华书局1935年铅印本。
⑤ 吴宓：《吴宓诗话》，商务印书馆2005年版，第97页。
⑥ 吴芳吉：《白屋吴生诗稿》自叙，《白屋诗选》，四川人民出版社1982年版，第7页。
⑦ 孙志军：《现代旧体诗的文化认同与写作空间》，华中师范大学出版社2015年版，第100页。
⑧ 孔庆东：《旧体诗与中国现代文学》，《汕头大学学报》2005年第5期。
⑨ 李仲凡：《现代旧体诗词的非现代性》，《求索》2008年第12期。
⑩ 王建平：《文学史不该缺漏的一章——论20世纪旧体诗词创作的历史地位》，《广西大学学报》（哲学社会科学版）1997年第3期。

诗，就反映了我当时的郁闷心情和对北土的思念"。① 钱理群指出旧体诗词被排除在文学史叙述之外，就是因为"越来越成为一种个人的（或小圈子内）的自娱与自遣"，因而对旧体诗词的研究，应找出"现代社会下的特定的情境""作为现代人的诗（词）人特定的情感、思绪"与"旧诗词的特定形式"三者之间的具体联系，通过文本细读，"对旧体诗词在现代社会发展的余地（意义、价值），限度，困惑与前景作出科学的总结"。② 他特别指出"新文学作家（包括新诗人）的旧诗词创作"可能是一个有意思的研究领域。③

随私人化而来的，则是大众化。在钱理群指出因"民族情绪（精神）空前高涨"④ 而形成的旧体诗词创作高潮的抗战时期，旧体诗词就因其善表私人情绪而成为大众的抒情工具。1945 年 5 月，柳亚子、郭沫若、田汉等发起成立"革命诗社"，同年 10 月，在《民主与科学》杂志上发表了《"革命诗社"征诗启》："旧酒新醅，何争形式？唐风宋体，各有优长。只期传统骚情，无缘再滥。却幸感时忧愤，有力同抒。"⑤ "有力同抒"很好地解释了抗战时期旧体诗词走向大众的现象。黄炎培曾说抗战时期的旧体诗写作，"走上了奇艰极险的世路，家国的忧危、身世的悲哀越积越丰富，越激烈，情感涌发，无所渲泄，一齐写入诗中来"。⑥ 这典型地说明了他们的写作心境。因而，不仅是新文学家，兵士将领、学者、革命家等一大批非职业作家，都写作了大量的旧体诗词。以至郭沫若认为："目前正宜于利用种种旧有的文学形式，以推动一般的大众，我们的著述对象是不应该限于少数文学青年的。"⑦

---

① 茅盾：《回忆录二集》，《茅盾全集》第 36 卷，黄山书社 2012 年版，第 525 页。
② 钱理群：《论现代新诗与现代旧体诗的关系》，《诗探索》1999 年第 2 期。
③ 钱理群：《一个有待开拓的研究领域——〈二十世纪诗词选〉序》，《安顺师专学报》1998 年第 1 期。
④ 钱理群：《20 世纪诗词：待开发的研究领域》，《返观与重构——文学史的研究与写作》，上海教育出版社 2000 年版，第 224 页。
⑤ 龚济民：《革命诗社及其徵诗启事》，《新文学史料》1985 年第 3 期，启事署名者有柳亚子、郭沫若、熊瑾玎、张西曼、田汉、林北丽等。
⑥ 黄炎培：《苞桑集》序，《黄炎培诗集》，中国文史出版社 1987 年版，第 5 页。
⑦ 郭沫若：《民族形式商兑》，《郭沫若研究资料》，中国社会科学出版社 1986 年版，第 305 页。

这就带来了旧体诗词历史化过程中的重要研究路径之一,即旧体诗词写作者的"身份群体"研究。李遇春将旧体诗词的创作人群概括为五大类:"晚清遗民诗人群体、新文学家旧体诗人群体、现代学人旧体诗人群体、现代书画家旧体诗人群体、国共乃至民主党派军政旧体诗人群体。"又从性别的角度提出,"中国现当代女性旧体诗人群体"可以单列研究。① 王建平则进而分为"文学作家型诗人群""政治家型诗人群""烈士型诗人群""学者型诗人群""画家型诗人群"。② 如果将时间细化,旧体诗词的写作身份在五四至抗战前夕,有"学衡派"、晚清"同光体""汉魏诗派""中晚唐诗派""诗界革命派""南社"、学者群、新文学家群、国民党人、共产党人;抗战至解放战争期间,在学者与新文学家之外,有延安的怀安诗社、江南新四军根据地的诗词团体、国民党元老和民主党派人士、中国港台地区和海外华人等。③ 如此这般,这也就意味着"大量的党政干部、画家书法家、学院派教授,宗教界人士就将占据我们现当代文学史的半壁江山"。④

上述这些带有身份特征的群体,他们彼此在历史化方面取得的实绩也是很不平衡的。最有成效的当属新文学家群体、学者群体与革命家群体。新文学家群体的旧体诗词创作研究最为繁荣,下文再行论述。学者群体的旧体诗词研究从宁夏江对晚清学人之诗的研究,发现了古典诗歌在"以'诗言志'、'诗缘情'为主导的诗学背景中,将被视为诗学枝节问题的'多识亦关诗教'作为诗学的重要内容来加以思考,增添了古典诗学存在的内涵,使与'性情化'潜隐而行的'学问化'审美层面豁朗起来"。⑤ 到刘士林对现代学者的旧体诗词创作,"由于现代学术的发生过程是以纯粹理性机能的发育为根本标志,因而它必然要彻底突破古典诗学中'言志'与'缘情'这两种主导模式,一方面,把古典诗学中的'伦理之志'提升为一种建立在理性批判基础上的'独立之精神';

---

① 李遇春:《中国现当代旧体诗词平议》,《创作与评论》2014 年第 20 期。
② 王建平:《文学史不该缺漏的一章——论 20 世纪旧体诗词创作的历史地位》,《广西大学学报》(哲学社会科学版) 1997 年第 3 期。
③ 陈静、李遇春:《二十世纪旧体诗词创作与研究述评》,《长江学术》2010 年第 3 期。
④ 王富仁:《关于中国现代文学史编写问题的几点思考》,《文学评论》2000 年第 5 期。
⑤ 宁夏江:《晚清学人之诗研究》,暨南大学出版社 2011 年版,第 1 页。

另一方面，也把那种在传统农业社会中孕育的情感方式发展为一种经过现代启蒙之后的'自由之思想'。这正是现代学者的旧体诗词不同于一般的遗老遗少之作，因而成为别具一格的现代中国思想学术文化史重要研究对象的根本原因"。①

尹子能把革命家的旧体诗词创作特色概括为"一是视野开阔，大气磅礴"，"二是有感而发，情真意切"，"三是讴歌革命，信念坚定"，"四是继承传统，为我所用"，"记录和抒发的却是一个伟大变革时代的斗争生活和引领进步潮流的革命者激昂的情怀，这在诗歌反映生活的题材上，本身就是一种全新的局面，是用传统诗歌形式为革命斗争服务"。② 革命家群体中的翘楚当属毛泽东诗词，大量的研究对毛泽东诗词在艺术探索与革新方面进行了总结。尤其是1957年年初《诗刊》创刊号上首次公开发表了毛泽东诗词18首，开启了当代旧体诗词充满悖论的历史化之旅。因为创作者的特殊身份与矛盾态度，当代旧体诗词的道路在曲折中前进。毛泽东一面说，"我历来不愿意发表，因为是旧体，怕谬种流传，贻误青年；再则诗味不多，没有什么特色"，另一面又说，"旧体诗词源远流长，不仅像我这样的老年人喜欢，而且像你这样的中年人也喜欢。我冒叫一声，旧体诗词要发展，要改革，一万年也打不倒。因为这种东西，最能反映中国人民的特性和风尚，可以兴观群怨嘛，怨而不伤，温柔敦厚嘛……"③ 1965年他与陈毅谈论诗歌时一面说，"用白话写诗，几十年来，迄无成功"，另外说，"古典绝不能要"。④ 这说明毛泽东清醒地意识到新诗已成诗坛主流，旧诗已然边缘化，但新诗的不成熟，以及对旧体诗词的情感表达与形式依恋使他不自觉地进行旧体诗词的写作，并影响了郭沫若、田汉等一批中华人民共和国成立后身居文坛领导地位的新文学家的"新台阁体"创作，以及80年代以来延续至今的"老干体"写作。

---

① 刘士林：《现代学者旧体诗词创作与其学术之关系》，《河北学刊》2006年第5期。
② 尹子能：《20世纪革命家诗人群体的旧体诗词创作》，《云南民族大学学报》（哲学社会科学版）2007年第6期。
③ 刘汉民编：《毛泽东谈文说艺实录》，长江文艺出版社1992年版，第117页。
④ 毛泽东：《给陈毅同志谈诗的一封信》，《毛泽东诗词选》，人民文学出版社1986年版，第168页。

以身份群体为契点的专题研究，关注"写作者的个人身份，可以帮助我们从普通人的角度去认知历史"。① 还有诸如书画家群体的旧体诗词研究等，但都停留在描述现象层面。② 而不同身份的集群，则构成了结社，这一研究可借鉴新文学中的社团研究。但旧体诗词写作者的社团更为复杂，在文学功能之外，还往往综合了社会交往、革命联络等复杂功能。孙志军在梳理了诸如衡门诗钟社（1919 年）、漆园诗社（1921 年）、蓬社（1928 年）、衡门诗社（1928 年）、韶阳诗社（1932 年）、星社（1938 年）、武社（1938 年）、汉声诗社（1938 年）、洛钟诗社（1942年）、湘川诗社（1943 年）、东官诗社（1945 年）等地方性诗社后指出，可以通过"部分'乡村'（主要指远离政治文化中心的边缘地区）诗社的存在情形，由此思考处在'功能边缘'或'地域边缘'的旧体诗在现代中国里具有怎样的价值"。③ "这些不被文学史关注的边缘文学团体，围绕着旧体诗所进行的一些活动，往往是当地活跃的文化团体和文化景观。与新文化运动中的很多社团不一样，这些社团服务乡邦、涵育古风，这种取向，体现了'乡土中国'的士人传统"。④ 曹辛华则关注晚清民国旧体诗词结社文献的整理，认为不但可"为进一步推进近代文学史、民国旧体文学史的研究提供丰富的史料"，同时也"将为新文学社团研究提供有益的参照，不仅为现代文学社团研究，还将为旧体诗词研究开拓新领域"，"客观上也为近现代史的研究提供了丰富的珍贵史料"。⑤

近年来现当代文学研究中较热门的期刊研究、传播研究也为旧体诗词的历史化提供了新的思路。"结社雅集外，杂志显然是旧体诗词传播的最

---

① 孔庆东：《旧体诗与中国现代文学》，《汕头大学学报》2005 年第 5 期。

② 杨晓勤：《萧散简远 高风绝尘——论 20 世纪中国书画家的旧体诗词创作》，《云南民族大学学报》（哲学社会科学版）2009 年第 2 期。

③ 孙志军：《现代旧体诗的文化认同与写作空间》，华中师范大学出版社 2015 年版，第 101 页。

④ 孙志军：《现代旧体诗的文化认同与写作空间》，华中师范大学出版社 2015 年版，第 122 页。

⑤ 曹辛华：《晚清民国旧体诗词结社文献的类型、特点及其价值》，《复旦学报》（社会科学版）2015 年第 1 期。

为重要的媒介平台。"① 杜运威认为,抗战时期《民族诗坛》通过"发扬民族精神"来凝聚人心,因为传统文化在人民群众中的影响更为普遍深广。② 戴勇以《中华诗词》杂志为中心,考察期刊对"旧体诗词在新时期文学语境中生存的原因及旧体诗词文体地位的重要性"展开的大量叙述,③ 其传播策略有四:分别是政治化运作策略、商业化运作策略、社会化运作策略和文学化运作策略。④ 还有关注新媒体时代新旧出版模式的协同作用。⑤

局限于旧体诗词研究本身的学者们在旧体诗词期刊上,集中探讨了旧体诗词的格律问题。他们认为"传统诗词是中国语言文字特殊规律的产物",⑥ "能够借助汉语自身优势,发挥汉语多种特性,展示汉语艺术魅力的最佳文学形式",⑦ "这种形式特点与中华民族深层的心理结构相一致",因而是高度抽象化了的"有意味的形式"。⑧ 但对于旧体诗词的当代发展而言,则既要"遵循格律",也要"革新声韵",⑨ 提出"创新是最好的传承","旧体诗词改革要诗意重于格律"。⑩ 对于新旧韵之争,除了顽固守旧派,大多认为韵律改革是必然的。"古代诗歌音韵的历史沿革,应该

---

① 李遇春、戴勇:《民国以降旧体诗词媒介传播与旧体诗词文体的命运》,《文艺争鸣》2015年第4期。

② 杜运威:《论抗战时期旧体诗词的时代使命——以〈民族诗坛〉为中心》,《中山大学研究生学刊》(社会科学版)2016年第1期。

③ 戴勇:《〈中华诗词〉的诗论与新时期旧体诗词文体地位的重申》,《名作欣赏》2017年第11期。

④ 戴勇:《新时期以来旧体诗词传播策略透视——以〈中华诗词〉杂志为中心的考察》,《北方论丛》2015年第6期。

⑤ 谢琴、段维:《新媒体时代旧体诗词出版与传播模式探析》,《出版广角》2017年第21期。

⑥ 戴勇:《〈中华诗词〉的诗论与新时期旧体诗词文体地位的重申》,《名作欣赏》2017年第11期。

⑦ 王国钦:《诗词是中华民族语言文学的艺术英华》,《中华诗词》1998年第4期。

⑧ 陈友康:《二十世纪中国旧体诗词的合法性和现代性》,《中国社会科学》2005年第6期。

⑨ 孙绩元:《略谈旧体诗词的生命力》,《江苏教育学院学报》(社会科学版)1996年第2期。

⑩ 杨文娟、徐学毅:《旧体诗词的改革论析》,《延边大学学报》(社会科学版)2009年第4期。

说已经回答了这个问题。"① 新旧韵的支持立场来源于"母语习惯","说普通话的人多主新韵,讲方言者多主旧韵"。"新、旧韵并存的局面可能持续很久。""用新韵作旧体诗词,不仅不伤旧体,而且解放一些已经过时的约束,使旧体诗词成为更鲜活、更富有生命力的文体。"②"在基本上符合传统诗词格律和音乐节奏的基础上,应允许在个别字句上突破成规,可以自创长短句,勇敢探索,以利于诗词的改革和发展。"③ 值得注意的是,讨论旧体诗词格律问题的研究者大多自身为爱好旧体诗词的写作,或是古代文学研究领域的学者,其身份类似于学者诗人群,均非现当代文学研究者,他们更多聚焦于旧体诗词自身的发展问题上,而非在整个现当代文学史学科中寻求旧体诗词的定位与意义。长期以来,"琐细的学科分类导致现当代文学与古代文学'两界'语声相闻而互无来往,从而长期割裂了某些传统文体样式的历时性联系,使现代旧体诗词这一兼具'新时空'与'旧文体'双重特质的区域形成'盲区'与'聋区'"④。如钱仲联、刘梦芙、张海鸥等古代文学出身的学者,依然承继点将录、诗话、词话等传统文学批评形式,虽在艺术解读上确有卓见,却总显得琐屑,如"七宝楼台"拆碎,缺乏全局视野,他们对旧体诗词的深刻领悟无法有效地转换为文学史及其历史化研究的资源,实为憾事。

　　建设文学史路径很多,通过"集""选"的方式将文本经典化,通过文学研究将文本纳入文学史系统中,无疑是其中的重要一种。对于旧体诗词来说,选家们大抵"重诗轻史","现代与当代"混编一处,无法看出现当代旧体诗词演变的历史脉络。⑤ 马大勇呼吁"要进行一个可靠的、全面的编目","一家一家、踏踏实实做文献,做好一家,就可能从根本上改变一家的研究面貌。重要个案的深度研究"。⑥ 近年来致力于当代旧体诗词研究的李遇春凭一己之力,"搜集各种现当代旧体诗词作品集,主要是个人的诗词集子,也包括不少的诗词选本,还包括诸多的诗词杂志,有

---

① 万龙生:《旧体诗词改革刍议》,《重庆教育学院学报》1999 年第 4 期。
② 张海鸥:《旧体诗词的韵与命》,《中山大学学报》(社会科学版) 2007 年第 1 期。
③ 野草诗社:《野草诗词选·致读者》,《野草诗词选》,新华出版社 1987 年版,第 2 页。
④ 马大勇:《现代旧体诗词研究的三个前提》,《中国社会科学报》2009 年 10 月 20 日。
⑤ 陈静、李遇春:《二十世纪旧体诗词创作与研究述评》,《长江学术》2010 年第 3 期。
⑥ 马大勇:《20 世纪旧体诗词研究的回望与前瞻》,《文学评论》2011 年第 6 期。

的是全套的系统搜集,有的仅收藏创刊号"。① 李遇春作为当代文学研究者,自陈"在关注旧体诗词的过程中带有更强烈的文学史诉求,他们的出发点和目的地都是将旧体诗词整合进中国现当代文学史秩序中"。② 他力图"建立在编年史的基础之上的历史叙述,穿插纪传体(以旧体诗词名家为砖块)和纪事本末体(以旧体诗词社团和流派为支柱),经纬交织,在时间和空间的交汇中去描述的旧体诗词发展史"③。

一些研究已经开始这样的努力,如杨剑锋的近现代都市旧体诗词研究,把"从近代都市竹枝词,到当下的新生代网络诗歌"纳入同一主题考察,研究百年来"繁华的现代都市在现当代诗人的笔下终于升格为审美的对象"的历程。④ 王新立对旧体诗词的抗战书写,既关注到身份群体,即"抗战书写主体的多样化",也关注到"抗战书写内容的多样化。如日寇侵略暴行、家破人亡的灾难、不畏强敌的斗争和永不屈服的革命气概,等等"。⑤ 就抗战诗词取得的成就而言,"如果要写抗战诗歌史,显然应该是新旧诗各占半边天的文学史格局"。⑥ 李遇春对20世纪女性旧体诗词的分期,以及伴随其间的现代女性意识的转变、深化与发展的讨论都是颇有实绩的历史化研究实践。⑦

第三节 "惯性滑行"之后的追问

尽管黄修己、钱理群等强调和倡言要将旧体诗词历史化,但他们同时

---

① 李遇春:《〈中国当代旧体诗词论稿〉》跋,《长江学术》2011年第2期。
② 李遇春:《学科权力与"旧体诗词"的命运——中国现当代旧体诗词研究札记》,《文艺争鸣》2014年第1期。
③ 李遇春:《20世纪旧体诗词研究亟需实证精神》,《中国韵文学刊》2011年第3期。
④ 杨剑锋:《近百年都市旧体诗词略论》,《名作欣赏》2015年第23期。
⑤ 王新立:《论近代旧体诗词中的抗战书写》,《宁夏大学学报》(人文社会科学版)2016年第3期。
⑥ 李遇春:《中国现当代旧体诗词平议》,《创作与评论》2014年第20期。
⑦ 李遇春、朱一帆:《现代中国女性旧体诗词的历史浮沉与演变趋势》,《天津社会科学》2017年第1期。

也认为:"旧诗词的表现功能又是有一定限度的,不必回避这一点:在表达超出了特定的情感圈的现代人更为复杂、紧张,变化节奏更快的某些思绪、情感方面,旧诗词的表现力比之现代新诗,是相形见绌的,因此,旧诗词的发展余地也是有一定限度的。"① 旧体诗词在退出主流地位后,有很长一段的"惯性滑行"。但"惯性滑行"越来越慢,总会有停止前行的时刻。② 那么,不禁要追问,当熟悉旧体诗词格律与音韵、擅长旧体诗词写作的老一辈学人、文学家、革命家等退出历史舞台后,随着"读者欣赏水平的下降以及兴趣的转移",③ 当代旧体诗词的文学面貌与未来发展又将呈现怎样的态势?

迄今为止,当代旧体诗词的研究还更多关注毛泽东等老一辈革命家、郭沫若等新文学家在20世纪五六十年代以及"文化大革命"时期的写作,对于"直接参与了'新时期'的意识形态建构"的"更具有政治史和文学史意义的'天安门诗抄'",④ 对于网络旧体诗词的历史化都才刚刚开始起步。

李遇春以作家论的方法,精研郭沫若、田汉、叶圣陶、老舍、沈从文、胡风、聂绀弩、吴祖光、茅盾、姚雪垠、臧克家、何其芳12位由现代步入当代的新文学作家的旧体诗词创作,12位作家又分为三部分,前4位重在揭开"转型"的秘密,中间4位为身在"炼狱"的潜在写作,后4位游走在"边缘"的矛盾写作状态。其《中国当代旧体诗词论稿》虽以个案为主,却以文本的细读和富有见地的论断,打破了传统的印象式点评,构成了文学史的框架。李遇春试图"通过新文学家的旧体诗词研究这个学术支点撬动整个中国现当代文学史大厦,最终目标是改写中国现当代文学的文学史进程或重构中国现当代文学的历史叙述框架"。⑤ 此前的旧体诗词研究专著,如胡迎建的《民国旧体诗史稿》长于文献资料之全面,以诗人身份群体构架全书,朱文华的《风骚余韵论》则把旧体诗词

---

① 钱理群、袁本良:《20世纪诗词注评》,广西师范大学出版社2005年版,第7页。
② 黄修己:《现代旧体诗词应入文学史说》,《粤海风》2001年第3期。
③ 欧阳世昌:《旧体诗词能够复兴吗?》,《中国韵文学刊》1987年创刊号。
④ 孔庆东:《旧体诗与中国现代文学》,《汕头大学学报》2005年第5期。
⑤ 李遇春:《学科权力与"旧体诗词"的命运——中国现当代旧体诗词研究札记》,《文艺争鸣》2014年第1期。

视为古代文学的余绪,刘士林的《20世纪中国学人之诗》重在挖掘现代学术独立背景下20世纪学人之诗的思想史意义,都没有像李著那样在现当代文学史的框架里以新文学家旧体诗词为重点,凸显围绕旧体诗词历史化的问题意识展开论述。

许多论者都注意到新文学家旧体诗词创作对原有文学史格局的冲击与突破:"新文学家旧体诗的存在和发展进一步拓展和丰富了20世纪中国作家的心灵史。作为同一主体的不同文学创作形式,旧体诗和新文学之间存在着一种不可忽视与回避的互动关系,都是现代作家精神世界的重要构成部分。"①"用旧体诗写作可能会对他们的新文学家的身份构成挑战,对他们的新文学理想发出置疑。更进一层看,旧体诗与新诗所代表的文化亦纠结于其中,他们的写作选择直接或间接地反映了两种文化之间的复杂关系。"②如郭沫若,他自述,在"进入中年以后,我每每做一些旧体诗。这倒不是出于'骸骨的迷恋',而是当诗的浪潮在我心中袭击的时候,我苦于找不到适合的形式把意境表现出来。诗的灵魂在空中激荡着,迫不得已只好寄居在畸形的'铁拐李'的躯壳里"。③刘纳对郭沫若抗战时期旧体诗词考察时指出:郭氏"中年后期的人生感悟恰恰与对中国传统文化价值的认同胶合在一起。这种胶合所形成的深具传统特色的心态使他心甘情愿地、自然而然地接受了旧形式的诱惑",而在"旧体诗能表达的'古'之'情怀'中,有一些是人类感情生活中具普遍价值的型式,它们在不同时代里有不同的内涵和表现,又毕竟是可以相通的"。④李遇春认为,"建国前作为'士人'的郭沫若作诗填词,继承了中国古典诗学的'美刺'传统,也体现了中国古代士人的批判精神和忧患意识。而建国后郭沫若身居高位,逐步丧失了中国传统知识分子的士人精神,明显投向了中国古代贵族文人和贵族文学的樊篱"。由此将郭氏当代旧体诗词概括为

---

① 时国炎:《现代意识与20世纪上半期新文学家旧体诗》,华中师范大学出版社2015年版,第242页。
② 孙志军:《现代旧体诗的文化认同与写作空间》,华中师范大学出版社2015年版,第67页。
③ 陈明远:《追念郭老师》,《新文学史料》1982年第4期。
④ 刘纳:《旧形式的诱惑——郭沫若抗战时期的旧体诗》,《中国现代文学研究丛刊》1991年第3期。

"以'仕人之诗'为核心的'新台阁体'诗词"。①

茅盾"不主张青年学旧体诗",却又承认抗战时期的旧体诗词比其他文章"更显露了自己的情感"。②李遇春用政治诗、抒情诗、讽喻诗的诗学传统概括茅盾进入当代的旧体诗词创作,通过当代文坛史料、茅盾个人生平的综合对照,揭橥他在"特定的政治环境"下,在"政治诗与抒情诗的分裂与对立"中形成的独特"抒情方式与艺术风格"。③从田汉的"忠臣情结"入手,考察他从20世纪三四十年的"遗民之诗"到当代"新台阁体"的"仕人之诗"与传统的"士人之诗"之间的矛盾或分裂。④李遇春立论的依据,既有田汉的生平如他与南社的关系、中华人民共和国成立后田汉的处境等,又将田汉的旧体诗词创作与古代纪事感事诗、怀古咏史诗、赠答挽悼诗的细读对比,实现文学传统与现当代文学史构架的统一。对吴祖光的旧体诗词,则对比了白居易的讽喻诗,把其概括为三种创作倾向:"其一,借自嘲讥刺时政。其二,以写实讥讽时政。其三,托感事讥评时政",区分出"白居易诗是直讽,而吴祖光诗是曲讽"。⑤爬梳出叶圣陶"诗中少陵"和"词中清真"的诗学影响,"借用白居易《与元九书》中的话说,叶圣陶建国后的'新台阁体'诗词是其'志在兼济'之作,而他晚年的'感伤诗'和'闲适诗'则是其'行在独善'之作"。⑥李遇春对进入当代的新文学家旧体诗词创作的矛盾状态的揭示,既在诗词文本上打通他们与传统诗词流派、美学之间的联系,又知人论世,发现文本中隐含、潜藏的心绪背后的史实,应该说探索出了一条如何将当代旧体诗词入史、进行历史化研究的成功之道。

---

① 李遇春:《身份嬗变与中国当代"新台阁体"诗词的形成——郭沫若旧体诗词创作转型论》,《中国政法大学学报》2011年第3期。
② 沈霜、陈小曼:《茅盾诗词集》后记,《茅盾诗词集》,上海古籍出版社1985年版,第254—255页。
③ 李遇春:《中国当代旧体诗词论稿》,华中师范大学出版社2010年版,第474页。
④ 李遇春:《田汉旧体诗词创作流变论——兼论他与南社的诗缘》,《文学评论》2012年第2期。
⑤ 李遇春:《性情中人枕下诗——论吴祖光六七十年代的旧体诗词创作》,《理论与创作》2007年第2期。
⑥ 李遇春:《叶圣陶旧体诗词风格的形成及其嬗变》,《福建论坛》(人文社会科学版)2009年第5期。

钱理群评析"文化大革命"时期知识分子的旧体诗词创作，认为"他们在受到非人的残酷迫害"时，"很自然的要到自幼耳濡目染的中华民族文化传统中去寻求精神支持，诸如儒家的仁义、气节，道家的通达等等，都会在这特定的历史境遇下，得到价值与情感的认同。这样的'心声'要外显于'言'时，旧诗词无疑是最能随心所欲的形式"。① 这一时期的旧体诗词，因与创作者的人格精神境界相通，而熔铸出新的特质。它因此逸出了"以诗证史"的套路来求证旧体诗词的现代品格，"只谈'证史'、'证人'功能无疑也是偏颇的，那将会取消诗歌独立的审美特质和艺术品格。需要强调指出，现代旧体诗词在艺术上并非毫无作为，它在狂澜既倒的大形势下，仍以'语不惊人死不休'的创造精神为古典诗词创作添砖加瓦，其中最为突出的表现就是'白话倾向'与'杂文笔法'"。② 周作人"辛辣而仍有点蜜味"的杂诗，③ 以其自由随便的形式，"为个人的创造留下了比较大的空间，又便于表达相互矛盾、纠缠的复杂情感、心绪，具有相当大的心理与感情的容量"。④ 聂绀弩的"旧体诗词以其语言曲折多喻，可以寄沉痛于诙谐，这一点文学基因被杂文家聂绀弩演绎成教外别传的变体"。⑤ 木山英雄在讨论聂绀弩的劳改诗时指出其中"尤为明显的游戏性的缘由。既然以游戏的无偿性承受住劳动中缠绕着的所谓'矫正'实为'惩罚'之虚伪，那'生产'之意识形态性亦难免受到损伤，不过由此却可以将还原到单纯劳作的生之滑稽的可怜可爱那样的东西搭救出来"。⑥ 由此，"根据现实的变革走向，其文化形态上的新旧、内外等区别也会发生各种各样的颠倒与交错"。⑦ 李锐的《龙胆紫集》也

---

① 钱理群：《20世纪诗词：待开发的领域》，《返观与重构——文学史的写作与研究》，上海教育出版社2000年版，第227页。

② 马大勇：《现代旧体诗词研究的三个前提》，《中国社会科学报》2009年10月20日。

③ 周作人：《苦茶庵打油诗》附记，王仲三笺注，《周作人诗全编笺注》，学林出版社1995年版，第4页。

④ 钱理群：《二十世纪诗词注评》序，漓江出版社2011年版，第10页。

⑤ 李荫远：《当代旧体诗词》，《书屋》2010年第1期。

⑥ [日]木山英雄：《文学复古与文学革命——木山英雄中国现代文学思想论集》，赵京华编译，北京大学出版社2004年版，第197页。

⑦ [日]木山英雄：《文学复古与文学革命——木山英雄中国现代文学思想论集》，赵京华编译，北京大学出版社2004年版，第201页。

是"通过对现代人文精神和正义理性的强化,在思想深度上给人以强烈的时代冲击"。①

当代旧体诗词由"跨代"的现代知识分子,在新旧之交,以转型的方式继续推进旧体诗词在艺术形式上的探索时,可以说已经极致了旧体诗词传达当代生活、情感与思想的可能性。郭沫若的"新台阁体"转型影响深远,其后下衍为"老干体"。李遇春描述当下旧体诗词的状态:其一是"老干体"盛行,其二是"新古董"泛滥,其三是消费化严重。②张一南认为,郭沫若这一代人退出历史后,当下旧体诗词创作"已经形成了三体并峙的局面,即当代台阁体诗词、网络诗词与校园诗词的并峙。台阁体平易,网络体尚奇,校园体尚丽"。张一南一方面主张,是当代足够庞大的诗学系统才产生了这样的分化,"分化使得当代诗词作为一个系统的功能更为完备,中国人的主要情感需求都可以用旧体诗词来满足",另一方面也直指"老干体"过于浅易,校园诗词"悬置现实","恻艳为工",被谑为"红楼体"等弊端。③而将新出现的网络旧体诗词赋予了"当代民间真诗"的期望,④马大勇就是在这个意义上,从悲悯凝重的人文情怀、自由深邃的思想取向和守正开新的艺术追索三个方面谈论网络旧体诗词,在"现代语汇"的凝练上,"现代书面语"和"白话口语共同营造复现的现代生活场景既带有清晰的新世纪印迹"。⑤"网络诗人在词汇使用方面极为大胆,无论是冷僻的上古语词,还是时髦的网络用语,无不是他们信手拈来的诗料,这种大胆源于他们的自信,源于他们对历史的理解、对汉语特点的把握。精英网络诗人的创作是中国主流诗学和儒士精神在当代的体现。"⑥

---

① 杨景龙:《对当代旧体诗词创作现状的几点思考》,《殷都学刊》2014年第4期。
② 李遇春:《如何看待当代旧体诗词创作》,《文艺报》2012年1月20日。
③ 张一南:《当代旧体诗词三体并峙结构的初步形成》,《华南师范大学学报》(社会科学版)2015年第1期。
④ 李遇春:《如何看待当代旧体诗词创作》,《文艺报》2012年1月20日。
⑤ 马大勇:《种子推翻泥土,溪流洗亮星辰——网络诗词平议》,《文学评论》(社会科学版)2013年第4期。
⑥ 张一南:《当代旧体诗词三体并峙结构的初步形成》,《华南师范大学学报》(社会科学版)2015年第1期。

语言的创新是与网络旧体诗词创作者的立场更迭相关的，与"老干体"和"红楼体"逃离现实不同，网络旧体诗词运用平视视角对现实进行批判，书生霸王曾说："新国风是老百姓写老百姓，眼光是平视的，是'饥者歌其食，劳者歌其事'，而不是以往的'饱者歌饥者食，逸者歌劳者事'。"① 田晓菲认为："这种诗歌的力量，正来自传统诗歌形式和现代人的情感、语汇和意象之间的相互交涉，这种诗歌是一个混合体，就好像混合了新与旧、海外影响与本土传统的当代中国本身。李子的诗有力地向我们证明，我们的批评话语不能截然地割断现代汉语旧体诗和新体诗之间的联系。它们是一枚硬币的两面，它们相辅相成、互相依存，它们都是现代汉诗，它们之间尴尬的关系就是现代汉诗的主叙事。"② 也就是在"惯性滑行"越来越慢的时刻，网络新媒体进一步推进了旧体诗词的大众化趋势，使之真正走向民间，借当代民间的创造性，将旧体诗词表情达意的可能再次放大，"借助传统的'有意味的形式'，用当今鲜活的语言，去表现现实生活，展现时代精神，创造出独特的艺术个性"，"建立起一种新的审美范式"，提供旧体诗词当代复活的新契机。③ 只是对于网络诗词的独创性，大部分研究还停留在如李子、蔡世平等个案的解读。

尽管延续此前旧体诗词的三大系统，网络旧体诗词也"初步形成了实验体、守正体、新台阁体三体并峙的格局。实验体崇尚新奇，体现了城市市民对当代生活的体验和感受。守正体提倡雅正，回归中国诗词创作的主流传统。新台阁体是从台阁体演变而来的，俗称老干体的一种以歌颂盛世为主的诗词创作"。④ 但更具文学史价值的当然是实验体。这种"遵古律，用今语，写时事，抒我心"的实验体，⑤ "不仅使用了现代诗歌语言，

---

① 书生霸王：《新国风刍论》，https：//tieba.baidu.com/p/105866206? red_ tag=1533943528 & traceid=，2006年6月10日。

② 田晓菲：《隐约—坡青果讲方言：现代汉诗的另类历史》，宋子江、张晓红译，《南方文坛》2009年第6期。

③ 王兆鹏：《词体复活的"标本"——评蔡世平的词》，《贵州社会科学》2008年第5期。

④ 周于飞：《网络旧体诗词创作的三体并峙格局初探》，《西南科技大学学报》（哲学社会科学版）2016年第3期。

⑤ 王兆鹏：《词体复活的"标本"——评蔡世平的词》，《贵州社会科学》2008年第5期。

蕴含着现代人的思想意识,在美学风格上也大胆创新"。① 檀作文指出网络诗词改变了旧诗缺少思辨缺点,② 宋湘绮认为,"网络诗词开始思辨是对冲突的觉醒、对矛盾的正视,是诗词顺应时代的自发反应。思辨旨在求真,在场的情景被超越,不在场的情景被呈现,曾在,现在,将在都在思辨中进入一个整体性的、想象性的、终极性的境遇——'真,常,永生'"。③ 而对这样的创作实践,研究者们的"当务之急是与时俱进,跟上诗人的步伐,加强沟通,发展出一套另类批评话语,并且找到关于现代中国文学史的另类思考方式"④。

五四以来的旧体诗词已经走向"民间化、自娱性、专业性和典雅性"。⑤ 被边缘化的旧体诗词自觉逸出主流现代化的道路,反而呈现出另一种现代性。而当老一代诗词创作者蜕变为一种"士大夫"文学时,⑥ 旧体诗词被看成一种与其他传统艺术如国画、书法、京剧等相类的非物质文化遗产,⑦ 在旧体诗词身上寄寓传统文化复兴的希望,⑧ 这是一条偏离了文学本身的历史化路径。幸而有网络旧体诗词重新显现出它的新的创造性。宋湘绮对当下旧体诗词的研判是这样的,"目前,诗词创作主体从精英变成大众,从士大夫、旧文人到当代诗人和诗词爱好者的角色转换,是与人的现代性密切相关的时代命题。伴随着作者群体的分化,当代诗词分化成作为文学的诗词和作为大众文化的诗词"。⑨ "作为文学的诗词","在艺术形式层面上大概是永远无法企及和超越古典诗歌的高度,如果刻

---

① 杨剑锋:《近百年都市旧体诗词略论》,《名作欣赏》2015 年第 23 期。
② 檀作文:《檀作文演讲:实验体的实质和面临的问题》,http://book.sina.com.cn/news/books/2008-07-08/1836240322.shtml,2008 年 7 月 8 日。
③ 宋湘绮:《旧体诗词艺术体制的现代转型》,《船山学刊》2010 年第 2 期。
④ 田晓菲:《隐约一坡青果讲方言:现代汉诗的另类历史》,宋子江、张晓红译,《南方文坛》2009 年第 6 期。
⑤ 陈友康:《论 20 世纪学者诗词》,《云南社会科学》2003 年第 3 期。
⑥ 欧阳世昌:《旧体诗词能够复兴吗?》,《中国韵文学刊》1987 年创刊号。
⑦ 李仲凡:《现当代旧体诗词研究的视野和方法》,《海南大学学报》(哲学社会科学版) 2008 年第 6 期。
⑧ 钱光培:《在世界文化同一化中的中华诗词》,《中华诗词》1999 年第 5 期。
⑨ 宋湘绮、莫真宝:《太平基金文库·诗词论丛》总序,参见时国炎《现代意识与 20 世纪上半期新文学家旧体诗》,华中师范大学出版社 2015 年版,第 3 页。

意寻求形式意义则近于自取其辱，或许跳开古典诗歌潜在的束缚与影响，现代旧体诗的发展才真正可以摆脱古典诗歌之影响。这么说的意思是，我们大可不必拘泥于古典诗歌在音韵、格律等方面建立的一整套规范和法则，而是真正使旧体诗融入现代生活，在遵循旧体诗的基本诗体形式的前提下使之成为一种日常情感的自由书写"。① 从日益精英化的狭隘文学定义中解放出来，旧体诗词应可通过回归大众在现代性等级系统中重占一席之地。

"文学史其实是一种被权力和特定意识形态支配着的历史叙述，具有森然的等级观念。这种权力话语有可能导致中国现当代文学史研究的故步自封，在日益狭隘化、纯粹化和精英化的研究中让文学史背离历史的原生态场域，扼杀了文学史本应具有的客观和正义的底色。"② 如孔范今、黄修己主编的同名《20世纪中国文学史》，以专章或附录的形式，为旧体诗词在文学史留一席之地是不够的。而单独为旧体诗词写史，同样也游离于主流文学史之外，且把学人、革命家、书画家等全数包容，其后果是造成了无限扩张的文学史。应该打破以往按历史阶段、按四大文学体裁划分的文学史叙述框架，以问题史、思想史提纲挈领。对于旧体诗词的历史化而言，更重要的是通过打开的现代性、多学科的路径，面向当下创作的敏感度，体认旧体诗词的发展脉络，将之与新诗、新文学、当代主流文学之间的联系与区别，从狭隘的精英立场的文学文本研究走向面向大众、面向社会的文化研究，重新去理解传统与现代的复杂关系，"从旧的里面去发现新的，这就叫做推陈出新。必定要旧中之新，有历史渊源的新，才是真正的新。那种表面上五花八门，欺世骇俗，竞奇斗艳的新，只是一时的时髦，并不是真正的新"。③ 新在何处，旧在何处，新中有旧，旧中有新，才是真实而驳杂的状态。认识到这一点，为重新思考文学的定义，重新梳理文学史的线索，不无裨益。

---

① 时国炎：《现代意识与20世纪上半期新文学家旧体诗》，华中师范大学出版社2015年版，第248页。

② 李雪：《学术生长点的踏勘与文学史新思维的创构——评李遇春的〈中国当代旧体诗词论稿〉》，《名作欣赏》2012年第16期。

③ 贺麟：《五伦观念的新检讨》，《文化与人生》，上海书店出版社1991年版，第13页。

第十五章　历史化与知识学养

在迄今为止的大量的当代文学研究中,"反思"可以说是其中的一个核心关键词,一个推进学术研究和学科建设的重要驱动力。不过稍加分析,我们就会发现这里的"反思"主要是针对外在的一体化学术生态环境,如评奖、项目、刊物等;对研究者自身即研究主体进行"反思"的相对就比较少,也显得很不够,即使有,往往也都是从知识分子缺乏独立的精神思想,而不是从他作为学者知识学养的角度契入,寻找问题的症结所在,总结经验教训。

当代文学研究受制于当代的学术生产与管理体制,当代学者面对这些而缺乏自己应有的定律,所有这些,当然都需要"反思",它的确也是当代文学问题的重要原因。但从研究及其历史化的实际情况和长远的观点来看,像这样比较单相的外在生态和纯精神思想的"反思",笔者以为是存在对学术研究的简单化、粗鄙化理解的问题,它似乎给人以这样的印象,仿佛只要外部生态和作家精神思想"自由"了,就可超越已有的学术,这多少有点夸大体制和精神思想的作用。事实上,当代文学研究与学者本身知识学养密切有关,它还有一个学者的学术主体建设问题。这一点,随着当代文学历史化工作的启动,开始凸显出来,并成为其中的一个重要的根源性因素。遗憾的是,在如今的研究中,它往往有意无意地被忽略了。

本章拟对此展开探讨,还原当代文学学者知识学养的历史和现实状况,寻找存在的问题及其内在的原因。具体包括以下几方面内容:首先,按照代际的理论将当代学者分为三代,对其成就和不足依次做出梳理和评价;其次,是从三代学者的知识素养与文学教育关联角度探讨后者对前者的深刻规约与影响,指出文学教育方面存在的问题,是当代学者知识结构偏至的重要原因；最后，从学者与批评家异同关系比较，探讨学者在借鉴和吸纳批评优长的同时，需要进行知识结构的充实和调整。

第一节 代际状况及基本判断

　　探讨当代学者的知识学养，不妨先从他们所属的不同的年龄层次即代际说起。最初，笔者曾想用"老中青"这样的字眼来区分当代文学研究领域代际，这也是不少著述采用的一种研究方法。但考虑到老中青是一个动态的概念，"十七年"、新时期所指的老中青，与今天所说的老中青，实际人员已经发生了很大的变化。用这样一种恒定的、粗糙的代际划分，不但会招致歧义，而且概念的含混容易导致批评的失效。所以踌躇再三，最后还是借鉴李泽厚、陈平原、钱理群[①]等有关现当代文学学者或研究的做法，按照历时性的时间顺序的方式，来梳理当代文学历史化的代际问题。同时，还参照其学术活动的时间前后，将作家的"年龄"与其开始从事研究工作的"时间"结合起来，进行综合考虑。这样的划分虽也存在简单粗糙之弊，但相对客观准确些，与研究历史与现实也比较对接。

　　当然这仅仅是参考，不能简单照搬。因为当代文学研究，由于历史，不仅较之现代文学要来得"晚"（它在相当长的一段时期内，主要是以"文学批评"而不是以"文学研究"的方式存在），而且在它的研究队伍中，缺少了像王瑶、唐弢、李何林、任访秋、田仲济、陈瘦竹、贾植芳、钱谷融等这样一批秉承五四薪火而又学养深厚的老一辈现代文学学者。这种状况，就使当代文学历史化呈现出了与古代文学、现代文学不尽相同的群体特点。这主要体现在如下前后相续而又异同有别的三个代际之中。

---

　　① 参见李泽厚《中国现代思想史论》，生活·读书·新知三联书店2008年版，第366页；陈平原《四代学者的文学史图像》，《文学史的形成与建构》，广西教育出版社1999年版，第8页；钱理群《毛泽东时代和后毛泽东时代（1949—2009）——另一种历史书写（上）》，（台北）联经出版公司2012年版，第7—8页。

第一代学者,主要有朱寨、张炯、潘旭澜、董健、吴中杰、洪子诚、刘思谦、陈美兰、刘锡诚等。①他们大多是中华人民共和国自己培养的学者,受过比较系统的马克思主义理论教育,擅长社会历史批评,其文学观念和研究方法在20世纪五六十年代已经基本形成。其包括史料搜研在内的研究工作,最早可追溯到"十七年"山东师范大学、华中师范大学、中国社会科学院文学研究所编撰的当代文学史及相关史料。进入新时期以后,在当代文学领域缺少老一辈学者引领,又普遍缺乏理论准备的情况下,呼应实事求是、思想解放的时代精神,这一代学者更是发挥了开路拓荒的重要作用。他们有的在承担繁重教学和科学任务的同时,还团结和协调各方面力量进行文学史及史料编纂。其中比较突出,也是最可称道的,就是从20世纪70年代后期开始,联合诸多高校编纂的《中国当代文学史初稿》《中国当代文学史》等文学史,尤其是组织30多所高校陆续推出了80多本的《中国当代文学研究资料丛书》,这也是当代文学史料规模最大的一套丛书。此外,还根据教学、研究和人才培养的需要,主编出版了《中国当代文学参阅作品选》《中国新文学大系续编》《中国新文艺大系》《新中国文学纪事和重要著作年表》《中国当代文学作品辞典》等工具书,为当代文学研究及其历史化做出了贡献。担任这些"文学史""资料丛书""参阅作品选"和工具书的主编或编委,基本是这一代学者。这也反映了他们严谨求实、锐意进取又勇于担当、乐于奉献的学术精神。然而,正如王瑶和董健在评价或自评这一代学者所说的那样:他们"有一定的马列主义的修养,有政治敏感,接受新事物比较快;但由于历史原因,知识面比较窄,业务基础尚欠深广,外语和古代文化知识较差"。②"我们这一代1930—1939年出生的大陆知识分子,有三大弱点:第一,各种政治运动对教育制度造成极大的破坏,使我们读书太少,造成知识结构

---

① 从年龄层次上讲,现代文学的"第二代学者"就相当于当代文学的"第一代学者",因为诚如前文所说,当代文学由于历史原因,在代际结构系统中,客观上是存在着王瑶等老一辈学者"缺席"的状态。也正缘此,亦是为了叙述方便,本书将与现代文学"第二代学者"年龄相仿的朱寨、张炯等,称为当代文学"第一代学者",相应地,当代文学史料队伍也就分为三个代际,而不像现代文学那样分为四个代际。

② 王瑶:《研究问题要有历史感——在〈文艺报〉座谈会上的发言》,《文艺报》1983年第8期。

极不合理;第二,知识分子对政治的高度依附意识,使我们丧失了独立思考的自由精神;第三,我们的思维方式、研究方法极为落后。"① 这不能不给他们的整体学术带来影响,使其原本的水平和成就打了折扣,包括文学史编写,也包括文献史料整理。加之其中有的学者,他们同时还是"当事人",出于某种现实因素的考虑,他们在叙述曾经的历史时,往往有意无意地对之采取避讳的态度,这就给历史化增加了许多人为复杂的因素。就拿 20 世纪 50 年代批判《红楼梦》运动时被毛泽东称为两个"小人物"之一的蓝翎来说,他在自传《龙卷风》里曾对这种有违真实的"讳莫如深"现象感到不满,提出尖锐的批评。但正如有学者所指出的,其实蓝翎自己何尝不是如此,在《龙卷风》中,他除了"对他与李希凡的个人恩怨写得倒充分",也"有意地回避对某些事件和某些人的评价"。② 而这显然会影响到历史真相的呈现,它可以说是"经历者"历史叙述的一个负面效应吧。

当然,这是就第一代学者的总体状况来说,其实在当代文学历史化问题上,他们之中也不乏严谨严肃的学者。如朱寨,他主编的《中国当代文学思潮史》,其有关思潮的起始更迭与复杂嬗变,包括文学自身的运演,也包括它与当时的苏联尤其是与"十七年"文化批判的关系,所有这些都建立在第一手史料的基础之上。如为了弄清关于电影《武训传》那场文化批判的来龙去脉,他亲自带编写组成员几次前往采访悉知内情而又生病住院的钟惦棐。③ 因而,较之同类论著具有较大真实性和信誉度,得到了王瑶、夏衍等的高度肯定。又如洪子诚,他从 1999 年的《中国当代文学史》到 2002 年的《问题与方法——中国当代文学史研究讲稿》,再到 2016 年的《材料与注释》,其所追求的言必有据的历史叙述方式,以致到了引征史料和注释的密密匝匝,竟占全文五分之四左右的篇幅的地步,为当代文学历史化提供了一条独特的当然也是难度很大的研究路径和

---

① 张婷婷:《追求历史真实就是追求真理——文学史家董健访谈》,《文艺报》2015 年 4 月 27 日。

② 李运抟:《文人传记与硬件史料》,《名作欣赏》2012 年第 9 期。

③ 参见仲呈祥《仲呈祥演讲录》,作家出版社 2013 年版,第 268 页;中国社会科学院青年人文社会科学研究中心编《学问有道——学部委员访谈录》(上),方志出版社 2007 年版,第 727 页。

方法，可以看作对现代文学第一代学者王瑶先生学术传统的一种"跨域继承"。有关这方面，我们在前面相关章节曾作过分析，为避免重复，这里兹不赘言。

第二代学者，主要有於可训、张健、李洁非、刘福春、程光炜、陈思和、吴秀明、王尧、谢泳、吴俊、王彬彬、金宏宇、杨扬、王本朝、傅光明、李辉、陈徒手、徐庆全等，较之前一个群体，人数更多。他们大多在20世纪90年代中后期到21世纪第一个十年之间从事历史化工作，如今的年龄大都在六七十岁，但仍活跃在教学科研的第一线，其中不少人已经以丰硕的成果确立了自己的学术地位，成为当代文学研究领域新一代的学术带头人，有的还担任着学术组织的重任，对整体的当代文学及其学科建设发挥不可小觑的作用。这批学者有丰富的人生阅历（不少曾当过知青，有上山下乡的经历），又大都受过研究生的专业教育，因而形成了比较自觉的学术人文性的特点。与第一代学者一样，他们也注重社会历史的批评，但同时又借鉴吸纳了西方现代主义、后现代主义、文化学、心理学、叙事学、阐释学、生态学等新的观念与方法，显得较为开阔开放，富有弹性和活力。20世纪90年代，当整个社会由拨乱反正进入常态发展，他们在经过一段时间的沉淀和反思以后，又逐渐萌生了由论向史变化的特征与态势，用有的学者的话来说，就是"从'学以致用'走向'分析整理'"。[①] 这也给近一二十年当代文学研究平添了为过去少见的历史质感与实感、知识结构与谱系。其中有的学者经过多年的经营和积累，建立了属于自己的"学术根据地"。他们不仅在某一领域具有举足轻重的话语权，而且拥有丰富的史料积累和独特的史料优势，从各个方面为当代文学历史化做出属于自己的贡献。如於可训、张健对编年文学史料的整理，分别主编出版了一部《中国当代文学编年史》（其中於可训、李遇春主编的名为《中国文学编年史·当代卷》），王尧对"文化大革命"文学史料的整理，主编出版一套10卷本的《文革文学大系》，孔范今、雷达、吴义勤、施战军等对七八十年代文学史料的整理，主编出版一套24卷本《中国新时期文学研究资料汇编》，等等。

---

① 黄修己：《从"学以致用"走向"分析整理"——20世纪90年代中国现代文学研究取向》，《中山大学学报》（社会科学版）2000年第4期。

特别需要指出的是，有的历史化工作还在史料收集整理的基础上，进而向研究领域拓展，形成新的学术话题和学术生长点。如陈思和领衔的复旦大学学术团队对潜在写作从史料整理、编选到论文、论著的系统有序的开发，温儒敏领衔的山东大学学术团队对文学生活史料的整理与研究，吴秀明领衔的浙江大学学术团队对整体的当代文学史料的整理与研究等。不过，就近些年的情况来看，在这方面用力最多、成果也更为丰硕的，笔者认为当属程光炜、李洁非。他们不仅在期刊编目、文案史料上有丰富的积累（如程光炜主编的《中国当代文学史资料》丛书、与吴圣刚一起主编的《中原作家群研究资料丛刊》等），更为主要的是在此基础上提出的"重返八十年代"和"文案辨踪研究"的主张及其实践，对整个当代文学产生相当广泛的辐射和影响。

第三代学者，主要有李遇春、黄发有、张均、斯炎伟、霍俊明、付祥喜、李松、易彬等。他们都是20世纪90年代后期以来出道，加盟于当代文学研究及其历史化的年轻博士，受过系统的专业训练，思维敏捷，视野开阔，有较好的西学背景、外语水平和理论素养，年龄大多在四五十岁。近些年来，在诸多因素的促成下，也是基于对原有学术的反思，有意强化对史料的重视，将学术研究的基点作了调整，一定程度上反映了当下文学研究的新走向，显示了年青一代学者的治学新风貌。作为史料领域崭露头角的新一代学者，他们一方面继承了师辈的传统，在文学史和包括诗歌、散文、小说、戏剧在内的诸文体史料方面爬梳剔抉，做了发掘清理，取得了不俗的成果——如李遇春对古体诗词史料的整理研究，付祥喜对文学史史料的整理研究，霍俊明对朦胧诗史料的整理研究，李松对"文化大革命"样板戏史料的整理研究等；另一方面，新的思维眼光、知识结构与方法手段，不仅使他们对新型的史料形态给予更多的关注——如黄发有对文学传媒史料的整理研究，斯炎伟对文学会议史料的整理研究等，而且借助于现代新媒体和信息高速传递的互联网，充分发掘现有的各种大型数据库、文学网站、学术网站、数字图书馆等网络资源，为我所用，从而有效地拓展了史料研究的时空范围、内涵和外延。即使是对传统形态的史料，也因思维观念与知识结构的不同，而会有新的发现与新的理解。如张钧对文学体制研究，与以往就有明显不同，他发现了"十七年"中存在着与一体化概念相抵的不少文学史料，如在50年代初的"普及政策"中发现了《文艺报》主编冯雪峰策划的批评，在胡风、丁玲等人罹难中发现了不少复杂人事恩怨或政治形势的原因等。这对"把文学制度研究还原为人的研究"，改变"十七年"文学研究简单化、粗糙化、绝对化的倾向，都是有意义的。这也表明当代文学及其史料研究后继有人，它正在进行艰难而又美丽的蜕变。

当然不必讳言，也许与当下体制化、商业化的成长环境以及浮躁功利的学风影响有关，有的年轻或较年轻的学者，虽然具有相对合理的知识结构，在研究的独立性与主体意识方面也能得到较好的体现，但从总体上看，依然存在"知识面过于狭窄，且不肯再打基础上下功夫"[①]的问题，尚未达到学科所期待的要求。在研究方法上，也没有彻底摆脱"重论轻史"的研究理路，不同程度地表现了功利化、技术化的倾向，因而存在着与时代社会隔膜的危险。现实的各种诱惑实在太多，它在给当代文学学者带来实惠的同时，也对他们的进一步发展产生了不可小觑的负面影响。这一点，不仅是对第三代学者，也是对所有当代文学学者的一个严峻挑战。尤其是在21世纪之后，随着学术体制的日益强大和媒体时代元素对学院的进一步浸渗，已显得越来越突出。

以上是对当代文学学者代际的粗糙归纳和梳理，因目力和积累有限，可能遗漏了不该遗漏的很多东西。这里有必要补充说明两点，也许对加深与拓宽对上述问题的理解，是有帮助的。

首先，在当代文学研究及其历史化问题上，三代学者之间虽然有着明显的代际界限，但他们也不像我们所想象的那样泾渭分明，在事实上他们彼此是存在着关联的，有时甚至很难作绝对区隔。这不仅表现在"上一代"对"下一代"的影响，而且还表现在"上一代"对"下下一代"即所谓的"隔代"影响，或"下一代"对"上一代"的影响。这种情况，在几代同堂的当代学界是很正常的，甚至可以说是一种常态。这也就是玛格丽特·米德所说的人类文化在代际交流上的三种类型，即"前喻文化""并喻文化"和"后喻文化"："前喻文化，是指晚辈主要向长辈学习；并喻文化，是指晚辈和长辈的学习都发生在同辈之间；而后喻文化，是指长

---

① 钱理群：《那里有一方精神的圣土》，中国文联出版社2008年版，第10页。

辈反过来向晚辈学习"。① 前者，如於可训主持《中国文学编年史·当代卷》，邀请博士李遇春加盟，共同主编，程光炜倡导"重返八十年代"和进行期刊编目，组织杨庆祥、黄平等博士团队参与，他们对李遇春、杨庆祥、黄平等日后研究是有影响的——李遇春从原来热衷于西方理论，转向于实证分析，杨庆祥和黄平注重从历史与文学关联角度理解作家作品，应该与此有关。后者，华东师范大学钱谷融先生具有一定的代表性，正如学界所公认的，他的人学理念和对作品艺术美的高度敏感，不仅对当时（20世纪80年代）黄铁仙等较年轻的一代学者，而且对王晓明、许子东、殷国明、李劼、倪文尖、杨扬等更年轻的一代学者产生"隔代遗传"的影响。也正因此，我们不可将代际简单化、绝对化。任何正确理论，如果推向极端，给予教条主义解读，那么往往会适得其反。

其次，三代学者尽管在学养和知识结构上作了很大的努力，特别是21世纪以来积极主动地做了调整和弥补，但我们必须清醒地看到在整体上还存在着明显的历史性局限。钱理群指出："中国现代文学始终是在古今、中外关系中获得发展的，这就要求它的研究者必须具有学贯古今、中西的学养。"② 像王瑶这样的学科开创人那一代学者，大都具有这样的学养，但这一传统，"从第二代开始，就被中断了"，在拒绝一切中外文化遗产背景下"成长起来的第二、三、四代学者，总体上都存在着知识结构上的巨大缺陷。这样的学科发展所提出的学贯古今中西的客观要求，与几代学者自身知识结构的缺陷，两者之间形成了巨大的矛盾，成为制约中国现代文学研究学科发展的长远的、根本性的因素"。③ 他这里所讲的现代文学学者"知识结构上的巨大缺陷"，也同样适合当代文学——严格地讲，当代文学学者的这一"缺陷"更突出。因为不管怎样说，现代文学毕竟还有王瑶、唐弢、李何林、任访秋等老一辈学者，他们不仅以深厚学养填高了现代文学学科平台，而且通过师承关系和学术威望，对后代学者产生了深刻的影响。这一点，我们可在严家炎、樊骏、钱理群、陈平原、

---

① ［美］玛格丽特·米德：《文化与承诺——一项有关代沟问题的研究》，周晓虹等译，河北人民出版社1987年版，第22页。

② 钱理群：《那里有一方心灵的净土》，中国文联出版社2008年版，第10页。

③ 钱理群：《樊骏参与建构的中国现代文学研究传统》，《文学评论》2011年第1期。

刘增杰、解志熙的研究不难发现。为什么现代文学历史化，无论从认知还是就实践角度来讲，都早于、优于当代文学，如今已有朱金顺的《新文学资料引论》、刘增杰的《中国现代文学史料学》、徐鹏绪的《中国现代文学文献学研究》、谢泳的《中国现代文学史研究法》等几部史料学论著，而当代文学领域至今尚未有之，显得迟滞，这里除学科因素外，应该说与第一代学者的缺失有关。而这样一种缺失，不仅使当代文学学科缺失了"举旗帜"的人物，而且还在相当程度上削弱了与五四及此前文化传统之间的血脉关联。于是，为钱理群所说的"巨大缺陷"就更突出也更严峻，所谓的"学贯古今中西学养"被狭窄化、单一化、平面化了。

由此及彼，不禁想起了黄修己在《回首来路，也有风雨也有晴》一文所说一番话："我们的老师都是20世纪二三十年代成长的，不管是老北大的，还是清华过来的，都坚持实证的方法，并且传授给我们。如果我们能有成功之处，绝对得益于坚持实证方法。……在坚持实证方法上，我们深受老一辈学者的影响，师承关系是明显的。"[①] 黄修己所说的是带有普遍性的，它从一个侧面道出现代文学研究成功的奥秘所在。尽管当代文学代际情况有其自身的特殊性，存在着某种先天不足，但它同样也有一个师承问题，在基本学养与知识结构等方面与其他研究尤其是与现代文学研究并无本质的区别。因此，我们可以从现代文学那里借鉴实证方法。在师承关系问题上，当代文学不应有任何的自薄，我们需要打破狭隘的学科壁垒，向包括现代文学在内的所有学科寻求借鉴，通过这样的路径与方法来进行弥补，谋求发展。

第二节　学者知识学养与大学文学教育

讲学者知识素养，不能不讲教育，从某种意义上，知识素养是教育出来的，也是教育的结果。所以，在梳理了当代文学界代际之后，我们就可顺理成章地将思考的触角投向文学教育。

[①] 黄修己：《回首来路，也有风雨也有晴》，《东方论坛》（青岛大学学报）2004年第6期。

文学教育是教育学的一个分支,涉及的内容很多。陈平原将其界定为与文学史"有联系,更有差异"的"知识、技能与情怀",① 并联系北京大学中文系的文学教育实践,对此作了立体多维的探讨。本节出于论旨的需要,将其限定在大学(而不是中小学)的范围,主要是指大学本科生至研究生(含硕士和博士)的文学教育,包括教育理念、人才培养,也包括教科书、课程体系、课堂教学、学位论文、学术训练等。大家知道,与作家不同,从事当代文学及其史料研究的学者几乎全都接受过大学中文系的培养,尤其是文学教育的培养,他们本身就是大学知识体制的产物。而"大学中文系(国文系)作为一个知识生产的机构,有其自身的评价机制,而这种以学术成就为标准的评价制度,对新来者形成了一种压力和要求,新来者要想获得认可,就需要接受新的规则"。② 也许与文学教育的相对趋于保守有关,也许与中国自汉以来形成的强大而又带体系化的朴学传统有关,这种评价制度在五四时期的大学中文系中仍然处于相当强势的地位,而对从事新文学教育和研究的"新来者"造成不少的"压力"。据说朱自清先生当年就是为此感到十分焦虑,曾几次要求辞去清华大学国文系主任之职,甚至连做梦都梦见因朴学知识不足而受窘的情况。③ 后来,通过《诗言志辨》《陶渊明年谱中之问题》等带有转向性、弥补性而又卓有成效的国学研究,得到了傅斯年等的好评,他最终才恢复了学术信心。与之相似,留美回来的胡适,开始入北京大学任教也被人怀疑,④ 但他后来发愤图强,"穷二十年之力,校勘数十种本子,阅读数百万字的材料,写出上百万字的文稿,为其乡贤戴震洗清冤案,堪称是考证学上空前盛事";⑤

---

① 陈平原:《作为学科的文学史》,北京大学出版社 2011 年版,第 26—27 页。
② 刘奎:《朱自清的述学文体》,《枣庄学院学报》2012 年第 4 期。
③ 据朱自清在 1936 年 3 月 19 日"日记"记载:"昨夜得梦,大学内起骚动。我们躲进一座如大钟寺的寺庙。在厕所偶一露面,即为冲入的学生发现。他们缚住我的手,谴责我从不读书,并且研究毫无系统。我承认这两点并愿一旦获释即提出辞职。"《朱自清日记》,见《朱自清全集》第 9 卷,江苏教育出版社 1997 年版,第 408 页。
④ 顾颉刚回忆胡适初登北大讲坛时说:"'他是一个美国新回来的留学生,如何能到北京大学里来讲中国的东西?'许多同学都这样怀疑,我也未能免俗。"见顾颉刚《古史辨》自序,景山书社 1926 年版,第 38 页。
⑤ 耿云志:《胡适整理国故平议》,耿云志、闻黎明编《现代学术史上的胡适》,生活·读书·新知三联书店 1993 年版,第 121 页。

更为主要的是他融合中西实证,在进行"整理国故"实践基础上提出的"大胆的假设,小心的求证"的主张,深深影响了现代学术,他也由此成为现代文学学科及其史料学的开拓者。其他如闻一多、苏雪林,甚至包括沈从文,也都有类似的处境和选择。朱自清和胡适"由今向古"的经历也许比较特殊,带有某种不得已的成分(即所谓的迫于"压力"),但此等压力对构建现代文学学科,使之在现代大学安营扎寨,无疑具有积极的意义。这也与大学知识生产体制尤其是学术评价制度密切有关,它反映了那个时代新旧兼容、相互制衡的学术生态环境。中华人民共和国成立后,虽然从总体上讲,擅长语义分析的理论批评开始取代传统实证占据绝对的主导地位,现代文学学科在主流意识形态支持下也今非昔比,一跃成为大学文学教育的主课,朱自清先生所说的"压力"已不复存在,但历史的传承,尤其是通过朱自清先生的学生——王瑶等第一代学者的传承,这种将语义分析的现代理论与传统文史互证的研究结合的治学方法,还是在一定程度和层面上、范围内得到延续。这种情况,在20世纪80年代研究生学位制度恢复初期,较好地得到了体现。

钱理群回忆在读研究生时指出,"当年老师们就是这样培养"自己的:为研究路翎就先编他的《著作年表》,从笔名鉴别、著作及佚文的发掘入手;后来写《周作人传》,首先做的就是编了30万字的《周作人年谱长编》,还写了20万字的有关笔记和史料考释与整理,最后写出来的《周作人传》有40万字,"史料的独立准备"也有50万字。[①] 解志熙在谈及20多年前参加北京大学博士在资格考试面试时,曾生动地叙述了王瑶在"新方法论热"时如何"笑呵呵"地用传统的版本学、文献考证之学,向他们发起了"突然袭击",而他自己因在河南大学求学期间,"曾经很幸运地"从任访秋那里得到这方面的指教,所以"侥幸"应对过关。[②] 陈思和也说,在复旦大学求学和工作时,受到蒋天枢、章培恒、贾植芳等师辈治学的熏陶和影响,尤其是早年追随贾植芳研究中外文学关系,按他指导从收集的大量史料中编撰一份六万多字的"大事年表",后来写作《中

---

① 参见钱理群《重视史料的"独立准备"》,《中国现代文学研究丛刊》2004年第3期。
② 参见解志熙《深恩厚泽忆渊源》,《中国现代文学研究丛刊》2000年第4期。

国新文学整体观》里使用的材料观点，基本上得益于这份编年记忆。① 从钱理群、解志熙、陈思和的例子不难可知，决定一个学者的学养与知识结构尽管有诸多复杂的因素，不能简单化和狭隘化，但毫无疑问，文学教育从中发挥了不可忽视的重要作用，尤其是将史料搜研当作学术训练的基本方法，更是成为其基础的基础，它直接影响一个学者日后的研究及其成就。很难想象，如果他们三人没有王瑶、任访秋、贾植芳、章培恒等名师指导，受过史料方面的教育和训练，后来如何能够很快地脱颖而出，显示了良好的发展后劲？众所周知，中国传统的文学教育是文史哲打通的一种教育，中国所谓的文学，从词源上讲，涵盖语言、历史、哲学等诸多学科，是杂文学，而不是今天所讲的狭义的文学即纯文学（一般由诗歌、散文、小说、戏剧等文体组成）。狭义的文学，是五四时期由西方引进，它是由传统的"传统四部"（经史子集）向"现代七科"（理工农医文法商）转换的产物，与现代大学的兴起密切有关。现代大学中文系的文学教育，与现代意义上的文学观念相适，其实就是源于西方的一种纯文学教育。这种教育与传统的教育相比，因受"分科"的制约，在强调专业化的同时，往往窄化了文学的内涵和外延，给人才培养带来了许多新问题。这也可以说是现代大学文学教育的一大弊端吧，是王瑶所说的第二代学者以下的知识结构与学养局限的根源之所在。当然，也是钱理群、解志熙、陈思和之所以取得成就的一个重要原因。

而恰恰在这方面，笔者认为当代文学教育存在着历史性的缺失，它重阐释重观念，而轻实证轻训练，这就将五四时期的"分科"教育进一步推向极端，造成了学生知识结构的失衡和偏至。这种情况在研究生论文中表现得尤为突出。吴福辉谈道："这几年的研究生对现代文学基本资料、史料所下的功夫越来越少，一般是读一点西方理论，凭借原来的一点文学史知识，找到一个题目，然后直奔主题收集材料便开始写起来。恐怕这样写起来的还算是好的，更有甚者就不晓得怎样了。"② 无独有偶，陈思和也对此感到忧虑和不满，指出原有的基于史料的良好学风，在最近一些年

---

① 陈思和：《学术年谱》总序，《东吴学术》2014 年第 5 期。
② 参见吴福辉《历史与当下：双重视野中的现代文学资料学》，《学习与探索》2014 年第 1 期。

"高校的研究生培养中渐渐式微，一些似是而非、华而不实的流行理论、外来术语、教条形式都开始泛滥，搞乱了青年学子的求知心路，也破坏了良好求实的学风"。① 当然，以上所说，并非当代文学教育的全部，事实上也有一些研究生论文是写得很严谨扎实的，如金宏宇的现当代文学版本、傅祥喜的现代文学史版本、李松的样板戏研究、霍俊明的朦胧诗研究等，且近年来越来越多，开始呈现好的态势；再进一步，有的学校如北大、北师大、河南大学、厦门大学等早几年在研究生中开设史料方面的课程，有的学校如浙大在本科教学中编写和推广"作品与史料选"的教材②等。但不必讳言，从总体上讲，应该说还是比较孱弱迟滞的，这也是无法否认的客观事实。《1984—2012年中国现代文学博士论文选题分析》指出，"许多博士论文的作者，似乎不太愿意做钻故纸堆功夫，而更乐于从现成的史料中尝试提取新的观点和看法，可真正能做到'言人所不能言'者却实属寥寥，结果，大量的论文就变得表面看似'思想'满天飞，实则不过是人云亦云罢了"。③ 博士尚且如此，本科的情况就不要说了，难怪会出现吴福辉所说的，去参加座谈时，"有的学生顺嘴便说毛泽东的《在延安文艺座谈会上的讲话》里提出了'双结合'，或称'两结合'等等，可实际上凡稍微熟悉《讲话》并读过它两遍的人，都知道那里根本就没有'革命现实主义'和'革命浪漫主义'的字样（提到过'现实主义'，有一处提到了'社会主义的现实主义'），更遑论两者的'结合'呢"。④

本来，五四时期的现代大学虽然进行"分科"，但传统"三古"（古代文学、古代汉语、古典文献）的强大，及其对现当代文学带来的"压力"，迫使朱自清和胡适等人"从今向古"，这至少在客观上有利于彼时学术生态和知识结构的平衡协调。而当代，因意识形态重建的需要，也是与"以论代（带）史"治学理念以及与琐碎化、绝对化的专业分工有关，

---

① 陈思和：《学术年谱总序》，《东吴学术》2014年第5期。
② 如吴秀明、陈建新主编《中国现当代文学作品与史料选》上下册，为浙江大学中文系《中国语言文学作品与史料选》系列教材之一，浙江大学出版社2012年版。
③ 洪亮：《1984—2012年中国现代文学博士论文选题分析》，《中国现代文学研究丛刊》2013年第7期。
④ 参见吴福辉《历史与当下：双重视野中的现代文学资料学》，《学习与探索》2014年第1期。

把许多人的视野与学识限制在狭窄的天地里。从事当代文学教学和研究的不仅不懂古代文学,甚至不懂现代文学,像解志熙所说的任访秋式人物(第一代学者)已成绝响,即使有,经过几代政治化和理论化的冲击,也所剩寥寥,在当下量化、项目化的科研和教育体制下,也难得以有效施展。这就使固有的弊端暴露得愈加明显。陈平原对比欧美、中国台港地区与中国大陆地区文学教育,对目前还颇为流行的"教授妙语连珠,挥汗如雨,博得满堂掌声;学生不必怎么动脑筋,只是一个旁观者,闭着眼睛也能过关"的"演讲课"颇有微词。他认为理想的文学教育是"讨论课",即在教授引导下,"围绕着相关论题,阅读文献,搜集资料,参与辩难,并最终完成研究报告"。① 现当代文学专业课课时本身有限,如果又缺乏应有的训练,采用放马式、随意式教学,那么其结果可想而知。也正是基于此,有人提出了"史实教学"的主张,认为"对史实的重视和强调,并不是文学史教学者遁入书斋远离现实的封闭之举,而是一种严肃可敬的学术行动。尤其是对中文专业学生而言……史实教学为学生提供丰富的、但又是有待整合的历史碎片,学生通过解读这些素材,得以整理文学的线索,或发现'史'的关联,或对文本形成新的理解"。② 这是有道理的,尽管它过于理想化,很难付诸实践。

说到文学教育,也许不能不提及令我们尴尬的文史分家的问题,这也是现代"分科"教育遗留下来的弊端之一。当代文学历史化带有一定的史学性质,尤其是作为历史化基础层次的史料,它的收集、整理及其有关的目录、版本、校勘、辨伪等,都带有浓厚的史学色彩。而迄今为止,从事当代文学教学和研究的同行学者,绝大部分是中文系而不是历史系毕业,所受的主要是文艺科学而不是历史科学的训练。这种缺少历史科学的训练,正如樊骏所批评的那样:我们"不妨这样自问一下:如果由一般的史家编写文学史,由于对文艺科学有些隔膜,难免产生这样那样的缺陷;而我们能自信不会因为缺少历史科学的修养,而造成任

---

① 余三定:《学者风范与学人本色——文艺理论家陈平原访谈》,《文艺报》2012年11月28日。

② 斯炎伟:《知识负累与史实可能——讲述中国当代文学史的一种方法》,《学术月刊》2013年第5期。

何不足吗？果真如此的话，史学基础理论还有什么独立存在的价值呢"？[1]结论当然是不言而喻的。为此，它也向我们提出了一个史学学养的问题。大家知道，1949 年以来，大陆高校中文系内部分语言和文学两大块，其中有的高校因建立古典文献专业，分为语言、文学与古籍三大块。但它们彼此之间往往是分离的，很难揉到一起。特别是当代文学，因为从语言形式到思想体系与传统古籍差异太大。教育部颁布的中文学科七门主干课程中，也没有史学或文献史料这门课。在这样的体制下进行文学教育，可能会有所专精，但却缺乏史学素养，知识结构普遍比较褊狭。中国港台地区的文学教育与之不同。据在台湾做过客座教授的北京大学中文系傅刚教授说，在台湾大学，经、学、史等都是放在中文系里的，并未分得那么细。他们的教育是专书教育，是一本书一本书地读。他曾在台湾的一家书店里买了一本学生读完的《史记》旧书，里面写满了笔记，便签也贴得满满的，而这样一种读书方式，在大陆学生中则是很少见的。由之，他认为"专书教育要非常专，通过专书才能知道概论。现在，我们上来就讲概论，所以讲概论的专业如果分得太细，我们就只懂讲本专业的，或者只能讲文学史"。[2] 即使讲当代文学史，也不是建立在具体切实的史实基础之上，而是好作凌空蹈虚的观念化和体系化的叙述。

正是在这个意义上，笔者认为有必要借鉴台湾大学中文系的做法，开设包括文字、声韵、训诂在内的"小学"专门化课程，以及与文史哲乃至整个大文科打通的跨学科课程，切实做好"专属教育"，而不能把文学教育局限在"当代文学"范围，就"当代文学"谈"当代文学"。大量事实告诉我们，文学教育是一个系统工程，决定当代文学学者知识学养虽然有多方面的因素，但无论如何，强调拓宽文学教育的内涵和外延，改变现有封闭狭隘的知识构成，培养与这个学科相适的古今贯通、中西兼备的新型学者，在当下都显得十分重要和迫切。黄修己在谈及新文史编纂时曾提醒，除了文学理论，"还要借鉴史学理论"，"古今中外有关史学理论著

---

[1] 樊骏：《我们的学科：已经不再年轻，正在走向成熟》，《中国现代文学论集》，人民文学出版社 2006 年版，第 505 页。

[2] 参见《怎样的课才是有文化的文学课》，《光明日报》2015 年 3 月 3 日。

作很多，有很高的借鉴价值，大可采撷"。① 唐弢先生在 20 世纪 80 年代初也告诫我们："搞现代文学的人，除了马克思主义、美学、文艺理论以外，最好再钻一门学问；或者本来是搞古典文学的，可以从民族传统影响的角度来研究现代文学；或者原来是搞外国文学的，可以从外来影响的角度来研究现代文学。这样我们的现代文学研究，就会有声有色、具体生动，不至于抽象化、一般化了。"② 当代文学历史化及其史料研究又何尝不是如此？遗憾的是，目前在中文系本科和研究生的文学教育中，有关史料意识的强调和学术训练（当然非常有限），大多集中在古代文学方向，当代文学几乎没有这方面的规划和要求，也没有类似的教材，可以说在整体上处于"空白"或"准空白"状态。这在某种程度上造成了史料工作只能自学成才的境况。可以预见，随着学科日趋成熟和史料意识的觉醒，这个问题更突出、更尖锐，因而有必要引起教育界的高度重视，并采取切实有效的措施加以解决。

当然，我们也不能由之否定和排斥理论思维的作用，将当代文学历史化返回到传统朴学的道路上去，切断与时代社会的关系，为历史化而历史化，那同样不可取。据说王瑶在去世的前几年多次谈道：章太炎、刘师培这样的国学大师，虽然学识修养渊博高深，多有重要建树，但真正使研究工作发生历史性变革，为推动学科进入新的发展阶段做出决定性贡献的，还是梁启超、王国维、鲁迅、胡适等人。这里主要原因在于，后者"没有墨守成规，善于借鉴汲取西方的文学观念、学术理论、研究方法等，使传统的观念和治学之道发生质的飞跃，从而能够站在新的时代高度，对中国文学有新的发现和认识，进行价值重估"。③ 在学者学养与知识结构问题上，强化文史功底是为了弥补以往之不足，更好地触摸与还原历史，而不是将其引入封闭狭隘的索引之途，更不意味着可以忽视正确的理论与方法。在强调健全合理的知识学养的情况下，这是需要值得警惕的另一个问题。

---

① 黄修己：《中国新文学史编纂史》导言，北京大学出版社 1995 年版。
② 唐弢：《艺术风格与文学流派》，《社会科学战线》1983 年第 4 期。
③ 转引自樊骏《中国现代文学论集》，人民文学出版社 2006 年版，第 27 页。

第三节　学者知识学养与批评家的关系

将从事当代文学历史化研究的学者与批评家联系起来，并不是对当代文学学者的冒犯和亵渎，恰恰相反，而是对当代文学学者的真正理解和尊重。这是因为在对对象的评判和阐释这个问题上，他们彼此具有同构性和一致性。这也是当代文学学科不同于古代文学、现代文学学科的一个独特之处。

关于批评及批评家，我们在前面第十三章"历史化与文学批评"中曾有论述。这里按照论旨需要，对之作延展和补充。显然，此所说的批评家，主要是对那些以艺术审美评价活动为职业，并在客观上带有为文学史家甄别、筛选的人而言，是狭义的一种文学批评家，在文学的生态链中，他大致处于"创作—批评—研究"的中介状态。这与通常所说的学者，因彼此的功能和目的差异，而被赋予不同的主体素养、知识结构和能力。具体地说，就是前者注重主观感受和文本解读，"以敏锐的艺术感受和精细的艺术分析见长，能够迅速及时地跟踪、反映作家的创作动向和作品的艺术信息，他们的批评与创作几乎具有同等的时效性"，而后者则致力于对研究对象"作系统化、条理化的分类研究和客观的、历史的综合归纳。……具有更多的一般人文学科学者的特征，他们的工作也基本上是属于科学研究的范畴"。[1] 因为当代文学不同于古代文学、现代文学，它所面对的研究对象，不是陌生的、稳定和有距离的，而是熟悉的、漂泊的、无距离的，有的甚至是自己亲身参与或经历的。所以有人据此认为，当代文学不应成为一门实证性的研究和知识积累的部门，相反，"它必须是一门把'不规范'当成自己的规范的所谓'学科'"。[2] 这话虽说得有点过，但是，从当代文学研究当代性角度来看，特别是从如何

---

[1] 於可训：《论文学批评的主体及其实践活动》，《海南师范大学学报》（社会科学版）2015年第1期。

[2] 刘复生：《当代文学研究的历史危机与时代意义》，载《思想的余烬》，河南大学出版社2011年版，第25页。

发挥当代文学独特的学科优势，避免史料研究常犯的封闭、僵硬与拘泥的角度来看，它却是有一定的道理。这也表明当代文学历史化，的确存在着一个学者与批评家关系处理及其角色定位的问题。

从现有的当代文学历史化研究的代际状况来看，为数相当的学者如张炯、陈思和、王尧等属于学者兼批评家的两栖型人才，他们频频往返于学界与文坛，左右开弓，在两个领域都取得了颇丰硕的成果，有时甚至很难区分他们到底是学者还是批评家。当然，其中也有不少原先曾从事过文学批评活动，后来因年龄，或因工作性质（如在高校和科研院所工作）等多方面因素，才将自己的重心由批评逐渐转向研究，成为历史化研究方面的学者。在这方面，李洁非是相当有代表性的。2014年年初，他在接受《中华读书报》专访时说，从20世纪80年代中期开始，他原本是从事文学批评的："那时我二十四五岁年纪，脑子里还有理想主义，把文学看得蛮高，觉得它如何如何，当时觉得文学病在思想浅薄，认为搞批评比搞创作更有意义，能更直接地介入文学的思想现实。这都是年轻气盛的想法，所谓把思想看重看高，无非是对胸中那些一己之见很在意。到了80年代结束的时候，慢慢觉得执着于个人的东西蛮可笑的，它在现实世界面前分量很轻，根本不足论，与其用主观的想象和规划要求文学，不如脚踏实地研究些问题，认识事实。这样一点一点疏离文学批评前沿，后撤到一些专题的研究上。"还有一个原因，就是"中国当代文学最突出的特点，是文学'当代性'的本质体现。从文学到文学，既说不清当代文学，更难以说透"。所以，为"凸显当代文学有非一般的特质"，毅然决然地进入越沉潜越深入、越庞杂越开阔的史料领域，推出了"典型三部曲"（《典型文坛》《典型文案》《典型年度》）。[①] 程光炜也有某种类似的情况，他在谈及自己从写诗到写诗评再到提出"重返八十年代"时说，"80年代的年轻人很理想，很多人，尤其是大学中文系的学生都把文学创作看作一生的志业，我那时候也是这个想的。觉得写诗比做学问层次高，有才气，做死学问算什么啊，那是比较笨的人做的事。那个时候我年轻无知，也很狂言"。后来，受了陆耀东老师的影响，也是出于学科历史化

[①] 舒晋瑜：《李洁非："历史应如镜，勿使惹尖埃"》，《中华读书报》2014年2月26日。

的考虑,带领博士生团队历时数年在图书馆中翻阅旧报刊,做当代文学史料的整理和打捞工作"。"当代文学已经六十多年了,应该可以看做历史现象了。……就是说,你得用'历史的眼光'来看待这些当代文学的作家、作品和现象,把它们当作'过去'的东西,否则,你很难拉开与研究对象的距离,很难保证研究的距离和张力。""总之,当代文学学科,应该像当年的现代文学学科那样,不要再停留在一般的评论的状态了,而应该把学科建起来。"①

李洁非、程光炜以上所述尽管不尽相同,彼此契入的角度和侧重点也有差异,但都隐显不同地涉及因年龄渐增——人到中年以后而带来研究思维观念变化问题。由之,当然也就有一个"由批评家向学者转换"的知识结构调整的问题。这时,他不仅顺理成章地补充为原先所缺失的目录学、版本学、校勘学、考据学、辑佚学等知识谱系,注重客观实证,从而形成了比审美感知为本的批评更开阔也更立体复杂的知识谱系;更为重要的是在心态上产生了如李洁非所说的,凡事要有"推己及人""反求诸己"的度量,这就是"碰到跟自己思想感情相格不容的人和事,不要代人家立言,把自己放到对象的条件境遇下,找寻他的道理、逻辑。……我们不是出于喜欢不喜欢、赞成不赞成研究一个人一件事,是为探其由来。所以,即便是反感的,不苟同,也以对象为本位,还原他的心路历程、环境背景。写作中的艰苦,有体力上的,也有心力上的。体力上,穷搜博览还恐遗漏,很累。但跟心力的艰苦比,却不算什么。实际上,对写到的人、事和问题,我内心不可能没有臧否,放不下喜厌好恶,是将明明有的东西克制住,不让它来干扰研读和写作,这是一个和自己搏斗的过程,碰到我反感甚至憎恶的地方,努力不流露,这是折磨,但没有办法,为的'历史应如镜,勿使惹尖埃'的信念,只能如此"。② 可以这样说,当代文学研究及其历史化,它的最大的难度并不在"体力",而在"心力"和"心态"。但一俟作到了,达到这样的境地,它就实现了对一般批评和研究的超越。为什么李洁非的"典型三部曲"在当下众多研究中别开生面,

---

① 程光炜、魏华莹:《在"当代"与"历史"之间——程光炜教授访谈》,《学术月刊》2013年第7期。

② 舒晋瑜:《李洁非:"历史应如镜,勿使惹尖埃"》,《中华读书报》2014年2月26日。

颇受关注，这里重要原因之一，就源于不同于批评的这种研究的"心力"。英国学者贝特森曾形象地将文学史家与文学批评家做了这样的区分："A 来自 B"是文学史家的工作，"A 优于 B"是文学批评家的工作。他的意思是说，文学史家工作主要是叙述事实，而批评家的主要工作是评价事实。贝特森如此的区分也许讲得有点绝对，实际情况并非这么简单，但就强调文学史家工作的客观理性而言，应该说，还是有道理的。在"由批评家向学者转换"问题上，任何无视或夸大批评与研究的界限，都是不必要，也是不可取的，它只会造成研究与批评的两败俱伤。

当然，这样说并不存在褒贬任何一方的含意，而只是着眼于批评与研究之间的主体性质的差异。事实表明，批评是当代文学研究的重要前提和基础，也是当代文学当代性的主要标志和突出体现。当代文学研究及其历史化只有与之进行双向能动的对话，才能在当代性与历史化之间保证动态平衡，有效地呈现自己的生命活力。而在这个问题上，当下学界是缺乏足够认识的，存在着两种值得注意的倾向。

一种是将当代文学的当代性不适当地窄化为当代文学的全部，用来取消历史化及其意义与价值。这种倾向，在一定程度上，就是"当代文学不宜写史"观念的延续，它把当代文学"历史化"与"当代性"简单对立起来。比较常见的一种做法，就是拿学院派中质量较差的研究，与文学批评的优秀之作作对比，然后得出贬褒分明的评判。这样的评判当然难以服人。实际上，批评与研究，因为彼此功能价值不同，是不可作如此简单的类比。再极端一点，它甚至会出现如朱寿桐所说的中文系三个教授写的批评不及三个中学生的情形，因为"学生词汇的轰炸、奇异的思维、运笔的灵性、刚气、活力，可能教授都赶不上，学生会更胜一筹；但是如果用一个研究的课题，写出学术论证的东西，那么即使是比较差的教授都会比最好的中学生写得更好，因为中学生没有经过学术的训练"。[①] 当代文学是一个"近距离"乃至"零距离"的学科，这就容易造成疏忘或忽略历史化的毛病。当代文学又是一个政治性很强的学科，其批评和研究很难不受政治因素的影响和

---

① 朱寿桐、庄园、李博昊等：《关于文学学术研究与文学批评的讨论》，《创作与评论》2014年第1期。

规约。应该说，这种倾向现在还有相当的市场，且在短期内很难有根本的改观。

另一种与之相反，即将上述的历史化问题推向极端，用古代文学历史化和学术原则方法来要求当代文学，没有看到当代不同于古代，每天有海量般的新作涌现，这就给当代文学提出了十分艰巨的任务，使得很多从业者把主要精力放在文学批评上；更何况，批评本身由于主客观的诸多因素，事实上也在产生变化，出现了为有识之士所说的"小心求证"即"充分地调动与文学批评对象相关的人证与物证、主证与旁证、内证与外证等各种证据"①的某种走向和态势。可以说，没有批评的鉴别与筛选，其研究工作将很难展开。从现有的研究特别是学院派研究（也包括研究生学位论文写作）状况来看，除了上文讲的不重视史料，"存在缺乏社会关怀和承担意识，将学术技术化、精致化，因而内在精神与生命活力不足的危险"②外，审美贫乏也是一个严重的、普遍的征候。而它之所以如此，其中一个重要原因在于研究者缺少作为文学批评家应有的艺术敏感，在学养与知识结构上存在着缺陷。

与当代文学研究一样，当代文学批评经历了七十年的历史，已有相当可观的积累了。从茅盾、周扬、何其芳、萧殷、胡采、冯健男、侯金镜、陈荒煤、冯牧、张光年，到陈涌、洁敏、李希凡、朱寨、张炯、谢冕、阎纲、刘锡诚、李子云、陈骏涛、雷达、何西来、何镇邦、吴秉杰、谢望新；从曾镇南、季红真、黄子平、孟繁华、贺绍俊、李炳银、吴亮、程德培、李劼、王干、南帆，到李敬泽、李建军、吴义勤、施战军、张清华、谢有顺、洪治纲、邵燕君、李云雷、张莉等，他们在从事批评实践的过程中，也都为我们留下了许多值得珍惜的重要史料。从20世纪90年代末开始，在世纪盘点之风的催动下，还陆续推出了如"青年批评家文丛"（人民文学出版社2000年版）、"南方批评书系"（广西师范大学出版社2002年版）、"e批评丛书"（山东文艺出版社2004年版）、"学院派批评文库"（吉林出版集团2009年版）、"80后批评家文丛"（云南人民出版社2013年版）

---

① 贺绍俊：《2012年文学理论：发现新的理论动向，更新文学批评话语》，《文艺报》2013年2月4日。

② 钱理群：《樊骏参与建构的中国现代文学研究传统》，《文学评论》2011年第1期。

等。中国现代文学馆从2011年开始的客座研究员机制，先后将杨庆祥、金理、黄平等颇多的批评家纳入培养机制中。《南方文坛》从1998年起开设"今日批评家"专栏，迄今20多年来已推介了100多名青年批评家。有关批评家的年谱也出了一些（其中有的刊发在近几年的《东吴学术》等杂志上）。创立于1986年的鲁迅文学奖，每届都设立了文学批评奖（除第三届外）。尽管目前批评毋庸讳言存在不少问题，有的还相当严峻和严重，但毕竟较过去成熟多了，有了一定的学科基础。韦勒克和沃伦在《文学理论》中提出文学批评要与文学理论、文学史结合，[①] 当代批评家谢有顺呼唤包含义理、实证和文体三方面内含的"立心批评"。[②] 这都提醒我们：批评发展到了今天是可以而且需要历史化了，它与理论及包括史料在内的研究之间具有内在的一致，我们应该用更加恢宏开阔的视野来看待历史化与文学批评的关系，并将后者当作历史化研究的一个重要资源。

最后，我们想再重申一点，当代文学不同于古代文学和现代文学，其历史化不仅处于漂泊不稳定的状态，而且因量大面广，还面临一个艰难的海选、甄别的问题。这使历史化往往带有明显的批评成分，有时甚至出现研究与批评混搭的特殊景观，从而显得更为纷纭复杂。正因此，我们在向古人、前人师承实证方法时，不能简单照搬，有一个根据学科实际情况由传统向现代转换，并逐步建立新的原则与方法的问题。朱自清先生在1948年的一次《文学考证与批评》演讲中指出：旧文学属于四库全书的"集"部，很少有考证，因为"集"部的价值被认为不如"经史子"部。后来新文学地位提高，被当作一门学问来研究，在很大程度上就体现在考证上，即将考证对象由传统的"经史子"部扩充至"集"部。但光有考证是不够的，考证解决的"是什么"，至于"为什么"的问题，考证是解决不了的，所以，他进而又提出了"批评"，认为这是构成新文学研究和文学教育的新传统，强调考证与批评的融合。[③] 朱自清这个观点在当时是

---

① [美]雷·韦勒克、奥·沃伦：《文学理论》，刘象愚等译，生活·读书·新知三联书店1984年版，第30—39页。

② 谢有顺：《呼唤"立心"的批评》，《文艺报》2015年3月23日。

③ 参见《文学考证与批评——朱自清昨在师范学院讲演》，《世界日报》1948年2月16日。该讲演史料系最近发现，详见刘涛《朱自清的两次讲演与一篇佚文——北平〈世界日报〉有关朱自清的几则史料》，《汉语言文学研究》2014年第3期。

相当超前的，它告知我们：不要将包括史料搜研在内的历史化简单化、绝对化，不能为了研究的历史化和知识结构的健全，而疏忘了作为一个当代文学学者所需要具备的很强的问题意识和理论地把握对象的能力。

今天，当代文学处境与百年前新文学面临景况自然不可同日而语。一方面，现在的学术环境与过去相比自由多了，学者的知识结构也有了明显的改观，其中有的杰出者，无论在西学还是中学，其知识和学养上都可能胜过现在已成为中老年学者的前二代人。另一方面，由于学术生态项目化的深层制约，加之上述所说的文学教育、文学批评问题没有得到根本改变，似乎又陷入某种难以摆脱的怪圈。尤其是年青一代学者，因为成长于学院体制，又受世俗化市场化的影响较大，存在的问题更不容小觑。年轻学者是今天和未来当代文学及其历史化的主体，他们不像此前学者那样已经定型，而是具有很大的可塑性和可资发展的空间。唯其如此，也更有必要对自己的学养与知识结构进行调整。自然，这种调整不是一蹴而就，而是需要经过相当艰难复杂乃至痛苦的一个自我蜕变的过程，而且这也不仅仅是年轻学者的事，是所有的当代学者共同的任务。因为正如前文所述，当代文学研究的特殊性，也包括它的"年轻"及与之有关的历史性的局限，在给我们提供可以充分施展个人才能的同时，也增添了为其他学科所没有的特殊复杂与难度。对此，我们应该有清醒的认识，并付之于实践，逐步加以改善。

结语　历史盘点与八个问题的综合考察

当代文学历史化自20世纪90年代开启到今天，随着语境的变化和讨论的渐次展开，在积极推进的同时也呈现出了思考日趋深化的态势。特别是最近几年，在与批评、理论的相互碰撞及催动下，更是如此，它使原先隐含的一些问题逐渐浮出水面。这一点，只要对比2009年中国人民大学与2019年杭州师范大学召开的同名的"当代文学历史化研讨会"的会议纪要，[①]就不难可见。这里的原因，除了彼此契入的角度和兴趣、爱好、心态不同外，还与其深层的文学观、历史观、价值观及其对整体当代文学的认知和评价有关。也就是说，他们虽然讲的都是当代文学历史化，但略去其表象及其一般性的知识陈述，实则反映了近些年来在历史现场重返与史料搜研兴起以后，面对这一新变，文学圈子内部如何进行自我反思、应对与调整的问题。

在传统的教科书那里，没有历史化这个概念，只有历史、历史学、历史感等带有恒定稳态含义的名词。而在现代西方文论中，在最早提出历史化并对其作后现代之解、对我们产生很大影响的詹姆逊看来，历史化的英文是historicize，它是动词，指放回历史语境，把……作为史实记录。笔者倾向于有保留地认同詹姆逊的观点，主张将历史化看成有别于文学批评的一种学术化、学科化、规范化，并且处于需要不断阐释的理性实践活动，以此来衡量和把握研究对象在一定历史阶段或场域中的历史价值，使

[①] 这两个"历史化"会议纪要，分别为：杨晓帆、虞金星：《当代文学研究的"历史化"研讨会纪要》，《文艺争鸣》2010年第1期；郑扬、吴舒倩：《"历史化"：问题与方法——"中国当代文学的历史化问题"研讨会》，《中国现代文学研究丛刊》2019年第8期。

之具有较强的客观性和质定性。这与詹姆逊定义的历史化有所不同，已融进了有学者所说的"史学化"即某种历史主义的含义，① 是一个包容性的概念。由之可知，笔者所说的历史化，既是一种方法，也是一种观念，还是一种追求，它是以"后见之明"对过往历史的一种"再解读"，目的是守正开新、不断完善并在此基础上的再出发。显然，这是带有理想化色彩的一种研究。当代文学历史化虽然是学人个人的行为，但就其实际的研究而言，它是将理论、批评与史料"相互包容"并纳入整体当代文学中进行评判的、一项涵盖面甚广的"系统工程"。涉及的论域和内容，包括"十七年"文学、新时期文学，也包括各个时期或阶段诸多的文学现象与作家作品等。

大量事实表明，当代文学时至今日已有七十年了，它正处在努力从"高原"向"高峰"挺进的一个新的拐点上，是需要盘点的。而盘点恰恰是历史化的应有之义，它不仅对处于胶结状态的历史化研究有促进，而且对认识和评价整体当代文学也是有意义的。

一　八个问题的综合考察

基于上述理解，也是为了给本书有关"为何历史化""如何历史化"进行盘点，笔者在"结语"里选择八个问题试作考察，带有反思和总结的意思，从某种意义上，这八个问题也可看作本书论述的重心。同时也对历史化的局限性略述一二，借以在研究时保持清醒和超越之思，从而对其意义价值有着更为客观的评价。

（一）外部情境的历史化

这里所说的外部情境的历史化，主要是指将其置于从现代通向未来，站在更加宏大开阔的社会关系总和中对它进行考察，即通常所说的"历史还原"或"重返历史现场"。因为我们深知，文学尽管自有其特殊性，对它研究不能简单套用社会历史的方法，但却不得不承认它与当代中国社会历史的密切关系，对它的研究及其历史化，或隐或显，或多或少，或直接或间接包含着对当代中国社会历史、中国革命历史及社会主义历史经验

---

① 参见李建立《当代文学研究的"历史化"与"史学化"》，《文艺争鸣》2019年第12期。

的评价,并且不可避免地要受这样的社会历史的制约。事实上,世界上也没有真正所谓的纯文学,在许多时候,当代文学历史化的困惑常常不是来自文学本身,而是源于文学处境及与社会历史的关联;离开了宏大的社会历史,就无法进行讨论和解释,包括时段划分、思想艺术评价,也包括常常被忽略而实际存在的"姓社"(社会主义)的属性。为什么近些年来,思想文化领域出现了不无激烈的新左派与自由主义之争,其中很大的原因,就可从社会历史那里找到解释。作家作品的评论也是如此,为什么面对余华的《兄弟》《第七天》,国内外出现"二极"的评价,除了先前阅读形成的某种固化的审美定式,社会历史的潜在"参照"无疑是其重要因素:国内读者"因为有着丰富的现实经验作为参照,导致人们在阅读中常常纠结于生活的真实,而游离于艺术的真实。但国外的读者,因为不是特别熟悉中国当下的现实生活,反而能够在一定的距离感中接受这两部小说"。① 即使是国内读者,外部社会历史变化而导致对一部作品前后不同的评价,也屡见不鲜。如贾平凹《废都》从 20 世纪 90 年代初版到 2009 年重版,出现的"大热,大跌,再回暖"的大逆转,根本原因还是"时代语境的变化"。② 中国具有强大的现实主义传统,作家知人论世、以反映人生为己任,加之举世罕见的丰厚的史学传统资源,20 世纪 90 年代以来,又有布罗代尔的历史时段理论和黄仁宇的大历史观,这就为文学的社会历史性存在及研究提供了有力的支撑。它告诉我们,文学虽可作新批评意义上的"文本细读",但却不能将其视为与外部世界与读者接受完全无关的封闭性结构,更不能切断与外部关联,作"文本之外无他物"的解读。当然,也需要指出,社会性存在只是文学的一个重要属性而非全部(除此之外,还有自然性存在等),而且在研究时需要找到与当下对话的历史逻辑。文学的历史性研究有文学自身的属性特点,所以在将文学置于我们曾经经历并正在经历的特定的历史语境时,它也向我们提出如何进行审美"内化",与现实语境平衡的问题,这也是检验历史化的关捩所在。同时,还有一个问题需要注意,就是这种历史情境的

---

① 洪治纲:《当代的文学批评为何不能让人满意》,《中华读书报》2017 年 5 月 10 日。
② 参见陈思广《贾平凹长篇小说研究的现状、问题与思考——以"〈废都〉现象""〈秦腔〉视阈"与"〈山本〉问题"为中心》,《西北大学学报》(哲学社会科学版)2019 年第 6 期。

历史化虽不可避免地带有某种想象的成分，但作为研究，我们应竭力防止对之作"非历史化"的主观预设和规定。否则，就使"重返"变成一种固化的、不言自明的学术惯性活动，而不能与我们思维认知发生深层的互动。

外部情境的历史化必然涉及它与政治意识形态的关系，这也是文学历史性存在和现实意识形态属性的必然反映，是古今中外文学的一个通例。当代文学不同之处在于：文学不仅有浓重的政治意识形态色彩，而且一概被纳入体制中进行计划与管理，其涉及范围之广与重视程度之高是此前的"现代文学"无法比拟的。这也是我们在历史化研究时需要正视的。目前比较流行的做法，就是借鉴洪子诚的一体化概念对之作略带批评的评价。笔者认同一体化这个概念，但根据论旨需要和自己的认知，结合当下论坛学界的历史和现状，认为在以下几个方面与维度有必要作丰富、充实和延展：首先，文学与政治意识形态关系，在当代文学领域的确内化并诉诸一体化体制，这个体制通过评论、评奖、传播、出版、教育对当代文学产生潜在而深刻的影响。在"十七年"里，当有关的方针政策不畅或受阻，往往有高层决策领导出面运用文化批判或政治运动方式强行推广，结果造成了不少误判。其次，这种一体化在新时期之初也曾程度不同地得到延伸，导致文学与政治意识形态关系一度紧张。20世纪90年代以来，市场经济的启动和多元文化的出现，产生了与之相适的柔性文学体制。"文学制度的柔性突出了，文学制度的刚性并没有消失，而是变得越来越'隐形'了，即以一种'隐性'的方式隐蔽性存在。"① 也就是说，政治意识形态虽然不再以简单的、直接的方式介入文学，但政治意识形态仍然是历史叙述中无法忽视的存在，发挥了重要作用，并在筛选标准、经典认定与奖惩措施等方面均得到体现。再次，是文学的政治意识形态性在当代文学中，不仅是一种属性或语境，而是在赓续现代左翼文学和横向借鉴苏联革命文学的基础上，经过长期的积蓄，已发展成为一种独立的、占主导地位的"主旋律"形态的文学，对整体文学产生辐射和影响。当代文学历史化涉及政治意识形态的评价，它有一个如何看待和历史地评价文学政治化

---

① 吴义勤主编：《文学制度改革与中国新时期文学》，文化艺术出版社2013年版，第38页。

的问题。在这方面有不少教训。但不能由此推导文学"非政治""反政治"的结论,将一切归咎于一体化体制,似乎与作家个体无关,这同样是二元对立和单向极化的思维。

(二) 研究主体的历史化

严格地讲,历史化是由研究对象与研究主体即客体历史化与主体历史化两部分构成,是彼此相辅相成、互渗互融的产物。离开了研究主体的历史化,也就没有所谓的历史化,事实上,也无法历史化。所以,我们不能不将研究主体纳入视野,以求全面而又完整地把握历史化,将其研究推向纵深。而研究主体是十分复杂的,它不仅存在着代际差异,而且更有个体之间的区别。所以,在对客体对象进行历史化同时,也有一个对自我进行历史化的问题。研究主体历史化涉及内容很多,笔者在此主要强调:它自文学从"新时期"进入"后新时期"以后,由于时势的变化,开始对自身的局限性及其对对象所作的"判决"的评价,逐渐有了较清醒的认识。有的还从韦伯那里借鉴"中性"立场,在对作家作品及文学现象尤其是"十七年"作家作品及文学现象进行历史化时,产生了怀疑和动摇。反映在具体的研究及历史化叙述策略的选择上,于是就有了如钱理群所说的:"突出历史事实(原始材料)的描述,多侧面,多方位,多层次地展现'原始景观',给读者提供尽可能广泛、开阔的想象与评价的空间。"[①] 洪子诚的《中国当代文学史》《问题与方法》《材料与注释》,也就因此呈现出了前所未有的"犹豫不决"。洪子诚之所以如此,自然与其性格和学术趣味有关,但从根本上讲,还是源于他对被本质化、神圣化了的自我的反思,不妨可视作研究主体成熟的一个标志。需要提及,他的这种慎谨、持重、求实,已对整体的当代文学界产生了辐射和影响,尤其是对现仍处中流砥柱的"50后"和"60后",并以他们为中介,对"70后"及以后更年轻学者产生了辐射和影响。当然,这并不意味着历史化为了追求所谓的丰富复杂,可以放弃作为人文学研究所应具的澄明的主体价值判断。那么,到底如何处理澄明与丰富、清晰与复杂,使之显得富有张力?这是有待探讨的一个话题。以笔者个人之浅见,认为在这方面应该有无数的组合

---

① 钱理群:《返观与重构:文学史的研究与写作》,上海教育出版社 2000 年版,第 305—307 页。

方式可供选择，而不能搞简单的一刀切，但在主观化、主义化之风颇盛的当下，仍有必要对绝对化式的"强判断"保持警惕。因为它"不仅关乎史家个性才华，更关乎一种论史立场"，① 同时还涉及研究主体的学养、修为与心态。当代文学历史化当然包含研究主体的历史化，但研究主体历史化只是历史化的一个方面而不是全部，且研究主体本身也是历史的，它要接受来自历史及诸多外部因素的制约。我们自身的局限，也是这个相对性的重要因素之一，它绝不是你想如何历史化就可以和能够如何历史化得了的。

说到这里，也许不能不提当代文学研究主体的"双重角色"问题。这也是当代文学不同于古代文学甚至不同于现代文学的一个独特之处。因为它是在离我们相去不远甚至正在行进中的当代的语境下发生的，与我们及世俗生活有关。有不少的当事人或知情人仍在，对其历史化，就有可能要牵涉他们，将复杂的人际关系带进来，有时候，还会将其不那么"光彩"的历史翻检出来。因此，历史化常常也会引来当事人或家属朋友的批评、不满和反弹，甚至诉诸法律也不是没有。而更进一步需要引起关注和思考的是，作为历史化研究的我们，往往也与他们一样，程度不同地与自己的研究对象有这样那样的关联，有的还成为其中的重要当事人。这种既是"历史叙述者"又是"历史参与者"的双重角色，在给当代文学历史化平添主观性、悖论性与不确定性的同时，也为之增饰了为古代文学和现代文学所没有的特殊矛盾、复杂和难度。这种情况，在近些年来有关作家或文人的日记、书信、自传、回忆录、检查、交代、揭发、批判等私人性文类，以及全集、文集、选集、年谱、年表、逸文等搜研中，可见一斑。就是影响较大的"重返八十年代"，也有人不无尖锐地指出，这里对当时整体背景、批评状态及其积极影响所作的评价，都程度不同地存在着夸大乃至美化的成分。而这自然会影响到历史叙述的真实品质。但这样说是否意味着我们在历史化时，以客观性为由，拒绝情感介入和价值评判呢？答案当然是否定的，事实上也做不到；相反，有时候情感介入和价值评判，它可以弥补历史化可能带来

---

① 陈培浩：《文学史写作与 90 年代的知识转型——以洪子诚的研究为例》，《文学评论》2018 年第 2 期。

的僵硬和冰冷，而为之平添弹性和温暖，做到陈平原所提倡的"做有情怀的专业研究"。不过从研究角度讲，这里的确有一个"自我设限"的问题，不能太任性。尽管在伦理文化浸溉的中国，这是很难的，而且人们对"不光彩"历史的选择性回避，也有其合理性（应该说，这种"不光彩"的隐私性历史大多属于公民的人权范畴，也有值得尊重的必要）。但所有这一切，它都应该纳入真实性范畴，不能为了某种现实功利和主观需要，对已然历史作随心所欲的处理，它应遵循"客观性优先"的原则，这也是人文学者应有的学术伦理。否则，将会给历史化带来意想不到的后果。因为事实表明，当代文学叙述具有利益关系对象化的健在，它在与我们贴近的同时，也对历史化形成了一定的"干扰"，毕竟"时代越近，干扰越大"。[①] 大量历史经验也告知我们，"当人们在确定何种历史为'真'的历史时，往往是时间愈久远愈难以确认，时间愈近愈易形成共识。反之，当人们在确定何种历史为'善'的历史时，则是时间愈近愈难于确认，时间愈久远愈易形成共识。在形成历史共识中的这种时间倒错、双向对立的现实处境，正好说明在历史事实与历史评价的时间维度上并不具备共时性的一致，也说明人类在形成历史事实与历史评价的共识方面还存在着较大瓶颈"。[②]

如今学界在阐释文学历史性属性时，往往引用克罗齐"一切历史都是当代史"（正确的翻译应为"一切真历史都是当代史"）为据，来否定历史化及其他还有客观性的另一面，仿佛历史化只是今人主观思想的投射，这是片面的，它放大了历史文本主观性的限度，也并不符合克罗齐的本意。要知道，历史虽然有人为建构的属性，对于当代文学来说且还一直处于建构之中，因此要达成共识的确是永远难以完成的方案，但这并不意味着它本身就是虚妄的。这里关键是对共识的理解，将其纳入怎样的义理体系中进行考察。事实上，这也不是笔者的臆断，现在坊间的诸多文学史在作多样不同阐述时不也在很多事实和问题，包括在文学经典或文学史经典筛选及认定在相当程度上达成共识了吗？正如有学者批评："当一切历

[①] 朱金顺：《新文学资料引论》，北京语言学院出版社1986年版，第4页。
[②] 涂成林：《历史阐释中的历史事实与历史评价问题——基于马克思唯物史观的基本理论与方法》，《中国社会科学》2017年第8期。

史都变成当代史时候，历史就变成了一个可以任人打扮的虚无存在，如果是这样的话，历史的客观性又在哪里？所以，无论是想真实地再现历史，还是站在今天的立场去阐释历史，都不能走偏激。"① 再进一步，如果历史化真是如此虚妄不堪，那么建立在此基础上的文学史，及其史料收集、整理与研究，还有什么意义呢？

（三）永远的历史化

与研究主体历史化有关但又不尽相同，是历史化阐释的承续性、规约性与开放性、动态性同时并陈而又相互缠绕的特点。詹姆逊所说的"永远历史化"，就具有这层含义，用他的政治无意识理论来讲，就是用"辩证的或总体化的"思维方法将历史化与政治无意识及文本阐释联系在一起，以此来还原意识形态话语及其运作过程的原貌，即所谓"阐释的循环"，他强调的是"现在"和"或然"，反对将历史"本质化"和"绝对化"。② 这一点，对于破除长期以来盛行的僵硬闭锁的历史叙述是有意义的。因为我们看到，迄今为止有的带有历史总结意味的研究及其文学史，其有关知识概念、评价范式和相关结论往往有意无意地将其格式化为一种"标准"，仿佛不如此，就不足以体现自己的水平。而事实上，从艺术实践角度来看，历史化的动态属性，尤其是当代文学处在前后两个明显不同的时段（即通常所说的"前三十年"与"后四十年"），环境变化带来的观念认知的变化，导致包括红色经典、潜在写作、先锋文学、"80后"文学、网络文学等均处于不断地解构与重构的过程中，这个问题就更突出。洪子诚在谈到文学生产具有"构造的性质"时曾说过："从50年代开始，我就经常看到作家、作品、流派在历史过程中的升降沉浮；而且我自己对许多事情的看法，也常常发生意想不到的改变。这让我明白，价值、审美标准的问题，和特定历史情境相关。这倒不是重视'历史'还是更重视'文学'的问题，而是要把文学放到历史中去观察。"③ 这就从实践角度为

---

① 刘跃进：《文学史研究的多种可能性》，《山东师范大学学报》（人文社会科学版）2011年第4期。

② [美]弗雷德里克·詹姆逊：《政治无意识》，王逢振等译，中国社会科学出版社1999年版，第1—3页。

③ 李云雷：《关于当代文学史的答问——文学史家洪子诚访谈》，《文艺报》2013年8月12日。

"永远历史化"提供了很好的注释。而从理论维度考量,李杨对此所作的两点阐释——"任何理论都应当在特定的历史语境中加以理解才是有效的,与此同时,'历史化'还不仅仅意味着将对象'历史化',更重要的还应该将自我'历史化'",[①] 可以说是言简意赅地触及历史化动态特征之堂奥。当代文学历史化是不断往"后撤"的当代人,站在螺旋式阶梯上对过去的一种带有时代特点的回望式的评价,它不是恒定的,所以不同时代,往往对历史做不尽相同的评判。同时,历史化是通过后现代所谓的"玻璃"[②] 即文本方式去观照历史,它与社会历史的关系不是对应的可还原的反映关系,而是叙事关系。这也使其呈现的历史与原有反映论、镜像式的所谓"真实"的历史不同,它让我们不仅将关注的焦点投向了被过去忽略了的"玻璃"即文本,而且发现了文本背后隐藏的人为想象和意识形态的成分。应该说,后现代的"玻璃说",与近年来盛行并取得较大成果的文化体制研究,具有暗合之处,它对当代文学研究及其历史化意义是不言而喻的。

当然,讲这个问题需要慎谨,不能由此推导"历史不可知论",它也并不表明我们对后现代的"文本之外无历史""一切历史皆虚妄""一切历史皆叙述"观点的认同。"历史在很多时候,的确是被叙述的。'横看成岭侧成峰',不错,但毕竟还有一个山峰在那儿,否则又如何横看成岭侧成峰呢?特别是当我们做历史叙述时,过去存在的遗迹、文献、传说、故事等等,始终制约着我们胡说八道。"[③] 这也就是为什么伊格尔顿批评"'永远历史化'是一个拒绝相对化的绝对命令,一个拒绝语境化的无语境要求,一个拒绝变化的永恒真理",认为詹姆逊这个理论存在着"述行矛盾"。[④] 自然,这也是笔者在文章开头所讲的对詹姆逊有关历史化观点"有保留"的原因之所在。无论怎么说,"阐释的循环"不是无限的,而

---

① 李杨:《50—70年代中国文学经典再解读》,山东教育出版社2003年版,第366页。
② 关于后现代的"玻璃说",参见葛兆光《思想史研究课堂讲录:视野、角度与方法》,生活·读书·新知三联书店2005年版,第80—85页。
③ 葛兆光:《思想史研究课堂讲录:视野、角度与方法》,生活·读书·新知三联书店2005年版,第94页。
④ [英]特里·伊格尔顿:《我们必须永远历史化吗?》,许娇娜译,《外国文学研究》2008年第6期。

总是有限的,它也有一个接受文本及客观事实规约的问题,当我们在否认历史化是绝对真理时,是不能将自己视为绝对真理的化身。假若说这样的理解偏差不大,那么,我们就不应以相对性和动态性为由,薄视或排斥有些学者所从事的"历史稳定"工作(程光炜语),也不能简单地用"循环的阐释"来解读詹姆逊的"永远历史化"。完整意义上的"永远历史化",应该同时包含"稳定"与"非稳定"的双重内涵。这也许是当代文学历史化的艰难、特殊和复杂之处。

(四)历史化的空间问题

当代文学并非一个封闭僵硬的、凝固不变的孤立系统,而是一直处于动态的聚合过程之中。较之当年王国维们,当代文学特殊性在于既有空间性的民族或地区或国别的文学之隔,也有制度性的潜在与显在之分,却无"纸上"与"地下"之别。以空间理论观之,当代文学历史化要想取得体系上的圆满,不能仅局限在大陆现代汉语文学这一空间范畴,而是以开放的姿态接纳和处理好它与少数民族文学、中国台港澳文学以及西方文学、苏俄文学和新移民文学等域外文学的关系。原因是:第一,中国大陆少数民族文学原本就属于当代文学的有机组成部分,疏忘忽略之,就不是完整的当代文学历史化,也有违事实。第二,中国台港澳文学及海外新移民文学属于"文化中国"(杜维明语)的有机构成,遑论港澳回归之后已理所当然地成为中华人民共和国版图总体文学的一部分。第三,自一个多世纪前中国进入世界体系至今,文学生产不可避免地与世界其他国家的文学活动产生密切联系,因此,当代文学历史化当超越地域、文化甚至语言区隔的更大的空间范畴,通过共同体中"他者"的参照,才有可能给予准确评价和定位。梁启超将中国历史分为"中国之中国""亚洲之中国""世界之中国"三个阶段,[①] 杜维明提出"文化中国"包括三个层次不同却彼此关联的"意义世界",[②] 就蕴含着这层意思,它启迪我们超越传统疆域界限,站在全球化大视野,达到对当代更全面准确的审察。比如有关"伤痕文学",如果将海外《今天》刊发的作品也纳入,那么我们就会发

[①] 梁启超:《中国史叙论》,《梁启超全集》第2卷,北京出版社1999年版,第453—454页。
[②] 参见张宏敏《"文化中国"概念溯源》,《深圳大学学报》(人文社会科学版)2011年第3期。

现现在不少文学史对其所作的所谓的"定评"显然有偏。同样，如果了解余华、阎连科、贾平凹等人都曾有过在海外出版作品的经历，并将其"海外版"与"出口转内销版"进行比较研究，就会对其整体创作乃至文学生态情境有更准确到位的解释。当代文学不管是"前三十年"政治化时期，还是"后四十年"日趋多元化时期，都不同程度地有个跨域对话交流的问题，尤其是"后四十年"情况更加突出，遇到的问题与挑战也更多。如空间拓展与原有学科之间关系，包括学科划归及命名（如将其统称为"世界华文文学"），也包括与大陆现当代文学（中国文学）的关系（如美国史书美提出的"华语语系文学"就隐含有某种剥离乃至去中国大陆文学的意味），它涉及文学地理学、文化学、政治学、历史学、传播学、图书情报学等，有的甚至将其与国家主权问题联系在一起。少数民族文学研究也有类似的情况，对它的历史化及其客观公允的评价，除了杨义提出的独特的"边缘活力说"，[①] 还牵涉已成定论的何为"文学"的概念定义。如果我们认同"口传文学"也是文学，那么原有的"中国无诗史"的结论就需要推翻，并且还会由此及彼导致对中国乃至世界文学史"重写"的问题。

当代文学历史化的史源，现在主要来自公开的、同质的中国大陆本土文学，中国台港澳文学、西方文学、苏俄文学、新移民文学、海外汉学，包括从中国大陆流传出去的各种报纸、书信、内刊，大陆作家学者在域外出版的著述或域外学者（如新近由华裔学者王德威主编的哈佛版的《新编现代中国文学史》）均有所涉及，但反映得不是很多、很充分。而在中国大陆本土内，相比于汉族作家写作的汉语文学及其研究，少数民族文学也有类似的情形，在重视的程度及开发利用等方面都存在问题，甚至更突出。此外，还有民间文学、地下文学、南方文学（或曰江南文学）、京沪以外的外省文学，以及作为比较特殊而又重要空间形式存在的档案文献，它们有关的研究与积累，以及未尽人意的有限开放与开发，对当代文学研究及其历史化带来的制约和影响也不少。当代文学历史化是立足中国、放眼世界的一种跨地域、跨文化甚至跨语际的历史评判活动。这里

[①] 杨义：《中华民族文学发展的动力系统与"边缘活力"》，《百色学院学报》2008年第5期。

简单套用王国维的"二重证据法"、陈寅恪的"三个参证法",显然已不够了,它需要探寻和建构一种与之相适的、更为丰富复杂也更具阐释力的研究方法与路径。

(五) 史料在历史化中的作用

文学研究的主观随意与凌空蹈虚是当代文学无法否认的一个客观事实,也是制约当代文学学科及其发展的一个重要因素,它已引起了人们的广泛关注。本书出于论题探讨的需要,也是基于自己的学术旨趣与理念,认为当代文学历史化研究有必要借鉴古代文学、现代文学治学理路与方法,包括版本、目录、辨伪、辑佚等传统实证研究,也包括西方的语义学、福柯的考古学、谱系学等,并将其当作"研究者必须掌握或进行的工作"的一套"学问"运用于实践。[①] 通过基于史料的传统实证或现代考古学的分析,为历史化提供坚实的支撑。有关统计显示,近十年来相对滞后的当代文学史料研究,自启动之后,有近三分之一的文章将较多的时间和精力放在诸如"要不要""好不好"等有关史料研治合理性、合法性的辨析和论证上,真正属于"史料本体"如体制性、民间性、事件与思潮、作家与作品等史料研治加起来只占三分之二,更不要说形成自己的价值表述、理性原则、关键词,尤其是带有共识性的统一的标准,许多重要的理论与实践问题都还没有涉及,有的甚至付之阙如。[②] 这也说明史料研治现尚处于"初级阶段",它虽已启动,并取得了一定的阶段性的成果,但与学科建设的要求和人们的期待仍有较大的距离;要想有所提升和发展,仍需作艰苦不懈的努力。当年现代文学刚诞生不久,就启动了史料工作,为什么当代文学非要千军万马都拥挤在批评一条道上,有一部分人就不可以从那里"分流"出来从事史料研治呢?当代文学学科虽然"年轻",但毕竟经历了70年的历史,已有不少的史料积累,有些史料处于随时湮灭的状态(如有的作家甚至知青作家因不可抗拒的自然规律而陆续去世),有必要进行抢救,为将来研究今天的文学提供宝贵的第一手史料,这也是当

[①] 王瑶:《关于中国现代文学研究工作的随想——在中国现代文学研究会学术讨论会上的发言》,《中国现代文学研究丛刊》1980年第4期。

[②] 吴秀明、史婷婷:《近十年来当代文学史料研究的总体图景——基于数据的类型分析》,《文艺争鸣》2019年第2期。

代学者的一种历史责任。我们应从更为长远的文化传承的意义链上来看待史料，而不能仅从它对当下是否"有用"上看待史料，尤其是，不能简单地以"是否改变既有文学史结论"为由来对其作褒贬臧否的评判，这样未免太短视和功利了。坦率地说，这样一种短视和功利现在仍有相当的市场。

当然，史料只是通向历史化的一个途径，而不是历史化的最终目的，更不能代替和取消批评及其他研究。对于当代文学史料研治来说，当下最重要的也许不是讨论它的合理性和合法性，而是如何研求"史料本体"，并通过与批评、理论的互动对话将其充分敞开，甚至不妨可作"史料学"的尝试和探讨。在方法论上，有整体性、批判性、超越性、创造性观照和把握的问题，这在史料相对容易求索的大数据时代，很有必要。当代毕竟不同于五四时期，那时刚从清季过来不久，传统史料派盛极一时，对正在兴起的社会科学派（即当时的史观派）打压十分严重，而如今经过百年持续不断的观念创新乃至"强制阐释"，恰好相反。在此情形之下，如果泛泛地用乾嘉学派或傅斯年的"史料即史学"之弊，来指称或批评当下文学史料研治，就失之简单，也不符合事实。还有，就是在具体研治时需要抱持多元、开放与包容的态度，这里不仅要关注与己主观意向相近的同质性史料，还要正视与自己主观意向不同，甚至相矛盾抵牾的异质性史料，即韦伯所说的对自己来说"不愉快的事实"，并反观自身，对原有的主观意向进行修正和调整。有人说："'心静乃能见众生'，在一个安静的世界里，我们才能既听得见自己内心的声音，又容得下自己之外的万千种声音，甚至是和自己完全异质的万千种声音。"[①] 在当下项目化、浮躁风、功利主义盛行的时代，达到这样的境界也许很难，但对历史化来说却是不可或缺的。自然，在强调史料的基础地位和重要性时，也要避免坠入"为史料而史料"的陷阱，对缺乏自主探索的所谓的"实证主义"和平面重复的"炒冷饭"，保持应有的警惕。

---

① 张均：《〈文学评论〉与我的"十七年文学"研究》，中国社会科学院文学研究所编《〈文学评论〉六十年纪念文汇》，社会科学文献出版社2017年版，第357页。

(六) 历史化与批评的关系

这一点，笔者在前面不止一次地述及（参见第十三章和第十五章第三节）。在这里之所以不避重复地将它再次提出，除了考虑历史化问题的覆盖面和"当代性"特征，还与对其所作的"文学"定位有着密切的关系。也就是说，文学历史化研究虽可不受任何边界的约束，展开对文学周边如政策、文件、档案、评奖、评论等诸多要素的考察，但无论如何，它"却不能也不应该用外围代替本体，用文献代替文本，用考证代替欣赏"。这是当代文学历史化的另一个重要基点，当然它是充满矛盾、不那么好把握的一个基点。否则，就极易导致研究的空心化和泡沫化。当代文学研究及其历史化能否经得起历史检验，从根本上讲，还是取决于此。[①] 有学者早在近二十年前就曾对这种因"讲严谨的科学方法"而"放弃鲜活感，和以'直觉'方式感知、发现世界的独特力量"的倾向表示过忧虑。[②] 近些年在历史化讨论中，也有人特别是有批评家更是在这方面做出较充分的反映。从文献学观点来看，文本属于文献史料的第一层位，它甚至比作家自传更可靠、更内在地反映作家的真实情况和心境。职是之故，我们在进行知识谱系归纳、实证研究和问题阐释时，就应高度重视研究对象的文学性、审美性元素的发掘，包括形象、情感、文体、语言等，并将它作为由里向外扩散的历史化"同心圆"之核心。只有这样，才能将当代文学历史化返回到"文学历史"上来，使之成为富有意味而又充满弹性、灵性的学术话语，内化为与审美有关的文学评判活动。这也可以说是批评对历史化所作的一个制衡和贡献吧。从这个意义上，批评不仅是当代文学历史化的必要环节，并且批评本身就属于历史化的本体范畴，我们不应该将其与历史化对立起来，相反，而是应该充分吸收批评善于发现美、阐释美的特长和优势。当代文学不同于古代文学和现代文学，它有一个面对层出不穷的、海量般的新人新作评鉴和筛选问题，这就加重了批评工作的难度及其在历史化中的含量；更何况，批评现已走过两倍多于现代文学的历程，历史化同时也包括批评自身的历史化。当然，这

---

① 吴秀明：《当代文学研究应该与如何"及物"——基于"文献"与"文本"的一种解读》，《文学评论》2016年第6期。
② 洪子诚：《我们为何犹豫不决》，《南方文坛》2002年第4期。

里所说历史化与批评的关系,不止于此,它还隐含着它们彼此交融出现的"学理性批评"这样一种趋势。[1] 而在这方面,像李丹、黄平、杨晓帆[2]等受过专业训练的一些年轻批评家所写的文章就有较好的体现。他(她)们共同的一个特点,就是在审美感知的艺术逻辑链上引进和融会了严谨的学术逻辑,并辅以丰赡的知识谱系,或者说在对新人新作进行评鉴和筛选的第一道历史化工作时,已融入了第二道历史化工作,即对批评的批评。不过,倘若对史学内化不力或不当,它也有可能出现用历史逻辑代替艺术逻辑,而将文学内部存在的大量游移成分清除的危险,导致对历史化研究的粗糙和僵硬。当代文学历史化更多借鉴古代现代文学乃至古代现代史学历史化的理论与方法,属于当代文学自身的东西不多。"学理性批评"或曰历史化与批评的融合,为之提供了一种实践的可能。在这方面,如果将其与现代文学研究领域解志熙的"批评性校读"、金宏宇的"版本批评"[3] 有关主张及其实践结合起来,恐对此会有更通达的理解。这也是需要引起关注、值得进一步探究的一个问题。

由此及彼,我们不妨试作如下结论:这就是文学历史化并不意味切断它与外部联系,将其封闭狭隘为"自足的文本",规限于文学自身内部解决。换言之,就是在强调艺术感知的同时,也有必要警惕审美专制主义,不能把它视为彻底否定客观世界的一般存在方式。恕笔者冒昧和直言,在历史化问题上,我总感到有的学者,尤其是有的批评家在讨论时往往将文本与文献简单对立起来,表现出某种封闭狭隘的文本主义倾向,似乎历史叙述超出了文本,一俟触及周边的社会历史,就要陷于迷津或歧途。可见

---

[1] 参见刘艳《学理性批评之于当下的价值与意义——结合〈文学评论〉对文学批评文章的刊用标准和风格来谈》,《文艺争鸣》2016 年第 6 期。

[2] 如李丹的《中国当代文学的"征求意见本"现象——以人民文学出版社 20 世纪 70 年代的长篇小说为中心》《论"大跃进"时期"群众史"写作运动——兼谈文学工作者心态》《"遗文",一种特殊的文学批评——以郭小川遗作〈学习笔记〉为中心的考察》等文章。导师吴俊教授认为,他在深入史料矿藏中,"由此成就了他对于文学史的丰富多样的感性认知,同时也练就了他伸向多个方向的学术触角的敏感神经。我看他迄今为止的主要论文,几乎都是在文献阅读中发现、形成、提炼出独出机杼的选题"。参见吴俊《我看李丹》,《南方文坛》2019 年第 5 期。

[3] 解志熙:《考文叙事录——中国现代文学文献校读论丛》,中华书局 2009 年版,第 17 页;金宏宇:《中国现代长篇小说名著版本校评》,人民文学出版社 2004 年版,第 4—7 页。

同样是讲文本或文学性问题，其实彼此的观点存在着明显的差异。在这里，何为文学，又如何文学，是大可辨析的。它也向我们提出了在新时代条件下如何"重建文学性"的问题。有人将文学研究归结为"走进文学，走出文学，最后回归文学"三个层次，① 对此笔者甚表赞同。所谓"重建文学性"，大概就属于文学研究第三个层次即"最后回归文学"层次，它与前面单纯的"走进"或"走出"有关联但又不尽相同，其所体现的是更加开阔融通的一种现代文学观。

（七）历史化与思想的关系

这也是历史化讨论时大家比较关注的一个问题，尤其是对历史化持批评态度的人，往往都拿缺乏思想作为重要理由，故有必要在此略述一二。粗泛地讲，也不能说这样的批评或担忧毫无道理，因为相比于批评，特别是20世纪80年代基于"理论模型"的批评，以事实及知识谱系为要的历史化，其所蕴含的思想的确没有那么凸显，这对习惯于观念革命和逻辑演绎的我们来说，似乎也感到有些遗憾和不适。但这只是一个方面，或者说只是一种表象，事实上，正如刘复生在评价其老师洪子诚历史化及治学风格时说，给洪子诚研究提供支撑的并不是我们津津乐道、击节赞赏的所谓的"史料"，而是"他的历史哲学与逻辑判断……更准确地说，在他那里，个体生命经验、史料或历史的复杂性这些因素与他历史哲学之间形成了一种互动的胶着状态"。所不同的，只是因为他的思想即"历史哲学与逻辑判断"处于隐性或"不可见"的状态，被我们忽略或"误解"罢了。② 类似的情况还可从更早的傅斯年那里找到佐证，尽管傅斯年当年提出的"史料即史学"为人所诟，但富有反讽意味的是，这位观念不无偏激的史料学派主帅，当他置身于自己所从事的先秦和诸子学研究领域，其"取胜之处"，恰恰不是他所倾心推崇的史料，"更加震撼人心的倒是推翻旧说、更立新说的感觉不俗、识见新锐的思想锋芒"。③ 这也许是我们意想不到的。它说明历史化与思想并非水火不容的对立物，而是可以融通与

---

① 刘跃进：《文学史研究的多种可能性》，《山东师范大学学报》（人文社会科学版）2011年第4期。
② 刘复生：《穿越语言，图绘历史——解读贺桂梅》，《南方文坛》2005年第4期。
③ 杨义：《现代中国学术方法通论》，山东教育出版社2009年版，第353页。

对话的，关键在于找到协调彼此的中介或平衡点。需要指出，在一体化的当代文学语境中，还原和陈述一段历史或一个事实，有时候，可能比常见的所谓的思想更重要、更艰难，也更有力量。这一点，对于"50后""60后"等有过一定社会阅历的学者来说，应该是可以体会的。

以上所说，主要侧重于一般的逻辑推演，还没有将20世纪90年代后随着社会文化转型引发的知识界思想状况尤其是精英知识分子思想状况含纳其中。如果我们把关注的目光投向由此时开始以迄于今当代文学内部受国内贫富分化所导致的民粹思潮以及思想界左右之争（所谓的新左派与自由主义之争）的影响，在如何叙述和评价历史（特别是"十七年"文学历史）问题上产生的矛盾、碰撞、交流、对话，就会对上述所说的思想更别添一种沉郁之感。毕竟历史化是专业性比较强的小众化的学术活动，更多融会和体现了知识精英的理念，包括洞见与盲视，所以很有必要"自我历史化"。如对现代主义和后现代主义推崇的非人化、非历史、原始性、丑学，甚至有意无意地把它夸饰或等同于人学、人性、人道的全部；相反，对现实主义倡导的民本立场和现实关怀弃置不顾，显得冷漠和隔膜，将作家应有的形而上的追求如理想、崇高、浪漫、英雄等给予否贬，视为虚假的代名词。这种情况，在路遥作品和"十七年"红色经典评价都有程度不同的表现。尽管这些非人化、非历史、原始性、丑学，并不是以启蒙为要的精英文学的全部，且客观公平地讲，也不能全部归咎于精英文学，但它的确需要引起我们的重视和反省。精英文学由于执着于思想艺术的探索，往往代表一个国家、一个时代文学的最高成就，但也有自身的局限。当这种局限不加约束而走向极端，它不仅给自身，而且对整个文学生态系统产生影响。葛兆光在《思想史研究课堂讲录：视野、角度与文法》中指出：一种思想观念由"常识"到"习俗"再到"制度"而真正进入实际生活，在这一过程中，某种新思想被知识精英提出来的时候，"常常是理想的、高调的、苛刻的，但是，真正在传播与实施过程中间，它就要变得妥协一些、实际一些"，因此，富有针对性地提出了从重视"创造性思想"到重视"妥协性思想"变化的研究思路。[①] 他还说，

[①] 葛兆光：《思想史研究课堂讲录：视野、角度与方法》，生活·读书·新知三联书店2005年版，第296—297页。

知识精英的思想观念因为超前，往往"悬浮在社会与生活的上面"，与实存的世界"有一段距离"，而成为思想史上的"非连续性"环节，相反，在实际的生活中，倒是那些非精英的知识与思想在历史连续性链条上演进着，发挥着更大的作用。① 这也告诉我们在看到知识精英的探索性、创造性同时，不能忽略其妥协性、脱轨性的另一面。

（八）新形态文学的历史化

网络文学作为依托网络平台与数字技术而诞生的一种新形态文学，它在近二十年迅速发展、引人注目，与传统纸质文学略显冷清形成了鲜明的反差。对于这个新生的"怪物"，开始人们是不认识的，也缺乏思想准备。有些体制内作家表示不屑，当然随着语境变化，后来他们的态度也都悄然发生了变化，如莫言、麦家。② 理论批评界相对较为矜持、理性，并有一些学者如欧阳友权、黄鸣奋、邵燕君等打破传统习见的思维观念，积极介入并取得了不俗的成绩。有关这方面，欧阳友权和贺予飞在《网络文学研究的几个学术热点》③一文中有较全面的爬梳和分析，不妨可资参考。现在问题是，价值上的认同并没有很好地转化为充分的学理阐释。由于网络文学历史短促与积淀不足，也由于超巨量存在而质量良莠不齐，鱼龙混杂现象特别严重，大大增加了历史化研究的难度。比这更重要的是评价标准的不确定与学术资源的掣肘，在这方面，不仅我们自己如此，就是西方也好不到哪里去。与之有点搭界的大概要数马歇尔·麦克卢汉的媒介理论、约翰·费斯克的粉丝理论、本·雅明的机械复制理论等。显然，如果认同卢氏的"媒介即信息"，就会将网络文学视为与传统文学具有完全不同功能的另一种文学，即它不仅改变了文学传播的"形式"，而且还改变了文学传播的"内容"——因为媒介本身就是"内容"。也正是因此，近二十年网络文学研究大致形成了相互关联而又不尽相同的"网络—市场—文学"三维或三种模式。网络文学历史化的前提是对网络文学赖以生存的民间性、适俗性思想观念的认同与对话。它有自己的坚守，有作为

---

① 葛兆光：《中国思想史·导论》，复旦大学出版社2001年版，第11页。
② 参见《在两会上和作家聊文学》，《中国青年报》2000年3月20日；罗皓菱《麦家语出惊人，网络文学99.9%都是垃圾?》，《北京青年报》2010年4月9日。
③ 欧阳友权、贺予飞：《网络文学研究的几个学术热点》，《文艺理论研究》2019年第3期。

文学应有的"有益无害"的底线原则，但却不像传统文学那样追求绝对形而上、崇高与纯粹，而是对"合理自私"及在此基础上发展起来的"亲我主义"这样一种处于中间"灰色"地带的泛个人主义价值观表示理解与认同。反映在评论和研究时，往往就有"承认并肯定自己的欲望和幻想，而同时保持学术热情和理论的复杂度"的这样一种"学者粉"的姿态。① 如今网络文学经典，如今何在的《悟空传》、李晓敏的《遍地狼烟》等也夹有这种"灰色"，不同之处在于借用斯图尔特·霍尔所说的"反抗性符码"，即自己反对自己、自己解构自己的"自反性"力量，② 对这种类型化的普遍通病有一定的超越。从艺术角度讲，网络文学基于"超验"（而不是"经验"）的想象，它不但符合现代的社会文化诉求，而且也与在游戏化、碎片化中长大的今日中国之青少年接受心理相契。这也可解释为什么网络文学的阅读对象 60% 集中在 30 岁以下读者。"50 后""60 后"作为接受群体阅读有限，且并不十分畅达，尽管他们试图调整，但限于知识结构，要想有根本的改变，现实性不大。这也再次说明，所谓的"一代有一代之文学"，此论不谬。

　　谈及网络文学历史化，还不能不提及近些年政府对之的支持、监管、引导及有关要求和期待，包括文学奖与优秀作品的评选、国家与教育部的立项、人才培养与评文介绍等。没有官方的竭力推动及一系列配套措施的跟进，网络文学是不可能在这么短的时间内得到如此发展的。当然，正如有人所批评的，这些支持是否助长依赖思想或被主流意识形态收编的可能。像近些年来不加规约地强调网络文学的现实化或现实主义，似乎与此不无关系。实际上，事情还有另一方面，也许正是网络文学悬置了现实，它才能摆脱现实对它的束缚，最大限度地实现以"幻化"为特征的创造性和想象力。网络文学发展建立在文体属性的基础上，并有一套自治的商业运营模式。所以在充分用好政府扶持政策的同时，不能忽略了这些长期凝结而成的规律性的东西。何况政府也是有规范的，网络文学并非与政治

---

① ［美］亨利·詹金斯：《〈文本盗猎者〉二十年后——亨利·詹金斯和苏珊·斯科特的对话》，《文本盗猎者——电视粉丝与参与式文化》，郑熙青译，北京大学出版社 2016 年版，第 277 页。

② 转引自王一川《文学理论演讲录》，广西师范大学出版社 2004 年版，第 284 页。

无关的法外之天，它的历史化还涉及"社会效益优先"的原则问题。这一点，在 2014 年"净网行动"时就得到了充分的体现。我们不能对此作片面的理解。

二 历史盘点及对局限性的超越之思

从以上不无粗疏的八个问题的综合考察可知，当代文学历史化是一个立足当下而又融会古今中外的开放开阔的概念，也是一个充满反思色彩而又与正在行进中的文学及时代社会及物的研究命题。在这里，无论是历史情境的历史化、研究主体的历史化，还是永远的历史化、历史化的空间问题，无论是史料在历史化中的作用、历史化与批评的关系，还是历史化与思想的关系、新形态文学的历史化，它只是揭示了历史化的某一方面。由于八个问题都具有很强的实践性，它不仅与下游的作家作品和文学现象评价密切相关，同时还与上游的包括评奖、文学史、选本在内的经典化工作具有难以切割的关联，所以，任何一个问题既有一定的自洽性，同时也有明晰的现实指向性。而这，如果不是建立在当代文学历史与现实深切了解和认知基础之上，那是很难进行评判的。说实在的，在历史化问题上，对之作逻辑演绎的判断，或者下一个什么大体不错的结论，这都不难做到。但将其放在历史与现实相通、事实与思想互动中，探究它们"为何历史化""如何历史化"并进而给予总结，求得合历史合逻辑、合情合理的效果，让人信服，并非易事。它需要专业知识，更需要有强烈的问题意识和严谨的态度。光是热情、才气和敏锐的审美感知是不够的。这也许就是历史化研究与通常所说的批评的一个重要区别吧。

作为中国语言文学一级学科（中文系）大家族中最年轻，同时也是"尚未完成"的一个二级学科，当代文学历史化从原来隐性的、不自觉的潜流，到近年来因风云际会，逐渐浮出水面而别具声势和影响，这表明当代文学在经过 70 年发展以后，已不满原有人文性、当代性的冲动和批评化、主观化的诉说，而要向科学的、学术的转向，在此基础上重塑自我，使之傲然挺立于强手如林的中国语言文学一级学科中，并成为其中支撑性主干学科的意向。毫无疑问，这样的历史化，应该看作学科自觉的一个标志，它对当代文学来讲，意义是不言而喻的。对此，我们应该充分理解，并根据自己研究的实际情况，给予切实的支持。

当然，历史化只是当代文学研究的一种，不能夸大，它有自身的功能价值，也有自身的局限，不能也无法包办和取代其他。事实上，在历史化研究过程中，无论从理论还是从实践角度来看，这种局限一直存在，在一定程度和层面上甚至还存在有学者所指出的，过于依赖"文学史共识"的零碎化、泡沫化、边缘化现象乃至"平庸之恶"（旷新年语）。伊格尔顿针对詹姆逊的"永远历史化"理论，曾提出质疑，认为"'永远历史化'是一个拒绝相对化的绝对命令，一个拒绝语境化的无语境要求，一个拒绝变化的永恒真理"。他认为这个理论存在着"述行矛盾"。[①] 国内也有一些学者，对此提出批评和警示。如张清华在历史化发轫之初，在肯定它将当代文学学术空间与内涵扩展的同时，就指出历史化也面临着历史碎片化、"文本"和"文学性"被湮没以及"非人文""非现实"的难题。[②] 就是历史化的倡导者和实践者程光炜，他在 21 世纪第一个十年带领研究生"重返八十年代"时，就相当明晰地看到了历史化的局限性："所谓的'历史化'包括'自我历史化'，其实仍然是那种非常'个人化'的'历史化'存在着不可能被真正'普遍推广'的学术局限性。"[③] 只不过后来为了推进研究，更强调其积极的一面。再如颜水生，作为年青一代学者，对历史相对陌生，他在充分肯定历史化意义价值的同时，对其本身存在的"令人困惑的问题"，如历史化与当代性关系、自反性问题等，[④] 也有不失敏锐而又相当到位的批评，较之张清华、程光炜等年长的学者，似乎更有一种超然冷峻的认识。

指出局限是为了超越局限，使之在学科建设的层次和境界上有新的拓展，即所谓的"超越之思"。目前，当代文学历史化处在批评质疑与纵深推进同时并存的胶结状态。这种情况出现，其实反映了历史化背后人们观念上的歧义。对相似甚至完全相同的问题，由于参与者知识、视

---

① [英] 特里·伊格尔顿：《我们必须永远历史化吗?》，许娇娜译，《外国文学研究》2008年第6期。

② 张清华：《在历史化与当代性之间——关于当代文学研究与批评状况的思考》，《文艺研究》2009年第12期。

③ 程光炜：《当代文学学科的"历史化"》，《文艺研究》2008年第4期。

④ 颜水生：《历史化视野中的文学史研究——略论程光炜中国当代文学史研究》，《理论学刊》2011年第1期。

域、观念的差异,有不同的认知本属正常。但观念上的不认同,不应简单变为学理上的不理解,并且彼此须围绕对应的概念和边界展开。否则,会造成不必要的学术损耗,它看似讨论热烈,其实双方所讲的并不是同一层面或阶段的事,也就很难形成真正的学理上的交集。这也是我们讨论时需要注意的。

张均在 2016 年提出史料及历史化研究存在的"隔阂"问题,① 这个判断是符合实际的,并且在笔者看来,这种"隔阂"今天依然存在,它已成为制约历史化研究一个重要因素。假如上述理解偏差不大,那么如何在讨论时保持一种谦逊、警醒和对异己者立场加以同情理解的态度,并将其诉诸理性的学术表达,就显得不无重要和必要。只有这样,才能形成并达到真正的学理上的交集,并在"他者"的视野下,更好地审视、拓展并提升自己。

最后,还要再次强调:"历史化"与"当代性"是当代文学研究和学科建设同一个问题的两个方面,它们各有非己莫属的功能价值和优长短劣,彼此之间也不是你死我活的关系,更多的是知识学模式的差异。它在近些年的兴起,如同文化研究对于审美反映论的超越一样,对于批评来说,也"不是一个思潮替代另一个思潮的过程,而只是体现了解释文学模式'主导性'的变化,是累积中的超越。它们之间是彼此辩难、相互吸纳、互为镜像的过程"。② 当下在历史化讨论中,有的人似乎夸大了历史化与当代性(包括批评)的对立。其实,它们不是你死我活,而是你中有我,我中有你,甚至存在着相互转换的可能性。在这里,何时转换,向何处转换,取决于历史语境及与之相关的社会文化和人们的内在需求:"某些历史语境之中,经典、审美或科学性质成为当务之急,另一些历史语境之中,外部研究或个性、批评家的独立意识更为重要。批评家的倾向选择不仅是回应作品乃至文学史,而且力图进入更大的文化场域与经济、政治、科学等各种话语类型互动、对话、博弈。"③

---

① 张均:《当代文学史料利用中的问题意识》,《文艺争鸣》2016 年第 8 期。
② 邢建昌:《文学理论知识学模式的变化——从反映论、审美反映论到文化研究论》,《中国文学批评》2018 年第 1 期。
③ 南帆:《文学批评:八个问题与一种方案》,《文学评论》2018 年第 1 期。

现如今当代文学在经过长期的理论批评盛行之后,自身的提升和发展提到重要的议事日程。在此情况下,出现上述的历史化现象就很正常。在一定意义上说,它打开了一个与当代性或批评化并不相同的知识探求领域,为当代文学研究提供了另一种思路及可能性。从长远的角度来看,它是有益于当代文学研究及学科建设的。所以,作为研究者,我们应该对之怀有更加包容的格局和更为辩证的态度。

附录一 "50后"学人与当代文学历史化研究

相对于"50后"作家这一代群性质的称谓,"50后"学人作为知识群体在命名的合法性上虽然还没有得到广泛的讨论,但事实上,与"50后""85"学人等相关的,通过年龄与年代来对一个学术群体进行指认的方式却一直为研究者所使用。本文所说的"50后"并不拘泥于20世纪50年代这一限定的时间,它可以把20世纪40年代末一直到60年代初期这一时间段出生的学人纳入考察的范围中。除了年代的因素,还要充分考虑到他们在文化学识、社会经验、历史意识、话语资源和精神诉求等方面的相似性。北京大学中文系教授贺桂梅在分析陈平原所提出的"85"学人时说:"这一知识群体实际上与文学界的'知青作家''朦胧诗人'与电影领域的'第五代导演',以及音乐、美术界的新生代,属于同一个代群并具有相类的历史和文化经验;也大致相当于李泽厚所谓的'红卫兵一代'或刘小枫所谓'四五一代'。作为'一代人',并不意味着他们在年龄上的相似(比如'20世纪中国文学'论的三位作者,钱理群就远不同于有过知青经历的黄子平和陈平原),而主要表现在其历史经验、社会位置与自我意识的相似。"[①]

可以说,"50后"学人正是在1985年前后以"新一代"学者的姿态第一次集体亮相的,他们大都有过研究生阶段的经历,接受过正规的学院教育和良好的学术训练,成为各大高校与科研机构的学术骨干,历经三四十年的学术生涯,至今他们仍活跃于学术研究的前沿位置。作为一个学者

---

① 贺桂梅:《"20世纪中国文学"论与现代文学学科体制》,《现代中文学刊》2010年第3期。

群体，他们分别在当代文学史理论、文学史写作与文学史料整理等历史化研究方面取得了令人瞩目的成就。其中的代表学人主要包括陈思和、陈晓明、丁帆、程光炜、张清华、孟繁华、朱栋霖、吴秀明、李杨、王尧、王彬彬、吴俊、金宏宇等学者。相同的社会遭遇和历史记忆使他们对当代社会、政治、历史、文化与文学、文学研究、文学史学的嬗变和演进有着比较一致的经验和认知，因此在文学历史化研究方面所呈现出的历史意识和价值立场的趋同性大于他们之间的分歧。

一

20世纪80年代，"50后"学人已经在不同的专业领域崭露头角，并屡次以学术新锐的身份开始引人注目。"50后"学人在文学批评、文学理论、文学文本研究等方面成果显著，但其中影响最大的却是文学史研究，首先引起学术震动的是由黄子平、陈平原和钱理群在1985年提出的"20世纪中国文学"这一文学史论述。"20世纪中国文学"论被学者称为"开启了在'中国新文学史'研究、'中国现代文学史'研究之后的第三个研究阶段"[①]。正如学界总结的那样，其意义不仅在于第一次提出将近代、现代与当代文学"打通"的整体文学史观，还应该关注主导这种新型文学史观念的文化知识范式和理论话语形态。"光打通近代、现代、当代还不够，关键是背后的文化理想。说白了，就是用'现代化叙事'来取代此前一直沿用的阶级斗争眼光"[②]。也就是说，"20世纪中国文学"论的贡献一方面表现为"文学整体观"的史学与学科理念的设计以及以此为指导对现代文学与当代文学学科秩序进行调整与重建的知识话语范式；另一方面，通过"现代化理论"来支撑其自己的叙事形态和精神话语。"现代化理论"来自美国社会科学界，它通过20世纪80年代兴起的文化热潮进入中国的思想文化场域，并进一步形成"20世纪中国文学"的核心话语。在"现代化叙事理论"的烛照下，中国现当代文学理解为"走向'世界文学'的中国文学；以'改造民族的灵魂'为总主题的文

[①] 陈思和：《关于编写中国二十世纪文学史的几个问题》，《犬耕集》，上海远东出版社1996年版，第236页。

[②] 查建英：《八十年代访谈录》，生活·读书·新知三联书店2006年版，第128页。

学;以'悲凉'为基本核心的现代美德特征;以文学语言结构表现出来的艺术思维的现代化进程"。[1]

毫无疑问,"现代化理论"构成了"20世纪中国文学"话语结构与知识体系转型的基础,它把"20世纪中国文学"纳入"世界文学"的视野和范畴中,并给80年代的文学史研究提供了合法性的叙事逻辑和价值尺度。有学者在论述"20世纪中国文学"论的贡献时认为:"尤为值得关注的是,'20世纪中国文学'论是80年代诸多有关'现代化'的论述当中,较早也较为完整地采用了传统/现代、中国/世界这一现代化理论叙述结构的文本之一。它将20世纪中国文学的现代化进程,同构地纳入中国文学如何在'走向世界文学'的过程中获取现代民族意识的过程,并提供了有关'世界市场'、'世界文学'与'中国'主体想象的颇具时代症候的典型叙事。"[2] 本质上看,"20世纪中国文学"的基本诉求是文学的"独立性",它将文学史从社会政治的封闭装置中抽离出来,"让文学回到文学自身",进而实现文学从"革命"话语到"现代化"话语之间的转换。因此"文学主体性""文学审美""文学性""纯文学"就自然成为"20世纪中国文学"论中所崇尚的关键词。"20世纪中国文学"对文学史"独立性"的诉求和强调,在随后的同样是"50后"学人陈思和、王晓明、蔡翔等人引发的"重写文学史"学术思潮中得到了更为集中和明确的诠释和表达。

"重写文学史"运动思潮发生在20世纪80年代中后期的上海,1988年,陈思和、王晓明在《上海文论》主持"重写文学史"专栏,并以此为阵地发表了一系列的学术研究与争鸣文章。关于文学史如何重写的问题,陈思和认为:"从新文学史研究来看,它决非仅仅是单纯编年体式'史'的材料罗列,也包含了审美层次上对文学作品的阐发评判,渗入了批评家的主体性。研究者精神世界的无限丰富性,必然导致文学史研究的多元化趋势。文学史的重写就像其他历史一样,是一种必然的过程。这个过程的无限性,不仅表现了'史'的当代性,也使'史'的面貌最终越

---

[1] 黄子平、陈平原、钱理群:《论"二十世纪中国文学"》,《文学评论》1985年第5期。
[2] 贺桂梅:《"20世纪中国文学"论与现代文学学科体制》,《现代中文学刊》2010年第3期。

来越接近历史的真实。"① 可以说,"审美性"与"主体性"既是"重写文学史"认知对象的方式,又是进行自我定位与实践的方法和标准,它回应了"20世纪中国文学"中"文学本体论"的叙事诉求,并进一步突出了"文学阶级性""政治性"等意识形态话语的逻辑偏颇。"重写文学史"的主要倡导者陈思和正是以"文学性""审美性""主体性"等"文学本体论"话语来构建他的文学"整体观"的。"20世纪中国文学的整体意义除了自身发展的传统力量,还在于它与世界文学共同建构起了一个文学的整体框架,并在这样一个框架下,确定自身的位置。"② 在世界文学视野的观照下,文学"整体性"的创见在某种程度上呈现了"50后"学人的胸怀、气度和信心,也使现当代文学获得了通过文学"现代性"进行自我定位的史学坐标。在稍后的几年里,陈思和又在那部著名的《中国当代文学史教程》中提出"潜在写作""民间意识""共名""无名"等文学史学概念。毫无疑问,这些概念与"文学性""审美性""主体性"一起支撑起文学"整体观"的构架体系和价值范式。"'民间'、'潜在写作'、'无名'等概念从某种意义上讲都是'整体观'在不同历史语境中的变种。通过这种'命名',陈思和建立起了一种宏大的关于中国现当代文学史的历史意识和历史观念,并逐渐形成一个自足的文学史史学体系,而这种自足性又通过学术传播为一种文学史的常识。"③

显然,文学史观念及历史意识的生成与转换离不开具体的社会文化语境,从20世纪80年代到90年代,社会文化思潮越来越强烈地表现出对"现代性"的质疑与反思。相应的,"文学现代化"已不再是文学史叙述中确定性的书写原则,而是成为被反思甚至被解构的对象。90年代兴起的西方后现代主义文学思潮包括后结构主义、后殖民理论、女性主义、西方马克思主义等赋予"50后"学人更为开阔的理论视野和更为深入的自省意识。他们自觉突破了80年代社会、历史及美学批评范式,将后现代文学理论知识、研究方法与价值范型与当代文学及文学史研究相结合,取得了预期的成就。其中影响最大的当推以经典重读为鹄的"再解读"思

---

① 陈思和、王晓明:《主持人的话》,《上海文论》1988年第4期。
② 陈思和:《中国新文学整体观》,上海文艺出版社1987年版,第15页。
③ 杨庆祥:《"整体观":建构与反思》,《当代作家评论》2010年第4期。

潮。"重读"也是一种"重写",从某种意义上看,"再解读"可以理解为对"重写文学史"的重写与修正,这在研究视域与方法模式方面体现得尤为明显。代表成果主要包括:唐小兵主编的《再解读:大众文艺与意识形态》、黄子平的《革命·历史·小说》、李杨的《抗争宿命之路——"社会主义现实主义"(1942—1976)研究》、王晓明主编的《批评空间的开创:20世纪中国文学研究》等。关于"再解读"的理念思路,唐小兵认为:"阅读不再是单纯地解释现象或满足于发生学似的叙述,也不再是归纳意义或总结特征,而是要揭示出历史文本背后的运作机制和意义结构,我们便可以把这一重新编码的过程称作'解读'。解读的过程便是暴露出现存文本中被遗忘、被压抑或粉饰的异质、混乱、憧憬或暴力。"[①] 李杨指出,"再解读"与20世纪80年代流行的"新批评"解读模式有很大的不同,他说:"'再解读'方法其实深受后结构主义思潮乃至文化研究的影响,甚至可以将其视为文化研究的一次实践。因为它完整体现出文化研究基本原则,那就是将'新批评'封闭的文本重新打开,重新进入社会与历史,这其实是'再解读'文章的共同选择。"[②] "再解读"将被"20世纪中国文学"和"重写文学史"思潮遮蔽或压抑的20世纪40—70年代的文学经典挖掘或解救出来,通过文化研究的方式来具体呈现经典文本的叙事模式、话语结构、文化逻辑以及弥漫其中的意识形态内涵。"再解读"走出了以往固有的文学/政治、历史/审美等"二元对立"的研究模式,在某种程度上纠正了20世纪80年代文学及文学史研究的偏颇,使90年代以后的文学及文学史研究具有了某种历史意识,进而获得了整体历史观的史学意义。

"再解读"所进行的文化研究实践,给学术界带来了深远的影响。随着文化/文学社会学、知识考古学、谱系学、永远历史化等知识理论的加入,"文化批评"呈现出综合化趋势。21世纪初,李杨提出历史化概念。他说:"我可能深受詹姆逊关于'永远历史化'的观念的影响。詹姆逊声言他对那些'永恒的'、'无时间性'的事物毫无兴趣,他对这些事物的

---

① 唐小兵:《再解读:大众文艺与意识形态》,香港牛津大学出版社1993年版,第25页。
② 曾令存、李杨:《"再解读"与"反现代的现代性"——当代文学学科史访谈录》,《中国现代文学研究丛刊》2011年第12期。

看法完全从历史出发。按我的理解,这里的'历史化'是指任何理论都应当在特定的历史语境中加以理解才是有效的,与此同时,'历史化'还不仅仅意味着将对象'历史化',更重要的还应当同时将自我'历史化'。"① 张清华认为,这是对"当代文学'历史化思潮'的一个节点性论述"。"这一看法不但是对 80 年代以来当代文学界所建构的'纯文学神话'的批评,是对'启蒙主义文学史观'或'自由主义文学史观'的反思,也是对新一轮左翼文学之历史研究展开的一个理论推动,是对 90 年代后期以来'红色经典再解读'研究的一个理论提升。"② 相比较而言,"50 后"学人比前辈学者更善于借鉴和吸收西方的各种思潮理论,并自觉融会于自己的学术建构和理论阐释中。李杨对历史化的理解就来源于西方学者詹姆逊的"永远历史化"理论,注重历史的整体性,并强调整体上的辩证统一,但由于詹氏理论在方法上的局限性,李杨又引入了福柯的"知识考古学/谱系学"等理论作为补充,使历史化理论不断完善。

其实,在历史化问题上,陈晓明是最具有理论性的一位"50 后"学人。在他早期的代表性著作《表意的焦虑》中,历史化就作为一个文学史概念被提了出来,但最终作为一种体系化的认知与阐释框架却是在《中国当代文学主潮》中才得到充分表达。他认为:"中国当代文学与中国现代文学有着一脉相承的关系,这种关系只有放置在'历史化'的框架中才可以得到解释。"③ 在陈晓明那里,历史化概念通过两个方面去理解:"其一,文学被给予一定历史性,文学也总是生成一种自身的历史性并再现出客观现实的历史性;这就是说,'历史化'的文学艺术也可以反过来'历史化'现实。其二,就其具体文本而言,文学艺术对其所表现的社会现实具有明确的历史发展意识;文学叙事所表现的历史具有完整性。借助叙事的时间发展标记,这种完整性重建了一种历史,它可以与现实构成一种互动关系。""'历史化'说到底是在给人类已经完成的和正在进行的实践活动建立总体性的认识,是在明确的现实意图和未来期待的指

---

① 李杨:《50—70 年代中国文学经典再解读》,山东教育出版社 2003 年版,第 202 页。
② 张清华:《在历史化与当代性之间——关于当代文学研究与批评状况的思考》,《文艺研究》2009 年第 12 期。
③ 陈晓明:《中国当代文学主潮》,北京大学出版社 2009 年版,第 19 页。

导下，对人类生活状况进行合目的性的总体评价的表现。"① 说到底，这里的历史化是一种基于现代性视野的总体性认知，但同时又强调"客观的同情式理解和反思性评价"，对现代性问题的反思也是历史化的核心内容，这也解释了陈晓明为什么如此热衷于具有反思特质的西方后现代理论。与众不同的是，他还提出了历史化方法的具体实现形式，"根本方法还是回到对文学作品文本的解释，'历史化'还是要还原到文学文本可理解的具体的美学层面"②。可以看出，在历史化问题上，陈晓明是少有的重点关注"文学性""审美性"等文学本体要素的学者，这可能与他来自文艺学的学术背景有关。

与陈晓明相比较，程光炜虽然也强调西方理论的引入与研究，比如，他对福柯、埃斯卡皮、佛可马和韦勒克等理论方法的推崇，但他更注重理论与实际的结合，特别是从微观层面来寻求当代文学学科化建设的实现路径，体现出鲜明的实践色彩。代表著作有《文学史的兴起——程光炜自选集》《文学讲稿："八十年代"作为方法》《文学史二十讲》《当代文学的"历史化"》等，主编《重返八十年代》《文学史的潜力：人大课堂与八十年代文学》等。21世纪以来，程光炜以"重返80年代文学"为契入点，通过"再解读"的形式来确立他所主张的当代文学学科化须遵循的"回到历史现场"的原则。其中，历史化构成了"重返80年代文学"核心学科观念和总体研究思路。这里的历史化包含三个方面的内容，"即在文学与其多层次复杂的历史关系中，文学与其周边的变动关系中，文学与文学内部机制的生成关系中，来重新讲述文学的历史"。③ 可以说，回到"历史现场"和"历史语境"中探讨文学生成的历史关系和社会机制，使当代文学的历史化研究既有"历史感"，又不乏"现场感"，"正因此，程光炜总是赋予历史化以强烈的'历史现场感'，并从切实的史料出发，将其与具体的对象、问题结合起来，从不流于空谈，或拿某种既定的理论去套"。④

---

① 陈晓明：《中国当代文学主潮》，北京大学出版社2009年版，第19—20页。
② 陈晓明：《中国当代文学主潮》，北京大学出版社2009年版，第22页。
③ 张伟栋：《"重返八十年代"的历史关联及其文学史效应——论程光炜的"重返八十年代"研究》，《文艺争鸣》2011年第18期。
④ 吴秀明：《后现代主义语境中的知识重构与学术转向——当代文学"历史化"的谱系考察与视阈拓展》，《文艺理论研究》2016年第4期。

这种立足于具体问题的研究方法给予历史化视野以更多的包容性和现实性。从另一方面讲，历史化并不排除"当下化"，历史化赋予"当下"以"历史感"，"当下"为历史化提供自我确立的研究基点。针对不与"当下"发生联系的所谓"本质叙述"，程光炜提出"讨论式"和"对话式"的历史化途径。"当代文学学科的'历史化'，应该在不断'讨论'的基础上来推进，一个讨论式的研究习惯的兴起，可能正是这种'历史化'之具有某种可能性的一个前提。""当代文学学科更应该考虑的是，应该不应该有自己的'边界'、'范围''领域'，当然这些东西，又只能是在不断的讨论之中才浮出水面，并逐渐为人们所接受。另外，我所说的'讨论式'研究还有一层意思，即，它警惕对研究者的立场做'本质性'设定，主张一种适度和有弹性的言说态度；它强调建立一个自足的话语方式或言说系统，但它同时又认为，在此背景中，不同的研究者是可以'百花齐放'的，而不像有的学科那样用新的'一统'去终结旧的'一统'。我所说的'历史化'，指的就是这些东西。一方面是当代文学学科的'历史化'，另一方面研究者同时也处在这种'历史化'过程之中。"①程光炜所主张的历史化无疑具有很强的包容性和现实性。此外，程光炜在文学史写作和文学史料收集整理方面也成就斐然。著有《中国当代诗歌史》《中国当代文学六十年》（与他人合著）和《中国当代文学发展史》（与他人合著），编选《中国当代文学经典》，注重对20世纪80年代的文学史料挖掘和整理等，这些著作都已经成为各高校的经典教材和阅读书籍，使用广泛。

作为"50后"学人的代表性学者，吴秀明的历史化研究既表现出类似的观念和思路，又有属于自己的研究范式。如果说程光炜的历史化研究聚焦于80年代文学，那么吴秀明的研究则向前拓展到"十七年"文学，并以此为起点来构建他的学术研究体系。在那部影响广泛的文学史著作《中国当代文学史写真》中，"还原历史"，强调"现场感"与"讨论对话式"的写作理念得到了较好的实践。还原文学史的原生状态，避免太过个人化的判断形成对"历史真实"的遮蔽，使文学史写作与研究获得

---

① 程光炜：《当代文学学科的"历史化"》，《文艺研究》2008年第4期。

了相对客观与完整的历史视野。在他的另一部论著《中国现当代文学史与生态场》中,对"回到历史现场"的文学史理论进行了全方位、多领域的拓展。此著不仅深入文学史内部,还充分关注文学史生成变化的外部生态场,多层面、多方位、立体化地揭示文学史生成、实践、发展与政治、社会、历史、美学、文化等因素之间的密切关系。这与程光炜等人倡导的文化社会学研究有异曲同工之妙。对此,有学者分析认为:"拓展文学史的生态场域研究,就其实质而言,并非是一种文学的外在研究,而是内外兼具的综合性研究。它立足于文学自身的基本规律,又广泛涉历史传统、文化记忆、现实伦理、美学观念等于文学创作之间的关系,是一种集宏观与微观、历史与现实、文化与文学于一体的综合系统。而这,也正是《中国现当代文学史与生态场》一书的核心价值所在。"① 吴秀明的学术研究没有生硬地照搬与套用西方现成的理论,但这并不说明他不重视西方现代与后现代哲学、美学、历史学、文化社会和文艺学等话语资源,而是将这些理论话语转换为一种适宜本土语境下的表达形式,自觉渗透并融合在文学史理论构造中。可以认为,吴秀明主张一种开放式的内外融通的综合性研究,在研究中赋予文学史以某种胸怀和兼容性。正如他说的那样:"跳出'审美/政治'二元对立的窠臼,倡导一种将它们彼此联系起来进行综合考察的、更加开放的文学史观。在这种开放的文学史中,治史家应当扬弃任何抵触和敌意,以一种同情的、理解的与审美的眼光来观照文学的政治性,在批判文学工具化的弊端时又能肯定文学良好的政治愿望。这样,才有可能使文学获得相对完整的历史视野,最大限度地还原体制化文学的自行运演轨迹及其生存状态,真切体会到历史的存在空间与文学的符号空间的'不对等性'。"②

2016 年,吴秀明发表了他的关于历史化研究的重要文章《后现代主义语境中的知识重构与学术转向——当代文学"历史化"的谱系考察与视阈拓展》,这篇文章详细梳理了历史化的研究现状与其概念自身的生成演变脉络及知识谱系,深入探讨了历史化的西方外源性理论及中国内源性

---

① 洪治纲:《生态视野与文学史的重估——读吴秀明新著〈中国现当代文学史与生态场〉》,《中国图书评论》2010 年第 6 期。

② 吴秀明:《中国现当代文学史与生态场》,中国社会科学出版社 2009 年版,第 121 页。

理论以及与"文学中国"的关联性等问题,进一步对当代文学研究的历史化进行了体系性构想。具体就框架而言,他认为:"(其)主要包括'史观历史化'与'史料历史化'两种形态和以下三个方面:一是宏观层面的历史观念问题,包括对当代文学研究意义价值的衡估,学术经验的总结,内在规律的梳理,未来前景的判断等,希望站在长时段和今天时代的高度给予历史的评价;二是中观层面的有关问题,如文学史、文学思潮、文学现象的书写,文学评判制度的梳理,文学经典的筛选,历史化与当代性、批评及学人关系的辨析等,拟就这些重要的难点和节点问题作出有针对性而又学理深度的阐释;三是致力于文学史料的收集整理、甄别、辨析与分类编纂,包括传统形态的文献史料,也包括新型的文学史料,由于涉及的内容繁杂,且长期以来被我们忽略了,所以带有明显的'补缺'性质,它虽然属于基础的层面,但却成为历史化不可或缺的重要组成部分。"[①] 在吴秀明看来,当代文学历史化研究不是一项简单的工作,而是集合着文学史观确立、文学史写作与文学史料辨认等方面的复杂的立体化工程。事实上,吴秀明的历史化研究也正是围绕着这三个方面展开的。出版于 21 世纪的《转型期的中国当代文学思潮》可以看作他进入文学史与学科研究与写作的标志,被称为"基本建立其现当代文学整体研究观念的奠基之作"[②]。随后的《中国当代文学史写真》《当代中国文学六十年》等文学史写作都始终体现着他"整体性"与"开放性"的文学史观,为纠正时下流行的但具有偏颇性的史著起到了积极作用。2017 年发表的《当代文学"历史化"的历史观问题探讨——基于政治和革命的视角》这篇论文,集中回答了当代文学历史化需要怎样的历史观问题,尤其是长期困扰于文学史写作中"政治""革命"等非文学因素的缠绕现象,进行了深入的学理性辨析并给出了合乎历史真实与逻辑的书写原则,文章既是他以往实践经验的系统性总结和思考,又呈现出作为一代文学史家的学术胸怀和历史眼光。近几年,吴秀明在当代文学史料的研究与整理方面也成果

[①] 吴秀明:《后现代主义语境中的知识重构与学术转向——当代文学"历史化"的谱系考察与视阈拓展》,《文艺理论研究》2016 年第 4 期。

[②] 张鸿声:《学科的整体性与中国现当代文学研究——读吴秀明新著〈中国现当代文学史与生态场〉》,《海南师范大学学报》(社会科学版)2010 年第 3 期。

丰硕。除了接连发表了诸如《"一体化"视域下的当代文学运动史料》《批评与史料如何互动》《论当代文学研究的知识学养问题——基于文学史料的一种考察》等颇具学术分量的论文,还出版《中国当代文学史料问题研究》,主编《中国现当代文学作品与史料选》,并推出了一套11卷600万字的《中国当代文学史料丛书》(各种原因,迄今只出版了5卷),这些都在学术界引起了较大的反响。

  作为一代学人集体,"50后"学人依据自己的学术专长,都在当代文学历史化不同的研究领域中取得了令人瞩目的成就。除了上述几位学者,孔范今主编两卷本的《20世纪中国文学史》作为对"20世纪中国文学"思潮的回应,影响较大;张清华致力于当代文学思潮和历史化理论研究,出版《中国当代文学先锋思潮论》《中国当代文学编年史》(共10卷,张清华主编其中2卷)等著作;丁帆著有《中国乡土小说史》《中国新文学史》以及《中国当代文学史新稿》(与他人合著)等;吴俊等学者则在文学史料研究方面贡献甚大,主编大型史料丛书《中国当代文学批评史料编年》等。当然,还有很多学者在当代文学历史化研究中也取得了不容忽视的成就,限于作者的目力和本文篇幅,在此不再赘述。总之"50后"学人以其深厚的理论修养和丰富的实践经验为当代文学历史化做出了突出的贡献。

二

  不可否认的是,"50后"学人的当代文学历史化研究在取得较大成就的同时,也面临许多问题,存在许多困惑和局限。"历史化思潮及其文学研究实践面临着共同或近似的困难,它开启了当代文学研究的科学化和学科化进程,将众多历史现象再度陌生化,再度展开了'当代文学'的巨大本体,但在消解历史的整体性和对已有文学史叙述的某些本质化命名发出质疑的时候,也使所重返的'80年代'碎片化并不可避免地使这些研究知识化了;从更深层的意义上,它甚至也面临两个本体与价值方面的困惑,即'本体'和'文学性'被湮没,以及对启蒙主义与自由主义两种思想主导的文学史叙述的颠覆。"[①] 从近几年的学术实践来看,张清华的

---

 ① 张清华:《在历史化与当代性之间——关于当代文学研究与批评状况的思考》,《文艺研究》2009年第12期。

分析无疑切中肯綮。其实，诸如程光炜等从事当代文学历史化研究的"50后"学人也已经意识到了这一点，"所谓的'历史化'包括'自我历史化'，其实仍然是那种非常'个人化'的'历史化'，存在不可能被真正'普遍推广'的学术性的限度"。①

诚然，当代文学历史化研究与实践表现出的问题除了研究理路、方法自身的局限性，还与研究主体的理论视野、学术偏爱和历史观念等密切相关，虽然"50后"学人在知识结构、教育经历、历史记忆甚至理想情怀等方面都大致类似，但他们之间的差异也依然存在。比如"20世纪中国文学"论、"重写文学史"与"再解读"思潮的知识立场、研究路径就有明显的分歧。前者特别强调文学的"主体性""审美性"以及文学的启蒙功能；后者则突出构成文学的异质性因素，着重关注和探讨文学与所在社会、历史及文化场域之间的内在关联。不管哪种研究范式，在取得突破的同时，也呈现了自身的不足和局限。"20世纪中国文学"和"重写文学史"在让"文学回归自身"，以现代性叙事话语来构建"整体化"的"20世纪中国文学"方面成就卓著，但过分强调单一性的自身诉求容易导致对文学本质主义的僵化理解。王瑶曾就"20世纪中国文学"对"左翼文学"构成了压抑和遮蔽这一现象批评道："你们讲20世纪为什么不讲殖民帝国的瓦解，第三世界的兴起，不讲（或少讲、或只从消极方面讲）马克思主义、共产主义运动，俄国与俄国的影响?"② 贺桂梅将此归因于倡导者对"现代性"认识的偏颇，"'20世纪中国文学''不讲'的内容，概而言之，便是遮蔽20世纪'现代性'的内在矛盾与冲突，将其视为一个统一的因而也是'单一现代性'的过程，也因此抹去了在资本主义内部批判现代性的'社会主义（第三世界）现代性'"。③ "重写文学史"则承接了"20世纪中国文学"的立场观念和价值尺度，其在标立文学的"独立性"等本体论方面走得更远。"重写文学史"不仅有自己的理论创建，还自觉将其理论运用并贯穿于文学史写作实践的始终。比如"重写文学史"的代表学者陈思和，在他的"整体史观"的统摄下，命名了一

---

① 程光炜：《当代文学学科的"历史化"》，《文艺研究》2008年第4期。
② 钱理群：《矛盾与困惑中的写作》，《文艺理论研究》1999年第3期。
③ 贺桂梅：《"20世纪中国文学"论与现代文学学科体制》，《现代中文学刊》2010年第3期。

批诸如"民间文化形态""民间隐形结构""潜在写作""共名""无名"等理论概念,并以此构筑起一个自足的文学史史学体系。陈思和的"重写文学史"思想范式在他那本著名的文学史著作《中国当代文学史教程》中得到充分的体现。作为一部新的文学史,《中国当代文学史教程》被寄希望于能够"打破以往文学史一元化的整合视角,以共时性的文学创造为轴心,构筑新的文学创作整体观",①但在实际写作中,《中国当代文学史教程》并没有完全克服"一元化视角"问题,而是通过"潜在写作""民间意识"来简单否定"十七年"文学和"文化大革命"文学,由于依然秉持"二元对立"的研究立场,文学的"整体观"因此没有得到真正实现。新锐学者杨庆祥认为:"在'整体观'的挤压之下,'左翼文学'和'纯文学'似乎成为一个对立的、非此即彼的学术立场的选择。'去左翼化'似乎成为建立一个开发的、多元的文学史图景的必然前提,而忽视了历史因袭、生成的种种复杂因素。"对此,他进一步说道:"无论是'审美原则'、'文学性'、还是'地下文学''潜在写作''民间写作'等等都似乎是一种文学史叙述策略,无法真正弥合中国现当代文学史的种种裂隙、分化和纠缠,因此也无法完成重建一种'整体性'的文学史的重任。"②

"再解读"则反其道而用之,将目光集中于被"20世纪中国文学"和"重写文学史"压抑的40—70年代的左翼文学,通过对延安文学与"十七年"文学中蕴含的"反现代性的现代性"话语的挖掘整理,以期来实现对"去左翼化"的反拨,并进一步得到一种不同于前者的合法性历史化叙述。具体思路为,"再解读"以"大众文艺"的名义来确立它们与五四文学传统的深刻关联,并努力将其纳入整个现代文学史合乎目的的叙述框架中。作为一个自发的研究团体,"再解读"的作者尽管在问题意识和研究方法上存在差异,但在总体上呈现出较一致的思路与价值倾向,这一倾向被研究者称为"新左翼"立场。实际上,"再解读"所操持的"新左翼"史观无法真正弥合与五四新文学之间的裂痕甚至冲突。一个最基本的事实是,五四文学(文化)传统中的启蒙主义思想、自由主义精神

---

① 陈思和主编:《中国当代文学史教程》前言,复旦大学出版社1999年版。
② 杨庆祥:《"整体观":建构与反思》,《当代作家评论》2010年第4期。

与人文情怀等核心话语在"再解读"那里都遭遇到了选择性忽视,而这些优秀传统在当下中国发展过程中具有十分重要的建设意义和现实价值。从另一方面看,文本分析是"再解读"进入社会、历史进行话语重述的基本方式。由于使用了西方后现代主义、文化政治学及历史化理论知识,尤其是以詹姆逊、福柯、德里达等为代表的后结构主义知识话语的加入,赋予"再解读"以某种"知识化"来处理"历史化"的能力。"再解读"的问题恰恰在于"'知识化'与'历史化'的关系陷阱所造成的。没有'知识化'做基础,将历史现象、感情、问题'历史化'的工作是无法完成的。没有'知识'对'概念''范畴'的准确定义和阐发,我们的'历史化'大概永远都要停留在感性、模糊和情绪化的表达状态之中。而过分的'知识化则又容易给阅读者带来某种'被强迫'的企图。以至最终会牺牲掉历史本身的模糊性、暧昧性和丰富性内容。因此说,'再解读'思潮的贡献和它带来的麻烦正好揭示了继续研究下去的问题与难度"[①]。

继"再解读"之后,"50后"学人李杨和程光炜在21世纪初提出"重返八十年代"概念,随即引领了当代文学研究中的"80年代"热潮。从某种程度上看,"重返八十年代"与"再解读"有着一脉相承的关系,这不仅仅在于发起者李杨原本就是"再解读"思潮的骨干力量,重要的是他们秉持大致相同的知识理论、历史观念与价值立场。比如,都普遍推崇福柯的"知识考古学"、布尔迪厄的"知识社会学"以及詹姆逊的"永远的历史化"等后现代理论;都对"80年代"的"启蒙""人道主义"及"文学性"等观念基本持批判态度;都将40—70年代文学以"反现代性的现代性"或"独特的现代化"进行了重新评价和确认。可以说,"重返八十年代"是"再解读"在某个历史阶段的发展或深化。"重返八十年代"无疑加快了当代文学历史化研究的进程,其历史化理论与实践在中国文学研究中产生了较大影响,但这并不说明"重返八十年代"的历史化研究就不存在问题,而实际上已经显现了许多缺陷和困惑,除了与"再解读"遭遇相同的问题,还存在几个方面的不足和局限。

---

① 程光炜:《当代文学学科的"历史化"》,《文艺研究》2008年第4期。

如上面提到的张清华在批评历史化思潮时指出的那样：一方面，历史化所带来当代文学研究科学化和学科化的，以及过分追求历史存在的客观化和知识性会以消解历史的整体性、丰富性和人文性为代价，将最终导致历史的碎片化；另一方面，"'历史化'追求科学化与知识化，这种纯粹的学术化研究很可能远离公共空间，走进学术的象牙塔，很难对文学现象进行批判，也很难为未来的文学发展提供启示"。[1] 而历史化所追求的"客观化"和"历史感"，与"重返八十年代"所倡导的"当代性"构成了矛盾或冲突。如果没有对"一切真历史都是当代史"保持足够的警惕，那这样的历史叙述如何保证历史的真正"客观化"，而"历史感"又会如何实现？由于受历史材料可靠性和主体有限性的制约，不存在绝对的"客观化"，既然如此，"重返八十年代"所谓的"回到历史现场"究竟意义有多大也是个疑问。另外，还有历史化研究中的"自我历史化"问题。"自我历史化"强调研究者对主体进行的自我反思和自我分析意识，其在研究实践中表现为一种"价值中立"态度。"自我历史化"的实现不仅与研究主体的知识结构、理论创见、历史视野有关，还需要研究者的自省精神和道德责任意识，否则就容易陷入"历史相对主义"的境地，而所谓的"价值中立"或许也会成为研究者逃避自我历史承担责任的理由。

整体来看，不管"50后"学人在当代文学历史化研究实践的每一个阶段中表现出怎样的局限或不足，都为下一步的突破和发展提供了内在的逻辑动力，从这方面理解，文学史的不断"重写"就被赋予正当性和合法性。历史化研究与研究者的经验密不可分，但研究者的经验毕竟是有限的。"人之经验的有限性，也可以从代际的角度去思考：每一代人都是处身于特定的世界、特定的时代中，他们的经验就总有自身的边界与局限。"[2] 从"20世纪中国文学"到"重写文学史"再到"再解读"和"重返八十年代"，后者与前者之间表面上似乎存在矛盾、冲突甚至断裂，实际上内在地保持

---

[1] 颜水生：《"历史化"视野中的文学史研究——略论程光炜中国当代文学史研究》，《理论学刊》2011年第1期。

[2] 李德南：《中国当代文学史写作的经验积累与可能性——以陈晓明的〈中国当代文学主潮〉为例》，《文艺争鸣》2012年第2期。

着一种思维的连贯性,并且出现的问题和局限不是相类似就是"一体两面",看似两个截然相反的事物,其实有着密切的联系。总之,"50后"学人在当代文学历史化研究与实践中所表现出的成就和局限,必将引发新一代学者的关注和追问,进一步激发新一轮的超越和突破的可能性。

(魏庆培撰,原载《北方论丛》2020年第4期)

附录二　历史化内在路径与父母形象重塑

——以茅盾、柳青、杨沫子女追述为例

如果说由"局外人"所书写的传记与追忆文章是一种历史化的外在路径，那么由作家/学者本人、弟子及亲属（或曰"局内人"）所作的具有追述性质的文本则可被视为一种独特的内在路径，后者在前者经典化进程中发挥了不容忽视的作用。子女作为具有直接血脉关联的"局内人"，在或仰视或平视的视角之中对父母进行有别于文学史的重塑，这亦是一种自我叙述与互相确立。然而，与父母同在体制内的子女通过追述在前者"历史化"过程中究竟扮演了何种角色？这一论题少有学者问津但却恰恰是研究作家/学者历史化所无法轻易绕开的话题。

作为书写对象的为人父母的一方，需要某种文学的"在场感"与历史的延续性；为人子女的另一方，则在或隐或显，或抑或扬的表述之中逐步完成自我叙述与命运共同体的角色建构。"子女追述"既是文学创作的一种形式，带有修辞与纪实的看似矛盾的双重特点，又带有某种文学研究的性质，具有外界所并不那么充分具备的第一手资料占有与当面对话的优势。但与此同时，也不可避免地存在与书写、研究对象距离过近等因素造成的视觉遮蔽与下意识拔高现象。这类特殊形态的追述文本既是一种他者叙述的形式，也是一种自我叙述的方式。在被讲述与讲述之中，寻求某种资源上的依托。从契入角度上说，本文以韦韬、陈小曼所著《我的父亲茅盾》、刘可风的《柳青传》、老鬼的《我的母亲杨沫》作为主要考察对象，从历史化内在路径角度对父母形象重塑试作探讨。

一 重写与重塑

这里所说的"重写"与"重塑",是与"重写"相区别的一个概念。后者主要致力于"对文学作品的多义性的诠释",① 即根据文学文本的内部张力从而对作家、作品做出不同以往的评价。本文的"重塑"指的是子女通过追述这一形式,改变或颠覆现有文学史对父母的既有评价,即一种作家形象的重塑与再建构。事实上,对于文学史写作也好,文学史重写也罢,其话语权基本为学院派的学者所"垄断"。具体来说,"作者的历史化与经典化往往需要借助学术研究、评论的路径(即进入主流文学史)正式完成"。② 从亲属在不同程度上对参与编写全集的学者施压这一实例便可以一窥亲属对于这种被"垄断"的话语权的某种不满。从某种意义上说,"子女追述"可视为出于主动参与作家形象重塑与文学史重评目的的一种尝试。当然,这一实践是否足以改变既有文学史对作家的定位与评价以及在多大程度上进行文学史的重评与重构,有待于时间的进一步检验。

以柳青为例,晚近的当代文学史③对其最重要的作品《创业史》的评价基本围绕着"典型""政策图解""社会主义现实主义"这几个关键词展开。这些评价是基于文本阅读,即"内证"的方式得出的。在承认作品艺术性的同时,对其"左"的一面展开批评。如以程光炜为代表的主流学者认为尽管《创业史》体现了柳青的"艺术功力和思想深度",但"政策图解""明显损害了它真正的艺术生命力"。④ 这一评价是基本公允

---

① 陈思和主编:《中国当代文学史教程》前言,复旦大学出版社1999年版。

② 史婷婷:《学者"历史化"及其相关路径探讨——以王瑶和唐弢为例》,《中国现代文学研究丛刊》2017年第10期。

③ 如陈思和主编的《中国当代文学史教程》中有"《创业史》的作者对农村阶级关系及其冲突更加具备了高屋建瓴的理性把握,因而也就更加具备了思想的'深刻性'和人物矛盾冲突的'尖锐性'。但应该说明的是,这种深刻与尖锐都是从当时国家政策的立场而言的"的论述。陈思和主编:《中国当代文学史教程》,复旦大学出版社1999年版,第38页。再如洪子诚认为"从'典型性'和'深度'等方面,其成就显然被放置于赵树理'当代'农村小说之上"。洪子诚:《中国当代文学史》,北京大学出版社2010年版,第113页。

④ 孟繁华、程光炜、陈晓明:《中国当代文学六十年》,北京大学出版社2015年版,第94页。

与客观的，也反映了主流学界对柳青身体力行地认同农村合作化运动，并为其创造文学典型的判断。

吊诡的是，相关的正面评论及"重写"思潮之前的文学史①对《创业史》的高度评价恰恰同时有力地说明了柳青对于合作化运动的认可。通过对《创业史》的文本分析与解读，有论者得出了柳青致力于"满腔热情地讴歌社会主义制度的优越性"、描写"社会主义的必然历史趋势"的结论，并指出这一文学创作实践"是对于社会主义上层建筑和意识形态的重要贡献"，"是社会主义现实主义最杰出的典范作品"。②

总的来说，通过翻阅文学史，我们不难发现柳青在其中是一个颇主流的、偏"左"的党内作家形象。可以说，不管是略带有批评意味的评价还是正面的褒扬文字，对于柳青在《创业史》内部逻辑中所透露出来的对于合作化运动的认同与支持的判断是基本一致的。

从外证的角度来看，柳青在《延河》等刊物上发表的文章，也同样将"典型""政策"等作为主要关键词。柳青在《谈典型》（1961）中提到："更高的艺术的真实，那就是马克思主义创始人恩格斯要求的典型环境的典型性格。在艺术的创造过程来说，就是典型化。""无产阶级革命的时代特征规定了无产阶级革命文学的任务是创造正面人物的典型形象。"③那么在《创业史》中，显然柳青塑造的"正面人物的典型形象"是梁生宝，这个正面典型形象对合作化运动的支持与提倡，正是说明了在柳青看来合作化运动的正面性与积极性；此外，在《二十年的信仰与体会》（1962）中，柳青认为"我们的头脑应当特别清醒，明确地认识到不

---

① 如十院校编写组《中国当代文学史初稿》（1980）认为，《创业史》显示出了"公有制和集体生产的优越性"，并以此"吸引农民自觉自愿地走上社会主义的康庄大道"。十院校编写组：《中国当代文学史初稿》上册，人民文学出版社1980年版，第310页。

② 旷新年：《社会主义现实主义经典〈创业史〉》，《湖南大学学报》（社会科学版）2004年第5期。

③ 柳青：《谈典型》，《延河》1983年第7期。本文为柳青于1961年11月所作，在其生前并未公开发表。《延河》该期该文"编者按"中提到："柳青同志当年在写作《创业史》的过程中，也思考着一些文艺理论问题，并且记了一些笔记。他一直打算对这些笔记作进一步的修改和丰富，整理成文，但由于紧张的写作，未能顾及……现将其中论述艺术典型的部分摘出发表，供研究柳青创作的同志们和文艺理论界的同志们参考，并以此纪念柳青同志逝世五周年。发表时，我们加了一个标题，略有删节，其他一仍旧貌。"

论艺术处理上的自然主义倾向,还是公式化、概念化缺点,都是个人的问题,是自己不成熟的表现;这绝对不是、丝毫也不是无产阶级革命文学不可避免的东西……我们要以文学的马克思列宁主义党性原则和美学原理,把自己自始至终巩固在毛泽东文艺思想的轨道上"。① 此处,柳青指出文学作品中的公式化、概念化倾向是作家个人造成的同时,主张文艺工作者应"自始至终"以毛泽东文艺思想为指导进行文学创作;《提出几个问题来讨论》(1963)一文对《创业史》所着力描写的农村合作化运动的性质做了说明:"社会主义革命时期,特别是合作化运动初期,阶级斗争的历史内容主要的是社会主义思想和农民的资本主义自发思想两条道路的斗争……在这个斗争中,应该强调坚持社会主义思想在农村的阵地、千方百计显示集体劳动生产的优越性,采用思想教育和典型示范的方法,吸引广大农民走上社会主义道路……"② 可以说,从柳青发表的这篇关于《创业史》最为著名的讨论文章来看,他对于农村合作化运动是持认可并支持态度的,显然他认为这是社会主义革命重要的一部分。

不妨将以上的文学史、文学评论和柳青在发表的文章中所再现的柳青形象与刘可风在《柳青传》中再塑的父亲形象进行一种对照。《柳青传》的附录有一篇《对合作化的长期研究和思考》的带有"口述史"性质的文章,其中提到柳青曾说过:"合作化这条路没有取得最后成功,在我们工作的最初阶段就出现了'左'的错误,以后,不但没有纠正,而是越来越严重,如果方法对,不出这么严重的偏差,可以想象,我们国家不会是现在这个样子。"③ 这里所塑造的柳青形象带有深刻的反思性。相类的,《柳青传》中还涵盖了柳青对文艺政策、文学创作环境的深入思考。例如:"'邓子恢提出"稳步前进"的方针是正确的,是接受了苏联合作化的教训以后提出来的'";④ "'咱们的文艺理论是从苏联搬过来的,然后用作品去套。在文艺理论上这二者的关系是混乱的,并没有解决。实际

---

① 柳青:《二十年的信仰和体会》,《青年文学》1982年第3期。该文为柳青在1962年3月17日所作,当时属于未发表的文章。
② 柳青:《提出几个问题来讨论》,《延河》1963年第8期。
③ 刘可风:《柳青传》,人民文学出版社2016年版,第429页。
④ 刘可风:《柳青传》,人民文学出版社2016年版,第398页。

上，先有作品，而后才有理论，不是先有文艺理论，才有的作品'";①"'党领导一切、指挥一切与民主制度之间有矛盾，这两者的关系没有解决'";②等等。可以说，《柳青传》试图颠覆以往对柳青的既有评价。刘可风为父亲重塑了另一个形象，即一个先知先觉的、非"左"的柳青。这种稍显刻意的拔高，不符合《创业史》的内部逻辑。当然，这并不是说以上的"口述史"是一种纯粹的"文学"手法，柳青"事后"的反思当然也具有一定的合理性。从史料研究"孤证不为定说"的严谨性要求来说，这些与文本内部逻辑相左的第一手材料有待进一步的考证。但总的来说，"孤证"总好过于"无证"。

子女对于父母的重写与重塑具有丰富的外显形式。例如，杨沫在自己日记前言中认为"日记的价值是真实，这是它存在的关键",③"我的日记是我人生历程的写照，我保持了它的真实性，既不美化自己，也不丑化自己"。④然而，老鬼在《我的母亲杨沫》中，通过比对公开出版的与"原始"的杨沫日记来论证其"打扮过重",⑤存在删改现象。例如删去"从舒芜发表的胡风给他的密信来看，这个家伙原来是个极阴毒的反革命分子，他恨党，像国民党反动派一样，可是他嘴巴上却还挂着马克斯（思）主义"⑥等"不合时宜"的内容。这可视为另一维度的形象"重塑"，在子女对父母的评价中较为罕见。从表面上看，老鬼对杨沫的形象不但不能说是"拔高"，反而有一种"解构"的意味。但从历史化的角度看来，这种看似"质疑"的表述实则恰恰从"话题性"层面积极地推动了杨沫的历史化。

实际上，子女对父母进行追述古已有之，并不为奇。但在当代，子女对父母形象的重塑则有独特的历史背景与现实特点。此处有必要对当代作家的子女，即追述主体本身进行分析。作为受中华人民共和国教育成长起来的"40后""50后"一代，他们的阅读史、知识结构均受到传统革命

---

① 刘可风：《柳青传》，人民文学出版社2016年版，第419页。
② 刘可风：《柳青传》，人民文学出版社2016年版，第462页。
③ 杨沫：《自白——我的日记（上）》前言，北京十月文艺出版社1994年版。
④ 杨沫：《自白——我的日记（上）》前言，北京十月文艺出版社1994年版。
⑤ 老鬼：《我的母亲杨沫》，北京日报出版社2011年版，第269页。
⑥ 老鬼：《我的母亲杨沫》，北京日报出版社2011年版，第276页。

教育的影响。此外，叙述主体与叙述对象均身处于中华人民共和国文化体制内，这是这一类追述本文写作的特征，既是最体现"当代"特色的一点，同时也是一种难以规避的先天局限。例如刘可风曾任陕西科学技术出版社编辑，老鬼则有在《中国法制报》作记者的经历。可以说，为父母逐步再建构形象，为其保持一种文学与历史的"在场感"，对于子女来说有利无弊。作为"局内人"和"参与者"，知名作家子女的命运很难不受到父母政治、文化地位变动的影响。这一点，从双方过去的经历就不难看出。以蒋祖林为例，由于母亲丁玲的政治地位走向另一极致，他的个人事业也受到了较大的冲击，他对此有如下表述："回想起1957年我来上海参观的情景，那时所有的几型舰艇的技术机密对我都无保密可言。回国工作后，已不如前，只可接触所从事的这型潜艇的技术机密。当然，这也没有什么，我仍可以用我之所学。而今，却被认为不适合搞潜艇，要改行去搞民用船舶。"① 从"对我都无保密可言"到"只可接触所从事的这型潜艇的技术机密"再到"改行去搞民用船舶"的直线下滑，也直接体现了两代人之间的命运相连，休戚与共。正如有学者将"子女追述"置于传记文学范畴进行讨论时所论，"作者与传主在某种意义上是一个命运共同体，一荣俱荣、一损俱损，所以传记作者的心态与自传作者的写作心态颇有类似之处"。② 在历史化的力场之中，作为多种合力之一的"子女追述"不仅包含现阶段的双向利益考量，且基于追述文本仍会在将来继续发挥作用的现实，显然还具有某种历史延续性的考虑。

二 视角与视界

这里拟从视角与视界角度对"子女追述"进行考察，大致可分为"仰视"视角与"平视"视角两种类型。事实上，追述这一冲动与行为本身即为一种皈依与认同的表征。当然，"仰视"也好，"平视"也罢，均为一对相对而生的概念。从逻辑完整性角度来看，除了"仰视"与"平视"视角，还应当有一个"俯视"视角。但是就笔者所见的当代子女对

---

① 蒋祖林、李灵源：《我的母亲丁玲》，辽宁人民出版社2011年版，第155页。
② 史建国：《传记写作中的"代父立传"现象及叙事伦理——兼论两部"另类"传记》，《现代传记研究》2017年第1期。

父母进行追述也好，相关传记写作也罢，鲜有真正意义上的"俯视"视角，因为写作这一行为本身就隐含了某种积极意义上的价值判断。正如上文所提到的那样，"子女追述"在历史化层面上具有自我叙述与互相确立的重要意义。

作为在文坛具有举足轻重地位的或文化部长，或文联主席，或斯大林文学奖得主，或畅销书作家的子女，自来便有着一种来自父母的压力，[1]职是，"子女追述"中的仰视视角并不少见，也在情理之中。仰视视角下的追述，主要是基于对知名父辈文化、社会地位的景仰与敬重，这首先体现在对于父母的社会角色定位上，例如舒乙认为父亲老舍是"语言大师"[2]"现代思想家"[3]"饱经苦难的人民艺术家""现代文豪"和"一块不朽的丰碑"[4]；韦韬称茅盾为"20年代的著名文艺评论家"[5]和"现实主义的倡导者和捍卫者"，[6]均可为佐证。此外，丁玲的儿子蒋祖林甚至在《我的母亲丁玲》一书中多次以母亲的喜好作为一种自我价值判断的重要方式。例如，"我告诉妈妈这次演出的情况，妈妈听着直笑。我想，我做的这些事都符合她的意愿"；[7]"妈妈看看那两个小女孩，又看看我，没说什么，但我从她的眼神中看出她对我的表现是满意的"；[8]"妈妈对我的读书是满意的，也觉得我有文学的感受"；[9]等等，不一而足。

---

[1] 杨沫大女儿徐然认为，"对'杨沫的女儿'这一现实，在我心中是视做一种不幸的。为什么？因为自己从80年代始写了几篇文章，自以为写得不赖，可是一到某些场合，人家介绍我，不光说这是××，而是要着重加一句：'这是杨沫的女儿'这一个加注，伤我的心啊！我没有了自己，只是某人的女儿！妈妈像一顶大帽子压着我！我永远在她大树的阴影之下，永远忐忑着，人家在怀疑我是靠老子的大名发表东西……"杨沫、徐然：《爱也温柔 爱也冷酷——〈青春之歌〉背后的杨沫》，辽宁人民出版社2000年版，第3页。

[2] "在广州会议上，陈毅副总理曾经称父亲为'语言大师'。"舒乙：《我的父亲老舍》，辽宁人民出版社2011年版，第140页。

[3] 舒乙：《老舍的平民生活》，华文出版社2006年版，第13页。

[4] 舒乙：《老舍的平民生活》，华文出版社2006年版，第15页。

[5] 韦韬、陈小曼：《我的父亲茅盾》，辽宁人民出版社2011年版，第75页。

[6] 韦韬、陈小曼：《我的父亲茅盾》，辽宁人民出版社2011年版，第118页。

[7] 蒋祖林、李灵源：《我的母亲丁玲》，辽宁人民出版社2011年版，第30页。

[8] 蒋祖林、李灵源：《我的母亲丁玲》，辽宁人民出版社2011年版，第32页。

[9] 蒋祖林、李灵源：《我的母亲丁玲》，辽宁人民出版社2011年版，第33页。

在仰视视角下进行的追忆与追述，对于父母在中华人民共和国历次政治运动中表现的描写同样或多或少地体现了"敬仰"与"景仰"的特点。在讲述茅盾在批判《红楼梦》研究与胡风文艺思想时，韦韬有如下表述："对胡适研究《红楼梦》的观点，父亲也并不赞成，认为批判是必要的，但是对于把学术问题动辄下政治结论的做法，父亲也不赞同，认为这样做将堵塞言路，不利于学术研究的开展和发展。胡风的文艺观点，父亲自始就不赞成，因此对胡风的批评，他是积极参加的，至于胡风的历史问题，父亲在30年代也曾有过怀疑，但是把胡风的思想、学术问题轻率地上纲为反革命问题，而且还牵连一大批同志，父亲在内心深处是无法认同的。"[1] 关于"文化大革命"，韦韬认为"那时父亲对'文化大革命'更多的是观察，很少议论……即使发议论多半也只是短短的一句话，譬如对红卫兵上街造反认为是'无法无天'；对'破四旧'的评论是'数典忘祖'、'愚昧野蛮'；对红卫兵冲向全国煽风点火，认为'将导致天下大乱'；对学校的'停课闹革命'更是痛心疾首，认为这是对孩子们的犯罪等等"[2]。这些材料对于研究中华人民共和国成立后的茅盾来说无疑具有重要价值与意义。

这里需要说明的是，仰视视角并不一定意味着背离基本事实的歪曲与夸饰。仰视视角下的父母书写依然具备一定的史料价值，可为现有材料提供另一种解读角度与阐释空间。例如关于茅盾对20世纪60年代初政治形势判断这一点，韦韬回忆道："记得在60年代初，有一次父亲、母亲和我们闲聊，谈到30年代鲁迅疾恶如仇的故事，谈到当时文艺界流传的一句话：'老头子又发火了！'父亲突然说道：'鲁迅在1936年就去世了，这是他的幸运。假如鲁迅活到今天，以他的性格和脾气，恐怕日子不会好过，说不定会成"右派"。'"[3] 这种以"说话"方式"记录"的材料具备"口述史"的特征，尽管存在在"历史"与"修辞"（或曰"信史"与"心史"）之间游离的问题，但至少为探寻茅盾的内心世界提供了一种可能。除此之外，关于茅盾的未发行文稿，韦韬也有一些相关记录，

---

[1] 韦韬、陈小曼：《我的父亲茅盾》，辽宁人民出版社2011年版，第53页。
[2] 韦韬、陈小曼：《我的父亲茅盾》，辽宁人民出版社2011年版，第58页。
[3] 韦韬、陈小曼：《我的父亲茅盾》，辽宁人民出版社2011年版，第55页。

例如:"1957年的一篇笔记中他这样写道:'对人民无害,不是反人民的东西,都可以存在,——为人民服务的范围不能看得太小。为政治服务——配合政治,教育意义等等,有直接,有间接,不能要求艺术的每一作品都直接配合'。'教育意义有多方面,政治的教育意义,此外,还有培养优美感情的教育意义,使人得到美丽享受的教育意义,如荷花舞。'这个观点显然是父亲对自己在50年代初强调的作家要'赶任务'的观点作了修正,但终于没有拿出来发表。"① 另外,蒋祖林在追忆中还提到了陈明对《丁玲遗嘱》的修改,由丁玲替陈明代写《三访汤原》等涉及家庭纠纷的内容,而这也体现了仰视视角的多维复杂内涵,其并不意味着全盘肯定,也蕴含了不为人知的矛盾与摩擦,关于这一问题,有待进一步研究。

相对于仰视视角来说,平视视角下的"子女追述"具有相对的距离感与陌生性,或因叙述的父母形象与其自身塑造的形象有别,或因讲述时不避讳一些细节,因而给人以一种相对的可靠感与客观性,在推进父母历史化层面也具有更为积极与长远的意义。对于大部分知名作家的子女来说,要客观地"写"父母是相对比较困难的。而笔者认为老鬼、徐然具备这种"客观写作"的条件:徐然、老鬼姐弟"从小交给了在河北农村的祖父母抚养",② 老鬼自认"不是母亲的宠儿"。③ 可以说,从史料角度来看,与父母曾有"隔阂"的长久经历既是一种"不幸",也是一种"幸"。在中华人民共和国文化体制中,知名作家的身份不仅表明其具有创作、出版的权利,还意味着作为国家干部所享有的特殊供给与待遇。关于这一点,老鬼在叙述中有所涉及。"三年困难时期,她和父亲眼看着我和哥哥吃不饱,甚至饿昏了也不管,自己心安理得吃高级点心。"④ 事实上,除了极少数个例,知名作家待遇好、生活水平高可以说是一种"文学生态",刻意地遮蔽这部分内容并不是明智之举。

---

① 韦韬、陈小曼:《我的父亲茅盾》,辽宁人民出版社2011年版,第138页。
② 杨沫、徐然:《爱也温柔 爱也冷酷——〈青春之歌〉背后的杨沫》,辽宁人民出版社2000年版,第5页。
③ 老鬼:《我的母亲杨沫》,北京日报出版社2011年版,第386页。
④ 老鬼:《我的母亲杨沫》,北京日报出版社2011年版,第294页。

平视视角下的父母在历次政治运动中的表现书写呈现相对客观的特点。关于杨沫的检讨材料，老鬼认为"母亲的交待，还是比较客观，没有胡说八道。虽然迫于压力，她说了一些白杨的坏话，用了一些狠毒的形容词，但所揭发的事不大，无足轻重。从字里行间，可以看出，她用事实向造反派暗示，白杨那时候才13岁，还是个孩子，怎么能算叛徒呢"？① 对于杨沫被控"假党员"一事的缘由，老鬼解释道，母亲"碍于面子，碍于虚荣，怕只有丈夫一人介绍入党，不那么硬气，有人可能说闲话，所以将错就错，没有改正"，② 分析富于客观性与同理心。

从叙述视角层面上说，仰视视角与平视视角的区别不仅意味着对同一事件的不同评价，更涉及的是视界问题。因为"视角决定视界，正如从不同角度看同一件事，人们看到的就非常不同"。③ 例如老鬼在追述中还特别探讨了名人传记写作的隐私问题。他认为"写名人传记不应回避隐私。隐私是一个人生活中的重要组成部分，也最能反映出这个人的真实灵魂"④ "人物传记尤其不能掺假，不能拔高，不能隐恶扬善，不能借口反对写隐私而只说好不说坏，为死者讳。"⑤ 可以说，如果不是基于一种平等的视角，老鬼对母亲杨沫"隐私"的叙述便不会达到如此深度与广度（当然，这里的"隐私"是一个相对的概念，仍然具有某种有限性）。如果说全集存在不全的问题，那么追述也同样不是任何事都述。当然，由于客观原因，存在父母日记、手稿遗失的情况之外，在可写可不写的视界选择背后，所反映的视角差异是值得引起学界重视的。舒乙为何不惜笔墨描写老舍的市民生活、待友之道？刘可风缘何在传记后特意附录父女之间的对话？如果说"客观真实的历史或者说'大历史'只是一个神话，而只存在一个个被构建的'小历史'"，⑥ 那么如何构建"小历史"，如何选择

---

① 老鬼：《我的母亲杨沫》，北京日报出版社2011年版，第143页。
② 老鬼：《我的母亲杨沫》，北京日报出版社2011年版，第162页。
③ 董之林、叶立文：《视角改变视界——董之林先生访谈录》，《新文学评论》2014年第4期。
④ 老鬼：《我的母亲杨沫》再版说明，北京日报出版社2011年版。
⑤ 老鬼：《我的母亲杨沫》，北京日报出版社2011年版，第433页。
⑥ 陆涛：《传记理论的新历史主义阐释——兼论格林布拉特的传记理论与实践》，《新疆大学学报》（哲学人文社会科学版）2009年第5期。

构建"小历史"的片段，则是研究"小历史"本身之外，另一尚待启动的话题。

值得特别说明的是，本文所论述的两种视角并非一种价值取向意义上的简单分类，更无意于说明平视视角优于仰视视角，抑或仰视视角胜过平视视角。事实上，笔者认为，视角既是一种相对的概念，也受到主客观条件的制约。不同的视角呈现出各异的叙述，并不是只有唯一角度下的父母书写才是最优选项。舒乙采用一种仰视视角进行追述，同样在对老舍四个写作动机（思念、模仿、暴露、说理①）分析方面颇具学理的色彩。问题的复杂性在于，即便被归为同一视角，所呈现的视界也并不一定相同。以徐然与老鬼为例，徐然在《爱也温柔　爱也冷酷：〈青春之歌〉背后的杨沫》中将叙述重点放在自己与母亲的书信往来以及替其处理的几起官司上，并对来往书信做了有选择性的处理。② 而老鬼的视界则更为开阔，涉及杨沫生平经历、政治运动参与情况、夫妻关系、母子关系等具体内容。但总体而言，视角对材料的选择，对视界呈现的作用是不容忽视的。由于篇幅限制，关于视角与视界的讨论，不再赘述。

三　历史与修辞

作为历史化的内在路径与方法之一，③"子女追述"具有文学史所不那么充分具备的针对性与个人化色彩，且存在编年史与口述史的双重内涵，存在某种"传记"或"准传记"的属性。正如有论者所言，"传记文学的终极目标是让传主的生命走向永恒的时间和无穷的空间"，④"子女追述"将"历史"以文学文本的方式呈现，又使得文学文本成为文学研究的重要素材而具有"史"的色彩。"以海登·怀特为代表的新历史主义者把文学性的概念加以泛化和强化，把'文学性'从狭义的文学的'文学

---

① 舒乙：《老舍正传》，江苏文艺出版社2010年版，第45页。

② 徐然在《寄给天堂的母亲》（代序）中写道："我选择了妈妈写给我的163封信，（有些信妈妈骂我太狠，太丢面子，或者完全是个人隐私不好公之于众，就不得不扣除了）放进这个集子里。"杨沫、徐然：《寄给天堂的母亲》（代序），《爱也温柔　爱也冷酷——〈青春之歌〉背后的杨沫》，辽宁人民出版社2000年版，第6页。

③ 在这层意义上，由作家本人写作或口述的回忆录、自传也是一种历史化的内在路径。

④ 张新科：《消费与接受：传记终极目标的实现》，《文学评论》2004年第5期。

性',放大为历史的'文学性',使赋予文学性的历史叙事变成了对历史的文本建构,靠语言层面的虚构和想像发挥建构功能,实现历史领域中的自我塑造。"① 在这种"对历史的文本建构"中,追述本身也超越了单一的文学创作,而走向历史建构与主体塑造。"传记既不是纯粹的历史,也不完全是文学性虚构,它应该是一种综合,一种基于史而臻于文的叙述。因此,在史与文之间,它不是一种顾此失彼或重彼轻此的关系,而是一种由此及彼、彼此互构的关系。"② 可以说,具有"传记"或"准传记"属性的"子女追述"是文与史的互构互融,具有历史与修辞的二维特点。

"子女追述"不仅兼备纪实性与虚构性,此外,由于文本之间的通约性,其又可与日记、年谱、档案等形成一种对话的关系。加之当中丰富的个人生命体验,其从内在维度在推动父母历史化方面有着不容忽视的重要作用。而"子女追述"这一形式,尽管不同程度地受到"为亲者讳""为尊者讳"的影响而在真实性方面受到外界的质疑,但同时也具有非直系亲属所不具备的种种优势,如共同生活的直观经历、大量第一手材料(原始日记、未发行手稿等)的占有等。写作主体"总是在搜寻所写的这个主人公留下来的个人材料:书信、日记、手稿、自传,能让你看到他们的人生场景后面的东西。写作的过程——以及写作的结果——都在很大程度上取决于你找到了什么"。③ 正是在这个意义上,"子女追述"既有素材占有较为全面的长处,又比自传、回忆录具有相对的客观性。在"子女追述"的具体实践中,也往往或直接或间接地将这些原始材料作为重要资源。④

---

① 胡作友:《在史实与文学之间穿行——解读新历史主义的文学批评》,《中国社会科学院研究生院学报》2009年第1期。
② 赵白生:《传记里的故事——试论传记的虚构性》,《国外文学》1997年第2期。
③ [瑞典]莫妮卡·劳力曾、万之:《文学传记的艺术——二〇一六年四月六日在云南大学的讲演》,《东吴学术》2016年第6期。
④ 以胡风的女儿晓风为例,"当然,我对他的了解,除了耳濡目染亲身经历的,尤其是与他最后几年的相处外,多数还是从整理他的著作或手稿以及母亲的回忆文章中得来的,很多情况总是隔着一层。所以,在动笔之前,我就明确了一点,我将写出的与其说是我眼中的父亲,还不如说是我所了解的父亲。我只能以自己的所感所知与理解来努力为读者勾画出一个真实的胡风,一个活在我心中的父亲"。晓风:《我的父亲胡风》,湖北人民出版社2007年版,第1页。

子女为父母所作的追述文本，往往作为一种参照被纳入史料研究体系之中。如果说父母的日记与发表作品、社论带有或多或少的时代印迹，那么"子女追述"可以视为一种时代印迹的代际更替。某些文字与言论因不合时宜而被暂时搁置，但却恰恰是研究作家为人为文的重要材料。在父母已故、时移势易的情况下，"子女追述"带有某种"补缺"性质。例如韦韬、陈小曼所著的《我的父亲茅盾》便可视为《我走过的道路》的一种"接着说"。自传、回忆录由于是当事人讲自己的经历，加之其中可能会涉及的"内幕"与"秘闻"，便难免或多或少地采用曲笔的方式书写。"建国后问世的大量自传、回忆录，如茅盾的《我走过的道路》、冰心的《记事珠》、张恨水的《写作生涯回忆》、姚雪垠《学习追求五十年》等，由于受特定历史环境的影响，往往把回忆录变成经历往事的综录，对一些历史是非不愿作直笔评价，使许多话题依然烟云难辨。"① 那么从这个意义上说，"子女追述"是对现有"历史"的一种对照与旁证。如徐强编著的《人间送小温——汪曾祺年谱》就将汪朗、汪明、汪朝所著的《老头儿汪曾祺：我们眼中的父亲》作为重要参考文献之一种。② 而这，也使得父母的历史化呈现出一种动态性与持续性的特点。

当然，这并不是说"子女追述"中的文学色彩，即修辞性，是一种绝对的"妨碍"。修辞作为一种"人人都使用"③的艺术，无论是在舒乙对老舍的书写中，还是在刘可风对柳青的回忆里，亦于蒋祖林对丁玲的叙述中，或在韦韬对茅盾、老鬼对杨沫的讲述中均无处不在。修辞往往被认为是一种文学的艺术加工手段与技巧，似乎与真实、历史相对。然而在新

---

① 许菁频：《百年传记文学理论研究综述》，《学术界》2006年第5期。

② 1944年1月"汪曾祺代他（指杨毓珉）写期末读书报告《黑罂粟花——李贺歌诗编读后》。该文受到闻一多激赏。……作者生前未收入作品集。作者去世后，生前好友杨毓珉说明情况并向家属提供底本，2000年汪朗、汪明、汪朝《老头儿汪曾祺——我们眼中的父亲》一书由中国人民大学出版社出版，首先揭载该文"。徐强：《人间送小温——汪曾祺年谱》，广陵书社2016年版，第54页。

③ "人人都使用这两种艺术（指修辞术与论辩术——引者注），因为人人都企图批评一个论点或者支持一个论点，为自己辩护或者控告别人。大多数人，有一些是随随便便地这样做，有一些是凭习惯养成的熟练技能这样做。"[古希腊]亚里士多德：《修辞学》，罗念生译，生活·新知·读书三联书店1991年版，第21—22页。

历史主义"历史的文本化"与"文本的历史化"的观点与主张之中，历史与文本是一对互融的概念。"子女追述"这一现象本身，就是一种"历史的文本化"与"文本的历史化"的体现。当然，这并不是说对追述的真实性没有要求，而是不必过分苛求。事实上，即便是正式的档案记录，也带有一定的"修饰"与"裁剪"成分。对历史"绝对真实"的追索难免陷入一种"相对主义"的尴尬局面。换一个角度来看，带有"修辞"的"记录"本身就是另一重维度的当代文学史料。除了以"局内人"和"亲历者"的立场与角度，在历史与修辞之中进一步推进父母的历史化，其文学史意义与价值还在于对已有的史料进行一种对照与补充。除此之外，对于接受主体（即读者）来说，适度的修辞不仅不会歪曲事实，还更容易营造良好的阅读氛围。例如舒乙在描写老舍与罗常培交谈时写道："这时，一阵西北风带着哨儿卷过来，雷神庙大殿四角檐下的铁马叮当乱响，两个朋友（指老舍与罗常培——引者注）面面相对，听着那杂乱的铁铃声和凄凉的风啸声，都无心再说什么。"[1] 这种带有强烈文学色彩的叙述对于老舍的心境表现具有正面作用。叙述者想象（预设）中的读者群体大致可分为二类，即研究者与普通读者，"历史与事实为研究者所备，而语言营造出的时空、环境与对话则满足了非研究者消遣的需要"。[2] 换言之，修辞性在扩充预设读者范围与扩大影响空间层面，对父母历史化的推进大有裨益。

顺带一提，同时我们也应注意到，作为"历史"呈现方式之一种与历史化内在路径之一，同时具备"传记"或"准传记"属性的"子女追述"带有一种实际功用的性质与考量。正如克罗齐所言，"传记也是一种哲学意义的'制度'的历史，是实际史的一部分"。[3] 事实上，"子女追述"这一形式本身就是一种体制化的产物。因为并不是所有当代作家都"值得"追述，其本身便是一种认同与认定的结果。从这层意义上说，追

---

[1] 舒乙：《老舍正传》，江苏文艺出版社 2010 年版，第 35 页。

[2] 尹铁超、邹莹：《传记文学：游走在事实与杜撰两界间的体裁样式——再论语言的非工具性》，《中国外语》2011 年第 3 期。

[3] ［意］贝奈戴托·克罗齐：《历史学的理论和实际》，傅任敢译，商务印书馆 1982 年版，第 116 页。

述主体、对象与追述文本一道均处于体制化的力场中,这是当代"子女追述"的共性与特点。

在当代文坛,"子女追述"较自传、回忆录、非子女立场书写下的文本而言数量相对较少,其相关系统研究也处于一种相对真空的状态。但其在作家历史化过程中所起到的以及将会起到的重塑作用是显而易见的。此外,"子女追述"因占有为数不少的珍贵第一手材料而具有不容忽视的史料价值。程光炜在《当代作家年谱的编撰拖延不得》中提到刘可风撰写的《柳青传》附录部分"是典型的作家'口述史'"。[①] 正如詹姆逊在《政治无意识》中所论述的那样,"历史除非以文本的形式才能接近我们,换言之,我们只有通过预先的(再)文本化才能接近历史"。[②] 从某种程度上说,"子女追述"可视为一种"历史"的文本化呈现。但同时,我们也必须承认,由于叙述主体"局内人"的特殊角色与身份,先天难以避免地带有不同程度的"美化"、遮蔽(或曰选择性遗忘)现象,这不仅是简单的"史德"问题,还涉及更为复杂难辨的伦理关系。但是倘若学界因此而忽视其中的史料价值,这恐怕是另一种遮蔽。退一步说,即使是出于某些现实目的的考虑而对父母形象进行有意识或下意识的拔高,这一重塑行为本身也是另一重维度的当代文学史料。而这,也是子女对知名父母进行追述最具当代性与现实性的一面。

(史婷婷撰,原载《南方文坛》2018 年第 4 期)

---

① 程光炜:《当代作家年谱的编撰拖延不得》,《光明日报》2017 年 9 月 4 日。
② [美]弗雷德里克·詹姆逊:《政治无意识》,王逢振等译,中国社会科学出版社 1999 年版,第 70 页。

主要参考文献

一 文学史和相关论著

安作璋：《中国古代史史料学》，福建人民出版社1994年版。

[意]贝奈戴托·克罗齐：《历史学的理论和实际》，傅任敢译，商务印书馆1982年版。

[法]布迪厄：《艺术的法则：文学场的生成和结构》，刘晖译，中央编译出版社2001年版。

曹喜琛等：《档案文献编纂学》，中国档案出版社1987年版。

陈平原：《作为学科的文学史》，北京大学出版社2011年版。

陈其光主编：《中国当代文学史》，广东高等教育出版社1992年版。

陈思和主编：《中国当代文学史教程》，复旦大学出版社1999年版。

陈徒手：《故国人民有所思：1949年后知识分子思想改造侧影》，生活·读书·新知三联书店2013年版。

陈晓明：《中国当代文学主潮》，北京大学出版社2009年版。

陈子善：《从鲁迅到张爱玲：文学史内外》，北京大学出版社2017年版。

程光炜：《当代文学的"历史化"》，北京大学出版社2011年版。

程光炜：《文学讲稿："八十年代"作为方法》，北京大学出版社2009年版。

程光炜：《文学史二十讲》，东方出版中心2016年版。

程光炜：《文学想像与文学国家——中国当代文学研究：1949—1976》，河南大学出版社2005年版。

程千帆、徐有富：《校雠广义》，齐鲁书社1998年版。

[美]戴安娜·兰克：《文化生产：媒体与都市艺术》，赵国新译，译林出

版社2001年版。

董健、丁帆、王彬彬主编：《中国当代文学史新稿》，人民文学出版社2005年版。

董丽敏主编：《视野与方法：重构当代文学研究的版图》，复旦大学出版社2012年版。

杜维运：《史学方法论》，北京大学出版社2006年版。

二十二院校编写组：《中国当代文学史》，福建人民出版社1980年版。

樊骏：《中国现代文学论集》，人民文学出版社2006年版。

［美］费正清、罗德里克·麦克法夸尔主编：《剑桥中华人民共和国史——革命的中国的兴起（1949—1965）》，王建朗等译，上海人民出版社1990年版。

［美］弗·雷德里克·杰姆逊：《后现代主义与文化理论》，唐小兵译，陕西师范大学出版社1987年版。

［美］弗·雷德里克·詹姆逊：《政治无意识》，王逢振等译，中国社会科学出版社1999年版。

付祥喜：《问题与方法——中国现代文学史料研究论稿》，中国社会科学出版社2017年版。

［德］顾彬：《二十世纪中国文学史》，范劲等译，华东师范大学出版社2008年版。

国家教委高教司编：《中国当代文学史教学大纲》，高等教育出版社1998年版。

［德］哈拉尔德·韦尔策编：《社会记忆：历史、回忆、传承》，季斌等译，北京大学出版社2007年版。

［美］海登·怀特：《后现代历史叙事学》，陈永国等译，中国社会科学出版社2003年版。

［美］海登·怀特：《元史学：十九世纪欧洲的历史想象》，陈新译，译林出版社2004年版。

何东：《中国现代史史料学》，求实出版社1987年版。

贺桂梅：《历史与现实之间》，山东文艺出版社2008年版。

洪子诚：《材料与注释》，北京大学出版社2016年版。

洪子诚：《当代文学概说》，广西教育出版社2000年版。

洪子诚：《问题与方法——中国当代文学史研究讲稿》，生活·读书·新知三联书店 2002 年版。

洪子诚：《中国当代文学史》，北京大学出版社 1999 年版。

华中师范学院中国语言文学系：《中国当代文学史稿》，科学出版社 1962 年版。

黄存勋等：《档案文献学》，四川大学出版社 1988 年版。

黄发有：《媒体制造》，山东文艺出版社 2005 年版。

黄发有：《中国当代文学传媒研究》，人民文学出版社 2014 年版。

黄擎：《废墟上的狂欢：文革文学的叙述研究》，作家出版社 2004 年版。

吉林省五院校编：《中国当代文学史》，吉林人民出版社 1984 年版。

蒋述卓、龙扬志主编：《文学批评与中国文学史的生成》，暨南大学出版社 2018 年版。

解志熙：《考文叙事录——中国现代文学文献校读论丛》，中华书局 2009 年版。

金大陆：《非常与正常：上海"文革"时期的社会生活》（下），上海辞书出版社 2011 年版。

金汉、冯云青、李新宇主编：《新编中国当代文学发展史》，杭州大学出版社 1992 年版。

金宏宇：《文本周边：中国现代文学副文本研究》，武汉大学出版社 2014 年版。

李红强：《〈人民文学〉十七年（1949—1966）》，当代中国出版社 2009 年版。

李洁非：《典型年度》，北京十月文艺出版社 2013 年版。

李洁非：《典型文案》，人民文学出版社 2010 年版。

李洁非：《典型文坛》，湖北人民出版社 2008 年版。

李洁非：《文学史微观察》，生活·读书·新知三联书店 2014 年版。

李杨：《50—70 年代中国文学经典再解读》，山东教育出版社 2003 年版。

李怡：《旧世纪文学》，巴蜀书社 2014 年版。

梁启超：《中国历史研究法》，上海古籍出版社 1998 年版。

林湮、金汉、邓星雨主编：《中国当代文学发展史》，江苏教育出版社 1990 年版。

刘福春：《中国当代新诗编年史》，河南大学出版社 2005 年版。

刘锡庆主编：《新中国文学史略》，北京师范大学出版社 1996 年版。

刘增杰：《中国现代文学史料学》，中西书局 2012 年版。

刘志荣：《潜在写作：1949—1976》，复旦大学出版社 2007 年版。

［法］罗贝尔·埃斯卡尔皮：《文学社会学》，符锦勇译，上海译文出版社 1988 年版。

孟繁华、程光炜：《中国当代文学发展史》，人民文学出版社 2004 年版。

孟繁华、程光炜、陈晓明：《中国当代文学六十年》，北京大学出版社 2015 年版。

王德威主编：《哈佛新编中国现代文学史》，王德威等 155 位作者译，（台湾）麦田出版社 2021 年版。

［法］米歇尔·福柯：《知识考古学》，谢强等译，生活·读书·新知三联书店 1998 年版。

潘树广、黄镇伟等主编：《中国文学史料学》，华东师范大学出版社 2012 年版。

钱理群：《1977—2005：绝地守望》，香港城市大学出版社 2017 年版。

钱理群：《拒绝遗忘"1957 年学"研究笔记》，牛津大学出版社 2007 年版。

钱理群：《毛泽东时代和后毛泽东时代（1949—2009）——另一种历史书写》，（台北）联经出版公司 2012 年版。

钱穆：《中国历史研究法》，生活·读书·新知三联书店 2001 年版。

商昌宝：《作家检讨与文学转型》，新星出版社 2011 年版。

十院校编写组：《中国当代文学史初稿》，人民文学出版社 1980 年版。

［加］斯蒂文·托托西：《文学研究的合法化》，马瑞琦译，北京大学出版社 1997 年版。

斯炎伟：《全国第一次文代会与新中国文学体制的建构》，人民文学出版社 2008 年版。

［日］藤井省三：《华语圈文学史》，贺昌盛译，南京大学出版社 2014 年版。

王本朝：《中国当代文学制度研究（1949—1976）》，新星出版社 2007 年版。

王汎森：《中国近代思想与学术的系谱》，河北教育出版社 2001 年版。

王庆生主编：《中国当代文学史》，高等教育出版社 2003 年版。

王秀涛：《中国当代文学生产与传播制度研究》，文化艺术出版社 2013 年版。

王余光：《中国历史文献学》，武汉大学出版社1988年版。

[美]威廉斯编著：《文学制度》，李佳畅等译，南京大学出版社2014年版。

吴俊、郭战涛：《国家文学的想象和实践——以〈人民文学〉为中心的考察》，上海古籍出版社2007年版。

吴秀明主编：《当代中国文学五十年》，浙江文艺出版社2004年版。

吴秀明主编：《中国当代文学史料问题研究》，中国社会科学出版社2016年版。

吴秀明主编：《中国当代文学史写真》，浙江大学出版社2003年版。

吴秀明主编：《中国当代文学史写真》，北京大学出版社2010年版。

吴中杰：《中国现代文艺思潮史》，复旦大学出版社2014年版。

[美]夏志清：《中国现代小说史》，刘绍铭等译，复旦大学出版社2005年版。

谢冕主编：《百年中国文学总系》（10卷），山东教育出版社1998年版。

谢泳：《思想利器：当代中国研究的史料问题》，新星出版社2013年版。

谢泳：《中国现代文学史研究法》，广西师范大学出版社2010年版。

徐鹏绪：《中国现代文学文献学研究》，中国社会科学出版社2014年版。

徐勇：《选本编纂与八十年代文学生产》，人民文学出版社2017年版。

徐有富：《中国古典文学史料学》，北京大学出版社2008年版。

严家炎主编：《二十世纪中国文学史》，高等教育出版社2010年版。

杨健：《文化大革命中的地下文学》，朝华出版社1993年版。

杨匡汉、孟繁华主编：《共和国文学50年》，中国社会科学出版社1999年版。

杨庆祥等：《文学史的多重面孔——八十年代文学事件再讨论》，北京大学出版社2009年版。

姚文放：《从形式主义到历史主义：晚近文学理论"向外转"的深层机理探究》，北京大学出版社2017年版。

於可训：《中国当代文学概论》，武汉大学出版社1998年版。

张炯编著：《新中国文学史》，海峡文艺出版社1999年版。

张炯主编：《共和国文学60年》，广东教育出版社2009年版。

张军：《中国当代文学史叙述研究》，中国社会科学出版社2012年版。

张荣翼、李松：《文学史哲学》，武汉大学出版社2014年版。

张舜徽：《中国文献学》，上海古籍出版社2009年版。

张注洪：《中国现代革命史史料学》，中共党史资料出版社1987年版。

周晓风：《新中国文艺政策的文化阐释》，中国社会科学出版社2008年版。

周一平：《中共党史文献学》，华东师范大学出版社2002年版。

朱栋霖、朱晓进、龙泉明主编：《中国现代文学史》，北京大学出版社2007年版。

朱金顺：《新文学资料引论》，北京语言学院出版社1986年版。

朱寨主编：《中国当代文学思潮史》，人民文学出版社1987年版。

二 选本和其他文献史料

《革命样板戏剧本汇编》（第1集），人民文学出版社1974年版。

《胡风对文艺问题的意见》，《文艺报》1955年第1、2号附发。

《胡适思想批判（论文汇编）》，生活·读书·新知三联书店1955—1956年版。

《林彪同志委托江青同志召开的部队文艺工作座谈会纪要》，人民出版社1967年版。

《毛泽东文集》（8卷），人民出版社1993、1996、1999年版。

《日丹诺夫论文学与艺术》，人民文学出版社1959年版。

《苏联文学艺术问题》，人民文学出版社1953年版。

《天安门革命诗抄》（第二集），（香港）文化资料供应社1978年版。

《文艺界拨乱反正的一次盛会——中国文学艺术界联合会第三届全国委员会第三次扩大会议文件发言集》，人民文学出版社1979年版。

《中国当代作家研究资料丛书》（11册），天津人民出版社2005年起陆续出版。

《中国文学艺术工作者第二次代表大会资料》，中国文学艺术界联合会1953年印。

《中国文学艺术工作者第三次代表大会文件》，人民文学出版社1960年版。

《中国文学艺术工作者第四次代表大会文集》，四川人民出版社1980年版。

《中国作家协会第二次理事会会议（扩大）报告、发言集》，人民文学出版社1956年版。

《中华全国文学艺术工作者代表大会纪念文集》，新华书店1950年版。

白士弘选编：《暗流："文革"手抄本文存》，文化艺术出版社2001年版。

白烨编：《文学论争二十年》，华中师范大学出版社1998年版。

白烨主编：《中国年度文坛纪事》《中国年度文情报告》，漓江出版、社会科学文献出版社1999年起陆续出版。

北岛、李陀主编：《七十年代》，生活·读书·新知三联书店2009年版。

薄一波：《若干重大决策与事件的回顾》，中共中央党校出版社1991、1993年版。

查建英：《八十年代访谈录》，牛津大学出版社2006年版。

查建英：《八十年代访谈录》，生活·读书·新知三联书店2006年版。

陈白尘：《牛棚日记：1966—1972》，生活·读书·新知三联书店1995年版。

陈冀德：《生逢其时——文革第一文艺刊物〈朝霞〉主编回忆录》，时代国际出版有限公司2008年版。

陈明口述，查振科、李向东整理：《我与丁玲五十年：陈明回忆录》，中国大百科全书出版社2010年版。

陈思和、王德威主编：《史料与阐释》（2011—2019年卷），复旦大学出版社从2013年开始陆续出版。

陈徒手：《故国人民有所思——1949年后知识分子思想改造侧影》，生活·读书·新知三联书店2013年版。

陈徒手：《人有病，天知否——一九四九年后中国文坛纪实》，人民文学出版社2000年版。

陈为人：《唐达成文坛风雨五十年》，（香港）溪流出版社2005年版。

程光炜、吴圣刚主编：《中原作家群研究资料丛刊》（13卷），河南大学出版社2015年版。

程光炜主编：《中国当代文学史资料丛书》（16册），百花洲文艺出版社2018年版。

程永新：《一个人的文学史》，天津人民出版社2007年版。

从维熙：《走向混沌：从维熙回忆录》，花城出版社2007年版。

邓力群：《邓力群自述——十二个春秋：1975—1987》，（香港）博智出版社2005年版。

丁景唐等主编：《中国新文学大系史料·索引卷》，上海文艺出版社1997年版。

［荷］佛克马：《中国文学与苏联影响（1956—1960）》，季进、聂友军译，

北京大学出版社2011年版。

复旦大学中文系资料室编:《新时期文艺学论争资料》,复旦大学出版社1988年版。

傅光明:《口述历史下的老舍之死》,山东画报出版社2007年版。

傅光明、郑实:《老舍之死口述实录》,复旦大学出版社2009年版。

郭沫若、周扬编:《红旗歌谣》,红旗杂志社1959年版。

郭晓惠、郭小林整理:《郭小川1957年日记》,河南人民出版社2000年版。

郭晓惠编:《检讨书:诗人郭小川在政治运动中的另类文字》,中国工人出版社2001年版。

浩然口述,郑实采写:《浩然口述自传》,天津人民出版社2008年版。

何启治:《文学编辑四十年》,人民文学出版社2001年版。

洪子诚主编:《中国当代文学史·史料选》,长江文艺出版社2002年版。

胡德培:《文学编辑体验》,首都师范大学出版社2010年版。

胡平、晓山编:《名人与冤案——中国文坛档案实录》,群众出版社1998年版。

黄继持等主编:《香港文学大事年表(1948—1969)》,香港中文大学出版社1996年版。

几十家单位协作编纂:《中国当代文学研究资料丛书》,几十家出版社自1986年起陆续出版。

季羡林:《牛棚杂忆》,中国工人出版社2009年版。

贾平凹:《我是农民》,漓江出版社2013年版。

江少川:《海山苍苍——海外华裔作家访谈录》,九州出版社2014年版。

蒋祖林、李灵源:《我的母亲丁玲》,辽宁人民出版社2011年版。

孔范今等主编:《中国新时期文学史研究资料汇编》(24册),山东文艺出版社2006年版。

老鬼:《我的母亲杨沫》,北京日报出版社2011年版。

黎之:《文坛风云录》,河南人民出版社1998年版。

黎之:《文坛风云续录》,人民文学出版社2010年版。

李传新:《初版本——建国初期中国畅销图书版本记录解说》,金城出版社2012年版。

李辉:《胡风集团冤案始末》,湖北人民出版社2003年版。

李向东、王增如：《丁陈反党集团冤案始末》，湖北人民出版社2006年版。

梁秋川：《曾经的艳阳天：我的父亲浩然》，团结出版社2014年版。

梁庭望等主编：《20世纪中国少数民族文学编年史》，辽宁民族出版社2006年版。

廖亦武主编：《沉沦的圣殿——中国20世纪70年代地下诗歌遗照》，新疆青少年出版社1999年版。

刘可风：《柳青传》，人民文学出版社2016年版。

刘锡诚：《文坛旧事》，武汉出版社2005年版。

刘锡城：《在文坛边缘上》，河南大学出版社2004年版。

陆梅林、盛同主编：《新时期文艺论争辑要》，重庆出版社1991年版。

路文彬主编：《中国当代文学史料文论选》，中国文联出版社2006年版。

潘旭澜主编：《新中国文学词典》，江苏文艺出版社1993年版。

山西省史志研究院编：《赵树理传》，当代中国出版社2009年版。

上海文艺出版社编：《重放的鲜花》，上海文艺出版社1979年版。

邵燕君、高寒凝主编：《中国网络文学二十年·好文集》，漓江出版社2019年版。

邵燕君、薛静主编：《中国网络文学二十年·典文集》，漓江出版社2019年版。

邵燕祥：《一个戴灰帽子的人》，江苏文艺出版社2014年版。

沈从文：《大小生活都在念中：十年家书》，新星出版社2017年版。

舒乙：《老舍正传》，江苏文艺出版社2010年版。

舒乙：《我的父亲老舍》，辽宁人民出版社2011年版。

涂光群：《五十年文坛亲历记》，辽宁教育出版社2005年版。

汪朗、汪明、汪朝：《老头儿汪曾祺：我们眼中的父亲》，中国青年出版社2015年版。

王安忆整理：《茹志鹃日记（1947—1965）》，大象出版社2006年版。

王保生：《〈文学评论〉编年史稿：1957—2010》，社会科学文献出版社2015年版。

王刚：《路遥年谱》，北京时代华文书局2016年版。

王景山编：《台港澳暨海外华文作家辞典》，人民文学出版社2003年版。

王蒙、王元化主编：《中国新文学大系史料·索引卷》，上海文艺出版社

2009年版。

王培元：《在朝内166号与前辈魂灵相遇》，人民文学出版社2007年版。

王西彦：《焚心煮骨的日子——文革回忆录》，昆仑制作公司1991年版。

王尧、林建法主编：《中国当代文学批评大系》，苏州大学出版社2012年版。

王尧主编：《文革文学大系》（12册），文史哲出版社2007年版。

韦君宜：《老编辑手记》，四川人民出版社1985年版。

韦君宜：《思痛录》，北京十月文艺出版社1998年版。

韦韬、陈小曼：《我的父亲茅盾》，辽宁人民出版社2011年版。

文艺报编辑部编：《再批判》，作家出版社1958年版。

吴俊主编：《中国当代文学史料丛刊》，华东师范大学出版社2014年版。

吴秀明、陈建新主编：《中国现当代文学作品与史料选》，浙江大学出版社2012年版。

吴秀明主编：《中国当代文学史料丛书》（5卷），浙江大学出版社2017、2018年版。

晓风：《我的父亲胡风》，湖北人民出版社2007年版。

谢冕、洪子诚主编：《中国当代文学史料选》，北京大学出版社1995年版。

谢有顺主编：《中国当代作家评传丛书》，郑州大学出版社2004年起陆续出版。

邢小群：《丁玲与文学研究所的兴衰》，山东画报出版社2003年版。

徐敬亚等编：《中国现代主义诗群大观》，同济大学出版社1988年版。

徐强：《人间送小温——汪曾祺年谱》，广陵书社2016年版。

徐庆全：《风雨送春归——新时期文坛思想解放运动纪事》，河南大学出版社2005年版。

徐庆全：《文坛拨乱反正实录》，浙江人民出版社2004年版。

杨沫：《自白——我的日记》，北京十月文艺出版社1994年版。

杨沫、徐然：《爱也温柔爱也冷酷：〈青春之歌〉背后的杨沫》，辽宁人民出版社2000年版。

杨扬：《文路沧桑：中国著名作家自述》，浙江大学出版社2008年版。

余华：《十个词汇里的中国》，麦田出版社2011年版。

於可训、李遇春主编：《中国文学编年史·当代卷》，湖南人民出版社2006

年版。

於可训等主编：《文学风雨四十年——中国当代文学作品争鸣述评》，武汉大学出版社1989年版。

袁鹰：《风云侧记：我在人民日报副刊的岁月》，中国档案出版社2006年版。

张光年：《文坛回春纪事》，海天出版社1998年版。

张光年：《向阳日记——诗人干校蒙难纪实》，上海远东出版社2004年版。

张健、李怡、张清华、赵勇、张柠等主编：《中国当代文学编年史》（10卷），山东文艺出版社2012年版。

张炯等主编：《中国新文艺大系·理论史料集》，中国文联出版社1994年版。

张柠、董外平：《思想的时差——海外学者论中国当代文学》，北京大学出版社2013年版。

张学正等主编：《文学争鸣档案——中国当代文学作品争鸣实录》，南开大学出版社2002年版。

章诒和：《往事并不如烟》，时报文化出版企业股份有限公司2004年版。

郑昇凡主编：《"灰皮书"：回忆与研究》，漓江出版社2015年版。

中共中央文献研究室编：《建国以来毛泽东文稿》（13卷），中央文献出版社1987—1998年版。

中共中央文献研究室编：《建国以来重要文献选编》（1949—1965，共20卷），中央文献出版社1993年版。

中国小说学会编选：《中国当代作家评传丛书》，河南文艺出版社2008年版。

中央档案馆、中共中央文献研究室编：《中共中央文件选集》（1949—1966，共50册），中共中央党校出版社1989年版。

仲呈祥主编：《新中国文学纪事和重要著作年表》，四川省社会科学院出版社1984年版。

周锦：《中国现代文学史料术语大辞典》，智燕出版社1988年版。

朱正：《1957年的夏季：从百家争鸣到两家争鸣》，河南人民社1998年版。

卓如、鲁湘元主编：《20世纪中国文学编年》，河北教育出版社2013年版。

后 记

　　自觉意义上的当代文学历史化，是在20世纪90年代尤其是在进入21世纪以后，伴随着学科建设大潮而出现的一项学术活动。在横向上，它与詹姆逊等西方马克思主义及后现代推崇的历史化有关，而在纵向上，则与中国传统的汉学有一定的关联，自有其外源性、内源性的根由。它的提出及实践，对当代文学研究和学科建设的意义，主要是对原有过于政治化、主观化、感性化的历史叙述，如现有作家的位置、文学经典的筛选、知识谱系的确立、意识形态的症候、作家创作的真实情况等，重新进行排列、辨析和调整，使之呈现出作为学科应有的客观属性，带有盘点和总结的意涵。这也是"三古"（古代文学、古代汉语、古典文献）等成熟学科早已经历，并留给我们的一个重要的遗产。它表明当代文学在经过七十年的自我型构后，不再满足于现有的状态，开始向学术化和专业化境况推进，有了较为自觉的跻身于中文核心学科行列的思维理念和追求意向。

　　陈思和在十几年前的《我们的学科还很年轻》一文中曾指出："一个学科如果称得上'成熟'，至少在理论上解决了关于这个学科的基本问题，建立起较为稳定的学科范畴和学科观念，以后新的资料发现，可能在局部修正和补充学科观念，但不会引起根本性的变动。而以这样的标准来看我们的（当代文学）学科的现状，它确实'还很年轻'，处于初级阶段，还有许多涉及学科发展的材料和领域，正在逐渐被发掘和重视，还没有找到适当的理论方法来做出有说服力的解说，奠基性的学科理论还没有完全建立起来，而如果我们不去思考和关注这些问题的话，我们的学科就有可能遭遇到根本性的挑战与困境。"① 历史化问题的提出，就其终极目标而言，就是为了"建立起较为稳定的学科范畴和学科观念"，使之逐步走向"成熟"。大家知道，现有的"中国现当代文学"学科乃至更高一级的"中国语言文学"学科，其命名及其学科设置和分类，往往带有较浓的行政的、人为的因素，真正从"学科理论"高度来做出解释的却很少。而这，对于当代文学研究者来说，虽不必太过纠结，但却有必要将其当作一个重要问题来思考。毕竟，它关乎这个学科的生存状态和长远发展。

本书就是基于这样认识和理解，于2015年以《当代文学研究的"历史化"及其主要路径与方法》为题提出申报，被批准为国家社科基金重点项目，并在结项成果的基础上修订而成。先后历时五年。其中有些章节，曾以阶段性成果在《文学评论》《文艺研究》《文艺理论研究》《中国现代文学研究丛刊》《学术月刊》《浙江大学学报》《浙江社会科学》《浙江学刊》《北方论丛》》《宁波大学学报》《山西师范大学学报》《文艺争鸣》《南方文坛》《当代文坛》等刊物上发表。借此机会，我要向课题组成员和上述诸刊，以及对论文给予多次转载的《中国社会科学文摘》和中国人民大学书报资料中心《中国现代、当代文学研究》编委会表示衷心感谢。没有大家的共同努力和这些刊物的大力支持，本书不可能如期出版，有关观点也不可能在出版之前，就参与当代文学研究现场，与正在行进中的历史化活动进行对话。

需要说明，本书以《当代文学"历史化"问题研究》，而不是以申报书的《当代文学研究的"历史化"及其主要路径与方法》为题，主要是为了将书名出得更通俗、简洁些。实际上，我们这里所谓的"当代文学历史化"，是指"当代文学研究的历史化"，它是属于"研究的研究"，带有一点学术史研究的意味。这一点，我们在"绪论"中已有说明，此处不赘。

尽管历史化有其合理性和必要性，甚至紧迫性，但它只是解读当代文学的一种路径和方式，不能替代批评及通常所说的"当代性"。应当看到，当代文学虽"还很年轻"，但它毕竟已走过70年的历史，有相当的

---

① 陈思和：《我们的学科还很年轻》，《文学评论》2008年第2期。

积累。同时,这个新兴学科还聚集了堪称世界之最的庞大的研究队伍(据说这个研究队伍现已有三四千人的规模),实在有些"拥挤",它的确也需要反思与调整,其中有的不妨从大一统的批评大军中"分流"出来做基础性的研究工作,而不必将全部力量都集中在批评现场的勘察或文学热点的追踪上。这样做,也有利于学科建设及研究的提升。在这里,"历史化"与"当代性"这个对立项,对于当代文学来说,只是侧重点和发力点不同而已,实际上是不能也无法完全割裂的。它们何时历史化,何时当代性——准确地说,是何时以历史化为主、当代性为辅,而何时又以当代性为主、历史化为辅,其主从关系与权重比例的变化,主要取决于历史语境及其需要。情况既如此,那么我们对其的有关研究,就不能脱离具体的历史语境,抽象地运用文学性与审美性一套概念及其标准来对之作贬褒臧否。这样的贬褒臧否,虽也有道理,但往往失之简单和狭隘。任何一个学者,他都有选择"历史化"与"当代性"这个对立项的权力,并且这种选择都是相对的,甚至是会变化的。他之所以作这样或那样的选择,这与其个人的立场与兴趣有关,同时也与他观照的方法与角度有关。不同的立场与兴趣、方法与角度,往往会得出不同乃至截然相反的结论。但正是这种"不同",它为人们进一步研究提供了彼此辩难、相互吸纳、互为镜像的可能。因为常识告诉我们,作为当代文学的一项学术活动,历史化只有通过讨论,才能撞击出火花,将其所存在的问题进一步敞开。同时也说明,这项活动不是某些人脑袋拍出来的,而是来自实践的一个真命题,它的提出,在一定程度上的确击中了当代文学的要处。自然,这里所说的讨论是在充分学理基础上,以真正对话和倾听的方式展开,乃至像鲁迅与胡适在五四时那样,一个注重古小说钩沉,一个强调新理论预设,他们彼此的学术趣味有很大差异,但却在小说史学问题上能够"相互欣赏"。尽管我知道,在浮躁风、功利化且戾气甚重的当下,达到这样的境地也许很难,但对当代文学历史化及研究来说却有必要值得提倡。

由此及彼,这也可见历史化的概念内涵不是单义单向的,它是带有强烈现实指向的立体多维的一个复合话语。职是之故,所以,我们在探讨时不能把目光停留在一般的逻辑思维框架内,而是要跨出这一框架不断地接触历史实际,将其置于历史与逻辑相统一的义理体系中进行审察。要知道,历史虽然有人为建构的属性,但这并不表明我们对后现代所谓的

"文本之外无历史"的无条件认同,更不意味着历史本身就是虚妄的,可以像小姑娘一样随意打扮。从研究角度讲,它也应该有一个"自我设限"的问题,不能太任性,将主观性做无限膨胀的处理。这也是人文学者应有的学术伦理。就此而论,现在不少人对克罗齐经典"一切真历史都是当代史"所作的单向阐释——往往将"历史"不加规约地作单向的"当代性的解读",并将这种单向阐释当作"真历史"和历史叙述的全部及真理,是有问题的,至少失之偏颇。其实克罗齐批判的只是那种一味编排史料、记述史事的"假历史",他提出历史叙述应以书信、档案、考古发掘等文献为基础,而不能只是单纯的叙述。克罗齐认为,一切历史叙述只有通过研究者的批判审查转化为证据之后,才能进入"真历史"的范畴。为了体现上述理念,也是为了方便问题探讨,本书的具体研究,主要就采用将"史料""批评""理论"放在一个类似"正三角"(△)的框架来进行阐释。其主体部分上中下三编:上编主要探讨历史化的本体构成与知识谱系,中编着重考察历史化的主要路径与研究方法,下编则致力于历史化相关专题探讨。三编之间,它们各自独立而又相辅相成,在全面爬梳和整体把握的基础上,反映和体现我们对当代文学研究及历史化的学术构想:这就是打破固有的理论"强制阐释"的做法,重新强调思想与事实之间的互动对话,回到实事求是的"原点"上来,从这里再出发。所谓的历史化,就是尽量抑制强烈的评价欲望,超越急切的好恶情感支配,在对对象进行"以后观前"考察时不忘对历史应有的敬畏和规约。采用这种方法有一个前提,就是对事情的来龙去脉、对文学周边的史料有比较全面的了解和历史性的把握,它有一个遵循"客观性优先"原则的问题。这与"先入为主"地去评判,尤其是以某种理论框架或纯文本分析进行评判的方式方法,有明显的差异。

这样一种方式方法,在当下深入反思学科分类过细过窄而造成思维紧箍的情形下,无疑是有意义的。它或许是构成当代文学的一个新的学术向度或新的生长点。当然,这一切有待实践来检验。而且,正如历史化时有必要对封闭狭隘的审美性与思想性保持警惕一样,我们在研究过程中也须防止和避免滑入另一种缺乏自主探索的知识化的陷阱,将"客观性优先"沦为经验式的饾饤之学。大量事实表明,当代文学历史化,包括"为何历史化""如何历史化"是一个开放的体系。这里关键不在于历史化本身，而是在于将其纳入怎样的阐释体系之中，与理论及批评对接。回到上面所说的话题上，关键在于跨出一般的逻辑思维框架，将其纳入"正三角"（△）的阐释框架中，给予整体性、批判性、超越性、创造性观照和把握，这才是最重要的。真正的历史化，它应该是在文化与审美、历史与现实、思想与事实之间，充满张力的一种自主性的学术活动。它们彼此不是一种简单的对立关系，而是一种互文性的、相互辩论和激发性的关系。

需要强调指出，历史化虽然尚未在当代文学研究领域成为确定性的学术圭臬，但早有学人以其学术敏感在自觉不自觉地进行探索，并取得成绩，如董之林、孙先科、余岱宗等有关"十七年"文学的历史考察。洪子诚的《中国当代文学史》《问题与方法》《材料与注释》等著述，他的学术重点及意义和价值，主要也在"十七年"文学历史化研究上。而最近几年，随着整体社会文化及学术调整，这种历史化的态势又有进一步推进，并获得了学术主流及国家学术制度的重视和支持。如新近公布的2021年国家社科基金《课题指南》中的"中国当代文学的历史化和经典化研究"选题，以及去年即2020年《课题指南》中的"新中国文学史料学研究""中国当代文学史料整理与研究""当代故世作家传记和年谱研究"等选题。这是巧合，还是反映了整个当代文学研究理路在调整和拓展？值得深思。

作为国家社科基金的一个重点项目，本课题研究已经结项，但当代历史化话题并没有结束，某种意义上讲，仅仅是开始。可以预料，随着时间的推演，它将会产生新的"问题与方法"，而使研究在原有基础上不断走向深入，出现詹姆逊所说的"永远历史化"现象。自然，这里所说的"永远历史化"，不是对以往历史化的简单的、线性的重复，而是以螺旋式阶梯的路径与方式在推进，它合历史合逻辑，也合时代合目的。因为历史化并不意味着推翻过去有关的研究及其所作的结论，而是将其"'放回'到'历史情景'中去审察"，以此来"增加我们'靠近''历史'的可能性"。[①] 历史化也并不意味着把它与我们今天正在行进中的社会现实隔开，而是为其更好地理解和反思当下提供一个有别于过去的新的历史平

---

① 洪子诚：《中国当代文学史》前言，北京大学出版社1999年版。

台。也正因此，历史化不仅需要有深邃的历史意识，而且也要有敏锐的当代性，它其实是有相当难度的。本书所述，只是反映了我们将已然的当代文学研究对象放置在一个特定的历史情境进行考察，追求学术化、规范化、学科化的一些想法。由于当代文学太过复杂而又与我们处于同构状态，也由于我们学识和积累等方面的缺憾，本书肯定存在不少缺陷。我们诚心地希望得到有关专家和广大读者的批评指正。

本书是集体合作的产物，具体撰写分工如下（按章节先后为序）：

绪论、第一章第一节、第二章、第三章、第四章、第十一章、第十三章、第十五章、结语，由吴秀明（浙江大学）撰写；

第一章第二节、附录一，由魏庆培（浙江警官职业学院）撰写；

第五章第一节至第三节、第十章，由南志刚（宁波大学）撰写；

第五章第四节、第六章、第七章、第八章、附录二，由史婷婷（浙江财经大学）撰写；

第九章、第十二章，由黄亚清（浙江工业大学）撰写；

第十四章，由王姝（浙江工业大学）撰写。

主要参考文献，由吴秀明编撰。

全书由吴秀明拟定框架并统稿。

屈指算来，这也是我在中国社会科学出版社出版的第四部书稿。回忆自己走过的学术道路，感慨万端。在结束这篇"后记"的最后，借此机会，我要对课题组成员及所有关心本课题研究的同人诚挚地道一声感谢，同时也代表课题组对责编郭晓鸿女士的辛勤付出表示由衷的敬意。学术研究尽管是个性化的主体实践活动，但也须得到包括编辑在内的广大同人和师友的支持。本书的出版，就是因为有了这样的支持而平添了不少色彩。因此，无论日后如何，我们都不应忘记这样的支持，并将其作为自己学术人生的重要驱动力。

吴秀明

2021 年 5 月 3 日

改定于浙江大学中文系